NOËL À TIFFANY

KAREN SWAN

NOËL À TIFFANY

Traduit de l'anglais par Anne Rémond

EDITIONS | PRISMA

Titre de l'édition originale :
Christmas at Tiffany's

ISBN : 978-2-8104-3029-1

À Aason

Pour être reparti de zéro avec une telle élégance

Prologue

Par la vitre du taxi, Kelly Hartford cherchait un repère dans le paysage – un lac, un manoir ou un arbre particulièrement remarquable – qui lui confirmerait qu'ils roulaient dans la bonne direction. Cela faisait exactement dix ans qu'elle ne s'était pas rendue chez son amie et elle avait oublié que celle-ci vivait dans un trou plus que perdu. À part quelques modestes cottages de fermiers sur la lande, ils n'avaient pas croisé une maison, ni une voiture depuis plus de cinquante kilomètres. Kelly ne savait pas comment Cassie pouvait supporter cet isolement.

Un rayon de soleil passa par la vitre et l'aveugla ; elle chercha aussitôt dans son sac ses lunettes de soleil. Elle avait également oublié combien les jours étaient plus longs par ici en été. C'était la fin août, dix-neuf heures approchaient, mais le ciel était encore bleu comme s'il était midi. Il faudrait attendre presque vingt-trois heures avant que le soleil ne se retire pour la journée et n'aille se cacher derrière les collines.

À une fourche, le taxi s'engagea sur la route de gauche, qui paraissait interminable. Après avoir étiré ses pouces comme le lui avait montré son kinésithérapeute, Kelly reprit la rédaction de ses SMS à toute vitesse. Mais pas pour longtemps. La voiture se mit à cahoter dans les nids-de-poule et Kelly dut s'agripper à l'appuie-tête.

– Mince alors, maugréa-t-elle, ballottée par les suspensions survoltées. J'aurais été moins secouée à dos de chameau !

Le chauffeur renfrogné ne pipa mot. Cette petite route cahoteuse était le point de repère que Kelly avait recherché. Au loin devant elle, elle aperçut les piliers surmontés d'un aigle et la maison du gardien qui signalaient l'entrée du domaine et la fin de son long périple. Elle était partie depuis une journée entière à présent, après avoir pris un second vol entre Londres et Édimbourg. Elle mourait d'envie de prendre une douche et de faire une petite sieste avant le début de la fête. Elle avait joué avec le feu pour sa correspondance entre les deux vols. Si elle était partie de New York de l'aéroport de Newark, elle aurait atterri trois heures plus tôt, ce qui lui aurait permis de se reposer tout l'après-midi et de discuter avec ses amies, mais à d'autres ! Elle ne jurait que par JFK et, de toute façon, Bebe devenait folle avec le bouclage de la collection – elle avait pratiquement fait une crise cardiaque quand Kelly lui avait annoncé qu'elle devait délaisser son poste afin de se rendre à une simple fête en Écosse. Il ne restait plus que deux semaines avant la sortie de la collection, aussi la moindre des choses que Kelly pouvait faire était d'attendre la toute dernière minute pour embarquer.

La lande recouverte de bruyère s'arrêtait brutalement au niveau du portail. Le taxi emprunta l'allée d'imposants pins sylvestres, dont les aiguilles tapissaient le sol. Lentement, il serpenta entre des massifs denses d'érables japonais, de rhododendrons violets et de trèfle rose. La profusion soudaine de couleurs parfaitement entretenues annonçait la proximité de la demeure. Lorsque la voiture passa entre deux ifs gigantesques taillés en boule, Kelly se fit la réflexion que celle-ci était plus imposante que dans son souvenir – plus rose aussi. Construite dans la pierre locale, elle était brunâtre sous la pluie habituelle, mais, ce soir-là, alors qu'elle était baignée du soleil de la fin d'été, elle rougissait absolument de plaisir. Haute, avec six pignons aussi pointus que des chapeaux de sorcière, elle présentait une volée de marches en pierre devant la porte d'entrée et des fenêtres à petits carreaux. La pièce centrale était une gigantesque fenêtre panoramique qui parcourait la façade centrale, inondait de lumière la grande salle et offrait depuis la tribune des musiciens une vue sensationnelle sur la chaîne de collines des Lammermuir.

Alors que le taxi ralentissait à l'approche du perron, Kelly s'empressa de régler le volume de son iPhone au maximum (elle ne voulait pas manquer le moindre appel une fois à l'intérieur de l'immense maison) et laissa volontairement tomber ses épaules de cinq bons centimètres, tout en prenant une série de profondes inspirations. Bebe s'en sortirait très bien sans elle. Kelly reprendrait l'avion le lendemain soir et se rendrait directement à l'atelier lundi midi. Son absence serait plus courte que le temps que passent la plupart des gens dans leur salle de bains.

***

L'horloge comtoise sonna sept fois au rez-de-chaussée, au moment où le bouchon de champagne sauta et que Suzy leur servit un verre.

– Santé ! s'exclama Cassie, le regard tout pétillant, assise en tailleur sur le lit. À nous !

Anouk inclina la tête sur le côté.

– Heureusement que ton mari ne t'entend pas, plaisanta-t-elle avec son accent français caressant. Cette soirée est officiellement en votre honneur à tous les deux.

Cassie haussa joyeusement les épaules et soupira. Anouk avait raison, bien évidemment. Ils étaient ensemble depuis dix ans à une époque où la plupart des couples ne tenaient pas plus de deux ans. Ainsi, pour célébrer leur union, ils organisaient une grande fête, aussi importante, sinon plus, que leur mariage. Même si Cassie était fière de cette prouesse (notamment car cela signifiait qu'elle avait honoré sa part de leur « accord »), elle était encore plus enthousiasmée par le fait que ce soit l'occasion idéale pour réunir ses meilleures amies éparpillées aux quatre coins du monde. Elle savait que Suzy, Anouk et Kelly se voyaient assez régulièrement. Après tout, Londres, Paris et New York étaient pratiquement des trajets quotidiens pour elles – mais un détour par les landes écossaises ? Pas vraiment. C'était la première fois qu'elles se retrouvaient toutes les quatre depuis son mariage – enfin, dès que Kelly serait arrivée.

Cassie observa Suzy, de l'autre côté du lit, se saisir délicatement d'une boîte bleu clair à pois marron.

– Le champagne est peut-être pour Gil et toi, mais ça, c'est pour nous !

À l'intérieur se trouvaient quatre gigantesques cupcakes, tous recouverts d'un pâle glaçage au citron et surmontés d'une rose blanche.

– Magnifique, soupira Anouk, qui en prit un pour le donner à Cassie.

– Oh là là, ils sont vraiment beaux. On dirait des bébés lapins.

Cassie admira le gâteau à la lumière du soleil. Ces délices sophistiquées qui ornaient les vitrines des pâtisseries du quartier londonien de Pimlico étaient à mille lieues du *Dundee cake*, ce gâteau aux fruits secs traditionnel de l'Écosse, songea-t-elle.

– Ils sont aux fruits de la passion ?

Suzy confirma d'un hochement de tête.

– Ça te plaît ? Je suis en train de peaufiner la recette avec la pâtisserie pour un mariage que j'organise. Il nous a fallu une éternité pour trouver la recette parfaite : soit c'était trop mou, soit pas assez acidulé... Mais ça me paraît bon maintenant. Qu'en pensez-vous ?

Cassie approuva totalement.

– Est-ce que la mariée est supportable ? demanda Anouk, qui, appuyée contre les oreillers, dégustait son cupcake par toutes petites bouchées.

Suzy leva les yeux au ciel.

– Ces deux mots ne sont pas compatibles ! La seule chose à propos de laquelle elle n'a pas changé d'avis, c'est le marié – mais il reste encore un mois pour que ça arrive !

Anouk ricana et secoua la tête.

– Je ne sais pas comment tu arrives à les supporter. Tout ce stress que tu absorbes.

Suzy jeta un coup d'œil à son ventre grassouillet.

– Je ne serais pas contre d'en absorber bien plus. Pourquoi mes mariées perdent-elles toujours au moins cinq kilos, et, moi, j'ai l'impression de grossir ? C'est vrai, c'est moi qui me donne du mal avec les fleuristes, les salles réservées pour deux événements différents le même jour, les orchestres qui font faux bond, les DJ bourrés à la cocaïne, les prêtres bourrus, j'en passe et des meilleures... C'est moi qui gère tous ces problèmes. Alors, ce serait à moi de perdre du poids.

Cassie poussa un soupir. Depuis qu'elle connaissait Suzy – c'est-à-dire depuis sa naissance –, celle-ci cherchait en permanence à se faire plus petite. À douze ans, elle mesurait déjà un mètre cinquante-cinq et avait une carrure athlétique, même à son poids de forme ; aussi avait-elle toujours eu le sentiment de prendre trop de place. Ce désir adolescent de se fondre dans la masse ne l'avait jamais quittée – d'autant plus, semblait-il, depuis qu'elle fréquentait au quotidien des mariées au régime.

Cependant, quel que soit le sentiment de Suzy au sujet de son poids, Cassie la trouvait plus belle que jamais : déjà, elle faisait plus jeune que ses trente ans, avec son teint de velours rose, ses yeux de biche marron et sa coupe dégradée qui mettait en valeur ses cheveux blond foncé très fins.

Anouk, en revanche, était en tout point l'opposé de Suzy. Brune, menue, confiante en elle. Ses épais cheveux châtains étaient onéreusement coupés en un carré long « coiffé décoiffé », qui arrivait parfaitement sous ses pommettes marquées. Son nez était droit et fin, et sa bouche en cœur était joliment contrebalancée par des dents très légèrement en avant. Comparée à Suzy, elle faisait un peu plus que ses trente ans, non pas à cause de rides ou de quoi que ce soit d'aussi bourgeois que le vieillissement (Cassie savait bien que la salle de bains d'Anouk était plus fournie qu'une parfumerie et que sa routine de beauté ferait pâlir Cléopâtre). Cela résidait davantage dans son attitude, qui suggérait une expérience du monde, une sophistication rarement portée par de telles épaules délicates, mais qui était plus communément l'apanage de femmes de dix, voire de vingt ans son aînée.

– Franchement, je pense que la vie dans ces villes est mauvaise pour votre santé, réprouva Cassie. De ce que j'en vois, ça vous rend obsédées par votre ligne. Personne n'y réfléchit à deux fois par ici.

– Pourquoi ? demanda Anouk. Qu'y a-t-il de mal à prendre soin de soi ?

– C'est exactement ça le souci. Vous ne prenez pas soin de vous, mais vous vous refusez telles que vous êtes. Vous semblez toujours vous priver pour avoir un poids ridiculement faible, qui n'est tout simplement pas tenable. Vous devriez simplement vous détendre et... profiter des cupcakes, soupira-t-elle, avant de terminer le sien.

– C'est vraiment ce que je déteste chez toi, se plaignit Suzy. Tu es fine sans même faire attention. Au moins, ça me réconforte de savoir qu'Anouk et Kelly souffrent terriblement pour rester minces.

– Mais je ne souffre pas, protesta Anouk, offensée qu'on la croit capable de faire une chose aussi inélégante.

– Ah non ? Alors comment fais-tu pour être de plus en plus mince chaque fois que je te vois ?

– Je suis une Parisienne, ma chérie, rétorqua-t-elle en haussant les épaules, comme si cette réponse expliquait tout. C'est dans mon ADN.

– Hmm, toujours la même rengaine...

– Qu'est-ce que tu vas mettre ce soir, Cassie ? demanda Anouk, qui mangeait toujours son cupcake par petites bouchées. J'espère que tu as dilapidé la fortune familiale dans une tenue somptueuse ?

Cassie secoua la tête, consciente de la consternation qu'allait provoquer sa réponse.

– J'ai bien peur que non. La saison de la chasse ouvre la semaine prochaine et j'ai passé mon temps en cuisine, pour essayer de m'avancer. Notre récolte exceptionnelle de quetsches cet été ne m'a pas aidée, j'ai essayé de tout ramasser et d'en faire de la confiture.

Anouk laissa tomber sa main, de dégoût.

– Tu as renoncé à une nouvelle robe pour des quetsches ?!

– On ne rigole pas avec les confitures dans cette maison, pas vrai ? marmonna Suzy, en levant les yeux au ciel.

Cassie haussa les épaules.

– Je n'ai pas réussi à sortir du domaine depuis plus d'un mois, raconta Cassie, avant de se lever et de se diriger vers l'armoire. Et, de toute façon, Gil a toujours aimé cette robe en velours noir que j'ai achetée il y a quelques années pour le Nouvel An. J'ai dû la porter trois ou quatre fois seulement.

Elle la plaqua contre elle : en bustier, elle descendait jusqu'aux genoux et était ornée d'une grosse rose en velours.

– C'est une Laura Ashley !

– Laura…, commença à répéter Anouk, qui se tourna vers Suzy avec une mine atterrée.

– Oui, je sais qu'elle ne ressemble à rien sur le cintre, mais, franchement, une fois portée…

Cassie aperçut l'expression sceptique de Suzy.

– Attendez, je vais la passer. Vous allez voir qu'elle n'est pas si mal.

Elle retira sa robe de chambre au moment où la porte s'ouvrit brusquement.

Les yeux de Kelly se posèrent sur Cassie, dans son soutien-gorge Playtex autrefois blanc et sa culotte détendue. La mâchoire lui en tomba.

– Mince alors ! C'est pire que ce que je croyais.

Cassie poussa un petit cri de joie et se jeta sur Kelly pour la serrer dans ses bras.

Anouk prit dans ses mains la robe en velours et grimaça.

– Et tu n'as pas encore tout vu, dit-elle à Kelly, qui la regardait par-dessus l'épaule de Cassie.

Anouk jeta la robe sur le lit et s'alluma une cigarette.

Suzy versa un verre frais de champagne et s'approcha d'un pas nonchalant, en attendant que Cassie libère Kelly.

– Tu ne portes toujours rien de coloré, à ce que je vois, réprouva-t-elle, tout en tendant la flûte à Kelly, avant de lui faire tendrement la bise. Et tu as perdu du poids. Tu es trop mince.

– Ce n'est pas possible d'être trop mince, susurra Anouk, avant de faire la bise à Kelly, tout en tenant sa cigarette en arrière.

– Exactement, confirma Kelly.

Ces deux-là avaient toujours été complices et étaient des célibataires fières de l'être, à l'apogée de leur pouvoir de séduction. Elles se ressemblaient même. Kelly aussi était brune, bien que ses cheveux soient raides comme des baguettes et plus longs que ceux d'Anouk, son nez plus retroussé, ses yeux noisette et en amande.

– Je vois que j'arrive pile au bon moment, affirma Kelly, qui attrapa Cassie par les épaules et lui jeta un regard sévère. Mais qu'est-ce que tu fais subir à Anouk ?

– Comment cela ?

– Elle est française, Cassie. Tu ne peux pas te promener avec des sous-vêtements pareils. Elle n'est pas faite pour endurer un tel spectacle.

– Mais… euh… je…, bredouilla Cassie, en regardant tour à tour son soutien-gorge pathétique et Anouk, qui avait une main plantée sur la hanche et les sourcils au milieu du front. Mais Gil s'en contrefiche.

– Ma belle, je dois t'avouer que c'est un mystère total pour moi que vous soyez restés dix ans ensemble. À Manhattan, le mec te jetterait de son lit !

Kelly but une gorgée de son verre.

– C'est une règle élémentaire à Paris, renchérit Anouk d'une voix traînante.

Cassie se tourna vers Suzy, prête à recevoir le coup de grâce.

– Désolée, poulette. Je ne peux pas t'aider. Londres est aux abonnés absents.

– Argh, vous êtes infernales, rétorqua Cassie sur la défensive, puis elle attrapa la robe de chambre en tissu-éponge en tas sur le sol. J'avais oublié à quel point vous êtes exigeantes. Je ne sais pas comment vos hommes font pour vous supporter.

Cassie détestait quand ses amies se liguaient contre elle de la sorte. Elles avaient beau toutes vivre dans un pays différent et être le fruit de cultures diverses, c'était comme si le « raffinement » était une langue internationale qui liait ses amies chics et élégantes. Leur quotidien n'avait aucun rapport pourtant : Kelly tenait une agence de communication spécialisée dans la mode à Manhattan, Suzy était une organisatrice de mariage dynamique à Londres, et Anouk était une créatrice de bijoux convoitée à Paris, qui refusait de vendre en boutique et acceptait de nouveaux clients à la condition qu'ils connaissent au moins trois de ses clients existants. Pourtant, toutes les trois utilisaient invariablement la même crème hydratante miracle, avaient le même sac Balenciaga, lisaient le journal sur leur iPad et affinaient leurs fesses dans un jean MiH.

– Hé, détends-toi ! Ce n'est pas comme si j'étais surprise, ni même déçue, affirma Kelly avec un clin d'œil, puis elle ouvrit la fermeture de son baise-en-ville pour en sortir un paquet enveloppé d'un papier de soie vieux rose. Justement, j'ai un petit cadeau pour toi.

Cassie prit le paquet avec précaution, comme si elle craignait quelque peu son contenu. Elle déchira l'emballage et une robe en soie bleu nuit s'en échappa.

– Oh ! Quelle jolie nuisette ! s'extasia-t-elle, en passant sa main sur le tissu, son indignation aussitôt évaporée.

Ses amies pouffèrent.

– Devrais-je la mettre ce soir ? demanda Cassie avec coquetterie, tout en tenant le vêtement contre elle.

– Oh, oui, tu vas la mettre ce soir, rit Kelly. Mais pour la fête ! Ce n'est pas une nuisette !

– Quoi ? Mais c'est si... léger. Gil va être mortifié si je...

– Au contraire ! Gil sera ravi de voir sa femme aussi charmante, argumenta Anouk. Enfile-la.

N'ayant pas d'autre choix, Cassie passa la robe. La sensation de la soie sur sa peau fut délicieuse et elle remarqua deux petits croissants en dentelle au niveau des hanches. Un détail minime, mais incroyablement sexy.

– Ouah ! s'exclama Suzy.

– C'est la nouvelle collection ? demanda Anouk à Kelly.

Cette dernière confirma d'un hochement de tête.

– C'est une Bebe Washington. Gisele la portera au défilé dans quelques semaines.

– Je la veux.

– Tu l'auras. C'est pour un événement particulier ?

– Oh oui, répondit Anouk, sans donner volontairement davantage de détails.

Cassie n'arrivait pas à quitter des yeux son reflet dans le miroir. Elle avait l'air si… différente. Ce n'était pas elle d'une certaine façon. Elle ne savait pas quelle réaction attendre de Gil, malgré les paroles rassurantes de ses amies. Elle regarda l'horloge. Dix-neuf heures trente. À l'extérieur, le sonneur de cornemuse avait commencé à jouer. Il faisait des allers-retours d'un pas solennel sur la pelouse, afin d'attirer les invités vers le domaine de Lammermuir.

Cassie se demanda si Wiz parviendrait à arriver tôt. Elle ferait de son mieux, lui avait-elle assuré. Wiz, au moins, lui donnerait franchement son avis. Après tout, c'était son amie ici, son soutien, sa compagne de déjeuner et sa plus proche confidente ; c'était elle qui avait pris Cassie sous son aile quand elle était arrivée ici, à peine vingt et un ans, tout juste débarquée des contrées climatisées de la vie d'expatriée à Hong Kong, ignorante des subtilités de la chasse à la grouse.

Cassie regarda ses trois amies d'enfance, qui, assises par terre, examinaient un tas de chaussures renversées d'un des nombreux sacs d'Anouk. Leur amitié avait pratiquement été arrangée avant leur naissance. Leurs pères occupaient tous le poste de directeur dans la multinationale de cosmétiques Neroli : celui de Kelly en charge de l'Amérique à New York ; celui d'Anouk de l'Europe, à l'exception du Royaume-Uni, à Paris ; celui de Suzy du Royaume-Uni à Londres, et celui de Cassie de l'Asie à Hong Kong. Avant même la naissance des filles, leurs mères étaient des amies proches et se retrouvaient régulièrement quelque part dans le monde pour un café et des virées shopping, alors qu'elles accompagnaient leur mari aux assemblées générales et à des conférences. Quand les filles étaient nées, toutes la même année (leurs mères sans doute de mèche ?), cette amitié s'était étendue à leur génération, puisqu'elles partageaient crèches, hochets et nourrices. Leurs parents ne purent donc pas être surpris lorsqu'à l'âge de treize ans, les quatre adolescentes avaient fait pression pour être envoyées dans la même pension en Angleterre. Elles avaient ainsi profité de cinq années de bonheur ensemble, aussi proches que des sœurs, à dormir dans le même dortoir, à jouer dans la même équipe de hockey sur gazon, à avoir le béguin pour les mêmes garçons... jusqu'à ce que Cassie ait tout gâché.

Peut-être « gâcher » était-il trop exagéré, mais elle avait toujours eu le sentiment qu'en épousant Gil si tôt, elle avait fait éclater leur petite bulle. Elle l'avait rencontré à une soirée organisée au *Grosvenor Hotel* à Londres et elle était tombée sous le charme absolu non seulement de l'extraordinaire assurance et intelligence de cet homme, mais plus particulièrement de sa voix : claire comme du cristal, avec un léger roulement des « r ». Cassie ferait n'importe quoi pour cette voix, cette voix qui lui avait pris sa virginité, l'avait éloignée de ses amies, l'avait fait patienter le bébé qu'elle désirait tant...

On frappa à la porte.

– Cassie ?

En parlant du loup...

Paniquée, Cassie écarquilla les yeux. Gil ne devait pas la voir dans cette tenue : à moitié nue dans une nuisette, avec des sous-vêtements défraîchis et sans maquillage.

Manifestement, les filles étaient du même avis et se levèrent d'un bond, pour se regrouper autour de Cassie, tel un mur de footballeurs. Gil passa la tête par la porte et aperçut la scène de désolation : la boîte de gâteaux vide, les bouteilles de champagne entamées, le tas de chaussures, les robes sur le lit et le petit groupe de femmes, dont deux dans des robes de chambre en éponge et une serviette en turban sur la tête.

– Je savais bien que je vous trouverais toutes les quatre dans la même pièce. C'était impensable que vous vous prépariez chacune dans votre chambre !

Il entra dans la chambre et parut soulagé que les jeunes femmes soient toutes présentables. Il était déjà en tenue pour la fête : une veste en velours vert bouteille et un pantalon dans le tartan de sa famille. Ses traits aquilins, anguleux – toujours si intimidants quand il portait sa robe et sa perruque d'avocat – étaient adoucis par son humeur festive.

– Vous m'avez mise dans la chambre des Fées, Gil, dit Suzy d'un ton accusateur, les mains sur les hanches. Ne crois pas que j'ai oublié que c'est celle qui est hantée. Tu n'es pas le seul à ne pas avoir fermé l'œil, la nuit de ton mariage !

Gil rit doucement à cette allusion à la barre de pole dance que les filles avaient installée dans la chambre des mariés.

– C'est dommage qu'Archie n'ait pas pu venir ce week-end. Cela m'aurait fait plaisir de le voir.

– Tu n'es pas autant désolé que lui. Une course de chameaux avec des clients à Abou Dhabi ne correspond pas à sa définition d'un bon moment. Le pauvre est terrifié. J'ai dû lui donner les calmants que je garde au cas où pour les crises d'angoisse de mes mariées.

Gil gloussa et regarda Kelly, habillée en noir de la tête aux pieds et la seule à ne pas avoir l'air de séjourner dans un centre de thalassothérapie.

– Comment s'est passé ton vol, Kelly ?

– Oh, tu sais… Un top model qui pique un caprice devant moi, un ivrogne qui dort sur mon épaule et une hôtesse de l'air qui a du mal à contenir sa colère. La routine, dit-elle d'un ton pince-sans-rire.

Gil observa les femmes regroupées autour de Cassie, dont on pouvait apercevoir les boucles blondes.

– Pourquoi êtes-vous toutes comme ça autour de ma femme ? demanda-t-il d'un air soupçonneux. Vous ne lui avez rien fait, rassurez-moi ?

– Non. Nous la préparons pour ce soir, c'est tout, répondit rapidement Suzy.

– On croirait que vous l'avez fait boire au point qu'elle est incapable de tenir debout.

– Mais non ! protesta Anouk.

– C'est parce que ça porte malheur que tu la vois avant, expliqua Kelly.

– Ça porterait malheur si elle était en robe de mariée, rétorqua Gil, en fronçant les sourcils. Pas pour notre anniversaire de mariage dix ans plus tard !

– Pff ! Blanc bonnet et bonnet blanc.

– Très bien, concéda-t-il, en levant les mains en signe de défaite.

Il se percha sur la pointe des pieds, pour tenter d'entrevoir son épouse.

– Pour ta gouverne, ma chérie, nos invités arrivent.

Cassie hocha la tête derrière le mur formé par ses amies.

– Accorde-nous dix minutes.

– D'accord, répondit Gil d'un air entendu, avant de s'éloigner. Cent contre un que ce sera plus long !

Il ferma la porte sur les bruits révélateurs de femmes qui se pressent : des fermetures Éclair qui s'ouvrent, des portes de placard qui claquent, la douche qui coule. Il leur faudrait une demi-heure, au bas mot.

***

Cassie se contemplait encore dans le miroir quand Kelly sortit de la douche.

– On voit ma culotte à travers.

Elle savait que les filles allaient lui faire porter cette robe et que Gil désapprouverait. Ses amies le savaient également – sinon, pourquoi l'auraient-elles cachée quand il était entré dans la chambre ?

– N'en mets pas, suggéra Anouk de l'autre côté de la pièce, occupée à faire son trait d'eye-liner.

Cassie la considéra avec horreur.

– J'ai anticipé, indiqua Kelly, qui s'approcha de son sac puis jeta un sachet en plastique sur le lit. Couleur chair.

Cassie prit le sachet.

– Spanx ? Qu'est-ce que c'est ?

Les trois amies de Cassie levèrent les yeux au ciel.

– Une marque de gaine, Cassie ! lui expliqua Suzy. Elle maintient tout ton gras en place et te donne une jolie silhouette. J'en fais porter à toutes mes mariées qui ont une robe fluide.

– Quelles chaussures as-tu prévues ? demanda Kelly, tout en redoutant déjà la réponse. Ne me dis pas des ballerines. Ne me dis pas…

– J'ai une jolie paire de petits talons que j'ai achetée en solde à Noël.

Il y eut un silence pesant.

– Quoi ? Ce sont mes plus belles chaussures.

Anouk soupira et se dirigea vers l'amas de chaussures au milieu de la chambre. Elle se saisit d'une sandale Louboutin dorée à lanière avec un talon de dix centimètres.

– Essaie ça. Nous faisons la même pointure.

– Oh, tu plaisantes ? Je ne mets rien qui soit plus haut qu'une botte à longueur d'année. Tu ne penses pas sérieusement que je vais descendre les escaliers avec ces chaussures aux pieds ? Je vais devoir glisser sur la rampe.

– Si c'est ce qu'il faut, dit Anouk en haussant les épaules.

Cassie soupira et enfila les sandales, se hissant immédiatement à un mètre quatre-vingts. Elle devait admettre qu'elles s'accordaient à merveille avec cette robe. Elles étaient aussi assurément plus agréables à porter qu'elles n'y paraissaient. Mais elle n'avait pas encore fait un pas. D'ailleurs, cela lui fit penser que…

– J'espère que vous n'avez pas oublié qu'il y a du quadrille écossais au programme ce soir. Vous aurez besoin de chaussures confortables.

– Cela n'existe pas, rétorquèrent à l'unisson Anouk et Kelly.

– Ma belle, la seule chose que j'ai l'intention de quadriller ce soir, c'est le bar, lança Suzy, en se tortillant pour enfiler sa robe.

Cette boutade les fit toutes éclater de rire.

***

Quarante-cinq minutes plus tard, les quatre femmes descendirent les escaliers en colimaçon bras dessus, bras dessous. Même Cassie ne pouvait ignorer les regards qui se posaient sur elle. Aucun de ses amis – enfin, des amis de Gil – ne l'avait jamais vue comme cela. Elle se sentait incroyable. De ses cheveux d'un blond terne, Anouk lui avait fait une tresse de style grec sur l'avant de la tête et laissé les autres mèches tomber dans son dos en de belles boucles ; Suzy avait maquillé ses grands yeux bleus avec des fards doré et bronze et sa large bouche toujours souriante avec un rouge mat.

Ses amies s'étaient reculées pour l'admirer, telle une œuvre d'art qu'elles avaient créée. Cassie ne ressemblait en rien à la femme qui, à quatorze heures l'après-midi même, avait planté trente framboisiers dans le jardin, dans une salopette à fleurs et l'un des pulls en laine mités de son mari. Elle savait qu'elle était jolie, mais ce qui était parfait pour un défilé de mode à Paris ou un cocktail à Manhattan ne seyait pas à l'univers de la chasse en Écosse. Gil était de dix ans l'aîné de Cassie, et ses amis étaient tous plus âgés que lui. Avait-elle l'air… *convenable* ? Elle étudia la salle anxieusement, en espérant croiser le regard de Wiz avant celui de Gil.

Cassie n'aperçut ni l'un ni l'autre. Nul doute que cette robe faisait forte impression auprès de tous les invités. Lorsque les quatre amies arrivèrent en bas des marches, une nuée de convives et de parfum enveloppa Cassie et elle se retrouva rapidement séparée des filles.

– Bonjour… Ça fait plaisir de vous voir… Oh, vous êtes gentil… Bonjour… Comment allez-vous ?… Je suis vraiment ravie que vous ayez pu venir… Oh, vous le pensez sincèrement ?… Tu es ravissante également… Oui, le temps est magnifique, n'est-ce pas ?… Bonjour… Merci d'être venus…

Mais cet instant où l'on était au centre de l'attention ne pouvait pas durer et, alors qu'un verre fut placé dans la main de Cassie par un homme qui avait assorti son sporran à sa barbe, la conversation reprit sur le sujet insipide, mais familier de l'abomination que constituait le parc éolien sur le domaine voisin du comte de Luss.

Discrètement, Cassie balaya la pièce du regard. Un quatuor à cordes jouait dans la tribune des musiciens. Les hommes portaient un pantalon écossais ou un kilt, certains avec une écharpe en bandoulière et d'extravagants sporrans en crin de cheval. Les femmes étaient tout autant apprêtées avec leur robe longue et leurs bijoux de famille. Elles étaient majestueuses et impressionnantes, mais, tandis que Cassie observait ces femmes et ses amies citadines branchées (Anouk dans une robe à volants en soie corail, Suzy dans une robe ethnique avec une broderie de perles dorées et Kelly dans une robe en satin noir découpée au laser), il lui vint à l'esprit que les grandes dames se ressemblaient toutes à l'occasion de pareils événements.

Tout comme la maison, pensa-t-elle. Ils étaient encerclés, entravés par la tradition. La grande salle était imposante comme d'habitude (même un bouquet de pâquerettes dans une théière revêtirait une certaine gravité dans ce décor seigneurial), mais elle avait sans doute la même allure qu'à chaque fête organisée en ces lieux au cours des deux derniers siècles. Les candélabres en forme de bois de cerf étaient agrémentés de bougies dont la lumière n'était pas encore perceptible ; d'épaisses guirlandes de lierre ornaient les portraits de famille austères ; des drapeaux de cérémonie décolorés et légèrement effilochés pendaient de hampes en cuivre au mur ; quant à l'énorme cheminée en pierre, elle avait été remplie d'une profusion de fleurs du jardin et de chardons (il faisait trop chaud ce soir-là pour une flambée). Seuls les ballons rouge vif accrochés à la rampe, sur lesquels était inscrit « 10 ans », indiquaient que c'était Cassie la maîtresse de maison, et non pas sa belle-mère effrayante, ni l'une de ces femmes au regard noir des portraits aux murs.

Elle s'aperçut que, de l'autre côté de la pièce, les filles – agglutinées comme des bernacles – avaient trouvé Wiz avant elle. Plus officiellement connue sous le nom de Lady Louisa Arbuthnott, Wiz était la fille chérie du plus vieux juge du pays, Lord Valentine, et, en plus d'être la meilleure amie de Cassie, l'une des femmes les plus introduites d'Édimbourg. Elle participait à des événements tels que celui-ci dans son sommeil. Champs d'éoliennes, faible nombre de grouses, diminution des tourbières dans les Midlands... – elle était capable d'aborder n'importe quel sujet et de s'en distraire. Rien ne la désarçonnait. Personne ne l'ennuyait. Tout le monde l'adorait.

Avec son élégante robe droite en soie vert olive, les perles noires à son cou et ses cheveux auburn coiffés en chignon, c'était la seule femme présente capable de rivaliser avec les amies de Cassie. Elle se sentait autant chez elle à la ville qu'à la campagne. En tant qu'associée principale dans un grand cabinet d'Édimbourg spécialisé dans les divorces, McMaster & Mathieson, elle s'offrait les services d'une styliste particulière, qui se faisait un honneur de lui réserver les pièces centrales des collections de grands couturiers.

La tête renversée en arrière, Wiz riait à une plaisanterie de Kelly. Elles souriaient toutes, mais Cassie, qui maîtrisait bien le langage corporel quasi imperceptible du groupe, eut un pincement au cœur : Anouk plissait légèrement les yeux,

Suzy souriait un peu trop vivement, Kelly avait le menton un peu trop baissé. Même si les filles n'en avaient jamais parlé, il y avait une tension tacite autour de son amitié avec Wiz – de la jalousie, supposait Cassie.

Cassie savait que ses trois amies faisaient toutes de leur mieux pour ne pas l'exclure. Régulièrement, elles se téléphonaient et s'envoyaient des e-mails. Elles l'avaient même convaincue de mettre à jour son statut sur Facebook, mais, après une succession de « Cassie Fraser boit une tasse de thé/est sur son ordinateur/s'ennuie », elles l'avaient suppliée d'arrêter. Le simple fait que Cassie n'ait jamais vu de gaines et croyait que personne depuis les Romains n'avait porté de spartiates ne faisait que souligner qu'elle évoluait à mille lieues de leur univers. Elles avaient beau être des amies de longue date, leurs vies étaient très différentes et, en vérité, la personne qui connaissait le mieux Cassie désormais était Wiz.

Quand le père adoré de Cassie était décédé quatre ans plus tôt, c'était Wiz qui avait réservé les billets pour qu'elle retourne à Hong Kong, afin de passer deux mois auprès de sa mère. Et cette sollicitude était réciproque. Lorsque le mari de Wiz, Sholto, l'avait quittée, alors qu'elle était enceinte de cinq mois de leur fils Rory, ce fut Cassie qui l'accompagna à tous les cours prénataux, qui lui avait tenu la main pendant l'accouchement et était devenue une marraine gaga.

Durant près de dix ans, ces deux amitiés avaient fonctionné en parfaite harmonie car elles ne s'étaient jamais chevauchées. Ce soir était une première pour chacune d'elles.

Après avoir trouvé le vague prétexte d'aller saluer quelques personnes, Cassie tenta de se faufiler jusqu'aux filles, mais, avec les politesses qu'elle devait rendre suite aux attentions suscitées par sa robe époustouflante, elle avait l'impression de patauger dans la boue. Au moment où Cassie attrapa le bras de Suzy, Wiz avait disparu.

– Où est-elle ? demanda Cassie, déçue.

Elle mourait d'envie de connaître son avis sur la robe. Gil était toujours introuvable, sans doute retenu par un groupe quelque part.

– Elle a reçu un appel qu'elle devait absolument prendre. Une certaine Martha ?

Cassie hocha la tête.

– C'est la nounou de son fils.

– C'est ça. Elle est partie dans le bureau.

– Merci. Je reviens tout de suite, s'excusa Cassie, en lissant anxieusement ses paumes de main sur ses cuisses.

Elle se fraya un chemin à travers les convives, en essayant de garder les yeux baissés.

– Pardon, un coup de fil... Excusez-moi... Je reviens tout de suite...

La porte du bureau était entrouverte, mais elle entendit la voix apaisante de Wiz souhaiter bonne nuit à Rory.

– Je t'aime, mon chéri. Sois sage avec Martha, d'accord ?

Cassie sourit et s'arrêta devant le seuil, afin de ne pas déranger Wiz. Rory avait trois ans et venait de faire sa rentrée à l'école maternelle, mais son agenda était déjà plus rempli que celui de Cassie. Elle avait plaisanté à plusieurs reprises qu'il serait plus facile de décrocher une entrevue avec le pape que de passer un après-midi avec Rory. Quand il n'était pas à l'école, il faisait de la baby-gym, du yoga, du football, prenait des cours de français, ou bien faisait la sieste. Cassie avait lu dans la presse qu'un « emploi du temps surchargé » était le problème du parent moderne, mais jamais d'autres dilemmes actuels ne semblaient mentionnés, comme la marraine attentionnée qui s'inquiétait d'être mise sur la touche.

Appuyée contre le montant de la porte, elle suivait du doigt le motif écossais bleu marine et vert bouteille du papier peint.

– Et n'oublie pas de te brosser les dents. Martha m'a dit que tu avais eu de la glace en dessert…

Cassie se retourna vers la grande salle et observa les serveurs passer avec des plateaux de verres et les invités s'en saisir de bonne grâce. Personne ne ferait une chose aussi inconvenante que d'être saoul ce soir.

– Papa est là, il veut te dire bonne nuit…

Quoi ?

Cassie se redressa, le sang lui battait dans les tempes. *Sholto était ici ?*

Elle secoua la tête. Wiz n'avait eu aucun contact avec lui depuis qu'il était parti – c'est-à-dire depuis près de quatre ans. Et c'était impossible que Gil l'ait invité à cette soirée. Il savait tout aussi bien que Cassie que Wiz avait vécu son départ comme une trahison – sans parler d'humiliation.

– Comment va mon petit garçon aujourd'hui ?

Le battement dans les tempes de Cassie se fit plus fort et elle sentit son cœur accélérer.

– Le château ?… Bravo… Bon, maintenant, fais ce que Maman t'a dit, va te brosser les dents… Je serai là dans deux dodos, d'accord ?… Tu me manques, Rory. Dors bien…, souhaita la voix, cette voix ô combien reconnaissable dont Cassie était tombée amoureuse.

New York

Chapitre 1

Cassie observa la ville se dresser devant elle, jaillir du sol en gigantesques pics sculptés d'acier et de verre, avec le célèbre fleuve qui sinuait entre eux tel un serpent de cuivre. Elle essaya de comprendre pourquoi on en faisait tout un plat, mais difficile à dire à dix mille pieds d'altitude. C'était l'une de ces villes que, d'après tout le monde, il fallait absolument visiter au moins une fois dans sa vie, or Cassie n'avait jamais eu la moindre envie d'y venir. Ce n'était pas quelque chose qu'elle avouait ouvertement (comme admettre qu'elle ne choisirait pas Nelson Mandela comme invité idéal à un dîner ou que *Pretty Woman* était son film préféré de tous les temps).

Mais elle était là désormais. C'était la première décision qu'elle avait prise. Son premier choix s'était porté sur le dernier endroit où elle avait envie d'aller. C'était ce qu'elle pouvait imaginer de plus éloigné de sa zone de confort, tout ce qu'elle n'avait jamais voulu – du bruit, de la lumière, éblouissant et tonitruant. Des coups de klaxon et une foule urbaine bouillonnante qui auraient au moins le mérite de la distraire des décombres de sa vie.

L'avion survola la statue de la Liberté – grande, fière, aussi verte qu'un bonbon à la menthe – par deux fois, comme pour faire passer clairement le message à Cassie : « Tu vois ? La liberté. L'autonomie. L'indépendance. Tout est bien ici. » Mais elle n'était pas dupe. Elle ne voyait rien d'extraordinaire dans la « liberté », ce n'était qu'une façon marketing de dire « isolement » ou « solitude ».

Cassie secoua la tête et termina sa boisson. Elle savait qu'elle était ivre et déprimée. Ces deux états passeraient, l'un plus rapidement que l'autre. Elle se demanda si Gil était de son côté ivre ou déprimé, si son départ précipité du domaine et du pays avait apporté une clarté soudaine à ses actes et lui avait fait prendre conscience de l'erreur qu'il avait commise.

Cependant, tout en se faisant cette réflexion, Cassie savait que la seule chose que Gil ressentait probablement était du soulagement. À tant d'égards – d'un point de vue social, historique, écossais –, Wiz et lui allaient bien mieux ensemble et, désormais, Gil était libre de mettre un terme à cette mascarade d'aller travailler la semaine à Édimbourg et pouvait vivre avec sa deuxième famille.

Cassie marqua un temps d'arrêt.

Étaient-ils sa deuxième famille – ou la première ? Cassie était-elle une simple « extension » ? Après tout, Wiz et Gil avaient eu un enfant ensemble. Ils étaient liés par le sang. Cassie, en revanche, n'avait qu'une alliance en or et un document juridique. D'un autre côté, c'était elle qui s'était mariée avec lui d'abord… Elle tenta de débattre logiquement ce dilemme, mais six gin tonics d'affilée lui compliquaient la tâche. Ah ! Un instant ! En plus de son document juridique, ils s'étaient unis devant Dieu. Elle avait Dieu en personne de son côté… Et ses amies.

Cassie s'appuya contre l'appuie-tête et ferma les paupières. Dieu et ses amies. Qui pouvait s'y opposer ? Certainement pas Gil. Il ne s'y était pas essayé d'ailleurs.

Dans les instants glaciaux qui avaient suivi la révélation, Gil et Wiz avaient observé en silence Suzy, Kelly et Anouk se mettre en action : elles avaient fait monter Cassie à l'étage, lui avaient retiré sa robe, préparé une valise, trouvé son passeport ; près de la porte, elles lui avaient enfilé ses bottes en caoutchouc, l'avaient poussée dans la voiture, lui avaient même mis sa ceinture – elle était sous le choc, trop brisée pour se ressaisir et riposter. Elle attendait simplement d'être emportée vers une nouvelle vie. Où que ce soit. À New York, peut-être ? Cassie regarda de nouveau par le hublot.

Ou serait-ce à Londres ? Ou à Paris ? Elle referma les yeux et s'efforça de s'imaginer telle que les filles l'avaient décrite dans la voiture : chic, métropolitaine, avec des talons qui claquaient alors qu'elle flânait dans une avenue commerçante bondée, et les hommes qui se retournaient sur son passage. Elle n'y parvint pas. Au cours des dix dernières années, les seuls êtres à se retourner sur son passage étaient les poules. À mesure que les quatre amies s'étaient éloignées du domaine dans la voiture cahotante, un projet avait lentement et douloureusement été mûri. Les filles avaient eu un débat intense autour de la silhouette silencieuse et larmoyante de Cassie à propos de ce qui était le mieux pour elle. Londres, avait avancé Suzy, était la ville la plus proche et la plus accessible pour une personne qui n'était pas habituée à la vie en métropole. Kelly avait rétorqué que ce dont Cassie avait besoin, c'était de rompre totalement avec tout ce qu'elle connaissait, un baptême du feu pour lui faire démarrer une nouvelle vie, aussi New York était la ville parfaite pour ce choc culturel. Anouk était convaincue que Cassie était davantage adaptée au raffinement plus tranquille de Paris, et elle maîtrisait déjà bien le français.

Elles avaient délibéré de la sorte durant tout le trajet jusqu'à l'aéroport, aucune ne parvenant à prendre le dessus, parce qu'en vérité, personne, pas même Cassie, ne savait quel genre de vie elle devrait mener, et encore moins où. Au final, elles avaient trouvé un compromis. Tout comme leur mère le leur avait enseigné quand elles étaient enfants, elles allaient partager.

Partager Cassie. Elle passerait quatre mois dans chaque ville, à vivre tour à tour avec chacune d'elles. Elle logerait dans leur appartement (Anouk et Suzy avaient des chambres d'amis et Kelly un lit gigogne), non seulement parce que le bail le plus court serait de six mois, ce qui était trop long, mais aussi parce qu'elle n'en aurait pas les moyens. Cassie n'avait pas d'argent à elle, seulement une carte de crédit commune que Gil pouvait couper à tout moment et, même si elle avait hérité d'un peu d'argent après le décès de son père, les filles étaient unanimes – au moins sur ce point – qu'elle ne devrait pas y toucher tant qu'elle ne savait pas où s'installer. Des mois allaient s'écouler avant que le divorce ne soit prononcé. Mais les filles pouvaient aider Cassie dans ce domaine également. Kelly et Suzy dirigeaient chacune leur propre entreprise et pouvaient la recruter de façon temporaire. Anouk travaillait aussi à son compte, mais son activité était trop spécialisée pour engager qui que ce soit sans formation ; elle promit toutefois de faire appel à ses contacts, afin de trouver un emploi à Cassie pour son arrivée l'année suivante.

Tel était donc le plan : une ville habitée par une amie, un lit où dormir et un travail temporaire. Les filles allaient reconstruire Cassie, et chacune exercerait son influence à tour de rôle. Cassie avait accepté de s'en remettre entièrement à ses amies et avait promis de ne pas protester, ni de refuser les idées qu'elles lui soumettraient. À la fin des douze mois, elle saurait qui est la véritable Cassie et à quelle existence elle aspirerait ; sa vie serait de nouveau entre ses mains, mais les mains d'une nouvelle femme – confiante, sexy, expérimentée et déterminée.

Le plus difficile serait de se lancer. Cassie avait dû supplier ses amies pour obtenir un jour de répit entre ces deux vies. Elles avaient refusé de la laisser seule une minute, mais Cassie avait insisté pour l'être quelques heures, avant d'ouvrir ce nouveau chapitre de sa vie. Aussi lui avaient-elles réservé à contrecœur une chambre dans un hôtel glauque à proximité de l'aéroport, avec un lit dur comme du bois et un minibar bien approvisionné. Kelly avait repris l'avion le soir même, Anouk et Suzy étaient montées dans un train pour Londres. Ainsi, à minuit, le jour du dixième anniversaire de son mariage, Cassie était seule, à sangloter sans aucun témoin. Alors que les larmes coulaient encore dans l'avion douze heures plus tard, elle se réconforta en se disant que l'anonymat lui permettait de pleurer bruyamment en public sans aucune honte.

De ses yeux humides, elle observa les célèbres gratte-ciel s'avancer vers elle, le ciel immense se rétrécir en petites taches bleues, tandis que l'avion s'apprêtait à atterrir. Elle arriverait sur la Lune, l'effet aurait été le même. Un frisson de panique parcourut Cassie alors que la réalité la rattrapa.

Elle avait quitté son mari et sa maison, son passé et son futur. Sa vie reposait désormais entre les mains magnifiquement manucurées de Kelly. Elle espérait que son amie saurait plus qu'elle quel sens lui donner.

***

Le taxi démarra en crissant des pneus et fut absorbé en quelques secondes par le flux jaune en direction de Lexington Avenue. Cassie regarda le morceau de papier froissé dans sa main, qu'elle serrait plus précieusement que son passeport. L'encre avait déteint sur ses paumes et elle avait distraitement frotté ses yeux bouffis avec ses mains sales. *App. 16, 119 East 63rd Street, entre Lex Ave et Park Ave, 10022.* Ces lettres et ces chiffres n'avaient aucun sens pour elle. Elle était capable de se repérer dans vingt-six mille hectares de lande, mais dans le quadrillage des rues de Manhattan ? Aucune chance.

Cassie étudiait les panneaux à chaque carrefour et en aperçut un sur sa gauche indiquant East 63rd Street. Les immeubles, tous en pierre claire et de hauteur moyenne, lui semblaient crasseux, mais Kelly lui avait fièrement affirmé que son quartier, l'Upper East Side, était le plus prestigieux de Manhattan. Qui était Cassie pour la contredire, elle qui avait passé les dix dernières années dans des tourbières ?

Devant elle, des bannes vert bouteille, bordeaux et bleu marine s'étiraient vers la rue, et des portiers coiffés d'une casquette et parés d'un uniforme gris à galons patientaient, droits comme des piquets, à proximité des portes à tambour. Ils s'avançaient de temps à autre sur le trottoir pour aider des résidents âgés à sortir d'un taxi ou d'une limousine. Cassie remarqua que, par ici, on portait des chiens miniatures comme des sacs, sans doute pour les protéger des piétons qui, les yeux droit devant eux, déambulaient sur les trottoirs dans une danse parfaitement synchronisée.

Les bâtiments étaient tous plutôt imposants. Cassie fut ravie de constater que l'immeuble de Kelly possédait un nouvel auvent rouge vif, qui lui servirait de point de repère. Le portier, grisonnant, mince, sans doute la cinquantaine, l'accueillit comme s'il l'attendait en particulier. Elle n'avait pas manqué cependant son rapide examen de la tête aux pieds pendant qu'elle s'avançait vers l'entrée. Elle savait qu'elle était débraillée et mal coiffée. Il y avait encore de la boue sur ses bottes, et son vieil anorak Woolworths rose et gris, qui avait toujours paru si gai sous la pluie écossaise, semblait désormais criard et inapproprié.

Après avoir pris ses bagages, le portier lui ouvrit la porte. Cassie entra dans un vestibule élégant, aux murs lambrissés et aux dalles en pierre calcaire. Tout était brillant et poli, propre et neuf – tout ce que Cassie n'était pas. Le portier lui remit une enveloppe que Kelly avait laissée pour elle. Elle contenait une clé et un mot.

– N'hésitez pas à me dire si je peux vous aider en quoi que ce soit, Madame, lui offrit le portier en souriant, avant d'appuyer pour elle sur l'étage dans l'ascenseur. Demandez Bill.

– Merci, parvint à lui répondre Cassie, qui hoqueta de façon inélégante, ce qui confirma sans doute l'impression miteuse qu'il s'était faite d'elle.

Les portes immaculées se refermèrent doucement sur le sourire poli du portier et Cassie déplia la feuille de papier :

Bienvenue à New York ! Fais comme chez toi.
Je vais rentrer pour dix-neuf heures.
Bisous
K.

Super, se dit Cassie, en repliant le mot et en le glissant dans sa poche de jean, alors que les portes s'ouvrirent sur un petit palier. Il était dix-huit heures trente. Par chance, elle aurait tout juste assez de temps avant le retour de Kelly pour prendre une douche et se rafraîchir – ou plutôt retrouver le sourire et se dégriser.

Après avoir trouvé le numéro 16, Cassie ouvrit la porte – et resta clouée sur place. Au rez-de-chaussée, l'immeuble était tellement imposant et prestigieux. Mais là ? Le placard sous les escaliers dans sa maison était plus grand que cet appartement ! Cassie entra dans le vestibule, qui était minuscule, carré et délimité par un paillasson symbolique sur lequel était écrit « Je ne suis pas un paillasson ».

– Sans blague, Kelly ! marmonna Cassie.

Sur la droite se situait la salle de bains, très métropolitaine, avec de la faïence blanche en forme de briques, un rideau de douche en plastique et des étagères en verre qui se plaignaient du poids des affaires de toilette. À côté se trouvait une chambre. Cassie y jeta un coup d'œil. Il y avait tout juste assez d'espace pour faire le tour du lit de princesse en cuir blanc, recouvert d'un jeté gaufré couleur taupe et d'une telle quantité de coussins rebondis qu'il y en avait presque jusqu'au pied du lit. Un petit fauteuil en vichy gris et blanc était jonché de vêtements, principalement noirs. Un pan de mur entier était consacré exclusivement au rangement des chaussures. Cassie resta bouche bée devant toutes ces rangées de chaussures. On aurait dit la salle des armes de Gil !

Quant au séjour, il semblait de la même superficie que la chambre, avec juste assez de place pour un canapé et deux fauteuils – pas de téléviseur, remarqua Cassie. La kitchenette était nichée entre l'espace nuit et l'espace de vie de l'appartement, comme pour faire office de séparation.

Cassie contempla la misérable cuisine. Elle avait des serviettes de toilette plus grandes que cette pièce. Celle-ci était immaculée, c'était le seul avantage que Cassie pouvait lui trouver : deux placards muraux d'un noir laqué et un unique élément bas, tous sans la moindre trace de doigt. Il n'y avait pas un grain de sucre, ni de farine, ni même une seule miette sous le grille-pain parce que… – Cassie examina le plan de travail d'un mètre de long – il n'y en avait pas !

Bon, elle savait que Kelly n'était pas une grande amatrice de blé. C'était logique qu'elle ne possède pas de grille-pain. Mais l'idée de renoncer à sa traditionnelle tartine grillée recouverte de confiture le matin aurait suffi à provoquer une crise d'angoisse à Cassie.

Cette pensée rappela à son estomac qu'il s'était nourri ces dernières vingt-quatre heures uniquement de liquide. Cassie fouilla dans son sac à main et déballa le muffin au chocolat qu'elle avait acheté dans l'avion. Tout en mastiquant nerveusement, elle prit conscience d'une autre absence. Où était la bouilloire ? Cassie ouvrit un placard mural et tomba sur une pile imposante de jeans. Elle regarda dans l'autre placard, tout en pressentant que ce serait insensé d'espérer y trouver des tasses. Pressentiment confirmé : un fouillis de soutiens-gorges et de culottes.

Une main sur la hanche, Cassie considéra la cuisinière d'un air suspicieux. Elle était toute petite et n'avait qu'un seul feu de cuisson. Il semblait peu probable de trouver la bouilloire dans le four.

Cassie entendit une clé dans la serrure au moment où elle ouvrit la porte du four et découvrit des piles de pulls en cachemire rangés par couleur.

– Évidemment, commenta-t-elle avec ironie, avant de se tourner pour saluer Kelly, tout en indiquant sa découverte d'un geste de la main. Il paraît que, pour éviter les mites, il vaut mieux mettre ses pulls au congélateur !

Kelly laissa tomber ses sacs sur le sol et serra fort son amie dans ses bras.

– Tu es arrivée ! Tu es réellement là !

Cassie hocha la tête, elle-même un peu surprise.

– On dirait bien.

– Alors, qu'en penses-tu ? Ça te plaît ? l'interrogea Kelly, en prenant des mains de Cassie le muffin à moitié mangé. Pas de glucides.

Cassie observa le gâteau partir à la poubelle sans autre commentaire.

– Euh… C'est très… mignon.

– Je sais ce que tu te dis, cria Kelly qui s'éloigna vers la chambre, tout en essuyant les miettes de ses mains.

Elle s'assit sur le lit et retira ses chaussures, qu'elle rangea délicatement sur le mur aux chaussures.

– C'est petit. Tu n'es pas habituée à ça.

Cassie entendit une fermeture Éclair et des boucles entrechoquer le sol.

– Oui, c'est sûr que ce n'est pas… ce à quoi je suis habituée. Mais c'est… charmant.

– Tu dis « charmant », mais tu penses « exigu », ironisa Kelly, avec un grand sourire.

Elle réapparut dans une combinaison en cachemire crème.

– Oh là là ! Tu ressembles à un bébé de Jennifer Lopez !

Kelly lui donna un coup de coude, mais cette boutade la fit tout de même rire.

– Tu m'en réclameras une quand l'hiver commencera à se faire sentir ! Attends de voir.

– C'est ça, oui, moi en grenouillère ! J'imagine très bien. Et j'imagine encore plus la tête de Gil s'il me voyait dans cette tenue, s'esclaffa de plus belle Cassie.

Kelly visualisa un instant la scène, puis elle éclata de rire, et bientôt les deux amies étaient pliées en deux, à se soutenir contre le mur. Leur capacité à partir en fou rire était légendaire à l'école et leur avait valu de nombreuses retenues. Kelly s'arrêta cependant lorsqu'elle se rendit compte que Cassie pleurait, mais plus de rire. Elle passa son bras autour d'elle et elles se laissèrent glisser contre le mur. Cassie posa sa tête sur l'épaule de Kelly, qui lui caressait les cheveux, exactement comme elles le faisaient quand elles étaient plus jeunes.

Elles restèrent dans cette position un long moment.

– Mince alors, je n'avais pas imaginé que ma vie ici commencerait de la sorte, se lamenta enfin Cassie. Je pensais tenir le coup au moins une demi-heure avant que les pleurs hystériques ne reprennent.

– Cela va durer un certain temps. Il faut que ça sorte. Comment s'est passé le voyage ?

– Oh, la honte totale. On m'entendait plus pleurer que les enfants. Tu te serais jetée de l'avion en parachute.

– Je n'en doute pas, admit Kelly, qui commença à se relever. Viens, je vais te faire couler un bain. Tu as besoin de te détendre. J'irai nous chercher à manger pendant que tu fais trempette.

– Oh non, ça va. Je vais t'accompagner.

– En plus, tu pues, ajouta Kelly, qui entra dans la salle de bains et ouvrit le robinet. Voilà. Je t'ai mis mon huile de bain Jo Malone préférée. Enfile ton pyjama quand tu sortiras. Je reviens très vite.

Kelly passa une paire de bottes Ugg en tricot et une doudoune sans manches.

La porte se ferma doucement et Cassie entra dans le bain, laissant l'eau l'envelopper. Elle se rendit compte qu'elle n'avait pas pris de douche, ni fait sa toilette à l'hôtel. Après avoir vidé le minibar, elle s'était effondrée tout habillée sur le lit ; réveillée par le téléphone qu'elle avait programmé la veille au soir, elle s'était levée, avait attrapé son sac et avait quitté la chambre d'un pas hésitant pour rejoindre le terminal. Elle se frotta la paupière et son doigt fut taché de fard bronze. Mince, la fête était encore littéralement sur elle : le maquillage, la lotion corporelle, le choc et l'horreur de cette soirée…

Après avoir pris une profonde inspiration, elle se glissa sous les bulles parfumées, avide de leur effet purifiant et métamorphosant. Cette ablution impliquait d'être immergée dans l'odeur d'une autre personne – une senteur parfumée, raffinée, inhabituelle –, mais ce n'était pas un souci. C'était ce que Cassie souhaitait. Être tout sauf elle-même.

***

Lorsque Kelly revint, Cassie portait un pyjama en flanelle à carreaux verts – un vieux pyjama de Gil, le plus chaud qu'elle avait pour se blottir devant la cheminée, par ces longues soirées seule quand Gil était parti pour sa semaine de travail à Édimbourg. Une bouteille fraîche de sauvignon, qu'elle avait achetée au duty free, était posée sur la table devant elle, avec à côté deux verres à eau colorés.

– Tu n'as pas de verre à pied, fit remarquer Cassie alors que Kelly considéra les verres d'un air soupçonneux.

– Parce que je ne bois pas de vin, répondit Kelly, qui souleva la bouteille et lut l'étiquette comme s'il s'agissait de consignes de lavage. Mais je vais devoir faire une exception ce soir. C'est une bonne bouteille et c'est ta première soirée à Manhattan.

– Pourquoi ne bois-tu pas de vin ?

– À cause des calories, voyons ! Cette bouteille est aussi calorique que le dîner, expliqua Kelly en soulevant les deux sachets en papier blanc encore fumants, un peu mouillés dans le fond. C'est comme si nous mangions deux fois ! Mais ce n'est pas très grave, ajouta-t-elle, avec un sourire indulgent. Nous irons courir demain matin pour éliminer.

– Nous ?

– Oui. Tous les matins. Dans Central Park, à sept heures.

– Sept heures !!! Kelly, je ne respire même pas à cette heure de la nuit.

Kelly gloussa tout en retirant l'opercule de la bouteille.

– Tu as toujours été une marmotte. Tu te souviens de cette fois où tu n'as pas entendu ton réveil et que tu as dû passer ton contrôle de maths en chemise de nuit ?

Cassie leva les yeux au ciel. Cette anecdote était vraie. Elle n'avait jamais été du matin.

Kelly s'avança vers la bibliothèque et attrapa deux assiettes sur le dessus. Cassie remarqua pour la première fois qu'il y avait là quelques bols et un verre rempli de couverts. C'était donc là que Kelly cachait la vaisselle. Les placards de la cuisine étaient manifestement une extension du dressing, dépourvus de toute fonction culinaire.

– Que mangeons-nous ? s'enquit Cassie, qui leur servit un verre de vin et en tendit un à Kelly.

Celle-ci était agenouillée par terre (il n'y avait pas non plus de table ni de chaises) et sortait de toutes petites boîtes en carton des sacs.

– Japonais. Tu en as déjà mangé, pas vrai ?

– Pas vraiment. Les baguettes se transforment en armes fatales dans mes mains.

– Et en accessoires capillaires dans celles d'Anouk. As-tu déjà vu les vieilles baguettes en jade qu'elle a achetées aux enchères ? Elles sont magnifiques.

– Anouk ne sait pas être autrement que magnifique, il faut le reconnaître.

Cassie jeta un coup d'œil à ses cuisses comprimées dans son pyjama de flanelle. Une tenue qu'Anouk ne comprendrait pas – ni même ne voudrait comprendre. Cette femme était le charme incarné. En son for intérieur, Cassie se demanda à quoi ressemblerait son séjour parisien avec elle. L'époque était loin où elles vivaient toutes ensemble à l'école, en permanence bras dessus bras dessous, à rire aux éclats de plaisanteries qu'elles seules pouvaient saisir. Anouk supporterait-elle le besoin toujours présent de Cassie de dormir, de manger et de mettre des chaussons ? De toute la bande, la vie d'Anouk semblait la plus éloignée, la plus différente de celle de Cassie.

Kelly, en revanche, en dépit de son hyperactivité et de ses manières brusques, était une chatte derrière les apparences, avec un cœur énorme qu'elle s'efforçait de cacher – de protéger – de tous à l'exception de ses amis les plus proches. Car Cassie n'avait pas été la seule à se marier jeune. Moins de deux ans après son mariage, Kelly était tombée follement amoureuse d'un courtier en assurances qu'elle avait rencontré lors de vacances à Sainte-Lucie. Ils s'étaient passé la bague au doigt quatre semaines plus tard, avant que celui-ci ne se volatilise avec les économies de Kelly quand le fisc était venu lui réclamer deux millions de dollars d'arriérés. Elle ne l'avait plus jamais revu, et ses mensonges – en plus de son évaporation – avaient eu un effet dévastateur sur elle. Il était le premier homme qu'elle avait jamais aimé et elle s'était entièrement abandonnée à lui. Bien qu'elle ait depuis longtemps tourné la page et connu un grand nombre d'idylles, aucune de ses relations n'avait dépassé les six mois. Quelque chose en elle avait été altéré – la confiance, le rêve enfantin en un seul et unique grand amour avaient disparu. Elle changeait d'homme comme on change de sac à main et se rendait souvent à deux, voire trois rendez-vous le même soir. D'ailleurs, annonça-t-elle à Cassie pendant qu'elle ouvrait les boîtes, elle devait aller boire un verre avec un homme à vingt-trois heures, une fois que Cassie serait au lit à récupérer du décalage horaire et de son excès d'alcool.

L'idée même de rencontrer un quasi-inconnu autour d'un verre au milieu de la nuit était aussi étrangère à Cassie que les rouleaux non identifiables aux algues et au poisson cru que Kelly présentait comme le dîner. Mais Cassie savait qu'elle devrait s'y habituer. C'était cela être une New-Yorkaise. Elle devait se conformer aux usages de cette ville.

Chapitre 2

Douze heures et seize minutes plus tard, Cassie était déjà à la traîne et regrettait de ne pas être plutôt à Paris. Kelly et elle couraient autour du plan d'eau Jacqueline Kennedy Onassis, et tout ce à quoi Cassie pensait était de retourner dans son lit gigogne chaud et moelleux et de se mettre en position latérale de sécurité. La montre cardiofréquencemètre, reliée à la ceinture placée sous son soutien-gorge, bipait et lui affichait des chiffres rouges, lui hurlant pratiquement de s'arrêter – ce que le coach de Kelly, Raoul, ne ferait de toute évidence jamais.

Cassie stoppa sa course et les observa sombrement s'éloigner – une fois de plus.

– Hé ! Hé ! haleta-t-elle, pliée en deux, la tête quasiment sur les genoux. Allez-y ! leur lança-t-elle le souffle coupé, en leur faisant signe de continuer.

Kelly se retourna, en courant sur place – elle dégageait une image d'énergie inépuisable dans sa tenue de *running* gris et bleu.

– Ne sois pas ridicule, on va t'attendre.

Elle jeta un regard à Raoul, qui avait la réputation de faire retrouver la ligne à tous les plus grands top models et n'était clairement pas impressionné par les tentatives pleurnichardes de Cassie.

– Kelly, ça fait un quart d'heure que tu cours et ton corps ne se rend même pas compte encore qu'il est en mouvement ! s'exclama Cassie en respirant péniblement.

Elle tituba jusqu'au banc le plus proche. Elle but à sa gourde aussi goulûment qu'un veau nourri au biberon.

– Tu cours le marathon dans deux mois, bon sang. Tu vas avoir du mal à suivre ton programme d'entraînement si tu dois sans cesse m'attendre. Franchement, je vais bien. Continuez.

Kelly eut l'air sceptique.

– Mais comment vas-tu rentrer ?

– Je ne vais pas rentrer. Je ne bouge pas d'ici. Vous me récupérerez quand vous repasserez. J'aurais peut-être retrouvé mon souffle d'ici là, soupira-t-elle faiblement.

– Je n'en suis pas certaine.

– Allez-y, s'il vous plaît, les supplia Cassie, qui hissa ses jambes sur le banc avec ses bras, afin de pouvoir s'allonger. Ça va aller… Oh, ce que ça fait du bien !

– Pff ! Première matinée à Manhattan et tu dors déjà sur un banc dans Central Park !

– C'est pour garder les pieds sur terre !

Cassie ferma les yeux et laissa tomber mollement un bras sur son visage. Le soleil était déjà vif dans le ciel dégagé, même si l'air de septembre était frais et que certaines des feuilles commençaient à virer de couleur, la teinte jaune naissante se diffusant comme une fièvre vers la cime des arbres.

– Bon, je reviendrai te chercher. Ne bouge pas de là, lui ordonna Kelly, dont la voix s'atténuait à mesure qu'elle rattrapait Raoul.

– Cela ne me viendrait pas à l'esprit, marmonna Cassie, principalement à elle-même.

Son cœur galopait encore comme le vainqueur du prix d'Amérique. Elle sentait déjà la lourdeur dans ses muscles. La journée du lendemain serait difficile.

Tout autour d'elle, elle entendait New York s'éveiller. Le ronronnement de la circulation autour du parc devenait aussi constant que le bruit des vagues, et les vendeurs de beignets, de hot-dogs et de bretzels s'installaient. L'odeur des oignons frits parvint jusqu'à Cassie et elle la renifla, sentant sa faim se réveiller. Mais à quoi bon avoir de l'appétit puisque Kelly avait décrété qu'elle devrait se passer de glucides pendant son séjour ici et réduire sa consommation de viande rouge. Pour Cassie, qui n'avait jamais fait de régime de sa vie et était habituée à manger ce qu'elle voulait quand elle le voulait (ce qui arrivait rarement entre les repas, il fallait le reconnaître), l'idée même de restriction et de prescription lui déplaisait.

La veille au soir, le repas japonais avait été délicieux (amusée, Kelly avait trouvé quelques couverts à Cassie après qu'elle lui avait montré ses talents en taekwondo avec des baguettes), car il était préparé avec des ingrédients frais et d'excellente qualité. Cassie aurait dit la même chose de spaghetti *aglio e olio*, ou d'un rôti de bœuf servi avec des pommes de terre et une sauce au raifort relevée. La règle était d'acheter de la qualité, de cuisiner simplement, de manger avec modération. Cela avait toujours été sa devise.

D'un autre côté, pensa Cassie, alors que son corps respirait péniblement et souffrait après les quelques minutes dérisoires d'exercice, ce n'était pas comme si elle était un modèle de beauté physique. Certes, elle était mince, mais elle n'avait aucun muscle ; ce qu'elle avait en revanche était tendre et flasque. Elle avait failli tomber à la renverse lorsque Kelly s'était promenée dans l'appartement en sous-vêtements, arborant un ventre si plat que Cassie aurait pu jouer aux dames dessus. D'un air absent, Cassie enfonça doucement le doigt dans son ventre. Il ne rencontra aucune résistance. Son ventre n'était pas gros, seulement spongieux. Négligé. Délaissé. Oublié.

Dans un élan de détermination, Cassie balança ses jambes du banc, qui heurtèrent un coureur (il allait bien trop vite pour le qualifier de joggeur). C'était comme si elle avait mis un bâton dans une roue : il y eut un fracas de tous les diables alors que cet homme vola dans les airs, atterrit méchamment sur une poubelle, avant de s'effondrer sur le sol.

– Zut ! s'écria Cassie, en se précipitant vers lui.

Il était sur le ventre, le torse légèrement relevé en appui sur ses coudes, et tentait de reprendre son souffle. Une ligne de sueur était dessinée entre ses omoplates et ses cheveux blond foncé étaient mouillés. Cassie se rendit compte que ses genoux saignaient. Elle s'accroupit.

– Oh là là, je suis vraiment désolée, bredouilla-t-elle à toute vitesse. Je ne vous ai pas vu arriver.

– Sans blague, maugréa le coureur, avant de se rouler pour s'asseoir.

Il retira son tee-shirt. Cassie eut un mouvement de recul face à la vue soudaine du torse de cet inconnu – tellement bronzé et musclé par rapport au buste glabre et fluet de Gil, comme de la chair de poulet, et en tout point aussi tendre que le ventre de Cassie. Ses yeux suivirent ses poils entortillés qui s'étiraient le long de son torse et elle aperçut un léger bleu – en forme d'une poubelle de la ville de New York – se dessiner et se teinter comme les joues rougissantes d'un adolescent.

– C'est de ma faute, dit-elle, la gorge serrée, en pointant la marque.

– En effet.

L'homme laissa tomber son tee-shirt et posa pour la première fois son regard glacial sur Cassie.

– Mais à quoi vous pens… Cassie !

Surprise, elle fit un pas en arrière.

– Henry !

– Je n'en reviens pas ! s'écria-t-il, sa mauvaise humeur aussitôt évanouie. Que fais-tu ici ? Mis à part le fait d'attaquer des passants.

Cassie rit et l'aida à se relever.

– Oh, tu sais…, commença-t-elle, avant d'hésiter soudain.

C'était la première fois depuis la fête qu'on lui posait cette question. La première fois qu'une personne qui connaissait son couple lui posait cette question… et elle n'y était pas préparée. Aux dix-neuf millions d'inconnus à New York, elle pourrait leur expliquer qu'elle venait de s'installer ici, qu'elle commençait un nouveau travail, qu'elle vivait avec une amie. Mais Henry la connaissait. Il connaissait Gil. Il était présent le jour où elle l'avait rencontré. Il avait même embrassé Cassie ce soir-là.

– Je… Je…

Cassie regarda Henry d'un air impuissant, incapable de se défaire de la paralysie qui empêchait les mots de sortir.

Henry la fixa, avec une inquiétude croissante. Cassie remarqua qu'il s'était rendu compte de sa panique.

– Est-ce que Gil est ici ?

Cassie fit non de la tête et elle n'eut pas besoin d'ajouter quoi ce soit. Alors que les larmes se mirent à couler, Henry l'entoura de ses bras. New York s'estompa et Cassie se retrouva de nouveau dans un endroit sûr, de retour dans le passé – un passé avant Gil.

– Je suis vraiment désolé, l'entendit-elle dire, ces mots vibrant dans son oreille, pressée contre la poitrine de Henry.

– Pardon, pardon, renifla enfin Cassie. C'est tout récent.

Elle se recula pour mieux regarder Henry, le petit frère de Suzy. La dernière fois qu'elle l'avait vu, il avait dix-huit ans, avec une coupe de cheveux affreuse, après des poussées de croissance brutales qui lui avaient fait prendre trente centimètres en deux ans. Avec son mètre quatre-vingt-quinze, il n'était plus si petit à présent. Peu de choses à l'époque laissaient présager l'homme imposant qui était face à elle : athlétique, avec des cheveux en broussailles qui tombaient juste au-dessus de ses cils et des yeux bleu clair si curieux et passionnés. Elle avait toujours eu l'impression qu'il voyait bien plus de choses que les autres. S'il était un super-héros, son pouvoir serait la vision à rayons X. Celui de Cassie aurait été l'invisibilité.

– As-tu vu Kelly ? l'interrogea-t-il.

– Oui. En fait, je vais vivre chez elle pendant quelques mois, le temps que je… Tu sais, que je me remette d'aplomb.

– Bien sûr… C'est une excellente amie.

– J'ai vraiment de la chance de l'avoir. Je ne sais pas ce que je ferais…

La voix de Cassie s'enroua et elle se tut. Elle se mordit fortement la lèvre. Elle devait se ressaisir.

– Je te demande pardon… C'est le sport qui me fait perdre mes moyens.

Henry gloussa.

– Et toi, que fais-tu ici ? Tu vis à Manhattan maintenant ?

Il valait mieux que ce soit elle qui pose les questions.

– Non. Non. La ville, ce n'est pas mon truc.

– Je me souviens, dit Cassie, avec le sourire.

Elle se sentait en sécurité, avec ses pensées tournées vers le passé. Le souvenir impérissable qu'elle avait de Henry était sa passion de grimper aux arbres.

– Les arbres.

Henry hocha la tête.

– Oui, et la banquise.

– La banquise ?

– Et les jungles.

– Les jungles ?

– Et les montagnes.

– Les montagnes ?

– Et les fonds marins aussi de temps en temps.

– Mince alors ! Mais qu'est-ce que tu fais comme métier, Henry ?

– Techniquement, mon métier n'a pas vraiment de nom, mais, en gros, je suis explorateur indépendant. J'imagine qu'on pourrait dire que je suis un chasseur de primes spécialisé dans la botanique.

– Hein ?

Cassie s'attendait à ce que Henry lui réponde « banquier », « comptable » ou quelque chose dans le genre.

– Je pars chercher des spécimens rares dans les lieux les plus inaccessibles de la planète : l'Amazonie, l'Arctique, les

Andes… Ce genre de choses, expliqua-t-il en haussant les épaules.

Cassie le fixa.

– Mais pourquoi ?

– Parfois pour de riches collectionneurs, mais principalement pour la recherche de pointe. Toutes sortes d'entreprises font appel à moi : le secteur de la cosmétique, du pétrole, de l'automobile… Beaucoup de scientifiques sont convaincus que les plantes ont des remèdes à nous offrir, pas seulement dans le cadre de la santé, dans d'autres domaines également.

– D'accord, mais pour l'automobile ?

– Eh bien, ils essaient de faire fonctionner les voitures sans puiser dans les réserves de carburant existantes. Par exemple, ils cherchent quelle algue pourrait servir de biocarburant. Et aujourd'hui, la fonte de la calotte glaciaire n'ouvre pas seulement des routes maritimes. On découvre aussi des plantes jusque-là inconnues que la neige et la glace ont préservées.

– Mais comment devient-on… euh… ça ?

Henry haussa légèrement les épaules.

– J'ai une licence de biologie, une licence de biologie marine et un master de zoologie.

– Ouah, ça fait beaucoup de « logies » ! Et donc tu… En gros, tu as fait le tour du monde ? Parcouru les sommets, les abysses et tout le reste ?

– À peu près. J'ai passé plus de temps que prévu à Bornéo quand j'ai découvert une nouvelle espèce d'orchidée et que j'ai été poursuivi dans la jungle par des terroristes d'Abou Sayyaf.

– Oh non ! s'écria Cassie, effarée. Tu t'en es bien sorti ?

Henry écarta les bras et se regarda.

– Comme tu peux le constater, tout s'est bien terminé.

– Mais je parie que tu n'es pas allé au pôle Nord !

– Si. J'y suis allé trois fois et une fois au pôle Sud. Je faisais partie de l'expédition qui a découvert un monde préhistorique dans les vallées sèches. Quatorze millions d'années ! Tu imagines ? dit-il en secouant la tête, stupéfait.

– Pas vraiment. Je plains ta mère !

Henry gloussa, décontenancé par la réaction de Cassie. Sa mère n'était pas ce à quoi pensaient la plupart des femmes quand il leur racontait qu'il gagnait sa vie en affrontant les conditions les plus rudes de la planète. L'image du chasseur-cueilleur faisait plutôt des ravages auprès de la gent féminine.

– Ma mère ?

Cassie posa sa main sur son cœur, d'un air compatissant.

– Elle ne doit jamais dormir sur ses deux oreilles et être morte d'inquiétude que tu te fasses déchiqueter par des ours blancs ou tuer par des pirates, ou…

– Ou que je sois renversé comme une quille par une horde de pingouins !

– Je suis sérieuse ! Ton métier a l'air extrêmement dangereux.

– Pas plus que de traverser la rue dans cette ville.

– Ce n'est pas pareil. Le danger doit être omniprésent : les maladies, l'hypothermie, même simplement perdre son chemin…

– Nous utilisons un GPS. Tout se fait par satellite maintenant.

– Et si, par exemple, le satellite tombe en panne ?

– Genre, il n'a plus de batteries ? Tu te fais trop de souci, Cassie. Mais merci pour ton côté optimiste. Tu pourrais peut-être être la mascotte de notre prochaine expédition !

– Tu vas repartir ?

– Oui, l'année prochaine. C'est la raison de ma présence ici, à vrai dire. J'essaie de trouver des financements. On m'a proposé de participer à une étude de la biodiversité arctique pendant deux mois au printemps prochain.

Cassie secoua la tête, atterrée.

– Comment se fait-il que Suzy ne m'ait jamais parlé de tout cela ?

– Pourquoi le ferait-elle ? J'imagine que je ne figure pas trop dans vos conversations, rétorqua Henry, en riant légèrement. Même si je suis sûr qu'elles y gagneraient en intérêt.

Cassie tenta d'assimiler l'étendue de l'univers de Henry. Ses horizons, ses aventures, ses souvenirs étaient littéralement planétaires.

– Ouah ! Et dire que je me faisais tout un monde de venir à New York.

– C'est la première fois que tu viens ici ?

– C'est ma première fois partout ! Je ne suis même jamais retournée en Angleterre depuis que Gil et moi… nous sommes mariés.

Il y eut un silence gêné alors que Cassie s'efforça de donner l'impression d'aller parfaitement bien.

Henry vint à leur rescousse.

– Comme c'est ta première fois ici, j'espère que tu t'es fait une liste, dit-il, pour changer d'approche.

– Une liste ? répéta Cassie d'un air perplexe.

– Oui. Tu sais, la liste que tu dois faire chaque fois que tu vas à un nouvel endroit, avec tout ce que tu veux faire, les lieux que tu veux voir. Un peu comme une liste des « Choses à faire avant de mourir », mais en moins ambitieux. Tu n'es pas obligée de sauter à l'élastique de la Trump Tower, par exemple.

Cassie ricana.

– Tu veux dire aller boire un thé au *Waldorf*, ce genre de choses ?

– Exactement. Quelque chose qui te fera réellement connaître New York.

Henry croisa les bras et attendit que Cassie lui expose l'aventure culturelle qu'elle prévoyait.

– Euh...

Elle se pinça les lèvres et réfléchit. Et réfléchit... Encore... Puis elle se mit peu à peu à paniquer.

– Hmm... Euh... Question difficile.

Elle l'était en effet. Cassie n'était pas venue ici pour faire du tourisme, ou pour affaires. Elle était une réfugiée. En fuite. Elle était ici car son amie l'avait recueillie et, de toutes les options qui s'offraient à elle, celle-ci était la plus éloignée géographiquement de Gil et Wiz. Dresser une liste et se renseigner sur cette ville ne lui étaient pas encore venus à l'esprit. Après tout, elle était à New York depuis moins d'une journée.

– D'accord, je vois, gloussa Henry. Tu sais quoi, je vais l'écrire pour toi. Je suis un spécialiste de la chose, en toute modestie. J'en fais une chaque fois que je vais dans un nouvel endroit.

– Vraiment ?

Évidemment qu'il le faisait, songea aussitôt Cassie. En tant que l'un des derniers explorateurs du monde, il parvenait même sans doute à faire d'une escapade d'un week-end dans une grande ville une véritable odyssée.

– Bien sûr.

Au bruit de pas bondissants sur le dallage, tels des danseurs de gigue, Cassie se retourna. Kelly et Raoul revenaient de leur « petit » tour.

– Hé ! s'exclama Kelly avec un grand sourire, en apercevant Henry, puis elle remarqua ses genoux écorchés. Oh. Que s'est-il passé ? Un cinglé ?

– Oui, s'esclaffa Henry.

Cassie leva les yeux au ciel.

– Très drôle.

Kelly regarda tour à tour Cassie et Henry. Il était évident que Cassie avait encore pleuré. Kelly s'approcha de son amie, la prit nonchalamment par le bras et la serra légèrement contre elle.

– Combien de temps restes-tu à New York, Henry ? le questionna Kelly.

– Quelques jours seulement. J'ai rendez-vous avec Breitling la semaine prochaine. Merci beaucoup d'ailleurs d'avoir glissé un mot en ma faveur.

Kelly haussa les épaules.

– Hé, c'est à cela que servent les grandes sœurs. Pas vrai, Cassie ?

Techniquement, Henry était le petit frère de Suzy (ils n'avaient que dix-huit mois d'écart, même si, quand ils étaient enfants, cette différence semblait aussi colossale que la distance entre la Terre et la Lune). Mais, puisque les quatre amies avaient grandi ensemble comme des sœurs, elles considéraient toutes Henry comme leur petit frère.

– Breitling, la marque de montres, fait partie de mes clients, expliqua Kelly à Cassie. Je leur ai suggéré de rencontrer Henry, puisque National Geographic a donné son feu vert pour un documentaire. C'est une bonne opération de communication pour eux ; après tout, les conditions extrêmes sont leur principal argument de vente. Et comment ne pas tomber sous le charme d'un jeune homme aussi beau ? dit

Kelly en tapotant les joues de Henry telle une mère gâteau. Je verrai si je peux m'incruster à la réunion, ajouta-t-elle en adressant un clin d'œil à Henry.

Cassie sourit, en hochant la tête. Ouah. La télévision également. Henry était une étoile montante – Cassie pouvait le voir, un peu comme la traînée de vapeur d'un avion. C'était difficile de retrouver en lui le petit frère qu'elles forçaient à être leur bébé quand ils jouaient au papa et à la maman, ou sur lequel elles avaient simulé des opérations chirurgicales quand ils jouaient au docteur. Et – oh, ce souvenir venait de lui revenir – elles lui avaient toutes donné cinquante centimes pour pouvoir s'entraîner à embrasser sur lui (pas Suzy, bien entendu, cette idée la débectait). Comme Henry était terrorisé et raide, c'était exactement comme si elles s'étaient exercées sur un miroir, s'étaient-elles ensuite rendu compte quand elles avaient embrassé des garçons de leur âge.

Le pauvre. C'était un miracle qu'il paraisse aussi normal !

– Il faudrait qu'on se revoie avant que tu ne partes, proposa Kelly, tout en faisant des fentes élastiques. Demain soir ?

– C'est parfait.

– Je réserve à l'endroit habituel. Ça te convient ?

– Génial. Ça va te plaire, Cassie.

– D'accord.

– Est-ce que Lacey est avec toi ? s'enquit Kelly.

– Oui.

– Super. Alors, nous serons quatre.

– Oui.

– Qui est Lacey ? demanda Cassie, en regardant tour à tour ses deux amis.

– La fiancée de Henry.

– Oh ! Félicitations, Henry.

– Merci.

– Quand le mariage est-il prévu ?

– L'été prochain. À mon retour.

– Super. Génial. C'est formidable, dit Cassie en hochant la tête.

– Bon, je ferais mieux d'y aller. Je suis pressé, comme tu l'as sans doute constaté quand tu étais allongée sur le banc, plaisanta Henry.

Cassie voulut lui donner une tape sur le bras, mais il esquiva, en riant, déjà hors d'atteinte.

Chapitre 3

– Pourquoi refuses-tu de me dire où nous allons ?

– Parce que c'est top secret. Tu n'as pas besoin de connaître notre programme de la journée.

– Mais si.

– Pas du tout, répliqua Kelly, qui s'avança en tendant le bras.

Un taxi s'arrêta dans un crissement de pneus à côté d'elle.

– Monte, ordonna-t-elle à Cassie.

Celle-ci soupira et se glissa sur la banquette.

– 222 Broome, entre Lafayette et Broadway, indiqua Kelly au chauffeur. Et ne prenez pas par Park Avenue. Il y a toujours des travaux vers East 14th, la circulation y est atroce.

Cassie appuya son menton contre sa main et regarda par la fenêtre qui semblait avoir été nettoyée avec du lait. *Beurk.* Elle recula un peu son visage et se fit la réflexion de penser à mettre un paquet de lingettes désinfectantes dans son sac – son nouveau sac. Elle caressa sur ses genoux le cuir d'autruche vert et les larges anses en bambou du sac que Kelly lui avait offert après le dîner de la veille. Elle l'avait

« négocié » pour Cassie auprès de son nouveau client, Maddy Foxton. Cassie avait cessé d'insister pour le payer dès que Kelly lui avait révélé son prix.

– Alors, comment s'est passé ton rendez-vous hier soir ? demanda Cassie, en se tournant vers Kelly, qui consultait frénétiquement ses messages.

À peine avaient-elles quitté l'appartement, Kelly était repassée en mode Manhattan et la Kelly d'autrefois serait en veilleuse jusqu'à ce qu'elles soient de nouveau seules. Apparemment, la Fashion Week avait lieu dans quelques semaines et c'était l'un des événements incontournables de l'année à New York. Tout devait être prêt « Maintenant ! » ou « Hier ! ». Kelly était collée à son téléphone depuis qu'elles étaient rentrées de leur footing, à aboyer des ordres ou bien à en recevoir. En dépit des demandes pressantes qui lui tombaient dessus de toutes parts, les rendez-vous qu'elle avait pris pour le « relooking version Manhattan » de Cassie n'en étaient pas moins indispensables. Prétendument, c'était une nécessité des plus urgentes.

Avant de débarquer à New York, Cassie estimait que son apparence n'avait rien à redire. Certes, celle-ci n'était pas extraordinaire. Cassie ne ressemblait pas à un mannequin, ni à une actrice ou une influenceuse avec de longues jambes et des bras filiformes. Mais elle était mince, avec une « jolie » poitrine, comme Gil le lui avait toujours dit (même si, de toute évidence, il avait raconté beaucoup de mensonges), des mains élégantes et une épaisse chevelure blond cendré dont les mèches bouclées lui arrivaient au milieu du dos. Mais, en apercevant par la vitre les femmes avec leur brushing impeccable blond platine monter à bord de limousines ou de taxis,

Cassie comprit qu'elle avait simplement l'air quelconque, décoiffée… – d'un épouvantail.

– Pff, pas terrible. Je suis partie au bout de dix minutes.

– Dix minutes ! Mais Kelly, ce n'est vraiment pas poli. Il a dû mal le prendre.

Kelly s'interrompit dans l'écriture de son message et regarda Cassie. Cette dernière décela de la pitié dans son regard.

– Ma belle, s'il y a une chose que tu dois savoir pour vivre ici, c'est que tu ne peux pas passer ton temps à te préoccuper de l'avis des autres.

– Mais… Mais… Est-ce que cette attitude ne te rend pas… – Cassie hésita – odieuse ?

Kelly leva un sourcil parfaitement épilé.

– Ça te rend *efficace*, Cassie. Personne n'a envie de perdre son temps à discuter bêtement avec quelqu'un avec qui on n'a clairement pas d'affinités. Il connaissait la règle du jeu. J'imagine qu'il était soulagé lui aussi de ne pas perdre toute sa soirée. Nous sommes tous occupés.

Cassie secoua la tête et se retourna vers la vitre. Des kilomètres de vitrines s'étendaient devant elle, toutes impeccablement propres, avec des mannequins savamment positionnés, qui portaient des robes de couleurs vives, des trenchs ou des pantalons BCBG, des montres somptueuses ou des chapeaux à plumes, ou de luxueuses fourrures, ou… Les reflets devinrent trop éblouissants et Cassie regarda plutôt les silhouettes des ouvriers au loin qui ralentissaient la circulation.

– C'était sympa de tomber sur Henry tout à l'heure, murmura Kelly d'un ton plus doux.

– Oui, quelle surprise. Nous ne nous étions pas vus depuis une éternité. Depuis plus de dix ans, je crois.

– Tu as dû le trouver bien changé alors.

Cassie sourit.

– Oui, c'est certain. Il va m'écrire une liste des choses à faire à New York. Je suis impatiente de voir ce qu'il va me proposer, déclara Cassie, en haussant les épaules d'un air excité. J'ai eu l'impression qu'il connaissait plutôt bien la ville.

– Oui. Il est… – Kelly chercha le mot exact – il a roulé sa bosse. Les entreprises qui sponsorisent le genre d'activités qu'il fait ont pour beaucoup leur siège ici, expliqua-t-elle, tout en reprenant la rédaction de ses messages. Du coup, je le vois de temps en temps.

– J'aime bien cette idée de liste. Ce sera bien, je pense, ça va m'occuper.

– Oh, ne t'en fais pas pour ça, répliqua Kelly, en tapotant la jambe de Cassie. Bebe Washington va te donner du grain à moudre dès que tu passeras sa porte demain. Tu peux me croire ! Rien de tel qu'une échéance de deux semaines pour apprendre à t'occuper.

Une expression terrifiée passa sur le visage de Cassie, qui se demanda pour la énième fois dans quoi elle s'était embarquée. C'était une chose que Kelly l'héberge, mais qu'elle lui trouve un emploi ? Enfin, elle ne lui avait pas trouvé un emploi, elle avait créé un poste pour elle ! Cassie n'avait pas une once d'expérience dans quelque domaine que ce soit. À vingt ans, elle avait arrêté en cours d'année ses études de sociologie à Bristol pour se marier et, depuis lors, la seule chose qu'elle avait faite était de gérer le domaine et d'organiser les chasses. Certes, c'était une occupation qui requérait certaines compétences, mais pas de celles qui font bonne impression sur un CV. Kelly savait tout aussi bien que

Cassie que personne ne lui accorderait de chance. Toutes deux allaient devoir improviser.

Cependant, Cassie était inquiète. L'entreprise de Kelly, Hartford Communications, était l'une des agences de communication spécialisées dans la mode les plus prestigieuses de Manhattan. Elle comptait parmi ses clients Bebe Washington (confection pour femmes), Maddy Foxton (accessoires), Breitling (montres), Paloma Morriss (chaussures) et Dilly (bijoux). Kelly menait son affaire d'une main de fer et n'acceptait jamais deux clients opérant sur le même marché, afin que chacun bénéficie de son attention exclusive. Et cette stratégie était payante. Kelly avait la réputation d'avoir fait connaître à des entreprises naissantes ou en difficulté la rentabilité en l'espace de six mois, et d'avoir relancé des marques qui périclitaient. Elle savait les rapprocher des bonnes « personnalités » ou lancé un bouche-à-oreille qui mettait l'eau à la bouche de tout le monde. Par conséquent, elle pouvait se permettre de fixer librement ses honoraires. Elle était devenue l'interlocutrice unique pour chaque marché, et elle faisait l'envie de toutes les autres agences de communication dans la mode de la côte est, qui jonglaient avec leurs clients concurrents et peinaient à les placer. De nombreuses rumeurs avaient circulé dans le secteur : lorsque le créneau des accessoires s'était libéré (suite au rachat et à l'intégration de Tilbury dans le giron de Richemont, qui avait malheureusement son propre service de communication interne), pas moins de trente-six candidats s'étaient manifestés. Kelly les avait tous rencontrés individuellement. Maddy Foxton ne figurait pas parmi les favoris, mais ses cuirs teints à la main dans des couleurs vives et ses techniques artisanales traditionnelles avaient impressionné Kelly. Grâce au patronage de celle-ci, Maddy Foxton était sur le point de créer la sensation.

Toute cette réussite était formidable pour Kelly, mais n'apaisait en rien les nerfs de Cassie.

– Tiens, tu vas en avoir besoin, affirma Kelly, qui ouvrit un petit pilulier en émail et tendit deux comprimés blancs à Cassie.

Cette dernière fut estomaquée.

– Kelly !!

Kelly laissa tomber ses épaules et secoua la tête.

– C'est de l'ibuprofène, Cassie ! Des analgésiques. Arrêtez-vous ici, monsieur, ordonna-t-elle, en déposant les cachets dans la main de son amie.

– Et pourquoi en aurais-je besoin ? Je refuse de me faire tatouer ou un truc du genre, Kelly. Je me moque que ce soit « branché ».

– « Branché » ? répéta Kelly, qui plissa le nez et se moqua de Cassie. C'est vraiment le mot que tu viens d'employer ?

Kelly régla le chauffeur, tint la porte à Cassie puis, après avoir passé son bras dans le sien, la mena vers un bâtiment aux allures industrielles.

– Nous avons déjà eu cette conversation, tu te souviens ? Le programme de la journée est confidentiel, affirma Kelly, en tapotant le bras de Cassie d'un geste rassurant. Écoute, je suis l'une de tes plus vieilles amies au monde. Tout ce que je fais, c'est pour ton bien.

Elle poussa la porte avec ses fesses, au moment où son téléphone sonna de nouveau.

– Fais-moi confiance.

– Où sommes-nous ?

– Au seul endroit qui justifie d'aller au sud de Central Park, répondit Kelly, qui s'étendit sur un comptoir d'accueil en granit telle une chanteuse de piano-bar. Salut Trudie. Bas nous attend ?

– Oh oui, acquiesça la réceptionniste. Il s'est libéré toute la matinée pour vous.

Cassie sentit la panique monter en elle. Qu'allait-on bien lui faire ?

– Si vous voulez bien me suivre, les invita Trudie avec le sourire.

Elle tendit à Cassie un peignoir fin sombre et la fit entrer dans une pièce au parquet en noyer vernis. Partout autour d'elle, Cassie aperçut des femmes avec de l'aluminium, des serviettes, des séchoirs sur la tête. Jusque-là, rien d'extraordinaire.

Puis elle le vit. Cet homme auprès duquel Kelly avait accouru et qu'elle serrait dans ses bras comme un ami qu'elle n'avait pas vu depuis longtemps.

– Cassie, je te présente Sebastian. Bas, poursuivit Kelly, avant de prendre une profonde inspiration, voici Cassie.

À en croire son ton, la présentation de Cassie était un événement exceptionnel.

– Bonjour, dit doucement Cassie.

Elle était terrorisée. Tout ce à quoi elle pensait en regardant cet homme, maigre comme un clou, mesurant un mètre quatre-vingt-dix et couvert de cicatrices d'acné, était à une biscotte trop grillée. Elle n'avait jamais vu quiconque d'aussi bronzé. Il avait franchement dépassé la teinte acajou.

Mais ce n'était pas le pire. À sa façon de regarder Cassie, c'était comme si c'était elle qui avait besoin d'aide. Il plissa les yeux.

– Hmm. Asseyez-vous, la somma-t-il d'un ton impérieux.

Elle se glissa dans le fauteuil, qu'il fit pivoter pour la placer face à lui. Minutieusement, avec dédain, il pinça une mèche de cheveux entre deux doigts. Certes, Cassie ne les avait pas lavés depuis la fête et, entre le décalage horaire, le vol long-courrier, le chagrin et un quasi-infarctus en courant ce matin (qui plus est, Kelly avait utilisé toute l'eau chaude en prenant sa douche, donc Cassie n'aurait pas pu les laver), elle savait que ses cheveux n'étaient pas sous leur meilleur jour. Cassie observa Bas et Kelly étudier attentivement sa chevelure, et elle commença à sentir sa bouche s'assécher. Que cet homme puisse apporter son aide semblait terriblement sérieux et soudainement crucial.

– À quand remonte votre dernière couleur ? s'enquit-il en examinant les mèches de près. Ça doit faire des années !

– À vrai dire, je n'ai jamais fait de couleur.

Rester naturellement blonde aussi longtemps avait toujours fait la fierté de Cassie, même si sa mère ne cessait de lui répéter que sa couleur changerait une fois qu'elle aurait des enfants.

Bas laissa tomber les cheveux d'effroi. Ses yeux parcoururent le visage de Cassie et aperçurent les vêtements confortables, les sourcils non épilés, les ongles non manucurés… – si seulement il savait ce qu'il y avait sous son jean !

– Vous n'êtes pas d'ici, pas vrai ? demanda-t-il d'un ton compatissant.

Cassie fit non de la tête. N'était-ce pas évident ? De petits hommes verts venus de Mars parviendraient mieux à se fondre dans la masse qu'elle.

Kelly consulta sa montre.

– Alors, c'est bon ? Tu peux faire quelque chose ?

Bas prit une pose théâtrale, avant de hocher la tête.

– Oui. Je peux faire quelque chose, répondit-il avec intensité, comme s'il s'apprêtait à accomplir une opération chirurgicale vitale.

– Tu es un chef ! Je reviens dans deux heures.

Kelly embrassa Cassie sur la joue et lui pressa les épaules d'un geste rassurant.

– Plutôt trois ! lui cria Bas.

Cassie se fit toute petite dans le fauteuil, alors que Kelly s'en alla, pour remonter dans un taxi.

– À nous, soupira le coiffeur. Quel genre de blond aviez-vous en tête ?

– Le blond normal, j'imagine, répondit Cassie en haussant les épaules.

Il la dévisagea.

– Qu'est-ce que cela signifie ?

– Vous savez, une sorte de jaune ?

– Une sorte de jaune ? répéta-t-il en secouant la tête. Mince alors, c'est pire que ce que je…

Il poussa un soupir et commença par le commencement.

– Les couleurs que j'ai en blond sont : beurre, bébé, champagne, lin, vanille, platine, diamant jonquille, miel, caramel. Je ne fais jamais de blond cendré. Et ça, ce ne sont que les couleurs de base. Si vous me dites chardonnay, je vous demanderai « Vieilli en fût de chêne ? ». Si vous me dites miel, je vous demanderai « De printemps, de trèfle ou de manuka ? ». *Capisce ?*

Un long silence s'étira pendant que Cassie tentait de visualiser les différentes nuances. Elle laissa tomber sa tête entre ses mains.

– Oh là là. Et moi qui vous demande du jaune, grimaça-t-elle, avant de jeter un coup d'œil à Bas entre ses doigts. Je suis votre pire cauchemar, n'est-ce pas ?

Il la fixa et la jaugea attentivement. Puis, il se dérida et retourna le fauteuil pour positionner Cassie face au miroir.

– À vrai dire, vous êtes mon rêve qui devient réalité. Ce sont des femmes comme vous qui me permettent de montrer au monde entier ce dont je suis capable.

Il prit les cheveux de Cassie entre les mains et, cette fois, il les laissa glisser comme de l'eau entre ses doigts.

– Et je sais exactement ce que je vais vous faire !

***

Quatre heures plus tard, Cassie était allongée sur le dos, les genoux écartés, les pieds collés, comme une femme subissant un frottis. *Sauf que là, c'est bien pire. Largement pire*, pensa-t-elle alors qu'elle avait toutes les difficultés du monde à maintenir la petite bande de papier en place.

Kelly était dans le box d'à côté. Pas la pièce d'à côté, non, le box. Cassie avait eu l'impression d'entrer dans un hôpital de campagne de la Seconde Guerre mondiale quand elles étaient arrivées en haut des marches. Des rideaux d'un mètre quatre-vingts séparaient les clientes, pour leur éviter l'affront de s'observer les unes les autres en train de se faire épiler à la pince et à la cire. Ils ne leur épargnaient pas toutefois le bruit. Certaines femmes ne parvenaient pas tout à fait à étouffer leurs petits cris lorsque la bande de cire chaude était arrachée – mais pas Kelly, qui écrivait sans doute toujours des messages sur son téléphone. Cassie, pour sa part, se crispait de plus en plus à chaque seconde.

– Quelle a été sa réaction quand elle a su que tu recouvrais toujours les anciennes couches ? demanda Kelly de l'autre côté du rideau.

– Elle a failli vomir. C'est comme si je lui avais annoncé que je mangeais des bébés ou un truc aussi horrible.

Kelly éclata de rire, masquant le bruit des bandes arrachées et les cris provenant de la salle.

– Puis, une fois qu'elle a retiré la couleur, elle m'a dit que mes ongles ressemblaient à des cornes de rhinocéros.

Kelly s'esclaffa de plus belle.

– C'est sûr que si tu ne mets pas de vernis de base..., parvint-elle à prononcer, avant de repartir dans un fou rire. Enfin, ils sont magnifiques maintenant. C'est elle qui fait la meilleure *french manucure* de New York. C'est pour ça qu'elle est autant sollicitée.

– Oui, mais ne sois pas étonnée si elle part du jour au lendemain s'installer à Los Angeles pour raison de santé, c'est tout ce que je dis.

La femme qui avait demandé à Cassie de se dévêtir revint dans le box.

– Bon, voyons ce que nous avons là, murmura-t-elle, avant de retirer brusquement la bande de papier stratégiquement placée et de laisser Cassie avec encore moins de dignité que ne l'avait fait le pédicure. Hmm, je vais devoir couper.

L'esthéticienne se tourna pour prendre des ciseaux.

Couper ? Cassie avait déjà perdu dans la journée la moitié de ses cheveux. Elle devait s'être délestée d'un kilo.

– Tenez, jetez un œil à cela pendant que je vous prépare.

Me préparer ? Oh, bon sang. Cassie avait l'impression d'entrer en salle d'opération – sous ibuprofène en prime !

La femme tendit à Cassie une fiche plastifiée sur laquelle étaient représentées différentes formes. Cassie plissa les yeux. De quoi s'agissait-il ? Un test de la vue ? Les consignes de sécurité à bord d'un avion ? Des tatouages ? Un exercice d'identification des formes pour les enfants ? Elle retourna la fiche. Elle était vierge de l'autre côté.

– Vous voulez dire que je dois en choisir un ?

– Hmm, hmm, marmonna la femme pendant qu'elle coupait.

Cassie étudia intensément la fiche et tenta d'oublier que cette inconnue – cette Brésilienne anonyme – la connaissait désormais plus intimement que n'importe qui sur Terre – son ex-mari compris. Il n'avait jamais été particulièrement enclin à descendre à cet endroit.

Cassie avait devant les yeux des cœurs, des rectangles, des parallélogrammes, des rayures, des étoiles, des feuilles. Et là, était-ce le symbole du dollar ? Pour la deuxième fois de la journée, elle devait prendre une décision dans l'instant à propos d'une chose qu'elle n'avait encore jamais envisagée de sa vie.

Elle soupira. Quelle importance après tout ? Personne ne le verrait, et puis les décisions se prenaient ainsi – enfin, ce n'était pas tout à fait du même ordre que celle de quitter son mari et son pays, non ? Mais tout ce que Cassie avait fait ce jour-là ne revenait-il pas à montrer qu'elle apprenait à vivre avec les conséquences de son départ – qu'elle survivait, allait de l'avant, mûrissait, évoluait ?

– Le cœur, dit-elle en affichant un sourire courageux.

L'esthéticienne reposa les ciseaux et s'empara de la cire chaude. Cassie était persuadée qu'elle sortirait de cet endroit beaucoup plus sidérée qu'à son arrivée.

***

– Mais tu ne m'as jamais prévenue qu'on me ferait ça ! fulmina Cassie lorsque Kelly et elle sortirent du taxi.

Bill se pressa de leur ouvrir la porte.

– Bien sûr que non. Personne n'irait en sachant cela. C'est comme faire des enfants. Si les gens savaient au préalable la galère que c'est… ce serait la fin de l'humanité en moins de cinquante ans !

Kelly régla le chauffeur.

– Mais c'est une sensation agréable, non ? De fraîcheur ? Merci, Bill.

– Non, pas du tout, maugréa Cassie. Merci, Bill.

Elle se sentait comme violée. Peut-être était-elle en état de choc, se dit-elle. Elle ressentait exactement la même chose que le matin après avoir perdu sa virginité avec Gil – sensation que tout le monde devait connaître !

– J'ai l'impression d'être mouillée. J'ai utilisé trois fois plus de papier aux toilettes. Ce n'est pas bon pour l'environnement.

Elles montèrent dans l'ascenseur et l'odeur des légumes thaïs qui s'échappait de leurs sacs emplit immédiatement l'espace réduit. Kelly regarda Cassie, en secouant la tête.

– Je n'avais encore jamais entendu cet argument ! Et absolument toutes les femmes que je connais se font le maillot à la brésilienne.

– Ce n'est pas possible.

L'idée qu'il existe tout un « mouvement » de femmes épilées de la sorte, que ce soit la norme que connaissaient les hommes, paraissait impensable à Cassie.

Elles arrivèrent à leur étage et les portes de l'ascenseur s'ouvrirent.

– Si tu veux mon avis, tout ce qu'on a fait en valait la peine. Tu es sublime. J'ai peine à croire que j'ai en face de moi la même personne qui s'est effondrée sur un banc dans le parc ce matin et qui a agressé Henry Sallyford.

– Je ne l'ai pas agressé.

– Est-ce que tu vas réessayer les vêtements ? demanda Kelly, en ouvrant la porte de l'appartement. J'ai hâte de revoir cette robe rouge.

– Elle ne me va pas.

– Il ne manque pas grand-chose. N'oublie pas que c'est un modèle de défilé. C'est volontairement minuscule. Mais encore quelques footings et tu rentreras dedans sans problème.

– Elle doit beaucoup mieux t'aller.

– Nous pouvons la partager, suggéra Kelly.

Elle retira ses bottines à talons avec une furtive expression de soulagement, puis partit dans la chambre enfiler sa grenouillère.

Chapitre 4

– Mais qui a fait cette commande ? retentit de nouveau la voix.

Cassie tressaillit et se figea.

– Je ne peux pas travailler avec ça ! J'ai demandé de la dentelle Duchesse, pas de la guipure. Comment voulez-vous que je pose ce machin sur cette robe ? Autant utiliser de la moquette, bon sang !

Cassie fit doucement glisser ses yeux – la seule chose qu'elle osa bouger – vers Kelly. Celle-ci fixait gravement le carton ouvert de la dentelle incriminée. À en juger par l'expression de son visage, cela semblait être une catastrophe.

Et ce n'était pas la première de la matinée. Pour commencer, le maquilleur qui était censé venir ce jour-là afin de réaliser ses essais en vue du défilé était coincé en Indonésie à cause de l'éruption du Krakatau, où il se trouvait pour une séance photo pour un magazine. Non seulement son équipe ne savait pas quand il pourrait rentrer, mais, malgré la liste de trois pages que Kelly s'était empressée de confier à Cassie, tous les autres maquilleurs de stature internationale étaient déjà pris. Vingt minutes plus tard, le top model qui devait clore le défilé et accompagner Bebe pour son tour d'honneur se désista car un photographe dénommé Mario Testino était en ville et la voulait pour son nouveau projet. Bebe avait littéralement hurlé lorsque Cassie lui avait transmis ce message. Bien que la totalité des chaussures soient arrivées, après un retard de trois semaines dû à la fermeture estivale de l'usine à Naples, malheureusement seuls les pieds gauches avaient été livrés. Et, à présent, eh bien, à présent, les robes allaient devoir être parées de moquette.

Cassie se mâchonnait rudement la lèvre en attendant que la prochaine salve d'ordres soit aboyée. C'était sa première journée à ce nouveau travail. Quand Kelly l'avait présentée à Bebe – une femme grande, charpentée, avec un décolleté fripé, une voix grave et rauque (Cassie n'avait jamais vu quelqu'un ressembler autant à un travesti) –, elle avait nommé Cassie nouvelle directrice de comptes. Celle-ci avait eu la gorge nouée face à l'expérience insinuée par ce titre et redouté l'avalanche de questions au sujet de son CV fictif. Cependant, Bebe l'avait simplement regardée de la tête aux pieds et lui avait adressé un signe de tête approbateur. Son relooking, en avait déduit Cassie, avait été son entretien d'embauche ; dorénavant, elle se fondait parfaitement dans l'univers de la mode de Manhattan. Elle avait rapidement saisi que, même si elle ne connaissait rien à la communication et encore moins à la mode, son travail consistait en réalité à satisfaire Bebe. Or, en cet instant précis, Bebe n'était pas satisfaite.

– Vous savez, intervint Kelly, en prenant un rouleau de l'épaisse dentelle noire, elle me plaît pas mal. Elle a ce côté… sicilien des années 1950.

– Sicilien ? beugla Bebe. Sicilien ? Mais comment je peux intégrer du sicilien dans mon thème, Kelly ? Vous plus que n'importe qui devriez savoir que toute la collection est basée sur une adolescente du Daghestan mariée de force au tournant du siècle, qui traverse le Caucase pour se rendre en Europe, où elle devient la coqueluche du tout-Paris. Chaque pièce raconte son histoire. Enfin, regardez cette broderie. J'ai pratiquement dû créer génétiquement des gens avec des mains assez petites pour réaliser ce travail. Fichu droit du travail ! Pourquoi ne me laisse-t-on pas engager des enfants ? maugréa Bebe dans sa barbe.

Elle posa ses mains sur ses hanches et secoua la tête.

– Non. Je ne peux vraiment pas faire de détour par la Sicile. Il ne reste plus que douze jours et je n'ai pas le temps d'aller autant au sud.

– Bebe, un appel pour vous sur la ligne une, annonça une assistante d'une voix remarquablement ferme.

– Dites-leur de rappeler.

– C'est Fiona. Elle veut un devis pour la vidéo de promotion du défilé.

Bebe s'empressa d'aller prendre l'appel dans son bureau.

– Fiona..., roucoula-t-elle d'une voix rauque.

– Qui est Fiona ? murmura Cassie à Kelly, qui se hâta de fermer le carton de dentelle avec du ruban adhésif marron.

Savoir qui était capable de changer aussi rapidement l'humeur de Bebe était une information cruciale.

– Fiona Millar, répondit Kelly d'un ton distrait. Une critique de mode. Un vrai mastodonte. Ses mots font la pluie et le beau temps.

Cassie hocha la tête et mémorisa ce nom.

– D'ailleurs, ça me fait penser, rappelle-moi de te donner la liste et les photos de tout le premier rang. Il faut que tu saches qui est qui. C'est essentiel pour la réussite du défilé.

– Pourquoi ?

– Parce qu'ils se détestent tous, expliqua Kelly, comme si c'était une évidence. En cas de discorde entre deux personnes, elles doivent être assises au moins à trois places d'écart, et on ne peut pas faire patienter le premier rang plus de dix minutes. Les choses s'enveniment trop si un invité reçoit plus d'attention des paparazzis qu'un autre. Et si l'un d'eux s'en va, ils partent tous, et c'est la mort assurée, dit-elle, en passant son index sur sa gorge.

– Mince alors, marmonna Cassie, surprise que les sentiments soient aussi exacerbés pour un simple défilé de mode.

Son ventre gargouilla bruyamment et elle posa aussitôt sa main dessus.

– Oups, fit-elle en souriant d'un air penaud. Je meurs de faim. Il est bientôt midi, non ? On pourrait peut-être aller prendre un sandwich ?

Kelly regarda Cassie tout en jetant le carton de dentelle à une employée, à qui elle ordonna de le renvoyer. Puis elle ramassa son sac.

– Dites à Bebe que je reviens plus tard, lança-t-elle à l'esclave tout de noir vêtue. Je t'ai déjà expliqué, Cassie : *primo*, pas de glucides et, *deuzio*, peu, mais souvent. On n'a pas le temps de déjeuner. Où est la boîte de graines que je t'ai donnée ? Tu n'as pas pu tout manger déjà ?

Cassie secoua la tête et décida de taire le fait que Kelly n'était pas encore sortie de la salle de bains qu'elle avait déjà tout englouti.

– Bon. Maintenant, viens. Nous devons aller de l'autre côté de la ville, voir Maddy Foxton. Elle s'occupe des accessoires pour la soirée d'Oscar…

– Oh, je ne savais pas que les oscars avaient lieu bientôt, l'interrompit Cassie, tout excitée. Est-ce qu'on pourra y aller ?

– Non, répondit Kelly, dont les talons claquaient sur les marches. Premièrement, parce que les oscars ont lieu à Los Angeles et, deuxièmement, après Noël. Je parle d'Oscar de la Renta, l'un des noms les plus vénérables de la mode à New York.

Cassie n'avait jamais entendu parler de lui.

– Oh.

– Il faut que nous prenions quelques photos des accessoires et préparions un dossier de presse avant qu'ils ne partent chez Oscar…

Elles sortirent du bâtiment et se mirent à marcher d'un pas assuré sur la septième avenue. Enfin, Kelly du moins. Cassie la suivait bruyamment, tentant de s'habituer à une allure rapide avec des talons.

– Ensuite, on nous attend dans les bureaux de *Harper* pour discuter de leur offre de Noël. J'ai une réunion avec Paloma Morriss à seize heures ; elle va me montrer en exclusivité sa nouvelle forme de talon. Nous ferions mieux de repointer notre nez chez Bebe ensuite, pour nous assurer qu'elle ne menace pas de sauter de l'immeuble – ou de défenestrer quelqu'un ! Après cela, nous serons à peu près libres. Je nous ai réservé une séance de kickboxing à dix-huit heures. Tu vas voir, tes cuisses vont en être transformées.

– Oh, d'accord, pantela Cassie.

Sa respiration bruyante et le bruit de la circulation couvraient les plaintes de son ventre mécontent. Elle se demanda brièvement si Kelly avait appris la respiration circulaire, pour être capable de marcher et parler aussi vite simultanément.

– Nous pourrons alors rentrer à la maison ?

Cassie voyait pratiquement des canapés en hallucination.

– Oui, je me disais que tu aurais peut-être besoin de te reposer. C'est pourquoi, poursuivit Kelly en souriant, j'ai demandé à *La Cornue* de nous livrer le dîner à vingt heures et, une fois tes batteries rechargées, nous retrouverons Henry au *Mischka*.

– C'est quoi le *Mischka* ?

– Le nouveau club à la mode à Manhattan. Tu vas adorer !

***

– Cet endroit est génial ! cria Kelly, sans s'adresser à qui que ce soit en particulier.

Elle s'éloigna du bar et se faufila habilement entre les gens, en tenant leurs consommations en l'air. Cassie avait essayé de la suivre, mais elle semblait en permanence être trois personnes derrière et elle s'était retrouvée, les bras collés le long du corps, au milieu d'un groupe de vendeuses de téléphones de Brooklyn, qui passaient la soirée entre filles. Bouger librement n'était pas vraiment une option de toute façon. Cassie était comprimée dans une robe noire – beaucoup trop petite car achetée en déstockage –, qui était ornée de lanières entrecroisées au niveau des hanches.

– Viens par ici, se moqua Kelly, qui tendit à Cassie un grand verre étrangement rose.

– C'est quoi ?

– Délicieux ! répondit Kelly, avec un clin d'œil. Santé !

Elles avaient dansé pendant plus d'une heure déjà – Cassie se déhanchant comme un palmier en pot pour économiser ses pas à cause de ses bottes vertigineuses. Aussi mourait-elle de soif. Elle vida un tiers de son verre en une seule gorgée, tout en observant l'agitation frénétique autour d'elle d'un regard inquiet. Elle ne s'était jamais trouvée en présence d'autant de dents blanches et d'épaules carrées. En Écosse, elle fréquentait des pantalons de golf, des tweeds soyeux, des grasseyements mélodiques aussi apaisants que le chant d'un oiseau. Ici, les gens ne cessaient de parler d'« obligations adossées à des actifs » et de « ratios de levier ». Quel était le sens de tous ces mots ?

– Ils ne vont pas te mordre, tu sais, Cassie.

Celle-ci se décalait d'un air désolé sur la gauche, puis sur la droite, puis de nouveau sur la gauche, pour laisser passer les gens.

Kelly la prit par le coude et l'obligea à rester sur place.

– Laisse-les, eux, t'éviter. C'est eux qui bougent.

Cassie opina timidement. Il devait y avoir plus de trois cents personnes dans le club, et toutes affichaient la même expression intense pour chercher dans la foule leurs amis ou des conquêtes potentielles.

– Alors, qu'en penses-tu ? l'interrogea Kelly, tout en dodelinant de la tête au rythme de la musique et en sirotant délicatement son verre.

– Je me demandais s'ils avaient bien réfléchi à leur plan d'évacuation en cas d'incendie.

Kelly leva les yeux au ciel.

– Je te demandais ce que tu penses de la musique. Des gens ? De l'endroit ?

– Eh bien… Ça me rappelle les boums de notre enfance. Mais avec de l'alcool à la place du jus de fruits.

Cassie jeta un nouveau coup d'œil méfiant à son verre. La boisson était trop sucrée, trop gouleyante, et sa tête commençait à tourner.

– C'est parce que c'est une soirée années quatre-vingt-dix. Rétro ! Je me disais que ça te plairait d'entendre des morceaux familiers. Pour une intégration en douceur. J'ai pensé que ce serait peut-être un peu trop violent de te faire plonger directement dans l'électro. Est-ce que tu aperçois Henry ?

Cassie fit non de la tête. Elle sentit dans sa gorge le chatouillement annonciateur d'une quinte de toux. La neige carbonique était une expérience nouvelle pour elle, pas particulièrement positive, puisqu'elle redéclenchait le léger asthme qui l'avait embêtée autrefois pour le sport à l'école.

– Hé, interpella une voix derrière elles.

Cassie sentit une large main chaude la tapoter entre les omoplates.

– Tout va bien ?

Un homme aux yeux bleus légèrement tombants souriait à Cassie, à la fois confiant et inquiet. Il portait un costume gris anthracite, une cravate en soie à rayures crème et grises, et une grosse montre qui paraissait onéreuse dépassait de sa manche.

Malgré sa toux, le visage rouge, Cassie tenta de hocher affirmativement la tête. Les deux jeunes femmes et cet homme attendirent quelques instants que la quinte passe.

– Ça va mieux ? dit-il, en frottant doucement le dos de Cassie.

Kelly s'approcha de son amie, comme si celle-ci avait besoin d'être protégée physiquement du sexe masculin. L'homme retira sa main.

– Je me demandais..., commença-t-il, en s'adressant à Cassie, je vous observe toutes les deux depuis votre arrivée et vous n'avez pas laissé un seul homme vous offrir un verre, danser avec vous, ni même discuter avec vous plus d'une minute.

Cassie sourit bêtement. Cet homme était très beau, avec un corps musclé et le genre d'assurance que seul l'argent ou la beauté pouvait conférer. À en juger par son physique et sa montre, il possédait les deux.

– Et alors ? Tu veux battre ce record ? rétorqua Kelly, agacée d'être si ouvertement ignorée.

L'homme la regarda brièvement, toujours souriant, avant de se tourner de nouveau vers Cassie.

– Je me demandais pourquoi. De toute évidence, vous êtes deux très belles femmes. Alors, quel est le souci ?

– Le souci, répondit Kelly, une main sur la hanche, en agitant légèrement la tête, c'est que le prince charmant n'est pas encore arrivé ce soir. Mais rends-nous un service : préviens-nous si tu le vois, d'accord ? conclut-elle, débordante de sarcasme.

Elle prit Cassie par le coude, comme pour l'éloigner. Celle-ci s'excusa d'un haussement d'épaules et l'homme grimaça l'air de dire « Ouh là ! ».

– Mais attendez..., ajouta-t-il, clairement déterminé à ne pas rejoindre la liste des prétendants éconduits en une minute. Comment puis-je vous prévenir de son arrivée si je ne sais pas comment vous joindre ? Vous savez, le destin peut créer d'heureux hasards.

Kelly haussa un sourcil fraîchement épilé.

– Ouah ! Quelle persévérance.

– Je pourrais peut-être prendre ta carte ? suggéra-t-il à Cassie.

– Je n'en ai pas. Je... Je suis nouvelle, balbutia-t-elle, comme si Manhattan était une école qu'elle venait d'intégrer.

– Dans ce cas, peut-être que ton adorable amie pourrait m'aider.

Kelly et cet inconnu se fixèrent d'un air obstiné, elle refusant d'être agréable, lui de se faire congédier. Il était très beau, mais elle ne voulait pas le conforter dans l'opinion éblouissante qu'il avait de lui.

– Pourquoi ne pas me lancer le premier ? Tiens, prends ma carte.

Il sortit de la poche de sa veste une carte de visite en parfait état et l'offrit à Kelly. Elle la rangea sans même la regarder. L'homme sourit devant l'insolence flagrante de Kelly.

– Donc, maintenant, vous savez que je m'appelle Brett, fit-il ostensiblement remarquer, en fourrant une main dans sa poche de pantalon. Et vous ?

Son regard était toujours porté sur Cassie.

– Cassie. Et voici ma meilleure amie, Kelly, affirma-t-elle, en souriant, la tête penchée sur le côté.

– Cassie et Kelly, répéta Brett, tout en opinant du chef comme s'il approuvait. Je ne peux pas m'empêcher de remarquer que Kelly est très protectrice avec toi, Cassie.

– Et comment, Brett, rétorqua Kelly en insistant sur le prénom de cet homme. Tu dois passer par moi pour lui parler, d'accord ?

Elle attrapa Cassie par le bras. L'homme afficha un large sourire.

– Dans ce cas, j'imagine que je ferais mieux de prendre ta carte, Kelly.

Il tendit la main.

– Si c'est le seul moyen de se débarrasser de toi…

Kelly soupira d'un air las et sortit une carte de son sac.

Le jeune homme la lut.

– Eh bien, Kelly Hartford, maintenant que je sais comment vous joindre toutes les deux, je vais ouvrir l'œil. Pour le prince charmant, j'entends. Passez une bonne soirée.

Il glissa la carte dans sa poche et retourna se mêler à la foule. Cassie l'observa s'éloigner et remarqua tous les regards des autres femmes le suivre alors qu'il passait devant elles.

– Tu crois qu'il va appeler ?

– Sans doute, marmonna Kelly, qui refusait de regarder cet homme. Mais nous ne le saurons pas.

– Comment cela ?

– Je lui ai donné une ancienne carte. J'ai changé de numéro. Il va vite comprendre le message. De toute façon, il faut que tu fasses preuve d'un peu plus de discernement. Tu l'as dévoré des yeux tout le temps, tu l'encourageais.

– Mais non !

– Si, si.

Cassie laissa retomber ses épaules. Elle se sentait saoule et, à présent, confuse.

– Ben, euh, il était plutôt mignon. Et puis… n'est-ce pas ce que je suis censée faire ? Rencontrer d'autres hommes et flirter ?

– Flirter ? Bichette, tu avais totalement perdu pied. Si je n'avais pas été là, à l'heure qu'il est, il t'aurait mise dans un taxi et vous seriez en route pour son appartement. Non, non, non. C'est beaucoup trop tôt pour ça. Tu es encore sous le choc, que tu t'en rendes compte ou non. Pour le moment, c'est déjà bien assez de sortir, d'élargir ton horizon. Tout le reste peut attendre, une fois que tu seras remise sur pied. Peut-être quand tu seras à Paris.

– À Paris ?!

– Oui. Anouk connaît quelqu'un qui pourrait te redonner confiance. Tu sais, qui pourrait te séduire, et pas simplement te draguer.

Cassie regarda Kelly, sidérée que son rétablissement soit pensé à ce point dans les moindres détails.

– Quoi ? Ne me regarde pas comme ça ! Tu voulais qu'on t'aide. Ce qui implique de te protéger, autant que de t'orienter. Alors, laisse-nous faire notre travail, d'accord ? déclara Kelly, en posant une main sur le bras de Cassie. Viens, retournons danser.

Cassie secoua la tête.

– Franchement, je ne peux pas. Je n'ai pas l'habitude que tout mon poids repose sur mes pointes de pieds. Je souffre le martyre.

– Mais c'est la meilleure chanson !

– Ce n'est pas grave. Vas-y, toi. Je vais m'asseoir et te regarder d'ici. Je vais surveiller nos verres, se proposa Cassie d'un ton ferme, tout en plaçant ses mains autour des deux cocktails roses.

– Alors, ne bouge pas de là, l'avertit Kelly.

Elle se dirigea en se déhanchant vers un groupe de connaissances au centre de la piste de danse. Cassie l'observa et envia la facilité avec laquelle son amie s'intégra au groupe, dansait de façon sexy, avec toujours le sourire aux lèvres. Cassie avait le sentiment par comparaison de faire tapisserie. Elle dansait toujours comme si l'on était dans les années quatre-vingt-dix et s'enivrait avec des boissons sucrées qui ne paraissaient bien qu'avec une petite ombrelle en décoration.

Pire encore, le groupe de filles de Brooklyn avait repéré sa table, aussi commencèrent-elles à l'encercler et à discuter au-dessus de sa tête, avec la volonté flagrante de l'obliger à partir.

– Salut.

Cassie se tourna et aperçut Henry derrière elle. Il se pencha pour lui faire la bise. Il portait une chemise bleu marine et un jean ; les lumières se reflétaient sur ses cheveux et les faisaient paraître plus dorés que la veille dans le parc. Cassie se demanda si ses genoux lui faisaient toujours mal.

– Salut ! Où est Tracey ? demanda-t-elle, en regardant autour de Henry.

– Lacey, rectifia-t-il.

– Pardon, Lacey.

– Elle arrive. Elle sera là d'un moment à l'autre.

– Super. Je suis impatiente de faire sa connaissance. As-tu pris un verre ?

Les yeux de Henry se portèrent sur les cocktails roses dans les mains de Cassie et il rapprocha sa bière contre lui d'un air protecteur.

– J'ai failli passer à côté de toi. Je n'en reviens pas à quel point tu as changé, cria-t-il, en indiquant les cheveux de Cassie, désormais d'un blond doré et raides comme des baguettes. Qu'est-ce que tu as fait ? Un lissage ?

– Une permanente !

– Sérieux ?

Cassie ricana. Henry s'assit à côté d'elle et elle dut se pencher pour lui parler à cause de la musique.

– Rien à voir avec celle que Suzy a faite quand elle avait treize ans ! C'est un lissage brésilien. C'est une technique qui détend les boucles, et non qui te donne l'air d'un mouton.

L'avantage, c'est que je n'aurai pas besoin de brushing pour les trois prochains mois, ce qui n'est pas un mal. La honte d'avouer au coiffeur que la seule brosse ronde dont je me suis jamais servie dans ma vie, c'était pour retirer les bouloches des pulls de Gil…

Cette allusion à Gil fit hésiter Cassie et elle essaya rapidement de dissimuler ce malaise derrière un sourire.

Henry la fixait, comme s'il peinait à assimiler sa transformation depuis la veille. Outre la permanente, ses cheveux avaient perdu la moitié de leur longueur et un dégradé encadrait son visage – visage lui-même parfaitement maquillé, avec un rouge à lèvres vif sur sa bouche généreuse.

– Tu as l'air tellement… différente.

– Oui, apparemment, j'étais un cas « sérieux ».

– Un cas sérieux de quoi ?

– Je ne sais pas très bien, avoua Cassie en grimaçant. Mais c'était grave. À en croire la tête qu'ils faisaient tous, c'était très grave même !

– Pourquoi ? demanda Henry, décontenancé. Quel était le souci avec l'ancienne Cassie ?

Elle inclina la tête sur le côté et sourit avec gratitude. Quelques larmes lui montèrent aux yeux devant ces paroles inconsciemment gentilles.

– Oh, Henry, tu es vraiment adorable. Tu es un ange de penser que j'étais bien comme j'étais.

– Mais c'est la vérité.

– Tu es bien le seul à le penser.

Un sourire amusé apparut sur les lèvres de Henry, son expression était douce et indulgente – presque nostalgique. Les premières traces d'une barbe naissante étaient visibles sur ses joues.

– Et qu'as-tu fait d'autre ? l'interrogea-t-il, après avoir bu une gorgée de bière.

– Pas grand-chose que je puisse te montrer !

Henry haussa un sourcil interrogateur.

– Je peux te montrer cela par contre, continua Cassie, en soulevant le bas de sa robe pour révéler quelques centimètres de cuisse épilée. C'est quoi cette histoire ? En quoi est-ce choquant d'avoir du poil sur les cuisses ? demanda-t-elle, les paumes vers le ciel dans un geste d'incompréhension.

– Ce ne sont pas les hommes qui sont choqués. C'est vous, les filles, qui fixez ces règles idiotes.

– Ensuite, Kelly m'a emmenée à un magasin de déstockage de haute couture. Mais rien ne m'allait vraiment, expliqua Cassie, en tirant un peu sur sa robe. Il m'aurait fallu une gaine !

Henry gloussa.

– Je n'avais pas entendu le mot « gaine » depuis longtemps. Je croyais que, maintenant, les filles mettaient des sous-vêtements « sculptants » ?

– C'est comme ça que ça s'appelle ? Je ne me souviens pas de ce qu'on a acheté. C'était plus simple de laisser faire Kelly. Elle sait ce qui va avec quoi. Elle pourra m'apprendre plus tard.

– Au moins, elle a terminé maintenant. Tu l'as laissée faire joujou, tu es tranquille.

Cassie avala de travers son cocktail.

– Tu plaisantes ! Ce n'était que la première étape. Je dois entretenir ce look maintenant. J'ai déjà rendez-vous pour refaire mes ongles vendredi, je dois reprendre mes racines toutes les trois semaines – c'est le seul moyen d'obtenir ce blond, vois-tu, précisa Cassie d'un ton très sérieux. Et puis, je dois voir un dermatologue après-demain pour une « intervention ».

Henry fronça les sourcils.

– Quelle intervention ?

– Botox, articula en silence Cassie.

– Oh, mais c'est ridicule ! Tu ne peux pas figer ton visage. Tu vas avoir l'air d'un robot !

– Mieux vaut cela que de donner l'air d'avoir plus de trente ans, m'a-t-on expliqué. Et puis, apparemment, le gars chez qui m'emmène Kelly fait en sorte qu'on reste très « mobile » et que le résultat soit naturel. Elle le voit depuis des années et je dois admettre que je n'avais jamais remarqué qu'elle était passée sous le bistouri.

Henry secoua la tête d'un air mécontent.

– Pff, ils disent tous ça, Cassie. Franchement, c'est trop. Pourquoi laisses-tu Kelly te faire subir tout cela ? Je ne comprends pas pourquoi tu es son cobaye. C'est comme si tu étais cette poupée en plastique avec laquelle Suzy et toi jouiez tout le temps.

– Hein ? Tu parles de sa tête à coiffer ? demanda Cassie, qui tapa dans ses mains, enchantée par ce souvenir.

– Oui, ce truc. Ce n'est pas bien, Cassie.

Elle cessa soudain de sourire et un bout de dent blanche – qui devait prochainement l'être encore plus – mordilla sa lèvre rouge.

– Non, convint-elle doucement. Mais malheureusement, c'est nécessaire.

Henry fixa longuement Cassie et comprit soudain les motivations sinistres derrière toutes ces expériences.

– Cassie, que s'est-il passé avec Gil ?

– Il est à Édimbourg.

Elle prit une profonde inspiration, avant d'ajouter :

– Avec ma meilleure amie.

Henry écarquilla les yeux, et Cassie inspira plus profondément encore.

– Et avec leur fils.

– Leur quoi ?!

Cassie hocha lentement la tête, un peu comme pour tenter de se convaincre elle-même.

– J'ai découvert le pot aux roses samedi soir.

Henry dévisagea Cassie. On était mardi. Ainsi, en l'espace de trois jours, son mariage de dix ans s'était effondré, elle avait quitté la seule maison qu'elle ait connue de sa vie adulte, traversé la moitié de la planète, subi une métamorphose complète, pour se retrouver plongée dans la société explosive et huppée de Manhattan.

Cassie observa Henry reposer son verre et le fixer quelques instants. Il semblait se contrôler pour ne pas le briser.

– Mais quelle petite merde prétentieuse et arrogante !

Cassie détourna le regard. Elle savait que Henry n'avait jamais apprécié Gil. Il avait affirmé dès le début que Cassie se ferait écraser par cet homme et sa famille hautaine. Selon lui, Gil ne verrait jamais Cassie comme rien de plus qu'une jolie potiche à mettre en bout de table, qui régnerait sur les cuisines et lui donnerait un héritier et quelques autres enfants au cas où. Cependant, Cassie avait refusé de l'entendre. Elle avait gobé l'hameçon et, en un rien de temps, elle avait eu la bague au doigt.

– Oh, je suis désolé, Cassie, finit par dire Henry.

– Hmm… Moi aussi.

Ses mains tremblaient et elle se retenait fortement de pleurer. Henry étudia le visage de Cassie. Elle eut l'impression qu'il percevait toutes ses incertitudes les plus profondes.

– Alors, c'est ça l'idée ? Un nouveau départ, une nouvelle Cassie ?

– Exactement.

– Et, à ton avis, cela va fonctionner – tout ceci ? demanda-t-il, en indiquant d'un geste de main cette métamorphose.

– Il le faut.

Il hocha la tête d'un air encourageant.

– Kelly est une bonne amie. Même si elle n'est pas, comment dire… douce, elle a bon cœur. Elle s'est vraiment donné du mal pour faire jouer son carnet d'adresses pour moi… Oui, c'est une vraie amie. Tout comme Suzy et Anouk.

– Parce qu'elles ont quelque chose à voir dans cette histoire ?

– Elles auront quelque chose à voir, oui.

– C'est-à-dire ?

– Je vais vivre chez chacune d'elles à tour de rôle. Elles sont toutes convaincues de savoir ce qui va me redonner le sourire, alors… je les laisse me le prouver ! Elles ont tout planifié. Mon sort est entre leurs mains pour les douze mois à venir. Pourquoi pas après tout ? dit Cassie avec un haussement d'épaules. Je n'ai rien de mieux à faire. Et qui sait ? Cela pourrait fonctionner !

– Peut-être, convint Henry, en dépit d'une note de scepticisme dans sa voix.

Quelques instants s'écoulèrent.

– Et donc, combien de temps restes-tu à New York ? demanda-t-il.

– Quatre mois dans chaque ville. Donc, je suis ici jusqu'au Nouvel An. Ensuite, je pars à Paris, chez Anouk. Puis je passerai l'été à Londres, chez Suzy.

– Quel périple.

– Oui, quel périple, répéta Cassie, comme pour mieux se rendre compte de la réalité derrière ces mots. Ça me plaît, dit-elle, avec un léger sourire. Mais on ne va sans doute pas me demander d'en écrire un livre !

Henry sourit et se prit au jeu.

– C'est vrai qu'on ne gagne pas très bien sa vie dans la communication.

– Et il vaut mieux s'y connaître en Louboutin qu'en géographie.

– Naturellement.

– Je sais mieux parler français que je ne sais m'habiller.

Henry jeta un rapide coup d'œil à la tenue de Cassie.

– J'ai l'impression que tu te débrouilles pourtant.

Cassie ricana et se pencha en arrière. Son « périple ». Ce mot sonnait bien. Il donnait à cette expérience des airs d'aventure – planifiée et désirée –, et non des airs de fuite désespérée avec un billet d'avion acheté à la dernière minute.

– T'es-tu déjà demandé à quoi tu ressemblerais si tu vivais… Je ne sais pas… À Venise ? l'interrogea Cassie, le regard pétillant de ce fantasme. Imagine : aller au restaurant en bateau, lire le journal sur un balcon au petit déjeuner, écouter sonner les cloches de je ne sais combien de milliers d'églises, toutes décalées les unes par rapport aux autres. Je pourrais être brune là-bas. Avec une coupe au carré. Et je porterais des ballerines comme Audrey Hepburn. Et puis, je mangerais du prosciutto avec des figues le midi, je vivrais dans une vieille bâtisse vraiment prestigieuse, avec de grands salons spacieux et des portes dorées.

Cassie ferma les yeux pour visualiser ces images.

– Ma vie serait totalement différente là-bas. Je serais une personne entièrement différente.

– Vraiment ?

Elle rouvrit les yeux et découvrit que Henry la fixait.

– Je parcours le monde sans cesse, expliqua-t-il. Je change d'endroit comme d'autres changent de chemise. Mais je reste toujours le même.

– Tu veux dire que tu es complètement inflexible ? Les endroits où tu vas n'ont aucun impact sur toi ?

– Si, ils ont un effet sur moi, bien entendu. Mais ils ne me changent pas. Je sais qui je suis.

Il y eut un silence tendu.

– Et moi non, c'est ce que tu insinues ?

Une teinte rouge se mit à remonter le cou de Cassie. L'expression de Henry s'adoucit et il se pencha au-dessus de la table.

– J'ai l'impression que, pour toi, l'ancienne Cassie a échoué, qu'elle n'est pas assez bien en quelque sorte et qu'il faut en créer une nouvelle. Mais tous ces changements que tu t'imposes ne vont pas modifier la personne que tu es au fond de toi. Ce n'est qu'une coquille, c'est superficiel.

– Non. C'est plus que cela. Je vais apprendre de nouvelles choses, faire des expériences que je n'aurais jamais cru vivre quand j'étais seule dans cette grande maison. Je vais rencontrer tout un tas de gens qui mènent une vie à des années-lumière de la mienne et qui peuvent m'initier à un nouveau mode de vie. Cela ne se résume pas à une coupe de cheveux ou une manucure. Je vais changer en profondeur.

– Je ne crois pas que ça fonctionne ainsi, affirma Henry d'un air attristé. Je ne crois pas que tu puisses tourner le dos à ta personnalité comme tu as tourné le dos à ton mariage.

Cassie baissa les yeux et tenta de dissimuler son visage derrière ses cheveux. Bon sang, il avait réussi à la faire pleurer.

– Écoute, je ne cherche pas à te faire sentir plus mal, dit doucement Henry, qui se pencha vers Cassie et posa sa main sur son bras. Je me fais du souci pour toi, c'est tout.

– Ce n'est pas la peine. Les filles veillent sur moi.

– C'est ce qui m'inquiète.

Cassie regarda Henry, choquée.

– Mais ce sont les meilleures amies qui soient.

– Oui, mais ce n'est pas pour autant que leur façon de t'aider à surmonter cette épreuve est bonne pour toi.

– Eh bien, elles semblent toutes s'en sortir beaucoup mieux dans la vie que moi. Il me paraît tout à fait logique de suivre leur exemple.

– Et donc, tu vas passer ton temps à New York à boire, danser et te faire belle ?

– Et aussi à travailler et à retrouver la forme, oui ! Qu'y a-t-il de mal là-dedans ?

Henry haussa les épaules.

– J'espère seulement que tu arriveras à le supporter, c'est tout. Regarde-toi. Tu viens de te transformer en la femme idéale de tout célibataire de Manhattan. N'importe quel homme qui a des yeux va te draguer et il va falloir que tu apprennes à gérer cette pression.

Cassie secoua la tête d'un air dédaigneux.

– Ce n'est pas vraiment un souci. Sortir avec quelqu'un est la dernière chose dont j'ai envie en ce moment. Et encore moins dans cette ville. Kelly a eu un rendez-vous

– pratiquement à minuit ! – et elle a laissé tomber ce pauvre homme au bout de dix minutes !

– C'est exactement ce que je veux dire. Ça fonctionne comme ça ici. Et tu ne vas pas pouvoir te cacher, pas avec cette allure.

Cassie jeta un œil à sa robe de cocktail raffinée.

– Ça m'étonnerait que je me transforme soudain en aimant à hommes et que je doive chasser les hommes avec un bâton, plaisanta-t-elle.

– Tu crois vraiment ? Parce qu'en ce moment même, je pourrais te montrer au moins six hommes qui semblent avoir envie de me descendre uniquement parce que je discute avec toi.

Cassie en fut bouche bée, mais avant de pouvoir répondre quoi que ce soit, Henry poursuivit :

– Alors si, aujourd'hui, c'était la première fois que tu te faisais épiler ou que tu mettais du rouge à lèvres, eh bien, je te souhaite bien du courage avec les hommes. Si tu ne fais pas attention, tu vas te retrouver enceinte ou fiancée en moins d'un mois. Ou peut-être les deux !

Le ton condescendant de Henry irrita Cassie. Où était passé le petit frère docile que Suzy, Kelly, Anouk et elle avaient torturé pendant des années ? Il se comportait davantage comme son père.

– Tu es en colère contre moi, constata-t-il.

– En effet, affirma Cassie avec mauvaise humeur, les joues teintées de rose. Je te considérais comme un ami. Et au lieu de cela, tu… tu me critiques parce que j'essaie d'aller de l'avant. Ce n'est pas moi qui ai ruiné mon mariage, tu sais.

– C'est juste que je connais la véritable Cassie. Je ne veux pas que tu t'égares dans cette ville. Elle a plus des allures de jungle que toutes les vraies jungles où je suis allé !

Cassie fusilla Henry du regard et chercha un moyen de regagner du terrain.

– Eh bien, je pense que tu as tort. Je ne crois pas que tu me connaisses réellement. Tu étais encore un adolescent la dernière fois où nous nous sommes vus. Qu'est-ce qui t'autorise à prétendre savoir qui je suis ? Et tu sais quoi ? dit-elle en se grandissant. Je ne crois pas que je vais me perdre ici. Je crois que cette ville me convient. Je crois que la personne que j'étais avant n'était pas la vraie Cassie. Et, maintenant, je répare cette erreur.

Henry la fixa longuement, avant de finir par hausser les épaules et détourner le regard.

– Tu as sans doute raison. Qu'est-ce que j'en sais ? Ça fait longtemps.

À cet instant, une main fine glissa soudain autour de sa taille, puis entre deux boutons de sa chemise, pour tirer doucement sur les poils de son torse. Un joli visage apparut et se posa sur son épaule, tel le soleil qui se lève à l'horizon. La jeune femme afficha un sourire éclatant. Ses cheveux châtains avaient des mèches plus claires autour de son visage, qui faisaient ressortir ses yeux noisette. Elle fit de l'ombre à toutes les autres personnes présentes dans la salle. Cassie sentit son cœur se serrer.

– Tu dois être Lacey, dit-elle, après avoir pris une profonde inspiration et réussi à sourire.

***

Trois heures plus tard, Cassie avait le hoquet.

– Tu viens à toi seule de donner tort à Henry, bafouilla-t-elle, alors que Kelly et elle marchaient lentement le long de Park Avenue, bras dessus bras dessous.

– Henry ? Pourquoi ? Qu'est-ce qu'il a dit ?

– Pff ! fit Cassie d'une voix enivrée. Qu'est-ce qu'il a été agaçant ! Depuis quand fait-il son petit chef ? Il est absolument convaincu qu'Anouk, Suzy et toi allez m'épouser ou m'engrosser en moins d'un mois.

Elle hoqueta et s'arrêta soudain.

– Non, laisse-moi reformuler. Enfin, il ne pense pas que c'est vous qui allez me mettre enceinte, corrigea-t-elle, en se tordant de rire.

Kelly ricana à son tour. Elle était ivre, mais Cassie, qui n'était pas accoutumée à des journées de dix-neuf heures, ni aux cocktails décapants le ventre vide, était complètement dévastée.

– D'après lui, votre plan va me faire tomber enceinte, bredouilla-t-elle, en se redressant. Parce que je suis un aimant à hommes maintenant. Tu savais ça ?

Cassie gloussa et ses cheveux se balancèrent sur ses épaules.

– C'était plus qu'évident ce soir, acquiesça Kelly. J'ai dû intercepter, quoi ? Onze cartes de visite ?

Cassie pressa le bras de Kelly avec tendresse.

– Tu vois, c'est ce qu'il a sous-estimé. La protection de mes amies d'enfance. Tu étais plus efficace qu'un videur ce soir.

– C'est encore trop tôt pour que tu sortes avec des hommes.

– Oui, c'est encore tôt, approuva joyeusement Cassie.

Elle soupira et posa sa tête sur l'épaule de Kelly. Ses pieds avaient dépassé le seuil de la douleur et étaient devenus gourds ; qui plus est, l'alcool avait anesthésié les autres douleurs. Sa vie en Écosse semblait déjà appartenir à une autre personne. Elle n'imaginait pas comment elle avait pu rester seule dans cet affreux lit à baldaquin (elle ne l'avait jamais aimé. Il était surchargé et, comme il était vieux de quatre cents ans, il était aussi trop court), à compter les jours avant le retour à la maison de Gil pour le week-end. Édimbourg n'était qu'à une centaine de kilomètres, mais c'était une trop grande distance pour faire le trajet tous les jours et, même si Gil était toujours de retour avant dix-huit heures le vendredi, il était en général suivi de peu par un groupe tapageur de chasseurs.

Mais regardez-moi maintenant, pensa-t-elle, en observant l'environnement au milieu duquel elle se trouvait. Il aurait pu être quatorze heures, il y avait toujours autant de monde : certains mangeaient dans des fast-foods, d'autres discutaient en petits groupes devant des boîtes de nuit, les restaurants étaient encore bondés, les routes toujours engorgées. Et les lumières – il y en avait à foison. C'était comme si le soleil faisait une exception pour l'île de Manhattan en lui accordant une heure de coucher très tardive, telle une mère plus indulgente pendant les vacances.

– Je crois que je vais me plaire ici, marmonna Cassie.

– Hein ? Qu'est-ce que tu as dit ? demanda Kelly, en rangeant son téléphone dans son sac.

Elle avait consulté rapidement ses messages. Sans doute Bebe travaillait-elle aussi la nuit.

– Je disais que j'aime bien être ici. Enfin, je ne sais pas exactement où je suis en ce moment même, ajouta Cassie, en regardant autour d'elle d'un air ahuri le mur de gratte-ciel vitré. Ni comment je suis officiellement censée occuper mes journées en tant que directrice de comptes – elle prononça cet intitulé de poste avec une intonation particulièrement snobe – et je ne crois pas avoir jamais eu autant peur de quelqu'un que de Bebe, et je n'ai sans doute jamais été aussi fatiguée de toute ma vie. Mais je suis tout simplement contente de ne plus être là-bas, à rester assise comme une adulte et à avoir des conversations rationnelles.

Cassie secoua vivement la tête, et ses cheveux suivirent le mouvement avec un demi-temps de retard.

– Il aurait trouvé le moyen de me mettre cette histoire sur le dos, tu sais.

– Je sais, reconnut Kelly, en serrant doucement le bras de son amie. C'est pour cette raison qu'on doit te trouver un avocat spécialiste du divorce.

– Je sais.

– Suzy en connaît un bon – un de ses anciens clients. On ne peut pas laisser ce fumier te voler ce qui te revient de droit. Il t'a déjà fait assez de tort comme ça.

– Il n'y a pas grand-chose qui me revient, je peux te le dire. J'ai signé un contrat de mariage. Tous les fonds sont bloqués.

Les deux jeunes femmes atteignirent l'auvent rouge.

– Merci, Bailey, dit Kelly au portier de nuit qui leur ouvrit la porte et appela l'ascenseur.

– Merci, Bailey, répéta Cassie d'un ton alcoolisé.

Elles entrèrent dans la cabine et les portes se refermèrent. La vive allure à laquelle semblait monter l'ascenseur déplut légèrement à Cassie.

Les portes s'ouvrirent et Kelly les fit entrer dans son appartement.

– Je te proposerais bien un café, mais…

– Tu n'as pas de cafetière !

Cassie s'assit sur le canapé pour défaire ses bottes. La sensation des os de ses pieds retrouvant leur emplacement naturel fut si agréable que c'en était presque douloureux.

Kelly l'imita. Elle ferma les yeux un instant pendant que ses pieds reprirent pleinement contact avec le sol pour la première fois depuis dix-neuf heures.

– Ah, si seulement les hommes savaient ce que les femmes doivent endurer…

Cassie se leva et tituba jusqu'à la salle de bains, en se tenant aux murs – le sol semblait tanguer.

– Ça va ? demanda Kelly à Cassie qui s'arrêta un instant à l'embrasure de la porte, avant d'entrer d'un pas chancelant dans la pièce et de claquer la porte avec son pied.

Les sons qui provinrent de la salle de bains laissèrent penser que la réponse était non.

Chapitre 5

Kelly était à l'atelier de Bebe (après avoir déjà suivi un cours de cardio-vélo, fait un point avec son équipe et organisé un brunch avec la presse au sujet de la collaboration entre Maddy Foxton et Oscar de la Renta), quand Cassie arriva enfin. À onze heures cinquante-cinq.

Elle avait une mine aussi affreuse que les bruits qu'elles avaient émis la nuit précédente.

– Tu aurais pu au moins te brosser les cheveux, murmura Kelly, qui attrapa Cassie par le coude et la conduisit dans les toilettes avant que Bebe ne l'aperçoive.

– Je... Je... Je crois que cette espèce de permanente argentine ne remplit pas son rôle, gémit-elle faiblement.

Kelly prit une brosse dans son sac.

– J'ai essayé, reprit Cassie, de les aplatir et de les démêler, mais – aïe ! –, voilà, ça faisait tout le temps ça. Aïe !

– Arrête de te plaindre, pesta Kelly avec rudesse. Ce n'est pas aïe que tu vas dire si Bebe te voit avec cette dégaine. As-tu mangé ?

Cassie fit non de la tête.

– Bon. Je vais demander qu'on nous apporte une omelette aux blancs d'œufs.

À cette pensée, Cassie couvrit aussitôt sa bouche de sa main et secoua vigoureusement la tête.

– Non ?

Kelly sortit du fard à joues et des pinceaux de son sac, pour masquer rapidement le teint blême de Cassie.

– Donne-moi ton doigt.

Cassie obéit. Kelly exprima d'un tube une petite noix d'une pâte colorée et brillante.

– Ne me dis pas que je dois avaler ce machin ?

Kelly leva les yeux au ciel.

– Oh, bon sang, Cassie. C'est du gloss. Mets ça sur tes lèvres. Mince alors ! s'énerva-t-elle en posant ses mains sur ses hanches, d'un air exaspéré.

– Pas la peine de crier, dit Cassie, en haussant un sourcil.

– Je ne cr..., commença Kelly, avant de s'interrompre et de prendre une profonde inspiration. D'accord, laisse-moi te regarder.

Kelly examina son amie.

– Bon, tu as l'air à moitié en vie ; c'est mieux que rien. Même si on ne sait pas trop ce que tu portes. Ça ne fonctionne pas pour tellement de raisons, conclut-elle après avoir étudié la tenue de Cassie, les bras croisés.

Cassie jeta un œil à sa jupe plissée mi-longue en cuir noir, son pull jacquard et ses Converse rouges. Ses pieds avaient été pris de spasmes rien qu'à l'idée de mettre des talons.

– J'étais sérieuse quand je t'ai dit que je ne me souvenais pas de quel vêtement allait avec quoi.

Cassie se tut et prit une mine horrifiée.

– C'est grave si j'ai un soutien-gorge ? Tu ne m'as pas dit que ça faisait trop sérieux ?

– Avec les cols en V, répondit Kelly en se mordant la lèvre. Même un enfant saurait mieux s'habiller.

Il y eut un silence agacé.

– Bon, écoute, j'ai dit à Bebe que tu t'occupais du brunch au *Hudson* ce matin, donc fais profil bas, d'accord ? N'attire pas l'attention sur toi. Je vais te donner de la paperasse à faire.

Cassie inclina la tête d'un air reconnaissant.

– Tu es vraiment une super amie, se réjouit-elle d'un ton ému, alors que Kelly la guidait vers le studio. Franchement, je ne sais pas ce que je ferais si tu n'étais pas là pour m'héberger, me trouver un trav…

– Oui, oui, oui, grommela Kelly, en levant les yeux au ciel. Garde tout ça pour ta carte de vœux.

Lorsque les deux amies arrivèrent dans la pièce, Bebe était en pleine crise.

– Ah, Kelly, vous voilà. Donnez-moi votre avis. Ne trouvez-vous pas que les paillettes ne vont vraiment pas sur cette robe ? demanda-t-elle de façon rhétorique.

Elle tenait par les épaules un mannequin à l'air absent et faisait pivoter sur elle-même cette pauvre fille. Sa robe écossaise rouge – asymétrique et en loques – était ornée d'un « tatouage » en broderie noire et d'une grosse giclée de paillettes dorées.

– Elle est censée être à un mariage orthodoxe traditionnel. Elle doit avoir l'air de recevoir une pluie de pièces d'argent. Mais, au lieu de cela, regardez-la ! On dirait l'enfant illégitime de David Bowie et Louis XIV.

Cette métaphore nébuleuse donna mal à la tête à Cassie, lui demandant un trop grand effort d'imagination. Si seulement elle était restée dormir – tout habillée – sur le canapé et n'avait pas pris la peine d'essayer de faire bonne figure. Mais elle ne voulait pas décevoir Kelly. Ce n'était que son deuxième jour de travail.

Le portable de Kelly sonna. Elle leva l'index.

– Je dois répondre, Bebe. C'est W. Je n'en ai pas pour longtemps, s'excusa-t-elle, avant de s'éloigner.

Bebe fixa Kelly, puis Cassie, comme si elle n'était pas sûre d'avoir affaire à la même femme que la veille.

– Quel est votre parti pris ? l'interrogea-t-elle, les yeux plissés.

Cassie regarda ses mains pour voir ce qu'elles faisaient. Elle se sentait si mal qu'elle n'était pas tout à fait certaine de contrôler pleinement son corps. Elle releva la tête, confuse.

– Pardon, mon parti pris ?

– Votre look. Qu'est-ce que c'est ? Bibliothécaire coquine ?

Cassie écarquilla les yeux.

– Euh… euh… je… je n'ai pas vraiment réfléchi à un thème. Je pensais seulement que c'était… sympa ?

Kelly revint et le sourire s'effaça de son visage dès qu'elle aperçut Cassie dans la mire de Bebe.

– Sympa ? répéta Bebe. Et c'est elle, Kelly, que vous chargez de rédiger les dossiers de presse ?

Bebe rudoya le mannequin pour la mettre face à Kelly et inclina dédaigneusement la tête en direction de Cassie.

– On n'a pas affaire à Olivia Palermo… Donnez-moi votre avis sur ce look.

– Cassie, j'ai laissé des documents urgents sur ton bureau, s'empressa d'intervenir Kelly, afin que Cassie s'éclipse au lieu de porter son attention sur le mannequin tremblant. Et, Bebe, je pense que vous avez raison à propos des paillettes.

Ça fait trop harem. Ce n'est pas le bon doré, vous ne croyez pas ?

Pas le bon doré ? se demanda Cassie. *Était-ce possible, ça ?*

– C'est le problème. Elles sont trop cuivrées. Elles devraient être plus claires. J'ai un contact à Tribeca. Ils m'en doivent une ; je vais passer un coup de fil. Oh, et c'était *Bazaar* au téléphone. Ils voudraient l'imprimé léopard…

– L'imprimé jaguar, rectifia d'un ton sévère Bebe, comme si la différence était aussi considérable que celle entre des pois et des rayures.

– Oui, vous avez raison, pardon. Ils veulent l'imprimé jaguar pour un essai de couverture avec Scarlett…

Chapitre 6

Cassie hocha lentement la tête, une lueur d'encouragement dans son regard, alors que la jeune femme s'avança vers elle. Elle était à New York depuis une semaine et elle commençait à s'y habituer. Cela n'avait rien de personnel. Il n'était question que de l'histoire, de l'ambiance, du « voyage » dans lequel Bebe voulait embarquer le public avec ses créations.

La styliste se pencha un peu vers Cassie, avec un point d'interrogation implicite.

– Eh bien, dit lentement Cassie, elle a de magnifiques cheveux. Ses épaules et ses hanches sont si étroites qu'on la prendrait assurément pour une adolescente.

– Hmm.

Bebe examina le mannequin d'un œil critique. Elle était d'une beauté saisissante et avait sans doute connu jusque-là une vie facile, flattée depuis sa naissance, la fille la plus populaire de l'école et l'incarnation vivante des fantasmes de tous les hommes. Mais dans cet énorme studio entièrement blanc qui résonnait, elle était une femme quelconque et une proie facile pour un vieux briscard de la mode comme Bebe Washington.

– Plutôt jolie, mais elle marche comme une vache, commenta Bebe, sans le moindre effort pour s'exprimer à voix basse. Et regardez ses chevilles, ajouta-t-elle, alors que la jeune femme s'arrêta devant elles et prit la pose, avec les mains sur les hanches et en mettant tout son poids sur sa jambe en arrière. J'ai vu des poutres avec plus de formes.

Cassie remarqua que la fille fixait le mur du fond et que ses yeux brillaient de larmes contenues.

– Oh, Bebe, vous avez vraiment un sens de l'humour très drôle, intervint Cassie, pour tenter désespérément de donner à cette remarque un contour léger, mais elle ne parvint pas à obtenir un rire convaincant.

Bebe se tourna brusquement pour fixer sa directrice de comptes étrangement schizophrène qui, un jour, était tendance et, le lendemain, à côté de ses pompes.

– Elle a de jolies chevilles, insista Cassie, mais elle savait déjà que la décision de Bebe était prise.

La styliste était toujours ulcérée par le faux bond de son mannequin fétiche (« Ces fichues bécasses, qui se comportent comme si c'étaient elles le talent ! »). Aussi, Cassie était-elle présente moins pour donner un deuxième avis que pour servir d'intermédiaire, afin que Bebe puisse humilier les mannequins en lui faisant part à elle de ses remarques.

– Non. Elle va massacrer les vêtements. Elle n'est bonne que pour faire des publicités pour shampooing, déclara Bebe à voix haute, avant de se tourner vers la jeune femme et de s'adresser à elle directement, comme si elle lui accordait une faveur. Vous n'êtes pas faite pour les podiums. Mais vous êtes assez mignonne.

Le visage du mannequin se décomposa. Dans l'univers de la haute couture, « mignonne » était l'équivalent d'« Il a de l'humour » pour décrire un homme.

– Suivante !

Laminé, le mannequin s'éclipsa d'un air triste, et le nouvel agneau sacrificiel s'avança. La jeune femme levait ses pieds de façon exagérée, roulait des hanches et balançait ses bras d'avant en arrière avec indolence.

Cassie sentit Bebe se pencher de nouveau vers elle.

– Hmm ?

Le téléphone de Cassie (que Kelly lui avait donné) sonna dans son sac.

– Oh, excusez-moi un instant, Bebe.

Elle aperçut l'expression de panique dans le regard du mannequin, lorsque celle-ci se rendit compte que l'influence apaisante de Cassie était détournée de sa prestation.

– Allô ?

– Cassie, c'est moi, répondit Kelly d'une voix essoufflée.

– Tu cours ?

– J'ai couru, haleta-t-elle. Attends, je... m'appuie... contre le mur... une seconde...

Cassie attendit que son amie reprenne son souffle.

– Ouah ! Je suis fière de moi : douze étages en sept minutes. Un RP.

– Un quoi ?

– Un record personnel, andouille.

Cassie leva les yeux au ciel. En plus des cours de kick-boxing un soir sur deux et des séances de footing à sept heures tous les matins, Kelly était aussi amatrice de course d'escaliers, même en talons. Cassie avait renoncé à quelques séances (pour raison personnelle), mais elle devait reprendre la course le lendemain matin.

– Bref... Écoute, si je t'appelle, c'est parce que j'ai oublié ma présentation pour Breitling au bureau. Peux-tu aller la récupérer et me l'apporter ici ?

– Mais je suis avec Bebe. Nous sommes en plein casting pour le défilé.

– Nous savons très bien toutes les deux que Bebe n'a pas besoin de toi. Dis-lui simplement qu'il y a une urgence au bureau et que tu dois y aller. Prends un taxi et demande un reçu. L'adresse est sur le dossier. C'est au douzième étage.

À ces mots, Kelly raccrocha.

Quinze minutes plus tard, Cassie était dans le hall d'entrée et appuyait impatiemment sur le bouton de l'ascenseur. Elle n'avait aucune intention de monter les escaliers en courant, même si elle devait attendre sept minutes que les ascenseurs redescendent des sommets.

Les portes s'ouvrirent et, après que le flot d'occupants se fut déversé, Cassie entra dans la cabine.

– Cassie ! Retiens-le ! cria une voix alors que les portes commençaient à se refermer.

Cassie se tourna rapidement vers les boutons et chercha la commande pour ouvrir les portes, mais ce fut inutile. Henry fit un bond de côté pour se faufiler entre les portes à moitié closes et tomba lourdement contre la paroi vitrée du fond. Cassie se poussa, effrayée – sans toutefois que son visage trahisse sa surprise. Le spécialiste du Botox chez qui Kelly l'avait emmenée la veille n'avait pas eu la main aussi légère que Cassie l'avait espéré ; chaque fois qu'elle allait aux toilettes, elle passait dix minutes devant le miroir à s'entraîner à hausser les sourcils, tel un lutteur de sumo qui s'exerce à lever le pied du sol.

– Salut, sourit Henry, avant de se figer en apercevant l'expression de Cassie.

Il se redressa et détourna le regard, tandis que l'ascenseur entama son ascension. Ils restèrent silencieux quelques instants.

– Toi aussi, tu participes à la réunion ?

– Non. Je suis seulement la coursière, lui répondit Cassie, en lui indiquant le dossier.

– Ah.

Il glissa son regard vers elle et observa ses lèvres lire en silence le numéro des étages sur l'écran.

– Écoute, Cassie... Excuse-moi si j'ai dépassé les bornes l'autre soir, déclara Henry, en fixant Cassie droit dans les yeux. Je n'aurais pas dû te dire toutes ces choses, je suis allé trop loin. Ce n'est pas parce que je te connais depuis ma naissance que je sais qui tu es aujourd'hui. Tu as parfaitement le droit de... démarrer une nouvelle vie comme tu l'entends.

– Merci, Henry, dit Cassie, avec un petit sourire. J'apprécie. Je ne supportais pas l'idée de... de te décevoir à ce point.

– Tu ne pourras jamais me décevoir, Cassie.

Un moment passa, puis ils regardèrent les chiffres incrémenter sur l'écran LED.

– Oh. J'ai ça pour toi ! affirma-t-il soudain, en brandissant une enveloppe. En guise d'excuse. J'avais prévu de la donner à Kelly à la réunion. Je ne pensais pas te revoir avant mon départ.

– Quand pars-tu ?

– Ce soir.

– Oh.

Ils venaient seulement de se retrouver, et la soirée au *Mischka* n'avait pas été une franche réussite. L'idée que Henry reparte si vite attristait Cassie. Elle avait besoin en ce moment d'avoir autour d'elle le maximum d'amis.

Elle prit l'enveloppe. Le contenu fit un léger bruit, comme du riz.

– Qu'est-ce que c'est ? Des confettis pour ton mariage ? plaisanta-t-elle, avant soudain de rougir en pensant qu'elle ne serait peut-être pas invitée – « amis de longue date » ne signifiait pas « amis proches ». À ce propos, Lacey a l'air adorable.

– Oui. Elle l'est.

– Et elle est belle comme un cœur.

– Oui. Elle est très jolie.

Les portes s'ouvrirent et Kelly leur tomba pratiquement dessus.

– Te voilà ! s'exclama-t-elle, en se jetant sur le dossier. Oh, Henry ! dit-elle, en l'apercevant derrière Cassie. Tu es là, toi aussi. Super. Nous t'attendions. Tout le monde est prêt pour la réunion.

– Bon, j'imagine qu'on y est, déclara Henry.

Il se retourna vers Cassie. Il prit une profonde inspiration et lui sourit. En dépit de son large torse et de ses mains d'ours, il apparut à Cassie en cet instant tel le petit frère dont elle avait le souvenir.

– Bon courage pour ton expédition ! Quand rentres-tu ?

Il haussa les épaules.

– Tout dépend de la météo et des aléas. Mais en juin, j'espère.

Il prit légèrement Cassie par les épaules et lui fit la bise.

– À bientôt !

Elle le regarda dans les yeux et lui adressa un petit sourire. Il partait à l'autre bout du monde et il était possible qu'elle ne le revoie pas avant dix autres années.

– Oui, à bientôt, Henry.

Ils se fixèrent un long moment.

– Et n'oublie pas d'appeler ta maman !

Henry ricana. Les portes de l'ascenseur s'ouvrirent et Cassie monta à bord. Elle se plaça au fond de la cabine, tint son sac à main vert contre son ventre, ses cheveux blond clair et lisses flottant doucement à cause de la climatisation. Puis, les portes se refermèrent et Henry avait disparu.

Cassie jeta un coup d'œil à sa montre. Il était presque dix-sept heures. En théorie, elle devrait retourner à l'atelier de Bebe, mais elle avait eu sa dose d'humiliations en règle pour la journée. Elle sentait la tristesse qu'elle s'efforçait tellement de dissimuler tenter de sortir comme un diable à ressort perfide, et elle n'était pas convaincue que même la cruauté déroutante de Bebe ou la frénésie qui était considérée comme une journée de travail classique dans cette ville suffiraient à la distraire.

Sa faiblesse était due à la fatigue, elle le savait. Kelly et elle étaient sorties tous les soirs depuis son arrivée une dizaine de jours plus tôt – très souvent après vingt-trois heures, quand Kelly avait terminé son travail, au moment précis où le corps de Cassie se lovait, prêt à dormir. Ce jour-là, Cassie n'avait pas du tout envie que Kelly organise la soirée pour elle. Elle n'avait pas envie de manger du poisson cru ou des haricots rouges. Elle avait envie d'un burger et d'une bonne tasse de thé. Son corps l'exigeait, tout comme Kelly avait besoin d'adrénaline ou Anouk de lingerie en satin. Cassie désirait se pelotonner sur le canapé et lire un livre. Si ses pieds ne lui faisaient pas autant mal, elle aurait peut-être fait un détour pour passer par Central Park sur le chemin du retour. Cela lui aurait peut-être permis de s'aérer l'esprit. Depuis les injections de Botox, elle avait un mal de tête sourd qu'elle ne parvenait pas à chasser ; il fallait dire que les cuves de cocktails et l'absence pratiquement de sommeil n'aidaient pas. Mais les bottines aux talons de dix centimètres que Kelly avait préparées pour Cassie avant son départ ce matin-là (elle lui avait numéroté ses tenues après sa tentative autonome désastreuse) ne laissaient aucune place à la négociation. Ce n'était pas pour rien qu'ici, on surnommait les grands talons des « chaussures limousines ».

Après avoir fait un saut chez *Dean & Deluca* pour acheter le dîner, Cassie décida de se faire plaisir et de prendre un taxi pour rentrer. Dès son arrivée à l'appartement, elle mit à bouillir une petite casserole d'eau. Elle sortit en douce de son sac de courses une boîte de sachets de thé (ce n'était pas la marque PG Tips, mais c'était mieux que rien). Elle trouva une tasse au fond du placard de sous-vêtements de Kelly. Des traces de terre à l'intérieur lui indiquèrent qu'elle avait servi de pot de fleurs.

Pendant que l'eau chauffait, Cassie retira sa robe et enfila un jogging gris NYC et un sweat à capuche bleu marine coordonné qu'elle avait achetés dans une boutique de souvenirs du quartier. Elle rêvait de ce moment de la journée, avant que Kelly ne rentre et ne lui annonce le programme de la soirée. Ce soir-là, puisqu'elles devaient se retrouver au *Raoul* à dix-huit heures, Cassie bénéficiait d'une heure de répit en prime.

Elle savait déjà qu'elle passerait une grande partie de ce temps à pleurer. Elle avait reçu le premier appel de son avocat un peu plus tôt dans l'après-midi et elle sentait les larmes – ravalées devant Bebe – passer dans ses veines à chaque battement de cœur. Pleurer semblait être la seule façon de libérer la douleur : il fallait l'expulser comme du monoxyde de carbone ou tout autre poison toxique. Cassie espérait seulement, effrayée par l'ardeur et la fréquence de ses larmes, que les laisser couler libérerait son cœur de cette sensation lourde, détrempée, putride, telle une serviette non essorée dans le tambour de la machine à laver. « Mieux vaut que ça sorte plutôt que de tout garder à l'intérieur », lui serinait toujours sa mère. Elle devait avoir raison, supposa Cassie – mais autant que ça ne sorte pas n'importe quand. Pas de but en blanc. Après les larmes incontrôlables des premiers jours, Cassie s'était grandement efforcée de ne pleurer qu'en l'absence de Kelly, non pas parce qu'elle ne pouvait pas se confier à elle, mais parce qu'elle savait que Kelly surveillait le moindre de ses gestes. Cassie avait-elle perdu l'appétit ? Était-elle léthargique ? Nostalgique ? Cassie avait surpris plusieurs fois Kelly rapporter au téléphone à Suzy et Anouk ses « progrès » : « ... plutôt bien aujourd'hui, même si elle a pleuré sous la douche pendant un quart d'heure ce matin. Elle pensait que je ne l'entendais pas, bien sûr... ».

Cassie n'avait envie de décevoir personne ; ses amies étaient toutes tellement inquiètes pour elle et s'employaient à ce que tout aille bien, Cassie se sentait donc obligée de retenir ses larmes devant elles. Mais elle était toujours étonnée, quand les larmes ruisselaient, à quel point elles étaient brûlantes, comme si elles avaient bouillonné des heures durant ; comme si, à l'intérieur, Cassie était à température d'ébullition, bouillante de colère.

Elle prépara son thé et envoya un texto à Kelly : « J'ai mal à la tête. On se retrouve à la maison plus tard. Bisous. Cassie. »

Une réponse arriva presque aussitôt : « À d'autres. Tu es avec un beau mec ? »

« Ha, ha », répondit Cassie, puis elle soupira et jeta son portable sur les coussins. Elle s'enfonça dans le canapé au moment où son téléphone sonna soudain et la fit sursauter. Kelly avait modifié sa sonnerie, préférant au *Printemps* des *Quatre Saisons* un chœur de grenouilles folles, et il fallait toujours un instant ou deux à Cassie pour comprendre qu'il s'agissait de la sonnerie de son téléphone et non d'une invasion apocalyptique de batraciens.

– Allô ?

– Ma chérie ! C'est moi !

– Anouk, dit Cassie, en essayant de s'éclaircir la voix.

Il y eut un blanc.

– Comment vas-tu ?

– Moi ? Oh, ça va. Je travaille dur, je rencontre des tas de gens, je mets du rouge à lèvres tous les jours… Tu ne me reconnaîtrais pas. Je vais très bien.

Cassie souffla. Il y eut un long silence et elle posa la main sur sa tempe. Elle sentait les larmes gonfler sous sa peau.

– Bon, refaisons une tentative. Comment vas-tu ?

Cassie lâcha un soupir révélateur.

– Sans mentir ? Eh bien, j'ai envie de… J'aimerais pouvoir dormir la nuit. Et quand je suis réveillée, j'aimerais que mon cœur ne batte pas à cent mille à l'heure. J'ai l'impression d'être une voiture qui roule à deux cents kilomètres-heure en première.

Cassie fixa le dos de ses mains et fut choquée de constater que sa peau était fine et grise.

– J'aimerais pouvoir respirer sans avoir l'impression que quelqu'un me marche sur la poitrine, continua-t-elle. J'aimerais pouvoir penser aux dix dernières années de ma vie sans me sentir hébétée.

Cassie stabilisa sa voix, pour tenter d'affirmer la vérité sans émotion aucune.

– Franchement, Anouk, si un médecin me proposait de m'endormir pour les six prochains mois, j'accepterais avec plaisir. Ou un coma cryogénique, peut-être. Ils pourraient me congeler pendant un an.

Elle tenta de rire, pour se défaire de sa tristesse, mais ce fut vain.

– Oh, ma chérie… Ce sont les premiers jours. C'est encore tout frais. Personne ne s'attend à ce que tu avances sans regarder derrière toi. C'est normal.

– J'imagine, concéda Cassie, qui laissa une grosse larme chaude perler en silence sur sa joue.

– Je sais que ce que je vais dire est cliché, mais c'est vrai que ça passe avec le temps. Tu vas avoir mal pendant très longtemps et puis, un jour, tu te rendras compte que… peut-être tu n'as pas pensé à lui de la journée, ou que tu as oublié son anniversaire, ou que…

– Ou j'arrêterais de lire son horoscope, d'entrer dans les parfumeries pour sentir son après-rasage, d'appeler pour tomber sur son répondeur et entendre sa voix…

La voix de Cassie lui fit défaut, la gorge nouée par les sanglots. C'était raté pour ce qui était de dissimuler ses émotions.

– Pardon, pardon. Excuse-moi, Anouk, finit-elle par renifler. Tu me téléphones à un moment où je n'ai pas le moral. C'est la fin de la journée et tout ça… Comme ce doit être ennuyeux pour toi de devoir écouter ces pleurnicheries.

Cassie s'essuya les yeux du revers de la main.

– Cassie, tu es mon amie. À quoi je sers si je ne suis pas là pour t'aider ? Enfin, en plus de te donner des conseils contre la cellulite et te refiler de jolies chaussures !

Le visage de Cassie se fendit d'un sourire.

– Un jour – et celui-ci approche –, tu rencontreras quelqu'un qui te fera oublier Gil. Quelqu'un de mieux. Quelqu'un qui te chérira comme il se doit. Tu le mérites.

– Oui, marmonna Cassie.

Anouk devait confondre « chérissable » avec « périssable » ; après tout, Cassie approchait à grands pas de la date de péremption. Elle aurait trente et un ans cette année, et elle était non seulement célibataire, mais brisée. Il lui faudrait des années pour se remettre et se ressaisir. Et puis, quelles étaient les chances pour une femme de plus de trente ans de rencontrer un homme à Manhattan ? La probabilité était plus forte qu'une météorite lui tombe dessus, non ? Non, cet homme meilleur n'était pas près d'arriver. Il pouvait encore profiter d'une bonne dizaine d'années de célibat et d'aventures d'un soir avant de se mettre en route vers elle.

Cassie et Anouk se dirent tendrement au revoir. Anouk sembla comprendre que son amie avait besoin d'être seule ce soir. À proximité, une pendule faisait tic-tac et, à travers la vitre crasseuse, l'horizon de Manhattan s'illuminait, fenêtre après fenêtre. Cassie s'allongea sur le côté, les larmes coulaient toujours, mais moins violemment à mesure que son désespoir se substitua à un calme déconfit et épuisé. Elle fixa les bandes sinueuses multicolores du tapis Paul Smith, son œil suivant, à la manière du crayon d'un enfant dans un livre de jeux, la ligne rouge, puis la noire, puis la jaune, dans une méditation rythmée. Elle parcourait la bande turquoise en bas à gauche du tapis quand l'enveloppe dans son sac attira son attention.

Elle retrouva un peu d'énergie et ouvrit délicatement l'enveloppe. Si le sens de l'humour de Henry n'avait pas changé au cours des quinze dernières années, elle pouvait s'attendre à trouver ses rognures d'ongles de pied. Elle jeta un coup d'œil à l'intérieur. Sur une étiquette beige était inscrit à l'encre marron :

L'énergie dans l'adversité

Hein ? Une maxime de développement personnel ? Cela ne ressemblait pas du tout à Henry.

Cassie retourna l'étiquette.

Planter dans un sol argileux, à 10 cm de profondeur.
Placer dans un endroit lumineux et ensoleillé.

La porte claqua.

– Je suis rentrée ! brailla Kelly comme si l'appartement mesurait quatre cents mètres carrés, et non quarante, sans considération aucune pour la migraine de sa colocataire.

Elle retira immédiatement ses chaussures, balançant un escarpin à bride à travers le vestibule. Celui-ci manqua de peu d'étêter l'unique plante symbolique de l'appartement.

– Qu'est-ce que c'est ?

Cassie inclina l'enveloppe et versa une partie de son contenu dans sa main.

– Des graines, répondit-elle, perplexe.

– Des graines ? Qu'est-ce que tu vas bien pouvoir faire avec ça à Manhattan ?

Cassie resta à fixer ce cadeau.

– Je me le demande.

***

– Bon, écoute, commença Kelly, tout en faisant tourner la petite paille dans son verre.

Elle devait crier à cause de la musique. Comme d'habitude, elle avait eu le dernier mot sur leur programme de la soirée. « C'est important que tu t'occupes, Cassie, avait-elle admonesté dès qu'elle avait aperçu les yeux bouffis de son amie et son sweat-shirt détrempé. Tu ne peux pas rester à te morfondre. »

– Tu sais, le gars de l'autre soir ? Il a cherché à te joindre sept fois au cours des cinq derniers jours. Même moi, ça commence à me gêner et nous savons toutes les deux que j'ai le cuir aussi épais qu'un morse.

– Heureusement que tu n'as pas le teint d'un morse ! plaisanta Cassie.

– Il me rend folle. Il dit qu'il ne lâchera pas. Il faut qu'on fasse quelque chose.

– Appeler la police ?

Kelly sourit.

– Non, non, ce n'est pas ce genre d'homme. En réalité, il est très drôle. Et poli. Et d'un abord incroyablement facile…

Cassie haussa un sourcil.

– Peut-être que c'est toi qui devrais le voir ?

– Il n'appelle pas pour me voir, moi.

Cassie but une autre gorgée. Elle avait cessé de demander à Kelly quel cocktail elle lui commandait chaque soir. Ils avaient tous le même goût au bout de trois verres et, même si Cassie avait mal à la tête le lendemain matin, elle était tellement contente de l'effet anesthésiant qui apparaissait au bout de quatre verres qu'elle aurait bu de l'huile de foie de morue s'il le fallait.

– C'est bien dommage, marmonna Kelly dans sa barbe.

Cassie leva le regard.

– Il te plaît !

– Mais non !

– Mais si.

– Non. C'est seulement que j'ai appris un peu à le connaître à force d'intercepter tous tes appels et de lui expliquer à quel point ton mari était une petite merde, un menteur et un fourbe.

Cassie se tortilla sur sa chaise à l'évocation de Gil et remit en place sa ceinture qui lui coupait le ventre. Elle regarda le jean moulant noir que Kelly l'avait forcée à mettre et les bottines noires à boucle. Deux semaines plus tôt, elle portait du velours Laura Ashley et des bottes en caoutchouc. Dorénavant, elle avait l'air d'une princesse rock. *Il y avait une certaine évolution*, se dit-elle.

– J'imagine que tu n'as pas eu idée que, peut-être, il n'appelait pas pour moi ? suggéra Cassie au bout d'une minute, une fois certaine de pouvoir se fier à sa voix. Si vous discutez autant tous les deux, peut-être qu'il appelle parce qu'il sait qu'il va tomber sur toi.

Manifestement, Kelly n'y avait pas songé.

– Tu crois ?

Cette possibilité fit instantanément briller les yeux de Kelly et Cassie fut surprise d'entrevoir chez elle cette vulnérabilité bien dissimulée.

– Oui. Même moi, je sais que la majorité des hommes n'aiment pas se faire continuellement rembarrer. Pourquoi ne l'invites-tu pas à aller boire un verre ?

– Oh, non. Jamais je n'inviterai un homme.

– Pourquoi cela ? Je croyais que c'était ce qui se faisait présentement.

– Présentement ? Tu as quatre-vingts ans ou quoi ?

– Peut-être bien en ce qui concerne le vocabulaire amoureux. La première fois que j'aurai un rendez-vous, j'aurai l'air aussi perdue qu'un retraité sur Internet ! Bon, fit Cassie, qui se pencha en avant, les coudes sur la table, et que penses-tu de cela ? La prochaine fois qu'il appelle, tu lui expliques que tu veux le rencontrer, histoire de juger s'il est bien pour moi.

Kelly écarquilla les yeux de plaisir.

– Cette idée me plaît ! Un rendez-vous déguisé. Comme ça, si je le déteste en face à face, je n'aurai aucun scrupule à le bloquer. Oh, mais tu es sûre ? Je ne veux pas te couper l'herbe sous le pied.

– Sous le pied ? répéta Cassie, en couvrant de ses mains celles de son amie. Kelly, le plus grand service que tu puisses rendre à mes pieds, c'est de leur offrir des chaussons. Alors, on pourra dire qu'on est quittes.

Chapitre 7

Cassie tapota de nouveau le casque.

– Un, deux, dit-elle doucement, avec la légère impression de jouer les Madonna.

– Parle plus fort ! exigea la voix d'un ton brusque dans l'oreillette. Il y aura neuf cents personnes dans la salle d'ici trente minutes et, là, je t'entends à peine.

– Désolée, s'excusa Cassie et elle se racla la gorge. Un, deux ? répéta-t-elle un peu plus fort.

Elle entendit la voix maugréer de l'autre côté.

– C'est bon, c'est bon. Va vérifier que tout se passe bien en coulisses.

– D'accord. Terminé.

La voix grommela de nouveau.

– Tu n'es pas un pilote d'avion.

Cassie se tourna vers le podium et s'avança délicatement. Tout était noir : le sol, les murs, les chaises, le podium même. *Je ferais une excellente cambrioleuse*, se dit intérieurement Cassie. Elle apercevait à peine ses cuisses douloureuses, mais qui se tonifiaient promptement dans son pantalon noir moulant. Avec des coutures tournantes et des boutons sur le bas, il était de la collection automne-hiver actuelle, tout comme le pull en mohair noir ajouré qui tombait sur une épaule. Cassie leur avait associé les bottines noires à lanières qui, de tous les instruments de torture qu'elle mettait à ses pieds au quotidien, étaient les moins douloureuses et, par conséquent, ses préférées. Cependant, elle ne savait pas encore marcher avec, et sa cheville tourna lorsqu'elle trébucha sur un câble électrique qui n'avait pas été scotché au sol.

– Aïe ! cria Cassie, qui tomba sur les sièges et fit voler les programmes posés sur ceux-ci.

– C'était quoi ça ? demanda la voix dans son oreille.

– Désolée, j'ai trébuché sur quelque chose.

– Va en coulisses. On n'a pas de temps à perdre.

Cassie se releva, redisposa en vitesse les programmes sur les chaises, puis se dirigea vers l'épais rideau noir en bord de scène et passa de l'autre côté.

Contrairement à la salle, tout était éclairé en coulisses. Des ampoules nues et des lampes caloriques étaient placées au-dessus de rangées de miroirs, tandis que les équipes de coiffeurs et de maquilleurs transformaient les jeunes femmes boudeuses, crasseuses et blasées en des vierges de l'Europe de l'Est aux sourcils épais et aux joues roses.

Cassie aperçut Bebe dans un coin, les mains sur les tempes alors qu'un mannequin aux jambes particulièrement longues essayait en vain de faire rentrer ses pieds dans des chaussures.

– C'est la plus jolie peste que j'aie jamais vue, marmonna Kelly, en s'approchant de Cassie.

– Je ne te le fais pas dire.

Cassie n'avait jamais vu ni entendu rien de tel dans sa vie. C'était un véritable tohu-bohu. Les sèche-cheveux soufflaient, la musique hachée changeait au gré des tests de son du DJ, les habilleurs poussaient des portants tels des préposés aux caddies dans les supermarchés. Quant aux mannequins, qui semblaient toutes avoir été écartelées et é… ti… rées, elles couraient avec pour seule tenue un string couleur chair et des bigoudis, agitaient délicatement leurs mains pour sécher leurs ongles ou saluaient à cris aigus l'une de leurs meilleures amies à l'autre bout de la pièce. À chaque poste de travail se trouvaient des pots et plateaux de poudre, de crème, de mousse, des éponges, des pinceaux, des miroirs, des portables, des mini-bouteilles de champagne et, sur les murs, des Polaroid des « looks » à créer qui voletaient au gré de l'agitation. À côté de l'entrée de la scène, quelqu'un avait écrit en grosses lettres noires : « Jouez-la réfugiée cool – effrayée, mais stylée. Mettez le paquet ! »

– Sérieusement ? fit Cassie, exaspérée. C'est vraiment de mauvais goût. Comment peut-on minimiser le statut des réfugiés en disant que c'est « stylé » ?

– Ce n'est qu'une mise en scène qui sert de fil rouge aux vêtements, ne l'oublie pas, affirma Kelly avec arrogance.

Cassie se tourna et regarda son amie.

– Ne me dis pas que tu y crois ?

– Bien sûr que non, répondit Kelly dans sa barbe. Mais derrière toutes ces foutaises, il y a des tops et des pantalons à tomber par terre et un blazer qui va devenir un incontournable de la saison que les vendeurs vont s'arracher. Et je te parie mon appartement que la robe de soirée vert émeraude finit aux Oscars. Ces vêtements paient mes honoraires, donc je ne peux pas prendre le risque de dire ce genre de choses, continua Kelly à voix basse, en gardant un œil sur le chaos bouillonnant. Bebe veut que sa créativité soit reconnue.

Elle en a assez d'être considérée comme le fournisseur des pièces basiques de la femme active. Elle veut être tendance. C'est pour cette raison qu'elle a fait appel à moi ; donc, nous sommes les dernières à pouvoir la critiquer. Oh, zut ! Je dois y aller. Selena retourne encore aux toilettes. Hors de question qu'elle fasse une overdose sous mon nez. Va voir si Bas a bientôt terminé. La dernière répétition est dans cinq minutes.

– Bas ? Mon Bas ? s'enthousiasma Cassie, tout en regardant autour d'elle.

Elle le repéra, occupé à coiffer les cheveux d'une jeune femme au bout de la rangée de miroirs. Puisqu'elle le voyait tous les trois jours pour un brushing (malgré le lissage brésilien, Kelly estimait cet entretien nécessaire) et toutes les trois semaines pour recolorer ses racines, ils devenaient de plus en plus proches. Bas raffolait des commérages. Comme Cassie ne connaissait aucune des personnes concernées, cela les arrangeait tous les deux. Par ailleurs, même si elle adorait le look qu'il lui avait créé, elle adorait encore davantage l'image qu'il lui renvoyait d'elle. La première fois qu'il lui avait fait un shampooing, il lui avait administré un massage du crâne indien, qui l'avait rapidement et inexplicablement fait fondre en larmes. Une fois qu'il eut juré de ne pas rapporter à Kelly que Cassie avait pleuré, elle lui avait tout raconté à propos de Gil et Wiz et, depuis lors, il l'avait prise sous son aile : il veillait à ce qu'elle ait deux shampooings, un supplément de copeaux de chocolat dans son cappuccino et, quand elle s'était endormie durant son second massage indien du crâne, il l'avait simplement couverte d'une serviette pour qu'elle ne prenne pas froid et avait attendu qu'elle se réveille.

Même si elle le connaissait depuis moins d'un mois et que, sur le papier, leurs vies n'avaient rien en commun, une confiance mutuelle régnait entre eux et leurs rendez-vous avaient commencé à se prolonger autour d'un verre. Bas retrouvait Kelly et Cassie lors de leurs virées nocturnes et les défiait sur la piste de danse.

– Bas !

– Miss Lipton, répondit-il, en s'approchant pour faire la bise à Cassie.

Il la surnommait ainsi, amusé par sa quête quasi obsessive de trouver une tasse de thé digne de ce nom à Manhattan.

– Tu es en mission pour les hommes en noir ? lui demanda-t-il, un sourcil haussé en remarquant l'oreillette de Cassie.

– Pour les femmes en noir, plutôt !

Les seuls vêtements de couleur dans la pièce étaient ceux suspendus aux cintres.

– Les filles sont magnifiques, s'extasia Cassie, devant les tresses compliquées que Bas avait réalisées pour créer un effet folklorique.

– Eh bien, Bebe voulait du « naïf », commenta Bas, qui fit tourner la tête de Cassie sur le côté pour examiner ses cheveux. Tu sais, tu serais splendide avec cette coiffure.

– Tu ne peux pas t'en empêcher, hein ?

– Non ! Assieds-toi, je vais te faire un petit truc rapide. Je n'ai rien à faire pendant au moins cinq minutes. Elles sont en train de passer les vêtements et, ensuite, elles vont défiler.

– Non, Bas, je ne peux pas. Je travaille. Enfin, ajouta Cassie en baissant d'un ton, je suis censée travailler. Même si, de toi à moi, je n'ai pas la moindre idée de ce que je suis censée faire.

– Bienvenue au club, ma belle. Je suis certain qu'ils te préviendront s'ils ont besoin de toi, l'incita Bas, avant de retirer le casque de Cassie. Nous savons tous pertinemment que ces filles savent se faire entendre.

Cassie se détendit et laissa Bas humidifier ses cheveux. Pendant qu'il manipulait le sèche-cheveux et la coiffait rapidement, elle observa dans le miroir les mannequins s'habiller. La métamorphose était incroyable. Elles étaient capables de se faufiler en un éclair dans les créations délicates, toutes recouvertes de tulle et de paillettes, pendant que les habilleurs fermaient leurs chaussures. Leurs membres filiformes, qui, dévêtus, étaient parus si mous et juvéniles, étaient à présent élégants et sculpturaux. Les jeunes femmes semblaient se mouvoir différemment en outre. Les lumières du podium – orange, rose et rouge, pour évoquer un coucher de soleil sur le Caucase – s'allumèrent et l'ambiance se transforma.

Cassie se tourna de nouveau vers son reflet et fut étonnée par ce que Bas avait accompli. Il lui avait fait la même coiffure qu'aux mannequins. Enfin, presque.

– Oh là là ! C'est vraiment cool ! Je n'ai jamais été cool de ma vie ! ajouta Cassie qui, sincèrement étonnée, admirait son reflet sous tous les angles.

La coiffure la rajeunissait de cinq ans et lui donnait l'air de vivre dans un loft à Soho avec des musiciens.

– J'adore !

Elle regarda Bas et un doute traversa son visage.

– Mais je ne peux pas la garder, Bas. Tout le monde va penser que j'essaie de leur ressembler, expliqua Cassie en faisant un signe de tête vers les mannequins qui s'éloignaient à la queue leu leu pour la répétition générale.

– N'importe quoi ! Tu es largement plus jolie que ces sacs d'os. Même si tu deviens vraiment maigre ! tança-t-il Cassie, en lui serrant la cuisse.

Trois semaines de chagrin, de joggings matinaux et de sushis en guise de dîner commençaient à faire leur effet, et Cassie pouvait désormais enfiler aisément sa nouvelle garde-robe.

– Je t'ai fait la coiffure qui était prévue, avant que « Madame » ne pique une crise à la dernière minute…

Un grésillement redonna soudain vie au casque.

– Cassie ! Va tout de suite dans la salle. Nous ouvrons les portes dans quatre minutes.

C'était Hannah, l'assistante personnelle de Bebe.

Cassie mira son reflet et poussa un soupir. Il était trop tard désormais. Elle n'avait pas le temps de se préoccuper de ce que les gens penseraient.

– On mange ensemble après ? proposa Bas, tout en redisposant ses brosses, afin d'être prêt pour les retouches express au retour des mannequins.

– Excellente idée, lui répondit Cassie avec un grand sourire, avant de courir vers la scène. Je vais prévenir Kelly.

Elle souleva le rideau et fut soudain éblouie par un déchaînement de flashs. Elle cacha instinctivement son visage derrière ses mains et se plia en deux. Un mètre cinquante au-dessus d'elle, les mannequins marchaient d'un pas raide dans cette nébuleuse aveuglante. Le chorégraphe beuglait ses instructions : « Le genou plus haut, Freya ! », « Imagine que tu es en fuite ! ».

– Cassie ! Où es-tu, bon sang ? cria la voix dans son oreille.

C'était de nouveau Hannah. Elle était plus effrayante que la styliste elle-même.

– J'arrive.

Cassie contourna le bloc compact de photographes au bout du podium. La hiérarchie entre eux était signalée par des croix tracées au Scotch jaune sur le sol. Un grand nombre de ceux qui se trouvaient derrière étaient perchés sur leur housse rigide d'appareil photo et hissaient leur objectif au-dessus des têtes devant eux. Il y avait une profusion de badinage et d'insinuations chaque fois que l'un des mannequins arrivait au bout du podium et s'exerçait à faire son demi-tour.

Cassie remonta d'un pas sautillant l'allée vers le fond de la salle, reconnaissante de l'obscurité qui l'enveloppait. Les feux de la rampe n'étaient pas pour elle. Elle préférait l'ombre. L'avait toujours préférée. Même enfant, elle était celle qui jouait le hibou lorsque Suzy, Anouk et Kelly incarnaient à tour de rôle la Belle au bois dormant et, quand elles furent un peu plus âgées et étaient passées à de vrais bals, Cassie passait en général son temps aux toilettes à aider à réparer un ourlet déchiré ou à essayer de dénicher un taille-crayon pour le khôl. Elle aimait le rôle de l'ombre.

C'était sans doute pour cette raison que tout le monde avait été si étonné quand elle avait été la première à annoncer se marier. On supposait de façon tacite que, des quatre amies, Cassie serait sûrement la dernière à trouver son mari. Suzy était si franche que les hommes ne pouvaient l'ignorer, Anouk si sensuelle que les hommes ne voulaient l'ignorer, et Kelly avait un côté mondain que même les garçons de quatorze ans jugeaient irrésistible. Mais Cassie ? Elle était trop… « docile » n'était pas le mot – trop modeste. Elle ne brillait pas ni ne se mettait en avant. Non pas qu'elle ne soit pas autant séduisante que ses amies, mais elle pouvait aisément passer inaperçue dans un groupe aussi éblouissant.

– Où veux-tu que je me mette ? demanda Cassie dans l'obscurité, en observant les mouvements dans la salle.

Les gens qui avaient des places debout avaient été autorisés à entrer et s'accrochaient aux dossiers du dernier rang, afin de défendre leur place aussi jalousement que les rédacteurs en chef du premier rang. La hiérarchie était on ne peut plus visible.

– Garde un œil sur les spectateurs debout, marmonna Hannah. Ils feraient n'importe quoi pour avoir une place assise.

Et moi, je ferais n'importe quoi pour avoir un sandwich au thon, pensa Cassie, lasse du régime « petites bouchées » de Kelly. « Peu, mais souvent », tu parles ; c'était plutôt « peu et rarement ». Cassie perdait du poids. C'était impossible de ne pas en perdre, avec l'adrénaline de journées de dix-neuf heures et un cœur en mille morceaux. Mais contrairement à Kelly, qui observait envieusement Cassie fondre à vue d'œil, elle ne désirait nullement mincir. Ce n'était pas un signe de réussite pour Cassie, mais de souffrance.

– Où est Aspen ? cracha Hannah dans l'oreille de Cassie, alors que la salle se remplissait. Est-ce que quelqu'un la voit ? Elle est censée s'occuper du premier rang.

Cassie parcourut la salle des yeux. Aspen était la reine de l'équipe de Kelly : maigre comme un clou, chic, riche comme Crésus, avec un carnet d'adresses extraordinaire. En réalité, c'était elle qui avait convaincu la majorité des personnalités de Park Avenue d'assister au défilé. Kelly et elle se connaissaient depuis la maternelle, car leurs mères fréquentaient les mêmes cercles. Cependant, tandis que Kelly était allée à l'école en Europe, Aspen avait été une élève de la prestigieuse Julliard School de Manhattan ; par conséquent, elle entretenait davantage de relations avec la société locale.

– Cassie ? Tu la vois ? On me prévient que la voiture d'Olivia Delingpole est arrivée.

Qui ça ? Cassie se mit à chercher Aspen de façon plus pressante. *Où était-elle ?*

Une autre voix se fit entendre dans le casque : Zara, l'assistante chargée de comptes.

– Elle est en coulisses avec Bebe et Kelly. Il y a une urgence. Selena a cassé la fermeture Éclair de la robe finale et on n'arrive pas à la lui enlever sans défaire les coutures. Aspen et Kelly doivent revoir tout l'ordre de passage.

– Zut ! Mais c'est elle qui est censée accueillir les invités.

Il y eut un silence.

– Oh, et puis merde ! Tu vas devoir t'en charger, Cassie. Va accueillir Olivia.

Cassie se figea.

– Tout de suite ! Secoue-toi !

Cassie descendit les marches en vitesse.

– Euh, alors dis-moi rapidement… Qui est Olivia Delingpole ? Comment je peux la reconnaître ?

Elle devina au silence qui s'ensuivit que ce n'était pas la question à poser.

– Tu ne connais pas Olivia Delingpole ? La rédactrice en chef de *Bazaar* ?

Cassie arriva à l'entrée et se retrouva de nouveau dans la lumière. Les mannequins étaient retournés en coulisses et le podium était désert. De temps à autre, un flash crépitait alors que les photographes testaient l'exposition. Cassie leva la tête en direction de la régie au fond de la salle, depuis laquelle Hannah l'observait, elle le savait. Cassie ne pouvait pas la voir, mais Hannah si. Elle secoua la tête d'un air contrit et se mordit la lèvre.

Elle aperçut une femme qui semblait importante, vêtue de couleur sable de la tête aux pieds, avec un sac rouge. Elle se dirigea vers elle.

– Non, pas elle, imbécile ! cria Hannah, qui suivait des yeux la trajectoire de Cassie. Ce n'est que la chroniqueuse des accessoires à *Red Carpet.* La femme avec le manteau Tory Burch. Elle vient droit vers toi.

Le manteau Tory Burch ? En quoi cette information pouvait-elle aider Cassie ? Possédait-il une troisième manche ? Un attroupement de femmes s'avançait directement vers Cassie, et toutes portaient un manteau.

– Tu peux m'en dire un peu plus s'il te plaît ? demanda anxieusement Cassie. Sa couleur de cheveux ?

– Blonde.

Cassie examina le petit groupe. Il n'y avait que deux femmes brunes. *Oh là là, Kelly, où es-tu ?*

Elles étaient tout proches. Le casque de Cassie trahit son appartenance à l'organisation. Les invitées patientèrent, sans prononcer un mot. Le fait que Cassie n'ait pas la moindre idée de leur identité ne leur vint pas du tout à l'esprit.

Cassie inclina la tête et sourit nerveusement.

– Bonjour mesdames. Nous sommes vraiment ravis de votre présence.

Les femmes continuèrent à la fixer.

– Avez-vous, euh, votre billet ?

Hannah brailla aussitôt dans son oreille.

– Mais qu'est-ce que tu fiches ? Bien sûr qu'elles ont un billet. On n'est pas au cinéma, bon sang ! Leur nom est sur les sièges. Emmène-les à leur place. Contente-toi de faire ça !

Cassie écarta légèrement le casque de son oreille. Un peu plus et elle avait le tympan percé.

– Laissez-moi vous conduire à vos places.

Cassie longea la première rangée, puis se poussa légèrement afin de laisser ces invitées trouver leur nom sur les chaises. Elles suivirent Cassie d'un pas nonchalant, avant de s'arrêter.

– Non. Il y a une erreur, déclara l'une des femmes, en indiquant les sièges.

Elle portait un trench bleu marine avec des boutons en écaille et d'énormes lunettes de soleil rondes assorties.

Cassie jeta un coup d'œil aux fiches. Mince, quand elle avait trébuché, les avait-elle correctement remises en place ? Elle essaya de réfléchir, mais Hannah soufflait comme un bœuf dans son oreillette.

– Sont-elles bien installées ? Cassie, je n'arrive pas à vous voir. Une caméra de télévision me bloque la vue. Où es-tu ? J'ai besoin que tu sois prête. Les filles de *Glamour* arrivent.

Au secours. D'autres inconnues qui s'attendaient à un traitement VIP… Cassie se tourna vers les sièges. *Et puis zut, quelle importance si quelqu'un était décalé d'une place par rapport au plan prévu ? Elles avaient une place assise, c'était suffisant, non ?*

– Non, c'est correct, s'empressa de répondre Cassie de sa voix la plus autoritaire. C'est Bebe elle-même qui a supervisé le placement. Nous sommes tellement à l'étroit ici, s'excusa-t-elle en haussant les épaules.

Les narines de la femme se dilatèrent légèrement et Cassie craignit de se faire crier dessus. Mais après un regard dédaigneux et un reniflement méprisant, la femme s'assit et les autres l'imitèrent, leur groupe séparé par des sièges vides. Elles se mirent toutes instantanément à s'affairer sur leur iPhone. Cassie remarqua que la femme avec le manteau bleu marine avait pris la place réservée à Olivia Delingpole. C'était donc elle. C'était donc cela un manteau Tory Burch.

Cassie se tourna et découvrit les filles de *Glamour* qui lui tendaient leur billet, plutôt souriantes comparées à celles du groupe précédent. Elle les guida prestement vers leurs places. *Hmm, ce n'était pas si compliqué après tout.*

La salle était comble à présent. Le défilé était en retard de quarante-cinq minutes par rapport à l'heure prévue, ce qui était normal, avait-on expliqué à Cassie. Les huit rangées en gradins étaient entièrement remplies, à part quelques places réservées au premier rang. Les photographes avaient fini de s'installer et jouaient nerveusement des coudes, serrés comme des sardines dans leur rectangle délimité au pied du podium. En face des journalistes de mode, du côté des acheteurs, un petit groupe de paparazzis étaient accroupis, face aux célébrités qu'Aspen avait convaincues de venir : Gwyneth Paltrow, Liv Tyler, Natalie Portman, Sarah Jessica Parker, Heidi Klum. Les journalistes de télévision les interviewaient, avec les caméramans assis sur le bord du podium.

– Fais-les descendre du podium, aboya Hannah. Je veux que tout le monde soit à sa place. Qu'est-ce qu'il y a ? C'est une plaisanterie ? Oui !!!

Cassie entendit pratiquement Hannah frapper les airs d'un coup de poing.

– On me dit que la voiture d'Alexa vient de s'arrêter. On va pouvoir commencer dans deux minutes.

Qui ça ? Cassie se hâta d'aller chasser les caméramans et les journalistes du podium, qui obéirent étonnamment facilement. Son casque et son look tout en noir dégageaient une certaine autorité.

– Elle arrive, rapporta Hannah. Cassie, je ne te vois pas. Ah, ces foutus photographes, ils sont trop nombreux. Préviens-moi quand elle est assise.

– Pourrais-tu me donner un indice pour l'identifier ? demanda Cassie, trop en panique pour tergiverser sur le fait de révéler son ignorance.

Beaucoup de gens encore se déplaçaient, principalement ceux des places debout qui s'appropriaient les derniers sièges libres, alors que les lumières se tamisaient.

Il y eut un silence agacé.

– Tu te fiches de moi ? Comment peux-tu ne pas savoir à quoi ressemble Alexa Bourton ? C'est la nouvelle rédactrice en chef de *Vogue* ! Tu as déjà entendu parler de *Vogue*, pas vrai ? lança Hannah avec sarcasme. D'où est-ce que tu sors, bon sang ?

– Des landes écossaises, répondit Cassie, tremblante, alors qu'une femme apparut.

Elle avait le genre d'élégance mêlant haute couture et décontraction que ni le noir intégral, ni des talons hauts n'apporteraient jamais à Cassie.

– C'est bon, je la vois.

Cassie prit les devants et alla à la rencontre de cette femme, avec un grand sourire.

– D'accord. On baisse les lumières, on lance la musique, ordonna Hannah. Je veux que la première fille sorte dix secondes après qu'Alexa s'est assise. On ne la fait pas attendre, d'accord ? C'est la première fois en sept saisons que *Vogue* nous gratifie de sa présence.

– Bonjour, dit Cassie avec un sourire radieux. Nous sommes enchantés de votre venue. Voulez-vous bien me suivre ? Je vais vous conduire à votre place. Le défilé va bientôt commencer.

La femme marcha dans les pas de Cassie. Elle donnait l'impression en effet d'être au sommet de l'arbre de la mode. Ses cheveux châtains tombaient en une cascade onéreuse sur un manteau imprimé girafe et elle avait un énorme sac mou couleur potiron. Cassie la guida jusqu'au dernier siège restant du premier rang – enfin, le dernier siège restant de la salle même.

Le volume de la musique, qui était jusque-là un mélange non identifiable de dance d'ambiance, augmenta progressivement et évolua, curieusement, en des flûtes de pan, auxquelles s'ajouta ensuite un tempo rock bien marqué, destiné à donner le rythme aux mannequins.

Cassie s'éclipsa, le pouls fébrile, soulagée que le défilé commence et qu'elle puisse enfin se détendre. Elle s'assit discrètement sur la marche la plus basse dans l'allée.

Le premier mannequin apparut, les joues rouges et le regard brillant (de l'agitation dont Cassie avait été le témoin dans les toilettes en coulisses, ce n'était pas dû à l'air de la montagne). Une salve polie d'applaudissements parcourut le public lorsque le mannequin se mit à défiler sur le podium. Cassie avait été stupéfaite par le nombre de filles incapables d'adopter cette démarche durant les castings – non seulement à cause de leurs talons ridicules, mais aussi parce qu'elles ne parvenaient pas à coordonner leur jambe à leur bras opposé.

La jeune femme arriva au bout du podium et se déhancha, au moment où le deuxième mannequin fit son apparition et s'avança. Toutes les célébrités suivaient le spectacle, évaluaient le corps des mannequins, les yeux plissés, et approuvaient les tenues d'un hochement de tête. Les journalistes croquaient les pièces, les photographes sifflaient et criaient, d'autant plus quand la veste du second mannequin glissa et révéla un sein nu rebondi.

Cassie se mit à taper des pieds. C'était l'événement le plus « cool » auquel elle ait jamais assisté – il correspondait exactement à l'idée qu'elle se faisait d'un concert, mais en plus sélect et en mieux habillé. Même si elle n'appartenait pas à cet univers, s'y connaissait davantage en physique quantique, elle pouvait comprendre son attrait. Ce n'était pas étonnant que Kelly s'épanouisse dans ce milieu, ni qu'elle adore sa carrière et la fasse passer avant tout. Cela revenait à faire partie de quelque chose. C'était l'« air du temps » dont Kelly lui rebattait les oreilles.

Un homme sur la droite de Cassie se pencha vers elle. Il paraissait soucieux.

– Je crois que vous avez un problème.

Il indiqua d'un signe de tête une femme qui était debout dans l'ombre, de l'autre côté de l'allée.

– Ah bon ?

Il était terriblement beau, avec un bronzage récent, une barbe de deux jours et des yeux noisette.

– Oui.

Cassie continua de fixer cet homme d'un air perplexe.

– Vous devez bien savoir de qui il s'agit, finit-il par déclarer.

Cassie fit non de la tête et reporta son regard sur cette femme. Un frisson se dessina entre ses omoplates.

– Alexa Bourton ?

Le visage de Cassie se crispa.

– Mais je croyais… Enfin, je l'ai placée… Elle est là-bas.

Cassie se tourna vers la femme qu'elle venait de guider, celle-ci avait retiré son manteau et avait un ordinateur portable sur les genoux.

L'homme jeta à Cassie un regard plein de pitié.

– C'est Jazzy Lucas. *Alias* « Fashgurl »...

Cassie ne réagit pas.

– C'est une blogueuse.

À en croire le ton de cet homme, ce mot semblait être une injure.

Oh, catastrophe. Cassie regarda tour à tour Alexa Bourton et Jazzy Lucas, puis cet homme.

– Je suis fichue, s'alarma-t-elle, et les larmes emplirent ses yeux.

Le silence se fit entre Cassie et cet homme, tandis que la musique tonitruait tout autour d'eux et que les flashs des appareils photo crépitaient furieusement.

– Vous avez l'air de débuter. Je vais vous aider, proposa l'homme d'un ton las. Faites-la venir ici rapidement. Qu'elle prenne ma place.

– Vous êtes sérieux ?

– Allez-y !

Cassie se précipita de l'autre côté du podium et passa devant les photographes, ce qui lui valut une rafale d'insultes.

Mademoiselle ? Madame ?

– Madame Bourton ? souffla Cassie, après s'être rapidement essuyé les yeux. C'est formidable que vous soyez là.

La femme haussa un sourcil interrogateur. *Là, debout ?* Elle avait dû jouer des coudes pour traverser la mêlée du public debout et, une fois arrivée près du podium, le défilé avait déjà commencé et elle était plantée là depuis deux bonnes minutes. En outre, c'était tout à fait évident que quelqu'un était assis à sa place. Non seulement il ne restait aucune place de libre au premier rang, mais, qui plus est, au milieu de son équipe de chroniqueuses se trouvaient Olivia Delingpole, sa plus grande rivale, ainsi qu'une « blogueuse ».

– Voulez-vous bien me suivre, je vous prie ? l'implora pratiquement Cassie, consciente que les regards commençaient à se tourner vers elles.

Oh, je vous en supplie, faites que personne ne regarde, pensa-t-elle avec désespoir. Si l'humiliation d'Alexa venait à se savoir, ce serait le coup fatal.

Alexa fixa longuement Cassie avec dédain, l'hostilité émanant de tout son corps. Puis, elle répondit, d'une voix si basse que Cassie n'entendit pas, mais lut sur ses lèvres :

– Je ne crois pas, non.

Elle souleva très légèrement le menton et sa clique de chroniqueuses au bout du podium se leva, créant des trous béants dans la première rangée. Elles partirent à la queue leu leu, sans nullement chercher à se faire discrètes, côte à côte avec les mannequins qui défilaient sur le podium.

Cette scène ne put échapper à personne : *Vogue* s'en allait. Absolument tout le monde regarda ces journalistes partir, avec leurs bottes Manolo à talons hauts qui transperçaient la moquette dans un rythme saccadé étouffé. Comme un seul homme, les photographes tournèrent leur objectif vers le coup de théâtre qui se jouait dans le public. Les créations de Bebe étaient ignorées. Une foule de caméramans sortit soudain de la salle, à la poursuite d'Alexa et de ses « Voguettes », dans l'espoir d'obtenir une interview.

– Mais… Mais… Je vous en prie…, cria Cassie, alors que l'équipe de *Bazaar* imita *Vogue*.

Hors de question pour eux de rester à un défilé que *Vogue* avait brusquement quitté.

– Qu'est-ce qu'il y a ? Bordel, qu'est-ce qui se passe ? hurla Hannah dans le micro. Où vont-ils tous ? Y a-t-il une alarme incendie ? Se passe-t-il quelque chose dont je ne suis pas au courant ?!

D'un air désespéré, Cassie pivota sur elle-même et chercha l'inconnu qui avait tenté de l'aider. Mais sa place, comme tant d'autres, était vide.

Chapitre 8

– Oh, ma pauvre, se désola Suzy, qui buvait bruyamment un thé à l'autre bout du fil.

– Non, ce n'est pas moi qui suis à plaindre, Suzy. Pauvre Kelly plutôt. Je l'ai mise dans un sacré pétrin. Je l'ai vraiment couverte de ridicule. Elle doit avoir la seule agence de communication de New York avec une employée qui ne sait pas qui est Alexa Bourton. Enfin, je croyais que… Tu sais… Hmm, comment elle s'appelle déjà ?

– Anna Wintour ?

– Oui. Je croyais que c'était elle la rédactrice en chef. Même moi, je sais à quoi elle ressemble.

– Elle est partie il y a deux ans, Cassie, expliqua Suzy d'un ton compatissant.

Cassie grommela.

– Alexa Bourton est une figure de la mode. Elle est très respectée, mais elle n'a pas la même stature qu'Anna Wintour. La plupart des gens lambda ne la connaissent pas.

– Mais je ne suis plus une personne lambda. Du moins, je ne suis pas censée l'être. Je travaille dans les relations publiques pour Hartford Communications. Personne d'autre n'aurait commis cette erreur.

Il y eut un fort bruit de mastication.

– Qu'est-ce que tu manges ? Ne me dis pas que c'est l'un de ces cupcakes ?

– Hmm, marmonna Suzy. Mais je les goûte… uniquement… pour mon métier, tu comprends.

– Oui, c'est ça, ironisa Cassie, dont même le ventre vide était trop abattu pour gargouiller.

Il y eut un silence agréable pendant que Suzy mangeait son gâteau et que Cassie ruminait sur ce que la presse avait surnommé « La boulette de la reine de la com ».

– Oh là là, pleurnicha Cassie, en mettant sa tête entre ses mains. Quel pétrin ! Qu'est-ce que je vais faire, Suzy ? Je suis totalement impuissante. Kelly a passé neuf ans à faire prospérer son affaire et je détruis tout en un mois.

– Tu es beaucoup trop dure envers toi-même.

– Non, non. Kelly a déjà été remerciée par Bebe à cause de cette histoire. Et ce n'est pas le pire : l'équipe de *Vogue* et tous les autres magazines du groupe *Condé Nast* refusent les produits de nos autres clients. Ils nous ont mis sur liste noire. Ils ont déjà renoncé à un article dans *At Home* avec Maddy Foxton, à l'occasion de sa nouvelle collection avec Oscar ; du coup, celui-ci a mis fin à leur partenariat pour la saison prochaine.

– Oscar ?

– De la Renta.

– Hmm, tu ne me parais pas si ignorante que cela, commenta Suzy, impressionnée.

– Franchement, Suzy, je ne suis pas en train d'exagérer. J'ai merdé à un point monumental. Ce n'est qu'une question de jours avant que les autres clients ne nous lâchent à leur tour ; c'est un vrai jeu de dominos. À cause de moi, Kelly est la risée de tout le monde.

– Est-ce qu'elle t'a licenciée ?

– Non. Je n'arrête pas de lui dire que je vais arrêter et aller faire de l'intérim ailleurs, mais elle ne veut pas en entendre parler. En fait, elle soutient même que c'est de sa faute, parce qu'elle a oublié de me donner le trombinoscope pour que je puisse reconnaître les gens. Tu imagines ?

– Plus royaliste que le roi, celle-là !

– Hmm. À mon avis, elle pense que si je perds mon travail en plus de ma vie, je vais me jeter d'un pont.

– Tu n'as pas perdu ta vie, Cassie, protesta Suzy, atterrée par le pessimisme de cette remarque.

– Si. J'ai perdu ma vie telle que je la connaissais. Je dois repartir de zéro et me réinventer.

Cassie regarda par la fenêtre et observa les lumières s'allumer dans l'immeuble d'en face.

– Et je m'en sors très mal, franchement. Je dois lire les notes que Kelly me laisse, pour savoir quelle tenue mettre le matin. Je ne mange que ce qu'elle dit, et quand elle le décrète. En gros, je paie un homme pour me mettre une dérouillée tous les deux jours. Je suis nulle au poste qu'on a créé spécialement pour moi et tout le monde au travail me déteste. Je dépense tout l'argent que je gagne à entretenir un nouveau look qui ne me ressemble tellement pas que je ne reconnais même pas mon reflet dans la vitrine des magasins.

Il y eut un court silence.

– Est-ce que tu veux que je passe te voir ?

Cassie secoua la tête.

– Mais tu es à Londres ! Tu es à des milliers de kilomètres. Tu ne peux pas sauter dans un avion comme ça.

– Bien sûr que si. Je pourrais être là pour le petit déjeuner.

Cassie soupira, touchée par la générosité de son amie. Suzy, bien qu'elle soit autoritaire avec Anouk et Kelly, avait toujours été douce avec Cassie.

– Merci pour ton offre. Mais je ne crois pas qu'Archie soit vraiment ravi. Et puis, de toute façon, ça va aller. D'autant plus quand j'aurai pris un bain chaud et fait une nuit de dix heures.

– Eh ben, tu ne t'en fais pas !

– Oui, mais Kelly m'a littéralement forcée à sortir tous les soirs depuis que je suis ici. Parfois, nous allons à quatre fêtes le même soir ! Quatre ! Et moi qui pensais que c'était déjà énorme quand j'avais quatre soirées dans le mois ! Je ne sais pas comment elle tient ce rythme. On dirait un lapin Duracell.

– Comment se fait-il que tu y échappes ce soir ?

– Kelly a un rencard. Avec un certain Brett. Il faisait semblant de s'intéresser à moi pour la contacter. Il a compris que Kelly était mon gorille et… enfin, c'est une longue histoire, mais je crois qu'elle a vraiment craqué pour lui. Ils passent des heures au téléphone. Elle voulait annuler le rendez-vous avec tout ce qui se passe, mais je l'ai convaincue d'y aller quand même. Bien qu'elle fasse bonne contenance, elle aurait bien besoin d'un peu de réconfort.

– Tu me raconteras.

– Oui. Et toi, alors ? Tu fais quelque chose ce soir ?

– Pas spécialement. Henry est rentré, donc nous allons dîner tous ensemble.

– Oh, c'est sympa.

– Je n'en suis pas aussi certaine. C'est lui qui fait la cuisine !

Cassie ricana. Les sandwichs aux bâtonnets de poisson de Henry étaient légendaires durant leur adolescence.

– Il m'a dit que vous vous étiez vus à New York.

– Ah, il te l'a dit ?

Cassie se demanda ce que Henry lui avait raconté d'autre – que, d'après lui, elle se faisait passer pour une autre et était cinglée ?

– Oui. Ça m'a fait plaisir de le croiser. La dernière fois qu'on s'était vus remontait à des années.

– Oui. Il m'a dit que tu avais beaucoup changé – « sexy » est le mot qu'il a employé, je crois !

– Vraiment ?

Il avait tenu des propos tellement désapprobateurs lors de la soirée au *Mischka*…

– Il m'a expliqué qu'il t'avait offert un cadeau pour que tu te souviennes de lui.

– Ce n'est pas tant pour me souvenir de lui que pour garder le moral. Il a écrit… Qu'est-ce que c'est déjà ?

Cassie s'approcha de la caissette à semis marron près de la fenêtre et retourna l'étiquette brune.

– Ah oui, « l'énergie dans l'adversité », c'est ma devise de vie à Manhattan.

Cassie entendit un petit rire.

– Comme c'est motivant ! ironisa Suzy, tout en prenant un autre cupcake. Et qu'est-ce que c'était ?

– Un sachet de graines.

– De graines ?! C'est un vrai miracle qu'il ait une copine ! Qu'est-ce que tu vas faire avec des graines à Manhattan ?

– Kelly a dit exactement la même chose.

– Ce sont des graines de quoi ? Elles viennent sans doute du jardin de maman.

Cassie réfléchit. Hattie Sallyford, la mère de Suzy et Henry, était une éminente paysagiste à la retraite ; son jardin dans leur manoir du Gloucestershire, petite région anglaise à la frontière avec le pays de Galles, était ouvert au public aux beaux jours et attirait un grand nombre de visiteurs du monde entier.

– Je ne crois pas. J'ai plus l'impression qu'il a fait ça sur un coup de tête. Enfin…, dit Cassie, qui se pencha au-dessus de la caissette posée sur le rebord de fenêtre et inspecta les petites pousses qui germaient, je ne crois pas qu'il s'agisse de fleurs. On dirait plutôt… de l'herbe.

– De l'herbe ?

– Je sais. C'est un choix assez décalé. J'imagine que Henry pense que la campagne écossaise me manque et que ce petit carré de verdure m'aidera à ne plus avoir le mal du pays.

– C'est mignon.

– Oui.

– Mon frère peut être surprenant parfois. Je le vois toujours comme quelqu'un de tout feu tout flamme, qui entreprend de dangereuses expéditions pour déterrer des plantes ou je ne sais quoi. Et puis, un jour, il fait un geste attentionné comme celui-là.

– Tu lui diras que les graines poussent bien. Je fais attention à les arroser tous les jours. Ça me fait me sentir très… zen.

– D'accord. Oh, je crois que c'est Archie. Je vais devoir te laisser. Écoute, appelle-moi s'il y a quoi que ce soit, d'accord ? Jour et nuit, n'importe quand. Je ne dis pas ça à la légère. Je suis là.

– Je sais. Merci, Suzy.

– Et ne te laisse pas abattre par cet incident. Après tout, il n'y a pas mort d'homme. Ce n'est qu'un défilé de mode. Kelly va s'en remettre. Ils vont tous s'en remettre. Dès la semaine prochaine, ils seront passés à autre chose. Et toi, tu dois te focaliser sur l'avenir. Tu t'en sors à merveille. Nous sommes toutes très fières de toi.

– Au revoir, Suzy. Embrasse Archie et Henry pour moi.

– Je n'y manquerai pas. À plus !

La communication coupa et Cassie reposa le téléphone sur le combiné. Un sourire sur les lèvres, elle effleura doucement du bout des doigts cette herbe verte qui lui remémorait son pays.

Chapitre 9

Cassie était à l'arrêt de la 86e rue et secouait nerveusement la jambe. Une trentaine de personnes faisaient déjà la queue et pas le moindre signe de Bas. Il lui avait promis qu'il ne serait pas en retard. Cassie n'avait encore jamais pris le Jitney, ce bus qui reliait New York à Long Island, et, de ce qu'elle avait entendu, c'était un peu comme le premier jour des soldes ; aussi avait-elle bien envie de soutien – et d'une paire de coudes pointus.

Rien ne l'obligeait à prendre le bus. Kelly avait loué une limousine pour se rendre à Southampton le matin même avec Zara, et elles lui avaient naturellement proposé de venir avec elles. Mais depuis le fiasco *Vogue* trois semaines plus tôt, Cassie faisait profil bas. Désormais, Kelly avait perdu la moitié de ses clients et, par conséquent, elle avait dû se séparer de trois employés. Cassie savait très bien qu'absolument tout le monde le lui reprochait et la détestait à cause de cette histoire. Ils se taisaient quand elle entrait dans une pièce, ne la prévenaient volontairement pas de réunions, et les produits qu'elle recevait des créateurs ne cessaient de disparaître mystérieusement du placard.

Kelly, bien entendu, s'efforçait obstinément de soutenir Cassie et de rester optimiste, mais, au fur et à mesure que ses clients prenaient une mine désolée et se retiraient et que Hartford Communications commençait à faire eau, la tension sous-jacente entre les deux amies croissait comme un champignon. En réalité, la situation aurait sans doute atteint un point critique si la relation naissante de Kelly et Brett ne prenait pas une tournure aussi sérieuse. Ils se voyaient « presque exclusivement », ce qui apparemment ici était l'étape précédant les fiançailles ; aussi Kelly était-elle rarement à l'appartement, ce qui laissait beaucoup de temps à Cassie le soir pour se reposer, se remettre sur pied, arroser ses pousses et sangloter. Les soirs où Kelly et Brett venaient à l'appartement, Cassie trouvait des excuses et prenait un taxi afin de se réfugier chez Bas, dans la partie sud de Manhattan, et tous deux buvaient de grandes quantités de vin rouge, jouaient avec les cheveux de Cassie et essayaient de comprendre les hommes.

Cassie resserra sa parka autour d'elle et frissonna. Au même moment, elle aperçut le légendaire bus vert bouteille avancer fièrement dans la circulation new-yorkaise. Elle regarda autour d'elle avec inquiétude, tandis que la foule convergea soudain autour de l'arrêt de bus. Il était hors de question qu'elle monte à bord sans Bas et le prochain bus ne passerait pas avant deux heures. Elle prit son téléphone dans sa poche et recomposa le numéro de Bas. Cela sonnait.

– C'est bon, c'est bon, je suis là, *darling*, l'entendit dire Cassie, non pas au téléphone, mais derrière elle.

Elle se tourna et jeta ses bras autour de son cou de soulagement.

– Hé, fit Bas, surpris. Tu ne croyais tout de même pas que j'allais te laisser toute seule ?

Il sourit, prit Cassie par le poignet, lui fit contourner l'attroupement pour aller se placer dix mètres plus loin. Le Jitney s'arrêta exactement à leurs pieds. La foule se dispersa maladroitement pour se regrouper derrière eux.

– Comment tu savais ?

– Il y a un nid-de-poule près du trottoir ; si le bus roule dedans, il heurte le poteau.

Cassie regarda la chaussée : en effet, une plaque d'égout était plus basse que l'asphalte.

– Tu as toujours les bons tuyaux !

Les portes du bus s'ouvrirent et ils furent les premiers à monter à bord.

– C'est ma place préférée, indiqua Bas, en se dirigeant vers le fond. Ce n'est pas loin de la machine à café, des toilettes, on a notre propre écran de télévision et, en prime, on a la meilleure vue de ce côté.

– Comment ferais-je sans toi ?

Cassie retira sa parka et la roula en boule.

Le bus se remplit rapidement à l'occasion de trois autres arrêts en ville, puis il emprunta le tunnel sous l'Hudson et passa devant l'aéroport JFK. Cassie sentit la bile lui monter à la gorge, en se rappelant avoir atterri là quelques heures après seulement le changement de cap inattendu de sa vie. C'était alors le dernier jour de l'été et la ville se glorifiait encore de ciels bleu azur de vœux exaucés. Plus maintenant. C'était la mi-octobre et l'automne battait son plein, avec le soleil bas qui se reflétait sur la moindre surface vitrée et inondait les rues d'une teinte orangée qui ne laissait rien présumer du vent glacial et cinglant. Cassie était à New York depuis six semaines et, hormis le fait qu'elle parvenait toujours à inspirer et expirer, elle n'avait pas beaucoup progressé. Certes, elle s'était fait un nouvel ami, mais une ancienne amie risquait de s'éloigner et, quand bien même Cassie adorait Bas, elle n'avait aucune envie de le troquer contre Kelly.

Elle poussa un grand soupir, alors que Bas revenait avec leurs cafés.

– Arrête de ruminer.

– Je suis la personne la plus haïe de Manhattan. J'ai le droit de ruminer.

– Tu n'es pas la personne la plus haïe de Manhattan. Cette distinction revient incontestablement à Petra Richley – tu sais, celle qui a mis le grappin sur Alex von Furstenberg ? L'avantage au moins, c'est qu'à présent, tout le monde connaît ton nom. Ce qui n'est pas rien.

– Oui, pour qu'on puisse jeter directement mon CV à la poubelle.

– Ce n'était qu'un coup de malchance. Ce n'est pas de ta faute si Gucci a décidé de réduire son budget publicitaire dans les magazines, afin de séduire les blogueuses. Enfin, poursuivit Bas en se penchant d'un air conspirateur, quand je dis blogueuses, je pense en particulier à Fashgurl. Tu es au courant qu'elle part en vacances en Europe cet été sur le yacht de Dolce & Gabbana et sur celui de Valentino ?

Admiratif, Bas secoua la tête.

– C'est réservé aux plus grandes stars normalement, précisa-t-il. La plupart des rédacteurs en chef doivent endurer des humiliations perpétuelles pendant quinze ans, avant de pouvoir accéder à de tels privilèges. Un peu comme des stagiaires. Mais Fashgurl ? Elle est là depuis trois saisons seulement et elle pique déjà la place d'Alexa Bourton aux défilés. (Bas sifflota.) Les temps changent… Et toi, tu as fait l'erreur classique de placer la mauvaise personne au mauvais endroit au mauvais moment, rien de plus. Bois ton café.

Cassie avala bruyamment une gorgée et observa par la fenêtre Manhattan rapetisser. C'était la première fois qu'elle quittait l'île depuis son arrivée. Elle sentit son moral remonter à mesure que le ciment cédait place à l'herbe, et les tours aux arbres. Les bâtiments qu'ils doublaient n'étaient plus des monolithes élancés et dynamiques, mais des maisons à bardeaux, dans de jolies teintes pastel, avec des clôtures en bois fraîchement peintes et des boutiques désuètes qui vendaient des tondeuses autoportées et de la nourriture pour chevaux. Aux chiens miniatures se substituaient des bâtards de taille normale, aux shoppeuses taille mannequin des enfants à vélo, et presque aucune des voitures garées n'avait de vitres teintées ou de moteur douze cylindres.

***

– C'est notre arrêt, annonça Bas deux heures plus tard, en rassemblant ses affaires.

Après être descendus du bus, Bas chercha du regard la voiture que Kelly leur avait envoyée et Cassie admira la ville autour d'elle.

C'est donc ça Southampton, se dit-elle, en apercevant dans la rue principale les galeries d'art, le grand magasin *Saks*, les boutiques pittoresques qui vendaient des coussins de tapisserie et des pantoufles ornées d'initiales. Les rues étaient larges et bordées d'arbres, avec des bancs en bois disséminés sur les trottoirs, telle une invitation à s'asseoir et à ne rien faire, sinon observer.

Cassie, qui n'avait jamais entendu parler des Hamptons dans sa précédente vie, n'entendait pratiquement parler que de cette région depuis qu'elle vivait à New York ; absolument tous les gens qu'elle rencontrait la régalaient d'histoires de leurs étés passés à Sag Harbor, Amagansett, East Hampton ou Southampton. Apparemment, chaque ville avait une identité et une réputation distinctes, et celle où vous aviez passé vos vacances d'enfance en disait autant sur vous que vos cheveux, vos chaussures ou votre montre – les indicateurs de statut à Manhattan. De ce qu'en savait Cassie, passer ses congés à Southampton impliquait une richesse encore plus exceptionnelle que dans les autres villes. Kelly avait mentionné que le milliardaire George Soros y possédait une propriété et, durant le trajet de deux heures, Bas avait raconté à Cassie les activités peu recommandables des membres du club de golf, où la simple adhésion coûtait six cent mille dollars.

Leur voiture arriva : une Lincoln gris acier racée. Une fois leurs bagages rangés dans le coffre et après que Bas fut allé leur chercher en vitesse un café à emporter, le chauffeur les conduisit à la maison où était organisée la séance photo. La résidence d'été de Kelly, où Cassie et elle devaient dormir, était située à Sagaponack. C'était un appartement avec deux chambres qu'elle partageait avec une amie. Elles ne s'y rendraient qu'à une heure tardive, car il était prévu auparavant qu'elles préparent la maison de Southampton. Quant à Bas, la maquilleuse, le mannequin et le photographe, ils dormiraient tous dans une maison d'hôtes dans le centre de Southampton.

Il leur fallut peu de temps pour arriver. Les routes étaient calmes, la foule de touristes était repartie depuis longtemps sur le continent et le festival international de cinéma des Hamptons, qui prolongeait un peu plus la belle saison, s'était achevé le week-end précédent.

La voiture franchit un portail électrique et remonta une longue allée légèrement sinueuse. La maison était recouverte de jolis bardeaux en cèdre, qui avaient pris une patine grise discrète, et présentait de grandes fenêtres en bois blanc cassé et une large porte d'entrée semi-vitrée. Une terrasse couverte flanquait le côté gauche de la maison, mais ce qui charma davantage Cassie, ce fut la frise en bois blanc des deux pignons – l'un central, l'autre sur l'aile droite de la maison – dont les pointes formaient comme des cils recourbés. On aurait dit une création de Martha Stewart, la papesse américaine de la décoration, inspirée d'un conte de fées de Hans Christian Andersen.

– Regarde-moi ça, murmura Cassie.

– Regarder, c'est bien la seule chose que nous pouvons nous permettre, soupira Bas, en tapotant le genou de Cassie, alors que la voiture s'immobilisa. Ce bijou te coûterait quatorze millions de dollars.

Cassie haussa les sourcils. Le chauffeur leur ouvrit la porte et ils s'extirpèrent de la voiture. Kelly descendit les marches du perron pour venir à leur rencontre. Son accueil fut imperceptiblement plus chaleureux pour Bas que pour Cassie.

– Vous arrivez juste à temps. Luke était en train de demander ce que tu envisageais, Bas. Rappelle-toi, ajouta-t-elle en s'approchant du coiffeur dégingandé, rien de trop excentrique. Les cheveux de Selena sont comme du crin de cheval, donc ne compte pas sur eux pour se montrer coopératifs.

– Ma chérie, le seul moment où je fais dans l'excentrique, c'est à Halloween.

Bas poussa un « oh » de surprise et prit le bras de Cassie, tout excité.

– Tu n'as jamais fait un Halloween version américaine, pas vrai ?

Cassie fit non de la tête, sans la moindre idée de ce à quoi il faisait allusion.

– Tu seras ma vierge sacrificielle, s'exclama-t-il, en lui attrapant la main.

Ils entrèrent dans la maison. L'entrée était vaste et carrée et ouvrait sur des pièces de chaque côté, avec dans le fond un escalier en merisier. Sur la gauche, dans le salon, un tibia maigrelet se balançait par-dessus l'accoudoir d'un canapé, en rythme avec le son métallique qui s'échappait d'écouteurs. Bas pénétra dans la pièce et serra ce mollet, ce qui fit sursauter et pousser un cri si aigu à sa propriétaire qu'on aurait pu croire seuls les chiens capables de l'entendre.

– Bas, mon chou ! J'espérais que ce soit toi.

Bas releva par le poignet une beauté langoureuse aux yeux noirs et aux cheveux de jais longs jusqu'à la taille. Elle s'assit sur l'accoudoir du canapé et jaugea Cassie, qui, ne bénéficiant pas ces derniers temps du regard aiguisé de Kelly, avait mis une tenue qui semblait elle-même en pleine crise existentielle.

– Bonjour, je suis Cassie, se présenta-t-elle avec un sourire amical. Tu dois être Selena. J'ai beaucoup entendu parler de toi.

Sous-entendu les contrats Prada, Louis Vuitton et Burberry.

– Hmm. Cassie, répondit Selena avec un sourire cruel. Moi aussi, j'ai beaucoup entendu parler de toi !

– D'accord, d'accord, Selena, intervint aussitôt Bas. Si tu dis du mal de mon amie Cassie, je vais trop serrer tes tresses, l'avertit-il, en caressant ses cheveux qui n'avaient franchement rien de crin de cheval.

Selena adressa un sourire tendre à Bas et elle battit en retraite, se rallongeant sur le canapé.

Génial. Encore un excellent départ... Nerveuse, Cassie se tourna vers Kelly, mais celle-ci regardait droit devant elle, un sourire résolument fermé sur les lèvres.

– Quelqu'un veut boire quelque chose ? proposa-t-elle, avant de tourner les talons et de se diriger vers la cuisine.

Bas et Cassie s'échangèrent un regard, puis suivirent Kelly. Cette dernière sortit une bouteille de vin du réfrigérateur.

– Qui doit encore arriver ? s'enquit Cassie, en tripotant les verres anxieusement.

– Seulement Molly. Luke est déjà là. Il est parti faire une reconnaissance des lieux. Il est censé faire beau demain, alors il essaie de trouver un endroit qui ne soit pas jonché de feuilles mortes.

– Ah bon, pourquoi ? demanda Cassie, avant que Bas ne lui flanque un coup de pied dans la cheville. Aïe ! Quoi ?

Bas leva les yeux au ciel.

– Parce que cette campagne est pour la collection printemps-été, Cassie, expliqua Kelly d'un ton las. Personne ne veut voir des feuilles mortes dans un magazine de mars.

Kelly ne fit pas allusion au projet de séance photo à Antigua qui avait dû être abandonné, étant donné que seules six commandes avaient été passées pour la collection suite au défilé.

– Oui, bien entendu, répondit rapidement Cassie, vexée par l'ennui qu'elle perçut dans la voix de son amie.

Elle n'intégrait pas assez vite l'aspect anticipateur du calendrier de la mode. La présentation des tissus un an à l'avance, les défilés six mois, les parutions dans les magazines trois ou quatre mois... Quand elle avait tenté d'impressionner Kelly en étudiant ostensiblement les tendances dans le numéro d'octobre de *Vogue*, celle-ci le lui avait arraché des mains, en lui disant de ne pas s'embêter. Ces tendances étaient pour le commun des mortels à présent et, par conséquent, « dépassées » pour le monde de la mode.

– Quand est-ce que Molly arrive ? se renseigna Bas, pendant que Kelly servait cinq verres.

Il avait travaillé avec Molly Kentish à l'occasion d'un grand nombre de défilés de cette saison, et ils étaient de vieux amis.

– Avec le prochain Jitney. Elle attendait la livraison d'un produit pour pouvoir partir.

– Est-ce que je peux demander si... ?

– Non, répondit sèchement Kelly. Bebe ne vient pas. C'était la condition de Luke pour accepter cette mission. Il lui enverra les photos par e-mail demain soir.

Cassie fronça les sourcils, toujours décontenancée par les vicissitudes de ce métier. Bebe avait remercié Hartford Communications le jour du défilé et, pourtant, un appel du photographe avait suffi à réengager la société, mais uniquement pour la campagne publicitaire. « Pour boucler la boucle, avait expliqué Kelly d'un ton grave. Nous avons travaillé ensemble sur cette collection. Il n'y a que moi après Bebe qui sois capable de comprendre sa vision. »

Cependant, cela ne tenait toujours pas debout. Pourquoi le photographe ne laisserait-il pas la styliste assister à sa propre campagne publicitaire ? Mais Cassie garda sa perplexité pour elle. Elle n'avait pas envie de commettre une nouvelle bévue.

Une porte claqua derrière eux et Cassie se tourna : un homme s'essuyait les pieds sur le paillasson, un appareil photo en bandoulière. Sa touffe de cheveux châtain clair et souples effleurait son col, et ses joues étaient rougies par la fraîcheur de la soirée qui tombait. Son visage parut quelque peu familier à Cassie. La porte s'ouvrit de nouveau et une rousse très mince entra à son tour. Elle avait un réflecteur sous un bras et un trépied sous l'autre.

– Ah, tu es là, Lou, dit-elle, en lui tendant un autre appareil photo qui pendait à son poignet.

L'homme le prit et l'alluma pour faire défiler les images sur la carte mémoire. Cassie eut le souffle coupé et porta sa main à la bouche.

Non, ce n'était pas possible !

L'homme leva les yeux et aperçut l'expression horrifiée de Cassie. Il lui sourit.

– Tiens, tiens, fit-il, en s'approchant d'elle. Je crois que nous nous sommes déjà rencontrés.

Chapitre 10

– Pourquoi ne m'as-tu pas dit que tu connaissais Luke Laidlaw ? souffla Kelly, après avoir prétexté d'aller se resservir du vin.

– Je ne dirais pas que je le « connais », Kelly. Je ne l'ai vu qu'une seule fois. C'est lui qui s'est aperçu qu'Alexa était... tu sais... debout.

Cassie vit Kelly tressaillir. Elle aurait dit « tomber d'une échelle », l'effet aurait été le même.

– Il voulait aider, c'est tout.

– As-tu la moindre idée de qui il s'agit ?

– D'un photographe ?

– Du photographe du moment, Cassie. Il joue un rôle central dans le dépoussiérage de *Vogue* opéré par Alexa Bourton, avec la nouvelle police, la nouvelle mise en pages... Il a été engagé pour faire à chaque numéro une manchette sur la mode et une proposition de couverture. Et, se mit à murmurer Kelly, d'après la rumeur, il couche avec elle. Ce n'est pas étonnant qu'il n'ait pas été très ravi de la voir se faire humilier.

Kelly regarda Cassie avec insistance.

– C'est pourquoi ta présence me tracasse.

– Qu'entends-tu par là ?

Kelly haussa les épaules.

– Si on simplifie, tu t'es payé la tête de sa copine. Il pourrait refuser de travailler avec toi.

Cassie leva aussitôt les mains en l'air.

– Je ne veux pas être encore la cause de problèmes, Kelly. Je m'en vais. Tout de suite.

Un déclic se fit entendre.

– Pour aller où ? demanda une voix depuis le seuil de la porte.

Kelly et Cassie se tournèrent, surprises. Luke entra dans la cuisine. Il portait un jean délavé et un sweat gris clair. Il avait toujours son appareil à la main. Il ne l'avait pas posé depuis son arrivée. Il s'approcha des deux femmes et examina la photographie qu'il venait de prendre.

– J'étais en train d'informer Cassie que, malheureusement, elle doit retourner au bureau…

Luke fronça les sourcils pendant qu'il zoomait sur le cliché.

– J'ai besoin qu'elle gère pour moi quelques dossiers qui viennent de tomber.

Il y eut un bref silence pendant que Luke tripotait les boutons de son appareil.

– Mais tu ne peux pas y aller, toi, Kelly ? suggéra-t-il au bout d'un moment, après avoir posé son appareil.

– Moi ? Je ne crois pas, non, répondit Kelly, avec un rire âpre. En l'absence de Bebe, c'est évident que c'est moi la plus à même de la représenter. J'ai collaboré étroitement avec elle sur cette collection. Je suis ses yeux.

Cassie aurait pu jurer voir le sourcil gauche de Luke trembler légèrement. Il tendit aux deux jeunes femmes un verre rempli.

– Oh non, pas pour moi, merci, déclina Cassie, qui reposa le verre sur le plan de travail. Je vais partir. Débarrasser le plancher.

– Ne dis pas de sottises, objecta Luke, en retendant le verre à Cassie. Tu dois rester. J'insiste.

L'intonation qu'il mit sur ce dernier mot suggéra qu'il était sincère. Il usait de son charisme. Cassie se tourna vers Kelly, qui le fixait d'un air perplexe.

Kelly finit par hausser les épaules.

– Eh bien, si Luke pense que… ta présence sera utile au shooting, Cassie, il faut que tu restes. Les autres dossiers peuvent attendre la semaine prochaine.

Elle se força à sourire, puis elle quitta vivement la pièce. Cassie se retrouva seule, embarrassée, avec Luke. Elle sentit son cou se mettre à rougir, alors qu'ils restèrent dans un silence que le photographe n'éprouva nullement le besoin de combler.

– Je sais que ce n'est sans doute pas le moment, mais… peut-être l'occasion ne se représentera-t-elle pas, et ça me tient à cœur de le dire…

– Nous aurons plein d'occasions de discuter, contesta Luke.

– Euh, oui, bien entendu… mais les journées qui nous attendent vont être bien remplies, alors, au cas où, je voulais te remercier. Tu sais, pour avoir essayé de m'aider au défilé.

Luke fixa Cassie, sans piper mot. Ce qui fit redoubler la nervosité de la jeune femme. *Elle s'était payé la tête de la petite amie de cet homme !*

– Donc, merci. C'était très gentil.

Il hocha la tête.

– J'ai eu pitié de toi, finit-il par dire.

Comme beaucoup de gens, pensa Cassie.

– Ce peut être un univers difficile. Facilement cruel. Et j'ai compris que c'était une erreur sincère de ta part. Si nous n'étions pas tous si obsédés par le pouvoir et le prestige, la situation aurait presque pu être amusante, ajouta-t-il en esquissant un petit sourire.

Il n'y avait rien d'amusant, songea Cassie, à ce que Kelly ait perdu les trois quarts de son chiffre d'affaires, ni que trois personnes aient été licenciées. Elle but une gorgée de son verre d'un air distrait. Le vin était tiède et avait un goût fumé.

– Alors, est-ce que tu sais ce que tu vas faire demain ? l'interrogea Cassie.

– Nous irons à la plage pour commencer. Il y aura un vent d'ouest, donc il fera un peu plus chaud qu'aujourd'hui et j'aimerais prendre des photos de Selena dans l'eau.

Cassie avala de travers.

– Mais on est mi-octobre ! Tu ne peux pas lui demander de s'allonger dans l'Atlantique. Elle va être congelée.

– C'est son métier, répondit allégrement Luke. Et puis, tu veilleras à apporter plein de couvertures et de serviettes, et des bassines d'eau chaude pour qu'elle y trempe ses pieds.

Cette pensée fit frissonner Cassie et elle se demanda si Selena était au courant de ce qui l'attendait. La journée du lendemain n'avait pas encore commencé, mais Cassie avait déjà le sentiment que, comme tous les jours ces derniers temps, elle serait froide, longue et mouvementée.

Chapitre 11

Cassie et Kelly couraient sur la plage, sur le sable mouillé par la marée, encore humide et dur. Cassie avait l'impression que son cœur pouvait exploser à tout moment, mais elle persista tout de même. Elle voyait Kelly s'éloigner d'elle de jour en jour, et le footing – même si c'était contre nature pour Cassie – lui semblait être l'une des seules façons de dire à son amie : « Je suis là… Je suis avec toi… Je serai là pour toi comme tu es là pour moi… Nous nous serrerons les coudes… C'est à ça que servent les amis… Nous surmonterons cette mauvaise passe… »

Cependant, Kelly semblait sourde à ce message et elle accéléra d'un cran, de sorte qu'elle prit une, deux, trois foulées d'avance puis, en l'espace d'une minute, elle s'était nettement détachée.

– On se retrouve à la maison, cria-t-elle par-dessus son épaule. Je veux terminer par un sprint.

Cassie continua de mouvoir ses jambes, mais elle perdit toute énergie, entièrement découragée par la distance prise par Kelly. Elle sentit un point de côté arriver pour avoir essayé de suivre son rythme. Lorsque Cassie rentra à l'appartement, Kelly était sous la douche, une tasse de café à moitié vide sur le plan de travail de la cuisine.

Cassie eut besoin de deux tentatives avant de trouver la tenue adéquate. Le noir intégral, de rigueur à Manhattan, ne l'était pas ici, dans les Hamptons. Au final, elle mit sa tenue de footing de rechange : un legging gris American Apparel et un sweat à capuche rouge très ample. Kelly portait, pour sa part, un jean à quatre cents dollars et un pull à torsades en cachemire couleur caramel.

– Allons-y, dit-elle.

Kelly avait organisé le rendez-vous la veille au soir. Elles se stationnèrent sur le parking de la plage ; une autorisation n'était pas nécessaire hors saison. Tout le monde était déjà arrivé, y compris Molly, la maquilleuse qui avait attendu de recevoir le blush parfait pour le teint de Selena pour partir de New York. Mesurant à peine un mètre soixante et avec une poitrine opulente, Molly était l'opposé physique de Bas. Cassie ressentit une pointe de jalousie lorsque, en s'avançant sur les dunes, elle les aperçut faire les fous.

– Miss Lipton ! cria Bas dès qu'il la repéra. Viens que je te présente Molly. C'est l'une de mes plus vieilles amies, dit-il en tentant d'imiter l'accent anglais, ce qui fit lever les yeux au ciel de Cassie et Molly.

La jeune femme avait un visage avenant et rondelet qui plut instantanément à Cassie.

– Bonjour, la salua-t-elle en souriant.

– Tu vas bien ? lui demanda Molly avec un accent londonien prononcé, qui était plus prolétaire que l'accent aristocratique pris par Bas.

Ses cheveux châtain clair étaient courts, avec une frange qui s'arrêtait au milieu du front ; elle portait une polaire violette sous une salopette en jean. Même l'œil de Cassie était suffisamment aiguisé pour en déduire que Molly n'était pas une fashionista. Cependant, sa peau – que Cassie s'efforçait de ne pas fixer – était incroyable : claire comme de la porcelaine et lisse comme celle d'un bébé.

Luke et son assistante Bonnie étaient au bord de l'eau. Il prenait des clichés en rafale de Bonnie dans des poses empruntées, qui n'avaient rien de celles d'un mannequin, afin de lui permettre de vérifier la lumière et la composition. Selena jouait à *Angry Birds* sur son téléphone, assise sous le petit chapiteau de toile qui avait été installé au pied des dunes pour éviter que le vent ne ruine le travail de Bas et Molly.

Kelly siffla (c'était le seul moyen de se faire entendre à cause de la mer et du vent), et Luke et Bonnie se tournèrent. Ils firent un rapide signe de la main, puis rejoignirent le reste de l'équipe.

– Bon, commença Kelly, alors que tout le monde réchauffait ses doigts autour d'une tasse de thé en émail. Nous allons photographier la partie de la mer Caspienne ici. Luke, tu veux que Selena apparaisse au sommet des dunes, c'est exact ?

Le photographe acquiesça d'un signe de tête.

– L'eau est trop grise aujourd'hui, ça n'ira pas.

– Ouf, fit Selena, en s'allumant une cigarette.

– Donc, Molly et Bas, nous voulons le même look qu'au défilé, s'il vous plaît, mais, Molly, en forçant moins sur les paupières. Bebe veut mettre davantage l'accent sur les sourcils.

– Pour ma part, je pense commencer les tresses à ce niveau-là, annonça Bas, en indiquant le milieu de la tête de Selena. Elle a les oreilles en feuilles de chou. Je t'adore, ma chérie, mais tu sais que c'est la vérité ! ajouta-t-il, en tapotant l'épaule du mannequin et en se penchant vers elle d'un air bienveillant.

Cassie se mordit la lèvre pour se retenir de rire. Elle se rendit compte que Luke la fixait et se reprit aussitôt, mais, à son étonnement, il lui sourit.

– À vrai dire, Bas, peux-tu lui faire la coiffure que tu avais faite à Cassie au défilé ?

Toutes les têtes pivotèrent immédiatement vers Cassie, qui avait tiré ses cheveux en une queue-de-cheval décentrée et molle pour éviter de les avoir dans les yeux avec le vent. Difficile en cet instant précis de voir en elle une source d'inspiration.

Selena lui lança un regard noir.

– Mais elle ne faisait pas partie du défilé ; nous nous en souvenons tous.

– Je m'en souviens, répondit Luke, sans révéler qu'il avait été le premier à repérer le « problème ». Mais Bas lui avait fait une variation sur le thème que je préférais. C'est possible pour toi, Bas ?

Le coiffeur haussa un sourcil et se rengorgea comme un paon.

– Bien entendu. Si c'est ce que tu veux.

– C'est ce que je veux.

– Parfaaaiiit, se réjouit Kelly, qui regarda lentement Luke, Cassie et Bas, puis de nouveau Cassie. Si ça convient à tout le monde, mettons-nous au travail. Cassie, peux-tu venir m'aider pour les tenues ?

Elles remontèrent péniblement la plage en direction du parking, où les vêtements étaient suspendus à l'arrière d'une camionnette de location.

Kelly mit en marche le défroisseur vapeur d'une main experte.

– Cassie, peux-tu sortir les vêtements des housses ? J'ai besoin en premier de la robe paon en mohair.

Cassie monta dans la camionnette et tendit la robe à Kelly.

– Bon, marmonna Kelly alors qu'elle commença à repasser la robe en la balayant sur la longueur. Pourquoi Bas t'a coiffée au défilé ? Tu étais censée travailler.

– Mais je travaillais. Tu te rappelles que tu m'as demandé d'aller voir comment il s'en sortait ? Il venait de terminer le dernier mannequin et… – elle s'agenouilla – il m'avait coiffée avant même que je ne le remarque. Il est tout le temps en train de jouer avec nos cheveux, tu sais comment il est. Nous sommes ses poupées.

Kelly retourna la robe.

– Et pourquoi Luke tient-il tellement à avoir une réplique de toi ?

– Il ne veut pas une réplique de moi, Kelly. Il préfère simplement la coiffure que Bas m'avait faite. Je ne sais pas pourquoi. Je ne le connais pas. C'est lui qui a l'esprit créatif.

– C'est lui qui a la réputation, Cassie.

Cassie arrêta d'ouvrir les housses.

– Qu'est-ce que tu veux dire ?

– Ce n'est pas évident ? Il te drague – ou il va bientôt le faire. Pourquoi sinon tiendrait-il à ce que tu restes ? Pourquoi sinon voudrait-il que Selena te ressemble ? Pourquoi sinon a-t-il insisté pour que Bebe nous réintègre pour cette campagne ? Parce que, la vérité, c'est qu'après ce qui s'est passé au défilé, elle ne trouvait même pas un gamin de dix ans avec un appareil photo jetable qui accepte de prendre des photos pour elle. Alors, pourquoi lui, le photographe le plus en vue de New York et prétendument le petit ami d'Alexa Bourton, décrocherait-il son téléphone et proposerait-il à Bebe de prendre des photos pour elle, à titre gracieux qui plus est ?

Cassie secoua la tête, totalement incapable d'apporter une réponse.

– Sais-tu comment on le surnomme ?

– Non.

– Ysselé.

– Ysselé ?

– Pour « Il se l'est tapée, celle-là ? », expliqua Kelly.

Cassie eut le souffle coupé, horrifiée.

– C'est révoltant.

Kelly haussa les épaules.

– C'est un bel homme hétéro, dans un univers majoritairement féminin et gay. On ne peut pas lui reprocher de profiter des occasions qui s'offrent à lui. Garde en tête que c'est un coureur de jupons, c'est tout ce que je veux dire.

Kelly prit la robe et retourna sur la plage, laissant Cassie accroupie à l'arrière de la camionnette, les nerfs à vif.

***

La séance ne se déroulait pas au mieux. Elle avait débuté quatre heures plus tôt et, parmi les centaines de clichés que Luke avait pris, il n'y en avait pas un seul de correct (enfin, les mots exacts du photographe avaient été plus grossiers).

– Bon sang de bonsoir, s'énerva-t-il, tout en passant la main dans ses cheveux.

Il s'éloigna du mannequin bleui par le froid. Il était quatorze heures et, même si pas un seul nuage n'obscurcissait le ciel, la température frisait le zéro. Tout le monde tremblait, regroupé autour du brasero que Kelly et Cassie avaient rapporté en vitesse de leur terrasse – tout le monde à l'exception de Selena, Luke et Bonnie, qui étaient affairés. Bonnie aurait pu venir se réchauffer, mais elle restait collée à Luke, comme s'ils étaient liés par un Velcro.

– Mais c'est quoi ton problème, Selena ? pesta Luke dans le vent. Donne du mouvement à tes bras. Tu es censée savourer ta liberté ! Je veux voir… Julie Andrews sur sa foutue montagne dans *La Mélodie du bonheur*. Tu as l'air d'un épouvantail, là.

Selena secoua ses bras et fit une nouvelle tentative, mais c'était impossible de dissimuler ses muscles tendus par le froid, et le blanc de ses yeux était visible depuis le haut de la plage.

– Oh, et puis zut ! Laisse tomber ! Ça ne sert à rien de gaspiller de la batterie pour ça !

Luke remonta la plage d'un pas furibond. Tout le monde échangea des regards nerveux alors qu'il approchait. Il était évident que personne n'allait évoquer les innombrables passages aux toilettes de Selena à chaque changement de tenue.

– Ça ne fonctionne pas ! Ce n'est pas étonnant que Bebe veuille que cette fille incarne une vierge. Avec l'allure qu'elle a, moi non plus, je n'aurais pas envie de coucher avec elle.

– Ce qui veut tout dire, murmura Bas à Cassie, à qui un ricanement nerveux échappa.

Luke leva les yeux, mais, cette fois, il ne sourit pas.

Selena arriva d'un pas chancelant sous la tente, en pleurs à cause de la rudesse du froid, mais aussi des paroles de

Luke. Kelly l'enveloppa immédiatement dans une couette qu'elle avait rapportée de chez elle. Luke ne lâcha pas Cassie du regard.

– Je... Je... Je suis désolée, Lou, s'excusa Selena en claquant des dents. Ç... ça... ça ira mieux dans une minute. Il faut j... juste que je me réchauffe un peu.

Elle paraissait presque malade, alors que la lueur du brasero projetait une lumière orange sur sa peau livide.

Luke ne semblait pas l'écouter. Puis, il se tourna vers elle et son expression changea.

– Quoi ? Je... Non. C'est moi qui suis désolé, Selena. Je suis trop dur avec toi. Il fait un froid glacial. Ce n'est pas juste de te faire rester sous ces températures, avec quasiment rien sur le dos.

Selena sourit, aussi reconnaissante pour la gentillesse de Luke qu'un chaton sauvé des eaux. Il lui frotta les bras.

– Mince alors, tu es gelée. Tu vas tomber malade. Il faut que tu rentres immédiatement à la maison. Fais-toi couler un bain. Bonnie va te reconduire.

Il lança les clés de sa Jeep à son assistante, qui parut très contrariée de servir de chauffeur.

– Merci, Lou, murmura Selena, qui se leva et l'embrassa sur la joue, près de l'oreille.

Les deux femmes quittèrent la tente et tout le monde se mit à ranger.

– Bon, fin de chantier, marmonna Bas.

– Pas si vite, lança Luke, qui vida la carte mémoire de son appareil photo. Nous n'avons pas encore terminé.

– Mais tu viens de renvoyer Selena à la maison, déclara Molly, en indiquant d'un geste de la main la silhouette qui s'éloignait. Nous n'avons pas de modèle.

Luke leva la tête.

– Si, nous en avons un, rétorqua-t-il d'un ton ferme, en fixant Cassie droit dans les yeux. Je la veux, elle.

***

– Non ! Je refuse de le faire !

– Mais il le faut !

– Non ! C'est moi qui décide de ma vie. Je suis maître de mon destin. C'est mon choix ! protesta Cassie, en se donnant une tape sur la poitrine pour accentuer son propos.

– Mais il te veut !

– Oui ! Mais pourquoi ? C'est toi qui m'as mise en garde contre lui. Tu m'as dit que c'était un goujat.

Kelly soupira et changea de position dans la camionnette. Cassie était recroquevillée contre l'une des parois, les genoux contre sa poitrine dans une position défensive.

– Je ne sais pas pourquoi, admit Kelly en haussant les épaules. Peut-être que, oui, il a cette idée derrière la tête. Peut-être que c'est ce qu'il avait à l'esprit depuis le début. Il aime ton apparence ! Les photographes sont comme ça. Ils aiment avoir une muse, quelqu'un qui les inspire. Peut-être que j'ai eu tort de dire qu'il avait des intentions, tu sais... pas très catholiques.

– Mais, Kelly, je ne suis pas mannequin !

– Je sais, mais peut-être que c'est ce qui lui plaît chez toi. Tu es naturelle, innocente. N'oublie pas que toute la collection tourne autour d'une adolescente du Daghestan, mariée de force, qui s'enfuit. La jeunesse, la candeur...

Le grand sérieux avec lequel Kelly parvint à prononcer ces phrases surprit Cassie.

– Peut-être que le visage de Selena est trop connu pour les clichés qu'il désire faire.

– Je ne comprends rien, marmonna Cassie, qui cacha son visage entre ses genoux. Et puis, si une professionnelle comme Selena ne tient pas le coup avec ces températures, comment peut-il penser que, moi, je vais y arriver ?

– Qu'y a-t-il de « professionnel » à être dans une jolie robe, sur une dune de sable ? Tu crois qu'elle a appris ça à l'université ? C'est de l'instinct, Cassie. Du cran. Une détermination sans faille pour obtenir le cliché parfait. De toute façon, Luke préfère retourner à la maison. Il veut profiter du coucher de soleil dans le grenier.

– Il n'y aura pas de photo avec moi.

– Si Luke Laidlaw le dit, alors il y en aura. Allez... Ça te fera une histoire à raconter à tes petits-enfants ! Le jour où tu as posé pour Luke Laidlaw ! Cet homme est une légende, Cassie.

– Mais je ne suis pas mannequin. Je suis une personne ennuyeuse, simple et secrète, qui aimerait le rester, merci bien.

Kelly poussa un soupir las.

– Écoute, Cassie, Luke a pour ainsi dire viré Selena. Il a effacé tous les clichés qu'il a pris d'elle ce matin.

– Eh bien, c'était sacrément stupide et imprudent de sa part.

– Si tu ne le fais pas, cette séance photo sera un échec et la situation s'aggravera encore pour Bebe. Que sa campagne publicitaire soit signée Luke Laidlaw pourrait être sa dernière chance de sauver son entreprise.

Cassie renifla. Elle avait du mal à imaginer Bebe Washington en figure tragique. Par ailleurs, toute cette situation était parfaitement ridicule. Comment en était-on arrivés là ?

– Bebe va piquer une crise si la fille qui a ruiné le défilé qui était censé la révéler devient le modèle de sa campagne, non ? Je ne pense pas qu'elle apprécie. Je n'ai aucune envie d'être dans la même pièce qu'elle – non, dans la même ville qu'elle ! – quand elle l'apprendra.

Il y eut un bref silence.

– Alors, fais-le pour moi, suggéra Kelly d'une petite voix.

Cassie leva les yeux, étonnée par cette timidité. Kelly lui jeta un regard implorant. Ces deux amies de longue date se fixèrent en silence, les mots étant superflus. C'était inutile de préciser que ces photographies pouvaient être l'occasion pour Cassie de réparer le tort affreux qu'elle avait causé à l'entreprise et à la réputation de Kelly, de lui rendre la gentillesse et les services qu'elle lui avait constamment accordés depuis sa rupture avec Gil.

Cassie soupira. Il n'y avait tout bonnement aucun argument contre cela. Elle devrait être simplement soulagée qu'il ne s'agisse pas d'une séance photo pour *Playboy*.

– D'accord, finit-elle par accepter, en se redressant et en faisant glisser ses fesses sur le sol de la camionnette. Pour toi. Je vais le faire pour toi.

Elles ouvrirent les portes et l'éclat blanchâtre du soleil se jeta sur elles.

– Elle va le faire, annonça Kelly, en adressant un signe de tête à Luke, Bas et Molly qui attendaient, appuyés contre le panneau d'information de la plage.

– Youpi ! s'écria Molly, totalement convaincue que c'était là une très mauvaise idée.

– Ça, c'est ma Miss Lipton, claironna Bas, en attrapant Cassie par les épaules. Je vais te rendre encore plus belle, *darling*.

– C'est une excellente nouvelle, se réjouit Luke. Nous retournons à la maison et, une fois que vous aurez exercé vos talents sur elle, vous pourrez tous disposer pour le reste de la journée – mais ce sera payé, bien entendu.

– Mais…, protesta Kelly. Tu auras besoin d'eux pour les retouches, non ? Ils ne peuvent pas disparaître comme ça.

– Bien sûr que si, vous pourrez disparaître, confirma-t-il, en incluant Kelly dans le lot. Ce ne sera pas long. En plus, Cassie n'a encore jamais posé. Elle sera beaucoup plus détendue sans des tas de gens autour d'elle, à la regarder.

– Enfin, nous ne sommes que trois, répliqua Bas, l'air inquiet.

– Comme je l'ai dit, ce n'est pas une professionnelle, Bas.

Luke se tourna vers Cassie, qui aperçut un sourire dans son regard.

– Je veux une séance à huis clos.

Chapitre 12

– Découvrez la nouvelle tendance du printemps avec Maddy Foxton et son sublime…

– Non, retire « sublime », marmonna Kelly. C'est trop pompeux. Remplace-le par… « délicieux ». Ce mot apporte une touche tactile.

– Découvrez la nouvelle tendance du printemps avec Maddy Foxton et sa délicieuse collection de…

– Collection capsule. C'est plus exclusif. Ça envoie le message « liste d'attente ».

–… sa délicieuse collection capsule de pochettes aussi bien de jour que de soirée.

– Non, je déteste. Modifie.

– Tout le texte ?

– La partie sur les pochettes de jour et de soirée. C'est de trop. Je change de sac seulement si je vais à un gala. Les femmes veulent un sac polyvalent.

Cassie gonfla ses joues et souffla.

– D'accord. Et si j'adoptais plutôt l'angle de la fabrication ? Parce que, d'un point de vue technique, je ne comprends toujours pas comment on obtient un sac tressé à partir d'un seul morceau de cuir.

– Bonne idée. C'est pour ça qu'ils peuvent se permettre de faire payer un sac trois mille dollars pièce. Et qu'ils choisissent un cuir d'excellente qualité aussi. Appelle l'atelier de Maddy pour qu'ils t'expliquent en détail. Je ne me souviens plus de ce qu'elle utilise exactement – le placenta de faunes des bois ou de bébés licornes, quelque chose dans le genre.

Le téléphone sur le bureau sonna et les yeux de Kelly s'illuminèrent dès qu'elle aperçut le numéro.

– C'est Brett. Tu me montreras le texte avant de le publier.

– Bien sûr.

Cassie sortit du bureau et ferma doucement la porte de Kelly. Hannah leva la tête. En tant que l'une des quatre employés restants (sur un total original de seize), elle ne dissimulait nullement ses regards foudroyants. En plus des trois premiers collaborateurs que Kelly avait dû licencier, les autres, dont Aspen, avaient quitté le navire quand il était devenu évident que le mécontentement de *Vogue* allait durer plus d'une semaine, et seule une poignée de fidèles lieutenants était restée.

Naturellement, le fait que Luke photographie la campagne de Bebe Washington avait quelque peu redoré la réputation de Kelly, mais, comme les images et la nouvelle collection ne sortiraient pas avant février, M. Tout-le-monde – ou plutôt Mme la Shoppeuse – ne se souvenait que du fiasco et, en attendant, Hartford Communications pataugeait.

Cassie secoua la tête pour revenir au présent et jeta un coup d'œil à la pièce à moitié vide depuis son bureau. L'avantage, c'est qu'elle s'habituait plus facilement à l'univers des relations publiques. Avec moins de loups dans la bergerie, elle nouait des liens avec les journalistes, dont la plupart étaient ravis d'accepter ses invitations à déjeuner, ne serait-ce que pour obtenir des informations de première main sur ce qui s'était réellement passé avec Alexa Bourton. Il allait sans dire que Cassie n'avait pas trouvé le courage d'appeler *Vogue*, mais elle avait fait parvenir une lettre d'excuse contrite et éloquente à Alexa le jour même du désastre.

Désormais, elle comprenait les rouages du métier (qui faisait quoi et quand) et elle s'était tellement accoutumée à ses tenues « numérotées » qu'elle était capable de s'habiller le matin sans devoir vérifier les étiquettes.

Elle avait le look pour ce rôle. Elle commençait à bien le tenir. Pourrait-elle monter d'un cran et l'écrire ? Paradoxalement, elle avait davantage de responsabilités à présent qu'il y avait moins de personnes avec qui les partager.

Elle regarda son communiqué de presse. Si elle pouvait sortir un texte parfait et faire en sorte que les gens – les bonnes personnes – aient envie de la collection, elle donnerait un bon coup de pouce à Kelly. D'abord, Bebe. Maintenant, Maddy. Cassie y arriverait à pas de fourmi.

***

– C'est de la folie, ricana Cassie alors qu'un loup-garou retint les portes de l'ascenseur pour elle. Merci, Bas.

– Tout le plaisir est pour moi, *milady*, grogna-t-il en imitant un loup.

– Tu ne peux pas m'appeler *milady* alors que je suis en crapaud ! s'exclama Cassie, tout en appuyant sur le bouton de l'étage.

– Tu aurais dû te déguiser en loup-garou toi aussi. Tu as toujours l'air maigre et affamée ces jours-ci.

Cassie secoua la tête.

– Tu n'as pas idée ! J'espère qu'Anouk me prescrira un régime à base de steak tartare quand je serai à P...

– Ne le dis pas ! la somma Bas d'un air théâtral. Le mot qui commence par P. Je ne veux pas l'entendre.

Il tourna la tête vers le mur.

– Oh, Bas. Tu sais bien que nous serons toujours amis, le rassura Cassie, en le prenant dans ses bras. Et qui sait ? Je pourrais décider de m'installer ici à la fin de mon périple. De toute façon, tu vas venir pour les défilés, non ? Je te verrai à ce moment-là. Il y a la haute couture en janvier et les collections automne-hiver fin février.

Bas serra ses mains contre son cœur et regarda fièrement Cassie.

– Oh, mon poussin ! Tu es prête à prendre ton envol.

Les portes s'ouvrirent au moment précis où Cassie lui flanqua un grand coup dans l'estomac. La fête débordait de l'appartement, dans le couloir, et une cacophonie de sorcières, de vampires, de citrouilles, de chats noirs et de zombies flânaient, appuyés contre les murs ou dansant à l'embrasure des portes.

– D'accord. Vous ne rigolez pas avec Halloween ici, commenta Cassie, en constatant l'effort général.

Les hommes qui, de jour, ne renonceraient pour rien au monde à leur costume-cravate étaient entièrement maquillés et déguisés. C'était sans commune mesure avec l'Halloween que Cassie avait passé l'année précédente : Gil était absent et elle avait invité l'école primaire du village chez elle. Elle avait passé des journées à découper des citrouilles géantes pour les disposer de chaque côté des grandes portes d'entrée ; elle avait également suspendu de grosses araignées sur les lustres et collé de la gaze noire sur les fenêtres. Les enfants avaient adoré et avaient spontanément crié avant leur départ : « Hip hip hip hourra pour Mrs Fraser. »

– Un peu mon neveu. Viens. Allons prendre un verre.

Ils franchirent la porte de l'appartement – ce qui fut une certaine prouesse car le déguisement bulbeux et verruqueux, en mousse épaisse, de Cassie était plus large que la porte –, puis ils se dirigèrent vers la cuisine.

– Reste là, lui conseilla Bas. Je vais nous chercher à boire. Si on arrive à te faire entrer, qui dit qu'on arrivera à te faire ressortir ?

Cassie se tourna et examina la gigantesque baie vitrée qui occupait tout le pan de mur. La vue depuis cet appartement – beaucoup plus haut dans les étages que celui de Kelly – était époustouflante. Vers le nord, Cassie apercevait les lumières de Harlem et, vers le sud, la pointe de la statue de la Liberté. En face, entre les tours, elle distinguait l'East River, noire d'encre et visqueuse dans la nuit.

C'est donc ça la vie à New York, pensa-t-elle.

– Hé ! Je me disais bien que je connaissais ces fesses.

Cassie pivota sur elle-même. Kelly était face à elle, tout en rouge, avec un corset en vinyle, des bas résille, une minuscule culotte en soie et des cornes clignotantes sur la tête.

– Bah, mince alors ! s'écria Cassie. Que dirait ta mère si elle savait que tu sors dans cette tenue ?

Kelly gloussa.

– Quoi ? Tu crois que nos parents ne faisaient pas la même chose ?

– Non !

– Tu ne te souviens pas de cette fois où ils ont fêté Halloween tous ensemble ?

– Non.

Imaginer ses parents habillés autrement qu'en tenue de soirée était pour Cassie… eh bien, inconcevable.

– Ta mère était déguisée en la fiancée de Frankenstein.

– Mais non !

– Et ton père était… Ben, tu peux deviner.

– En Frankenstein ? Mon père ?

Kelly écarta les bras.

– Exactement !

– Il y a beaucoup de caoutchouc, de vinyle et de cuir dans cette salle, observa Cassie d'un air soupçonneux. Tu es sûre que ce n'est pas une soirée fétichiste ?

Bas revint avec leurs verres.

– Oh, tu as l'air d'une coquine ! J'imagine que Brett approuve cette tenue sexy ?

– Oh oui ! Il m'a déjà approuvée, confirma Kelly, avec un clin d'œil. Deux fois même !

Ils rirent, au moment précis où Brett, déguisé en Dracula, les rejoignit.

– Qu'y a-t-il de si drôle ?

– Rien, répondit Bas. Nous étions en train de donner à Kelly notre avis sur son déguisement.

Brett se pencha et mordilla tendrement – et vampiriquement – le cou de Kelly.

Cassie sourit de voir son amie si heureuse. Amoureuse, même. Brett avait intelligemment mené sa barque, dès le début. Exactement comme Cassie l'avait soupçonné : il avait remarqué à quel point Kelly la défendait au *Mischka*, aussi avait-il décidé de faire semblant d'être intéressé par Cassie ; de cette façon, Kelly s'était interposée entre eux, pour se retrouver directement dans les bras de Brett. Cassie trouvait ce stratagème très romantique.

– Tu es magnifique aussi, Cassie, la complimenta Brett avec un grand sourire.

– Merci, Brett ! Je suis couverte de verrues, j'ai le visage fardé de vert et un fessier de la taille du New Jersey. Je me sens absolument magnifique !

– Eh bien, tes jambes sont superbes. Au moins, on les voit, elles ! plaisanta-t-il, avant de se retourner vers Kelly. Est-ce que j'ai le droit de dire ce genre de choses ?

– Bien entendu. Mais seulement à Cassie, l'avertit Kelly avec le sourire, alors que Brett lui caressait ses fesses peu couvertes.

– Évidemment.

Ils s'éloignèrent, tout en se bécotant, et laissèrent Cassie et Bas vider peu à peu un pichet de « sang de vierge » et essayer de reconnaître les convives – tâche compliquée par les perruques, les verrues et les prothèses.

– On dirait un bal masqué de film d'horreur, fit remarquer Cassie, qui essayait d'identifier une chauve-souris.

– Le souci avec cette tenue, marmonna Bas au bout d'un moment, c'est que ça rend les passages aux toilettes interminables. Je vais peut-être en avoir pour un petit moment.

– Ne t'en fais pas pour moi, sourit Cassie, assez ivre pour que rester seule ne la dérange pas.

Elle venait de se jucher sur le dossier d'un canapé et buvait en admirant la vue extraordinaire quand un chat noir à la démarche chaloupée, vêtu d'une combinaison en cuir noir moulante, avec des mitaines et des oreilles de fourrure, ainsi qu'un masque félin sur les yeux, passa et miaula soudain, en donnant en direction de Cassie un coup de patte peu amical.

Cassie sursauta, surprise, et le chat s'esclaffa. Cassie reconnut Selena sans que celle-ci ait besoin de soulever son masque. Son corps était sur toutes les affiches de la ville. C'était l'une des silhouettes les plus reconnaissables de Manhattan et, ce soir-là, celle-ci était extraordinairement mise en valeur.

Cassie se figea lorsque le mannequin la dévisagea de la tête aux pieds et éclata de rire. *Quelle idée de se déguiser en crapaud !*

– Alors, c'est toi. Je me demandais qui c'était, ronronna Selena, en secouant la tête devant le costume sans prétention de Cassie. Eh bien, je comprends pourquoi il t'a choisie, ajouta-t-elle avec sarcasme, en se penchant vers Cassie.

Son haleine sentait le whisky et le tabac, et ses pupilles étaient dilatées.

– Je meurs d'impatience de voir les photos.

– Tu étais… malade, bredouilla Cassie. J'ai simplement voulu rendre service.

Selena mit ses mains en coupe pour s'allumer une cigarette.

– Oh, vraiment ? Et en quoi exactement m'écarter du projet rendait service ? dit-elle avec dédain, en recrachant la fumée au visage de Cassie. Bebe me voulait pour cette campagne. Elle m'a suppliée en pleurs au téléphone de faire ces photos. Elle n'arrêtait pas de me répéter que ce serait la fin de sa carrière, que j'étais la seule qui pouvait la tirer de ce mauvais pas. J'ai uniquement accepté parce qu'il y avait Luke. *Bazaar* vient de me décerner le titre de « femme de l'année ». Mais non, Bebe se retrouve avec des photos d'identité de la fille qui a ruiné son affaire. Ce n'est pas vraiment ce que j'appelle rendre service, non ?

Selena plissa les yeux d'un air pensif et souffla négligemment des ronds de fumée.

– Ne dit-on pas que les crapauds sont signes de mauvais présage ?

Une silhouette dans un drap avec des trous pour les yeux et des chaînes en plastique autour du ventre approcha, en imitant un fantôme de façon peu convaincante.

– Hou-ou !

Ses cris évoquaient davantage une chouette qu'un fantôme. Les bras écartés, il fondit sur Selena. Il se redressa soudain et regarda Cassie. À la façon dont ses yeux se plissèrent derrière les trous, elle devina qu'il souriait.

– Bonjour, je m'appelle Luke.

Cassie eut la gorge serrée.

– Je suis... Crapauda, parvint-elle à dire, en reculant sa tête dans le casque en mousse.

Pourvu qu'il ne me reconnaisse pas, pourvu qu'il ne me...

– Super costume... et jolies jambes ! la complimenta-t-il, avec un clin d'œil, avant de suivre Selena, qui s'était éloignée en agitant sa queue d'une main de façon hypnotique et en se déhanchant sur la musique.

Cassie détourna le regard, soulagée de l'avoir échappé belle. Elle aperçut Bas converser avec une chauve-souris dans un coin. Elle s'empressa de le rejoindre – peu discrètement dans son costume de crapaud.

– Bas, murmura-t-elle, en l'embrassant sur la joue. Je m'en vais. Je suis désolée.

– Quoi ? Mais pourquoi ?

Cassie devina le dilemme sur le visage de Bas. De près, la chauve-souris avec qui il discutait était très belle.

– Tu peux rester. Mais je dois y aller. Luke Laidlaw est là et je refuse d'être dans la même pièce que lui.

À ces mots, elle se tourna et s'éclipsa. Elle ne voulait plus jamais revoir cet homme.

Chapitre 13

Cassie brandit frénétiquement son drapeau jaune lorsqu'elle les aperçut au coin de la rue. C'était pratiquement mission impossible de les repérer parmi les milliers d'autres coureurs, mais un participant déguisé en poubelle n'arrêtait pas de les heurter et ce fut le regard noir de Kelly que Cassie remarqua en premier. Raoul et Kelly avaient déjà parcouru vingt-neuf kilomètres et étaient partis depuis deux heures, mais ils transpiraient à peine, à l'exception d'un petit sillon vertical sur le ventre de Kelly. Sa queue-de-cheval – peignée et nouée par Bas pour lui porter chance – se balançait joliment. Cassie éprouva une bouffée de tendresse pour son amie ambitieuse, fière, gentille et incroyablement sportive.

Non pas que Cassie soit en reste. Elle était désormais capable de faire le tour du plan d'eau un matin sur deux – la distance faisait moins de trois kilomètres, mais tout de même ! Elle était partie de zéro. Par ailleurs, elle devait admettre que Kelly avait raison à propos du kickboxing : non seulement l'effet était visible sur ses cuisses (Cassie avait toujours bien aimé ses jambes), mais aussi sur ses bras, ses épaules et sa taille.

Elle était cinq rangées derrière les barrières et il y avait autant de rangées derrière elle, mais, grâce à ses bottines à talons, qu'elle portait régulièrement à présent, elle dépassait tout le monde de trois centimètres. Elle aperçut Kelly qui la cherchait du regard (elles avaient convenu de l'endroit ensemble), puis celle-ci repéra le drapeau que Cassie agitait comme un canari fou.

Elle donna un coup de coude à Raoul et tous deux firent un signe de la main à Cassie.

– Plus que treize, Kelly ! brailla Cassie. Tu peux y arriver !

– Hé !! Mais c'est ma nouvelle veste ! cria Kelly, en apercevant la somptueuse veste en cuir ceinturée Burberry, qui était arrivée de Londres la veille.

Elle était en rupture de stock dans tout New York, mais Suzy avait réussi à mettre la main sur un modèle en usant de son influence auprès du directeur commercial de la marque, dont elle avait organisé le mariage.

Cassie lui fit un pied de nez d'un air taquin, tout en se sachant à l'abri – pour le moment du moins. En riant, Kelly brandit le poing, tandis qu'elle était emportée par le flot de têtes dodelinantes.

Cassie observa le crâne de Kelly et Raoul aussi longtemps qu'elle le put, puis agita son drapeau et applaudit encore quelques minutes les centaines de coureurs qui passaient, chacun avec leurs propres supporters, histoires et motivations. Ce qui avait constitué un événement joyeux et personnel quelques instants plus tôt se transforma en une foule compacte anonyme, qui ne cessait de marcher sur les pieds de Cassie et essayait de la repousser en arrière. Elle se laissa extraire de la foule, et des gens se précipitèrent pour prendre sa place, comme l'eau comblerait un trou.

Elle longea lentement les vitrines de toutes les boutiques fermées. Elle sentit la mélancolie, qui était constamment un pas derrière elle, accélérer le rythme, pour tenter de la rattraper et faire le trajet sur ses épaules. La veille, contrairement aux conseils de son avocat, Cassie avait choisi de ne pas contester le contrat de mariage et, depuis, Gil occupait chacune de ses pensées.

Elle opta pour la solution de facilité et suivit le mouvement général, sans remarquer les regards admiratifs. Elle n'avait pas conscience de l'effet qu'avaient sur les hommes ses jambes moulées dans un jean indigo, ou ses cheveux soyeux qui virevoltaient sous son bonnet de laine, ni du regard envieux des femmes sur la veste tendance qu'elle avait empruntée. De son point de vue, c'était simplement le vêtement le plus chaud qu'elle ait trouvé, alors que l'hiver new-yorkais commençait réellement à se faire mordant – de forts vents du nord soufflaient depuis une quinzaine de jours. Elle enfonça davantage son bonnet sur ses oreilles et entra dans un *Starbucks*, afin d'acheter un café et de décongeler ses mains.

– Bonjour, un double macchiato décaféiné au lait d'amande, à emporter, s'il vous plaît.

– Ça vous fera quatre dollars.

Elle tendit un billet de cinq et frissonna, pendant que le broyage des grains de café rivalisait avec le sifflement du lait monté en mousse.

– Voilà votre monnaie. Vous pouvez récupérer votre boisson là-bas, lui indiqua le serveur. Au suivant !

– Merci.

Cassie ouvrit l'une des poches de la veste pour y ranger les pièces de monnaie. Elle fut surprise d'y sentir quelque chose et en sortit une petite enveloppe pliée. Son étonnement fut encore plus grand quand elle découvrit son nom inscrit dessus et, en dessous, entre parenthèses :

(Désolé, j'ai oublié de le joindre aux graines.)

Cassie fronça les sourcils et ouvrit l'enveloppe. Une feuille de papier ligné, manifestement déchirée d'un bloc-notes à spirales, était recouverte de gribouillis au crayon et de pattes de mouche :

- Visiter Ground Zero
- Inviter du monde à dîner chez Kelly
- Lire *Un chant de Noël* à la Bibliothèque centrale ; demander Robin
- Faire le tour de Central Park en courant
- Aller à Paris, quoi qu'il arrive

Bises,
Henry

Était-ce là sa liste ? Elle s'était attendue à ce que Henry lui conseille d'aller boire un thé au *Plaza* ou de faire du shopping à *Bloomingdales*.

– Un double macchiato décaféiné ! beugla une voix pour la troisième fois.

– Hein ? Oh, c'est pour moi, dit Cassie, en reprenant ses esprits.

Elle accourut au comptoir. Elle prit la tasse avec précaution et se dirigea vers l'arrêt de bus. Elle relut le mot, intriguée par les suggestions fantaisistes, alors qu'elle remuait son café d'un air absent. Inviter du monde à dîner ? Avec la cuisine de Kelly ? Est-ce que Henry était… fou ?

Faire le tour de Central Park en courant. Hmm… Cela ne semblait pas irréalisable. Elle ne se débrouillait pas si mal en fin de compte.

Lire un livre à la bibliothèque – la barbe. Visiter Ground Zero. Cassie leva la tête et regarda la foule qui convergeait d'un seul homme vers la partie sud-ouest de Central Park, où se situait l'arrivée du marathon. Si l'île était un bateau, il chavirerait probablement, puisque toute la ville se rassemblait au même endroit. Mais Ground Zero… Le départ de la course avait été donné à Staten Island, et le parcours passait ensuite par Brooklyn et le Queens. De ce fait, cette partie de l'île serait déserte aujourd'hui.

Après avoir replié la liste et l'avoir remise dans sa poche, Cassie monta dans le premier bus qui desservait le sud de Manhattan. Elle s'installa sur un siège et observa le bus franchir les frontières invisibles de cette île : parti du luxueux Upper East Side, il arriva dans le « Midtown », passa du côté ouest pour descendre vers le sud, en traversant le chichiteux Chelsea, le West Village, le bobo SoHo, Tribeca, pour atteindre enfin le quartier financier.

Henry avait raison. Il fallait que Cassie voie cet endroit. Ses expériences ici étaient si étriquées, si limitées au monde éclatant de la mode, des magazines et des brunchs copieux avec Bas qu'elle n'avait presque rien vu d'autre de la ville. Aussi, quand son périple serait terminé et qu'elle s'installerait… « quelque part », comment pourrait-elle prétendre connaître New York sans avoir vu et senti sa blessure la plus béante ?

Elle descendit à Broadway et suivit Liberty Street jusqu'à la plate-forme panoramique. Ground Zero. Là où se dressait autrefois le World Trade Center.

C'était donc là que l'histoire s'était écrite. Mais, à mesure que Cassie s'approchait, ce ne fut pas le sol qui attira son regard. Un fait lui paraissait constamment très paradoxal : les New-Yorkais, les habitants de la ville aux gratte-ciel, déambulaient la tête baissée ou, au mieux, en regardant droit devant eux. Les immeubles qui faisaient leur réputation n'étaient pas conçus pour être admirés d'en bas ; non, ils étaient pensés pour servir de point de vue. Tout était une question de panorama, d'escalader les sommets.

Mais ici, à la pointe sud de l'île, tout le monde avait les yeux rivés vers le ciel, qui s'ouvrait telle une fleur, par ce trou béant de six hectares entre les tours encore debout qui tentaient d'aller le chatouiller. Il attirait irrésistiblement le regard, le détournant des vestiges d'autrefois au sol.

Néanmoins, Cassie savait qu'elle devrait finir par regarder en contrebas. Dans une certaine mesure, elle connaissait déjà le spectacle qui se présenterait à elle. Elle avait vu des images du paysage lunaire apparu suite aux attentats – les cratères, la poussière, les décombres. Toutefois, il n'y en avait plus aucune trace. Ce que Cassie vit à la place – ce dont ses oreilles l'avaient déjà informée, alors même qu'elle admirait le ciel – fut un chantier. Il y avait des hommes avec des gilets jaunes, des casques de chantier, des mégaphones et des tractopelles. Des poutres métalliques brunes et des grues bleu électrique gisaient sur le sol de la ville, s'étendaient et colonisaient déjà cet espace, qui, bientôt, s'étendrait de nouveau vers les cieux, aux côtés des autres immeubles.

Tout autour d'elle, les gens prenaient des photographies. Un couple d'Asiatiques lui demanda de les prendre en photo, blottis l'un contre l'autre, se tenant la main dans le vent, avec un grand sourire. Il fallut quatre tentatives à Cassie pour parvenir à appuyer sur le bon bouton au bon moment, et non quand ils clignaient des yeux.

– Tu es plus douée devant l'objectif que derrière, commenta une voix derrière elle.

Cassie se retourna. Luke Laidlaw était appuyé contre le mur, comme toujours son appareil photo à la main.

– Que fais-tu ici ? l'interrogea Cassie d'un ton accusateur.

– J'habite à quatre pâtés de maisons. Je viens ici tous les jours.

Son bronzage antillais le contredisait, et Cassie jeta un regard mauvais à Luke.

– J'avais rendez-vous à *Windows* le jour des attentats, dit-il, offrant une explication que Cassie n'avait pas demandée. J'étais en retard et...

Luke poussa un profond soupir.

– Du coup, j'ai pour projet personnel de suivre la reconstruction. Je viens ici chaque jour et je prends des photos des badauds, des ouvriers, du chantier. Je me place toujours au même endroit – celui où tu es, précisa-t-il avec un sourire.

Cassie ne saisit pas son invitation à se décaler, mais elle remarqua ses yeux pétiller.

– Tu sembles amusé.

– C'est que tu as l'air tellement différente de la dernière fois où nous nous sommes vus.

Il y eut un silence pesant.

– Je n'ai pas envie de parler de ça.

Les joues de Cassie s'empourprèrent au souvenir des paroles de Luke à Southampton, des choses qu'elle avait faites. Elle commença à s'éloigner.

– Pourquoi cela ? Tu étais vraiment mignonne. Je suis désolé de ne pas t'avoir reconnue.

Cassie s'arrêta net.

– Mignonne ?

– À la soirée d'Halloween. Je ne voulais pas me montrer impoli. Je ne t'ai tout bonnement pas reconnue. Selena m'a dit après que c'était toi, mais tu étais déjà partie.

Cassie eut un rire narquois.

– Ce que je pense de toi, que je te trouve impoli ou quoi, est le cadet de tes soucis.

Elle se remit en chemin.

– Hein ? Qu'est-ce que cela signifie ? demanda Luke, en courant après Cassie.

– Tu ferais mieux de prendre ta photo, Luke. Tu ne voudrais pas manquer une journée.

– En fait, je l'ai déjà prise. J'ai fait une entorse à l'une de mes règles d'or : j'ai reculé d'un pas, afin que tu sois dans le cadre.

Cassie secoua la tête, sans s'arrêter de marcher.

– Alors, dis-moi… Que penses-tu de moi, si tu ne me trouves pas impoli ? insista-t-il.

– Tu veux dire « en plus d'être impoli » ?

– D'accord, « en plus d'être impoli ».

– Je pense que tu es un pervers.

– Un pervers ?

– Oui.

– Pourquoi penses-tu cela ?

Cassie fusilla Luke du regard.

– Tu sais très bien pourquoi. Toutes ces choses que tu m'as dites…

– Quoi ? Que tu es belle ?

– Je ne veux pas en discuter.

Luke marcha à côté d'elle, en suivant son allure.

– Je ne te lâcherai pas tant que tu ne m'auras pas expliqué. Je ne vois pas ce qu'il y a d'aussi horrible. J'ai passé un excellent moment.

– Oh, je n'en doute pas ! À me dire de m'imaginer en train de faire l'amour ! Mais c'est quoi ça ? Pour qui te prends-tu, à tourner autour des femmes et à leur parler comme ça ?

– Mais tous les photographes disent ce genre de choses. C'est l'équivalent chez les professionnels de « Dites ouistiti ». Il y a un petit quelque chose en plus dans le regard des filles quand il y a un peu de flirt. Ça apporte du piquant.

Luke attrapa Cassie par le coude pour la faire pivoter face à lui. Il la dévisagea, les mouchetures de sa barbe naissante brillaient comme de la limaille au soleil.

– Mais de toute évidence, ça t'a mis les nerfs en pelote. Je suis désolé.

Cassie croisa les bras.

– Tu savais très bien que je serais plus nerveuse, coincée dans ce grenier toute seule avec toi.

– Tu n'étais pas coincée. Ce n'est pas comme si j'avais fermé la porte à clé et caché la clé. Et tu aurais été plus embarrassée si tout le monde avait été là à te regarder.

– Et puis, tu n'as pas arrêté de me resservir du champagne.

– Juste un verre. Pour te détendre. Était-ce réellement répréhensible ? J'ai déjà vu du bois moins raide que toi.

– Pff, tu te crois réellement malin ! s'écria Cassie, en levant les mains en l'air, avant de lui tourner les talons.

– Viens, allons déjeuner ensemble pour faire la paix.

– Quoi ?

– Allons manger une bricole. C'est moi qui allonge.

– Et moi, j'ai envie de t'allonger… avec une kalachnikov !

Luke éclata de rire.

– Tu es tellement drôle. Écoute, dit-il en se penchant un peu plus vers Cassie, je peux t'aider, tu sais.

– M'aider pour quoi ?

– Je peux arranger la situation. Je sais que ça ne se passe pas très bien pour Kelly. Vous avez besoin de quelqu'un avec un peu d'influence. J'ai des contacts : je peux passer un coup de fil par ci, organiser un dîner par là. Allez, viens. Ce n'est qu'un déjeuner.

– C'est du chantage, oui.

– Non, ce n'est qu'un déjeuner. Et puis, je te montrerai les photos.

***

Luke emmena Cassie à un modeste, mais très bon, restaurant de burgers à trois pâtés de maisons de Ground Zero. Il avait proposé en premier lieu un restaurant japonais, mais un coup d'œil au visage de Cassie avait suffi à lui faire comprendre qu'elle avait besoin de quelque chose de plus saignant – et pas seulement sa tête sur un plateau. À présent, elle se trouvait dans l'appartement de Luke, assise sur un canapé en daim noir, et l'observa ouvrir plusieurs portfolios en cuir, à la recherche de celui qui contenait les photographies de Cassie.

Elle regardait autour d'elle avec appréhension, pendant qu'il faisait la conversation. Pourquoi avait-elle accepté de venir ? Elle se moquait éperdument de ces clichés.

– Dès l'instant où je t'ai vue au défilé, j'ai su que tu avais ce qu'il fallait. Je n'en revenais pas que personne d'autre ne l'ait remarqué. Cette campagne va faire sensation.

– Selena n'est pas de cet avis. Elle pense que tout cela est une farce.

– Selena, dit Luke en s'arrêtant un instant. C'est une belle femme.

– Hmm, c'est pour cette raison que l'on devient l'un des mannequins les plus célèbres de la planète.

Luke s'accroupit et secoua la tête.

– Mais elle consomme beaucoup trop. Elle n'était pas celle qu'il fallait pour ce projet. Bebe voulait de l'innocence. De la pureté. Personne de trop expérimenté. Après tout, toute sa collection n'est-elle pas basée sur…

– Une adolescente du Daghestan mariée de force qui s'enfuit, je sais ! Mince alors, si j'entends encore une fois cette phrase…

Luke rit et reprit sa recherche dans ses dossiers.

– Bebe voulait Selena parce qu'elle rapporte gros, c'est naturel. C'est une sécurité de faire appel aux filles connues. On ne peut pas le lui reprocher. Mais en ce moment, avec toute cette incertitude…

La voix de Luke faiblit. C'était inutile de préciser que toute cette incertitude était due à Cassie.

Luke trouva ce qu'il cherchait et se releva.

– À mon avis, dit-il, en faisant signe à Cassie de le rejoindre près d'une table en forme de cube blanc de l'autre côté de la pièce, c'est que c'est le moment pour elle de sortir des sentiers battus. Ce milieu a une mentalité de mouton : une personne mène la danse et tous les autres suivent. Le seul moyen de les faire revenir est de proposer quelque chose de nouveau. Tu as peut-être fait capoter son défilé, mais tu rectifies le tir avec ça, crois-moi, affirma-t-il en tapotant le portfolio.

– Je l'ai fait pour Kelly, pas pour Bebe, rétorqua sèchement Cassie. Et encore moins pour toi.

Luke la fixa, droit dans les yeux, et elle regretta immédiatement ses paroles agressives. Elle était déconcertée par l'attention qu'il lui accordait. Bien qu'elle le déteste, il n'en demeurait pas moins un homme atrocement séduisant.

Il ne riposta pas, mais se mit à étudier le visage de Cassie comme s'il cherchait à le diviser en équations mathématiques. Personne ne l'avait encore jamais regardée ainsi – ne l'avait véritablement regardée.

Il ouvrit le dossier et en sortit les clichés.

– Je les ai beaucoup travaillés dans la chambre noire. Je suis retourné à la pellicule avec toi. La lumière de cet après-midi-là était tellement brumeuse et diffuse. Je ne voulais pas l'accentuer ou l'affadir. J'adorais simplement comment elle réchauffait ta peau…

Luke disposa les photographies sur la table. Cassie contempla ses portraits. Les rayons du soleil l'embrasaient, la brûlaient, la réchauffaient, lui avaient fait quitter la lumière bleue de novembre de cette journée pour une soirée d'été baignée par le soleil.

– Je n'en reviens pas que ces photos aient été prises le mois dernier, murmura Cassie, en oubliant d'être hostile.

– Je sais. Qui le croirait, pas vrai ? J'ai renforcé les teintes de jaune et d'orange. Je tenais à obtenir un effet de… maturité. Saisir cet instant où une jeune fille devient une femme. Tu possèdes encore cela en toi, d'une certaine manière.

Cassie examina lentement les clichés, avec la robe en soie rouge et sa lanière torsadée qui tombait de son épaule, ses cheveux dans lesquels la main d'un amant semblait avoir glissé, avec le soleil couchant pour seul témoin dans cette pièce semi-obscure.

– Je n'arrive pas à croire que ce soit moi…

– Moi si, affirma Luke d'une voix basse.

Luke porta sa main dans les cheveux de Cassie et les souleva de son épaule comme sur la photographie. Elle sentit son doigt courir le long de sa nuque.

– Regarde tes yeux : on peut voir l'hésitation, la prudence, comme si tu voulais lâcher prise, mais ne peux pas. C'est ce que j'ai vu en toi. Et c'est ce que Selena a perdu.

Il posa son doigt sur la joue de Cassie et fit tourner sa tête vers lui.

– Je ne suis pas le méchant dans l'histoire, Cassie. Je reconnais simplement la fille qu'il faut quand je l'ai devant les yeux.

La façon de Luke de lui adresser la parole avec autant d'intimité était en tout point semblable à celle de ce fameux jour où elle était gênée et mal à l'aise, à se demander que faire ou comment poser. Il s'était mis à la suivre dans la pièce, comme un amant qui la poursuivrait lentement, il l'avait acculée dans des recoins, l'avait enjambée alors qu'elle était étendue sur le sol. L'appareil photo avait dénudé son dos, dévoilant Cassie à Luke sans qu'il la quitte jamais des yeux. Il l'avait fait se sentir belle, désirable – tout ce dont Gil l'avait privée. Luke n'avait cessé de lui répéter combien il avait envie de la toucher, tout en se penchant au-dessus d'elle – presque contre elle – pour la photographier, et elle avait commencé à en avoir envie, mais il n'avait rien fait de plus que lui caresser les cheveux, toucher la bretelle de sa robe, ou soulever légèrement son menton. C'était un jeu pour lui, mais il l'avait excitée. Et quand il avait fini par le comprendre derrière son objectif et avait baissé son appareil photo… elle s'était enfuie.

Le désir de Luke avait effrayé Cassie ce jour-là, comme il l'effrayait en cet instant. Il était « trop » pour elle : trop beau, trop expérimenté. Elle était accoutumée à ce que les hommes lui parlent de battues au faisan et de feux de tourbe, et non de la courbe de ses pommettes ou de la moucheture de ses yeux.

Toutefois, Cassie était incapable de détacher son regard de Luke. Où se réfugierait-elle cette fois-ci ? Elle n'allait pas partir, tous deux le savaient.

Cassie sentit le doigt de Luke s'accrocher à un passant de son jean et il l'attira contre lui, de sorte que leurs corps n'étaient plus qu'à quelques centimètres l'un de l'autre. Elle retint son souffle, trop terrifiée pour bouger, tandis que les mains de Luke effleurèrent ses bras avant d'enserrer ses poignets. Lentement, il les écarta et la poussa en arrière. Elle se retrouva allongée sur le cube blanc, sous lui – mais il ne l'embrassa pas. L'une des mains de Luke lâcha son poignet et glissa à plat sur son corps – d'un geste ferme, assuré – entre ses seins, sur son ventre. Avant que Cassie n'ait le temps de réagir, de protester, il déboutonna son pantalon et introduisit ses doigts sous le tissu, en elle.

Cette caresse lente et suave fit gémir Cassie. Jamais on ne l'avait touchée de la sorte – savamment, généreusement. Elle aperçut le désir croître dans le regard de Luke alors qu'elle se tortillait sous l'effet seul de sa main. Les doigts de Luke trouvèrent promptement l'endroit qui la fit haleter de plaisir, et Cassie s'abandonna totalement à ses gestes. Elle était tout à sa merci. Il se mit à bouger les doigts plus rapidement, plus fermement. Il plaqua sa main contre elle, la forçant à suivre son rythme, jusqu'à ce qu'il lui fasse dépasser ses limites. Avec le sentiment tout à la fois d'être perdue et de se découvrir, Cassie se cambra contre lui, palpitante, hurlante, vaincue.

Chapitre 14

Le hoquet de surprise fut long et marqué.

– Nooonnn ! dit Cassie en ricanant. J'ai bien peur que si !

– Tourne-toi. Je veux te voir de dos.

Nouveau hoquet de surprise.

– Mets-toi debout ! Montre-moi ce que tu portes.

Cassie se leva. Elle était vêtue de sa nouvelle tenue préférée : un jean MiH en velours chocolat, des bottes fourrées qui montaient jusqu'aux genoux, et un pull ample à rayures chocolat et fauve.

– Qu'est-ce que tu es maigre !!! lança Suzy d'un ton accusateur, comme si elle avait été trahie.

– Euh, comment te dire ? Peu, mais souvent – la blague ! En ce moment, je suis comme la Chenille qui fait des trous : je cherche de la nourriture partout où je peux. Je suis une grignoteuse opportuniste. La moindre chose qui traîne, je me jette dessus.

Cassie se rassit et sourit timidement à l'écran. Suzy la regardait, complètement estomaquée.

– Je n'en reviens pas du changement. On dirait quelqu'un d'autre. Je te jure que je serais passée devant toi dans la rue sans te reconnaître – enfin, je t'aurais peut-être arrêtée pour te flanquer une bonne gifle. Aucune femme ne devrait être si belle. Tu vantes les mérites du divorce, Cassie ! Archie va paniquer s'il te voit comme ça. Il va avoir peur que tu me donnes des idées !

Cassie entendit la voix d'Archie, il hurlait à travers l'appartement.

– Qu'est-ce qu'il y a ? J'ai les oreilles qui sifflent.

Il passa la tête par la porte et regarda l'écran derrière Suzy, qui était pelotonnée sur le canapé, un cornet de pop-corn sur les genoux.

– Avec qui tu discutes ? Salut ! Est-ce que c'est… Cassie ?

Le visage jovial et familier d'Archie devint net. Ses joues rubicondes et ses cheveux roux bouclés étaient aussi réconfortants pour Cassie qu'un ours en peluche.

– Mince alors ! Vise-moi un peu ça !

Cassie ricana, mais ne se plia pas en deux avec une main sur la bouche comme elle le faisait d'ordinaire. Elle avait les jambes croisées, un pied calé derrière le mollet, sur lequel son bras opposé glissait comme un arc sur une corde. Suzy se redressa, plissa les yeux et s'approcha de l'écran.

– Mais il y a autre chose… Qu'est-ce que tu as fait d'autre ?

Cassie s'examina : des ongles bien polis, vernis et brillants, les cuticules bien repoussés ; des cheveux soyeux et souples, au brushing parfait ; une garde-robe haute couture, achetée à prix coûtant lors de déstockages.

– Je pense que c'est tout.

– Non. Il y a autre chose. C'est…

– Mon maquillage ?

Suzy fit non de la tête.

– C'est... l'énergie que tu dégages ou quelque chose comme ça. Tu bouges différemment. Quand tu t'es tournée à l'instant, ce n'est pas la façon dont tu le fais habituellement... Il y avait comme... un roulement de hanches, déclara Suzy, qui essayait de définir le changement en son amie. Oh, la vache ! Tu as un mec !!

Cassie devint rouge comme une tomate et retrouva aussitôt son côté adolescent.

– Suzy ! s'écria-t-elle, mortifiée que son amie ait dit cela en présence d'Archie.

Suzy tapa dans ses mains, tout excitée, ravie d'avoir découvert par elle-même ce secret. Elle attrapa une énorme poignée de pop-corn.

– Raconte-moi tout !

– Hors de question.

Cassie jeta un coup d'œil vers Archie, qui avait l'air tout aussi captivé que Suzy.

– Oh, bon sang, va-t'en, Archie ! ordonna Suzy, en chassant son mari d'une tape sur l'épaule. Elle ne va jamais cracher le morceau si tu restes dans le coin comme un vieux pervers. Va remplir le lave-vaisselle. Ça ne vous ferait pas de mal à Henry et toi de donner un coup de main de temps en temps.

Archie s'avança le plus près de l'écran qu'il le put, pour y planter un gros baiser.

– Je suis content pour toi, ma belle. Amuse-toi bien, lança-t-il à Cassie avec un grand sourire. Ne t'en fais pas, je ne vais pas écouter votre conversation ; Suzy me racontera tout après !

Cassie éclata de rire. Suzy jeta un coussin à la tête d'Archie et une brève bataille de polochons s'ensuivit, que Suzy remporta bien entendu.

– Bon, dit enfin Suzy, une plume dans les cheveux, alors qu'Archie quitta la pièce. Où en étions-nous ? Ah oui ! Alors, fit-elle en se penchant en avant au point pratiquement de tomber du canapé, est-ce que vous avez déjà couché ensemble ?

Cassie cacha ses yeux derrière ses mains, puis écarta les doigts pour jeter un petit coup d'œil à son amie. La main de Suzy – pleine de pop-corn – attendait en suspens. De toute évidence, la réponse était trop cruciale pour être gâchée par un bruit de mastication.

– Oui, murmura Cassie, le regard pétillant. Hier soir.

Suzy fit tomber son pop-corn.

– Bah, mince alors !

Les deux amies se fixèrent dans les yeux, avec l'Atlantique qui les séparait. Elles savaient toutes les deux l'importance que cela revêtait pour Cassie. Gil était le seul homme qu'elle avait connu.

Suzy se mit à mâchonner rapidement.

– Et c'était bien ?

– À en couper le souffle. À chaque fois.

Suzy en resta bouche bée.

– Combien de fois ?

Cassie gloussa.

– Quatre.

– Je te déteste ! cria Suzy, en jetant un grain de pop-corn sur l'écran. Vous étiez où ?

– Chez lui.

– Es-tu restée dormir ?

– Oui.

– Et comment ça s'est passé ce matin ?

– Adorable. Il est allé chercher le petit déjeuner et le dernier numéro du *Women's Wear Daily*.

– La bible de la mode ! s'exclama Suzy, qui faillit s'étrangler avec son pop-corn. Si ça, ce n'est pas de l'amour !

Cassie lui tira la langue.

– Quand est-ce que tu le revois ?

– Mercredi. Il part pour le Costa Rica cet après-midi.

– Le Costa Rica ? Qu'est-ce qu'il fait ? Il est dans le café ?

– Il est photographe de mode, l'informa Cassie, en ricanant.

Cette réponse stoppa net Suzy.

– Oh, Cassie, dit-elle, avec un claquement de langue réprobateur. Les photographes sont…

Suzy secoua la tête.

– Sont quoi ?

– Eh bien, ils… Tu sais, ils…

– Quoi ?

– Eh bien, ils sont la plupart du temps entourés de belles femmes pratiquement nues. Ce ne sont pas les petits amis les plus fiables.

– C'est tellement cliché, protesta Cassie, en rejetant les paroles de Suzy. Et puis, ce n'est pas comme si j'allais l'épouser ou quoi. C'est simplement pour m'amuser.

– Je n'ai pas envie que tu souffres, c'est tout.

– Je pense que c'est un peu trop tard pour cela, Suzy.

Cassie poussa un grand soupir et s'efforça de sourire, mais Suzy resta silencieuse, et ne mangea pas, ce qui était encore plus déconcertant que son silence.

– Écoute, Gil m'a fait souffrir comme jamais je n'ai souffert dans ma vie, d'accord ? Ça, c'est la mauvaise nouvelle.

La bonne, c'est que personne ne pourra plus jamais me faire autant de mal que lui, donc je pense que, maintenant, je n'ai plus rien à perdre.

Suzy sourit – quelque peu tristement – de l'autre côté de l'écran.

– J'imagine que c'est une façon de voir les choses.

– Ne t'inquiète pas pour moi, Suzy ! Je suis une grande fille !

À cet instant, Archie revint d'un pas nonchalant dans la pièce. Il s'était déshabillé et ne portait plus qu'un caleçon en vichy rose et vert.

– Mince alors ! Depuis quand Archie s'est-il mis au sport ?

Suzy se retourna.

– Hé ! Archie ! Je t'ai dit de… Oh, Henry ! C'est toi.

– Qui croyais-tu que c'était ? Le facteur ?

Cassie entendit faiblement sa voix alors qu'il était au fond de la pièce. Il fouillait une étagère.

– Hé, c'est toi qui as pris mon disque de Kings of Leon ?

– Quoi ? Non ! Tu veux bien ficher le camp ? J'essaie d'avoir une conversation.

– Ah ? À qui est-ce que tu parles ?

Cassie entendit la voix de Henry s'approcher, puis son corps apparut très nettement.

– Je suis sur Skype. Tu ne pourrais pas aller squatter la salle de bains ou autre ?

– Ben, je ne peux pas me montrer impoli, pas vrai ? Qui est-ce ?

Henry se pencha par-dessus le dossier du canapé, le regard pétillant.

– Cassie !

Cassie sourit timidement – elle se sentait un peu bête d'apparaître à Henry par écran interposé.

– Salut, Henry, dit-elle en le saluant d'une main molle.

– Tu avais raison, déclara Suzy, en regardant son frère. Elle est sexy !

Henry sourit sans quitter Cassie du regard.

– Oui, acquiesça-t-il.

– Elle a un petit ami, ajouta Suzy d'un air malicieux.

– Suzy ! Tu étais censée tenir ta langue ! protesta Cassie, qui leva les yeux au ciel et se mit de nouveau à rougir.

– Quoi ? fit Henry, qui fronça les sourcils et parut choqué. Qui est-ce ? Est-ce qu'il...

– A ses papiers en règle ? Ce que vous êtes protecteurs ! Ne vous en faites pas, je n'ai pas l'intention de tomber enceinte ou de me fiancer.

– Est-ce que quelqu'un a déjà vu ce type ? Kelly le connaît-elle ?

– Oui, elle le connaît. Tout va bien.

– Mais...

– Franchement, tout va bien, insista Cassie, en riant. Et je suis très heureuse. N'est-ce pas là le principal ?

Henry fixa Cassie et celle-ci se demanda s'il se rendait compte qu'il était en train de lui parler en caleçon. Sa peau avait un bronzage doré.

– Ton bleu a disparu à ce que je vois, fit remarquer Cassie, en faisant un signe de tête vers son torse.

– Oh... Oui. Maintenant, il faut que ma côte cassée guérisse et que je surmonte ma phobie de courir en extérieur, et tout ira bien.

Cassie gloussa.

– Est-ce que tu sors ?

– Je vais au pub avec des amis, c'est tout.

– Lacey sera là ? demanda Suzy, qui mâchonnait de nouveau allégrement.

– Oui. Et d'autres amis. Et toi, Cassie ? Tu vois ton nouveau copain ce soir ?

– Il est au Costa Rica jusqu'à mercredi, répondit Suzy à la place de Cassie.

– Au Costa Rica ? Qu'est-ce qu'il fait comme métier ? Il vend du café ?

– Je l'ai déjà faite celle-là, pavoisa Suzy, avec un sourire satisfait. Non, il est photographe.

Son ton suggéra que c'était une orientation professionnelle controversée. Plus que l'exploration de l'Arctique, par exemple.

Cassie leva l'index, d'un air sévère.

– Ne dis rien.

Henry soupira ; il n'éprouvait visiblement pas le besoin de combler le silence par des futilités.

– Bon, dit-il enfin. Je ferais mieux d'y aller. Il est vingt heures ici.

– Je sais.

– Ils vont tous m'attendre.

– D'accord.

– Ça m'a fait plaisir de te voir.

– De même.

Cassie aperçut les mouvements de tête de Suzy au gré de leurs échanges, comme si elle suivait un match de tennis.

– À bientôt.

– Oui.

Henry se redressa et commença à s'éloigner.

– Mince alors ! Et après, on dit que les femmes sont bavardes ! railla Suzy en s'enfonçant dans les coussins.

– Ah ! J'ai oublié de te demander…, dit Henry, qui réapparut sur l'écran.

– Oh, bon sang, Henry ! s'écria Suzy. C'est quoi ton problème ?

– Est-ce que Kelly t'a donné ma liste ? Je l'avais mise dans la poche de la veste.

– Oui, merci. Je l'ai trouvée. Tu as un sacré sens de l'humour. Organiser un dîner avec la cuisine de Kelly ?

– Il faut que tu le fasses.

– Mouais…

– Mouais toi-même ! Et pour le tour de Central Park, tu as compris qu'il fallait le faire d'une seule traite, pas vrai ? Pas sur une semaine.

Henry ricana et s'en alla, laissant Cassie secouer la tête face à l'écran.

– Ah, les frangins… Je suis contente de ne pas en avoir !

Chapitre 15

Cassie cligna des yeux d'un air assoupi, sans réagir au déclic qui constituait désormais son réveille-matin. C'était devenu une sorte de rituel au cours des dernières semaines. Tous les matins, Luke la prenait en photo durant les quelques instants précédant le réveil et lorsqu'elle ouvrait les paupières. Bien qu'elle ait toujours été convaincue de ronfler ou de baver, les clichés de Luke lui prouvaient le contraire : ses joues étaient rosies par le sommeil, ses cheveux ébouriffés, ses lèvres entrouvertes, prêtes à recevoir un baiser. Elle avait trouvé cela étrange au début – gênant, même. Mais Luke aimait la photographier en noir et blanc, imprimer les clichés dans des tons très doux de gris, sans aucune lumière artificielle, avec uniquement les rayons obliques du soleil, qui se réfléchissaient sur les tours d'en face tel un périscope. Cassie avait fini par s'y habituer.

– Debout, beauté, lui susurra Luke.

Il planta un petit baiser sur le bout de son nez.

Cassie grommela et se tourna sur le dos, les bras au-dessus de la tête. Luke s'agenouilla au-dessus d'elle, toujours à mitrailler.

– Arrête, ça suffit, marmonna-t-elle, en se cachant le visage derrière son bras.

– Non. Je n'en ai jamais assez, sourit Luke, en regardant Cassie depuis son objectif.

Elle déplaça son bras et le fixa.

– Je suis censée être ta chérie, pas ton nouveau projet, dit-elle, en prononçant le mot « chérie » ironiquement.

Elle ne pouvait pas se résoudre à se considérer sérieusement comme la petite amie de Luke ; de plus, Kelly lui avait longuement expliqué qu'elle n'avait pas le droit d'employer ce terme. Deux personnes étaient en couple uniquement lorsqu'elles cessaient de fréquenter d'autres gens et que leur relation devenait « exclusive », comme Brett et elle. Mais c'était une conversation que Luke et Cassie n'avaient pas eue – et n'étaient pas près d'avoir, si Kelly avait raison au sujet de la réputation de Luke.

Cassie n'avait aucune intention de coucher avec un autre homme tant qu'elle était avec Luke. Néanmoins, Kelly insistait toujours pour l'emmener de temps en temps au *Mischka*, histoire de sortir en boîte, bien que ni l'une ni l'autre n'ait le cœur à cela ; aussi, elles n'y restaient que le temps de boire un verre. Mais Cassie avait décidé de partir du principe que Luke « voyait » toujours d'autres femmes – ainsi, elle ne pouvait pas être déçue si elle finissait par le surprendre dans les bras d'une autre. Après tout, c'était évident que leur histoire se terminerait de cette façon. Jusque-là, Cassie était partisane de la stratégie « Ce que j'ignore ne peut pas m'atteindre », car il n'était pas question d'amour. Elle ne cherchait pas un nouveau mari. Elle aspirait simplement à se sentir mieux. Et, grâce au sexe avec Luke, elle se sentait mieux que jamais. Ce qui la poussait à s'interroger sur ce que Gil et elle avaient fait pendant toutes ces années, à tâtonner maladroitement, à s'échanger des murmures polis dans le noir.

Parmi la bande, Anouk était la seule à se ravir de cette nouvelle. « Je dis toujours que le meilleur moyen d'oublier un homme est de passer sous un autre », s'était-elle exclamée avec grand sérieux. Suzy et Kelly s'étaient montrées bien plus réticentes, surtout quand Kelly avait découvert de quel photographe de mode il s'agissait. Elle avait cru toute possibilité de séduction entre eux impossible depuis que Cassie était sortie en furie du grenier de Southampton, troublée, le visage rouge, deux heures après y être entrée. Mais, quoi qui ait incité Cassie à déguerpir ce jour-là, elle ne pouvait manifestement plus s'éloigner de cet homme. Elle n'arrêtait pas de soutenir à ses amies qu'elle restait très lucide sur sa relation avec Luke, et répétait à Kelly qu'il lui avait assuré qu'Alexa et lui avaient rompu un mois plus tôt.

– Tu es les deux, lui rétorqua Luke, qui se pencha pour embrasser tendrement Cassie sur la bouche. Je ne pourrais pas vivre si tu n'étais pas les deux à la fois. Je ne pourrais jamais me passer de toi.

Cassie mordilla doucement la lèvre inférieure de Luke.

– Pourtant, il va le falloir, dit-elle avec le sourire, en se mouvant pour sortir du lit. Je dois bruncher avec Bas.

– Quoi ? Mais je croyais que nous devions passer la journée ensemble. Je viens tout juste de rentrer. Ça fait quatre jours que je ne t'ai pas vue, protesta Luke, en attrapant Cassie par les poignets.

– Et à qui la faute ?

– Celle de Bonnie, grommela Luke.

– Non, c'est la tienne. Tu ne devrais pas être aussi gentil.

Luke fixa un instant Cassie et observa ses pupilles se dilater alors qu'il la clouait contre le lit.

– En réalité, je suis très, très vilain, s'amusa-t-il, avant de se glisser sous la couette pour le prouver.

***

Une heure plus tard, les cheveux de Cassie n'étaient toujours pas coiffés et elle avait les joues rouges, bien que le sommeil n'en soit plus la cause.

– Tu es en retard, maugréa Bas, lorsque Cassie se précipita vers le banc en bois sur lequel il était assis, devant le café. Et j'ai compris pourquoi, quand tu étais encore de l'autre côté de la rue. Regarde-toi. C'est comme si tu avais un panneau au-dessus de ta tête qui disait « Je viens de m'envoyer en l'air ».

Bas se leva. Cassie serra son bras et l'embrassa sur la joue.

– Pff, pour quoi tu me fais passer ? En plus, c'est impossible de le deviner rien qu'en me regardant.

– Tu as les cheveux en pétard et tu as des irritations partout à cause de sa barbe.

Ils ouvrirent la porte et s'installèrent à leur table préférée.

– Et je pense que je vise plutôt juste avec mon « partout », pas vrai ?

Cassie sourit à Bas. Elle rougissait moins ces temps-ci. Être avec Luke au cours des dernières semaines l'avait aidée à s'affranchir de nombreuses inhibitions, ainsi que de ses rougissements habituels.

– Je ne peux faire aucun commentaire, rétorqua Cassie, qui fit semblant de lire le menu, alors qu'ils savaient tous les deux qu'elle le tenait à l'envers et qu'elle le connaissait par cœur. Je devrais prendre l'omelette aux blancs d'œufs, dit-elle d'un air songeur.

– Oui, tu devrais. Je vais jouer à la maman en l'absence de Kelly.

– Hmm. Mais tu vois, ce qui me fait réellement envie, c'est un sandwich au bacon, annonça-t-elle, en jetant un coup d'œil par-dessus le menu. Tu me dénoncerais ?

Bas soutint un instant le regard de Cassie, avant de soupirer d'un air théâtral et de détourner les yeux.

– Je peux trouver un alibi et prétendre que j'étais ailleurs.

Cassie ricana et ils passèrent leur commande auprès de la serveuse.

Cassie regarda autour d'elle et ôta sa doudoune d'un haussement d'épaules (Kelly avait depuis longtemps repris possession de la veste en cuir et la portait en permanence pour ne plus se la faire chiper). Ce petit café, *Tea and Sympathy*, était devenu le « repaire » de Bas et Cassie, quand ils se retrouvaient rien que tous les deux. Il avait été fondé par une Anglaise qui désespérait de trouver une tasse de thé décente dans cette ville qui tournait au café. Cassie adorait cet endroit car elle pouvait s'adonner à son addiction à la marque PG Tips et satisfaire (en douce) ses envies de haricots blancs à la sauce tomate, de vraies saucisses anglaises à la sauce brune et son tant aimé bacon croustillant. Elle ne venait là avec personne d'autre – et certainement pas Kelly, ni Luke. Bas, après beaucoup de méfiance et de questions sur la provenance exacte des ingrédients, avait appris à apprécier le boudin noir – raison pour laquelle Cassie l'adorait encore plus.

– Alors, toujours heureuse ?

– Toujours heureuse.

– Hmm. C'est écœurant.

Le pauvre Bas craquait éperdument pour un étudiant étranger en chimie, prénommé Stefano, qui était fiancé à une brune timide – et aussi pour le styliste Tom Ford, bien entendu.

Cassie posa tendrement sa main sur la sienne.

– J'ai réfléchi.

– Ouh là !

– Nous devrions organiser un dîner.

– Tu rigoles ?

– Non. Toi et moi.

– Pourquoi cela ?

– Parce que ce serait sympa et chaleureux. Ce geste montrerait à nos amis à quel point nous les apprécions. Et parce que je dois encore prouver à Kelly que je suis bel et bien son amie, et non son ennemie jurée.

– La situation ne s'arrange toujours pas ?

Cassie haussa les épaules.

– Cahin-caha. Luke fait ce qu'il peut pour renverser la vapeur, mais ça prend du temps.

Cassie se tut pendant que la serveuse posa sur la table une gigantesque théière en porcelaine.

– De toute façon, c'est bientôt Thanksgiving, non ? C'est un événement important ici, pas vrai ?

– Plutôt oui…

Bas regarda tout autour de lui.

– *Darling*, tu as de la chance que ce café soit rempli de rosbifs. Ailleurs, tu te serais fait lyncher pour avoir dit une chose pareille. C'est aussi grave que de brûler le drapeau américain.

Cassie leva les yeux au ciel devant l'exagération de Bas.

– Alors, qu'en penses-tu ?

– J'en pense que c'est une très mauvaise idée. Pourquoi, à ton avis, mangeons-nous toujours à l'extérieur ou prenons-nous à emporter ? Aucun New-Yorkais ne sait faire la cuisine.

– Mais, moi, je suis un vrai cordon-bleu. J'adore cuisiner. Je le faisais tout le temps en Écosse.

– Dans ce cas, c'est toi qui cuisines. Et moi, qu'est-ce que je fais ? Je coiffe les invités pendant leur trajet ?

Cassie ricana.

– Tu peux choisir les vins. Gil s'en chargeait toujours. Il disparaissait dans la cave et il remontait avec des bouteilles poussiéreuses et des toiles d'araignées dans les cheveux. Je n'y connais rien.

Bas planta sa fourchette dans un morceau de boudin noir. Peu importe la quantité qu'il ingurgitait, il restait toujours maigre comme un clou.

– Et il y a qui sur ta liste d'invités ?

– On fera ça en petit comité : Kelly, Brett, toi, moi – et Luke s'il a envie de venir. Il se peut qu'il soit à l'étranger.

– Oh, regarde-toi, à te la jouer décontractée.

– Je ne la joue rien du tout, Bas, contesta Cassie, avant de boire bruyamment une gorgée de thé. Je suis simplement comme ça.

– Très bien, madame, concéda-t-il, en poussant un grand soupir. Tu as gagné. On peut faire le repas chez moi.

Il y eut un bref silence. Cassie se mordit la lèvre.

– En réalité, il faut que le dîner ait lieu chez Kelly.

– Chez Kelly ? Mais tu es folle ou quoi ? Tu sais qu'elle range ses culottes dans la cuisine, pas vrai ?

– C'est un ordre.

– Un ordre ?

– Enfin, pas un ordre à proprement parler. Mais c'est sur la liste. Le dîner doit se tenir chez Kelly.

Bas dévisagea Cassie, soudain alerte.

– La liste ? Quelle liste ? Je n'ai entendu parler d'aucune liste.

– Celle que Henry m'a donnée.

– Henry ? demanda Bas, les paumes de main ouvertes. Et peut-on savoir qui est ce Henry ? Et pourquoi je n'entends parler de lui que maintenant ?

Bas émit un petit hoquet de surprise et se pencha en avant.

– Est-ce à cause de lui que tu la joues si décontractée avec Ysselé ?

– Ne l'appelle pas comme ça ! protesta Cassie, agacée.

Elle se resservit du thé.

– Pardon. Mais qui est ce Henry ?

– Ce n'est personne, juste un vieil ami de la famille. C'est le petit frère de Suzy. C'est un explorateur, tu sais.

Bas secoua la tête.

– Non. Je ne savais pas. Je ne savais même pas que ce métier existait encore de nos jours.

Cassie souffla doucement sur son thé, faisant naître de petites rides à la surface.

– Moi non plus. Mais voilà, tu sais maintenant. Il dresse toujours une liste de choses à faire chaque fois qu'il va dans un endroit qu'il ne connaît pas, pour essayer d'en découvrir la quintessence, tu vois ?

Bas opina et remarqua l'expression sérieuse de Cassie.

– Alors, il en a fait une pour moi et il a écrit que je devais inviter du monde à dîner, chez Kelly.

– Pff. C’est évident qu’il n’a jamais vu sa cuisine ! Qu’y a-t-il d’autre sur cette liste ?

– Hmm, aller à la bibliothèque municipale… Faire le tour de Central Park en courant…

Bas et elle échangèrent une grimace.

– Je sais… Aller voir Ground Zero, ce que j’ai fait. C’est là que tout a commencé entre Luke et moi.

Un sourire rêveur se dessina sur le visage de Cassie pendant qu’elle se remémorait comment Luke l’avait poursuivie le matin même, en la photographiant, alors qu’elle avait couru à travers l’appartement dans le plus simple appareil pour se rendre dans la salle de bains.

– C’est tout ?

– À peu près, répondit Cassie avec un haussement d’épaules. La dernière chose, c’est que je dois aller à Paris quoi qu’il arrive.

Bas leva les mains en l’air de dépit.

– Je le déteste ! Je le hais même !

– Tu l’adorerais. Si tu le rencontrais, tu l’adorerais, insista Cassie derrière sa tasse de thé. Il est à tomber en caleçon !

Bas en fut bouche bée.

– Et comment le sais-tu ?

– Ce n’est pas ce que tu crois, Bas. Je viens de te le dire, c’est le petit frère de Suzy. Je le considère pratiquement comme mon petit frère. Beurk !

Bas regarda Cassie en haussant les sourcils.

– C’est toi qui as parlé de lui en caleçon, je te signale.

– Pff.

– Ce n’est pas la peine de prendre la mouche avec moi.

Bas but une gorgée de son thé.

– Enfin bref, tu es consciente qu'à Thanksgiving, tout tourne autour de la dinde ? J'espère que tu sais bien cuisiner la dinde ?

– À vrai dire, je pensais faire encore mieux que cela, répondit Cassie d'un air espiègle. Si je fais ce dîner, alors autant mettre le paquet. Je vais faire Thanksgiving à ma façon !

Chapitre 16

– Dis-moi que tu plaisantes, lança Bas, qui blêmit inhabituellement.

Il étudia les oiseaux aplatis disposés par ordre décroissant sur le minuscule plan de travail d'un mètre de long. La cuisse et l'aile gauches de la dinde pendaient dangereusement du rebord.

Cassie fit non de la tête, les mains sur les hanches.

– Et où sommes-nous censés travailler, étant donné que les volailles occupent toute la cuisine ?

– Ne t'en fais pas, nous aurons beaucoup plus d'espace dans une minute, lui répondit Cassie, en ouvrant le petit réfrigérateur qu'elle avait acheté et placé dans le vestibule. Regarde, j'ai déjà préparé la farce. Sens-moi ça !

Elle brandit un saladier sous le visage de Bas, mais il recula comme s'il s'attendait à ce qu'elle le frappe avec.

– N'est-ce pas sublime ? De la viande de porc hachée, de la graisse d'oie, des aromates, de la muscade, une pomme et des airelles. Miam-miam !

Bas parut sceptique. Il ne pouvait s'empêcher de regarder les volailles.

– Et tu penses sérieusement pouvoir mettre tous ces oiseaux les uns dans les autres, comme des poupées russes ?

– Hein, hein.

Cassie avait les manches relevées jusqu'aux coudes, et ses cheveux étaient enroulés autour de bigoudis. Il était quinze heures, et Kelly, Brett et Luke avaient été prévenus que Bill ne les laisserait pas entrer avant vingt heures.

– Je les ai déjà désossés, regarde.

Elle appuya sur la pédale de la poubelle et Bas jeta un coup d'œil, après s'être préparé à cette vision d'horreur.

– Beurk ! s'exclama-t-il en faisant un bond en arrière. On dirait un croisement entre des fouilles archéologiques et un film gore.

– Tu ne peux pas faire la fine bouche, déclara Cassie, qui se mit à garnir la plus petite volaille de farce, qui retrouva ainsi sa forme. C'est pour ça que j'ai besoin de ton aide.

– Je croyais que je devais simplement m'occuper du vin.

– Oui, mais il se pourrait que j'aie menti, avoua Cassie, en attrapant le faisan. Viens me tenir cela pendant que je recouds la viande.

Bas s'approcha lentement de Cassie.

– Tu t'es assurée que personne n'était végétarien, n'est-ce pas ?

Cassie lui adressa un sourire, au moment même où la sonnette retentit.

– Qui est-ce ? demanda Bas. Pas ton don Juan, j'espère. Tu m'as promis qu'il n'y aurait pas de visite conjugale aujourd'hui.

– C'est Cupidon, répondit Cassie, le visage tout empreint de malice. Tu ferais mieux d'aller ouvrir, Bas. Les choses ont quelque peu évolué depuis notre dernière discussion.

– Qu'est-ce que cela signifie ? rétorqua-t-il d'un air méfiant.

– Va ouvrir la porte et je t'explique ensuite.

***

Luke arriva pile à l'heure, une demi-caisse de Château Margaux dans les bras, qui coûtait plus cher que l'appareil photo qu'il portait en bandoulière. Il avait un blazer noir et un pull à col roulé et à torsades gris, que Cassie se fit le vœu de lui piquer la prochaine fois qu'elle dormirait chez lui.

– Tu m'as manqué, lui murmura-t-il à l'oreille.

Il fit glisser ses mains sur le corps de Cassie, pendant que Bas se lamenta des verres à eau colorés, qui semblaient avoir été volés dans une école maternelle et dans lesquels il devrait faire décanter le Château Margaux.

Bas avait fabuleusement décoré le reste de l'appartement, pendant que Cassie avait préparé les légumes et le dessert. Une débauche de roses roses, de chrysanthèmes crème et de giroflées odorantes était placée sur la table basse. Il avait allumé de minuscules lumignons mauresques sur les étagères, aussi la pièce baignait-elle dans une lumière laiteuse et vacillante. Nat King Cole chantait doucement depuis la station d'accueil. Les pousses de Cassie avaient été déplacées du rebord froid de la fenêtre au centre de la pièce, en clin d'œil au thème champêtre de la soirée. Bas avait même astiqué les cadres en argent qui renfermaient les photographies préférées de Kelly : Kelly sur la plage de Southampton à dix-huit mois, avec son père qui lui mettait un seau sur la tête ; ses parents le jour de leur mariage à Nantucket ; ses petites sœurs jumelles qui soufflaient leurs bougies le jour de leurs six ans ; Suzy et Archie qui sortaient de l'église en courant en queue-de-pie et en taffetas, main dans la main, sous une pluie de confettis ; et, bien entendu, la photographie dont elles avaient toutes un exemplaire, sur laquelle Kelly, Cassie, Suzy et Anouk étaient allongées sur un lit, en pyjama à rayures, avec un appareil dentaire et des joues rebondies, riant aux éclats face à l'objectif – c'était leur première nuit à l'internat toutes ensemble. C'était l'un des rares objets que Cassie avait eu la présence d'esprit de glisser dans sa valise lorsqu'elle avait quitté Gil.

Kelly et Brett arrivèrent au moment où ils s'apprêtaient à ouvrir la deuxième bouteille. Kelly était ravissante dans un chemisier en soie noire et un pantalon richement brodé sur le côté. Cassie avait mis des bottes et une robe prune à col roulé, à manches longues ; les mains de Luke ne pouvaient se détacher de son dos nu. Du bout des doigts, il traçait des messages secrets comme « Allons au lit ».

– Je n'en reviens pas que tu cuisines réellement dans ma cuisine, s'émerveilla Kelly, en rejoignant Cassie au bout d'un moment. C'est comme si j'étais dans un univers parallèle.

Elle jeta un coup d'œil dans le four, quelque peu amusée de découvrir à l'intérieur la lumière allumée et le festin de Thanksgiving quasiment prêt.

– Qu'as-tu fait de mes pulls ?

– Ils sont dans ta chambre.

– Il va falloir que j'attende un moment avant de les remettre là-dedans, j'imagine. Combien de temps l'odeur de dinde va-t-elle persister, à ton avis ?

– Assez longtemps pour imprégner le cachemire. D'ailleurs, il n'y a pas que de la dinde dans le four. Il y a aussi de l'oie, du poulet, du faisan et du pigeon. Tu n'as sûrement pas envie de sentir le pigeon.

Kelly fixa Cassie, étonnée. Elle se pencha et observa le rôti qui dorait.

– Tu as mis tout ça dans mon petit four ? Est-ce qu'il va tenir le choc ?

– Est-ce que, moi, je vais tenir le choc, tu veux dire ? rétorqua Cassie, avant de boire une gorgée de vin. Franchement, la prochaine fois que je croise Henry... Il a un sens de l'humour tordu. J'ai dû faire tremper les pommes de terre dans la baignoire, les carottes dans l'évier et les panais dans... tu sais.

Il y eut un silence horrifié.

– Pas dans les...

– Mais non ! Je les ai mis avec les carottes, mais je lorgnais sérieusement l'aquarium, crois-moi. Je ne voyais pas d'autre option.

– Tu n'étais pas obligée de te compliquer autant la vie en faisant un rôti de cinq volailles. Un gratin de pâtes aurait très bien fait l'affaire.

Cassie leva les yeux au ciel.

– Même les étudiants cracheraient sur un gratin de pâtes, Kelly. En plus, c'était ma spécialité à...

Cassie se retint de dire « à la maison ».

– En Écosse, se reprit-elle. Je préparais ces bébés en vitesse chaque semaine pendant la saison de chasse. J'étais obligée. On ne pouvait pas se fier au cuisinier. Un jour, en découpant une bécasse, nous avons trouvé une mini-bouteille de gin à l'intérieur.

Cassie marqua une pause, en savourant le souvenir de la tête de Gil.

– Puis-je faire quoi que ce soit pour…, commença Kelly, qui, impeccable dans son chemisier noir et son pantalon, balaya du regard la cuisine dévastée, t'aider ?

Cassie plissa le nez devant cette offre polie, mais peu sincère.

– Demande à Bas de retirer les fleurs de la table s'il te plaît. Je vais faire le service. Nous allons devoir manger à genoux, j'en ai peur. Tu vas y arriver avec ce pantalon ?

– Un dîner à genoux ? Henry n'avait sûrement pas cela en tête.

– Connaissant Henry, si, sans doute.

Tout le monde poussa un cri de joie lorsque Cassie apporta le plat sur la table basse. Ses bras tremblaient légèrement à cause de l'effort. Les volailles pesaient près de quatorze kilos et, avec tous les accompagnements en prime, Cassie peina à ne pas le laisser tomber lourdement comme un haltère.

Luke se leva d'un bond pour l'aider et déposa précautionneusement le plat au centre de la table. Il profita de l'occasion pour « embrasser le chef », ce qui suscita de nouveaux cris de joie.

– Qui coupe ? demanda-t-il, avec une fourchette et un couteau dans les mains, tandis que Cassie rapportait des assiettes tiédies.

– Je vais le faire, offrit Brett.

Il affûta le couteau contre la fourchette en faisant de grands gestes, et la lame étincela. Il était en tenue décontractée, avec un pantalon de toile bleu marine, une chemise Oxford bleue et un pull à col V orange Ralph Lauren. Cassie remarqua que les yeux de Kelly ne le quittaient absolument pas. Quand ils s'asseyaient, leurs jambes se touchaient. Quand ils se parlaient, c'était les yeux dans les yeux. Quand ils riaient, c'était de concert. Son amie était bel et bien mordue.

En quelques instants, les assiettes étaient copieusement remplies et les bougies parfumées furent totalement masquées par les senteurs de la sauce et du vin rouge corsé. Brett se leva pour prononcer le bénédicité. Cassie ferma les yeux et la voix de Brett s'estompa : elle se vit dans la salle à manger de Lammermuir, le cerf poussiéreux la fixait sur le mur, d'énormes bouquets de bruyères cueillis dans les landes étaient disposés aux fenêtres, une flambée de tourbe dans l'ancienne cheminée dégageait une odeur aromatique, une chaleur intense et faisait scintiller le cristal. Et Gil, sa voix mélodieuse qui contrastait par rapport aux rires stridents et aux cris rustres du dîner de chasse, racontait une plaisanterie élégante – ou peut-être grivoise, mais débitée de façon élégante…

– Tu vas bien ?

Cassie sentit une main chaude dans son dos. Elle ouvrit les paupières. Tout le monde la fixait. Luke scrutait son visage.

– Pardon… Quoi ?

Kelly jeta un coup d'œil à Bas, inquiète.

– Brett vient de porter un toast en votre honneur, à Bas et toi, pour avoir organisé cette soirée. C'est absolument fantastique, Cassie. Merci.

Tous les convives levèrent leur verre.

– Bravo !

– Par contre, dit Kelly, en regardant son assiette puis celle de ses amis, pourquoi est-ce que j'ai la plus petite volaille ? Est-ce que c'est de la bécasse ?

– Du pigeon.

– Pourquoi est-ce que j'ai un pigeon entier alors que tout le monde a un peu de tout ?

Brett lui adressa un clin d'œil.

– Parce que c'est la chair la plus tendre. C'est le privilège de celui qui fait le service. À ton avis, pourquoi je me suis proposé de couper la viande ?

Kelly inclina la tête, émue, et tous se mirent à manger. Nat King Cole avait cédé la place à Ella Fitzgerald, et si ce n'était qu'ils dégustaient leur rôti en tailleur sur des coussins posés par terre, la petite bande d'amis aurait pu se trouver partout ailleurs qu'à Manhattan. Grâce aux lumignons, la pièce scintillait comme un bijou, et la conversation allait bon train, rythmée par le fracas des couverts et des éclats de rire.

– Oh ! s'exclama Kelly au bout d'un moment. Je croyais que la viande était désossée.

– Il y a un souci ? Tu es tombée sur une pépite ? l'interrogea Bas, en buvant du vin.

Ses lèvres avaient pris la teinte du vin rouge et, dans l'obscurité grandissante, ses yeux ressortaient sur son bronzage. Il avait l'air ivre, mais heureux et, pour une fois, il ne semblait pas penser à Stefano.

– Si seulement, répondit Kelly, en essayant d'extraire l'os avec sa fourchette. Cela résoudrait quelques problèmes.

– Peut-être que c'est la fourchette, l'os du bonheur, déclara Luke, en regardant Cassie. Elle pourrait faire un vœu.

Cassie fronça les sourcils.

– Je ne suis pas certaine que les pigeons aient cet os.

Un petit éclat l'éblouit soudain et la fit grimacer. Cette lumière se refléta tour à tour sur tous les convives autour de la table, comme si la fée Clochette avait été libérée de sa cage.

Le hoquet de surprise qui s'ensuivit attira tous les regards vers Kelly. Un diamant solitaire était accroché aux dents de sa fourchette et Brett, grâce à l'ameublement rudimentaire de l'appartement, était déjà commodément agenouillé.

– Je sais que ça ne fait que quelques mois, commença-t-il.

– Dix semaines depuis jeudi dernier…, murmura Kelly. Mais je… non, je ne compte pas.

– Eh bien, ce fut les dix plus longues semaines de ma vie, à me demander combien de temps je devais attendre avant que le moment ne soit approprié. Mais je ne peux pas attendre un jour de plus, Kelly. J'ai su dès l'instant où je t'ai vue protéger Cassie comme… comme un garde du corps. J'ai su que tu étais la femme de ma vie.

La voix de Brett chevrota, et il toussa pour tenter de se reprendre. Puis il retira la bague de la fourchette et la plongea dans son verre d'eau.

– Heureusement que c'est du platine. Va savoir à quelle température c'est monté dans ces cinq oiseaux !

Tout le monde rit. Brett essuya la bague avec sa serviette. Il se tourna de nouveau vers Kelly. Ils étaient seuls au monde.

– Kelly Emma Hartford… Acceptes-tu de faire de moi l'homme le plus heureux sur Terre en devenant ma femme ?

Il y eut un silence assourdissant (Bas avait coupé la musique dès que Kelly avait senti « l'os »). Kelly regardait Brett avec un sourire radieux, sa réponse ne laissant aucun doute.

– Il n'y a qu'une seule réponse à cela, murmura-t-elle, un sourire sur les lèvres et des trémolos dans la voix. Pourquoi as-tu mis autant de temps ?

– Est-ce un oui ? demanda Brett d'une voix rauque.

Kelly le serra dans ses bras.

– Essaie un peu de m'en empêcher.

Cassie et Bas crièrent de joie et se mirent à bondir dans tout l'appartement, dans les bras l'un de l'autre, tandis que les deux tourtereaux s'embrassèrent jusqu'à ce qu'ils aient besoin de reprendre leur souffle et se fassent assaillir. En fond, l'appareil photo de Luke ronronnait et mitraillait, afin de saisir pour l'éternité le Thanksgiving le plus heureux de l'histoire.

***

– Tu te rends compte que ce seront les meilleures photos de fiançailles de tous les temps ? bafouilla joyeusement Cassie, bras dessus bras dessous avec Luke.

Ils rentraient à pied à son appartement dans le sud de Manhattan – une marche redoutable de quarante-huit pâtés de maisons, mais Cassie mourait d'envie de prendre l'air après avoir passé la journée cloîtrée dans la kitchenette.

– Je sais. Je leur offrirai l'album en cadeau de fiançailles.

– Les filles vont être folles. Anouk parce qu'elle va pouvoir s'acheter une nouvelle robe de soirée, et Suzy va paniquer parce que les choses vont vite.

– Oui, mais elle ne les a pas vus ensemble. Elle sera rassurée une fois qu'elle les aura vus tous les deux. C'est évident qu'ils sont faits l'un pour l'autre.

Cassie donna à Luke un coup de coude dans les côtes.

– Qui eût cru que tu étais aussi romantique ? Ne me dis pas que tu crois au destin ?

Luke regarda Cassie.

– Bien sûr que si. Comme tout le monde, non ?

Cassie fixa les taxis jaunes qui roulaient lentement les uns derrière les autres sur Park Avenue. Il était deux heures du matin, mais les rues étaient aussi animées qu'à deux heures de l'après-midi, faisant honneur à la réputation de New York de ville qui ne dort jamais. Les seules personnes au lit étaient les enfants de moins de dix ans. Tout le monde était d'humeur festive.

– Non, répondit Cassie avec un haussement d'épaules. Moi, je n'y crois pas.

Luke s'arrêta de marcher.

– Tu ne crois pas qu'il y a quelqu'un, quelque part, dont le destin est d'être avec toi et toi seule ?

Cassie secoua la tête.

– Non.

Elle soupira et s'efforça de sourire.

– Plus maintenant, ajouta-t-elle.

– Alors, en quoi crois-tu ?

– Je ne crois en rien : ni au destin, ni au sort, ni à la chance. Appelle ça comme tu voudras. Pour moi, ce n'est que de la mièvrerie pour justifier les choix que nous faisons dans la vie.

– Je ne te croyais pas aussi cynique.

– Je ne dis pas que je ne crois pas en l'amour. Je ne crois tout simplement pas que nous sommes censés partager notre vie avec une seule personne. J'entends par là qu'on peut aimer plusieurs personnes au cours de sa vie. Quand on décide de se ranger et qu'on dit « Très bien, je me pose avec toi. Tu peux être l'amour de ma vie », ce n'est qu'une question de moment et de circonstances.

– Ouah, fit doucement Luke au bout d'un moment, tout en caressant de sa main la joue de Cassie. J'imagine que tu ne raisonnais pas ainsi il y a encore trois mois.

Cassie détourna le regard. Elle détestait apercevoir la pitié dans les yeux de Luke.

– Bien sûr que non. On ne reste pas marié dix ans avec une personne sans être pleinement convaincu que notre place est auprès d'elle. Enfin, de toute évidence, pas pour Gil, dit-elle avec un rire ironique.

Elle poussa un long soupir. Au bout d'un moment, après avoir retrouvé son calme, Cassie reposa les yeux sur Luke.

– Mais regarde-moi aujourd'hui. Je vis à New York ; je travaille dans le milieu de la mode – de la mode, quoi ! J'ai une aventure très agréable avec un photographe célèbre, mais peu recommandable. Jamais je n'aurais imaginé cela il y a trois mois. Je suis la preuve vivante que le destin n'existe pas.

Cassie se dressa sur la pointe des pieds et embrassa Luke. Ce dernier, bien qu'attiré par son baiser, s'écarta.

– Et si tout cela – ta vie ici, avec moi –, c'était cela ton destin ? Et si tu avais commis une erreur en épousant Gil ? Peut-être que j'ai attendu toutes ces années que son secret soit révélé pour que tu sois parachutée ici, dans mes bras. Et si on considérait les choses sous cet angle, hein ?

Cassie rit.

– C'est une jolie théorie. Mais je ne crois pas, non. Tu as à peine la patience d'attendre que le bain soit prêt.

Elle lui chatouilla les flancs et Luke se mit aussi à rire.

– Je vais te dire ce que je n'ai pas la patience d'attendre, affirma-t-il brusquement, en tendant le bras pour arrêter un taxi. Je suis impatient de te remettre dans mon lit.

Il attrapa la main de Cassie et la fit courir, déterminé à ne pas perdre une seconde de plus.

Chapitre 17

La sonnette retentit avec insistance. Cassie et Luke s'enfouirent davantage sous la couette plutôt que d'affronter la matinée insolente qui essayait de les réveiller de si bonne heure, tel un bébé qui réclamerait son biberon de cinq heures.

On sonna de nouveau.

– Argh, quelle heure est-il ? gémit Cassie.

Elle sortit son bras élancé de la couette en plumes d'oie et tapota la table de chevet à la recherche du radio-réveil. Ils avaient veillé jusqu'à quatre heures du matin et, comme ils avaient tous les deux pris leur journée, ils ne prévoyaient pas de s'activer avant midi. Cassie était vaguement consciente d'utiliser le torse de Luke comme oreiller.

Huit heures quarante-deux.

– Dis-moi que c'est un rêve. Un horrible cauchemar…

La voix de Luke fut étouffée par le sommeil.

Nouveau coup de sonnette.

– Oh, nom d'un chien ! marmonna Cassie, qui se redressa, furieuse, et rejeta la couette, de sorte qu'ils se retrouvèrent tous les deux à l'air libre.

Luke protégea son visage de la clarté soudaine de cette matinée de novembre nuageuse, mais ne fit aucun effort pour bouger.

– Ne réponds pas. Ils vont finir par partir.

Autre coup de sonnette.

– Ça suffit ! dit-elle entre les dents, en focalisant suffisamment son regard pour voir la porte et s'en approcher. Mais c'est qui, bordel ? fulmina-t-elle.

Travailler pour Bebe avait initié Cassie à un nouveau vocabulaire.

– Tu jures, toi, maintenant ? répondit la voix étonnée.

Il y eut un silence stupéfait de chaque côté de l'interphone.

– Suzy ?

– Pas seulement..., roucoula une seconde voix.

– Anouk !

– Bon, tu nous laisses monter ou quoi ? Parce que je tuerais pour un café et il fait un froid de canard ici.

Hébétée, Cassie appuya sur le bouton pour ouvrir. Luke s'assit dans le lit, ses cheveux tout hirsutes, réveillé par le ton ébaubi de Cassie.

– Ce sont les filles ! Elles sont là ! paniqua-t-elle.

Elle regarda dans quel état ils se trouvaient tous les deux : nus, avec la gueule de bois et sentant le sexe à plein nez. À la hâte, Cassie courut et enfila les premiers vêtements qu'elle trouva – le caleçon bleu de Luke et son pull en cachemire gris qu'elle avait tant convoité la veille. Suzy avait raison. Il faisait froid.

Cassie était en train de mettre les chaussettes de Luke quand la lourde porte en métal s'ouvrit et elle se retrouva face à ses deux meilleures amies censées être à des milliers de kilomètres.

– Qu'est-ce que vous faites ici ? cria Cassie, qui se précipita vers elles, en glissant légèrement sur le sol.

– Tu nous as ouvert, tu te souviens ? plaisanta Suzy, qui serra fort son amie dans ses bras.

Anouk, avec sa veste grise en fourrure de lapin, donnait particulièrement envie de la câliner.

– Je voulais dire, qu'est-ce que vous faites à New York ?

– Ma belle, tu ne sais pas quel jour on est ?

– Un jour de congé ? C'était Thanksgiving hier.

– Justement. Donc, aujourd'hui, c'est le *Black Friday*, la plus grande journée de shopping de l'année, expliqua Anouk, en retirant ses gants en cuir fauve.

– Nous sommes en mission officielle pour Noël, ajouta Suzy. En tout cas, c'est ce que j'ai dit à Archie !

Cassie fixa ses deux amies avec un plaisir stupéfait, toujours à peine capable de croire qu'elle soit debout après une nuit si courte et encore moins en train de discuter en chair et en os avec Suzy et Anouk.

– Je n'en reviens pas ! ne cessait-elle de répéter.

– Et quand est-ce que tu fais les présentations ? s'impatienta Anouk, en indiquant l'homme nu, tout aussi ébahi, assis dans le lit à observer les retrouvailles.

– Oh pardon, oui. Je vous présente Luke, mon petit ami.

Cassie porta aussitôt sa main à sa bouche.

– Désolée, mon chéri, se reprit-elle. Enfin, c'est mon…

– Je suis son petit ami, confirma Luke avec un sourire.

– Je m'appelle Suzy, le salua la jeune femme de loin. Je te serrerais bien la main, mais tu es… nu. Mon mari ne verrait sans doute pas cela d'un bon œil.

– Sans doute pas, non.

– Moi, ça ne me dérange pas, si ça te va, dit Anouk, qui s'approcha de Luke et lui offrit sa main minuscule. Anouk Montparneil.

– Luke Laidlaw. Cassie, j'imagine que tu ne pourrais pas me passer une robe de chambre ? demanda-t-il, avec un sourire enfantin. Je me sens assez… vulnérable.

Cassie lui jeta la robe de chambre gaufrée bleu marine accrochée à la porte de la salle de bains.

– Je vais prendre une douche, je vous laisse vous retrouver, annonça Luke, soulagé de s'éclipser.

Les filles l'observèrent en silence disparaître dans la salle de bains.

– Oh là là, ce qu'il est beau ! murmura Suzy, les yeux écarquillés, une fois la porte fermée.

– Très sexy, ajouta Anouk d'une voix traînante. Tes goûts en hommes se sont considérablement améliorés. Tout comme ta garde-robe, dit-elle d'un air approbateur, en regardant la tenue empruntée de Cassie. Ça me plaît.

Cassie s'examina d'un air penaud.

– Euh, on… On était en train de dormir.

Suzy ricana et se mit à faire le tour de l'immense loft sans cloisons. Des poutres en acier soutenaient le plafond, le parquet était poussiéreux et brut, les murs en briques apparentes étaient ornés de clichés en noir et blanc – certains de Luke, d'autres de Herb Ritts, Bruce Weber, Man Ray et Annie Leibovitz. La cuisine était un simple plan de travail en inox ; un ensemble de tasses blanches unies et de vaisselle était empilé sur des étagères industrielles. Un percolateur italien très onéreux trônait fièrement sur le plan de travail en béton ciré.

– Ah, exactement ce que je voulais, déclara Suzy, qui s'approcha et étudia la machine sous tous les angles. Tu as une idée de comment fonctionne cet engin ? demanda-t-elle en se retournant vers Cassie.

– Oui. Tu en veux un aussi, Anouk ?

– Bien sûr.

Cassie leur prépara à toutes un café (il lui avait fallu vivre une semaine quasiment à temps complet dans le loft avant de pouvoir maîtriser ce maudit appareil). Elles se laissèrent tomber sur le canapé en daim noir, et Anouk commença immédiatement à caresser l'accoudoir comme un animal.

– Comment m'avez-vous trouvée ici ?

– Kelly nous a donné l'adresse de Luke quand nous lui avons raconté nos projets. Elle nous a dit que tu étais ici presque tout le temps maintenant.

Cassie sourit timidement.

– Oui, les choses se passent bien, alors…

Elle se sentit plutôt gênée d'être si ouvertement heureuse, si tôt après tout ce qui était arrivé avec Gil.

– Nous sommes toutes très contentes pour toi, déclara Anouk, en devinant l'état d'esprit de Cassie. C'est vraiment la meilleure chose qui puisse t'arriver en ce moment. Que tu t'amuses. Un peu de flatterie pour reprendre confiance en toi.

Cassie opina du chef. S'amuser. C'était exactement ce dont il s'agissait.

Elle se rappela soudain les événements de la veille au soir.

– Euh… Quand avez-vous parlé à Kelly pour la dernière fois ?

Anouk et Suzy s'échangèrent un regard.

– Il y a deux jours ? Quelque chose comme ça.

Cassie hocha la tête.

– Et… est-ce qu'elle va nous rejoindre aujourd'hui ?

– Oui. Brunch au *Sant Ambroeus* à onze heures. Tu sais où c'est ?

– Oui, c'est un café sur Madison.

Parfait. Cassie ne serait pas obligée de garder le secret très longtemps.

– Regarde-toi, s'étonna Suzy, tu te repères dans Manhattan et vis dans un loft branché avec un photographe sexy. Si je peux me permettre, tu pourrais passer pour une vraie citadine.

– Qui ? Moi ? s'esclaffa Cassie. Non. Je serais toujours une plouc, la ringarde de service.

Anouk secoua la tête.

– Pas à ce que je vois. Paris va t'a-do-rer, ma chérie !

– Chut, fit Cassie, qui jeta un coup d'œil derrière elle pour s'assurer que la porte de la salle de bains était toujours close. On n'a pas le droit de parler de Paris devant les garçons. Ça les perturbe.

– Les garçons ?!

– Oui, Luke et Bas. C'est un gros tabou.

Anouk et Suzy hochèrent la tête à l'unisson, tout en se demandant comment Cassie allait pouvoir venir vivre dans leur ville quand elle était de toute évidence en train de se construire une nouvelle vie ici.

– Bon, allez. Mettons-nous en route. On ne va pas rester assises ici toute la matinée, lança vivement Anouk, en tapant dans ses mains. Le shopping nous attend.

– Cela ne va pas déranger Luke si on t'enlève ? demanda Suzy, alors qu'elle remettait son manteau.

Cassie se tourna vers la porte fermée de la salle de bains. Des volutes de vapeur s'échappaient par-dessous.

– Oh, pas du tout. Je vais lui laisser un mot. C'est un grand garçon.

Cassie se leva et récupéra sa robe jetée sur le sol.

Dix minutes plus tard, le taxi s'arrêta devant l'auvent rouge qui lui servait de point de repère.

– Attendez une seconde, protesta Cassie. Vous m'avez dit que nous devions retrouver Kelly au *Sant Ambroeus*. Alors pourquoi sommes-nous à son appartement ?

– Eh bien, oui, nous allons bruncher avec Kelly là-bas, mais il y a quelque chose que nous devons toutes faire d'abord, lui répondit Suzy.

Anouk haussa un sourcil.

– Enfin, quand elle dit « nous », elle veut dire « toi » en réalité.

– Hein ?

– Allez. Monte, lui ordonna Suzy. Tu vas tout comprendre d'ici peu.

Chapitre 18

– Vous êtes en train de me dire que vous avez fait tout le chemin depuis Londres et Paris pour me voir faire ça ?

– Et comment ! s'esclaffa Suzy, qui regardait Cassie depuis l'appareil photo de son téléphone. Il faut que je te filme. J'ai promis de le faire.

– Ce n'est pas drôle.

– Si, c'est très drôle, déclara Anouk alors que l'un des chevaux donna un coup de museau à Cassie et faillit la faire tomber – elle n'avait pas encore retrouvé tout son équilibre.

– Avez-vous une idée de la gueule de bois que j'ai ? dit-elle, en surveillant le cheval d'un œil méfiant. Nous avons bu une demi-caisse de vin hier soir.

– Oui, mais vous étiez cinq, petite joueuse, répliqua Suzy.

– Enfin, Brett ne compte pas. Il ne boit pas d'alcool.

Cassie soupira et regarda la cinquième avenue s'étendre à perte de vue devant elle. Elle allait devoir la remonter en courant, longer le nord de Central Park, redescendre de l'autre côté et terminer par la partie sud. Dix kilomètres au total. Elle n'était pas prête. Elle était tout sauf prête. Elle s'était dérobé des entraînements au cours des dernières semaines, ses séances sous les draps avec Luke lui apportant largement sa dose d'exercice.

– De toute façon, Henry n'a jamais fixé de limite de temps, je dois simplement le faire avant de partir de New York.

Cassie se retourna vers ses amies, les mains fermement plantées sur ses hanches.

– Et puis, qui a dit que je devais faire absolument tout ce qui est sur cette liste ? C'était censé être de simples suggestions, des idées, quoi. Pas de fichus ordres.

– Plus vite tu commenceras, plus vite nous pourrons aller bruncher, lui cria Kelly, qui cachait résolument ses mains sous la couverture et pas uniquement en raison du froid.

Quand elle avait accueilli ses amies à l'appartement, elle avait déjà son manteau et ses gants. Son annonce pouvait attendre un peu plus.

– Pff, espèces de petits chefs, toutes autant que vous êtes, grommela Cassie.

Ses longues enjambées hésitantes se transformèrent peu à peu en une allure de course.

Depuis la calèche dans laquelle elles étaient confortablement installées, les filles encourageaient Cassie, avec sa queue-de-cheval qui se balançait, et ses jambes plus solides qu'elle ne l'avait cru.

Kelly se chargea des commentaires de course.

– Vous voyez le *Waldorf* là ? C'est là que Brett et moi avons eu notre premier rendez-vous… Et là, c'était l'arrivée du marathon ; j'ai eu l'impression d'être une reine faisant un retour triomphal. J'ai battu mon record avec un temps de trois heures onze… Ce vendeur ambulant fait les meilleurs burgers de Manhattan… Et vous voyez cette poubelle ? C'est là que Cassie a agressé Henry…

– Je n'ai pas agressé Henry, s'écria Cassie. Je t'entends, tu sais !

Kelly fit un clin d'œil à Suzy et Anouk.

– Elle l'a littéralement agressé.

***

Le café était bondé lorsqu'elles y entrèrent. La plupart des magasins étaient ouverts depuis six heures ce matin-là ; certains avaient même ouvert leurs portes à minuit. À côté de cette foule, le public du marathon paraissait clairsemé. Toutes les vitrines avaient été décorées pour cette journée qui lançait officiellement la période des fêtes et – en l'espace d'une nuit – des sapins de Noël richement décorés étaient apparus à chaque pas de porte, des guirlandes et des boules de Noël à chaque plafond.

Cassie avait réalisé un bon temps – une heure quatre – et, après une douche chaude et s'être rapidement changée à l'appartement, elle savourait d'avance le café et les viennoiseries qu'elle mangerait ouvertement devant Kelly. Après tout, Kelly ne pouvait pas garder éternellement ses gants. Dès qu'elle les ôterait, Cassie ferait le plein de pâtisseries. Personne ne lui prêterait attention.

Sans surprise, à peine Kelly avait-elle retiré un gant que Suzy aperçut l'éclat de la pierre. Comme elle passait toutes ses journées entourée de mariées, elle possédait un radar à bagues – en général, parce que celles-ci lui fournissaient une bonne indication du budget du mariage – et cette bague-là ne faisait pas exception.

Elle eut un hoquet de surprise et prit la main de Kelly pour l'étudier de plus près pendant une fraction de seconde, avant de la serrer fort dans ses bras.

– Je le savais. Je savais que c'était l'homme de ta vie.

– Avec une bague pareille, c'est aussi l'homme de ma vie, rétorqua Anouk d'un ton pince-sans-rire, avant d'envoyer un baiser délicat à Kelly depuis l'autre côté de la table. Comment as-tu fait pour ne rien dire jusqu'ici ? Nous sommes ensemble depuis près de deux heures.

– Je dois avouer que j'ai failli craquer. Mais c'était important de nous concentrer d'abord sur le « challenge » – elle prononça ce mot avec l'accent français d'Anouk – de Cassie. D'ailleurs, Cassie, ne crois pas que je n'ai pas remarqué ton overdose de glucides.

Cassie s'arrêta de mâcher.

– J'ai un petit creux, se justifia-t-elle, les joues aussi replètes que celles d'un hamster.

– Comment a-t-il fait sa demande ? s'enquit Suzy, désireuse de connaître tous les détails.

L'un des aspects qu'elle adorait le plus dans son travail était d'entendre les histoires de fiançailles – ce dont les gens étaient capables par amour. Archie s'était montré particulièrement inventif : il avait fait en sorte que « Veux-tu m'épouser, Suzy ? » soit écrit avec des coquillages au fond de l'océan Indien, avant qu'ils ne partent faire de la plongée ensemble. Cela avait failli tourner au drame, bien entendu, car il eut du mal à retrouver l'endroit exact et ils avaient épuisé presque tout leur oxygène à force de tourner en rond dans la même zone. Suzy en avait piqué une colère sous-marine. Heureusement, tout s'était bien terminé. Comme toujours.

Kelly raconta comment Brett avait demandé conseil à Cassie pour la bague et comment celle-ci avait eu l'idée de la cacher dans le rôti de cinq volailles. Pendant ce temps, Anouk, après avoir sorti une loupe de son sac, inspectait la bague d'un œil professionnel.

– Hmm… Il a bon goût, ton homme, commenta-t-elle une fois que Kelly eut fini de raconter et Suzy de s'extasier.

Toutes deux avaient les larmes aux yeux et la main sur le cœur. Cassie, pour sa part, continuait de manger.

– Diamant coussin, quatre pointes… Trois carats, je dirais. Couleur D, non ?

Kelly poussa un soupir de stupéfaction.

– Je ne comprendrai jamais comment tu peux déduire tout cela d'un simple coup d'œil.

Elle fixa sa main telle Cendrillon qui attend que l'horloge sonne minuit et que tout redevienne comme avant.

– C'est mon travail. J'ai des diamants à Paris qui feraient de magnifiques boucles d'oreilles assorties. Est-ce que j'en parle à Brett quand on le rencontrera ?

– Tu ne perds pas de temps !

– Et quand allons-nous faire sa connaissance ? demanda Suzy. Nous avons déjà rencontré le copain de Cassie. D'ailleurs, Kelly, tu ne nous as jamais dit qu'il était beau comme un dieu. Ce n'est pas étonnant qu'elle soit tout le temps collée à lui.

Suzy tapota la main de Cassie.

– Vous le verrez ce soir. Il travaille aujourd'hui, mais je nous ai réservé une table pour le dîner au *Landseer's* et, après, on ira au *Mischka*. Il y aura Bas aussi. Il faut que vous rencontriez tout le monde.

– Je suis impatiente. Franchement, on dirait que vous avez une vraie petite famille ici, observa Suzy, qui se tourna vers Cassie avec une expression proche de l'inquiétude. Ça va être difficile pour toi de partir, non ?

– Oh, euh… Enfin, je n'ai pas vraiment… J'essaie de ne pas trop y penser, répondit Cassie d'un ton un peu sec, prise au dépourvu.

C'était vrai, partir serait difficile. Elle prenait ses habitudes ici, ce qu'elle n'avait pas envisagé en arrivant. Chaque fois qu'elle essayait de s'imaginer dire au revoir à Kelly, Bas et Luke, son cerveau se figeait et refusait de s'aventurer dans cette voie. Elle ne se voyait pas plus tout recommencer à Paris que de partir en expédition au pôle Nord.

– Mais regarde autour de toi, tu as une carrière ici, enchérit Anouk.

– Très précaire, marmonna Cassie, en jetant un regard anxieux à Kelly.

– Et un nouveau copain. Et puis, il y a Kelly et Bas. Ça fait beaucoup de choses auxquelles tu vas devoir renoncer, commenta Anouk en haussant les épaules.

– On dirait que tu n'as pas envie que je vienne chez toi, rétorqua Cassie, avec un petit rire.

– Pas du tout. Si ça ne tenait qu'à moi, tu t'installerais définitivement à Paris. Mais tu sembles heureuse ici. Je me demande combien de fois tu peux repartir de zéro, c'est tout.

Un silence se prolongea pendant que Cassie digérait ces paroles. Anouk avait raison : les ingrédients d'une vie épanouie se mettaient en place, et son bonheur avec Luke commençait à déborder du petit cocon qu'elle leur avait créé.

– Eh bien, déjà, le fait que je reste ici ne figure pas sur la liste de Henry, affirma Cassie, en prenant le parti de l'humour. C'est écrit que je dois aller à Paris quoi qu'il arrive.

– Ce truc ? Mais ce n'est qu'une liste de défis idiots. Pour l'amour de Dieu, n'écoute pas Henry ! s'écria Suzy, qui en tomba presque de sa chaise. Franchement, pourquoi accorder du crédit à ses paroles ?

– Pardon ? Vous venez de traverser l'Atlantique pour me voir faire une des choses de cette liste. C'est vous qui lui accordez du crédit. Et puis, Henry a roulé sa bosse. Je fais confiance à son jugement.

– Son ju… !

Suzy recracha son café.

– Ma belle, tu as manifestement oublié ce qu'il a fait à nos vêtements quand nous avons pris un bain de minuit dans l'étang de mes parents, à leur vingtième anniversaire de mariage. On ne peut pas lui faire confiance, pas du tout.

Anouk, Kelly et Cassie gloussèrent en se remémorant ce souvenir : elles avaient traversé la terrasse sur la pointe des pieds, en claquant des dents, leur pudeur uniquement protégée par les coussins des transats.

– Mince, tu as absolument raison, ricana Cassie, en se donnant une tape désespérée sur le front. Je ne sais pas à quoi je pensais.

– C'est le loup déguisé en agneau, ajouta Anouk d'une voix traînante.

Les quatre amies furent amusées par ce souvenir commun.

– Comment va-t-il d'ailleurs ?

Suzy mangea une bouchée de son gâteau à la pêche.

– Euh, hmm… Les choses ne se passent pas très bien pour lui, puisque tu le demandes. Il est un peu stressé ces derniers temps.

Kelly fronça les sourcils.

– Cela a un rapport avec son expédition ? Est-ce que je peux l'aider en quoi que ce soit ?

Elle semblait avoir oublié qu'elle ne travaillait plus pour Breitling.

– Oh non, je suis sûre qu'il va bien. C'est juste qu'il a un peu trop de choses à gérer en même temps, vous voyez. Entre l'expédition et le mariage. Il doit tout régler avant son départ en avril, et nous savons toutes que l'organisation n'est pas son fort.

– J'imagine que tu organises leur mariage ? demanda Kelly.

– En théorie, oui. Mais Lacey semble vouloir s'occuper de pratiquement tout. Henry se charge de leur lune de miel et Anouk des alliances.

– Ah oui ? fit Cassie en se tournant vers Anouk.

– Bien entendu. Elles seront en or rose. Vingt-deux carats. Une merveille de pureté.

– Ouah, on dirait qu'il fait tout « en famille », marmonna Cassie.

Avec Kelly qui avait aidé pour le financement de son expédition, Cassie se demanda comment elle pouvait à son tour apporter sa contribution, mais, comme toujours, elle semblait n'avoir rien à offrir.

Chapitre 19

New York était en proie à l'hiver, et des nuages tempétueux obscurcissaient le ciel du réveillon de Noël. La splendeur palpitante et étincelante de l'automne, qui teintait la ville de toutes les nuances de doré, d'ambre, de caramel et d'ocre, avait été chassée par les vents du nord, et tout ce qui en restait était un squelette décharné. Les arbres étaient dépouillés jusqu'à leur tronc robuste, les feuilles mortes qui jonchaient le sol étaient toutes friables, le ciel était d'un gris menaçant et lourd de neige non déversée.

Main dans la main, Cassie et Luke montèrent d'un pas trottinant les larges et grandes marches de la bibliothèque, entre les gigantesques lions et les larges colonnes de marbre, impatients de s'abriter de l'air glacial.

– Pourquoi devons-nous venir ici déjà ? demanda Luke lorsqu'ils entrèrent et que la chaleur de la bibliothèque les enveloppa telle une couverture.

Cassie sourit et posa une main sur son bras.

– Parce que c'est sur la liste.

– Je ne comprends pas en quoi cette liste est si importante.

– C'est une aventure, pour découvrir les dessous de la ville. Tu sais, pour sentir son pouls. Et puis, c'est grâce à cette liste que toi et moi sommes ensemble. Tu devrais lui montrer plus de gratitude, affirma Cassie, en embrassant Luke pour l'amadouer.

– D'accord. Au moins, il fait bon ici, commenta-t-il en se frottant les mains.

– Heureusement !

Elle fouilla dans sa poche et sortit la liste, qui était à présent aussi friable que les feuilles mortes de la ville.

– Bon. C'est écrit que je dois demander Robin et lire *Un chant de Noël.*

Elle regarda Luke et fit la grimace.

– Je ne pense pas que Henry entende par là le livre en entier.

– Je n'espère pas ! Je dois terminer mes achats de Noël. Tu n'aurais pas pu faire ça un autre jour ? se plaignit Luke, qui s'avança et admira le plafond haut et doré.

– Absolument pas. Mon père me lisait toujours ce livre le jour du réveillon de Noël. C'est une tradition.

Cassie admira l'imposant monument. La bibliothèque serait prochainement centenaire, et Cassie pouvait pratiquement sentir le poids de l'histoire qu'elle renfermait. L'air y était différent en quelque sorte, plus épais, et le son semblait se propager autrement : il amplifiait le bruissement des pages tournées, le murmure des conversations chuchotées, le « chtoc » étouffé des livres posés sur une table.

– Viens, allons nous renseigner à l'un de ces bureaux.

Cassie avança, en continuant de fixer le plafond. Les peintures qui l'ornaient donnaient l'impression de regarder le ciel.

– Mince alors, cet endroit est vraiment immense. Nous pourrions passer la journée ici.

La salle de lecture paraissait aussi vaste qu'un pâté de maisons, avec d'innombrables rangées de tables.

– Il y a peu de chances, répondit Luke, tout en donnant à Cassie une petite tape sur les fesses.

Ils s'approchèrent de l'une des arches en bois, au pied de laquelle se trouvaient les bureaux des bibliothécaires. Un homme chauve dans la quarantaine travaillait devant un écran.

– Bonjour, dit Cassie en souriant. Je cherche Robin.

Elle espérait que cette information serait suffisante. Henry n'avait indiqué aucun nom de famille.

Le bibliothécaire la fixa, légèrement surpris par cette requête.

– Et vous êtes… ?

– Euh, je m'appelle Cassie, mais il ne me connaît pas.

– Robin est le chef archiviste des livres rares, madame. Il est très occupé. Peut-être puis-je vous aider ?

– Eh bien… C'est écrit expressément de demander Robin. Sur ma liste, voyez-vous.

Elle la lui montra faiblement, consciente que son bout de papier ressemblait davantage à une liste de courses qu'à un billet pour le cœur de New York.

– Peut-être que si vous lui dites que Henry Sallyford m'envoie… Ils doivent se connaître, précisa-t-elle en haussant les épaules, pleine d'espoir.

L'homme hésita une seconde, sa respiration impatiente, puis il décrocha son téléphone.

– Robin, c'est Doug. J'ai une dame qui demande à te voir. Elle dit qu'elle a été envoyée par…

Il mit sa main sur le combiné et leva un sourcil interrogateur.

– Henry Sallyford, murmura Cassie.

– Un certain Henry Sallyford. Hein, hein… Hein, hein… D'accord.

Il raccrocha et releva la tête, ses yeux balayant Cassie de la tête aux pieds avec curiosité.

– Il arrive.

– Oh, d'accord, merci, dit Cassie avec reconnaissance.

Elle enfonça ses mains dans ses poches et se détourna du regard insistant de cet homme. Luke et Cassie patientèrent quelques minutes et observèrent les gens aller et venir, soit se préparant à affronter le froid, soit soulagés de s'y dérober.

– Bonjour, Cassie.

Elle se retourna. Un homme dégingandé, grand, dans la trentaine, avec un carré long, lui souriait.

– Je suis Robin.

– Bonjour. Enchantée.

Cassie lui serra la main.

– Voici mon ami Luke.

Elle aperçut Luke lui lancer un coup d'œil. Hormis la fois où sa langue avait fourché avec les filles, elle refusait catégoriquement de le présenter comme son petit ami.

– Merci beaucoup d'être venu, dit-elle, soudain un peu gênée d'interrompre le travail de quelqu'un pour une histoire de liste. Euh, cela va sans doute vous paraître complètement fou, mon ami Henry Sallyford m'a suggéré de venir ici et de demander après vous…

– Oui. Il m'a prévenu de votre venue.

– Ah bon ?

– Oui. Suivez-moi.

Ils retournèrent vers le bureau du bibliothécaire à qui Cassie s'était adressée, et Robin écrivit quelque chose sur un bout de papier.

– Je te remercie, Doug, dit-il, en tendant la feuille à son collègue.

Doug examina le papier, puis inclina la tête comme pour vérifier deux fois la demande.

– Si vous voulez bien..., les invita Robin.

Il les conduisit vers une porte et composa un code, qui ouvrit l'accès à une cage d'escalier.

– J'espère que vous avez des chaussures adaptées, fit-il remarquer, en regardant les bottes de Cassie (par chance, elle mettait des bottes fourrées maintenant que les trottoirs étaient verglacés). Il y a un peu de marche.

– Oh, croyez-moi, ma condition physique s'est considérablement améliorée depuis que je vis à New York – grâce à Henry, précisa Cassie, en ricanant.

– Il vous a envoyé faire des chasses au dahu dans toute la ville, c'est ça ? plaisanta Robin, tout en faisant descendre à Cassie et Luke des volées d'escaliers les unes après les autres.

– On peut dire ça.

Ils descendirent encore et encore, avant d'aboutir à une énorme salle.

– Ouah, où sommes-nous ? s'étonna Cassie.

– Nous sommes dans les réserves, sous le Bryant Park.

– Je n'en reviens pas de ne pas avoir pris mon appareil photo, marmonna Luke, alors qu'ils passèrent devant des rangées et des rangées d'allées sombres et étroites, toutes remplies de livres. D'habitude, je ne sors jamais sans.

– Je crains que cela n'ait pas été possible de toute façon, commenta Robin. Ces rayons sont fermés au public et un grand nombre de ces livres doivent être conservés dans des conditions particulières. La lumière des appareils photo peut gravement les abîmer.

– Combien de livres y a-t-il ? se demanda Cassie à voix haute.

Ce sous-sol exigu était tellement différent de l'espace spacieux et voûté de la salle de lecture grandiose. Des chariots chargés de livres attendaient dans certaines allées, et une affiche des règles de la bibliothèque, qui datait de 1921, était encore punaisée sur un mur.

– Au total ? Environ cinq millions.

– Ouah ! Ne me dites pas qu'ils doivent tous être époussetés ? railla-t-elle.

– Eh bien, ce n'est pas dans ma fiche de poste.

Ils continuèrent d'avancer. Il y avait littéralement des kilomètres d'étagères autour d'eux, et chaque rangée paraissait identique aux autres. Cassie se demanda comment Robin se repérait avec autant de facilité.

– Alors, comment connaissez-vous Henry, Robin ? l'interrogea-t-elle, en laissant ses doigts traîner légèrement sur le dos de certains livres.

Luke était quelques pas en arrière.

– Oh, nous nous sommes croisés à de multiples reprises. Il trouve et nous collectionnons. Un grand nombre de ses clients sont aussi nos mécènes. Je le vois souvent à des ventes aux enchères.

Robin s'arrêta devant une étagère quelconque.

– Bon, il devrait être… Oui ! Le voilà.

Ils s'approchèrent d'un petit bureau placé au milieu de l'une des allées. Une lampe de bureau était déjà allumée et un livre à la reliure en cuir marron était posé dessus. Plusieurs paires de gants en coton étaient sur la table.

– Tenez, vous devez mettre ça, indiqua Robin, en leur tendant une paire à chacun.

– Pourquoi ? s'enquit Cassie en enfilant les gants.

– Il s'agit d'une édition originale. Elle a cent soixante-huit ans. Charles Dickens lui-même s'en est servi pour des lectures publiques.

– Mais non ! s'exclama Cassie, en fixant les pages centenaires.

– Si, si. C'est un privilège extrêmement rare. Seule une petite poignée de personnes ont eu accès à ce livre.

– Et Henry en fait partie ? demanda Cassie d'une voix incrédule.

– Eh bien, comme je vous l'ai dit, c'est un vieil ami. Et il nous a aidés à acheter les notes de terrain que Charles Darwin a prises aux Galàpagos et qui n'ont jamais été publiées. Je suis très heureux de lui rendre ce service.

– Ça alors !

– Allez-y, asseyez-vous.

Cassie prit place prudemment sur la chaise.

– Oh, j'adore cette odeur ! s'enthousiasma-t-elle, en humant la vieille odeur de renfermé du livre. Rien ne me plaît plus que d'aller chez un bouquiniste pour y sentir les pages.

– Oui. Je vois de quoi vous voulez parler.

– Les livres récents n'ont pas cette odeur, pas vrai ? Ce doit être lié à la qualité du papier, à la technique d'impression, ou quelque chose comme ça.

– Les deux. Mais c'est aussi ce qu'on appelle les COV : les composés organiques volatils. En réalité, c'est l'odeur de la décomposition du papier.

– Oh non, déplora Cassie, en contemplant le livre ancien.

– Ne vous en faites pas. Les conditions de conservation de ce livre sont strictement contrôlées. Vous pouvez en lire quelques pages si vous le souhaitez.

– Vraiment ?

– Oui. Prévenez-moi seulement quand vous voulez que je tourne la page.

Cassie baissa les yeux, mais elle n'eut pas besoin de lire pour savoir ce qui était écrit.

– « Marley était mort, pour commencer. Là-dessus, pas l'ombre d'un doute », psalmodia-t-elle, les yeux fermés.

La voix de son père résonnait dans sa tête. Il lui lisait toujours un chapitre chaque soir précédant le réveillon de Noël, quand elle retournait à Hong Kong pour les vacances. Cassie entendait encore les intonations qu'il prenait. C'était cela Noël pour elle.

– C'est le meilleur incipit qui existe d'après moi, commenta-t-elle, en jetant un coup d'œil à Luke. Est-ce que tu l'as déjà lu ?

Il répondit non de la tête et elle rebaissa les yeux sur le livre, déçue. Elle lut le premier chapitre, en se retenant de le parcourir à toute vitesse, bien qu'elle eût le sentiment de faire attendre Luke.

Mais assez rapidement, elle eut terminé sa lecture.

– Merci mille fois, Robin, dit-elle enfin, en se renversant contre le dossier de la chaise. Je ne peux pas vous dire quelle joie c'est pour moi de voir ce livre. De savoir que Dickens lui-même l'a touché.

Elle posa doucement ses mains gantées sur les pages, comme pour communier avec les mots.

– Quand je vais raconter cette histoire à ma mère !

Cassie regarda Luke, qui était appuyé contre un pilier.

– Tu imagines, nous faisons partie des rares personnes de toute cette ville qui ont eu la chance de venir ici !

Luke hocha laconiquement la tête.

– C'est une sacrée liste que nous avons là, dit-il à contrecœur.

– Carrément.

Cassie se leva et tendit sa main au bibliothécaire.

– Merci beaucoup pour votre temps, Robin. Je suis sûre que vous avez mieux à faire que de jouer les guides pour une touriste anglaise.

Robin secoua la tête, en riant.

– Pas de souci. C'est toujours intrigant de participer aux aventures de Henry.

Il sourit, serra la main de Cassie, puis celle de Luke.

– Avant que je n'oublie, il m'a demandé de vous remettre ceci.

Il tendit une petite enveloppe blanche carrée. À l'intérieur se trouvait une carte de Noël représentant un rouge-gorge coiffé du chapeau de Robin des Bois. Cassie l'ouvrit et lut le message.

– Oh là là, murmura-t-elle, avant de regarder Luke.

– Quoi encore ? fit-il, la crainte pendant de ses mots comme des toiles d'araignées.

Cassie lui montra la carte.

C'était ton Noël du passé.
Pour le présent, va à *Tiffany* sur la Cinquième.
L'expérience new-yorkaise par excellence.
Je t'embrasse.
Henry

– Le présent… Tu crois qu'il y a un jeu de mots et qu'il m'a fait un cadeau ? demanda Cassie, tout excitée.

– Non, répondit platement Luke.

Elle se dégonfla comme un pneu éclaté.

– Oh. Pourquoi non ?

– Parce que tu as dit que c'était un simple ami.

– C'est vrai.

– Je n'achète pas de cadeau à *Tiffany* pour mes amis, Cassie.

– Tu n'achètes pas non plus de cadeau à *Tiffany* pour tes petites amies, le taquina-t-elle. Mais tu peux y remédier pendant que nous serons là-bas, si tu veux !

Cassie passa son bras dans celui de Luke.

– Ça ne me plaît pas, bougonna-t-il à voix basse.

La jalousie jaillissait de lui comme des étincelles.

– Ce n'est qu'un vieil ami et, en plus, il est fiancé, le rassura Cassie pour la énième fois, tout en jetant un coup d'œil à sa montre. Et puis, si tu voyais sa fiancée. En fait, elle a même sans doute posé pour toi.

Cassie serra de nouveau la main de Robin et s'éloigna rapidement à travers les rayons, bien décidée à atteindre la cinquième avenue avant que le magasin ne ferme pour Noël.

***

À leur arrivée, il ne restait plus qu'une demi-heure avant la fermeture, mais c'était aussi noir de monde que le premier jour des soldes. Chaque comptoir était bondé, principalement par des hommes avec d'épais pardessus en cachemire et des expressions pensives. Ceux-ci effectuaient des achats coûteux de dernière minute, dans l'espoir que l'effet produit par la boîte signature de l'enseigne, au bleu si reconnaissable, compense leur manque d'originalité.

– Et maintenant ? demanda Luke, qui s'arrêta aussitôt après avoir passé l'entrée.

Il boudait, contrarié que sa petite amie et lui se rendent pour la première fois dans ce magasin légendaire sur les instructions d'un autre homme – même s'il ne s'agissait que d'un « simple ami ».

– Je ne sais pas trop, répondit Cassie, tout en observant les lieux.

Le magasin ressemblait en tout point à ce qu'elle avait vu dans les films : les vitrines en merisier et les comptoirs vitrés qui brillaient sous les lumières, un sapin de Noël colossal au fond du magasin, avec des paquets joliment disposés tout autour de son pied. C'était l'illustration parfaite du glamour flamboyant de la société new-yorkaise.

– Je suppose que… nous devrions nous mêler à la foule. Vivre cette expérience.

Luke jeta à Cassie un regard perplexe, mais elle se contenta de hausser les épaules. Étant originaire de la ville, il ne voyait pas les choses de la même façon qu'elle. C'était simplement un magasin, sur le point de fermer pour les fêtes de Noël. Mais pour Cassie – pour qui achats de Noël rimaient avec nouveaux pull-overs en laine d'Écosse –, c'était là l'incarnation de tous ses fantasmes citadins. Derrière elle, une chorale de Harlem entonnait des chants de Noël sous un flocon de neige géant en cristal de Baccarat. Devant, le personnel allait et venait, offrant des flûtes de champagne et des truffes au chocolat aux badauds. Cassie se sentit aussi imprégnée de la joie de Noël qu'un baba au rhum.

Luke haussa les épaules et s'éloigna, préférant flâner de son côté, et Cassie s'efforça de ne pas le regarder. Elle plaisantait quand elle avait évoqué le fait qu'il lui achète un cadeau ici ; après tout, son cadeau était sans doute déjà prêt. À moins que Luke ne soit comme ces dizaines d'hommes, qui s'en préoccupaient à la dernière minute…

Cassie déambula lentement dans le magasin et jeta un coup d'œil aux vitrines desquelles elle parvenait à s'approcher. Une vendeuse lui proposa un verre de champagne, qu'elle accepta aussi volontiers que si elle était avec des amis. Elle admira les manchettes Bone en argent brillant d'Elsa Peretti, les bagues aux cabochons chatoyants de Paloma Picasso, les diamants vendus au mètre, les colliers en or dont les mailles formaient comme un drapé de velours et, bien évidemment, les célèbres bagues de fiançailles qui resplendissaient comme les joyaux de la couronne au centre du magasin.

Peu à peu, l'heure de la fermeture approchant, la foule s'éclaircissait, et Cassie chercha Luke du regard. Elle le vit étudier un plateau à fromages ceint d'un ruban ; elle espéra du fond du cœur qu'il le destinait à sa mère.

Elle accepta une seconde coupe de champagne et avança lentement vers le sapin de Noël géant pour attendre Luke et écouter les chants de Noël. La chorale était réellement excellente. Cassie était déterminée à savourer la moindre miette de ce Noël à New York.

Elle admira le sapin, à peu près la seule chose dans le magasin qu'elle n'avait pas encore examinée. Il était grand et bien fourni, et des paquets vides de toutes les tailles étaient empilés tout autour du pied, ornés de somptueux nœuds en satin blanc. Cassie eut l'impression d'être dans un rêve, et elle aurait aimé avoir une robe de soirée et un chignon, plutôt qu'un jean et un...

Elle cligna des yeux et regarda plus attentivement, puis cligna une nouvelle fois pour en avoir le cœur net. Mais ses yeux ne la trompaient pas : là, sous le sapin, un énorme paquet entouré d'un ruban, de ce joli bleu caractéristique du magasin, portait une carte à son nom.

Cassie se pencha et le fixa de plus près. C'était impossible ! Et pourtant, si. C'était bel et bien son nom.

Cassie Fraser.

Elle regarda furtivement autour d'elle (ce qui mit sans doute le service de sécurité en alerte maximale) et alla chercher le paquet.

Aussitôt, un homme apparut à côté d'elle. Il ne dit rien, ni ne fit un scandale ; il avait les mains derrière le dos, le menton relevé, les yeux droit devant lui. Il était évident néanmoins que Cassie n'irait nulle part avec ce paquet.

– Il est interdit de toucher à la décoration, madame.

– Je vous demande pardon, s'excusa Cassie d'un air contrit, presque en chuchotant. Mais j'ai été surprise. Voyez-vous, c'est mon nom, se justifia-t-elle en indiquant l'étiquette. C'est moi !

L'homme ne regarda pas. Ses yeux étaient toujours rivés sur l'étage devant lui.

– Vous êtes Cassie Fraser ?

– Oui ! confirma-t-elle dans un murmure pressé, en ayant le sentiment d'être une espionne.

– Pouvez-vous me le prouver avec une pièce d'identité, madame ?

– Oui, bien entendu.

Elle se mit à chercher son portefeuille dans son sac. Elle en sortit ses cartes bancaires et son permis de conduire.

– Vous voyez ?

L'homme la regarda enfin. Ses yeux se portèrent de nouveau sur le nom sur les cartes, puis un sourire se dessina sur son visage.

– Nous craignions que vous n'arriviez pas à temps. Nous avions chargé quelqu'un de vous guetter toute la journée.

– Ah bon ?

Cassie était stupéfaite. *Tiffany* l'attendait ?

– Oh oui ! Le jeune homme a insisté pour que vous ne passiez pas inaperçue. Vous nous avez fait une belle frayeur. Je n'avais aucune envie de lui téléphoner pour lui annoncer que vous nous aviez échappé.

Le vendeur poussa un soupir de soulagement et adressa à Cassie un grand sourire.

– Laissez-moi vous mettre cela dans un sac.

Il prit la boîte et conduisit Cassie vers le comptoir au centre du magasin. Un lustre gigantesque l'enveloppa de son éclat, pendant qu'elle observa le vendeur se servir d'une longueur démesurée de ruban et donner au paquet une seconde dose de fioritures extravagantes, de sorte qu'il chatoyait avec ses liens de satin. Il le glissa dans le plus grand sac qu'ils devaient avoir et le tendit à Cassie.

– Merci d'avoir choisi *Tiffany* pour Noël.

Cassie eut le souffle coupé, à peine capable de croire que cet homme allait réellement lui remettre ce sac. À cet instant, Luke s'approcha, avec un sac plus modeste à la main. Ses yeux sortirent de leur orbite dès qu'il aperçut le paquet de Cassie.

– Ne me dis pas qu'il t'a offert ce truc ! s'exclama-t-il avec jalousie.

– C'était sous le sapin ! s'écria-t-elle, comme si ce détail rendait le cadeau encore plus fabuleux, en plus du fait qu'il soit absolument énorme et provienne de *Tiffany*.

– Tu m'as dit qu'il était fiancé ! protesta Luke, furieux. J'ai l'impression qu'il ne pense pas vraiment à sa fiancée ce Noël-ci.

– Oh Luke, tu n'as aucun souci à te faire, le rassura Cassie, tout en serrant son bras d'un air excité. Tu n'as pas vu sa fiancée. Même moi, je l'épouserais.

Elle se tourna vers le vendeur.

– Merci mille fois pour votre aide.

– C'est un plaisir, madame, répondit-il, amusé par l'enthousiasme de Cassie. Joyeux Noël !

– Joyeux Noël à vous aussi, lui lança-t-elle gaiement.

L'homme sourit et observa Cassie s'éloigner, le sac se balançant dans sa main, et son petit ami faisant la moue à ses côtés.

***

Cassie n'avait aucune envie d'attendre le lendemain pour déballer son cadeau. C'était hors de question. Dès qu'ils arrivèrent au loft, elle le posa tout excitée sous le sapin et se mit à faire les cent pas, comme si elle était une malade mentale. Il était tellement gros ! Mais si léger ! Et si bleu ! Qui pouvait résister à ce bleu ? De quoi pouvait-il s'agir ?

– Tu sais, quand j'étais jeune, nous ouvrions toujours un cadeau le soir du réveillon, mentit Cassie, en se glissant près de Luke qui leur préparait un cocktail.

– C'est une tradition scandinave, répondit-il, les yeux plissés, même s'il était tout aussi curieux qu'elle de découvrir le contenu de cette boîte géante.

– Ah bon ? fit-elle d'un air innocent.

– Oui.

– Eh bien, nous… avons toujours admiré la Scandinavie.

– Vraiment ? Depuis Hong Kong ?

– Oh, ouiiiii. On adore… Ikea ! Et Papa a toujours conduit des Volvo ! bredouilla Cassie, ravie de sa logique.

– Dans ce cas, ouvre le mien.

Le visage de Cassie se décomposa, mise au pied du mur par Luke.

– Oh, d'accord ! Très bien ! Ouvre-le alors ! Tu vas nous rendre dingues tous les deux si tu ne le fais pas.

Fébrile, Cassie tapa dans ses mains et poussa un petit cri. Elle courut récupérer le paquet sous le sapin.

Ils s'assirent sur le canapé. Cassie tira doucement sur les rubans, qui se défirent facilement. Elle souleva le couvercle de la boîte, puis jeta un coup d'œil à l'intérieur.

Impassible, Luke observa le visage de sa petite amie.

– Alors ? Qu'est-ce que c'est ? Un bébé hippopotame ? Une pelleteuse ?

– C'est…

Cassie plongea ses bras à l'intérieur de la boîte.

–… Une autre boîte, murmura-t-elle, en sortant un plus petit carton, mais toujours assez volumineux.

Luke haussa les sourcils de surprise – ou peut-être de soulagement, songea Cassie. Une nouvelle fois, elle tira sur les rubans. Sa petite dent blanche mordait sa lèvre inférieure, pendant qu'elle retirait le couvercle.

Nouveau silence.

– Alors ?

Luke donnait l'impression de vouloir déchirer lui-même ces maudits paquets.

Cassie le regarda.

– Encore une autre boîte.

Un petit sourire de satisfaction s'esquissa doucement sur le visage de Luke, devant ces boîtes qui révélaient une autre boîte plus petite.

– Peut-être qu'il t'offre simplement des boîtes pour Noël ! railla-t-il.

Enfin, Cassie sortit ce qui devait être la dernière boîte. Elle la tenait dans la paume de sa main. Tous deux se doutèrent de quoi il s'agissait. Les boîtes – il devait y en avoir douze – ne pouvaient pas être de plus petite dimension.

Cassie l'ouvrit lentement et un spasme de crainte contracta le visage de Luke. La boîte faisait la taille d'une bague.

– Oh ! s'exclama Cassie. C'est un collier !

Le soulagement envahit le visage de Luke et cette annonce fit naître chez lui un sourire rayonnant.

– Montre-moi.

Elle tourna l'écrin dans sa direction. Un cadenas en argent, du genre de ceux qu'on voit sur les bracelets à breloques des jeunes filles, était accroché à une fine chaîne.

– Oh, fit Luke, en hochant vaguement la tête. Sympa.

– C'est magnifique, se réjouit Cassie, en prenant le bijou dans ses mains. Tu veux bien me le mettre ?

Elle souleva ses cheveux et Luke passa le collier autour de son cou. Le cadenas était lourd sur la chaîne. Cassie voulut le prendre dans sa main, mais il tomba.

– Oh !

Elle se pencha pour voir où il était tombé. Elle le retrouva et tenta de le raccrocher à la chaîne, mais, même l'arceau fermé, il ne tenait pas. Elle le retira et étudia le mécanisme. Il y avait un trou de serrure, comme pour un vrai cadenas.

– Y a-t-il une clé dans la boîte ? demanda-t-elle.

Luke vérifia.

– Non. Pourquoi ?

– Euh… Je n'arrive pas à le faire tenir. On dirait qu'il faut une clé.

Luke regarda de nouveau dans la boîte, mais elle ne contenait aucune clé.

– Il n'y a rien, constata-t-il avec un haussement d'épaules, puis il prit le cadenas pour l'examiner à son tour.

– Pff, c'est dommage. Je vais devoir retourner là-bas après Noël pour qu'ils me l'échangent.

– Je ne suis pas sûr que ce soit possible, indiqua Luke au bout d'une minute. Il y a une sorte de message personnalisé au dos.

– Ah bon ? s'étonna Cassie, qui se pencha vers Luke. Qu'est-ce qui est écrit ?

Il plissa les yeux.

– Ça n'a aucun sens. « Maiden's Blush » t'évoque-t-il quelque chose ? demanda-t-il en regardant Cassie.

– Maiden's Blush ? Non ! Je n'ai vraiment aucune idée de ce que ça signifie.

– La vierge rougissante… Ça a un côté médiéval.

Cassie réfléchit à ces mots. S'agissait-il du titre d'un livre ? D'une chanson de leur adolescence peut-être ? Mais cela ne lui rappelait rien. Elle ne voyait pas quelle pouvait être l'allusion.

À côté d'elle, Luke se mit à rire.

– Quoi ? Qu'y a-t-il de si drôle ? s'agaça légèrement Cassie.

Elle sentit la déception monter en elle ; après cette chasse au trésor et l'excitation provoquée par ces boîtes enchâssées les unes dans les autres, la piste l'avait menée à un cadenas défectueux et un message énigmatique.

– Je viens de penser que peut-être..., s'écria Luke, sous l'effet de l'hilarité. Tout tourne autour de jeunes filles et de cadenas ! J'espère sincèrement que la prochaine étape ne sera pas une ceinture de chasteté !

Chapitre 20

– Alors, qu'est-ce que tu as eu comme cadeaux ? s'enquit Cassie.

Le pyjama de Luke tombait amplement sur ses épaules et ses mains étaient enroulées autour d'une tasse d'un thé « réveille-moi doucement, je ne suis pas du matin ». C'était le souci avec Skype. Il fallait s'habiller pour passer un appel.

– Eh bien, Archie a été très, très vilain, répondit Suzy avec un grand sourire. Je lui avais pourtant dit de ne pas trop dépenser pour moi.

Elle se pencha vers l'écran et ajouta en murmurant :

– Tu avais raison, les Post-it ont fonctionné à merveille !

Elle arborait une nouvelle robe crème Temperley, avec des broderies dorées et des manches à volants. Il était quatorze heures trente à Londres et, derrière Suzy, la télévision était allumée avec le son coupé, dans l'attente du discours de la reine. En arrière-plan, Cassie avait des aperçus du Noël des Sallyford : Lacey déambulait dans la pièce, exquise dans une robe rose en mousseline de soie ; Hattie disposait les fleurs sur la table ; Henry faisait s'entrechoquer des bouteilles, une couronne en papier violet de travers sur le crâne ; quant à Archie, il passait de temps à autre la tête par la porte, le visage rouge, des armes de découpe à la main.

– Et toi ?

– Kelly et moi avons échangé nos cadeaux pratiquement à l'aube ce matin. Elle passe la journée avec la famille de Brett, pour qu'ils puissent discuter des préparatifs du mariage tous ensemble. Et tu ne vas pas le croire : on s'est offert exactement le même foulard Louis Vuitton !

– Non !

– Et si.

– Vous devenez des siamoises !

– N'était-ce pas le but après tout ? J'imagine que je suis une New-Yorkaise accomplie à présent.

– Jamais je n'aurais cru voir cela un jour, commenta Suzy, en secouant la tête. Attends un peu de venir à Londres. On te fera vite oublier le noir pour les imprimés !

– Et je mangerai des glucides, j'espère !

– Absolument ! Attends un instant. Quoi ? demanda Suzy, en se tournant vers quelqu'un dans son dos. Ah, d'accord. Archie va piquer une crise en cuisine, expliqua-t-elle à Cassie avec une grimace. La dinde est encore vivante ou je ne sais quoi. Je vais devoir te laisser.

– Bien sûr. Je te souhaite un joyeux Noël, ainsi qu'à toute la famille !

Cassie prononça ces derniers mots un peu plus fort, dans l'espoir d'attirer l'attention de Henry, mais il avait quitté la pièce. Elle mourait d'envie de le remercier pour le collier – même si celui-ci présentait un défaut, il n'en restait pas moins un cadeau remarquablement généreux. Mais, pour une raison ou une autre, Cassie était gênée de le faire en présence de Lacey.

Hattie roucoula à travers la pièce :

– Au revoir ma petite Cassie ! Viens me rendre visite quand tu seras de retour sur notre bonne vieille île ! Et je te félicite de ne pas t'être laissée marcher sur les pieds par ton infidèle de mari. Quelle buse de tromper une jolie fille comme toi.

– Maman ! la tança Suzy. Ce n'est pas vraiment le moment… Et de toute façon, elle a un petit ami ! Elle est très heureuse.

Suzy se retourna vers Cassie et leva les yeux au ciel d'un air contrit.

– Désolée.

Cassie secoua la tête.

– Pas de souci.

La sonnette retentit.

– Je pense que c'est Luke. Je t'appelle avant de partir pour… tu sais où !

Bas et Luke n'étaient plus les seuls à ne pas supporter d'entendre parler de Paris.

Cassie ouvrit la porte à son petit ami et enroula ses bras autour de son cou. Les mains de Luke enserrèrent sa taille et il l'embrassa langoureusement. Elle l'avait quitté peu après l'ouverture du cadeau de Henry, car elle avait promis à Kelly de passer la soirée avec elle.

– Joyeux Noël, Cassie, lui souhaita-t-il d'une voix rauque, les cheveux toujours ébouriffés par le sommeil. J'aurais bien aimé te prendre en photo au réveil ce matin, soupira-t-il, en passant la main dans la chevelure de Cassie.

– Ce n'était pas un joli spectacle, je peux te le garantir. Kelly et moi avons bu beaucoup trop de vin chaud.

– C'est la plus belle vue qui soit, contesta Luke, avant d'embrasser de nouveau Cassie. Comment va Suzy ?

– Oh, d'humeur toujours aussi jouissive.

– Jouissive, hein ?

Cassie ricana et donna une tape à Luke.

– Petit coquin !

Il commença à déboutonner le haut de pyjama de Cassie – enfin, le sien –, qui avait tendance à glisser de son épaule.

– Hé ! Cette transmission est censée être tout public !

Cassie sursauta. *Qu'est-ce que c'était ?*

– Par ici !

Elle se tourna vers l'ordinateur portable. Skype était toujours ouvert.

– Oh, bon sang ! s'écria-t-elle, en serrant son haut contre elle et en se précipitant vers l'ordinateur. Je pensais avoir coupé.

Henry haussa les épaules.

– De toute évidence non.

– Non.

Un silence s'étira au-dessus de l'Atlantique clapoteux, tandis que Cassie cherchait par tous les moyens à se couvrir.

– Je… Je voulais te parler de toute façon, affirma-t-elle, en parvenant à sourire. Je voulais te remercier pour ceci.

Elle tapota le cadenas qu'elle avait réussi à fixer au collier en le passant dans la chaîne de sûreté. Elle espéra que Henry ne remarquerait pas ce détail. Ce n'était pas de sa faute si le bijou avait un défaut.

– Je l'adore ! Mais c'est mille fois trop généreux, Henry. Tu n'aurais vraiment pas dû.

– Henry ? fit Luke, qui arriva derrière Cassie. Alors, c'est lui ? demanda-t-il grossièrement, en jetant un coup d'œil à l'écran.

Cassie grimaça. Si l'idée de remercier Henry devant Lacey l'avait embarrassée, il ne lui avait pas traversé l'esprit que ce serait pire devant Luke. Les deux hommes se défièrent par écran interposé, exhibant mâchoires saillantes, yeux plissés et hochements de tête virils.

– Luke Laidlaw, le petit ami de Cassie, se présenta-t-il avec une certaine expression de défi. Enchanté.

– Henry Sallyford, marmonna Henry avec le maximum de dignité qu'il put, alors qu'il était coiffé d'une couronne en papier violette.

– Nous nous amusons comme des fous avec ta liste, pas vrai, Cassie ? déclara Luke, en posant une main possessive sur l'épaule de sa petite amie.

Elle confirma d'un signe de tête, mais ce qu'elle désirait réellement, c'était lui flanquer un coup de pied dans les tibias. Son attitude était minable.

– Oui, continua Luke. Nous sommes allés à la bibliothèque hier, puis à *Tiffany*. Ça m'a permis de trouver un cadeau pour ma mère, donc merci.

– Super, commenta Henry.

À son expression, Cassie devina qu'il était furieux que sa liste – des expériences et des pépites qu'il avait partagées avec elle en particulier – soit galvaudée comme un lien YouTube.

Cette conversation empruntée à trois retomba dans un silence grésillant.

– Bon, je ferais mieux d'y aller. Le repas est servi… Joyeux Noël et tout le tintouin.

– Oui, joyeux Noël à toi aussi, Henry. Passe le bonjour à Lacey de ma part.

Il regarda Cassie et hocha brièvement la tête. Puis l'écran devint noir.

– Ça s'est bien passé, affirma Luke, avant de se redresser et de s'éloigner. Je suis content de mettre enfin un visage sur cette liste.

– Oui, murmura Cassie, troublée par cette discussion.

Henry s'était manifestement donné beaucoup de mal pour lui préparer ces surprises de Noël, et ses remerciements en retour avaient été maladroits et inélégants. Elle aurait aimé que ces cinq dernières minutes n'aient jamais existé.

Elle alla d'un pas flâneur dans la chambre, en reboutonnant son haut de pyjama. Luke était déjà dans la pièce, deux boîtes noires – une petite et une grande – à côté de lui sur le lit.

– Ne me dis pas que c'est pour moi, s'étonna Cassie, qui se demanda si leur excursion de la veille n'avait pas déclenché une sorte de rivalité psychotique.

– Ben, ce n'est pas pour Kelly. Viens. Ouvre-les.

Luke se renversa en arrière sur le lit, les chevilles croisées, les bras derrière la tête, un sourire satisfait sur son joli visage.

Cassie tapa dans ses mains, sa gêne oubliée, et courut vers le lit pour retirer les couvercles. À l'intérieur de la plus petite boîte se trouvait une paire de gants en cuir noir, doublés en cachemire et ornés de fourrure de lapin.

– C'est de la fausse fourrure, s'empressa de préciser Luke, devant la réaction de Cassie. Je n'étais pas sûr de ton avis sur le sujet.

Elle passa délicatement la main sur la fourrure.

– Luke, j'ai écorché et cuisiné plus de lapins que tu ne voudrais le savoir, ironisa Cassie, avant d'enfiler les gants.

– Vraiment ?

Il l'observa lever les mains en l'air, tel un modèle de Cecil Beaton.

– Ton ancienne vie paraît… tellement différente.

Luke s'assit et se pencha vers Cassie, comme un enfant qui cherche l'attention de sa mère.

– Crois-tu que nous nous serions plu si nous nous étions rencontrés là-bas ?

Cassie grimaça.

– Il y a peu de chances. Tu m'aurais prise pour une vraie tocarde.

Luke fut amusé par le choix de mots désuet de Cassie – indice qu'elle avait été en effet autrefois une vraie tocarde.

– Et qu'aurais-tu pensé de moi ? Que j'étais un pervers ?

Elle retira un gant pour le lui jeter.

– Change de disque un peu ! Mince, tu ne vas pas me lâcher avec ça. Une remarque pourrie et je dois en entendre parler…

– Jusqu'à la fin de tes jours ? Oui !

Luke se leva d'un bond et prit le visage de Cassie entre ses mains. Ils s'embrassèrent et, pendant quelques instants, oublièrent les boîtes entre eux.

– Vas-y, dit-il, en s'écartant à contrecœur. Tu ferais mieux d'ouvrir ton cadeau avant que je ne décide que nous ne sautions le repas de Noël !

Cassie haussa un sourcil.

– Je ne pense pas que Bas approuverait. Il nous menacerait avec des fers à lisser chauffés à blanc.

– Aïe.

Cassie ôta le couvercle de la grande boîte, ses yeux aussi vifs que ceux d'un enfant de huit ans. Elle eut le souffle coupé et porta ses mains à la bouche.

– C'est celle que j'admirais l'autre fois, murmura-t-elle, en soulevant la doudoune Moncler bleu marine, qu'elle avait vue dans la vitrine de *Barneys*.

– Vas-y, essaie-la.

Luke la lui passa par-dessus son pyjama. Il cala ses cheveux derrière ses oreilles et lui mit la capuche. Une épaisse couronne de fourrure encercla le visage de Cassie, à la manière d'un esquimau.

– Oh, je vais dormir avec – les nuits où je ne dors pas avec toi, s'extasia-t-elle, en se blottissant au creux de l'épaule de Luke.

– Ces nuits-là ne devraient pas exister, chuchota-t-il, en posant son menton sur la tête de Cassie.

Elle leva les yeux et l'embrassa.

– C'est trop. Tu me gâtes.

– Ne dis pas de bêtises, répondit Luke, en appuyant doucement sur la pointe de son nez. Tu es à New York. Il faut que tu te couvres bien.

– Oui, mais…

– Il n'y a pas de mais qui tiennent. Tu grelottes tout le temps dans ta parka. Et les températures ne vont pas aller en se réchauffant ces prochaines semaines. Attends d'être en février. C'est là que les choses sérieuses commencent.

Luke embrassa tendrement Cassie.

– Maintenant, habille-toi. Je vais appeler Bas pour le prévenir que nous partons. Tu peux mettre la doudoune pour aller là-bas.

Luke caressa le menton de Cassie et lui fit un clin d'œil. Il s'éloigna vers le salon et sortit son portable de sa poche arrière.

Cassie l'observa, clouée sur place.

En février ?

***

Cassie colla son nez contre la vitre et contempla la vue du haut des douze étages. Tout avait changé en l'espace d'une nuit et elle était aussi fascinée qu'un enfant.

– Franchement, on croirait que c'est la première fois que tu vois la neige, fit remarquer Kelly, en enfilant son manteau.

Brett et elle fêtaient le Nouvel An au *Waldorf Astoria*, où c'était tenue de soirée exigée.

Cassie se tourna vers son amie – sa colocataire pour encore une journée. En son for intérieur, elle était anéantie qu'elles soient séparées pour cette ultime soirée. C'était la fin de leur aventure ; elles devraient être ensemble. Kelly avait essayé de persuader Luke et Cassie de les accompagner. Cassie serait volontiers venue. Faire un dernier tour de piste tous ensemble, passer une nuit blanche avec ses amis dans la ville qui ne dort jamais auraient été amusants. Mais Luke avait insisté pour qu'ils passent cette soirée en tête à tête. Il ne voulait pas « partager » Cassie avec des inconnus, avait-il soutenu. En outre, il détestait être habillé « en pingouin ».

Cassie jeta un œil admiratif à la robe de Kelly. C'était la même que celle arborée par Cassie lors de sa dernière soirée en Écosse, mais d'un coloris différent : de la soie noire avec des appliqués en dentelle couleur chair. Kelly la portait différemment également : assurée, provocante, séductrice. Et non gênée, avec l'impression de sortir en nuisette.

– Tu es superbe, la complimenta Cassie en souriant, les yeux embués. Brett va être si fier de t'avoir à son bras.

Kelly regarda Cassie, blottie près de la fenêtre, sa main caressant d'un air absent sa pelouse miniature. Ce geste était devenu une sorte d'habitude apaisante.

– Il est encore temps, tu sais, dit Kelly, qui vint s'asseoir à côté de son amie. Je connais le responsable de l'événement. Je pourrais faire inscrire ton nom sur…

Cassie secoua la tête.

– Non, ça ne servirait à rien. Luke veut absolument que nous passions la soirée ensemble.

Kelly ouvrit la bouche comme pour dire quelque chose… puis se ravisa et se mordit la lèvre.

– Il est dingue de toi. C'est ça le problème, avança Kelly, en tapotant la cuisse de son amie. Qui l'eût cru ? Tu as débarqué à New York sans rien connaître à la mode – « Qui est Oscar de la Renta, Kelly ? Qui est la rédactrice en chef de *Vogue* ? »…

Cassie blêmit et Kelly lui pinça légèrement le genou.

–… Et tu finis par dompter son fils prodigue. Je ne t'en aurais pas cru capable, lui dit-elle avec tendresse. Écoute, je reviens à l'aube demain, d'accord ? On prendra le petit déjeuner ensemble au *Sant Ambroeus* – en souvenir du bon vieux temps.

– D'accord, répondit Cassie, qui prit une profonde et courageuse inspiration.

La sonnette de l'interphone retentit.

– Ce doit être Brett. Je dois le retrouver dans le hall d'entrée.

– Je descends avec toi.

Cassie attrapa son nouveau manteau sur le dossier du canapé.

– Ça va aller toute seule ? Je te proposerais bien de t'emmener chez Luke avec notre taxi, mais nous allons dans la direction opposée, se justifia Kelly d'un ton désolé.

– Ne t'inquiète pas. Je vais marcher. J'adore marcher sous la neige.

Kelly grimaça.

– Est-ce que tu as des chaussures adaptées ? Il ne faudrait pas que tu mettes tes bottes en cuir. La neige va les ruiner.

– Hé hé ! s'exclama Cassie, en sortant ses bottes en caoutchouc vert kaki du placard du vestibule.

Elle les considéra avec mélancolie. Quelle ironie, songea-t-elle, qu'elles soient restées dans le placard depuis sa première journée ici, pour ne les ressortir que le dernier jour.

Kelly et Cassie descendirent par l'ascenseur. Elles saluèrent joyeusement Bill, qui s'apprêtait à terminer son service.

Brett était fringant dans son smoking. Cassie eut un pincement au cœur alors qu'elle leur faisait signe au revoir. Elle savait qu'en cet instant précis, de l'autre côté de l'Atlantique, la fête que Gil et elle donnaient chaque année battait son plein. Les cloches devaient avoir sonné une heure plus tôt, les invités devaient s'être présentés avec leur traditionnel morceau de charbon, et les kilts devaient virevolter, les écharpes en bandoulière glisser, les hommes faire tournoyer les femmes lors de leurs danses qui célébraient la nouvelle année.

Cassie avait envie d'un réveillon à la hauteur de ces traditions : rire et vacarme, musique et alcool, tenues d'apparat et séduction. Elle n'avait pas envie de réveillonner dans un loft vide, avec une guirlande lumineuse posée en un tas savamment pensé sur le sol et Blondie en fond sonore. Cette Saint-Sylvestre devait être fabuleuse, mémorable. Pour prouver à Gil que Cassie s'en sortait parfaitement bien sans lui – bien qu'il n'en sache jamais rien.

Seule, Cassie se mit en route et marcha péniblement dans la neige. Celle-ci était encore immaculée, aussi pure et floconneuse que des plumes fraîchement lavées. Mais Cassie savait bien qu'à l'aube, ce serait devenu une soupe grisâtre, après le passage des fêtards, des saleuses et des kyrielles de taxis. Elle était presque ravie de ne plus être là pour voir la ville replonger dans sa grisaille.

Presque.

Elle croisa sur sa route des noceurs et des couples qui se dirigeaient tous vers un lieu débordant de vie. Elle sentit leur énergie et leur bonne humeur alors qu'ils lui souriaient et lui souhaitaient la bonne année. *Si seulement ils savaient de quoi avait été faite l'année écoulée*, pensa-t-elle, en leur rendant leur sourire.

Elle tenta de se réjouir, d'être flattée que Luke la veuille pour lui seul. Kelly avait raison. Qui l'eût cru ? En dépit de la réputation de Luke et de la détermination de Cassie à ne pas s'attacher, leur relation était devenue sérieuse. Il ne lui facilitait pas la tâche pour son départ, et Cassie savait déjà qu'ils ne fermeraient pas l'œil de la nuit.

Elle arriva dans la rue de Luke et retrouva les bâtiments en briques rouges caractéristiques de ce quartier. Tout autour, le brouhaha de fêtes dans des appartements en hauteur résonnait sur les murs et se mêlait, donnant l'impression que la ville tout entière semblait prête à faire la noce.

Cassie appuya sur la sonnette et attendit que la porte d'entrée se déverrouille.

– Salut, bébé, dit Luke dans l'interphone.

Elle grimpa les escaliers et frappa à la porte.

– Hé, fit Luke en lui ouvrant.

Il la prit aussitôt dans ses bras dans le couloir.

– Mais tu… Tu es en tenue de soirée !

Elle se dégagea de son étreinte pour mieux le voir. Il haussa les épaules et lui sourit.

– Que veux-tu ? Je voulais t'offrir une belle soirée.

– Mais tu m'as dit que tu détestais les smokings.

L'irritation était fortement perceptible dans la voix de Cassie. Elle jeta un coup d'œil à sa doudoune, son jean moulant et ses bottes en caoutchouc.

– Regarde-moi ! Tu aurais pu me prévenir.

Elle ôta son manteau et tapa des pieds sur le sol pour faire tomber la neige. Elle poussa la porte et entra dans le loft.

– Si j'avais su, j'aurais…

– SURPRISE !!!

Au fond de la pièce, Kelly et Brett, Bas, Stefano et sa fiancée Ilya, Raoul, Bonnie, Molly et une poignée d'amis de Luke crièrent à tue-tête. Ils avaient tous un chapeau pointu étincelant sur la tête et une coupe de champagne à la main. Des ballons rebondissaient sur le sol, soulevant la poussière, et des serpentins étaient accrochés aux photographies en noir et blanc. Quelqu'un mit en route la musique.

– Je n'en reviens pas, déclara Cassie, totalement sidérée, en se retournant vers Luke, les mains plaquées sur sa bouche. Tu as organisé une fête d'adieu pour moi ?

– Pas exactement.

Il fouilla dans la poche de sa veste et en sortit une clé. Il se mordait la lèvre, et ses yeux trahissaient son excitation. Il prit une profonde inspiration.

– Je veux te remettre cela. Je veux que tu emménages avec moi, Cassie.

Luke noua ses bras autour de sa taille, afin de l'attirer contre lui.

– Je veux que tu…

Mais Cassie avait déjà aperçu une énorme banderole au-dessus de la porte. Une banderole composée d'un seul mot :

« Reste ! »

Paris

Chapitre 21

Le chauffeur laissa Cassie à l'angle de la rue, manifestement sans le signaler aux voitures derrière, puisque les conducteurs appuyèrent sur leur klaxon et agitèrent des poings furieux en direction de Cassie – comme si c'était de sa faute. Ils firent des embardées sur les pavés, leurs pneus crissant, pendant que le chauffeur déchargeait ses bagages du coffre. Elle arrivait à Paris avec bien plus de bagages qu'à New York. Si les douanes l'avaient contrôlée, elles auraient sans doute pensé qu'elle travaillait dans les pompes funèbres, étant donné la quantité de vêtements noirs dans ses valises.

Anouk observait la scène, assise à une table près de la vitre, ses lunettes de soleil en écailles de tortue sur le nez, bien qu'on soit le 1er janvier et que le ciel se glorifie de tout l'éclat d'un voile blanc. Un minuscule expresso était posé devant elle, et elle tenait une cigarette entre les doigts.

Cassie fit plusieurs voyages pour rapporter ses valises entre les espaces étroits qui séparaient les tables.

– Ma chérie, sourit Anouk, qui se leva enfin pour faire la bise à Cassie. Bienvenue à Paris !

Elle posa une main douce sur l'épaule de Cassie et inclina légèrement la tête comme en signe de compassion.

– Je dois être franche, je pensais que tu ne viendrais pas. Hier encore, j'ai attendu ton appel toute la journée pour m'annoncer que tu restais là-bas en fin de compte.

– Il a organisé une fête pour que je reste.

– Quoi ?!

Cassie se mordit fortement la lèvre et hocha la tête.

– Il avait convaincu Kelly et Bas d'y participer. Il leur a dit que je serais obligée de rester s'il me proposait de vivre avec lui.

– Je vois, dit doucement Anouk, en apercevant la pâleur grise et les yeux bouffis de Cassie. Viens. Assieds-toi.

Elle se tourna et attira l'attention du serveur – ce qui fut assez facile puisqu'il la dévorait des yeux depuis son arrivée – pour lui commander d'autres cafés.

Cassie s'effondra sur la chaise et s'habitua quelque peu à la fréquence sonore différente du bistrot. À New York, quand Kelly et elle allaient au *Sant Ambroeus*, il y avait en toile de fond lait monté en mousse, rire de soprano et *Daisy* de Marc Jacobs. Ici, le café était aussi noir que de la mélasse, du Shalimar flottait dans l'air, et la tonalité de la conversation était plutôt ténor.

Cassie résista à l'envie de poser sa tête entre ses mains, même si, en ce jour de l'An, elle avait sans doute pu passer pour une fêtarde fatiguée plutôt que pour une expatriée l'âme en peine.

– Raconte-moi ce qui s'est passé.

Cassie soupira, elle aurait préféré ne pas avoir à le faire. Toute la nuit, elle n'avait fait que parler. Parler, discuter, expliquer et argumenter. En vain qui plus est.

– Il ne comprend tout simplement pas, se lamenta Cassie avec un haussement d'épaules. Il pense que ce… « plan », de passer un moment avec chacune de vous, est… absurde. « Ce n'est pas comme ça que ça fonctionne dans la vraie vie », m'a-t-il sorti.

Anouk réfléchit un instant.

– J'imagine que c'est compréhensible. Il sous-estime ce que tu as traversé. Je ne veux pas dire seulement au cours des quatre derniers mois, mais au cours des dix dernières années.

Elle s'alluma une cigarette et tira une profonde bouffée.

– Il ne comprend pas que quand tu as épousé Gil, tu étais à peine une adulte. Tu n'avais rien vu du monde. Alors que lui traverse la planète trois fois par mois pour son travail.

Le serveur arriva avec leurs cafés, mais Anouk l'ignora.

– Tu vivais dans une grande maison, seule la plupart du temps, au milieu de nulle part. Et puis, tu t'es retrouvée propulsée dans le monde, sans crier gare, sans rien avoir prévu. Tu n'as rien vu venir. Tu étais dans un avion pour New York quelques heures après avoir découvert le pot aux roses. Tu ne peux pas en vouloir à Luke de ne pas arriver à concevoir tout cela. Même moi, j'y crois à peine – et pourtant, j'étais là.

– Moi aussi, marmonna Cassie, avec un sourire désabusé.

– De son point de vue, il est simplement tombé amoureux d'une jolie femme fraîchement divorcée.

Ce dernier mot fit blêmir Cassie. D'ailleurs, ce n'était pas vrai ; Gil et elle n'avaient pas encore divorcé. Loin de là même, en réalité. Bien qu'elle ait fait ce qu'il fallait en honorant le contrat de mariage, ils n'étaient pas d'accord sur le motif du divorce. Elle voulait que la cause soit le « comportement déraisonnable » de Gil, qui, de son côté, préférerait des « différends insolubles », et chacun campait sur sa position.

Admettre sa responsabilité dans l'échec de leur mariage était la moindre chose que Gil devait à Cassie.

– Tu ne connaissais pas New York, ni le monde de la mode, ni le célibat… Tout chez toi était nouveau, sans prétention, innocent. Cela a dû être excitant pour lui – tu devais être totalement différente des autres filles là-bas. Mais tu avais le cœur brisé. En mille morceaux. Et même si, sur le papier, tu es libre de retomber amoureuse, dans les faits, te remettre sur pied va demander beaucoup plus de temps qu'un automne à New York.

Cassie hocha la tête avec reconnaissance. Ces dernières semaines, les inquiétudes qu'elle avait pu nourrir concernant son séjour chez Anouk s'étaient portées sur leur vision totalement opposée des hommes. Anouk était secrète jusqu'à la paranoïa au sujet de ses petits amis. Personne ne les rencontrait jamais. Elle s'amusait, puis passait à autre chose, semblait-il ; aussi, Cassie avait-elle craint qu'Anouk ne prenne pas Luke au sérieux, mais le considère simplement comme une relation pour se consoler, un jouet pour se divertir le soir et le week-end, quand en réalité il avait été bien plus que cela – Cassie était incapable d'utiliser un homme de façon aussi cavalière.

– J'ai essayé de lui expliquer tout cela… Que j'essaie encore de découvrir qui je suis. Tu sais ce qu'il m'a répondu ?

Anouk attendit la suite.

– Il m'a rétorqué que j'avais l'air d'une fille de Los Angeles. Moi ! Enfin, je n'ai jamais été du genre à me regarder le nombril. Je ne connais personne qui se connaît moins que moi.

Cassie regarda Anouk droit dans les yeux, dont les cheveux opulents tombaient nonchalamment sur ses épaules.

Elle portait un trench bleu marine noué à la taille et un foulard Hermès à pois d'un vieux rose.

– Toi, tu n'as jamais douté de la personne que tu étais, pas vrai ?

Anouk tortilla sa bouche, incapable de faire acte de solidarité.

– Non. Jamais.

Cassie soupira.

– Je voulais qu'il vienne me rendre visite ici. Je lui ai acheté un billet d'avion.

– Et ?

– Il n'en a pas voulu. Alors, je l'ai donné à Bas. J'ai dit à Luke que mes séjours ici et à Londres n'étaient pas définitifs. C'est l'histoire de quelques mois seulement et puis, si nous formons un couple encore uni, heureux ou quoi, je retournerai à New York à la fin de l'été. Comme tu l'as dit, j'avais beaucoup de raisons de rester là-bas. Et pas seulement Luke. Mais il ne croit pas aux relations à distance.

Cassie secoua la tête et entrelaça ses doigts.

Anouk poussa un petit soupir.

– Pour être franche, je n'y crois pas non plus, ma chérie.

– Ah non ?

– Non. C'est toujours un désastre.

– À ton avis, Anouk, j'ai fait ce qu'il fallait en venant ici ?

– Oui.

Anouk posa sa main chaude sur le poignet de Cassie.

– Bas le pense aussi, même si lui non plus n'avait pas envie que je parte. Pas du tout. Mais Luke… Il m'en veut tellement. Pour lui, le fait que je vienne ici revient à le rejeter. Tout ce que je sais, c'est que… j'ai le sentiment de ne pas être encore tout à fait au bout du chemin que j'ai à parcourir. Mon instinct me dit de continuer.

– Tu as eu raison de suivre ton instinct et, pour ma part, je suis contente que tu sois ici. Si tu es censée être avec cet homme, ça se fera. L'amour finit toujours par triompher.

– Ne me dis pas que, toi aussi, tu crois au destin ?

– Bien sûr que si. Comme tout le monde, non ?

Cassie soupira et attrapa sa minuscule tasse, à l'anse trop petite pour y passer les doigts.

– On dirait bien que oui. Une fois de plus, j'ai l'impression d'être l'exception.

***

L'appartement n'était qu'à un demi-pâté de maisons. Elles firent rouler les deux valises sur le trottoir et s'arrêtèrent au bout d'une minute, devant un haut portail noir, plein et arrondi. Anouk l'ouvrit avec une vieille clé énorme et elles entrèrent dans la cour. Celle-ci avait des pavés gris bombés par l'usure et, au centre, une fontaine entourée d'un muret. Les appartements qui donnaient sur la cour présentaient de grandes et étroites fenêtres, avec de généreux rideaux en soie qu'on apercevait derrière les vitres. Sur les balcons en fer forgé délicatement ouvragés, des buissons taillés étaient disposés à intervalles réguliers, évoquant le château de Versailles à Cassie.

Les deux amies entrèrent dans le bâtiment au fond de la cour. Le hall était frais et austère, sans aucun tableau, ni lambris sur les murs, rien qu'un énorme miroir doré au-dessus d'une console recouverte d'une plaque de marbre et une méridienne Louis XV en damas rose saumon.

Anouk se mit à grimper l'escalier en pierres incurvé.

– Pas d'ascenseur, malheureusement, annonça-t-elle. Mais ce n'est pas très grave parce qu'il n'y a que trois étages. Combien y en avait-il dans l'immeuble de Kelly ?

– Elle vit au douzième étage, mais il y en avait seize au total. Et encore, son immeuble est assez bas par rapport aux autres.

– Mince alors. Les ascenseurs doivent être un droit fondamental là-bas.

– En effet, confirma Cassie en souriant. Mais Kelly adore faire de la course d'escaliers.

– Qu'est-ce que c'est ? demanda Anouk, essoufflée – elle n'avait clairement pas l'habitude de porter dans les escaliers quoi que ce soit de plus grand qu'un sac Birkin.

– Des cinglés qui montent en courant les marches des gratte-ciel et des tours.

– Mais non ! Pourquoi ? Pour le plaisir ? Ou pour le sport ?

– Dans le cas de Kelly, les deux. Elle le fait même avec des talons aux pieds.

– Du coup, ta présence ici m'étonne encore plus. Je ne sais pas comment tu as fait pour survivre !

Anouk laissa tomber les sacs devant une porte au dernier étage.

– Nous sommes arrivées.

À l'instar de l'appartement de Kelly, les parties communes n'avaient rien à voir avec le logement. À New York, la différence résidait dans les dimensions, ici c'était dans le goût. Cassie eut l'impression d'entrer dans une double page d'*Elle Décoration*. Les murs étaient lilas, avec des tableaux d'art moderne surdimensionnés, et le parquet était caché sous d'énormes tapis de couleur vive. Un canapé d'angle vert forêt Roche Bobois occupait deux murs entiers et une table basse en fibre de verre violette trônait au centre, couverte de piles de livres sur l'art. Dans un coin, une table vitrée Ligne Roset et huit chaises étaient placées devant les fenêtres, qui donnaient sur la Seine, sur laquelle voguaient les touristes et prenaient des photos des voisins d'Anouk : Notre-Dame et la Sainte-Chapelle.

Cassie flâna en silence, pendant qu'Anouk déboutonnait son manteau. La cuisine était en longueur et étroite. En son bout, il y avait une porte-fenêtre, avec un garde-fou. Les éléments de cuisine étaient gris mat, sans poignée (il fallait appuyer sur les portes pour les ouvrir) ; quant au plan de travail, il était en résine blanche. Avec un sentiment proche de l'euphorie, Cassie repéra la bouilloire.

L'appartement disposait de deux chambres – autre soulagement remarquable. Le lit gigogne de Kelly avait vite perdu son attrait nostalgique des « soirées pyjama » et, une fois que les deux jeunes femmes avaient commencé à fréquenter Brett et Luke… eh bien, cela impliquait que l'une d'elles doive passer la nuit ailleurs.

– Anouk, ton appartement est incroyable ! s'exclama Cassie, qui rejoignit son amie près des fenêtres.

Paris cuvait encore, bien qu'il soit près de quatorze heures. Les rues de l'autre côté du fleuve, la « rive gauche », étaient calmes ; seul un scooter passait de temps à autre, des amoureux se promenaient main dans la main sur les ponts, et des touristes mous étaient affalés sur leur siège dans des bus touristiques.

– Pff, tu fumes trop, Anouk, désapprouva Cassie, après avoir aperçu une autre cigarette dans sa main.

Anouk haussa les épaules.

– Fumer m'aide à réfléchir.

– À quoi dois-tu réfléchir ?

Cassie retira sa veste, laissant apparaître le tee-shirt noir « I ♥ NY » que Bas lui avait offert à Noël, son jean biker noir *Bebe Washington* et ses bottines à boucle.

Anouk se tourna vers son amie.

– À toi, répondit-elle en souriant.

Cassie fut surprise.

– À moi ? Pourquoi ?

– Je me demande comment te rendre heureuse ici. Quel travail te proposer, quelles personnes te feront rire ?

– J'espère que ce n'est pas un code pour dire « avec qui m'arranger le coup ».

– Non. Pas si tu n'en as pas envie, rétorqua Anouk, avec un petit haussement d'épaules. Même si je connais...

– Anouk !

– D'accord, d'accord.

Elle examina Cassie de la tête aux pieds.

– Tu as vraiment perdu beaucoup de poids.

– Je sais, soupira Cassie. Avec un peu de chance, tu vas y remédier ? De la tarte Tatin au petit déjeuner, un chocolat chaud avant de se coucher...

Ces suggestions grotesques firent ricaner Anouk.

– N'y compte pas ! Mais je vais te remettre directement au vin. Tous ces cocktails roses..., dit-elle avec un petit frisson de dégoût.

– Oh, quel soulagement. Je ne les ai jamais aimés.

Cassie s'étendit sur l'un des canapés. Le décalage horaire la rattrapait.

– Je peux faire ça, hein ? demanda-t-elle, inquiète de donner à l'appartement une apparence négligée.

– Bien sûr.

Anouk imita Cassie et se blottit dans les minuscules plis du canapé accolé.

– Suzy a demandé qu'on fasse un Skype ce soir. Elle se fait du souci pour toi. Je crois qu'elle aussi pensait que tu ne viendrais pas. Et Kelly m'a envoyé quatre messages pour savoir si tu étais bien arrivée. Ah là, là, fit-elle en balayant ses mots d'un revers de la main.

Elle n'obtint pour réponse que le silence.

– Cassie ?

Anouk se pencha pour tenter d'apercevoir le visage de son amie, derrière l'écran de cheveux blonds.

– Non, non et non, protesta-t-elle, avant de se lever d'un bond et de secouer Cassie par l'épaule. Il ne faut pas que tu dormes maintenant.

– Pourquoi cela ? grommela Cassie, la voix déjà lourde de sommeil.

– Debout. Allez. Lève-toi ! J'ai ce qu'il te faut. Cela va te faire oublier le décalage horaire et te faire démarrer ta vie à Paris du bon pied. Viens. Le hammam est ce dont tu as besoin. Viens.

Il leur fallut peu de temps pour y arriver. Le taxi s'arrêta dans le deuxième arrondissement, dans une cour impersonnelle, avec quelques Vespa mal garées d'un côté et d'énormes boules de buis dans de gros pots en plomb de part et d'autre d'une porte noire. Il n'y avait aucun panneau, ni enseigne pour indiquer où elles étaient, ni ce qu'elles étaient venues y trouver.

Anouk frappa doucement deux coups à la porte et, au bout de quelques instants, une femme brune à la peau mate

– Marocaine peut-être ? – vint leur ouvrir. Elle sourit en reconnaissant Anouk et se recula pour les laisser entrer.

À l'intérieur, tout était d'un blanc cassé apaisant, avec des portes rondes en bois sombre et des architraves assorties. Une chaleur cajolante régnait. Cassie ouvrit sa veste et eut le sentiment soudain d'être dans ce havre de sérénité une motarde dure à cuire, avec ses vêtements noirs et les boucles de ses chaussures. Anouk portait un pantalon ample bleu canard et un chemisier rose clair, avec un gros collier d'améthyste autour du cou.

– Ouah, si on me demandait de concevoir un utérus, murmura Cassie, il ressemblerait sans doute à cet endroit.

La femme les mena vers un vestiaire, où elle leur attribua à chacune un casier, une paire de sandales, une culotte jetable, un peignoir et une serviette.

Une fois celle-ci partie, Cassie prit entre ses doigts la culotte en papier.

– Dis-moi que c'est une plaisanterie, déclara-t-elle nerveusement.

Anouk sourit et fit non de la tête. Elle se déshabilla rapidement, révélant un soutien-gorge jaune citron avec de minuscules pois noirs brodés et un string assorti. Cassie la fixa avec inquiétude. La dernière fois qu'Anouk l'avait vue en sous-vêtements, elle avait failli avoir une attaque – moment surnommé par Kelly le « culotte-gate ». En dépit de tous les progrès que Cassie avait accomplis à New York concernant sa garde-robe « extérieure », rien n'avait réellement changé « en dessous ».

Elle jeta rapidement un coup d'œil sous son tee-shirt pour vérifier ce qu'elle avait mis avant de partir pour l'aéroport. *Hmm*... Un soutien-gorge Gap en jersey gris et un hipster

Calvin Klein à rayures rouges et roses qu'elle avait achetés en soldes. Elle poussa un soupir lorsqu'elle retira son tee-shirt. La situation aurait pu être pire.

Ou pas…

– Mince alors, elle ne t'a vraiment rien appris ! s'offusqua Anouk, tout en s'enveloppant dans le peignoir.

– Qui ça ? Kelly ?

Cassie sautillait sur un pied pour tenter d'enfiler la culotte sans qu'Anouk n'aperçoive l'« épilation extrême ». Elle craignait que le maillot brésilien provoque une consternation encore plus considérable.

– Oui. Où avait-elle la tête ? Pourquoi mettre du rouge à lèvres quand on ne coordonne pas sa lingerie ?

Cassie fit la moue en essayant de saisir le lien entre rouge à lèvres et lingerie.

– Je ne te suis pas.

Anouk soupira.

– Tout est une question de priorités, Cassie. Pourquoi voudrais-tu qu'un homme t'embrasse sur la bouche si tu ne peux pas lui ouvrir ton lit ?

Il y eut un silence décontenancé.

– Je ne comprends pas. Pourquoi ne pourrais-je pas lui ouvrir mon lit ?

– Avec ça ? Avec cette culotte et ce soutien-gorge ? Tu n'as sûrement pas envie qu'un homme te voie dans cette tenue.

Cette dernière phrase n'était pas une question.

Cassie se mordit la lèvre, confuse. Ce style avait plu à Luke – il le qualifiait de « sportif ».

La femme revint et les mena vers un salon, où du thé à la menthe et des amandes étaient servis sur des tables en wengé. Elles s'assirent face à face sur les chaises blanches, en buvant de délicates gorgées. Anouk souriait. Tout autour d'elles, de petites niches, taillées dans les murs à des hauteurs et des intervalles différents, accueillaient des bougies à la flamme vacillante et des paniers en bois de santal.

– Tu as de la chance que je connaisse la personne idéale pour cela. Rosa Beaulieu. C'est l'une de mes clientes.

Anouk réfléchit un instant.

– C'est assez cher, mais j'ai un collier qu'elle admire toujours quand je la vois. Je pourrais essayer de lui échanger contre un trousseau de lingerie d'une semaine.

– Super, dit faiblement Cassie, un brin dépitée par les remontrances du vestiaire.

– Hé, ne sois pas fâchée contre moi, Cassie. Je ne peux pas m'empêcher parfois d'être agacée. Je veux seulement t'aider à te mettre en valeur, c'est tout.

– Je sais. C'est juste que je suis fatiguée.

– Bien sûr. Et c'est pour cette raison que nous sommes ici. Nous avons quatre heures de détente devant nous.

– Quatre heures ?

Cassie pensa à tout ce que Kelly était capable de faire en quatre heures, et elle s'apprêtait à les passer dans une culotte en papier…

– Quatre heures. Il ne faut pas précipiter les choses, affirma Anouk, qui étira ses bras au-dessus de sa tête. C'est ce que j'essayais de t'expliquer tout à l'heure : on ne peut pas cacher les fissures avec des couches de maquillage ou des vêtements à la mode. Ici à Paris, ma chérie, la beauté naît de l'intérieur.

Chapitre 22

Cassie regarda son café et se demanda si sa cuillère pouvait tenir toute seule dans ce liquide épais et corsé.

– Mon petit carré d'herbe me manque, se lamenta-t-elle.

Elle mourait d'envie d'une tisane légère de camomille. C'était devenu son rituel au réveil. Au cours du week-end de shopping des filles en novembre, Suzy avait trébuché et posé sa main au milieu de l'herbe, ce qui avait aussitôt révélé le parfum caractéristique ; elles avaient alors découvert qu'il s'agissait de camomille tapissante, et non de la variété la plus courante.

– On dirait que tu parles d'un animal de compagnie, railla Anouk.

Elle lisait *Le Monde*. Le journal semblait avoir été repassé.

– C'en était pratiquement un, en quelque sorte. Je devais m'occuper de la plante, m'assurer qu'elle avait assez de soleil, mais pas trop, l'éloigner de la fenêtre quand il gelait, l'arroser…

– La promener, la brosser, lui donner des vitamines, lui dire que tu l'aimais…

– Tu es jalouse parce que tu ne sais pas ce que c'est d'avoir un carré d'herbe à soi !

Anouk ricana, sincèrement amusée. Elles avaient retrouvé le moral après une bonne nuit de sommeil. En réalité, Cassie ne se souvenait pas d'avoir déjà aussi bien dormi. Elle n'était pas certaine de la raison exacte : le hammam parfumé à l'eucalyptus, le gommage du corps allongée sur une table en granit chauffée (étonnamment confortable), le masque capillaire nourrissant, le masque du visage au miel anti-âge ou peut-être l'enveloppement corporel à base de levure de bière. Dans tous les cas, elle avait pratiquement lévité au-dessus du lit et, ce matin-là, aucune trace du décalage horaire n'était perceptible.

Cassie but une gorgée de son expresso et en ressentit immédiatement l'effet.

– Tu sais, je ne buvais jamais de café avant onze heures à New York.

Anouk, dans une fine robe en cachemire taupe, haussa les sourcils, sans lever la tête.

– Vraiment ? Comment démarrais-tu la journée alors ?

– Par un footing en général.

Anouk grimaça.

– Comme c'est brutal.

– Oui, confirma Cassie, tout en remuant son café. Qu'est-ce que tu fais comme exercice de ton côté ?

Anouk haussa les épaules.

– Je marche. Je fais du vélo parfois.

– Je ne t'imagine pas du tout sur un vélo, Anouk. Du VTT ou du vélo de course ? Non ! Ne me dis rien, tu as un BMX.

Anouk leva la tête et retourna le journal.

– En réalité, c'est une sorte de chopper, affirma-t-elle d'un air très sérieux.

Cassie rit aux éclats.

– Ah, j'adore cette image ! soupira-t-elle, en s'essuyant les yeux, une fois remise de ses émotions.

Elle déchira son croissant avec les doigts et le tartina de beurre et de confiture. Elle n'en revenait pas que les glucides étaient de retour au menu, même si Anouk n'en avait pas pris. Cassie espérait pouvoir manger normalement ici. Elle avait perdu près de trois kilos à New York et elle ne souhaitait pas maigrir davantage.

Elle se demanda ce qui changerait d'autre avec ce nouveau lieu de vie. Cassie avait éprouvé une sensation réellement étrange en se réveillant dans sa nouvelle chambre ce matin, avec les voix des voisins qui résonnaient dans la cour, dans une langue qu'elle n'avait pas parlée depuis longtemps. Elle se débrouillait bien en français, grâce à son année de césure passée à Méribel, à travailler dans un chalet appartenant aux parents d'Anouk. Il lui faudrait cependant un peu de temps pour réhabituer son oreille.

Elle croqua dans son croissant et admira la vue par la fenêtre. On était lundi et le ronflement des voitures sur les ponts suggérait que la ville émergeait de son cocon des fêtes.

– Alors, quel est le programme de la journée ?

Anouk replia le journal et le posa sur la table.

– Eh bien, nous déjeunons avec mon amie Florence, et je crains de devoir aller à l'atelier cet après-midi. J'ai une cliente importante qui vient récupérer quelques pièces que je lui ai fabriquées pour ses vacances à Saint-Barth. Elle reprend l'avion ce soir, donc je ne peux pas décaler. Mais pour commencer, nous allons nous amuser.

Cassie posa son croissant.

– Nous amuser ? Ce n'est pas un mot courant dans ta bouche.

– Ah, non ?

Anouk haussa les épaules de façon nonchalante.

– Qu'entends-tu par « s'amuser » ? demanda Cassie avec méfiance.

Il y eut un blanc.

– Coiffeur à dix heures, endermologie à onze heures trente.

– Ender-quoi ?

Cassie réfléchit un instant.

– Ce n'est pas la science des insectes, ça ?

Anouk gloussa.

– Et quel est le souci avec mes cheveux ?

– Rien du tout, lui répondit Anouk, en jetant un coup d'œil rapide à la chevelure de Cassie comme si celle-ci venait de bouger. J'ai simplement demandé à Jean de faire quelques petites modifications, c'est tout. Pour que tu deviennes une vraie Parisienne. C'est bien ce que tu veux, non ? Tu n'as pas envie d'avoir l'air d'une « touriste ».

Anouk prononça ce dernier mot avec le même mépris que Luke avait donné à « blogueuse ».

– Euh, non…, convint Cassie.

Elle passa la main sur sa crinière soyeuse que Bas avait affectueusement coiffée pour son dernier jour à Manhattan.

– Donc, ne t'en fais pas, ma chérie. Tu n'as pas de souci à te faire. Tout sera très subtil. À Paris, Cassie, tout n'est que subtilité.

***

– Ce n'est pas ma définition de la subtilité, Anouk ! siffla Cassie, tout en essayant d'apercevoir son reflet dans les vitres des voitures stationnées. Au moins, avant, ma pauvre mère aurait pu me reconnaître. Mais là ?

Anouk fixa Cassie et apprécia sa nouvelle allure.

– Ça te va bien. Ce blond était beaucoup trop dur. Et puis, tu as des sourcils et des cils bruns. Tu vas t'y faire.

– Mais j'aimais mes cheveux comme ils étaient.

– Kelly avait fait de toi une Américaine. Tu aurais été constamment sous la menace d'un enlèvement !

Elle fit un clin d'œil à Cassie, au moment même où le feu passa au vert et que les piétons traversèrent la route en masse.

– Quelles couleurs Jean a-t-il choisies en fin de compte ? s'enquit Anouk, tout en marchant à grandes enjambées.

– Caramel et châtaigne, répondit Cassie d'un ton maussade. Non, non. C'était noisette.

Comme si cela faisait une différence. Cela restait du châtain foncé. Cassie passait sans cesse sa main dans ses cheveux. Elle avait dorénavant un carré plongeant – sans le côté Années folles grâce aux mèches bouclées sur le devant. Elle sentait le froid sur sa nuque découverte.

– D'accord. Eh bien, ces couleurs illustrent parfaitement la différence entre New York et Paris. Là-bas, c'est une question de mode. Ici, de style. Subtilité, élégance, raffinement. Vite, par ici, dit Anouk en tirant Cassie par le bras. Nous sommes en retard.

Anouk tourna brutalement à gauche, dans la rue Saint-Jacques, puis dans une rue où la moyenne d'âge chuta à vingt et un ans.

– La Sorbonne est à quelques pas, indiqua Anouk, qui remarqua que les mains de Cassie lissaient frénétiquement ses cheveux alors qu'elles croisaient des groupes de jeunes filles arborant des jeans moulants et des écharpes ethniques.

– Tu ne m'as toujours pas expliqué ce qu'est l'ender-machin, dit Cassie, qui essayait de suivre le rythme d'Anouk.

– C'est sans doute mieux comme ça.

Elle s'arrêta brusquement devant une porte vitrée et appuya sur la sonnette.

– Qu'est-ce que ça signifie ? s'écria Cassie, inquiète.

– Écoute. Crois-tu que je te ferais faire de mauvais choix ? demanda Anouk, qui entra et ne laissa pas d'autre option à Cassie que de lui emboîter le pas.

Dix minutes plus tard, la réponse était un « oui » franc. Cassie portait une combinaison blanche très fine, qui la couvrait du cou jusqu'aux poignets et aux chevilles. Une femme en blouse blanche, qui semblait sur le point de lui administrer un soin du visage ou des électrochocs, brandissait un appareil avec des rouleaux.

– Réexpliquez-moi encore une fois, déclara Cassie, les mains sur les hanches, oubliant un instant qu'elle avait l'air d'une saucisse blanche. Vous voulez passer cet engin sur mon corps et il va faire rouler ma graisse…

– Et casser les cellules graisseuses, oui, soupira la femme.

Cassie se tourna vers Anouk qui était assise sur la table et balançait ses jambes.

– Mais hier encore, tu me disais que je n'avais que la peau sur les os.

– C'est vrai. Mais cette technique est fantastique pour se débarrasser de la peau d'orange.

– Mais je n'ai pas de cellulite... Si ?

Cassie se tortilla pour regarder ses fesses. Une fois de plus, elle portait une culotte en papier.

– Il n'y a rien de mieux pour ne pas commencer à en avoir. Je ne jure que par ça. Mais ne t'avise en aucun cas d'en parler à Suzy ou Kelly, d'accord ? Il y a des secrets qui ne doivent jamais quitter Paris.

– Donc, en gros, cette femme va m'aspirer, en conclut Cassie d'un ton implorant.

– Cassie, fais-moi confiance, insista Anouk, qui tapota sur sa montre pour lui rappeler qu'elles avaient des projets pour le déjeuner. La beauté vient de l'intérieur, tu te souviens ? Et la beauté est la base du bonheur et de l'amour-propre. Toutes les Parisiennes font ça.

***

New York paraissait très loin. Cassie se sentait éloignée de cette ville non seulement par les cinq mille six cents kilomètres qui séparaient les deux métropoles, mais par la temporalité également. À New York, tout était une question de moment, d'air du temps, d'avant-garde. Ici, à Paris, songea Cassie en balayant du regard le restaurant gastronomique avec sa coupole en fresque céleste et les tapisseries du dix-septième siècle suspendues aux murs, tout était hommage aux richesses du passé. Des statues classiques qui semblaient avoir été volées au Louvre étaient éclairées dans les recoins de la salle, le sol en marbre était aussi lustré que les miroirs, et des vases géants de trois mètres débordaient de somptueux bouquets aussi riches en senteurs qu'en couleurs. Cet hôtel, l'un des monuments de la ville, aurait pu avoir exactement la même décoration deux, voire trois cents ans plus tôt ; la seule différence résidait dans les cheveux, les tenues et les chaussures des clients – les perruques à la Pompadour et les souliers à boucle avaient laissé place aux escarpins matelassés Chanel et aux brushings, en nombre ce jour-là.

Cassie fut intérieurement reconnaissante d'avoir eu la sagesse de mettre son ensemble fauve Michael Kors, composé d'un pull moulant à col roulé et d'une jupe trapèze en laine, ainsi que des bottes fourrées. Absolument tout le monde dans la salle arborait du marine, du gris ou du marron. Il n'y avait de noir nulle part. Ceci dit, quand Cassie s'était habillée, elle avait encore des cheveux longs d'un blond doré. À présent, elle avait un carré brun. Aussi, son look « vêtements assortis aux cheveux », qui était encore très élégant le matin même, semblait désormais terne – on ne pouvait pas en dire autant de ses cuisses, toutes rouges et qui la picotaient suite à la séance d'endermologie.

– Alors, c'est la première fois que tu viens à Paris ? l'interrogea Florence, dans un anglais aussi parfait que son visage.

Cette femme était directrice marketing chez *Dior* et, en un simple coup d'œil, Cassie avait pu deviner qu'elle était une pur-sang de la mode. Ses cheveux bruns présentaient des mèches chocolat, ses pommettes étaient affûtées comme si elles avaient été limées, et plusieurs bagues surdimensionnées, marque de fabrique d'Anouk, ornaient ses mains élégantes.

– Oui, j'y crois à peine moi-même, admit Cassie, qui se donna une tape sur le front comme s'il s'agissait d'une tâche qu'elle avait oublié d'exécuter. D'une certaine façon, je trouve que ça fait un peu plouc de n'être jamais venue à Paris à mon âge.

– Eh bien, tu étais occupée par d'autres choses, la rassura tendrement Anouk. Cassie vient de passer les quatre derniers mois à New York et elle passera l'été à Londres. Elle rattrape le temps perdu ! Tu vas devenir une vraie jet-setteuse internationale, ajouta-t-elle en posant sa main sur celle de Cassie.

– Peut-être.

– Et comment vas-tu occuper tes journées ici ? s'enquit Florence, en plantant délicatement sa fourchette dans une pointe d'asperge.

– Je ne sais pas encore. C'est un peu compliqué, professionnellement parlant. Mon séjour est trop court pour un CDI, mais je n'ai jamais fait d'intérim de ma vie. Je ne pense pas être assez qualifiée pour qu'une agence m'accepte.

– Peut-être pourrais-tu consacrer ce temps à essayer de convaincre Anouk de nous rejoindre, suggéra Florence. On essaie depuis des années de la pousser à travailler exclusivement pour nous, mais elle ne veut rien entendre. Je fais souvent le cauchemar qu'un concurrent me la vole.

– Cela n'arrivera pas, répondit Anouk, en buvant une gorgée de beaujolais nouveau. J'aime mon indépendance. Ça me convient bien de travailler pour moi et de faire comme bon me semble.

– Fais-lui entendre raison, Cassie. Vous êtes des amies de longue date, après tout. Je suis sûre qu'elle t'écoutera.

Cassie secoua la tête.

– J'ai peur d'être absolument la dernière personne qu'Anouk écoutera. Je n'ai pas la moindre idée de ce qui lui tient à cœur.

– Oh, fit Florence, manifestement surprise.

Il y eut un long silence embarrassé. Anouk fixa ouvertement Cassie, qui, pour sa part, fixait ouvertement la nappe. Elle n'avait pas voulu que cette remarque sonne comme un reproche concernant leur amitié.

– Je déteste devoir te contredire, Cassie, affirma Anouk au bout d'un moment, mais tu es la première personne que je contacte sur beaucoup de sujets. Déjà, je donnerais n'importe quoi pour savoir cuisiner comme toi. Je suis capable de ruiner une casserole rien qu'en faisant bouillir de l'eau. Tu es la seule personne que j'ai envie d'avoir près de moi quand je n'ai pas le moral. Et puis, ta loyauté et ton courage, eh bien… Sais-tu, Florence, qu'elle a marqué le but de la victoire lors de la finale de hockey, contre nos pires adversaires, alors qu'elle avait deux doigts cassés ? Et elle n'a rien dit jusqu'à la fin de la remise des trophées !

Les yeux de Florence s'écarquillèrent, sans doute plus à cause de l'image incongrue d'Anouk pratiquant le hockey que celle de Cassie jouant avec des doigts fracturés.

– Et ce n'est rien à côté de la fierté que j'éprouve quand je vois comment elle est restée digne au cours de ces quatre derniers mois. À sa place, je n'y serais pas arrivée.

Il y eut un autre silence, tout aussi étonné, mais pour des raisons différentes cette fois-ci. Les yeux de Cassie étaient embués de larmes.

Anouk prit une profonde inspiration, avant de s'adresser à sa collaboratrice.

– Donc je dirais, Florence, qu'il faut que tu confies à mon amie un travail pour les quatre mois à venir. Tes chances de me faire signer seront beaucoup plus élevées si tu as Cassie de ton côté.

***

– Je ne savais pas que tu pensais ça, affirma Cassie, alors que les deux amies marchaient sur le pont Saint-Louis, qui reliait les deux îles de la Seine – les origines de la ville de Paris.

– Et moi, je ne savais pas que tu pensais ça, sourit Anouk, en lui pressant le bras.

Cassie haussa les épaules.

– Je suis désolée si je t'ai mise mal à l'aise. Ce n'était pas mon intention.

– Je sais.

– Je crois que j'ai toujours eu l'impression d'avoir un temps de retard par rapport à toi, comme si je n'arrivais jamais à te rattraper. Même quand nous étions enfants, tu me semblais toujours plus en avance. Je n'ai jamais pensé un seul instant que je pouvais t'inspirer.

– À part la compassion, l'humour, la loyauté, la ténacité, tu as raison, il n'y a rien de bon à prendre chez toi !

Elles s'arrêtèrent au milieu du pont et observèrent la Seine. Deux cygnes glissaient sur l'eau marron.

– Tu savais qu'ils s'unissent pour la vie ? dit Anouk, en s'allumant une cigarette.

– Les veinards !

Anouk souffla une volute de fumée blanche, qui disparut immédiatement dans le ciel nuageux.

– Est-ce qu'il te manque ?

– Qui ? Gil ?

Cassie se retourna et s'appuya contre la balustrade. Un rayon éphémère de soleil passa sur elle, telle une brise.

– Oui. Et non. Je m'étais habituée à vivre sans lui, en quelque sorte. Son travail à Édimbourg a eu au moins cet avantage, j'imagine. Ce n'était pas comme si nous vivions collés l'un à l'autre. Mais… (Cassie inspira profondément.) Ce sont des petits détails qui me font mal. Les petits garçons me tordent le cœur. Et il y avait un homme dans l'avion qui portait la cravate préférée de Gil. Et le jour de son anniversaire… J'étais à deux doigts de l'appeler, tu sais.

– Tu ne lui as pas du tout reparlé ?

– Non. À quoi bon ? Nous ne pourrions pas revenir en arrière, même si on le voulait. Tout a été construit sur un mensonge. Sur nos dix ans de mariage, Rory a été là pendant trois ans, et je ne sais toujours pas quand leur liaison a réellement débuté. Deux ans plus tôt ? Avant même notre mariage ?

La voix de Cassie s'enroua et elle ferma aussitôt les paupières.

– Je suis sûre qu'il ne va pas mettre longtemps à lui faire la même chose qu'à toi.

Cassie protesta.

– Non. Non, il ne le fera pas. Ils sont faits pour être ensemble. Je le comprends maintenant.

– Mince alors. Tu étais l'épouse parfaite et, maintenant, tu es l'ex-épouse parfaite ! Et Luke ? Est-ce que tu lui as reparlé ?

Cassie secoua la tête.

– C'est presque ce qu'il y a de plus difficile. Il ne répond pas à mes appels. Je ne comprends pas pourquoi c'est tout ou rien avec lui. Je crois que… c'est terminé.

– Continue d'essayer. Il va revenir. Tu ne m'as pas dit qu'il viendrait à Paris pour les défilés ?

– Si, mi-février.

– Ce n'est que dans six semaines.

Cassie regarda son amie.

– C'est drôle. J'aurais cru que tu me dirais que je me rabaissais à courir après un homme de la sorte.

Anouk haussa les épaules.

– Ce n'est pas toujours facile de trouver quelqu'un. Parfois, il faut se faire un peu violence.

– Je parie que tu n'as jamais supplié un homme de décrocher son téléphone.

– Non… Mais j'aurais peut-être dû.

Le regard vide, elle fixa le bateau-mouche qui passa sous elles, la plupart des strapontins en plastique orange relevés et vides. Elle termina sa cigarette et l'écrasa sous ses ballerines en velours.

– Viens. Nous devons aller à l'atelier. Il faut que tout soit prêt avant l'arrivée de Katrina.

Elles se remirent en marche.

– Alors, qui est Katrina ?

– Katrina Holland. Elle est mariée à Bertie Holland, le P-DG d'Index Bank. C'est l'une de mes meilleures clientes.

L'image d'une blonde svelte avec des lèvres pulpeuses vint à l'esprit de Cassie, ainsi qu'une anecdote sur son penchant pour les jeunes et beaux « promeneurs de chien ». Bas la connaissait-il ? Il était la source habituelle de Cassie en matière de commérages scandaleux.

– Où vit-elle ?

– À Manhattan et Genève principalement, mais elle est à Paris pour les défilés haute couture de la semaine prochaine. C'est *Dior* qui me l'a envoyée il y a quoi ? Huit saisons ? Depuis, je lui dessine des collections deux fois par an. On étudie ses commandes lors des défilés et je lui propose des pièces uniques.

– C'est un autre monde, hein ?

Anouk et Cassie empruntèrent les rues calmes de l'île Saint-Louis, bien plus tranquilles que l'île de la Cité, où les touristes fourmillaient. Cassie avait davantage l'impression d'être dans un minuscule village de province, et non dans l'une des destinations touristiques les plus populaires au monde. Autrefois, cette île était principalement composée de pâtures de moutons et de vaches, c'était pourquoi les habitations y étaient peu nombreuses et, encore aujourd'hui, lui avait expliqué Anouk, quand les habitants prenaient le pont pour se rendre sur la rive gauche ou la rive droite, ils disaient qu'ils « allaient à Paris ».

– C'est vraiment paisible ici. On pourrait presque oublier qu'on est dans une grande ville.

– Je sais. C'est pour ça que j'adore autant cet endroit.

Elles s'arrêtèrent devant une porte aubergine laquée et Anouk chercha la clé dans son sac.

– Bien sûr, ça agace Katrina parce qu'elle ne peut pas se poser avec son hélicoptère, railla-t-elle, en levant les yeux au ciel.

Elles pénétrèrent dans un minuscule vestibule, avec un dallage en marbre noir et blanc, qui donnait sur trois portes. Un escalier étroit était accroché de façon précaire sur le mur de droite.

– On monte, annonça Anouk, en passant son sac sur l'épaule.

Elle portait un pantalon bleu marine, un chemisier en mousseline de soie rouge passé, avec un imprimé toile de Jouy et des volants qui dépassaient de sa veste rouge en tweed (dont, apparemment, les manches avaient été coupées en spirale pour les rendre moulantes). Cassie aperçut son reflet dans une vitre et fut surprise – une fois de plus. Anouk avait raison. Cette nouvelle couleur lui allait bien (et elle seyait à Paris), mais s'y habituer lui demanderait un peu de temps. Il lui faudrait annoncer cette nouvelle en douceur à Bas. Il allait piquer une crise.

Anouk ouvrit une petite porte – de la même couleur aubergine que la porte d'entrée. Elles entrèrent dans une pièce étroite et longue, qui semblait avoir emmagasiné toutes les particules de lumière de Paris. L'atelier était au dernier étage, et le toit, contrairement aux chiens-assis des immeubles voisins, était entièrement vitré. Cette verrière de verre et d'acier ressemblait à une version miniature du musée d'Orsay.

Au bout de la pièce, près de la fenêtre qui donnait sur la cour intérieure, se trouvaient un établi et une panoplie d'outils que Cassie n'imaginait absolument pas entre les mains d'Anouk. Manier et dessiner des diamants, des saphirs, du quartz rose et du corail ? Oui. Des appareils électriques Bosch ? Certainement pas.

Anouk déverrouilla un coffre-fort et en sortit plusieurs sacoches rondes en daim marron, remplies de marchandises. Elle commença à disposer les pièces sur une boîte en longueur, capitonnée de velours noir : un collier cravate en corail, des manchettes turquoise, de minuscules rubis accrochés à une fine chaîne de taille, un collier avec de gros morceaux bruts d'ambre.

On frappa à la porte.

– Pile à l'heure, commenta Anouk, qui regarda Cassie d'un air de dire « Prépare-toi ».

Elle ouvrit la porte pour laisser la femme entrer – la mémoire de Cassie ne l'avait pas trompée. Anouk accueillit Katrina Holland de façon chaleureuse mais formelle. Un homme maigre et très grand, en costume, la suivit. Il était incroyablement beau – une beauté de mannequin presque –, avec ses cheveux courts bruns, ses larges pommettes et son menton fin.

– Eduardo Escaliente. Enchanté, madame.

Il baisa légèrement la main d'Anouk, et son regard s'attarda sur elle un peu plus longtemps que ne l'exigeait la politesse.

Cassie attendit près de la table et se demanda soudain si elle ne devrait pas s'éclipser. Sans nul doute, Katrina Holland devait s'attendre à un rendez-vous privé.

– Et qui est-ce ? demanda Katrina, en fixant Cassie.

Eduardo la regarda également. Ce double examen fit rougir Cassie.

– Puis-je vous présenter Cassie Fraser du service marketing de *Dior* ? Nous allions justement revoir quelques détails pour les défilés à venir. Cassie, voici Mme Holland et Señor Escaliente.

Cassie leur serra poliment la main. Katrina ne relâcha pas son étreinte et fixa intensément la jeune femme.

– Comme ça, vous travaillez pour *Dior* ? Dites-moi, comment ça se passe à l'atelier ?

Cassie décela une nuance inflexible dans la voix de cette femme.

– Euh, bien, occupés, bluffa-t-elle.

Elle ne prenait ses nouvelles fonctions que le lendemain, aussi n'avait-elle rien à raconter, si ce n'étaient ses souvenirs de la frénésie les jours précédant le défilé de Bebe.

– Assisterez-vous au défilé, madame ?

– Non. Je ne vais qu'à *Valentino* et *Chanel*.

– Ah bon ? Mais il me semblait qu'Anouk vous a été présentée par…

– Par *Dior*, oui, s'empressa d'intervenir Anouk. Mais, euh… Il y a eu un malheureux quiproquo avec le palais de l'Élysée.

– *Dior* m'avait assuré que j'étais la seule à avoir commandé un modèle, affirma Katrina, le nez en l'air. Ce qui était le cas. Mais Mme Sarkozy avait emprunté la robe du défilé. Je ne leur ai plus rien racheté depuis.

– Je suis navrée de l'apprendre, affirma d'un ton solennel Cassie, qui comprit à l'écarquillement discret des yeux d'Anouk (comme à l'école, lorsque les enseignants les surprenaient à se passer des mots) qu'elle devait clore le sujet. Ils doivent grandement regretter leur erreur.

– Je suis surprise que vous ne soyez pas au courant. J'aurais cru que tous les employés de *Dior* connaissaient leurs anciens clients les plus précieux.

– Ah, mais Cassie vient d'arriver à Paris, expliqua Anouk. Elle a débarqué de New York pas plus tard qu'hier.

Katrina se tourna vers Cassie.

– New York ? Vraiment ?

– Oui. Mais si vous voulez bien m'excuser, je vais vous laisser entre vous, offrit Cassie, désireuse de s'éclipser. Ce fut un plaisir de faire votre connaissance, madame Holland, Señor Escaliente. À bientôt, Anouk.

Anouk raccompagna Cassie à la porte et lui confia les clés de son appartement, avant de lui faire la bise.

Cassie descendit les marches et regagna la rue. Un chien errant leva la jambe sur la roue arrière d'un vélo enchaîné à une gouttière. Elle sortit son téléphone de sa poche et recomposa le numéro de Luke.

« Le numéro que vous avez demandé n'est pas attribué… Le numéro que vous avez demandé n'est… »

Cassie raccrocha, le message était on ne peut plus clair.

Chapitre 23

Après avoir posé son sac dans le panier à l'avant, Cassie regarda tout autour d'elle puis se mit en route. Lors de sa toute première tentative, elle avait failli se faire renverser par une Fiat 500, conduite par un homme de quatre-vingt-douze ans. Mais, à cette heure divine de la journée – dix-sept heures trente –, les Parisiens vaquaient à leurs « affaires de cœur » et les routes étaient calmes. Ce n'était pas comme si elle avait une grande distance à parcourir – le marché aux fleurs était de l'autre côté du pont –, mais Cassie aimait faire du vélo dans cette ville. Le panier serait pratique, car elle ne pourrait certainement pas et tenir toutes les fleurs, et regarder la route devant elle.

Elle était à Paris depuis deux semaines et, parmi tout ce qu'elle avait appris (en coordonnant son soutien-gorge et sa culotte, on se sent plus « uni » ; le vin rouge atténue le mal de tête – ou réduisait-il les maladies cardiaques ? ; les masques du visage hebdomadaires sont plus importants que les brushings hebdomadaires ; courir est mauvais pour la santé, contrairement aux hammams), il y avait le fait que les bouquets de fleurs opulents étaient la pierre angulaire absolue de la civilisation. Et la soirée à venir s'annonçait ultra-civilisée. Ce soir avait lieu l'« entrée dans le monde » officielle de Cassie, qui devait faire la connaissance des amis d'Anouk.

Jusqu'alors, toutes les deux étaient restées cloîtrées, dînant calmement à l'appartement. Cassie ne s'était pas sentie de taille à faire la rencontre d'inconnus si tôt après avoir quitté des amis proches, sans parler de l'effet qu'avait eu sur elle la nouvelle annonce de répondeur de Luke. Celle-ci avait aussitôt fait renaître tous les sentiments d'incertitude qui avaient assailli Cassie après sa rupture avec Gil.

La réaction d'Anouk avait été immédiate et totale : elle lui confiait tous ses secrets de beauté les plus jalousement gardés pour l'aider à retrouver son amour-propre. Il s'avéra que devenir brune n'avait été qu'un début. Très souvent, Cassie avait le sentiment d'être la petite fleuriste Eliza Doolittle qui devenait une dame de la société, alors qu'elle apprenait – au mépris des conseils de Kelly – à ne jamais mettre de rouge à lèvres avant vingt heures, mais d'avoir toujours du vernis à ongles ; à choisir comme accessoire phare un foulard ou un collier plutôt qu'un sac ; à porter de la lingerie coordonnée et de couleur plutôt que des soutiens-gorges unis et des culottes sans couture.

Cette méthode semblait porter ses fruits. À mesure que son apparence s'arrangeait, Cassie commençait aussi à se sentir mieux. Sa peau était belle, parce qu'elle ne se levait pas à l'aube pour courir. Même si Anouk n'admettait pas franchement que les glucides étaient interdits, elle avait converti Cassie au régime Dukan à base de protéines ; elle n'avait donc plus faim en permanence, ce qui lui allait bien. Ses cheveux brillaient, car ils étaient nourris comme un enfant et n'étaient pas tripotés en permanence (*pardon, Bas*). En réalité, son changement d'apparence était si radical que Cassie angoissait à l'idée d'appeler Kelly ou Suzy par Skype. Elle prétextait que la connexion d'Anouk était mauvaise et qu'elle ne pouvait que téléphoner.

Tout en pédalant sur le pont qui reliait l'île Saint-Louis à l'île de la Cité, Cassie se demanda ce qu'elle allait acheter. Dans le hall d'entrée du siège social de LVMH, elle avait eu pratiquement l'impression de tomber dans une embuscade de pivoines roses, violettes et rouges. Mais ce n'était pas la saison des pivoines. Sans doute étaient-elles importées par jet privé. Cassie devrait se contenter des premières jonquilles.

Elle prit le quai aux Fleurs, au nord de Notre-Dame, puis arriva à l'emplacement du marché, avec les étals surmontés d'une bâche en plastique bleu. Le sol était en permanence mouillé à cause des seaux retournés. Cassie s'engagea dans les allées, avec les deux jambes du même côté de la selle, un pied sur une pédale. Elle contempla la profusion de roses, de lis, de tulipes et de narcisses, tous courbés en avant de façon provocante, pour exhiber leur beauté luxuriante, avec toute l'effronterie des danseuses de Pigalle.

Un bac contenant des bouquets serrés de roses jaune crème à longues tiges attira le regard de Cassie. Elle étudia le reste de l'étal, à la recherche de quelque chose qui trancherait. Elle repéra entre de grosses tulipes un seau plein de lilas. Elle acheta deux douzaines de roses et de lilas. Elle les posa dans le panier, et dut maintenir les roses – qui étaient si grandes qu'elles faillirent basculer – avec une baguette de pain savamment placée en travers du guidon.

Cassie pédala lentement, profitant d'être en vadrouille dans cette ville nouvelle, de humer les odeurs, d'écouter les bruits. La plus grosse adaptation était de se réhabituer au ciel juste au-dessus d'elle. Les gratte-ciel de Manhattan semblaient toujours le repousser plus loin, mais ici il était comme à portée de main, faisant autant partie de la ville que les bâtiments et le fleuve qui la traversait.

Le feu sur le pont d'Arcole vira au rouge et Cassie s'arrêta doucement à côté d'autres vélos, à l'avant de la file. Elle était concentrée sur le plan de table et à resituer qui était « avec qui », si bien que le bus était déjà presque passé quand elle se rendit compte de l'image qu'elle avait face à elle.

Surprise, elle fixa le car qui s'engageait sur le pont, avec cette bande de soleil éblouissant sur le côté, l'éclat de la soie rouge aussi vif que lors de cette journée grise de novembre dans l'appartement de Luke. Cassie regarda tout autour d'elle et aperçut certains cyclistes et piétons suivre l'image des yeux. Aucun d'eux ne remarqua que le modèle se trouvait en chair et en os à côté d'eux. Pourquoi le remarqueraient-ils ? Elle était brune à présent, une personne tout à fait différente, la version européenne mise au goût du jour. Seuls ses yeux – avec leur hésitation, leur prudence, cette envie de lâcher prise sans oser – trahissaient que cette jeune femme en exil, c'était elle.

***

– Quelqu'un veut te parler, l'informa Anouk, en passant la tête par la porte.

Face au miroir, Cassie étudiait anxieusement son reflet pour la centième fois. Elle portait un pantalon étroit noir, une veste de costume et un débardeur Isabel Marant à sequins bronze, avec un décolleté profond et évasé sur le bas. Elle avait retroussé les manches de sa veste jusqu'aux coudes et Anouk lui avait prêté deux énormes joncs en cuivre.

Anouk posa sa tête contre le montant de la porte et sourit fièrement.

– Si j'avais su qu'un tel changement était possible en quinze jours, je t'aurais enlevée à Gil il y a des années. Quel gâchis. Allez, viens, lui cria-t-elle après être repartie dans le couloir.

– Qui est-ce ?

Cassie suivit Anouk, tout en tripotant fébrilement les bracelets. Un à chaque poignet ? Ou les deux sur le même bras ? Elle se sentait ridiculement nerveuse.

– Je n'ai pas entendu le téléphone sonner.

– C'est parce qu'il n'a pas sonné ! rétorqua une voix depuis la console.

Oh, non, pas encore. Cassie se tourna vers l'ordinateur portable. Suzy affichait un sourire radieux à l'écran – du moins, jusqu'à ce que sa mâchoire se décroche.

– Tu me fais marcher !

Un très long silence s'étira entre les deux amies, pendant que Suzy essayait de croire ce qu'elle voyait.

– Je n'en reviens pas ! Tu as l'air complètement différente. Enfin… New York, c'était déjà énorme. Avec tout ce noir et ce blond platine. Mais on te reconnaissait encore. Je n'arrive pas à croire que tu sois passée de l'autre bord.

– De l'autre bord ?

– Oui, brune. Le blond, c'était toi, Cassie. Cette couleur t'allait bien, c'est ta nature.

– Tu trouves que le brun ne me va pas ? s'inquiéta Cassie, avec sa panique habituelle.

– Non, ce n'est pas ça. Tu es superbe ! Vraiment superbe ! Mais c'est le tout. Ta tenue, ton maquillage. Même tes gestes semblent encore différents. Qu'est-ce qu'elle t'a fait ? Elle t'a mise sur des roulettes ? Anouk !!!

– Elle est dans la cuisine. Nous recevons du monde pour le dîner.

– Les invités ne seront pas assis par terre, j'imagine ? plaisanta Suzy.

Puis une pensée lui fit écarquiller les yeux.

– Oh, est-ce que Kelly t'a vue comme ça ?

Cassie grimaça.

– Non. Je me…

– Tu te cachais ? Oui, et maintenant, je comprends pourquoi. Je savais bien qu'il se passait quelque chose ! Mais je croyais que c'était parce que tu te languissais de Luke.

– Pff, à quoi bon ? dit Cassie, en se balançant d'une jambe sur l'autre. Il a été on ne peut plus clair.

– Je suis désolée, poulette.

Cassie haussa les épaules, donnant l'impression d'être bien plus blasée qu'elle ne l'était en réalité.

– Ce n'est pas le pire qui me soit arrivé récemment. Je m'en remettrai.

– Tu ne devrais pas avoir à vivre cela.

– Bah, je ne suis pas totalement irréprochable. C'est moi qui suis partie. J'aurais pu choisir de rester.

– Et il aurait pu choisir de comprendre et d'attendre, protesta Suzy. Tu serais retournée là-bas en juillet.

– En juillet ? Tu essaies de te débarrasser de moi plus tôt ou quoi ? Je ne suis même pas encore arrivée !

– Oui, euh… Je vais avoir besoin de la chambre d'amis, tu comprends, expliqua Suzy avec un large sourire.

– Ah bon ? Pourquoi ?

Suzy ne répondit rien, elle se contenta de hocher la tête tout excitée jusqu'à ce que Cassie finisse par saisir l'allusion.

– Non !

– Si, si !

– Non !!!

– Eh si !

– Oh là là, Suzy !!! hurla Cassie, en tapant dans ses mains et en bondissant sur place. Tu vas être maman ? Et Archie, oh, il va faire un super papa ! Oh là là, est-ce que les autres sont au courant ?

Cassie se pencha vers la cuisine.

– Anouk !

Anouk revint dans le séjour, un tablier bleu marine par-dessus sa robe de soirée or mat Louis Vuitton qui était si décolletée que même ses petits seins menaçaient de s'en échapper. Elle s'essuyait les mains sur un torchon.

– Tu en fais un boucan, fit-elle remarquer, alors que Cassie sautillait. Que se passe-t-il ?

– Dis-lui, Suzy.

Cassie se mit à se ronger les ongles, et Anouk lui donna une tape sur la main.

– Eh bien…, commença Suzy. Je me demandais si Bonpoint était moins cher en France qu'en Angleterre. Parce que je sais qu'on trouve du Petit Bateau dans les supermarchés en France, mais c'est de l'argent jeté par les fenêtres de ce côté-ci de la Manche. Et puis, tu sais que je préfère Bonpoint, mais si c'est du Petit Bateau, c'est très bien aussi.

Suzy avait réussi à débiter tout cela en une seule respiration.

Il y eut un silence amusé.

– C'est comme ça que tu m'annonces que tu es enceinte ? rétorqua Anouk, les paumes ouvertes vers le ciel, avant de s'approcher doucement de l'écran pour y planter un baiser. En comparant Petit Bateau et Bonpoint ?

– Eh bien, ça va être ton rôle principal en tant que marraine. De nous envoyer des cartons de vêtements.

– Marraine ? répéta Anouk, d'une voix inhabituellement entrecoupée.

– Et ne te crois pas tirée d'affaire, Fraser ! Ton rôle sera d'apprendre à notre enfant à cuisiner le repas du dimanche quand il aura huit ans, ou sinon c'est direction la pension. Il doit participer aux tâches.

– Je verrai ce que je peux faire, ricana Cassie, les mains jointes contre sa bouche, comme si elle priait.

– Comment te sens-tu ? demanda Anouk, en s'asseyant sur l'accoudoir d'un fauteuil. Tu as des nausées matinales ?

– Arf, l'horreur. Et j'ai tout le temps faim.

Cassie leva les yeux au ciel. *Cela ne changeait pas beaucoup, non ?*

– Archie doit être content ?

– Il est fou de joie. Il se balade avec l'échographie comme si c'était la carte d'adhésion à un club sélect.

– Il est fier à ce point !

– Oh, oui. Vous voulez voir le bébé ? demanda Suzy, en soulevant un cliché en noir et blanc avec du grain.

– Oh, Suzy ! Il a ton nez, roucoula Cassie.

Suzy fronça les sourcils et regarda l'échographie.

– Qu'est-ce que tu racontes ? Il a à peine un nez. On dirait un grain de café, contesta-t-elle, mais elle ne put s'empêcher de sourire, des étoiles dans les yeux. De toute façon, tant qu'il n'a pas les oreilles d'Archie, ce sera bien.

Des voix de l'autre côté de la porte éveillèrent l'attention d'Anouk.

– Flûte ! Nous devons te laisser, Suzy. Nos invités arrivent.

– Bien sûr. Je vous ai dit ce que j'avais à vous dire de toute façon. Bon appétit, les amies !

***

Le français de Cassie était bon, mais pas suffisamment pour suivre le débat passionné sur la réforme des retraites de Sarkozy, aussi resta-t-elle silencieuse, les mains poliment sur la table, en essayant de passer outre le fait qu'elle souhaiterait être n'importe où ailleurs.

Elle regarda autour d'elle le décor qu'Anouk et elle avaient composé : les fleurs élégamment disposées au centre de la table, les verres à eau alvéolés sur lesquels se reflétait la lumière des bougies, quatre bouteilles de chianti vides, quelques champignons à l'ail qui restaient dans le saladier, un fromage bleu entier au centre avec un couteau en argent, et des mégots de cigarette tachés de rouge à lèvres dans les cendriers.

A priori, tout semblait se passer exactement comme prévu. La pièce était parfaite, Cassie était parfaite, sauf qu'elle se sentait seule, à l'écart et agitée. À la dérive, pas à sa place. La réaction de Suzy face à son nouveau look l'avait désarçonnée. Elle aurait pu essayer de cacher son étonnement, mais elle avait fait comme Henry à New York : un sourire poli, incapable de dissimuler l'inquiétude dans leur regard, alors que Cassie se glissait encore dans la peau d'une nouvelle personne. Cela l'épuisait – ne s'en rendaient-ils pas compte ? Combien de fois encore devrait-elle changer avant de renoncer à cette quête et dire : « Très bien. Je m'arrête là. Cette fois, c'est la bonne. Je serai cette femme » ?

Elle tenta de se convaincre qu'au moins, toutes ces transformations lui offraient des expériences différentes. S'ils se trouvaient à New York en cet instant, par exemple, leurs verres seraient remplis de vodka et leurs assiettes de fèves de soja. En Écosse, ce serait whisky, gibier rôti et tarte à la mélasse.

Cassie repensa à la dernière soirée à laquelle elle avait participé : le repas de Thanksgiving chez Kelly. Elle ferma les yeux un moment et visualisa tous les convives assis en tailleur sur le sol, à la lumière de la bougie chaude et vacillante, son carré d'herbe au centre de la table, un diamant solitaire caché. Elle se rappela la lumière dans les yeux de Kelly, les larmes de Brett, Bas la faisant tourbillonner dans ses bras pour fêter la nouvelle…

La différence n'était pas due à la nourriture, ni aux boissons ou aux décors, ni même au lieu. Mais au fait d'être en compagnie d'amis.

– Encore un peu de vin ? proposa la voix à côté d'elle.

Jacques, le mari de Florence, lui souriait gentiment, une bouteille de châteauneuf-du-pape dans les mains.

– Oui, merci. Pardon, j'étais perdue dans mes pensées.

– Sarkozy a cet effet-là sur les gens, plaisanta Jacques, en la servant.

Cassie gigota sur sa chaise et tenta de reprendre le fil de la conversation.

– Alors, que penses-tu de notre ville ? l'interrogea-t-il, pour la sauver de la conversation générale.

Il repoussa son verre vers elle. Cassie posa ses doigts de chaque côté du pied.

– C'est aussi beau que ce qu'on m'avait raconté.

– Tu n'étais vraiment jamais venue ?

Cassie haussa les épaules d'un air désolé.

– Mon mari et moi… ne voyagions pas souvent, répondit-elle simplement. Et il ne parlait pas français, alors…

Pourquoi n'était-elle pas venue rendre visite à Anouk toute seule ?

Jacques hocha la tête, comme s'il comprenait un sens caché derrière les paroles de Cassie.

– Je suis navré pour ton divorce.

Cassie se contenta d'acquiescer. Que répondre à cela ? À entendre Jacques, on aurait cru qu'elle traversait un deuil.

Il la regarda de ses yeux gris sombre, intelligents et curieux. Il avait un nez « puissant » et de très grandes mains, dont le dos était moucheté de poils noirs. Physiquement, tout chez cet homme était légèrement démesuré et grossier et, pourtant, son attitude avait une douceur qui contrebalançait ces défauts. Jacques lui faisait penser à Gabriel Byrne, en plus grand.

– Avais-tu quelqu'un à New York ? lui demanda-t-il.

Elle devina à cette question qu'Anouk avait dû lui parler de Luke, mais elle n'avait aucune envie d'aborder le sujet.

– Oui. J'avais quelqu'un.

– Et que s'est-il passé ?

– Il voulait que je reste là-bas et que j'emménage avec lui, répondit Cassie en le minimum de mots possible. Mais quand je lui ai demandé d'attendre jusqu'à cet été, il m'a quittée.

– Pff, fit Jacques, en secouant la tête. C'est la différence, tu vois ? Les Américains ne comprennent pas l'intérêt de la distance. S'il avait accepté ton idée, tu lui serais sans doute restée fidèle ici en Europe, pas vrai ?

Jacques s'exprimait en bougeant les mains tel un chef d'orchestre.

– Bien entendu.

– Mais sa fierté s'est mise en travers et, maintenant, il t'a perdue pour de bon. Si seulement il avait compris qu'un peu d'espace t'aurait ramenée directement dans ses bras…

Cassie médita sur ces mots. Jacques avait raison, supposa-t-elle. Jamais elle n'aurait trompé Luke pendant son séjour à Paris. Le problème n'avait pas été l'incapacité de Cassie de s'engager. Mais l'incapacité de Luke d'attendre.

– C'est pareil avec ton mari.

– Je te demande pardon ? s'étrangla Cassie, en dévisageant Jacques.

– Sans doute, avec un peu de temps, tu lui aurais pardonné et tu serais retournée avec lui.

Cassie poussa un soupir énergique, comme si quelqu'un l'avait brusquement serrée autour de la taille.

– Euh… non. Ce ne serait pas arrivé, objecta-t-elle doucement. Ce n'était pas une question de temps en l'occurrence.

– Tu veux dire que tu n'aurais même pas été disposée à lui laisser une chance ?

Cassie détourna le regard, l'indignation lui picotant tout le corps. Elle se rendit compte que les autres convives avaient cessé de parler de retraite et suivaient désormais leur conversation.

– C'est exact, répondit Cassie d'une voix douce. Je n'étais même pas disposée à lui laisser une chance.

Jacques se bascula contre son dossier, clairement étonné. Un petit murmure se fit entendre autour de la table.

– À mon avis, ce que nous devons retenir, intervint diplomatiquement Anouk, c'est que les choses fonctionnent différemment ici.

– Ici ?

Cassie la regarda. Elle savait que son amie essayait de jeter un pont, mais, au lieu de cela, elle dénigrait la réponse de Cassie en la faisant passer pour archaïque et fermée d'esprit, comme si la promesse de fidélité n'était rien de plus qu'une comptine.

– Eh bien, ici, une « affaire » est… Ce n'est pas un motif de divorce, expliqua Anouk.

Cassie sentit son ventre se nouer devant ce terrain soudain changeant. Qu'était en train de dire Anouk ? Qu'elle n'était pas d'accord avec les décisions de Cassie en fin de compte ? Qu'elle aurait dû rester auprès de Gil ?

– Et l'épouse aurait sans doute elle-même un amant, poursuivit Anouk, en essayant de calmer Cassie.

– Elle-même un amant…, répéta Cassie. À t'entendre, ça paraît tellement frivole – presque hédoniste, comme si on s'accordait un petit plaisir avec une robe en cachemire ou un carré de chocolat.

– Je ne voulais pas t…

– Mais ça ne laisse absolument rien entrevoir de la duplicité et des manigances, des mensonges et de la trahison qui accompagnent chaque baiser, n'est-ce pas ? Des rêves et des espoirs qui sont piétinés à chaque caresse ?

Cassie fixa Anouk droit dans les yeux, les joues roses, se sentant en minorité et mortifiée de faire une scène au cours d'un dîner où elle était censée se faire de nouveaux amis.

Il y eut un long silence embarrassé, alors que les deux hôtesses s'échangeaient des coups d'épée invisibles.

– Bon..., dit lentement Anouk, en écrasant sa cigarette dans le cendrier. Qui veut un café et des petits fours ?

Cassie resta silencieuse et abattue, tandis que les autres convives opinèrent du chef d'un air ravi, et de petites conversations reprirent en douceur. Tout le monde semblait vouloir passer à autre chose et faire retomber la tension générée par la réaction excessive de Cassie ; aussi, débarrasser le fromage était-il une bonne idée.

– Tu dois être fatiguée de ton voyage ? demanda Guillaume à Cassie, à sa droite.

Il était plutôt bel homme, avec un nez aquilin et des cheveux châtain clair, qui avaient dû être blonds autrefois. Techniquement, il était son « rencard » pour la soirée, même s'il avait passé la majeure partie du temps à converser avec Anouk. Celle-ci avait mentionné en passant à Cassie, avec sa désinvolture habituelle, que les Françaises n'avaient pas de rendez-vous galant, elles organisaient des dîners. Puisque Florence était mariée à Jacques, Victoire (une créatrice de tissus) à Marc et qu'Anouk était avec son petit ami, Pierre, un génie de l'informatique tellement beau qu'au premier coup d'œil, Cassie l'aurait cru plutôt destiné à Bas, Guillaume et elle formaient, pour la soirée du moins, un couple.

– On dit toujours de compter une journée par heure de décalage.

– Pour être franche, je ne pense pas pouvoir défendre ce principe, répondit Cassie, reconnaissante pour cette échappatoire élégante. Anouk m'a emmenée au hammam lors de mon tout premier après-midi ici.

Guillaume hocha la tête, et de légères rides d'expression apparurent autour de ses yeux marron.

– Ah, bien sûr, le hammam ! C'est pratiquement un rite de passage pour les femmes ici. Parfois, je pense qu'elles y tiennent des réunions secrètes, un peu comme les francs-maçons.

– Je n'ai jamais rien vu de tel.

Cassie n'aimait pas mentionner qu'elle n'avait pas entendu parler du rituel « nettoyer, tonifier, hydrater » avant d'arriver à Paris.

Guillaume rit doucement.

– La quête de la beauté est un travail à temps complet pour de nombreuses femmes. Mais pas pour toi, ajouta-t-il après avoir considéré Cassie d'un air pensif. Tu es très belle.

– Merci, dit Cassie, les joues rosies, se gardant bien de refuser un compliment d'un Français.

Il sourit et commença à lui raconter son dernier voyage sur la côte. Elle l'écouta avec admiration. Guillaume était prévenant, et séduisant également, mais ce n'était pas Luke.

De toute façon, Cassie n'était pas intéressée.

Chapitre 24

– Il y a du courrier pour toi aujourd'hui, annonça Anouk, tout en refermant la grille derrière elle.

Elle le déposa dans le panier du vélo que Cassie décrocha de la borne. Elle avait de la chance. Il y avait une station Vélib' juste en face de l'appartement, ce qui lui permettait d'aller travailler à bicyclette. Elle avait deux cents mètres de marche ensuite entre son travail et la station la plus proche. Anouk n'avait pas le même souci : son atelier était à deux rues de chez elle. Même dans des Louboutin de douze centimètres, elle pouvait parcourir cette distance à pied.

– Bonne journée, ma chérie, souhaita Anouk à Cassie, en lui faisant la bise.

Leur désaccord lors du dîner de la semaine précédente était passé sans qu'elles ne l'évoquent de nouveau. Remettre le sujet sur le tapis avait peu d'intérêt – il existait des différences culturelles que pas même un relooking ne pouvait combler.

– Est-ce que tu vois Pierre cet après-midi ?

– Bien entendu.

Anouk sourit et montra furtivement une bretelle de soutien-gorge rouge cerise, ornée d'un ruban en velours bleu.

– C'est un nouveau ! Il te plaît ?

– Évidemment, ricana Cassie, avant de mettre son casque.

– Est-ce qu'on mange à l'appartement ce soir ? C'est le marché aux poissons aujourd'hui. Je me disais que j'aurais pu prendre du flétan.

– Super, sourit Cassie, qui se percha sur la selle et s'appuya sur le guidon. J'irai chez *Poilâne*, je prendrai un bon pain au levain et aux olives pour accompagner le poisson. À tout à l'heure.

Elle résista à l'envie de donner un coup de poing en l'air, ravie que les glucides soient de nouveau au menu, bien qu'en petite quantité.

Elle se mit à pédaler, les pointes de son carré dépassaient de son casque et volaient au vent. Elle traversa le pont Saint-Louis et se dirigea vers le quai de la Corse, où elle se mêla à l'affluence qui progressait vers le huitième arrondissement.

C'était la fin janvier et Paris hibernait toujours. Les bourgeons des tilleuls étaient encore fermement enveloppés, et la Seine était d'un beige hostile qui refusait d'étinceler, sauf sous les rayons de soleil les plus éclatants du cœur de l'hiver. Toutefois, ici et là, Cassie remarquait que la ville commençait à flirter avec la perspective du printemps : des perce-neige poussaient en grappe au pied de bouleaux, la fontaine coulait à flots la plupart des jours, et il y avait en général une pellicule de rosée, et non de givre, sur les fenêtres quand elle ouvrait les rideaux le matin.

Elle gara son vélo à l'endroit habituel et, avec son casque sous un bras et le courrier fourré dans son sac (elle avait immédiatement reconnu l'écriture sur l'enveloppe), elle alla d'un pas rapide vers son travail.

– Bonjour Martine, salua-t-elle la réceptionniste, en s'avançant vers l'ascenseur.

Comme tous les matins, elle songea à monter par les escaliers, mais cette idée disparaissait aussi vite qu'elle lui venait. Kelly ne verrait peut-être pas cela d'un bon œil, mais ce que Kelly ne savait pas ne pouvait pas l'atteindre. Cassie était en mode Paris désormais.

Elle était la première arrivée. Il le fallait. Tous ses collègues étaient très, très occupés en ce moment, mais sans le stress et les jurons qui émaillaient la période de pointe chez *Bebe Washington*. Le défilé ayant eu lieu la semaine précédente, avec un succès dithyrambique, l'atelier avait retrouvé son enchaînement de réunions avec des clients d'exception qui parcouraient leur agenda et choisissaient des tenues pour leur tournée de galas de charité, des robes pour Saint-Tropez, des robes pour leurs cocktails… Katrina Holland n'était pas venue, mais Anouk avait raconté à Cassie qu'elle avait fait une entrée très remarquée au défilé Valentino, accompagnée de pas moins de trois promeneurs, chacun tenant l'un de ses shih-tzus.

Un dossier était posé sur le bureau de Cassie. Kane Westley, le styliste, était en charge du renouveau de la marque depuis quinze ans et, à cette occasion, un énorme livre allait paraître en édition limitée pour retracer le nouvel héritage de la maison de couture. Ce beau livre serait uniquement envoyé au gratin de leur clientèle, et une fête somptueuse devait être donnée en avril à l'occasion de cette publication intimiste.

Cassie était chargée de sélectionner dans les archives les images à faire figurer dans cet ouvrage, de chercher un lieu pour la fête et de composer les pochettes cadeaux offertes aux invités. Il semblait quelque peu absurde d'attendre d'une personne qui vivait à Paris depuis moins d'un mois de connaître les salles de réception adaptées à un public international habitué à fréquenter les clubs, les hôtels et les penthouses les plus prestigieux du monde entier. D'un autre côté, puisque Florence avait été quelque peu acculée pour sortir du chapeau un poste pour Cassie, cette recherche de salle signifiait qu'en gros, Cassie était payée pour explorer la ville.

Bien entendu, Suzy avait mis son grain de sel dès qu'elle avait appris cette nouvelle : « Ma poulette, je ne compte plus les mariages parisiens que j'ai organisés, avait-elle clamé au téléphone. Tout le monde veut se marier dans la capitale de l'amour. Je vais t'envoyer par e-mail une liste de lieux, mais c'est top secret, d'accord ? Va voir s'ils te conviennent. Beaucoup d'entre eux sont des locaux inoccupés et privés ; je les obtiens en exclusivité à force d'un harcèlement éhonté et de flagornerie. Alors, je compte sur ta discrétion ! »

C'est cette liste, pensa Cassie, en prenant son courrier dans son sac et elle ouvrit l'enveloppe. L'écriture chaotique de Suzy la trahissait, autant que son papier à lettres taupe gaufré d'un gâteau bleu clair. Cassie étudia rapidement le contenu. Il y avait des brochures glacées pour deux appartements contigus (dont l'un avec un toit-terrasse qui donnait sur le Palais-Royal), trois maisons de maître, un château dans la banlieue sud en allant vers Fontainebleau, et un yacht de soixante-dix mètres de long avec un amarrage exclusif pratiquement au pied de la tour Eiffel. Un des lieux de cette liste devrait bien enchanter l'élite de *Dior*.

Cassie prévint Florence par e-mail qu'elle partait en reconnaissance et serait de retour avant le déjeuner. Elle replia la liste, la rangea dans son sac et prit la grande enveloppe brune A4, rabattue avec du Scotch marron, qui était aussi à l'intérieur du pli. Elle commença à l'ouvrir et le contenu fit un léger bruit.

Une impression de déjà-vu ? Une fois l'enveloppe ouverte, une odeur terreuse et humide s'en dégagea. Eh oui, des graines.

Le mot était écrit avec la même encre marron que précédemment, sauf qu'il n'y avait aucune maxime encourageante cette fois-ci, seulement des recommandations d'entretien. *Mais de quoi s'agit-il, Henry ?* se demanda intérieurement Cassie, tout en prenant une poignée de graines et en les examinant. Pour autant qu'elle sache, ce pouvait être des graines de sésame envoyées par l'Eurostar à saupoudrer sur une salade.

Cassie était très perplexe. Pourquoi Henry continuait-il de lui envoyer des plantes à faire pousser dans des villes étrangères ? Elle avait en quelque sorte compris le message du carré d'herbe : l'herbe verte de l'Écosse, un bout de verdure au milieu de la jungle urbaine, etc. Mais cette fois-ci ? Et si Henry voulait qu'elle ait des fleurs, pourquoi n'appelait-il pas simplement *Interflora* ?

Il y avait une carte postale à l'intérieur. Elle était divisée en quatre photos : un punk, un bus à l'impériale rouge, la colonne Nelson et le panneau de rue King's Road. Au centre, « Dommage que tu ne sois pas là » était écrit en grosses lettres rouges.

Tout sourire, Cassie retourna la carte. C'était une liste. Encore une.

- Aller au point zéro
- Faire de *Ladurée* une habitude
- Appeler Claude au (+33) 01 99 40 26 97
- Se faire inviter au « Dîner en blanc »
- Visiter les catacombes
- Aller voir *Le Baiser*
- Aller à Londres, quoi qu'il arrive !

Bises,
Henry

Cassie comprit certains éléments à la première lecture. Elle était déjà allée au point zéro. En fait, elle y passait même plusieurs fois par jour. Ce n'était pas un monument historique, comme à New York, mais un repère géographique : une plaque en bronze au sol, au pied de Notre-Dame, pour marquer le point à partir duquel toutes les distances depuis Paris étaient mesurées. *Ça, c'était fait.*

Le Baiser... Même elle savait qu'il fallait qu'elle voie cette œuvre. Mais téléphoner à un parfait inconnu, sans savoir pourquoi ? Henry n'essayait tout de même pas de la caser lui aussi ? Si Anouk parlait encore une fois d'aller boire un verre avec Pierre et Guillaume, Cassie risquait de hurler. Et, le Dîner en blanc, qu'est-ce que c'était ? Où étaient les catacombes ? Henry s'attendait-il à ce que Cassie fasse de la spéléologie à Paris ? Quant à faire de *Ladurée* une habitude ? Quel sens se cachait derrière ces mots ? Entrer dans les ordres et faire vœu de célibat ? Pouvait-elle faire cela par Internet ?

Cassie secoua la tête et replia la liste dans le sachet de graines. Elle roula le tout pour le mettre à plat au fond de son sac. Elle n'avait pas le temps pour le moment de déchiffrer les codes de Henry. Elle devait arpenter les rues. La fête de *Dior* n'allait pas s'organiser toute seule.

***

– Je n'en reviens pas que tu lui aies fait cela ! fulmina Kelly.

– Il le fallait. L'état de ses cheveux était catastrophique, se défendit Anouk. Ils seraient tombés d'ici quelques mois de toute façon. On ne peut pas décolorer les cheveux sans cesse comme ça et s'attendre à…

– J'attendais un peu de soutien. C'est moi qui l'ai remise d'aplomb, tu sais. Crois-tu que c'était facile ? C'est moi qui étais à côté d'elle pendant les deux mois où elle pleurait et se saoulait tous les soirs…

Cassie leva la tête. Ses souvenirs étaient différents. N'était-ce pas Kelly qui avait poussé Cassie à sortir – l'avait traînée même par la peau du cou la plupart des soirs – et lui avait fait boire ces cocktails sucrés jusqu'à lui en faire tourner la tête ?

– Eh bien, elle n'est pas aussi d'aplomb que cela. Elle est encore obsédée par Luke et elle prend une mine des plus malheureuses dès qu'elle pense que j'ai le dos tourné. Ne le nie pas, ajouta Anouk, en se tournant vers Cassie.

– Au moins, moi, j'avais amélioré son look *à elle*. Alors que toi, tu en as fait un clone de toi !

– Et qu'y a-t-il de mal à cela ?

– Arrêtez ! L'une autant que l'autre, intervint Cassie, exaspérée.

Elle se leva et commença à faire les cent pas, un grand verre de bourgogne à la main.

– Je ne te vois plus quand tu vas par là, fit remarquer Kelly.

– C'est sans doute mieux comme ça, répondit Cassie. Au moins, vous allez arrêter de crier pendant une minute.

Kelly et Anouk fixèrent Cassie. Cette dernière poussa un soupir las – et pas seulement parce que sa recherche de salle l'avait fait marcher plus de quinze kilomètres. Elle était surprise par le peu de choses qui avaient changé depuis l'école. Ces deux-là avaient beau être séparées par un océan, elles réussissaient toujours à se prendre le bec. Elles se ressemblaient trop, c'était le souci.

– Écoute, Kelly. Anouk ne cherchait pas à défaire tout ce que tu as fait pour moi, déclara doucement Cassie, pour tenter de s'ériger en juge de paix.

– Ah non ? Elle a tout refait. Elle t'a totalement transformée.

– Je lui ai offert des options, protesta Anouk. Les choses sont différentes ici.

– Différentes en quoi ?

Il y eut un blanc.

– Plus subtiles.

– Plus subtiles ! Ça signifie quoi ? s'insurgea Kelly. Es-tu en train de dire que je l'avais fait paraître vulgaire ? Tu penses que les New-Yorkaises sont vulgaires ?

– Assez ! cria de nouveau Cassie, qui, cette fois, se plaça entre Kelly et Anouk, de sorte qu'elles ne puissent voir qu'elle. Écoute, Kelly, ce qu'Anouk a fait n'est en aucun cas un rejet de tout ce que tu as accompli. J'aime mes cheveux comme ça, mais qui sait si je vais garder cette coupe ? Ce n'est qu'un essai, c'est le but de cette année après tout, non ? Je porte toujours mon pantalon Bebe Washington préféré et absolument rien ne m'empêchera de sortir avec mon sac Maddy, même si on a voulu m'en offrir un Dior. Et, je n'en reviens pas de dire cela, mais je commence à regretter mes joggings dans le parc – un chouïa.

Cassie s'accroupit près de l'écran.

– Tu me manques, Kelly. J'ai adoré vivre à New York, sincèrement. L'énergie de cette ville, son ambition et… et sa positivité m'ont reboostée. Enfin, regarde-moi : je travaille chez *Dior*, le centre de l'univers de la mode ! Je n'aurais pas pu faire cela fraîche émoulue des landes écossaises, tu ne crois pas ?

Kelly émit un petit rire apaisé.

– Tu as fait du chemin, ma belle.

– Grâce à toi.

Cassie se tourna et tira Anouk de l'accoudoir du fauteuil pour la faire venir à côté d'elle.

– Grâce à vous toutes. C'est vous toutes qui me faites avancer et me montrez de nouvelles directions – et, oui, des versions différentes de moi aussi. Je ne sais pas encore quelle version est la bonne, mais on élimine les options, non ? Et tu sais quoi, Anouk ? Tu as parfaitement raison à propos de Luke. Je suis une vraie pleurnicheuse. Il se comporte comme un gamin et, franchement, je m'en passerais bien pour le moment. Si ce doit être tout ou rien, alors…

Cassie prit une profonde inspiration.

– Alors, j'imagine que ce ne sera rien.

Elle but une grande gorgée de bourgogne et fit claquer ses lèvres. Elle couva le verre du regard.

– Et puis, j'ai pris la décision de compenser en m'engageant dans une grande histoire d'amour avec la cuisine et le vin français. C'est beaucoup moins risqué !

– Enfin, pas pour tes cuisses ! s'écria Kelly. Anouk, dis-lui !

Anouk ricana avant de jeter un regard complice à Kelly – elles étaient de nouveau alliées.

– Qu'est-ce que je t'ai dit ? Ce pauvre Guillaume n'a aucune chance.

– Oh, j'ai du mal à croire que Guillaume pleure toutes les larmes de son corps, ironisa Cassie.

– Il demande de tes nouvelles chaque fois que je le vois.

– Je n'en doute pas, répliqua Cassie, en adressant un clin d'œil à Kelly. Comme il doit le faire pour toutes les femmes.

– Pff, tu t'y connais peut-être en beauté et en élégance à la française, ma chérie, mais tu n'y connais toujours rien en hommes français, rétorqua Anouk.

– Eh bien, tu peux retirer cela du programme, annonça Cassie, en lui tapotant le bras. Le seul homme dont j'ai envie d'entendre parler, c'est Brett, pour savoir comment il survit aux préparatifs du mariage. Kelly, est-ce qu'il a déjà ce regard hagard ou pas encore ?

– Très malin comme diversion, Cassie ! plaisanta Kelly, en jetant son foulard léopard Vuitton sur l'écran. Et non, pas du tout. Il adore ça. Je crois, ajouta-t-elle en plissant le nez, qu'il s'est trompé de carrière quand il a opté pour la finance.

– Ouah, ne le laisse pas filer, Kelly ! Gil a dû vérifier la date sur nos faire-part pour savoir quel jour il devait pointer le bout de son nez.

– Ouais, bah, il aurait mieux fait de s'abstenir, commenta Kelly d'un air sombre.

– Alors, tout est quasiment réglé ? intervint Anouk, pour revenir à leurs moutons.

– Eh bien, ça l'était. Mais l'annonce de Suzy nous met des bâtons dans les roues. Comme elle ne pourra plus prendre l'avion à partir de juin, nous avons voulu avancer la date à fin mai, sauf que nous ne pouvons plus avoir la salle que nous souhaitons… Alors, j'ai proposé de repousser le mariage en juillet, après la naissance du bébé, mais Suzy a piqué une grosse crise, car elle ne pourra pas mettre une robe de demoiselle d'honneur si tôt après l'accouchement. Elle a dit qu'en la voyant à côté de vous à l'autel, les gens croiraient qu'elle a avalé le prêtre.

Anouk ricana.

– Alors, quelle est la solution ?

– Nous avons décidé que si Lagardère ne pouvait pas venir à nous…

Un instant s'écoula.

– Non ! s'écria Cassie. Vous allez vous marier à Londres ?

– Techniquement, pas à Londres. Dans le Gloucestershire. À West Meadows.

– Chez la mère de Suzy ? demanda Anouk.

– Exactement. C'était notre deuxième maison quand nous étions à l'école. Tu te souviens, Cassie, de toutes ces vacances et de tous ces week-ends passés là-bas ?

Cassie hocha la tête d'un air joyeux. Anouk pouvait sauter dans un train pour retourner en France, mais Kelly et Cassie devaient prendre un long-courrier pour rentrer chez elles, aussi restaient-elles toujours chez Suzy à West Meadows.

– Ce choix me paraît tomber sous le sens – si cela convient à Brett bien sûr.

– Je crois qu'il se marierait sur la Lune si c'était mon désir. Il sait à quel point c'est important pour moi que nous soyons toutes les quatre réunies.

– J'ai l'impression que vous avez les choses bien en main, non ? fit remarquer Anouk d'un ton encourageant depuis l'accoudoir du canapé.

– Eh bien, ce sera le cas, répondit Kelly, en levant les yeux au ciel, quand Son Altesse se sera décidée à être une demoiselle d'honneur blonde ou brune.

Elle toisa Cassie à travers l'écran en plissant les yeux.

– Tu te rends compte que tu retardes tous les préparatifs avec ta schizophrénie ? Il faut qu'on choisisse les couleurs et le thème. Suzy va sortir de ses gonds si je ne lui donne pas une réponse bientôt. Franchement, dit Kelly en levant les bras au ciel d'un air théâtral, entre moi qui me marie et elle qui est enceinte, nous sommes des femmes au bord de la crise de nerfs, croyez-moi ! Au bord… de la crise… de nerfs !

***

Anouk cala ses jambes sous elle et posa sa joue dans sa main. Le bourgogne avait fait naître un rouge clair sur ses joues et un sourire languide sur ses lèvres. Une cigarette était coincée entre ses doigts de la main gauche.

– Oh, je suis contente que ce soit fait, soupira Cassie, en regroupant ses genoux contre son menton et en les glissant sous son pull – un pull de jardinage mité de Gil qui était toujours accroché à une patère dans le débarras. J'imagine que la Cassie de Paris est donc officiellement « lancée ». Puisque Kelly est au courant, tu peux te lâcher maintenant.

– Mais j'ai terminé, sourit Anouk, ses yeux pétillant de satisfaction posés sur sa protégée.

– Ah bon ? Donc, c'en est fini des surprises ? Tu m'as montré tout ce qu'il y a à savoir pour être une Parisienne ?

– En surface oui, répondit Anouk avec un haussement d'épaules.

Elle tira une grande bouffée sur sa cigarette.

Cassie plissa les yeux.

– Qu'est-ce que cela signifie ? Que je suis encore une simple touriste ?

– Tu n'as pas envie d'en entendre parler, donc bon…

Cassie leva la main, soudain sur le qui-vive à cause du « grand tabou » qu'était devenue leur vision divergente des hommes.

– Oh, je vois ! En effet, je n'en ai pas envie ! J'en ai assez des discussions sur les hommes.

Anouk soupira.

– C'est là la grosse différence. Si tu veux savoir à quoi ressemble la vie à Paris, tu dois savoir comment on aime à Paris. Je peux faire de toi une brune, te trouver un travail chez *Dior*, te faire porter de la lingerie et remplacer ton maquillage par une bonne routine du visage, mais si tu ne comprends pas la vision française de l'amour, alors tu ne restes qu'une personne qui est venue ici pour monter à la tour Eiffel.

Cassie leva les yeux au ciel.

– Tu es tellement obsédée par l'amour.

Anouk laissa son bras pendre dans le vide.

– C'est exactement ce que j'essaie de te prouver, déclara-t-elle, en jetant un regard perçant à Cassie. Je ne suis pas obsédée par l'amour.

– Moi non plus. J'y ai renoncé.

Anouk secoua la tête.

– Non. Tu fais trop d'efforts pour t'en défaire. Tu te retiens d'appeler Luke, de prononcer le nom de Gil…

– Ne mets pas Luke et Gil dans le même panier. Je n'aimais pas Luke – je ne l'aime pas. Il m'a seulement rendue heureuse à un moment de ma vie où j'étais très malheureuse.

– Je pourrais te présenter des hommes qui rempliraient exactement le même rôle.

– Je n'ai pas du tout envie de passer d'un homme à un autre, Anouk. Ça ne me ressemble pas. Je ne peux pas sans cesse laisser les gens entrer dans ma vie et puis les regarder partir.

Anouk poussa un petit soupir.

– Tu ne vas pas en rajeunissant, Cassie. En plus, c'est toi qui es partie.

Il y eut un bref silence.

– À t'entendre, c'est comme si j'étais partie sans me retourner. Comme si ça ne m'affectait pas moi non plus.

– Je sais bien que tu es triste. C'est pour cette raison que je veux t'apprendre comment ne pas l'être.

– Et comment apprend-on cela, exactement ? Une anesthésie du cœur ?

– La pratique. L'expérience. Se lancer dans une relation sans attendre un « Ils se marièrent et eurent beaucoup d'enfants ». Seulement de tendres au revoir, quelque part au bout du chemin.

– Alors, c'est ça être parisienne ?

Anouk sourit.

– Hmm, je crois que je préfère la version de Henry – et c'est dire entre se faire bonne sœur et pratiquer la spéléo !

– Se faire bonne sœur ? répéta Anouk, en haussant un sourcil. De quoi tu parles ?

Cassie se resservit du vin.

– Henry m'a envoyé une autre liste. Avec d'autres graines de fleurs. D'ailleurs, je les ai plantées à côté de la coriandre, donc ne les arrache pas s'il te plaît.

– Henry t'a envoyé une liste pour Paris ? Il faut que je voie ça. Comme si un Anglais pouvait mieux te faire découvrir Paris que moi. Montre-la-moi, dit Anouk après avoir éteint sa cigarette et en tendant la main.

Cassie soupira.

– Il ne faut pas marcher sur vos plates-bandes, hein ! Kelly a eu exactement la même réaction.

Cassie se leva et alla chercher la liste dans son sac.

– Dis-moi si ça te parle, parce que, moi, j'ai l'impression de lire les indices énigmatiques des mots croisés du journal.

Elle remit le papier à Anouk, qui l'examina.

– Le point zéro… *Ladurée*… Claude…

Anouk leva la tête.

– Qui est Claude ?

Cassie haussa les épaules.

– Je n'en sais pas plus que toi.

– Dîner en… Dîner en blanc ! Comment pense-t-il que tu vas pouvoir faire ça ?

Les yeux de Cassie s'écarquillèrent de panique.

– Pourquoi ? De quoi s'agit-il ? Dis-moi s'il te plaît que ce n'est qu'un restaurant avec une liste d'attente longue comme le bras ?

Anouk fit claquer sa langue.

– Dans tes rêves ! Le « pique-nique blanc », c'est un truc secret : personne ne sait qui sont les organisateurs, ni les membres. On ne peut y participer que sur invitation.

– Comment je peux me faire inviter si je ne sais pas à qui demander ?

Anouk haussa les épaules.

– Les catacombes… Oh, génial, explorer des souterrains sombres alors que tu es dans la Ville lumière ! *Le Baiser*, hmm, prévisible.

Anouk laissa tomber la liste sur ses genoux et regarda Cassie d'un air satisfait.

– Je préfère largement ma version de Paris. Te donner le look qu'il faut et te présenter un homme sexy.

Elle sourit et s'alluma une autre cigarette.

Cassie reprit la liste et l'étudia de nouveau. La liste de Manhattan avait été réellement amusante. Celle-ci ne le semblait pas tout autant…

– Je me demande qui est Claude, médita Anouk, les yeux plissés par la concentration.

Elle jeta à Cassie un regard malicieux.

– Peut-être que Henry t'arrange un coup avec lui. Lui aussi pense que tu as besoin de t'amuser.

Cassie ferma les yeux et secoua la tête.

– Mais c'est un complot, pardi !

Elle entendit le son d'un numéro composé sur un téléphone et rouvrit les paupières, inquiète. Anouk lui tendit immédiatement le combiné.

– Parle-lui, sinon c'est moi qui le fais.

– À qui ? À Henry ?

La tonalité retentit lentement dans l'oreille de Cassie.

– À Claude.

– Allô ?

La voix fut agressive, et la façon de décrocher ressemblait plus à un cri qu'à une salutation. Cassie eut la gorge nouée, terrorisée.

– Allô ???

– Euh... Bonjour ! Êtes-vous, euh... Claude ?

– Qui est à l'appareil ?

– Je m'appelle Cassie.

Mortifiée, elle se mordit la lèvre. Elle n'en revenait pas qu'Anouk lui ait fait ce coup-là. Elle n'avait aucune intention d'appeler un inconnu pour un rendez-vous arrangé.

– Je suis à Paris. Henry Sallyford m'a demandé de... vous téléphoner.

Un long moment s'écoula.

– Henry ?

– Oui. Ne... Ne vous a-t-il pas prévenu de mon appel ?

Faites, je vous en supplie, que Henry l'ait prévenu.

Un autre moment passa.

– Oui, oui, je me souviens... Laissez-moi vérifier mon agenda.

Cassie eut l'impression d'importuner cet homme. Elle entendit le bruit de pages que l'on tourne.

– D'accord... Venez samedi, à onze heures. On fera un déjeuner. Avez-vous mon adresse ?

– Euh... Non...

Cassie chercha fébrilement autour d'elle un crayon, non pas parce qu'elle voulait déjeuner avec cet homme (ils ne s'étaient même pas demandé « Comment allez-vous ? »), mais elle se retrouvait embarquée dans cette histoire et ne voulait pas se montrer impolie.

Il lui dicta son adresse, c'était dans Saint-Germain-des-Prés.

– Très bien, à samedi alors. Ne soyez pas en retard, dit-il avant de raccrocher.

Anouk fixa Cassie d'un air curieux, alors qu'elle reposa le combiné, totalement ahurie.

– Alors ?

– Eh bien, si c'était là un avant-goût de la technique de séduction des Français, j'aurai moins de mal à faire preuve de détachement que je ne le pensais !

Chapitre 25

Cassie rapporta son vélo à la station Vélib la plus proche et marcha lentement dans la rue. Celle-ci était étroite et calme, avec des galeries d'art contemporain, des marchands de meubles minimalistes et des boutiques d'antiquités rococo. Elle était censée arriver quarante minutes plus tôt, mais elle avait eu une panne d'oreiller. La veille, Pierre et Guillaume avaient emmené Anouk et Cassie (« Seulement histoire d'être un nombre pair », avait argué Anouk) à un cabaret burlesque dans le Marais, et il était plus de deux heures du matin quand Cassie avait enfin pu poser sa tête sur l'oreiller.

Faire du vélo dans le froid et retrouver un parfait inconnu étaient absolument la dernière chose dont elle avait envie ; c'était uniquement parce qu'Anouk avait caché la liste de Henry, avec le numéro de Claude dessus, qu'elle était venue. Ce à quoi elle aspirait réellement, c'était rester dans son lit, grommeler et qu'on lui mette en silence une perfusion, lui fasse couler un bon bain chaud, avant de terminer par un massage intégral. En fait, elle avait failli pleurer quand elle avait entendu Anouk se réserver une séance au hammam.

Cassie vérifia de nouveau l'adresse et poussa un soupir contrarié. Où était ce satané numéro ? Pourtant, elle n'avait pas autant la gueule de bois. Elle était encore capable de compter. Tout ce qu'il fallait, c'était trouver le numéro 13, mais la numérotation semblait passer du 11 au 15.

Un homme âgé dans un pardessus marine et coiffé d'un feutre passa sur le trottoir d'en face, une baguette ensachée sous un bras et le journal dans l'autre main. Cassie fit de son mieux pour courir vers lui.

– Excusez-moi, monsieur… Savez-vous où je peux trouver cette adresse ?

L'homme regarda le bout de papier que Cassie lui tendait – un reçu de pressing sur lequel elle avait griffonné l'adresse. Il sortit une paire de lunettes et eut du mal à déchiffrer l'écriture de Cassie.

– Oh, oui. C'est là-bas.

Il pointa une venelle de l'autre côté de la rue, tout près de l'endroit où elle était quelques instants plus tôt. Cassie n'avait pas remarqué cette ruelle, si étroite qu'un scooter enchaîné à une gouttière en masquait l'entrée.

– Merci, merci, monsieur, sourit-elle, avant de s'éloigner hâtivement.

Elle s'engagea dans la ruelle. Elle ne devait pas faire plus de six mètres de long, et il n'y avait rien, à l'exception d'une porte coupe-feu noire, qui s'ouvrait uniquement de l'intérieur, et un escalier de secours au-dessus. Cassie chercha partout un nom ou un numéro, n'importe quelle indication, mais il n'y avait rien. Elle se retourna vers la porte noire. Ce devait être là.

Elle s'apprêtait à frapper quand elle perçut des voix de l'autre côté – de nombreuses voix. Elle se recula au moment même où la porte fut brusquement ouverte et que deux Japonaises en sortirent. Elles parlaient rapidement, un appareil photo autour de leur cou. Elles furent suivies par une femme grande et mince, à la peau ébène et une coupe afro incroyable, un homme dans la cinquantaine avec une moustache grise et, enfin, un homme aux yeux noirs et aux cheveux bruns avec la carrure d'un ours.

– Attendez là ! aboya ce dernier au groupe, en composant un code sur l'alarme à l'intérieur.

Ils s'arrêtèrent tous docilement, sans que les Japonaises n'interrompent pour autant leur conversation.

– Oh, excusez-moi, mais je vais à l'intérieur ! dit Cassie, qui s'approcha, sans être tout à fait capable d'instiller un sourire à son regard.

– Qui êtes-vous ? demanda l'homme, manifestement aussi ours de caractère que d'apparence.

Il examina Cassie de la tête aux pieds. Elle portait un jean bleu et la veste Moncler que Luke lui avait offerte pour Noël. Elle n'avait pas réussi à la mettre depuis son départ de New York, mais l'hiver ne semblait pas résigné à quitter Paris et le vent était particulièrement cinglant à vélo.

Cassie fut contrariée par l'agressivité de cet homme.

– Je viens voir Claude, expliqua-t-elle, sans répondre volontairement à la question.

– C'est moi, Claude, affirma-t-il, avec un ton aussi pompeux que s'il avait dit « Moi, Claudius ».

– Oh.

Cassie en fut comme deux ronds de flan. Pas de chance.

– Ah… Bonjour ! le salua-t-elle, en offrant un sourire timide et sa main. Je suis Cassie.

Il ignora sa main tendue.

– Vous êtes en retard.

– Je sais.

Elle laissa tomber son bras, insultée par cette rebuffade et déterminée à ne pas s'excuser. Elle planta ses mains sur ses hanches et voulut inverser les rôles.

– Je n'arrivais pas à trouver le numéro.

Il la fusilla du regard.

– Alors, quoi ? Vous vous en allez ?

– Nous n'allions pas vous attendre plus longtemps, lui répondit Claude, en s'éloignant d'un pas décidé.

Cassie fixa son dos.

– Nous ?

Il ignora Cassie de plus belle et se dirigea vers la rue. Stupéfaite, Cassie jeta les mains en l'air. *Oh, génial !* Et maintenant, qu'était-elle censée faire ? Le laisser partir avec ses amis ? Lui courir après ?

Elle fixa la venelle déserte et aperçut quelques passants sur le trottoir. Elle consulta sa montre. Elle devait avoir quarante-cinq minutes de retard désormais. Et cet homme était un ami de Henry. Si Henry l'appréciait, c'était qu'il devait avoir des qualités. Il n'aurait pas mis Cassie en contact avec un Français bougon sans raison particulière.

Elle courut après cet homme. Il était bien deux cents mètres plus loin, mais en dépit de son terrible mal de tête, elle le rattrapa facilement.

– Alors, ces gens se joignent à nous pour le déjeuner ? s'enquit Cassie, en indiquant d'un coup de menton le groupe devant eux, d'une bonhomie nonchalante.

Claude lui jeta un regard noir, comme s'il était surpris qu'elle soit encore là, à l'importuner.

– Leur présence vous ennuie-t-elle ?

– Non. Plus on est de fous, plus on rit, répondit-elle, avec une bonne humeur forcée. Où allons-nous ?

– Vous le sauriez si vous étiez arrivée à l'heure.

Claude accéléra le pas. Cassie plissa les yeux et le regarda prendre ses distances. Comment une personne aussi placide que Henry pouvait être amie avec un homme pareil, Cassie ne comprenait pas. Elle se vengerait en infligeant une brûlure indienne à Henry la prochaine fois qu'elle le verrait, songea-t-elle. Elle se demanda si elle pourrait s'échapper assez rapidement de ce repas.

Ils marchèrent dans les rues en silence, passant devant des cafés, bondés depuis le petit déjeuner et qui tournaient à plein régime pour le déjeuner ; devant des magasins qui vendaient des nappes rustiques en dentelle et des toiles cirées représentant des olives ; devant des amoureux appuyés sur des scooters et des enfants jouant aux billes sur les balcons ; devant des boutiques de souvenirs qui vendaient des maillots de football du PSG et des drapeaux tricolores. Enfin, ils tournèrent à l'angle d'une rue et se retrouvèrent face à une émeute.

Du moins, ce fut l'impression que fit le marché à la pauvre tête tourmentée de Cassie. Tout fut soudain plus bruyant, plus lumineux, plus vif, alors que les cris, les marchandages et les rires se bousculaient à son oreille, et que les couleurs se disputaient son regard. Cassie sentit la migraine inévitable arriver.

Le groupe s'arrêta net et Claude se tourna pour leur faire face. Son visage était toujours aussi lugubre.

– Nous y sommes, annonça-t-il vaguement.

Ils étaient devant un tabac. Cassie chercha autour d'eux le restaurant.

Claude fouilla dans son sac en bandoulière et tendit à tout le monde une petite carte plastifiée vert clair. Cassie haussa les sourcils.

– Mais c'est une liste de courses ! s'exclama-t-elle, en regardant Claude.

– Bravo, vous avez déchiffré mon message, répliqua-t-il d'un ton sarcastique, et les Japonaises gloussèrent.

Cassie rougit, furieuse. Qui plastifiait sa liste de courses ? Et qui demandait à ses compagnons de déjeuner de faire les achats ?

– Très bien, vous avez une heure pour tout trouver. Je me moque du marchand que vous choisissez, mais résistez à la tentation d'acheter au premier étal que vous croisez. La qualité et le coût peuvent fortement varier. Votre capacité à sélectionner des ingrédients de qualité m'indiquera ce dont vous êtes capables, avant même que nous nous mettions aux fourneaux.

Cassie fixa Claude, puis le groupe – manifestement, ils ne se connaissaient pas –, puis la liste. Elle commença à comprendre qu'elle n'avait pas rendez-vous pour un déjeuner. C'était un cours de cuisine ! Cette perspective l'emballa immédiatement.

– Qu'allons-nous cuisiner ? demanda Cassie, qui sentit sa gueule de bois diminuer.

– Ça aussi, vous le sauriez si vous étiez arrivée à l'heure, répondit platement Claude, douchant l'enthousiasme de Cassie.

Il jeta un coup d'œil à sa montre.

– On se retrouve ici à treize heures.

Il aurait tiré un coup de pistolet pour donner le départ, l'effet aurait été le même. Tout le monde se dispersa instantanément et Cassie soupira. La route était fermée à la circulation et la place fourmillait de clients, qui nonchalamment tendaient, soupesaient, goûtaient les fruits et légumes. Une partie de Cassie avait envie de fuir et de laisser tomber ce Français impoli, mais une plus grande partie d'elle encore était intriguée.

Jeter un œil ne ferait aucun mal. Elle descendit du trottoir pour aller se mêler à la foule. Elle adopta une allure d'escargot qui convenait à son corps fatigué. Les étals étaient tous recouverts de la même toile blanche et, en passant, Cassie remarqua l'habileté avec laquelle ils avaient été installés, un peu comme des natures mortes hollandaises : des aubergines luisantes étaient regroupées en grappes ; des piments étaient accrochés à un fil et suspendus comme des colliers de corail ; les poulets rôtis étaient disposés en rangs militaires ; des fromages bien faits étaient enveloppés de papier paraffiné et ficelés comme de petits paquets ; des homards vivants s'agitaient dans des bourriches, avec leurs pinces attachées ; des fleurs de courgette jaunes étaient sur des plateaux, tels des bouquets de narcisses ; des tomates allongées étaient empilées ; des oignons frais formaient de belles bottes.

Cassie s'arrêta devant un étal où quatre tables à tréteaux étaient recouvertes d'une nappe bleu marine et où étaient alignés de profonds saladiers d'olives : noires, vertes, dénoyautées, farcies… Elle tenta de compter le nombre de variétés, mais il devait y en avoir plus de trente – quarante, même. Elle entendit le marchand – un petit homme avec un visage flasque qui semblait avoir été saupoudré de farine – parler en italien à un homme plus jeune.

Il remarqua Cassie.

– Oui, madame ? dit-il, les bras écartés, fin prêt à réaliser une vente.

– À quoi sont celles-ci ? lui demanda Cassie, en pointant un saladier d'olives au centre.

– Les Toscana : tomates séchées, romarin et ail, lui répondit le vendeur, en collant son index à son pouce comme un roulement de tambour verbal.

– Ah oui ?

Elle posa sa main contre son ventre d'un air alléché. En raison de sa gueule de bois, elle n'avait pu avaler qu'un café au petit déjeuner ; aussi avait-elle de plus en plus faim. Elle chercha son porte-monnaie.

– Je vais en prendre cinquante grammes, s'il vous plaît.

L'homme mit les olives dans un pot en plastique et Cassie lui tendit les sous.

– Vous êtes italien ? l'interrogea-t-elle en attendant qu'il lui rende la monnaie.

– *Si.* Nous sommes d'un petit village près de Turin : Diano d'Alba. Nous venons deux fois par semaine.

– Vous voulez dire que vous faites tout le trajet jusqu'ici ?

– Pour ce marché, oui. C'est le meilleur de Paris. Nous ne sommes pas les seuls à le faire. Les gens font des centaines de kilomètres pour venir vendre ou acheter ici. Mon père venait avant moi, et aujourd'hui mon fils.

Il asséna une tape sur l'épaule de son fils. Le jeune homme hocha poliment la tête. Ils devaient être debout depuis l'aube.

Cassie récupéra son argent et leur sourit pour leur dire au revoir, puis elle se faufila dans la foule et examina la liste. Il lui fallait des pommes, pour commencer. Elle aperçut un stand de pommes une centaine de mètres plus loin, avec autant de choix que le marchand d'olives. Des pommes à cuire géantes – bosselées et biscornues – trônaient aussi fièrement que de toutes petites reinettes rondelettes ; certaines variétés paraissaient lustrées, comme des pommes grenat qui se faisaient passer pour des rubis ; d'autres étaient mates et richement pigmentées comme si elles avaient été colorées avec des pastels à l'huile.

– Qu'est-ce qui vous ferait plaisir ? demanda la vieille femme, assise derrière l'étal, un foulard autour de la tête.

Cassie haussa les épaules.

– Je ne sais pas, pour être franche.

La femme se leva et lui prit des mains la liste verte plastifiée, en hochant la tête. Elle tira un sachet en papier brun d'une ficelle derrière elle.

– Vous êtes avec Claude Bouchard.

Elle se dirigea vers le bout de la table et remplit le sachet d'une variété couleur prune.

– Oui… Comment le savez-vous ?

La femme jeta un coup d'œil à la liste plastifiée.

– Il commence toujours par une tarte Tatin. Classique et délicieux. C'est la reine des reinettes qu'il vous faut. Goûtez, dit-elle en tendant l'une des pommes à Cassie.

Cassie hésita, mais la femme la fixait d'un air impatient. Elle prit une petite bouchée.

– Elle est croquante, un tout petit peu acide, non ? Mais elle est très sucrée, ce qui lui permet de conserver sa texture à la cuisson. Il va vous demander tout ça, alors vous feriez mieux de vous en souvenir, indiqua-t-elle avec un clin d'œil et en se tapotant la tempe. Vous serez alors son élève préférée, ce qui est une excellente chose. Six euros trente.

Cassie chercha les sous dans son porte-monnaie.

– Hmm, je ne suis pas sûre que ça m'intéresse.

La vieille femme fronça les sourcils.

– Claude Bouchard est un chef étoilé.

Elle empocha la monnaie sans même regarder et se tapota fièrement le ventre, comme si elle était la mère de cet homme.

– Du moins, il l'était. Jusqu'à ce qu'il arrête.

Elle secoua la tête et se pinça les lèvres d'un air désapprobateur.

– Il a arrêté ? Comment arrête-t-on d'être un chef étoilé ?

Cassie fut surprise par cette gloire improbable – Claude avait davantage l'air d'un boxeur que d'un chef.

– Il a fermé les portes de son restaurant il y a trois ans. Il a renvoyé tout le monde. Il n'a pas remis les pieds dans les cuisines d'un restaurant depuis. Maintenant, il donne des cours quand il a besoin d'argent, mais…

La femme agita ses mains d'un air dédaigneux. Elle se pencha en avant et murmura à Cassie :

– Il a le vague à l'âme.

La vieille femme sourit, et son visage ratatiné se replia sur lui-même.

– Mais vous avez de la chance. Il accepte peu de gens. C'est qu'il doit vous apprécier.

Cassie secoua la tête.

– Oh, non, il ne m'apprécie pas du tout. Mais un de mes amis, oui.

Impatiente, une autre cliente commença à remplir des sachets de pommes et la marchande se hâta d'aller la servir. Cassie serra son sachet contre sa poitrine et s'en alla. Elle avait regardé suffisamment d'épisodes de *MasterChef* pour savoir que la hiérarchie dans une cuisine de restaurant était aussi rigide que celle d'un palais royal – et dire qu'elle était arrivée avec trois quarts d'heure de retard, du répondant et une gueule de bois. Personne – et encore moins un chef étoilé – n'oserait affirmer que leur relation avait commencé du mauvais pied.

Cassie se mordit la lèvre un instant et se demanda si la situation était récupérable. Elle sortit la liste de sa poche et l'étudia sérieusement. Elle ferait mieux de se rattraper.

***

Elle fut la première au point de rendez-vous, des sacs pleins à craquer et les yeux écarquillés. Elle espérait que Claude serait de retour avant les autres ; elle n'avait pas envie d'avoir un public pour ce qu'elle avait à dire. Elle étudia les visages dans la foule, à la recherche des autres élèves, et elle aperçut Claude sortir d'une crêperie en face. Elle le repéra au langage de son corps voûté. Il leva la tête et la vit. Elle pensa déceler de la déception dans son regard – et elle se rendit compte qu'elle n'était pas la seule à avoir souhaité qu'elle disparaisse et ne revienne pas.

Il s'approcha à contrecœur, jeta un coup d'œil à sa montre et reprit une mine renfrognée.

Cassie inspira profondément.

– Je voulais m'excuser, s'empressa-t-elle de déclarer, lorsque Claude arriva à son niveau. Il y a eu une méprise – de ma part. Je n'avais pas compris ce que nous allions faire aujourd'hui. Quand vous m'avez dit que nous ferions un déjeuner, je n'avais pas compris que c'était au sens propre. Je croyais que vous étiez un ami de Henry qui allait me faire visiter Paris.

Claude fixa Cassie.

Elle poursuivit nerveusement, bien qu'elle remarquât les autres personnes du groupe arriver. Elle toussa d'un air gêné.

– Il ne m'a même pas donné votre nom, donc je ne savais pas que… Je ne savais pas qui vous étiez. Bref, je suis désolée. C'est tout ce que je voulais dire.

Claude ne prit pas la peine de lui répondre. En réalité, à en juger par son langage corporel toujours hostile, Cassie n'était même pas certaine qu'il l'ait écoutée. Ils attendirent en silence que le reste des participants les rejoignit un à un, tous avec des sacs remplis d'ingrédients identiques. Une fois les Japonaises arrivées, avec un sourire impatient et portant deux fois plus de sacs que tous les autres (un pull à rayures qui dépassait de l'un d'eux suggéra que leurs achats avaient outrepassé la liste), Claude tapa vivement dans ses mains et ils le suivirent tous vers l'appartement dans un silence inquiet.

Malgré l'extérieur anodin de l'immeuble, la cuisine de Claude était lumineuse et élégante, avec un plafond haut, un sol carrelé et un long plan de travail en bois exotique au centre de la pièce. Des planches à découper et un ensemble de couteaux Global aiguisés étaient disposés à intervalles réguliers. Cassie sentit sa gueule de bois disparaître devant le piano de cuisson Lacanche rouge foncé. Ce n'était pas un simple club de cuisine pour touristes. Tout ce sur quoi Cassie posait les yeux – depuis les casseroles avec un fond en cuivre jusqu'aux couteaux aiguisés au diamant – était de la meilleure qualité qui soit. Elle eut l'impression d'être dans une cuisine de restaurant avec des clients dans la pièce attenante, et son ambition d'amateur évoquée, mais jamais concrétisée de créer sa propre école de cuisine, à destination des épouses des chasseurs, lui parut ridicule par comparaison.

Claude boutonna sa veste de cuisinier blanche, pendant que tout le monde vidait ses emplettes à son poste de travail. Il fit le tour et inspecta les achats d'un air désapprobateur : des cèpes, des chanterelles, de l'estragon, de l'ail, du sucre, du beurre, de la farine, des pistaches, des pommes…

– Trop acide… Pas assez mûr… Trop petit…

Il arriva au niveau de Cassie et jeta un coup d'œil par-dessus son épaule. Elle se surprit à retenir son souffle. Elle avait trouvé un étal incroyable, un peu à l'écart, pour les chanterelles et les cèpes, et elle était confiante dans le choix de la marchande pour les pommes. Au bout d'une minute, qui sembla durer un mois, Cassie sentit Claude hocher la tête.

– Peut-être moins mauvais que ce que j'aurais cru, marmonna-t-il avec la noirceur d'une menace de mort.

Cassie se fendit en un large sourire ravi et se maîtrisa pour ne pas crier. C'était la meilleure chose qu'on lui ait dite depuis son arrivée à Paris.

Chapitre 26

– Je ne comprends pas ce que tu lui trouves.

– Tu veux dire en dehors de son génie culinaire ?

– Il est aussi charmant qu'une porte de prison.

Cassie sourit, pendant qu'Anouk souffla de délicats nuages de fumée entre ses deux lèvres parfaitement charnues. C'était vrai que Claude avait paru peu impressionné quand Anouk – sa curiosité piquée par l'obsession grandissante de Cassie – l'avait accompagnée ce matin-là à l'atelier de cuisine. Claude ne lui avait adressé pas plus qu'un signe de tête et, quatre heures plus tard, Anouk en était toujours offusquée.

Cassie but une autre gorgée de son expresso ; elle n'avait rien trouvé à Paris pour remplacer *Tea and Sympathy* et, en l'absence de ses PG Tips, elle devenait accro au café. Elle observa les coups de frein et les embardées des voitures sur la place. Elle venait de terminer son troisième jour de cours. En théorie, Claude donnait des cours quotidiens pendant une semaine, mais le travail de Cassie ne lui permettait pas d'y assister ; aussi, Claude avait-il fini le cours avec le reste du groupe et formait-il Cassie en tête à tête tous les samedis. Henry semblait être dans les bonnes grâces des gens.

Ce jour-là, ils avaient fait une tarte aux figues et aux amandes, décorée d'éclats de pistache, et Claude lui avait révélé son secret : porter à ébullition la préparation au beurre pour la pâte au four. Cassie poussa un soupir d'aise en se rappelant ce souvenir tout frais, et Anouk s'enfonça davantage dans son humeur maussade.

Cassie la regarda tirer une bouffée profonde et nerveuse sur sa cigarette. Son amie semblait stressée, à cran. Elle travaillait tard à l'atelier ces temps-ci et allait directement se coucher quand elle rentrait. Cassie remarqua pour la première fois qu'Anouk avait des cernes sombres sous les yeux – un signe auparavant impensable de négligence pour une personne qui passait plus de temps à se laver le visage qu'à changer une roue. Et voilà maintenant qu'Anouk interprétait l'indifférence habituelle de Claude, qu'il semblait avoir pour n'importe quel être humain, comme un mépris de ses charmes. Elle n'était pas susceptible d'ordinaire.

– Pierre et toi, vous êtes-vous disputés ? demanda doucement Cassie.

– Non, répondit Anouk sur la défensive. Pourquoi dis-tu cela ?

– Tu sembles triste.

– Pas triste. Simplement occupée.

Anouk secoua la tête et ses cheveux vinrent frôler ses joues. Elle se caressa doucement la tempe de sa main libre.

– J'ai un souci avec mon fournisseur de diamants, et Katrina… Elle n'a pas l'habitude d'attendre.

– J'imagine bien, compatit Cassie.

– Elle veut que je lui envoie neuf pièces d'ici la fin de la semaine prochaine.

– Ça ne m'étonne pas.

– C'est totalement déraisonnable !

– Oui.

Anouk prit une dernière bouffée sur sa cigarette, avant de l'écraser dans une soucoupe.

– Il pense que je peux tout laisser tomber comme ça, d'un claquement de doigts. Comme si je n'avais rien d'autre dans ma vie.

Cassie marqua un temps d'arrêt.

– Qui ça, « il » ?

– Quoi ?

– Tu as dit : « *Il* pense que je peux tout laisser tomber… »

Anouk la fixa.

– J'ai dit ça ?

Elle jeta un coup d'œil aux cendres dans la soucoupe.

– Je voulais dire « elle ». Je parlais de Katrina.

Cassie soupira et posa sa main sur celle de son amie.

– Tu veux en discuter ?

– Je t'ai dit qu'il n'y avait rien à dire.

Anouk retira sa main d'un coup.

Cassie s'appuya contre le dossier de sa chaise et observa Anouk.

– D'accord. Si tu le dis.

Elles tombèrent dans le silence et Cassie songea à quel point la vie avec Anouk était différente. À New York, Kelly et elle avaient pratiquement fusionnées toutes les deux en une seule et même personne : même travail, mêmes vêtements, même chambre, même vie. Mais Anouk était très indépendante et elle compartimentait sa vie. Elle avait trouvé un travail à Cassie, mais auprès d'une autre personne, puisqu'elle préférait travailler seule. Et même si, manifestement, sa relation avec Pierre était intense, elle ne le retrouvait que selon un emploi du temps rigoureux. Elle ne le voyait jamais passé vingt heures et, à part le dîner entre amis, il n'était jamais venu à l'appartement, et encore moins y avait passé une nuit.

À de nombreux égards, avec leurs journées qui s'entrecroisaient, Cassie se sentait plus proche d'Anouk que de n'importe qui (son activité préférée était de leur préparer le dîner pour toutes les deux, pendant qu'Anouk leur servait un verre de vin et que les lumières de la ville scintillaient à travers les fenêtres). Toutefois, il y avait une frontière nette qui semblait impossible à franchir. La conversation dépassait rarement les commérages ou le travail, et leurs activités communes se limitaient à des rituels de beauté – hammam, manucure, endermologie ou coiffeur. Cassie était à Paris depuis six semaines et elle parvenait à peine à le croire, car elle avait longtemps considéré Anouk comme l'incarnation du glamour, mais la vie commençait à lui paraître plutôt… étriquée. Peut-être était-il temps qu'elles sortent un peu de leur coquille.

– Pourquoi ne proposes-tu pas à Pierre de venir ce soir ? suggéra Cassie. J'aimerais mieux le connaître et je pourrais cuisiner pour vous deux. En plus, j'aimerais bien tester ce que j'ai appris avec Claude. Vous pourriez être mes cobayes.

Anouk détourna le regard.

– Il n'est pas là cette semaine. Il revient demain.

– Demain soir alors ?

– Il sera fatigué de son voyage.

– D'accord.

Cassie hocha la tête, le message clairement reçu. Anouk n'avait pas envie que la situation change. Elle avait beau être malheureuse et tendue, tout devait rester en l'état.

***

Bas était visible à plus d'un kilomètre, telle une girafe au milieu d'un troupeau d'hippopotames, ou un mineur de charbon dans la neige. Cassie se mit à courir vers lui et jeta ses bras autour de son cou. Il laissa tomber ses sacs sur le sol et l'enlaça tout aussi fort. Il lui avait manqué plus qu'elle ne s'en était rendu compte, d'autant plus quand il commença immédiatement à la faire tourner sur elle-même, pour évaluer la « situation capillaire ». À la demande de Cassie, Kelly en avait informé Bas avant son départ (en faisant totalement porter le chapeau à Anouk), afin d'atténuer le choc.

– Jolie coupe ; ils sont dans un meilleur état, affirma Bas d'un ton solennel, alors que les voyageurs passaient autour d'eux, impatients d'atteindre la station de taxis. Et ils sont très brillants. On ne peut pas obtenir cette brillance sur du blond. Cette coiffure te donne une allure très chic.

Bas fit un pas en arrière et considéra Cassie avec ce recul.

– Mais ce n'est pas toi.

– Es-tu en train de dire que je ne suis pas chic ? le taquina Cassie avec une indignation feinte.

Bas attrapa son sac et ils se mirent en marche, bras dessus bras dessous, vers la sortie de l'aéroport.

– Tu es la fille la plus chic que je connaisse, rétorqua-t-il, en tapant malicieusement sur la main de Cassie. Mais je ne retrouve pas mon adorable copine tête en l'air « Alors, comment je m'habille ? ».

Cassie ricana. Il la fixa tendrement.

– Tu as l'air européenne et mature. Comme si tu savais séduire un homme rien qu'en dénouant ton foulard.

Ils sortirent et se dirigèrent vers le taxi auquel Cassie avait demandé de l'attendre. Celui-ci roula à vive allure dans les petites rues, avant de s'arrêter devant le *Crillon*, où Bas séjournait pour la semaine (le cirque de la mode était enfin arrivé pour la dernière étape de sa tournée, après être passé par New York, Londres et Milan). Il avait récupéré les clés de sa chambre. Pas une suite, ni rien d'aussi fabuleux, mais tout de même, une chambre de luxe avec vue sur la tour Eiffel.

Bas avait été réservé par *Valentino*, *Chanel*, *Sonia Rykiel*, *Isabel Marant*, *Balenciaga*, *Chloé* et *Vanessa Bruno*, il pouvait donc s'offrir une petite folie. Le revers de la médaille, c'est qu'il n'aurait pas une seule journée de libre. Cassie se demandait combien de temps exactement elle pourrait passer avec lui. Après tout, ce n'était pas comme s'il allait être là tous les soirs pour le dîner. Quand il ne serait pas à un défilé (qui commencerait inévitablement près de deux heures en retard par rapport à l'heure prévue), il serait aux ateliers jusqu'au petit matin, à se mettre d'accord avec les stylistes sur leurs attentes. Cassie pourrait s'estimer heureuse si elle arrivait à boire un café avec Bas.

Cassie était tout juste parvenue à ce qu'il soit présent au dîner d'anniversaire d'Anouk le vendredi, dans cinq jours ; il avait donné sa parole d'essayer de lui réserver cette soirée – non seulement pour qu'ils passent du temps ensemble, mais aussi afin qu'Anouk ne puisse pas coller Guillaume comme le « rendez-vous » de Cassie.

Ils montèrent dans sa chambre d'hôtel. Bas commanda au service d'étage une théière d'eau bouillante.

– Ne me dis pas que tu jeûnes, s'insurgea Cassie, qui alla dans la salle de bains et en émergea une minute plus tard emmitouflée dans l'un des peignoirs moelleux. Il faut que tu prennes du poids, pas que tu en perdes.

– Pas vraiment.

Bas fit un clin d'œil à Cassie, puis il hissa son sac sur le porte-valise et se mit à fouiller à l'intérieur. D'un air triomphant, il sortit une petite boîte en parfait état de PG Tips.

– En provenance de notre petite boutique préférée de Greenwich Village !

Cassie bondit de joie.

Elle fit infuser le thé le temps idéal et ils burent joyeusement leur tasse, étendus sur le lit, tout en admirant les lumières de la tour Eiffel.

– Alors, es-tu heureuse, Miss Lipton ?

– Oui, soupira-t-elle, avant de boire bruyamment une gorgée de thé. Je le suis vraiment.

Bas lui jeta un regard inquiet et Cassie prit une petite inspiration.

– D'accord, je suis de plus en plus heureuse... Je suis plus seule ici qu'à New York. Là-bas, Kelly et toi m'aviez totalement adoptée et j'avais à peine un moment pour m'appesantir sur ma tristesse tellement j'étais occupée. Et puis quand j'ai commencé à sortir avec Luke, c'était... un énorme pas en avant pour moi, à bien des égards. Mais venir à Paris signifiait tous vous quitter. Je ne sais pas, je crois que, d'une certaine manière, quand je suis arrivée à Paris, j'étais encore plus triste qu'à mon arrivée à New York. J'avais envie de rester avec vous. Alors que, quand j'ai débarqué à New York, c'était parce que je voulais fuir Gil.

– Et maintenant ?

– Eh bien, je pense que j'ai mûri un peu plus encore. Je sais m'habiller toute seule, je marche mieux avec des talons – même s'ils me font toujours un mal de chien, dit-elle en agitant ses pieds comme si c'étaient des mains. Je fais beaucoup de vélo et je vais seule au café pour lire mon journal. Ce sont les cheveux, tu vois ? Ça me permet de mieux m'intégrer.

– As-tu une version européenne de moi ici ?

– Ne dis pas de sottises, aucune autre version de toi n'est possible, sourit Cassie, en posant sa tête sur le bras de Bas.

– Je suis ravi de l'apprendre, répondit-il, visiblement soulagé. Pour ma part, je n'ai pas non plus rencontré d'autre fille qui demande des cheveux jaunes et dont les vêtements sont numérotés.

Cassie éclata de rire.

– J'étais une catastrophe ambulante, pas vrai ?

– Oui, mais c'est pour ça que je t'adorais. Tu es une originale, Cassie Fraser.

– Laisse-moi te dire ce que j'ai d'autre d'original, déclara-t-elle, avec un regard malicieux.

– Quoi ?

– Un Français vraiment grincheux qui ressemble à un ours.

Bas grimaça.

– C'est ton Luke français ? *Darling*, ce serait une bonne idée que tu te remettes avec cet homme. À ta place, jamais je ne l'aurais quitté.

Cassie regarda son ami, déconcertée par l'évocation inattendue de Luke.

– Non, non, rien de ce genre. L'as-tu revu depuis que je... Tu sais ?

– Quoi ? Depuis que tu n'es pas restée ?

Bas secoua la tête en se remémorant cette fête désastreuse pour la convaincre de rester à New York.

– Non. Non. Il nous évite tous. Kelly et Brett ne l'ont pas revu une seule fois. Mais j'imagine qu'il voyage beaucoup – il y a eu la haute couture, les campagnes de publicité... Tu sais bien.

– Oui, je sais... Est-ce qu'il est avec quelqu'un ?

– Pas à ma connaissance, mais comme je viens de te le dire, je ne l'ai pas recroisé.

Cassie tordit anxieusement sa bouche. Elle n'avait pas mentionné le nom de Luke depuis qu'il avait changé de numéro. Ce message avait été brutal et très clair : il voulait passer à autre chose. Or, Cassie ne pouvait s'empêcher de se demander – quand elle prenait un bain, faisait du vélo, cherchait une salle pour la soirée de *Dior*, ou faisait la queue chez *Poilâne* : avait-il bel et bien tourné la page ? Elle avait pris la résolution de ne pas se morfondre, mais ce n'était pas pour autant que Luke n'occupait plus ses pensées.

– Alors, parle-moi de cet ours, suggéra Bas, dès qu'il aperçut la mine triste de Cassie, regrettant d'avoir évoqué Luke.

Cassie retrouva son sourire.

– Il s'appelle Claude et il est épouvantable à tout point de vue. Il est impoli, détestable, brusque, arrogant, autoritaire, il veut toujours avoir raison...

– Ouah, il envoie du rêve ! Je comprends pourquoi tu l'apprécies.

Cassie tourna la tête sur l'oreiller et regarda Bas d'un air songeur.

– Il est très, très brillant. C'est lui qui me rend heureuse ici.

Bas se redressa d'un coup.

– Ne me dis pas que tu es sérieuse ! Il a tout l'air d'une plaie. C'est la dernière chose dont tu as besoin.

– Mais c'est un chef !

– Je me moque qu'il soit le président ou quoi. Cet homme n'est pas bon pour toi.

– Non, non, je veux dire que c'est un chef cuisinier étoilé. Il m'apprend la cuisine.

Bas fixa Cassie, pour tenter de comprendre comment cette relation pouvait lui procurer autant de bonheur.

– Donc, tu ne couches pas avec lui ?

– Oh que non ! gloussa Cassie. Je pense qu'il a des poils même derrière les genoux.

Bas rit, un peu plus détendu.

– C'est bon dans ce cas. Parce que je te connais. Tu n'as aucun « merdomètre ». Tu foncerais tête baissée vers un autre chagrin d'amour.

Cassie posa sa main sur celle de Bas et lui sourit.

– Tu es tellement protecteur. Mais tu n'as pas de souci à te faire. C'est du pur plaisir.

Bas se renfonça dans les oreillers.

– Hmm. La cuisine alors ? Qui l'eût cru ?

– Oui, nous avons fait une tarte la dernière fois et nous avons fait bouillir la préparation au beurre au four, tu imagines ?

Bas secoua la tête, totalement décontenancé.

– Pas vraiment.

– Je le vois tous les samedis. Nous allons ensemble au marché du boulevard Raspail. Nous n'achetons que des produits extrêmement frais, et le fin du fin, tu vois ? Il m'a montré tous les meilleurs marchands : qui aller voir pour des truffes, pour l'huile d'olive… J'ai l'impression de faire partie d'un club. Ce serait comme une trahison maintenant si j'allais dans un supermarché. Je crois, renchérit Cassie en regardant Bas d'un air extrêmement sérieux, que je ne remettrai plus jamais les pieds dans un supermarché, jusqu'à la fin de ma vie.

– Le zèle du nouveau converti, marmonna Bas, tout en leur resservant du thé. Donc, tu es en train de me dire que ce bled paumé te plaît ?

– Bas, comment peut-on ne pas aimer une ville dont les fontaines à eau proposent de l'eau pétillante fraîche ?

Il haussa les sourcils, impressionné – comme Cassie s'y attendait – par cette information.

– Hmm, j'imagine que ce détail plaide en faveur de Paris. Mais tu vas revenir, pas vrai ? Je ne vais pas te perdre définitivement pour cette ville ?

Cassie regarda par la fenêtre et fixa la tour Eiffel illuminée, qui commençait à devenir floue à cause de la condensation sur les vitres.

– Tu veux savoir ce que je crois ? Je crois que cette ville m'en apprend moins sur l'endroit où j'ai envie de vivre que sur la manière dont j'ai envie de vivre. Tu vois ce que je veux dire ?

– Pas vraiment.

– Ce que je veux dire, c'est que… Je connais pratiquement personne ici, mon métier consiste en gros à faire du tourisme, il n'y a aucun homme à l'horizon… Et pourtant, même sans toutes ces choses, la qualité de vie ici me rend heureuse. J'ai toujours cru que le bonheur dépendait de tout cela, mais quand je fais du vélo, flâne au marché, cuisine avec Claude, me détends au hammam…

– Au quoi ?

– Il y a une certaine indolence à Paris qui me plaît.

– Je suis ravi de l'entendre, commenta Bas, qui s'allongea sur le lit, les mains derrière la tête. Mais j'imagine que je vais devoir faire la rencontre de ton ours et m'assurer qu'il veille sur toi à ma place.

– Il va te grogner dessus, oui !

– Mais non, répondit Bas d'un ton confiant. Je saurais comment l'amadouer. Chacun sait que les ours adorent le miel !

Chapitre 27

Cassie sourit jovialement tout en serrant la main de l'agent et marcha d'un pas vif en direction du dôme doré des Invalides. Son allure rapide et sa tenue chic – un béret bleu marine et un manteau à ceinture couleur fauve – l'aidèrent à masquer sa panique croissante. Il était quinze heures, la dernière semaine de février, et il ne restait plus que sept semaines avant la fête. La liste des invités en était à sa dernière mouture, les décideurs l'élaguaient drastiquement pour ne conserver que les plus gros clients. Le souci était que, tant que le lieu de la fête n'était pas défini, ils ne pouvaient pas confirmer le nombre final d'invités – cela ne convenait pas si trop de personnes se retrouvaient entassées dans un minuscule espace ; pire encore, si trop peu de personnes se retrouvaient dans un vaste espace. Sans parler du fait que les imprimeurs avaient besoin d'un lieu à inscrire sur l'invitation.

Cassie avait soumis plusieurs options de luxe à Florence (la plupart issues de la liste de Suzy), mais toutes avaient été rejetées comme trop « conventionnelles ». Non pas que les salles proposées par Suzy ne soient pas belles, ni spacieuses, ni d'intérêt historique, mais aucune ne se démarquait – en tout cas, pas d'un calibre international. Cette fête était destinée à des gens qui dépensaient un demi-million d'euros tous les six mois rien qu'en vêtements. Qu'en avaient-ils à faire d'un château ? Ce n'était rien de plus qu'une petite maison de campagne pour eux. La tour Eiffel ? Une décoration de jardin, à n'en pas douter.

« Cette fête, Cassie, lui avait patiemment expliqué Florence, est en l'honneur de M. Westley et de sa contribution à la maison *Dior*. Elle ne célèbre pas la tradition et la solennité de l'héritage qu'il a reçu. M. Westley est un rebelle. On le surnomme le “*bad boy* de la mode”. Et nos clients adorent ça. Ils aiment le frisson qui entoure la dissidence, le non-respect des règles. La plupart de nos clients sont contraints par les apparences, ils doivent observer un certain niveau de décorum. Mais ils aiment que M. Westley torpille la rigidité, prenne un peu de distance par rapport à l'apparat. Il apporte un côté punk à la haute couture – alors, nous devons suivre cet esprit pour sa fête. »

Cassie avait hoché la tête avec enthousiasme, comme si ce discours allait en quelque sorte offrir une solution. Or, deux semaines plus tard, elle n'avait toujours aucun lieu approprié à présenter à Florence. Ce bâtiment – une prison reconvertie qui était, paradoxalement, trop luxueuse à présent – était sa dernière option et ils étaient censés prendre la décision finale au cours d'une réunion le lendemain.

Cassie tourna à un angle de rue et, dès qu'elle fut certaine d'être hors de vue, ralentit le pas, la mine abattue, les épaules voûtées, les mains jointes dans le dos, avec son sac qui se balançait sur ses genoux. Elle poussa un soupir et s'arrêta sur l'esplanade des Invalides. Elle s'assit sur un banc, les jambes collées, déconfite. Au fond d'elle, elle savait qu'elle n'avait pas d'autre choix, elle devait reconnaître son échec. Elle avait sollicité Suzy, Anouk et même Bas et avait passé des semaines à parcourir toute la ville, à vélo ou à pied, à prendre des photographies de bâtiments intéressants, mais en vain. Elle était à court d'idées.

Même par une journée aussi morne que celle-ci (le soleil s'était fait porter pâle), des patineurs à roulettes filaient à vive allure et des hommes âgés se retrouvaient pour jouer à la pétanque sous les arbres. Au pied du dôme, des groupes scolaires bruyants, avec leurs pulls et leurs casquettes assorties, faisaient les imbéciles sur les statues et se prenaient en photo en leur faisant des oreilles de lapin. Tous les vingt mètres, des camelots interpellaient les passants, pour essayer de leur vendre des boules à neige kitsch de l'Arc de Triomphe et des répliques miniatures de Notre-Dame.

Cassie détourna les yeux, afin d'éviter leur regard, et aperçut un homme assis sur le banc diamétralement opposé. Il fixait le sol à ses pieds, totalement hermétique aux bruits et aux mouvements tout autour de lui. On aurait dit une statue de sel. Il ne semblait même pas cligner des yeux.

Cassie hésita un instant et se demanda si elle devait le déranger. Elle savait de ses expériences amères que dans le meilleur des cas, cet homme était fruste, mais quelque chose la poussa tout de même à quitter son banc et s'approcher de lui.

– Claude ?

Il leva lentement la tête, comme s'il était désorienté par le son de son propre prénom.

– Bonjour, lui sourit Cassie.

Le regard de Claude se fixa peu à peu sur elle.

– Je passais dans le coin…

Il rebaissa la tête.

Elle savait qu'elle devrait sans doute s'en aller, qu'elle le regretterait dès qu'il ouvrirait la bouche. Mais cela semblait si… improbable de tomber sur lui ici, loin de leur lieu de rendez-vous habituel dans le quatrième arrondissement. Aller au marché et cuisiner avec Claude étaient rapidement devenus pour Cassie le clou de sa semaine, elle comptait les jours comme un enfant avant Noël. Aussi, il lui était impossible de le snober lors de cette rencontre fortuite. Claude ne remporterait jamais de prix pour son charme, mais son attitude avait frisé ces dernières semaines un soupçon de cordialité, et Cassie avait le sentiment qu'au fond, derrière tous ces poils et ce caractère bourru, peut-être l'appréciait-il – un tant soit peu.

– Puis-je me joindre à vous ?

Il poussa un grand soupir, comme s'il se réveillait d'un profond sommeil, et fit un geste du doigt presque imperceptible. Elle interpréta celui-ci comme un « Si vous voulez » et s'assit.

– Quel temps de chien, marmonna-t-elle.

Elle regretta aussitôt ces paroles. Il n'était pas le genre d'homme à discuter de la pluie et du beau temps quand il était au mieux de sa forme, alors encore moins quand il affichait cette mine. Voûté, figé, dévasté.

– Que faites-vous ici ? demanda-t-elle plutôt.

Pas de réponse.

Elle tourna la tête vers un groupe de pigeons, qui se disputaient le même gâteau abandonné sur un mur, dans son emballage, par les écoliers. Elle devrait retourner au bureau, histoire de voir si quelqu'un avait eu une idée géniale…

Un bus s'arrêta à une centaine de mètres, la campagne Bebe Washington placardée sur son flanc. Elle l'avait revue plusieurs fois et l'effet de surprise commençait à s'estomper. Elle étudia ce reflet éclatant qui la fixait – entêtant et énigmatique –, puis les gens qui l'admiraient en attendant de monter dans le bus. Kelly lui avait rapporté que le haut rouge était déjà en rupture de stock (et que de nouvelles commandes étaient arrivées suite à cette campagne), car des femmes cherchaient à ressembler à Cassie. Mais elle serait incapable de rejouer les modèles. Cette femme avait déjà disparu, laissant place à une autre. Ce n'était qu'un fantôme doré.

– Henry vous a-t-il parlé de moi ? demanda doucement Cassie. Vous a-t-il raconté ce qui s'est passé ?

Elle fixa le bus pendant que les passagers prenaient place à bord, sa voix à peine aussi forte qu'un murmure.

– Je pense que oui, reprit-elle. Je pense qu'il vous a raconté.

Le bus ferma ses portes et démarra.

– Parce que je n'arrête pas de me demander… Pourquoi nous a-t-il mis en relation ? Pourquoi m'a-t-il poussée à vous appeler ? Il ne pouvait pas être au courant de ma passion pour la cuisine. Parce que moi-même, je ne la connaissais pas avant de vous rencontrer.

Silence.

Cassie jeta un coup d'œil oblique à Claude et prit son courage à deux mains, comme si elle s'apprêtait à lui lancer une boule de neige.

– Je pense qu'il nous a réunis pour une autre raison. Je crois que c'est la raison pour laquelle vous avez arrêté la cuisine.

Toujours rien. Ni un tressaillement, ni un clignement d'yeux.

Cassie soupira et ils restèrent ainsi dans le froid, leur souffle flottant dans l'air devant eux tel le jet de flammes d'un bébé dragon. Ses fesses commencèrent à s'engourdir de cette longue immobilité, et son nez la picotait à cause du froid, mais elle ne bougea pas.

Huit, dix minutes s'écoulèrent et, pas une seule fois, Claude ne remua, ne frissonna, ni même sembla se rendre compte de la présence de Cassie.

Finalement, elle se leva, triste de ne pas avoir progressé. Il la tenait à l'écart. De toute évidence, ce qu'ils partageaient en cuisine ne débordait pas de cette cuisine.

– Bon, on se voit samedi, Claude, dit Cassie, en posant une main douce sur son épaule. À l'heure habituelle. Je ne serai pas en retard.

Elle s'éloigna et venait d'atteindre la rue Saint-Dominique quand elle entendit de lourds bruits de pas derrière elle. Elle se retourna.

– Il fait un froid de canard, observa-t-il, comme s'il venait seulement de le remarquer.

– Oui.

Cassie fut trop surprise pour ajouter un autre commentaire.

Il la regarda un moment, puis hocha la tête, comme s'il donnait son assentiment.

– Allons nous réchauffer.

Cassie avait l'intention de retourner au travail et d'admettre son échec à Florence, mais elle n'osa pas contredire Claude. Il la prit par le coude et la mena vers la rangée de scooters garés de biais plus loin dans la rue. Le sien – gris, poussiéreux, avec des pneus lisses – paraissait bien trop petit pour transporter un homme avec une carrure d'ours. Claude tendit un casque à Cassie, qui grimpa derrière lui, sans parvenir à faire le tour de son corps avec ses bras.

Il conduisit lentement, mais peu prudemment, ignorant des sens interdits et des piétons qui flânaient. Ils s'arrêtèrent dix minutes plus tard devant une boutique à la devanture en bois verte, à l'angle de la rue Bonaparte. Les vitrines regorgeaient de boîtes qui semblaient contenir des savons parfumés ; il y en avait de toutes les couleurs pastel (rose pâle, vert menthe, bleu ciel...) et elles côtoyaient des poussins et des lapins, qui apportaient la promesse d'un printemps aux journées grises. Cassie regarda de plus près et se rendit compte qu'il ne s'agissait pas de savons.

Claude la fit entrer et la cloche au-dessus de la porte tinta joyeusement. Cassie s'émerveilla devant les trésors de pâtisserie rangés par couleur dans les vitrines qui semblaient provenir d'une boutique d'apothicaire. Sur le mur du fond, des rubans rose et vert clair pendaient de leur dévidoir et voletaient légèrement sous la brise créée par les clients bruyants.

Après être passé devant des pyramides de macarons à la pistache et au chocolat qui défiaient la gravité autant que la raison, Claude mena Cassie vers le fond de la boutique, où se trouvait un petit salon de thé. Un lustre baroque étincelait vivement dans le crépuscule grandissant, et ils prirent place sur une banquette en velours bleu roi. Claude commanda pour tous les deux, sans regarder le menu. À la vitesse et à la déférence avec lesquelles ils furent servis, la maison semblait savoir qui il était.

– Quel est cet endroit ? s'enquit Cassie, en retirant son manteau et en libérant ses cheveux de son béret. C'est fabuleux.

– Nous sommes chez *Ladurée*, répondit Claude avec la même autorité que lorsqu'il avait dit « C'est moi, Claude » le jour de leur rencontre.

– *Ladurée* ? J'ai déjà entendu ce nom.

– J'espère bien. C'est ici que l'on trouve les meilleurs macarons de la France entière. On ne peut pas se prétendre un amoureux de la gastronomie française – ou parisienne – sans être venu ici.

Une serveuse leur apporta rapidement leur commande : un thé au jasmin et un présentoir avec des macarons à la pistache, à la framboise, aux pétales de rose, à la crème de violette, à la fleur d'oranger et à la crème anglaise.

Cassie écarquilla les yeux de plaisir.

– Goûtez-en un, l'invita Claude, en poussant le présentoir vers elle.

Elle en prit un et croqua une petite bouchée. La coque extérieure était si légère qu'elle eut l'impression de mordre dans un nuage, et la crème était si gourmande, si intense qu'elle en ferma les yeux.

– J'ai l'impression d'être Marie-Antoinette, soupira Cassie.

Un sourire fut perceptible dans le regard de Claude, qui l'observait attentivement.

– Nous devrions en faire la prochaine fois, dit-il, en examinant un macaron entre ses doigts tel un bijou. Il y a deux secrets de fabrication, ajouta-t-il en baissant la voix. Le premier est de les faire cuire sur deux plaques, le second de laisser une croûte se former sur le dessus de la pâte avant d'enfourner.

– C'est délicieux, s'extasia Cassie, en s'essuyant les doigts sur une serviette.

Ce serait un crime de laisser Suzy entrer dans cette boutique. Cassie avait vu ce que cette femme était capable de faire à un cupcake !

– Au moins, la liste de Henry me paraît plus sensée. Il ne m'a pas simplement dit de venir chez *Ladurée* – Cassie s'interrompit le temps de boire une gorgée de thé –, mais de prendre l'habitude de venir ici. Et je vais m'y plier avec grand plaisir.

Cassie prit un macaron à la fleur d'oranger et soupira joyeusement rien qu'à l'admirer. Elle savoura cette nouvelle bouchée divine.

Claude l'observait.

– C'est un véritable ami pour vous.

– Qui donc ?

Cassie dut mettre sa main devant la bouche et déglutit rapidement.

– Henry ?

– Oui.

– Techniquement parlant, c'est le frère d'une amie. Nous ne sommes pas si proches que cela. Avant de le croiser cet été, je ne l'avais pas vu depuis dix ans.

– Et pourtant, il a fait cette liste pour vous.

– Oui, mais c'est un homme d'expérience, n'est-ce pas ? Il va dans des endroits où personne n'est encore jamais allé. Je crois que ça lui paraissait impensable que je n'aie pas l'envie de connaître les villes où j'allais passer du temps.

– Et pourquoi n'en aviez-vous pas envie ?

Cassie dévisagea Claude. Elle eut l'impression en fin de compte que Henry ne lui avait pas raconté son histoire.

– Parce que je ne suis pas partie de chez moi par choix. J'avais construit ma vie. J'avais des racines. Je n'ai pas tout quitté du jour au lendemain pour explorer les grandes villes du globe.

Claude regarda par la fenêtre et hocha la tête pour lui-même, comme s'il lisait entre les lignes.

– Henry n'a jamais été confronté au chagrin, déclara-t-il. Le monde est encore simple pour lui. C'est un cadeau qui attend d'être déballé. J'imagine que c'est ce qu'il essaie de vous offrir, en vous permettant de voir le monde à travers ses yeux – comme un objet à découvrir et à savourer.

– Dans ce cas, je dois reconnaître que ça semble fonctionner. Tous les meilleurs moments que j'ai vécus depuis… depuis mon départ sont liés à ces listes.

– Ah bon ?

– Faire votre rencontre, par exemple, expliqua Cassie, qui essaya d'affirmer ce fait sans timidité, mais de le présenter telle la vérité que c'était. Quand j'ai rencontré son ami Robin, à New York aussi… Le connaissez-vous ?

Cassie se demanda si ces hommes formaient tous un réseau.

Claude fit non de la tête.

– Oh. Eh bien, Robin m'a laissée lire une édition originale d'*Un chant de Noël* qui a appartenu à Charles Dickens lui-même !

Cassie interpréta le hochement de tête de Claude comme un signe d'émerveillement.

– Et Henry s'était arrangé pour qu'il y ait un cadeau rien que pour moi sous le sapin de Noël de *Tiffany* sur la cinquième avenue. Ce sont des petites choses comme ça, vous voyez – des instants rares au milieu de l'ordinaire.

Cassie soupira d'aise. Puis s'arrêta.

– Mais je ne voudrais pas que vous pensiez qu'il ne me fait que des propositions agréables.

– Ah non ?

Cassie secoua la tête.

– Henry m'a fait faire le tour de Central Park en courant, avec une demi-caisse de château-margaux dans le sang.

– Non !

– Si. Enfin, reprit Cassie après une courte pause, la partie château-margaux était de ma faute, mais tout de même…

Claude s'esclaffa. C'était la première fois que Cassie entendait son rire. Elle observa son visage se détendre difficilement. Il avait l'air si jeune, comme un petit garçon chatouillé par sa mère.

– À mon avis, il n'y en a pas un pour rattraper l'autre !

– Peut-être, admit Cassie, avant de prendre le dernier macaron à la crème de violette.

– Devez-vous appeler d'autres inconnus à Paris ?

– Non, heureusement ! Je comprends maintenant pourquoi mes parents m'ont toujours dit de ne pas adresser la parole aux inconnus. Vous m'en avez dissuadé à vie, plaisanta-t-elle. Mais il faut que j'arrive à me faire inviter à un pique-nique secret. J'imagine que vous n'avez pas de contacts à ce sujet-là ?

Claude haussa les épaules et regarda Cassie d'un air ahuri.

– Et je dois aller dans les catacombes aussi.

– Oh là là, s'exclama Claude, en frissonnant.

– Quoi ?

– Six cents kilomètres de tunnels sous la ville, répartis sur sept étages. La plupart ne sont pas cartographiés. C'est très dangereux de s'y aventurer seul.

Cassie s'arrêta de manger.

– Et moi qui me repère affreusement mal dans le noir.

– Il y a une petite partie qui est ouverte au public. Elle est bien éclairée et propre. Vous pourrez y aller sans souci. Tant que les os ne vous dérangent pas !

– Les os ?

– Oui. Les murs sont faits avec des ossements et des crânes humains.

Cassie resta interdite un instant.

– Pourquoi cela ?

– Parce qu'à la fin du dix-huitième siècle, les cimetières de la ville étaient pleins et il n'y avait nulle part où enterrer les corps. Donc, ils ont exhumé les restes pour les mettre dans les carrières de roche calcaire creusées par Haussmann. On raconte qu'il y a plus de six millions d'os là-dessous.

Cassie grimaça.

– Oh, super. Ça va être la fête…

– Ça, c'est sûr !

Claude fit un signe pour qu'on leur apporte l'addition et la serveuse accourut à leur table.

Ils réglèrent la note – enfin, Claude insista pour payer. Ils prirent leur manteau et, les joues rosies, retournèrent dans l'air frais de la soirée.

Claude mit la capuche de sa parka et se tourna vers Cassie. Le temps d'une seconde, elle se fit la réflexion qu'elle serait terrorisée si elle le croisait dans une rue déserte. Il avait l'air si menaçant et sombre et, pourtant, en dépit de ses grognements et de ses rictus, il y avait chez lui quelque chose d'enfantin, de vulnérable. Anouk était de loin la personne la plus effrayante à croiser, surtout en ce moment.

– Je me disais… Si vous voulez, nous pourrions nous voir plus souvent – et nous tutoyer aussi d'ailleurs. Le mardi soir, peut-être ? Et le jeudi ?

– Si je veux ? J'adorerais ! s'écria Cassie, qui serra fort Claude dans ses bras, déterminée à donner une note plus tendre à leur au revoir qu'à leur bonjour.

Claude resta figé comme une planche, mais Cassie s'en moquait. S'ils devaient se voir trois fois par semaine, certaines barrières devaient commencer à tomber entre eux. Il allait rapidement devenir l'une des personnes les plus importantes de sa vie, et elle aimerait pouvoir affirmer que Claude était son ami.

Il hocha la tête, embarrassé.

– D'accord. On se voit demain soir alors.

Sur ces mots, il s'éloigna sans cérémonie.

Cassie haussa joyeusement les épaules et l'observa s'en aller d'un pas traînant. Elle remit son béret et noua fermement son manteau, puis partit dans la direction opposée, vers le fleuve. Elle n'avait pas envie de faire du vélo ce soir (notamment parce qu'elle se sentait incapable de garder les mains sur le guidon) et, de toute façon, elle n'était pas loin de l'appartement d'Anouk. Il y avait autre chose également – une chose que Claude avait dite, qui lui trottait dans la tête et lui inspirait une idée.

Chapitre 28

Cassie regarda autour d'elle anxieusement et se demanda si elle était toujours à Paris ou se trouvait en banlieue. Elle était dans le quinzième arrondissement ; les immeubles des premier, quatrième et cinquième arrondissements en pierre calcaire et aux toits en zinc avaient laissé place aux tours carrées en béton. Sur les balcons, on apercevait des vélos et du linge étendu, et il n'y avait pas une gargouille ni un touriste en vue.

Le parc fut facile à trouver, cependant. Consciente que la pluie était imminente, Cassie franchit le portail, passa devant deux statues géantes de taureau, puis les vieux rangs de vigne de pinot noir, en direction des halles qu'on lui avait indiquées. Autrefois, elles abritaient un marché aux chevaux, mais elles accueillaient désormais le marché de livres anciens, et c'était la raison de sa venue.

Cassie arriva sous les halles au moment précis où il se mit à bruiner, elle jeta un coup d'œil fâché vers le ciel. Il était menaçant et lourd de gros nuages noirs – la dernière chose dont elle avait besoin quand elle avait un long trajet à vélo pour rentrer, qu'elle sortait de chez le coiffeur et avait dix personnes à dîner le soir même. C'était l'anniversaire d'Anouk, et elle avait les nerfs à vif, non seulement parce que c'était sa deuxième chance pour sympathiser avec les amis d'Anouk, mais aussi parce qu'elle avait convaincu Claude de l'aider à préparer le repas.

C'était l'idée de Bas qu'elle vienne jeter un œil à cette bourse aux livres. Il avait entendu un célèbre styliste raconter que ce marché était l'un de ses lieux secrets pour trouver l'inspiration. Cependant, Cassie avait peu de temps pour flâner, car Claude devait arriver à quinze heures.

Elle se faufila sans tarder entre les étals sur tréteaux, recouverts de vieilles nappes et chargés de cartons de vieux livres à l'odeur de renfermé. Le paradis sur terre ! Il y avait dans le tas quelques livres modernes, mais presque tous les ouvrages que Cassie avait feuilletés avaient au moins cinquante ans, voire pour certains plus de trois cents ans. Les livres étaient majoritairement rangés debout, leur titre en lettres dorées sur les couvertures en cuir abîmé.

Chaque fois que Cassie prenait un livre entre ses mains, elle ne pouvait s'empêcher d'en sentir les pages. Comment Robin avait-il appelé cela déjà ? Les composés organiques volatils ? Si c'était cela la décomposition, ils pouvaient bien la mettre en bouteille et la lui vendre. Elle sourit légèrement en se rappelant ce souvenir récent, assise dans la pénombre sous Manhattan, à lire un livre ayant appartenu à Dickens. Elle se demanda ce que ces bouquinistes penseraient de cette histoire.

Cassie passa lentement d'un étal à un autre, sans réellement savoir ce qu'elle cherchait. Un petit carnet en cuir vert émeraude attira son attention et elle s'en saisit. Il était rempli de photographies en noir et blanc d'une femme et, à en juger par sa coiffure et ses vêtements, il semblait dater des années 1920. Les premières photographies la montraient entièrement vêtue, coiffée d'un chapeau et réservée, mais au fur et à mesure que Cassie tournait les pages, une pièce de sa tenue disparaissait, jusqu'à ce qu'à la fin du livre, la femme soit nue, sa pudeur aussi volatilisée que ses vêtements. Quelques pages encore ensuite en témoignaient. C'étaient les débuts de la pornographie, mais ce n'en était pas moins choquant. Cassie s'empressa de reposer le livre, consciente que le vendeur l'observait.

Certains étals étaient spécialisés, en philosophie, poésie, histoire militaire, ou histoire de l'art. Le marchandage se faisait d'une voix basse, mais intense, bien plus qu'au marché alimentaire, où tout le monde usait de ses mains, de ses sourcils et de ses sourires pour tenter de faire baisser le prix des oignons. La plupart des flâneurs étaient seuls, comme Cassie, emmitouflés pour se protéger du froid du cœur de l'hiver. Sans les cris d'enfants qui jouaient dans la cour de récréation voisine, on aurait pu se croire dans une bibliothèque, avec le bruit des pages feuilletées et tournées, les toux étouffées derrière les écharpes, les yeux baissés.

Cassie s'offrit un livre : l'une des premières éditions du *Larousse gastronomique*. Mais elle ne trouvait rien pour Anouk. Elle parcourait la dernière rangée de livres, sur le point de jeter l'éponge, lorsqu'un titre retint son attention. *Bijoux des Anciennes*. Cassie le feuilleta : il y était question des bijoux sous les empires égyptien et romain, avec en illustrations des colliers de jade, des boucles d'oreilles pendantes à perle, des manchettes en or martelé, des bagues en lapislazuli ou en onyx, des colliers d'émeraude ou de péridot…

Les illustrations en couleur étaient magnifiques et montraient comment ces bijoux étaient portés.

C'était parfait ! Anouk allait adorer ce livre. Les matériaux utilisés étaient précieux, mais encore taillés de façon grossière, et non à la perfection comme le ferait la joaillerie moderne – avec cette rusticité naïve à laquelle Anouk parvenait à donner un aspect très luxueux.

Cassie acheta le livre rapidement, pressée de rentrer, même s'il pleuvait toujours. Après avoir sorti son béret de sa poche et y avoir fourré autant de cheveux que possible, elle trottina jusqu'aux portes du parc. Il pleuvait trop à verse dorénavant pour faire du vélo. Elle devrait prendre le métro.

Tout le monde courait, évitait les flaques, essayait de se mettre à l'abri. Elle aperçut un homme devant elle. Il marchait d'un pas rapide, le col de son manteau relevé et cachant son visage, mais Cassie le reconnut tout de même.

– Jacques ! cria-t-elle, en agitant le bras pour attirer son attention. Hé, Jacques !

Mais il avait déjà quitté le parc, pour s'engager dans la rue. Quand elle passa les statues de taureau et arriva sur le trottoir, il avait disparu.

***

Elle venait de ciseler l'estragon quand elle entendit frapper sèchement à la porte. Son cœur fit un bond de surprise dans sa poitrine. Même la façon de toquer de Claude parvenait à avoir un côté grincheux. Cassie s'essuya les mains sur un torchon et alla lui ouvrir, jetant au passage des regards inquiets dans tout l'appartement. Tout était impeccable : la table était mise pour dix, le cristal étincelait, le vin était au frais et les bouquets de fleurs des invités – envoyés à l'avance, comme le voulait la politesse à Paris – étaient dans des vases aux formes multiples. Cassie avait même réussi à épargner sa coiffure des méfaits de la pluie. À présent, tout ce dont elle avait besoin, c'était un chef étoilé au Michelin.

Anouk, qui se purifiait au hammam (le paroxysme de la crise avec Pierre semblait passé, mais elle était toujours sur les nerfs), ne serait pas de retour avant dix-sept heures. Cassie espérait que tous les préparatifs culinaires seraient terminés d'ici là et qu'elles pourraient profiter d'un verre de vin au calme, avant l'arrivée des invités. La coutume française voulait que les cadeaux soient ouverts devant celui qui vous l'offrait et, même si Cassie était ravie de son achat, le livre, vieux de plus de cent cinquante ans, était en piteux état avec son dos déchiré et ses pages jaunies. C'était un cadeau attentionné, mais sans doute pas digne selon les codes parisiens. Elle préférerait lui offrir en privé.

– Claude, le salua Cassie.

Elle le fit entrer et le mena vers la cuisine. Elle espérait qu'il ne commenterait pas sa tenue, ni le fait qu'elle avait copié sa façon de disposer les ustensiles de cuisine. Il marcha droit devant lui, le nez en l'air, les narines dilatées tel un taureau qui s'apprête à charger.

– C'est la réduction, lui expliqua-t-elle, en le voyant humer l'air comme un chien renifleur.

– Je sais, répondit-il d'un ton ferme.

Il s'approcha de la casserole sur le feu et inspecta immédiatement la bouteille de cabernet sauvignon à côté. Il inclina la tête une seconde, inspira profondément, puis ajouta un petit morceau de beurre à la sauce au vin rouge, qu'il se mit à fouetter d'un geste énergique. Il la goûta avec une cuillère.

– C'est mieux. Ça manquait de beurre.

Cassie opina du chef et remarqua la crispation de Claude pendant qu'il inspectait la cuisine d'un œil professionnel, situant le four par rapport à la poubelle et au réfrigérateur, jaugeant le poids des casseroles, l'affûtage des couteaux... Elle pouvait dire d'après ses épaules qu'il était un paquet de nerfs, et elle se demanda une nouvelle fois si elle n'avait pas commis une erreur en l'invitant ce soir, une erreur en essayant de faire évoluer leur relation d'un intérêt purement culinaire à une amitié plus large. Ils partageaient une camaraderie franche et inélégante dans la cuisine, où ni l'un ni l'autre ne pensaient à autre chose qu'enseigner ou apprendre. Mais il suffisait de passer dans une autre pièce pour que le calme de Claude retombe plus vite qu'un soufflé. Cassie ne savait pas bien comment Claude allait se comporter à table, et les amis d'Anouk étaient plutôt du genre raffiné.

Elle se mit à écaler l'œuf pour la sauce gribiche, tandis que Claude s'affaira à lever le poisson en filets. Cassie s'émerveilla devant la capacité du cuisinier de détecter rien qu'à l'odeur – « au pif ! » – que sa réduction manquait de beurre.

La préparation pour la pâte feuilletée bouillait dans le four quand, une heure plus tard, ils entendirent la clé d'Anouk dans la serrure. Elle arriva, avec des épaisseurs d'une tenue de yoga couleur galet et, pour une fois, sans aucune trace de maquillage, ni de stress.

– Comment s'en sortent les travailleurs ? demanda-t-elle, en jetant un coup d'œil aux casseroles, comme si elle savait quoi regarder.

Cassie remarqua Claude se raidir, son bras qui remuait le plat se figea. Aussi, Cassie se hâta de servir à Anouk un verre de vin et le fourra dans sa main.

– Disparais, lui ordonna-t-elle en la chassant de la cuisine. Va te préparer. Tes invités seront là dans deux petites heures et tu as une mine affreuse.

– Mais c'est faux, protesta Anouk avec véhémence.

– Oui. Bien sûr que c'est faux. Mais j'ai besoin que tu décampes de la cuisine.

Anouk tenta faiblement de résister, mais laissa assez volontiers Cassie la pousser vers la salle de bains. La porte se referma derrière elle et Cassie lâcha un soupir de soulagement, ravie de voir Claude se remettre à remuer – le dîner était toujours sur les rails.

***

– Anouk, es-tu au courant de l'idée fantastique que Cassie a eue pour la fête ? demanda Florence.

Cette dernière arborait une robe noire Victoria Beckham à col bénitier, qui lui allait comme un gant, et un bracelet de perles noires autour du poignet.

– Non, répondit Anouk, en regardant Cassie, qui était toute rouge à force de faire des allers-retours à la cuisine pour aider Claude et resservir tout le monde en vin.

– Tu ne devineras jamais. M. Westley adore l'idée !

– Raconte-moi. Je suis tout ouïe.

Florence se tut un instant pour créer un effet de suspense, alors que Cassie revint avec une bouteille de vin.

– Les catacombes, annonça Florence en se penchant en avant. N'est-ce pas une idée géniale ?

Il y eut un silence pesant, pendant que toutes visualisaient à quoi pouvait ressembler une fête dans une crypte.

– Ça promet une ambiance particulière, c'est sûr, commenta Victoire, qui les écoutait depuis la fenêtre, où elle discutait avec Jacques, Marc et Pierre, et qui se tourna pour les rejoindre.

C'était le 4 mars et la porte-fenêtre était entrebâillée, pour laisser le toussotement des bateaux sur le fleuve servir de basse à leur conversation.

– Ce sont les os qui ont fait pencher la balance, expliqua Florence. La collection Corsaire d'il y a trois ans a été la plus emblématique de M. Westley et un vrai succès commercial. Elle s'inspirait de l'univers de la piraterie, et nous avions plutôt bien réussi notre coup avec un imprimé tête de mort sur de la mousseline de soie.

– Vraiment ? fit Victoire. On ne croirait pas pourtant…

– Oh si. Ce tissu est l'équivalent pour notre maison de l'imprimé léopard de Stephen Sprouse pour *Vuitton*. En fait, Cassie a suggéré de relancer cet imprimé en édition limitée pour offrir des foulards aux invités.

Anouk, particulièrement ravissante dans une robe en dentelle noire sur une doublure en soie ivoire, avec un profond col en U et des manches moulantes, serra fièrement le bras de Cassie.

– Je savais que Cassie t'apporterait satisfaction, Florence.

Ce compliment d'Anouk fit sourire Cassie, presque chancelante de soulagement de ne pas avoir plongé son amie dans l'embarras comme elle l'avait fait pour Kelly.

– C'est m'accorder trop de mérite, objecta Cassie, en souriant modestement. J'ai eu cette idée le matin de la réunion. Ce fut un simple coup de chance.

– Non, non, non, protesta Florence, en regardant les deux amies d'enfance. J'ai su depuis le début que tu étais la personne idéale pour cette mission. Personne d'autre dans le service ne voit Paris avec un regard neuf comme toi. C'est toujours la personne à la marge qui a la vision la plus claire des choses.

Ces mots pouvaient être à double tranchant, aussi Victoire intervint-elle avec diplomatie.

– Florence ne sous-entend pas que tu es une marginale, Cassie.

– Je ne pense pas que ce soit un défaut d'être en dehors des sentiers battus. À vrai dire, je t'envie. Je me demande ce que tu vois d'autre de Paris et que nous ne voyons plus.

Cassie rit légèrement, mais elle décela une nervosité certaine dans l'air et fut soulagée d'entendre frapper à la porte.

– Bas, je suis vraiment contente que tu aies pu venir ! s'exclama-t-elle en le serrant dans ses bras dès qu'il entra. J'étais certaine qu'un problème surviendrait et que tu ne réussirais pas à t'échapper.

Comme l'avait craint Cassie, leurs retrouvailles avaient été sporadiques et brèves, et les jours leur filaient entre les doigts.

Bas retira son manteau d'un geste d'épaules. Il avait l'air exténué, le visage un peu pâle.

– C'est exactement ce qui est arrivé et j'ai failli ne pas venir. Selena a encore fait des siennes.

Cassie se figea.

– Selena ? Elle est à Paris ?

– Oui, bien sûr. Tu étais au courant.

Cassie débarrassa Bas de son manteau.

– Oui, j'imagine. J'ai oublié, maintenant que je ne suis plus de la partie. Qu'est-ce qu'elle a encore fait ?

– Oh, elle refusait ne serait-ce que je lui fasse un masque à l'aloe vera, encore moins que je lui teigne les cheveux en roux. Sonia a menacé de la virer si elle ne le faisait pas. Toutes les filles sont rousses pour rendre hommage à ses trente ans de carrière, mais Selena doit travailler pour *Balmain* deux heures après… *Darling*, je les ai quittées à ce moment-là, se plaignit-il en levant les mains au ciel. Elles seront encore là-dessus quand j'y retournerai. Mais il faut bien nourrir son homme, non ?

Cassie tapota tendrement le bras de Bas.

– Je suis ravie que tu sois là. Je me sentais seule. Viens. Je vais te présenter à tout le monde.

– Attends, murmura-t-il, en retenant Cassie près de la porte. Fais-moi un rapide récapitulatif ici. Tu me connais, je retiens très mal les prénoms.

Ils se tournèrent vers les invités.

– Alors, dans la robe à motifs, c'est Victoire. C'est la plus proche amie d'Anouk et elle est créatrice de tissus. Cet imprimé est l'une de ses créations. Il est superbe, non ? Elle travaille beaucoup pour Dries Van Noten.

– Hmm…

– Dans la robe noire moulante et avec les perles, c'est Florence, une autre amie d'Anouk et ma patronne chez *Dior*. Elle est mariée à Jacques, le grand homme costaud près de la fenêtre. Il est antiquaire. Et…

– Attends, attends, murmura Bas. Qui est le bel étalon avec qui il discute ?

– Lequel ? Celui avec la cravate rayée ? C'est Marc, le mari de Victoire…

– Non, non, le grand au visage d'ange.

Cassie éclata de rire.

– Tu n'as aucune chance, j'en ai peur. C'est Pierre, le copain d'Anouk.

– À d'autres !

– Mais si. Et si j'étais toi, je ne me frotterais pas à Anouk. Regarde-la dans cette robe.

Bas plissa les yeux.

– C'est vrai. La dentelle ne me va pas aussi bien !

– Viens. Allons d'abord dans la cuisine. Je veux te présenter à Claude. Il est plus à l'aise quand il y a peu de monde. Souviens-toi que c'est une soirée importante pour lui… Bas ?

Cassie se retourna, il était toujours appuyé contre le montant de la porte, perdu dans ses pensées.

– Hmm ? Oh, oui, oui.

Il se redressa et s'approcha de Cassie.

– Et n'oublie pas cette histoire d'ours et de miel…

***

Jacques sourit d'un air approbateur lorsqu'il but une gorgée du sauternes que Cassie avait passé des heures à choisir, afin d'accompagner sa tarte aux poires, parsemée de noisettes et de miel à la lavande.

Il leva son verre à la lumière.

– Bientôt, tu seras plus française que nous tous ! Tu as fait d'excellents choix ce soir.

– Merci, dit Cassie avec un sourire radieux.

Ce dîner avait été autant une réussite que le premier un désastre. Tout le monde avait évité les sujets polémiques, et ce ne fut pas un mal que Cassie se soit découvert, entretemps, un talent et une passion qui étaient encore plus français qu'une liaison extraconjugale.

– Je pense que je risque de finir par devenir francophile.

Elle jeta un coup d'œil à Claude pour s'assurer qu'il allait bien, avec le sentiment d'être une mère poule. Il opinait du chef tandis que Victoire lui parlait sur le ton de la confidence, et Cassie eut un pincement au cœur. Elle voyait sur le visage de Claude l'effort que lui demandait de sourire et de ne pas s'exprimer en grognant. Anouk, en revanche, se montrait hautaine avec lui. Bien qu'il lui ait concocté un somptueux dîner d'anniversaire, elle ne s'était toujours pas remise du fait qu'il ne soit pas tombé à ses pieds et était en grande conversation avec Guillaume.

Cassie les observa une seconde, culpabilisant de ne pas être capable d'envisager une idylle avec Guillaume – pas même pour s'essayer à être française. Il ne semblait pas en prendre ombrage cependant, même si Anouk affirmait le contraire. Lorsqu'ils se retrouvaient tous les quatre, avec Pierre, ils passaient tous un excellent moment. Cassie trouvait Guillaume charmant, intelligent et avenant et, si tout le monde les laissait un peu tranquilles, ils pourraient devenir de bons amis.

Un éclat de rire soudain alerta Cassie que la soirée était bien plus animée à l'autre bout de la table. Florence et Pierre écoutaient attentivement Bas, qui était dans ce qu'il appelait en pleine envolée « mondaine », à raconter les grands drames de la semaine, qui auraient pu le faire basculer dans la folie aux moments des faits, mais qui, après coup, constituaient de fabuleux sujets de conversation. Son auditoire ne cessait de pousser des rires sonores et de taper joyeusement dans leurs mains.

Jacques suivit le regard de Cassie.

– Ton ami est très drôle.

– Bas ? Oui. Pas du tout français, bien entendu, plaisanta-t-elle, consciente qu'il brisait toutes les règles de la bienséance. Mais je ne sais pas ce que je ferais sans lui. Il a un cœur d'or, vraiment.

– Tu dois être contente qu'il soit là.

– Oui. C'est dommage qu'il ne reste pas plus longtemps, soupira Cassie, tout en faisant glisser son doigt sur le rebord de son verre à pied. Je n'ai pas vraiment d'ami comme lui, ici à Paris. Il est comme mon grand frère à beaucoup d'égards : il ne me juge pas, il me soutient entièrement et il n'y a pas meilleur compagnon de shopping que lui !

– Et il est protecteur ? Il travaille avec ton ex-petit ami, non ?

Cassie se crispa. *Oh, non, pas encore.*

– De temps en temps. Ils sont tous les deux indépendants, donc… Quand ils se croisent, c'est par hasard.

– Est-il à Paris lui aussi ?

Cassie renifla légèrement.

– Oui. Je crois que oui.

– Mais tu ne l'as pas vu.

Cassie secoua la tête. Elle était surprise de ressentir encore de la déception parce que Luke ne l'avait pas contactée. Dans des moments d'égarement, elle avait rêvé de retrouvailles au *George V*, ou quel que soit l'hôtel où il séjournait, et elle avait espéré qu'au minimum, ils se retrouvent autour d'un verre et discutent. Elle était partie de New York depuis deux mois ; elle était à la moitié de son séjour à Paris, et elle ne resterait pas à Londres aussi longtemps que prévu. En théorie, ils pourraient être de nouveau ensemble d'ici quelques semaines. Au moins, c'était ce qu'elle avait pensé. Mais le silence de Luke douchait cet espoir.

Jacques replaça sa serviette sur ses genoux et changea de sujet.

– Parle-moi de Claude. Qu'il cuisine pour nous ce soir est un privilège extrêmement rare.

– Oui. Je crois que je pourrais consacrer ma vie à apprendre de cet homme. Je pourrais laisser tomber mon travail et dormir sur le sol de sa cuisine, dit-elle, avant de se rendre compte qu'elle s'adressait au mari de sa patronne et elle se reprit aussitôt. Enfin, il va sans dire que j'adore travailler pour *Dior*.

– Mais ce n'est pas ta passion, rétorqua Jacques, sans y aller par quatre chemins.

– Non, répondit Cassie avec un haussement d'épaules. C'est vrai. Mais c'est en vivant à Paris que j'ai compris quelle est véritablement ma passion. Je ne le savais pas jusque-là.

– J'ai entendu dire qu'il vivait en ermite.

– Il est très fermé. Très secret.

– Il doit te trouver quelque chose de particulier pour t'accepter parmi ses amis. Peut-être seras-tu celle qui va le faire sortir de sa coquille.

– Je ne pense pas, non. Nous n'avons pratiquement aucune relation amicale. Nous avons discuté une seule fois chez *Ladurée*, et encore, c'était pour m'initier aux macarons avant que nous n'en fassions nous-mêmes. Je crois, dit Cassie en haussant les épaules, qu'il me considère comme rien de plus qu'une élève agaçante et trop enthousiaste.

– Il est tout de même venu ici ce soir.

Cassie jeta un coup d'œil à Claude. Il fixait ses mains.

– Oui. C'est vrai.

Cassie se rappela soudain quelque chose.

– Au fait, tu n'étais pas dans le coin de Vanves cet après-midi ? Au marché de livres anciens ?

– Dans le coin de Vanves ? Non.

– Ah bon ? J'ai cru t'apercevoir à la sortie du parc.

Jacques secoua la tête.

– J'étais à la galerie tout l'après-midi.

– Oh. Étrange. J'aurais mis ma main à couper que c'était toi. Tu dois avoir un jumeau dans ce cas.

– C'est exact. Il s'appelle Gabriel Byrne.

Cassie ricana.

– C'est vrai que j'avais remarqué la ressemblance. J'imagine qu'il y a pire comme sosie !

– Dis cela à ma femme, déclara Jacques, en levant les yeux au ciel. Elle préférerait que je ressemble à Robert Redford.

– Oh, impossible, il n'y en a pas deux comme lui au monde !

– Heureusement pour moi, s'amusa Jacques, qui jeta un coup d'œil à sa magnifique épouse.

– Depuis combien de temps êtes-vous mariés ?

– Depuis dix-sept ans… et ce n'est que le début !

– Oui, ce n'est que le début…, répéta Cassie, qui se rappela une fois de plus qu'elle n'avait pas réussi à dépasser le cap des dix ans d'un seul jour.

Chapitre 29

Cassie s'enfonça plus profondément dans le sofa rouge moelleux, sa couleur aussi chaleureuse qu'une flambée. Bas était en retard, mais c'était à prévoir. Il n'avait aucune prise sur l'emploi du temps – celui-ci semblait toujours hors de contrôle de toute façon. Le défilé Valentino était censé commencer à quatorze heures quinze, mais si on prenait en compte le retard habituel, plus vingt minutes à proprement parler de défilé, vingt autres minutes ensuite pour tout ranger… Cassie jeta un coup d'œil à sa montre. Il était dix-sept heures quinze. Bas devrait arriver d'une minute à l'autre.

Un serveur revint lui demander si elle était certaine de ne rien vouloir pour patienter.

– En fait, je crois que je vais prendre un café.

Le serveur hocha la tête et eut un sourire satisfait, comme si le fait qu'elle ne reste pas sans rien lui importait réellement.

Un groupe de femmes entra dans la salle – bruyantes, jeunes, extrêmement chics – et tous les regards se tournèrent vers elles. Il s'agissait de toute évidence de mannequins. Cassie remarqua une touffe de cheveux rouges et marqua un temps d'arrêt – était-ce Bonnie ? –, quand quelqu'un eut la même réaction face à elle.

– Cassie ? C'est bien toi ?

Elle leva la tête. Luke la fixait, son appareil photo à la main comme toujours.

– Luke !

– J'arrive dans une seconde, informa-t-il le groupe, qui alla s'installer dans un recoin.

Il s'approcha de Cassie et observa sa transformation physique.

– Mince alors… Regarde-toi.

Cassie se mit debout et se regarda docilement. Elle était arrivée directement du travail, avec un chemisier fluide en soie ivoire, la veste en tweed rouge d'Anouk et un pantalon cigarette noir.

– Salut.

Elle sourit timidement pendant que Luke assimilait cette métamorphose ; elle aperçut sur son visage le conflit entre l'amour-propre blessé qui tentait de prendre le dessus et l'agréable surprise. Il était bronzé, évidemment, et portait un jean, une veste saharienne kaki clair et une écharpe bleu marine.

– Salut, dit-il enfin, sans la moindre esquisse d'un sourire, l'amour-propre blessé ayant remporté la bataille.

– Comment vas-tu ?

Cassie essaya à son tour de dissimuler l'effet qu'il produisait chez elle, et ferma brièvement les paupières alors que son parfum lui parvint aux narines. Elle n'était peut-être pas encore capable de déceler au nez le manque de beurre dans une sauce, mais elle saurait encore identifier Grey Vetiver de Tom Ford au beau milieu d'une foule.

Luke se contenta de hocher la tête.

– Tu es parti en vadrouille visiblement, dit-elle, en faisant allusion à son bronzage en dépit de l'hiver.

– Oui, aux îles Turques-et-Caïques, une séance pour Pirelli. Je t'en avais sans doute parlé.

– Oui, murmura Cassie.

Comme c'était étrange, songea-t-elle, de saluer cet homme si formellement, au milieu du salon d'un hôtel, quand, huit semaines plus tôt, ils auraient couru sans tarder sous les draps.

Un petit silence commença à s'immiscer entre eux.

– Euh… Tu es à cet hôtel ?

– Oui. Je descends toujours ici.

– J'imagine que tu reviens du défilé de Valentino ?

Comme au défilé de Bebe Washington où ils s'étaient rencontrés, Luke avait les honneurs du premier rang et était un invité de marque à chaque présentation importante, à des années-lumière des photographes tassés comme des sardines dans leur emplacement délimité au sol par du Scotch.

– Oui. J'ai vu que Bas travaillait sur ce défilé.

– Oui. C'est lui que j'attends à vrai dire.

Le serveur revint avec le café de Cassie.

– Veux-tu te joindre à nous ? Il serait ravi de te voir.

Luke hésita.

– Non… J'ai des trucs à gérer.

Il indiqua de son pouce le groupe derrière lui et Cassie aperçut, pour la première fois, Selena, qui les fixait, ses cheveux encore coiffés en un chignon serré et ses lèvres rubis. Sans la robe écarlate à volants qui accompagnait invariablement un tel look haute couture, Selena ressemblait au genre de femmes qui régnaient sur ces halls dorés.

Luke remarqua que Cassie se raidit et il se retourna. Il aperçut Selena et ses épaules s'affaissèrent.

– Oh.

Cassie reporta son regard sur son ex-petit ami.

– Vous êtes ensemble ?

Il haussa les épaules.

– Oui…

– D'accord.

Cassie baissa les yeux sur son café.

– Hé, écoute, dit-il, en s'approchant d'elle.

Elle sentit la chaleur qu'il dégageait, l'intensité de son regard, alors qu'il tentait toujours d'assimiler sa toute nouvelle apparence.

– C'est toi qui es partie, tu te souviens ?

– C'est exact.

– Donc, ne sois pas…

– Mais je ne suis rien du tout, l'interrompit-elle. Comme tu l'as dit, c'est moi qui suis partie. C'est ton droit de coucher avec… avec elle.

Cassie détourna le regard. *Pourquoi, de toutes les femmes, fallait-il qu'il la choisisse elle en particulier ?*

– Je ne vais pas m'excuser pour ça, affirma Luke d'une voix tendue.

– Mais je ne te le demande pas, rétorqua Cassie, avant de pivoter sur elle-même. On sait tous que tu n'en es pas capable.

– Qu'est-ce que tu insinues ?

– Eh bien, ton comportement montre à l'évidence que l'étendue de tes sentiments est limitée.

Cassie se rassit sur le canapé rouge, les coussins se dressant comme des champignons autour d'elle.

Luke s'assit à côté d'elle, tout aussi rapidement, tout aussi furieux.

– Hé ! Tu n'as pas le droit de tout me mettre sur le dos. Mes intentions envers toi étaient sérieuses, je t'ai proposé de vivre avec moi, et toi… Tu es partie sans même hésiter.

– Les choses ne se sont pas passées comme ça et tu le sais très bien ! Et puis, visiblement, tu n'as pas hésité très longtemps toi non plus. Je parie que les draps étaient encore chauds quand tu l'y as invitée. J'étais encore sans doute à l'aéroport, pas vrai ?

– Tu sais, je ne savais pas du tout ce que je faisais, je croyais que peut-être, tu… Pff…

Luke détourna le regard, sa mâchoire se serrant et se desserrant comme le tic-tac d'une pendule. Il reposa les yeux sur Cassie.

– C'est évident de toute façon que tu es passée à autre chose. Il suffit de te regarder. J'ai l'impression de ne pas te connaître, comme si la Cassie que j'ai aimée n'avait jamais existé.

Elle se figea en entendant le mot « aimer ».

– Ce n'est qu'une coupe de cheveux, Luke. Je n'ai pas changé de personnalité.

– Oui, mais… Tu me donnes l'impression d'aller bien. Que tu n'as pas trop souffert après tout, hein ?

– Tu dis n'importe quoi.

Cassie détourna le regard, les yeux piqués par les larmes, horrifiée d'avoir cette dispute au milieu du *Crillon*. Quelques clients, présents également pour la Fashion Week, semblaient reconnaître Luke et le dévisageaient.

Luke et Cassie restèrent assis, dans un silence tendu. Elle poussa un soupir – de lassitude et de déception.

– Tu ferais mieux d'y aller. Bas va arriver d'une seconde à l'autre.

Luke ne répondit pas, mais ne se leva pas non plus. Ce silence maussade s'étira entre eux.

– Tu vis chez Anouk ?

Cassie confirma d'un hochement de tête.

– Où habite-t-elle ?

– Dans le quatrième.

– Sympa.

La voix de Luke était monocorde.

– Oui.

Un autre silence. *Mais où était Bas, nom d'une pipe ?* Cassie aurait besoin de quelque chose de plus fort qu'un thé quand il arriverait enfin.

– Écoute, je suis à Paris pour deux jours encore.

– D'accord. Je m'arrangerai pour ne pas croiser ton chemin.

– Ce n'est pas ce que je voulais dire.

Cassie perçut la frustration dans la voix de Luke. Il sortit quelque chose de son manteau et le lui tendit.

C'était une invitation sur papier glacé, avec une photographie de Selena – *qui d'autre ?* – étendue sur un canapé en daim noir. Celui de Luke. Selena était nue, un bras pendant nonchalamment sur le côté, l'autre posé sur sa tempe.

– Si ça se voulait un calumet de la paix, c'est raté.

– C'est ma nouvelle exposition. Le vernissage a lieu ce soir. Ça s'appelle Muse.

– Félicitations.

Cassie lui retendit le carton d'invitation. Luke se leva et fourra ses mains dans ses poches.

– Garde-la. Tu pourrais avoir envie de venir… Étant donné que tu en fais partie…

– Quoi ?

– Ne t'inquiète pas. Tu es splendide. Et puis, de toute façon, personne ne pourra te reconnaître.

Il leva instinctivement la main vers les cheveux de Cassie, avant de la retirer brusquement. Il la fixa.

– Peut-être pourrions-nous aller dîner ensuite ? Histoire de mettre les choses au clair.

– Je sors ce soir.

– Où cela ? Avec qui ? demanda-t-il rapidement. Avec Bas ?

Cassie eut un pincement au cœur devant la possessivité dans la voix de Luke. Elle fit non de la tête.

– Il a une répétition générale avec *Isabel Marant* ce soir.

– Avec qui alors ?

– Claude.

Cassie remarqua la bouche de Luke se crisper.

– Ce n'est qu'un ami, précisa-t-elle.

– Ah, je vois, dit-il d'un ton tranchant.

– C'est vrai. Il m'enseigne la cuisine.

– Tu sais déjà cuisiner.

– Non, je veux dire, cuisiner comme un professionnel.

Il y eut un bref silence, Luke peinant à croire Cassie.

– C'est une passion, expliqua-t-elle en haussant les épaules.

– Vraiment ?

Cassie confirma d'un hochement de tête. Luke dégaina un sourire soulagé et l'estomac de Cassie se révulsa face aux yeux de Luke qui ressortaient sur son bronzage, à leur façon de sonder son regard pour connaître la vérité.

– Bon, d'accord. Tu peux venir avec lui.

Cassie marqua un petit temps d'arrêt, pas tout à fait certaine que Claude soit la personne la mieux placée pour l'accompagner à cet événement.

– Je peux toujours lui proposer, finit-elle par dire.

– D'accord.

Luke afficha un sourire enfantin. Celui-ci était charmeur, contagieux…

Cassie sentit ses propres yeux lui rendre son sourire.

– Vas-y.

– J'y vais.

– Allez, va-t'en.

– Je suis parti…

Chapitre 30

Cassie ouvrit la porte, le sourire jusqu'aux oreilles. Claude la dévisagea de la tête aux pieds, une extrême surprise se lisant sur son visage. Il était habitué à voir Cassie avec de la farine sur les joues, de la purée sur son tablier et ses cheveux dans une résille.

– Qu'en penses-tu ? l'interrogea-t-elle, en plantant une main sur sa hanche et en prenant la pose.

Elle portait des escarpins compensés couleur chair, qui lui faisaient friser le mètre quatre-vingts (la taille de Claude) et une robe en laine rose beige, avec une encolure bateau qui formait un décolleté en V profond dans le dos. Elle avait bouclé des mèches de ses cheveux sur le devant, et un rouge à lèvres rubis colorait sa bouche généreuse.

– Mazette, murmura Claude.

Cassie se rengorgea devant sa réaction.

– Alors, ça te plaît ?

– Tu vas être congelée, commenta-t-il, les sourcils froncés. Et comment vas-tu marcher avec ces chaussures ?

– Oh.

Cassie soupira. Elle n'aurait pas dû s'attendre à des compliments de la part de Claude, songea-t-elle. Le SMS qu'elle lui avait envoyé, pour lui proposer de l'accompagner à un vernissage avant leur cours, ne l'avait clairement pas plongé dans le même état d'excitation qu'elle – il était vêtu d'un jean sale, d'une parka marron foncé avec la capuche relevée, et il semblait avoir stimulé aux stéroïdes ses poils de barbe pour arborer une barbe bien marquée.

Cassie enfila son manteau.

– Merci beaucoup d'avoir accepté, lui dit-elle, pendant qu'ils descendaient les marches, affreusement consciente qu'en réalité, il n'avait rien accepté du tout.

Il n'avait pas répondu et elle avait autoritairement décidé de prendre son silence pour un oui. Se rendre à une exposition de photographies était sans doute la dernière chose dont il avait envie. Un congrès sur la truffe en revanche…

L'air vivifiant saisit immédiatement Cassie lorsqu'ils arrivèrent dans la cour, et elle frissonna. Claude avait raison sur les deux points : elle allait être frigorifiée et c'était impossible de marcher sur les pavés avec ces chaussures.

– Claude, je peux ? demanda-t-elle en lui indiquant son bras.

Il lui fallut un moment pour comprendre ce qu'elle voulait dire. Ses mains étaient profondément enfoncées dans ses poches, mais plutôt que de les sortir, il écarta le coude comme si celui-ci était sur gonds. Reconnaissante, elle lui prit le bras.

– Merci.

Ils marchèrent péniblement et lentement vers le pont Saint-Louis et l'île de la Cité, où ils pourraient facilement trouver un taxi. Ils n'échangèrent pas un mot. Pour une fois,

Cassie était incapable de faire la conversation. Elle était surprise de sentir son ventre palpiter. Bien sûr, Bas était arrivé quelques minutes après le départ de Luke et il s'était mis dans tous ses états : « Évidemment que Luke veut te récupérer, mais tu dois faire preuve de détachement. Tu dois faire en sorte qu'il quitte immédiatement Selena, porter les bas et le porte-jarretelles que tu as achetés avec Anouk, boucler tes cheveux à partir de là… » Bas lui avait promis de passer une tête au vernissage après sa répétition générale, afin qu'elle ne soit pas complètement perdue.

– Et alors, ce photographe… Est-ce qu'il est doué ?

– Oui, très. C'est sans doute l'un des trois plus grands photographes du moment en activité.

– Et a-t-il pris des photos de toi ?

– Nous vivions ensemble à New York, donc…

– Ah bon ?

Claude s'arrêta et regarda Cassie.

– Mais je croyais que ton mari venait de te quitter ?

Cassie grimaça. Personne ne la comprenait donc jamais ici ? Son départ d'Écosse était perçu comme une réaction excessive et voilà qu'on insinuait que sa nouvelle relation était trop précoce…

Volontairement, elle n'avait pas parlé de Luke à Claude au cours de ses bavardages durant leurs leçons de cuisine. Elle avait limité le résumé de sa vie récente aux événements majeurs : son mari infidèle, la trahison de sa meilleure amie, le changement de continent pour fuir le chagrin…

– Oui, c'est juste, répondit-elle d'une voix terne.

Il était préférable de ne pas s'attarder sur le sujet. Elle eut l'impression d'avoir déçu Claude d'une certaine façon, de ne pas avoir été suffisamment une victime.

Ils continuèrent à marcher en silence, et Cassie se mit à regretter ses chaussures. Elle se mit à regretter de se rendre à ce vernissage avec Claude – il ne correspondait pas exactement au portrait de l'amie insouciante intéressée par les intermittences de sa relation avec son ex. Elle se mit à regretter d'aller à cette exposition tout court. Si elle pouvait remonter le temps jusqu'à ce matin, quand tout était plus simple – la visite des catacombes avec Florence, un café avec Bas, le cours de cuisine avec Claude le soir. Sa déception devant le mutisme de Luke avait tourmenté Cassie – en silence, intérieurement –, mais au moins ce sentiment était resté gérable. C'était beaucoup plus difficile pour elle en revanche de maîtriser son excitation, de contenir son imagination qui s'emportait en conjectures : *Et si son regard me sourit de nouveau, et s'il se pince la lèvre inférieure quand il m'écoute parler, et si… ?*

Après avoir franchi le pont Notre-Dame, ils arrivèrent sur le quai de Gesvres où ils prirent un taxi. Claude monta le premier – la galanterie lui échappait totalement.

– Écoute, Claude… Es-tu sûr de vouloir m'accompagner à cette exposition ? Je n'ai pas envie que tu te sentes obligé de le faire. Tu n'avais pas prévu cela. Je peux toujours venir chez toi après, si tu préfères.

– Non, répondit Claude, en bouclant sa ceinture de sécurité. Je vais venir.

Cinq minutes plus tard, le chauffeur – clairement suicidaire – les déposa devant la galerie. Cassie mira anxieusement son reflet dans la vitre pendant que Claude réglait la course.

L'intérieur était comble. Tout le beau monde de la mode était présent, et tous étaient vêtus de noir – les hommes dans des costumes Armani élégants, les femmes dans des robes noires architecturales davantage redevables à Mies van der Rohe qu'à Yves Saint Laurent.

– Oh là là, souffla doucement Cassie, en se rendant compte de l'effet que produirait sa robe claire parmi toute cette foule en noir intégral. Je ne vais pas seulement faire tache, j'ai l'air d'une tache.

Cassie s'était habituée à la palette sophistiquée de couleurs neutres d'Anouk et avait oublié l'uniformité sans concession de cette horde de passage.

Elle s'aperçut que Claude semblait encore plus mal à l'aise qu'elle et elle se défit aussitôt de son embarras. Ils ne pouvaient pas être tous les deux dans cet état.

– Viens, allons prendre un verre et, ensuite, on essaiera de trouver mes portraits.

Il n'y avait que des mojitos, mais Claude, ne jugeant pas la glace assez pilée à son goût, demanda de l'eau.

Ils flânèrent lentement et admirèrent les photographies aux murs. Cependant, Cassie ne pouvait s'empêcher de balayer la salle du regard, à la recherche de Luke. Au bout de cinq opérations de recherche discrètes, elle le repéra, appuyé contre un mur, un verre à la main, les chevilles croisées pendant qu'il écoutait une petite brune, dans une minirobe Erdem, avec des bottines – Alexa Bourton, se rendit compte Cassie avec horreur. Ils discutaient du cliché à côté duquel ils se trouvaient. Celui-ci représentait encore Selena – encore nue. Sur le toit-terrasse, un grand chapeau de cow-boy en paille sur la tête, les jambes posées sur le parapet, elle était allongée sur le transat Adirondack, son visage baigné par le soleil.

Selena elle-même était à quelques pas de Luke. Ses cheveux étaient toujours coiffés du même chignon strict que plus tôt dans l'après-midi. Qu'elle puisse être dans la même pièce que tous ces gens qui contemplaient des photographies d'elle en tenue d'Ève échappait totalement à Cassie. C'était comme si elle se promenait dans cette salle toute nue.

– Qu'en penses-tu, Claude ? l'interrogea Cassie, en balayant la salle d'un geste vague. Penses-tu qu'il mérite tout ce tapage ?

Claude fixa Cassie, qui se fit la réflexion que, bien qu'il ait obscurci son visage avec des poils, tels des roseaux masquant une mare, il semblait avoir perdu du poids.

– Et toi ?

Cassie haussa les épaules.

– Je n'ai pas la prétention de m'y connaître en photographie. Je suis plutôt du genre à viser et à mitrailler sans réfléchir…

– Non. Je voulais dire, est-ce que tu penses qu'il mérite tout ce tapage ?

– Je ne comprends pas.

Claude examina Cassie de la tête aux pieds.

– Tu t'es mise sur ton trente et un pour lui ce soir. Je ne t'ai jamais vue habillée comme ça depuis que je te connais.

– Je me suis bien habillée pour l'anniversaire d'Anouk.

– Non, c'était différent. Ce soir, tu t'es habillée pour un homme. Pour l'anniversaire d'Anouk, tu t'étais habillée pour des amis.

Cassie marqua une pause, puis haussa les épaules. Elle imagina que Claude avait raison. La lingerie qu'elle portait ce soir la faisait assurément se sentir différente, se tenir différemment. Au dîner d'Anouk, elle n'avait mis qu'un soutien-gorge basique et une gaine.

– Je vois bien que tu t'es fait belle pour lui, poursuivit Claude. Mais je vois sur les murs un homme qui a de nombreuses femmes qui s'habillent pour lui – ou, plus exactement, qui se déshabillent pour lui.

Cassie toisa Claude, faisant fi de sa remarque.

– Il est photographe, Claude. Ce sont des modèles, pas des conquêtes.

– Mais tu es bien sur ces murs quelque part, non ?

– Oui, mais c'est différent. Nous vivions ensemble. « Muse » était le surnom qu'il me donnait. Et c'est le nom qu'il a donné à cette exposition. Il est question d'inspiration, pas des femmes qu'il a mises dans son lit.

Cassie aperçut Bas les repérer et se diriger droit vers eux. Il serra la main de Claude et fit glisser une main taquine et chatouilleuse le long du dos nu de Cassie.

– Tu es superbe, la complimenta-t-il fièrement. Impossible qu'il te résiste !

En entendant cette phrase, Claude adressa un regard éloquent à Cassie. Elle détourna la tête et fit semblant d'étudier le cliché devant eux.

– Alors, est-ce que tu t'es vue ?

– Seulement dans le miroir.

Bas ricana.

– Viens par ici, dit-il, en prenant Cassie par le coude. Je dois reconnaître que ta technique de camouflage est très maligne.

– Comment cela ?

– Eh bien, la robe qui tranche, les cheveux bruns… Personne ne va penser que c'est toi sur les photos.

– Et c'est une bonne chose ? demanda Cassie d'un ton amusé.

– Bah, ta pudeur, ta naïveté – et je dis ça par amour, *darling* – sont tes principaux traits de caractère.

– Et… ?

Ils se faufilèrent tous les trois à travers la foule.

– Et, alors, il n'y en a pas la moindre trace ici, répondit Bas avec un clin d'œil.

Que voulait-il dire ? Cassie sentit son sang commencer à pulser dans ses tempes. Elle contourna de larges piliers et, dès qu'elle aperçut la série d'énormes clichés en noir et blanc, elle fut aussitôt propulsée dans le passé. Il était tôt le matin ; les feuilles étaient encore sur les arbres, mais prenaient une teinte cuivrée, révélant leur intention de s'envoler ; le sommeil était encore posé sur Cassie tel un drap – léger et chaud ; Luke la chevauchait, elle sentait son poids qui la clouait contre le matelas. Et elle était nue comme un ver.

Bas se tourna vers elle – et son sourire disparut de son visage comme neige au soleil.

– Oh là là, Cassie ! s'exclama-t-il, horrifié. Ne me dis pas que tu n'étais pas au courant ?

Cassie secoua la tête, ses yeux brillants de larmes alors qu'ils se posaient sur tous ces clichés de leur brève et heureuse vie commune – sexy, pleine d'entrain et profondément intime. Son regard s'arrêta sur la photographie où elle courait vers la salle de bains. Ses cheveux blonds et ses longues jambes étaient en mouvement, ses seins partiellement cachés par son bras, un sourire espiègle sur ses lèvres, les yeux tournés vers l'objectif… Cassie baissa la tête, elle se sentait humiliée et tout aussi exposée qu'elle avait imaginé Selena l'être.

Bas s'empressa de l'entourer de ses bras, telle une couverture – protectrice, réconfortante, chaude.

Claude ne bougea pas. Son visage était figé comme le marbre, et ses yeux brûlaient sombrement sous ses cheveux hirsutes et sa capuche à fourrure. Puis soudain, il s'avança, posa ses mains autour du cliché le plus proche et le décrocha. Il le tourna et le posa sur le sol, face contre le mur. Il répéta ce geste pour toutes les autres photographies de Cassie, qu'elle y apparaisse vêtue ou non.

– Hé ! s'écria furieusement Luke, qui avait été averti de ce qui se passait. Mais qu'est-ce que vous fichez ? hurla-t-il, en courant vers Claude d'un air menaçant, même si ce dernier le dépassait de plusieurs centimètres.

Luke ne sembla pas s'en préoccuper, mais peut-être aurait-il dû, car Claude lui asséna un puissant crochet du gauche qui le projeta aux pieds chics des invités.

– Claude, non ! cria Cassie, au moment où Luke se releva et que Claude le renvoya au sol avec un second coup de poing dans le nez.

Claude n'entendait pas Cassie. Il était plié en deux à cause de l'effort, sa respiration accélérée par l'adrénaline, son regard s'illuminant alors qu'il s'était déchargé d'une part de la colère qui le consumait. Il attrapa Luke par le col de sa chemise marine.

– Cette femme est un cadeau, grogna-t-il avec mépris. Un oiseau rare à chérir. Et non un objet à humilier, en l'exhibant nue comme une esclave.

Luke posa sa main sur son nez pour tenter d'arrêter le saignement.

– Tu ne sais pas de quoi tu parles. J'aimais cette femme.

– Non. Tu aimais l'image qu'elle te renvoyait : important, central, désiré. C'est différent. Si tu la connaissais réellement, jamais tu n'aurais fait une chose pareille.

Claude relâcha son étreinte et laissa Luke tomber par terre.

Un groupe de vigiles – en surpoids et en retard – arrivèrent en courant et s'amassèrent autour de Claude pour tenter de le maîtriser, mais il était trop costaud. L'un d'eux parvint à lui immobiliser le bras dans le dos, et ils le poussèrent vers la sortie. Il n'opposa aucune résistance. Son honneur avait été satisfait. La foule – à la fois scandalisée et ravie – s'écarta à leur passage.

Luke, toujours au sol, leva la tête vers Cassie, elle-même toujours dans les bras de Bas. Elle était pâle sous l'effet du choc.

– Un ami, tu dis ? cracha-t-il. N'importe quoi !

Les vigiles raccrochèrent les cadres, certains de travers, brisant l'harmonie des lignes rigoureuses.

– Il a pris ma défense, comme n'importe quel ami le ferait, répondit doucement Cassie, tremblante face à l'assemblée qui faisait le lien entre la blonde nue sur les murs et la brune sophistiquée dans cette robe disparate. Tu n'as aucun droit d'utiliser ces photos.

Luke se leva et plaqua un mouchoir contre son nez pour contenir le saignement.

– Au contraire, j'ai tous les droits. Quand tu as signé le contrat pour la campagne Washington, tu m'as cédé ton droit à l'image.

Cassie le considéra avec horreur.

– Mais c'était uniquement pour les photos de cette campagne !

Luke fit non de la tête.

– Tu aurais dû lire les lignes en petits caractères. Et tu peux remercier ton ami : grâce à lui, je me décide à partir en tournée avec cette exposition. Londres et New York la réclament. J'ai reçu des demandes de Moscou aussi, donc je vais mettre un point d'honneur à leur répondre.

Les yeux de Luke pétillaient d'amertume et Cassie comprit que tout ce qu'ils avaient partagé autrefois était mort avec sa fierté. Il tira sur les manchettes de sa chemise.

– Et puis, je viens de discuter avec Alexa. Elle veut consacrer un numéro entier à la Muse. Alors autant te prévenir que je lui donne l'entière exclusivité.

Cassie fixa le sol un moment, puis releva les yeux sur Luke. Elle prit une profonde inspiration et dressa une barrière imaginaire entre eux.

– Dans ce cas, tu vas avoir des nouvelles de mes avocats, déclara-t-elle, avant de secouer la tête d'un air triste et de s'en aller.

Elle entendit les pas de Bas juste derrière elle et, au moment où elle passa la porte, perçut le taxi de Claude démarrer. Pourquoi fallait-il toujours que ses relations avec les hommes les plus importants de sa vie s'achèvent par des courriers d'avocat ?

Chapitre 31

– Toujours pas de nouvelles ? demanda Suzy.

Cassie fit non de la tête, le regard baissé. Inutile de regarder l'écran de Skype pour savoir que Suzy avait la tête penchée, ainsi qu'elle le faisait toujours lorsqu'elle était inquiète.

– Non. Il ne m'a pas rappelée. Je ne sais pas quoi faire d'autre.

– Es-tu allée chez lui ? S'il ne décroche pas, peut-être qu'au moins, il te laissera entrer.

– J'imagine. Je me fais vraiment du souci pour lui. Tu aurais vu dans quel état il était, Suzy…

Il y eut un silence.

– Pour ton information, Maman trouve la situation très amusante.

– Pardon ?

– Oui. David Bailey l'a photographiée quand elle avait notre âge et, d'après elle, tu devrais profiter de ton heure de gloire.

– Mais c'est entièrement différent ! Ces photos étaient privées, Suzy. Il n'avait aucun droit de les exposer.

– C'est exactement ce qui met Henry hors de lui.

– Henry ? Hors de lui ?

– Oh oui, cette histoire le fait entrer dans une colère noire. Mais bon, il est d'une humeur massacrante à propos de tout en ce moment. Le stress. La tension. Pourvu qu'il n'attende pas un jour un enfant, c'est tout ce que je dis ! s'exclama Suzy, qui agita la main d'un air dépité, puis se caressa le ventre.

Cassie ricana.

– Tu n'es pas la seule à donner la vie, rétorqua-t-elle malicieusement. Tu diras à Henry que ses graines germent. Cela devrait lui faire plaisir.

Dans la caissette était apparue non pas une petite pelouse cette fois, mais une foule de petites pousses aux feuilles luisantes.

– Je n'y manquerai pas.

– Mais tout va bien avec le bébé ? Lève-toi pour que je puisse voir ton ventre.

Suzy se mit debout et présenta son profil miraculeux.

– Pour être franche, je ne serais pas surprise si je donnais naissance à un cupcake, lança-t-elle, en se frottant tendrement l'abdomen.

Elle n'était pas encore enceinte de cinq mois que son ventre était déjà impressionnant.

Cassie soupira d'un air envieux.

– Tu as tellement de chance. J'imagine qu'Archie doit être sur la lune, non ? Cela fait des années qu'il veut avoir des mini-Suzy.

Suzy grimaça en se rasseyant.

– Oh. Ne parle pas d'Archie et de lune dans la même phrase ! J'ai eu l'image d'une grosse paire de fesses blanches.

Cassie ricana.

– Vous êtes trop heureux tous les deux. Je vous déteste.

– Ah, mais tu connaîtras ça toi aussi, soupira Suzy, la tête à nouveau inclinée sur le côté.

– Oh, je ne me fais pas trop d'espoirs, Suzy.

– Hé, tu ne peux pas laisser un petit incident international, comme des photos de toi nue qui font le tour du monde et sont publiées dans les magazines les plus prestigieux, se mettre entre le prince charmant et toi. Je continue d'affirmer que Luke Laidlaw est l'homme qu'il te faut.

Même Cassie rit à cette phrase. S'il y avait quoi que ce soit de positif dans cette histoire, c'est qu'elle lui avait permis de mettre définitivement à la corbeille les sentiments qu'elle éprouvait encore pour cet homme. Claude avait vu juste ce soir-là : Luke l'avait exploitée, humiliée, avait profité d'elle, tout cela pour consolider ses diverses réputations. Tout ce qui restait entre eux à présent était un contentieux.

– Je pense que tu as raison, affirma Cassie, qui entendit les pas d'Anouk sur le palier. Je devrais aller chez Claude et ne pas lui laisser d'autre choix que de me laisser entrer chez lui. Il ne peut pas me tenir responsable de toute leur altercation, non ? Je crois que je ne le supporterai pas s'il arrête de me donner des cours, Suzy. Je serais obligée de quitter Paris. Je suis sérieuse. Ces cours sont devenus la raison même de ma présence ici.

– En ce qui me concerne, plus tôt tu arriveras à Londres, mieux ce sera. J'ai besoin d'aide pour raisonner Kelly. Tu sais qu'elle veut une salve d'artillerie ? dit Suzy en agitant les poings en l'air.

– Non ! Mais Brett n'est pas militaire.

– Je sais. Et j'ai essayé de lui expliquer qu'on ne peut pas tirer des coups de pistolet comme ça. Imagine tous les pigeons qu'on tuerait ! Ce serait horrible.

Cassie ricana de plus belle, quand elle entendit la clé d'Anouk dans la serrure.

– Je ferais mieux de te laisser. Anouk n'est pas de très bonne humeur non plus en ce moment, expliqua Cassie en fronçant le nez. Elle est très tendue. Je crois qu'elle a de gros soucis avec Pierre.

– Oh, non.

Nouveau penchement de tête de Suzy.

– Hmm. Elle refuse d'en discuter, bien entendu, et cela dure depuis des semaines maintenant. Je ferais mieux de lui préparer un verre de vin.

– Fais-lui un câlin de ma part.

– Oui. Je vous embrasse tous les deux, dit Cassie, en jetant un coup d'œil au ventre arrondi de Suzy.

L'écran devint noir, et Cassie soupira en quittant son amie heureuse pour aller s'occuper de son amie triste.

***

Elle frappa une nouvelle fois à la porte. Elle était sous le crachin depuis quinze minutes, mais il refusait de répondre. Elle appuya sur la sonnette et parla dans l'interphone avec plus de rudesse qu'elle n'en ressentait véritablement.

– Je sais que tu es là, Claude. Tu es toujours chez toi. Laisse-moi entrer, s'il te plaît. Je veux seulement te parler.

Elle marqua une pause.

– Je me fais du souci pour toi.

Rien. Le silence pouvait être très fort quand on ne voulait pas l'entendre.

Elle tourna en rond, se demandant nerveusement que faire. Monter un siège ? Le faire mourir de faim ? L'enfumer pour l'obliger à sortir peut-être ?

– Cassie ?

Elle leva la tête. Claude était au bout de l'impasse, un énorme sachet en papier kraft plein à craquer dans les bras.

– Claude ! Oh, tu es là ! s'exclama-t-elle, envahie par le soulagement, et elle courut vers lui. J'essayais de… Enfin, je croyais que tu étais…

Il retira la capuche de sa parka et regarda Cassie. Elle s'arrêta net. Il avait rasé sa barbe et s'était coupé les cheveux. Il portait un pantalon de toile bleu marine propre au lieu de son vieux jean sale, ainsi qu'une chemise blanche et un pull gris. Il avait même une écharpe autour du cou, nouée d'une façon que seuls les Français savent retirer. Il semblait… fringant. Cette vision était saisissante.

– Mince alors, regarde-toi, s'étonna Cassie. Tu devrais plus souvent donner des coups de poing !

Claude lâcha son rire rauque si rare et passa devant Cassie. Elle remarqua que même sa démarche avait changé – son pas traînant habituel avait laissé place à des enjambées souples et décontractées. Il sortit ses clés et ouvrit la porte.

– Un café ?

Cassie ne fut capable que d'acquiescer d'un signe de tête.

Ils entrèrent dans l'appartement et elle regarda tout autour d'elle, encore plus stupéfaite. Au cours de toutes ses visites, la cuisine avait toujours été d'une propreté impeccable et étincelante, toujours prête à l'action. Mais le reste de l'appartement… Hmm, on ne pouvait pas en dire autant. Les stores étaient toujours baissés, et jamais une fenêtre n'était ouverte, ni une flambée allumée, ni un lit fait ou un coussin regonflé. Des vêtements sales imprégnaient l'appartement d'une odeur fétide et humide, qui donnait l'impression de vivre dans une chaussure, mais là…

– Et dire que je me faisais du souci pour toi…

Cassie visita les pièces impeccables sans même demander la permission, tandis que Claude rangeait ses emplettes. Manifestement, l'accrochage du vernissage n'avait pas signé que la fin de la relation de Cassie avec Luke.

Elle remarqua que la couette grise sur son lit était propre, bien en place et la housse repassée. Elle aperçut même un bouquet de freesias dans un vase sur la table de chevet. Claude avait-il une petite amie ?

Cette idée fit un choc à Cassie. La jalousie s'alluma en elle telle une lumière – la jalousie de l'enfant unique qui avait joui jusque-là de l'attention pleine et entière de Claude. Enfin, « jouir » était-il le mot juste ? Parfois, Cassie avait l'impression d'être face à un peloton d'exécution, mais elle aurait volontiers enduré pire que cela, tant qu'elle pouvait continuer à partager cette grande passion avec Claude. À tort, à raison, égoïstement, elle aimait l'avoir pour elle toute seule.

Peut-être parce que je me donne entièrement à lui ? s'interrogeat-elle, alors qu'elle retournait vers la cuisine et observait Claude avec un silence inhabituel. Elle n'avait pas de travail dont se préoccuper, pas d'homme pour la distraire de ce nouveau grand amour. Elle avait trouvé sa voie, ici à Paris, et l'idée que celle-ci soit affaiblie ou réduite par le « partage » emplit Cassie d'horreur. Suzy lui avait proposé de venir à Londres si Claude ne voulait plus entendre parler d'elle, mais, de la même façon, s'il lui demandait de rester, le ferait-elle ? Pouvait-il réussir là où Luke avait échoué ? Cassie pouvait-elle réellement tourner le dos à tout cela et partir pour Londres – vers un autre relooking, une autre refonte, une autre transformation ?

Claude posa un café sur la table et adressa un sourire tendre à Cassie.

– Est-ce que tu vas m'expliquer ce qui se passe ? demanda-t-elle, en s'approchant pour prendre la tasse.

Elle se jucha sur un tabouret de bar et observa Claude se mettre à émincer des oignons et de l'ail avec célérité et élégance.

– Tu n'as répondu à aucun de mes appels. Et je n'ai pas réussi à te joindre la semaine dernière pour nos cours.

Claude leva les yeux.

– Je sais, admit-il en souriant.

Elle le fixa. Aucune excuse. Aucune explication. Cet homme était exaspérant.

– C'est tout ? s'énerva-t-elle. Hmm. Je crois que je te préférais avant.

Claude poussa un rire grave et secoua la tête. Il ne la croyait pas une seconde.

– J'ai été très occupé, se justifia-t-il, pendant qu'il pressait la lame d'un couteau avec la base de sa main sur une gousse d'ail.

– Je vois ça, constata-t-elle, contrariée. Rien que de te brosser les cheveux a dû te demander une semaine.

Il gloussa de nouveau.

– Et raser cette barbe a dû nécessiter une petite armée.

Claude rit à gorge déployée et Cassie leva les yeux au ciel de défaite – le rire de Claude lui faisait perdre toute inspiration et toute envie d'insultes.

Il reposa son couteau et la fixa de ses yeux noirs.

– J'ai un travail.

Cassie eut le souffle coupé.

– Un travail ? répéta-t-elle avec la même stupeur que s'il avait dit qu'il avait bu un verre avec Elvis.

Elle remarqua que les articulations de ses doigts étaient toujours rouges et enflées à cause des coups de poing infligés à Luke.

– J'ai un nouveau partenaire financier. Nous allons ouvrir dans les anciens locaux de *Maxim's*.

Il haussa très légèrement un sourcil, trahissant un désir bien dissimulé d'impressionner Cassie.

– Le partenaire financier me donne carte blanche : mon équipe, mon budget, mes menus, mes règles.

Cassie resta bouche bée, à la fois ravie et horrifiée. Cette nouvelle signifiait sans doute la fin de leurs cours ?

– C'est prévu pour quand ? demanda-t-elle, en parvenant à afficher l'ombre d'un sourire.

– Nous ouvrirons en mai. Une fois la remise en état terminée.

En mai ? Donc, elle ne serait plus là pour le voir. On était la troisième semaine de mars et le printemps s'installait incontestablement sur Paris, mais elle n'avait pas prévu de passer l'été ici.

– Les bras m'en tombent, murmura-t-elle, sous le choc. C'est une excellente nouvelle. C'est super.

Claude leva la tête, le sourire aux lèvres.

– Oui. Et c'est grâce à toi.

– À moi ?

– C'est toi qui m'as emmené à ce vernissage. Ça m'a fait ouvrir les yeux. Quand j'ai vu ces photos de toi…

Cassie rougit instantanément à l'idée que Claude l'ait vue nue…

–… Je me suis souvenu de ce que la passion permet de faire. Des grandes choses que nous pouvons accomplir. J'avais oublié cela. Je suis resté noyé dans la tristesse si longtemps que la tristesse elle-même était devenue mon plaisir. Je ne savais plus être autrement.

Cassie fixa Claude, perplexe. Dans le fond, il était en train d'affirmer que les photographies étaient géniales.

– Mais… mais… tu l'as frappé.

– Oui, bien sûr. Parce qu'il n'avait pas ton accord pour les exposer, il a trahi ta confiance.

Il haussa les épaules comme pour dire « Je me devais de le frapper ».

– Mais les photos en soi ? Elles sont superbes. Tu es superbe. La passion que cet homme éprouve pour toi est évidente. Ça saute aux yeux. Ces photos ont réussi à toucher même un homme pénétré de tristesse comme moi. Elles m'ont donné envie de redynamiser ma vie, alors j'ai accepté cette offre. Il est temps de revivre.

Cassie observa Claude en silence, qui reprit ses découpes. Elle avait envie de se frapper pour lui avoir envoyé un message ce fameux soir. Elle aurait dû lui faire faux bond – ou mieux encore, ne pas aller à l'exposition du tout. Elle lâcha un gros soupir. Le malheur de Cassie faisait le bonheur de Paris, semblait-il.

Intriguée par le mélange d'ingrédients, elle s'enquit d'une voix tendue :

– Que prépares-tu ?

– Je teste une nouvelle recette : poire pochée au vin rouge, avec une salade de menthe et une réduction de grenade. Veux-tu être mon cobaye ?

– Bien sûr, répondit-elle vaguement.

Cassie se demanda depuis combien de temps cette proposition était dans l'air. Prendre la tête d'un tout nouveau restaurant ne se faisait pas du jour au lendemain. Claude devait mener des négociations depuis des mois – et il n'en avait jamais soufflé un mot.

Déçue, Cassie se rendit compte que l'importance qu'elle accordait à leur relation n'était pas réciproque. Elle n'était qu'une élève, intimidée et impressionnée, éprise du talent de son professeur. Claude Bouchard était la référence, un grand nom dans le monde de la restauration, qui avait plus à prouver et mieux à faire que de donner des astuces de pâtisserie à une divorcée avec des problèmes de nudité. Elle avait été naïve de croire que son offre d'amitié avait eu un sens pour Claude, ou qu'aller ensemble au marché enrichirait sa vie comme cela enrichissait celle de Cassie.

Ne s'était-elle pas rendu compte ces derniers mois de la vie morose et déprimée de cet homme ? Quelle que soit la raison pour laquelle il avait rendu ses étoiles Michelin trois ans plus tôt, il était une personne différente qui revenait aujourd'hui sous leur lueur. C'était là sa place. C'était ce dont il avait besoin, et non de l'amitié de Cassie.

Elle prit une profonde inspiration, effrayée de poser la question, mais elle ne pourrait pas partir sans connaître la réponse.

– Alors, quand allons-nous arrêter ? Toi et moi ?

Une pensée la frappa soudain et elle écarquilla les yeux.

– Ou alors, c'est déjà le cas ?

Claude lui jeta un coup d'œil.

– Nous allons continuer quelques semaines encore. Pour étudier les recettes. Nous pouvons élaborer le menu ensemble.

Cassie hocha la tête, dévastée. Ce qu'il voulait dire, c'était « Je trouve les idées et les cuisine ; toi, tu regardes et tu goûtes ».

– Mais je pense que nous devons nous focaliser sur tes desserts.

Elle opina. Rapidement, Claude avait cerné la discipline préférée de Cassie : concocter des charlottes, des gâteaux, des macarons, des mignardises, etc.

– Parce que tu es très douée pour cela, mais si tu dois être ma chef pâtissière, il faut que tu sois absolument...

– Quoi ???

Claude s'essuya les mains sur un torchon et regarda Cassie, les mains sur les hanches et un sourire jusqu'aux oreilles.

– Je disais que si tu dois être ma chef pâtissière, il faut qu'on revoie la pâte filo et...

Cassie descendit du tabouret et se jeta dans les bras de Claude.

– Oh ! Tu es sérieux ?

Il hocha la tête d'un air maladroit, ridiculement gêné par ce contact physique.

Elle leva les yeux sur lui, soudain inquiète, et laissa tomber ses bras.

– Oh, mais... c'est impossible que je sois prête, si ? C'est une chose de cuisiner avec toi ici. Mais de là à travailler dans un restaurant avec des cuisiniers professionnels...

La panique se lut sur le visage de Cassie.

– D'ordinaire, je dirais non. Tu débutes. Mais... Je te vois à l'œuvre, et je vois la passion qui t'anime. Tu as un grand talent inné, Cassie. Il faut simplement que nous renforcions ta confiance en toi. C'est le métier que tu devrais faire. Ça saute aux yeux pour moi. Aucun de mes élèves n'a jamais eu les larmes aux yeux comme toi, pendant que j'expliquais comment découper les pommes pour une tarte Tatin.

– Mais c'était une expérience émouvante. Je ne comprends pas comment les autres ne peuvent pas ressentir la même chose.

– C'est exactement ce que je veux dire. Tu as ça dans le sang. Tu as cette passion. Et, moi, j'ai les connaissances, le temps et… l'envie de te former. Je serai là pour te guider à chaque étape.

Cassie jeta de nouveau ses bras autour de Claude, sa joue écrasée contre son torse.

– Merci, merci, merci. Oh, merci, murmura-t-elle. Je ne te décevrai pas, Claude. Je te le promets. J'en ai envie plus que tout au monde.

– Tu devras m'appeler « chef », dit-il, en essayant de se montrer sévère – en vain avec son sourire niais.

– Évidemment.

– Et pas de câlin en cuisine.

– C'est compris, ricana Cassie, avant de relâcher son étreinte. Quand devrai-je remettre ma démission à *Dior* ?

– Pas tout de suite. J'ai encore beaucoup de choses à faire, et tu dois d'abord t'occuper de cette fête.

– Oui, c'est vrai.

Depuis que Cassie avait tapé dans le mille avec les catacombes, Florence lui avait confié un plus grand nombre de responsabilités pour cette soirée. En raison de sa passion naissante pour la cuisine (dont Florence avait eu connaissance lors de l'anniversaire d'Anouk), Cassie supervisait le menu du buffet ainsi que les pochettes cadeaux. Pour une personne qui exerçait au départ un travail purement alimentaire, Cassie avait un poste de plus en plus intéressant.

– Donc nous élaborerons les menus ensemble et je t'apprendrai à faire les recettes. Tu pourrais venir travailler à plein temps avec moi fin avril.

Cassie tapa de joie dans ses mains, peinant à croire qu'elle allait bel et bien travailler dans un restaurant avec Claude Bouchard. C'était la fin la plus parfaite qui soit ! Elle avait enfin trouvé sa voie ! Sa vie serait à Paris. La fin heureuse de son histoire se trouvait dans cette ville, et elle n'impliquait pas d'homme. Du moins, pas d'amoureux.

Il n'y avait qu'une seule ombre à ce bonheur parfait : elle devait annoncer à Suzy (et à Henry) qu'elle ne viendrait pas à Londres en fin de compte.

Chapitre 32

Cassie s'assit avec la porte-fenêtre ouverte, ses pieds posés sur le garde-fou, une tasse fumante de café entre les mains. Elle devait profiter de la vue sur la Seine tant qu'elle le pouvait – elle avait, le matin même, payé un dépôt de garantie monstrueux qu'elle pouvait à peine se permettre pour un studio miteux dans le treizième arrondissement. Elle devait y emménager d'ici une quinzaine de jours. Elle avait le sentiment d'être une vraie adulte, avec un travail et une maison à elle – et un divorce en cours.

Elle avait envie d'en discuter avec quelqu'un, mais, à l'occasion du week-end de Pâques, Anouk était partie avec Pierre, dans un petit château (espérons pour arranger les choses entre eux), et Claude sur la côte normande, pour tenter de passer un contrat d'exclusivité avec un fournisseur de poisson réputé au Havre.

Les bateaux-mouches faisaient carton plein tous les jours désormais, après des mois à naviguer avec une poignée seule de quelques touristes intrépides qui bravaient le froid du fleuve. Mais suite à un hiver très mordant, le printemps avait enfin inondé la ville. Les feuilles apparaissaient sur les arbres, et les tulipes et les narcisses se balançaient dans chaque parterre de fleurs. Le soleil affichait également une netteté impressionnante à présent, après avoir abandonné sa teinte pâle et froide d'aquarelle de l'hiver pour tout colorer d'un jaune franc.

Il luisait sur Cassie à la manière d'un projecteur ; elle sentait l'air frais la régénérer et la revigorer. Elle savait que, très prochainement, elle ne verrait plus que les quatre murs de la cuisine du restaurant et n'entendrait rien d'autre que les cris affolés des chefs de partie ; alors, elle repenserait à cette période paisible – où elle travaillait dans les bureaux chics de LVMH avec pour stress maximal l'organisation d'une fête, et faisait la grasse matinée le week-end – comme un état de grâce dans sa vie, le dernier paysage onirique avant d'être rattrapée par la réalité.

On frappa soudain à la porte, ce qui fit sursauter Cassie. Elle tourna la tête d'un air interrogateur. Qui pouvait-ce bien être ? Elle se leva pour aller ouvrir la porte.

– Henry ! Mais que fais-tu ici ?

– Sympa ! répondit-il, avec un grand sourire. C'est comme ça que tu accueilles un vieil ami ?

– Tu sais ce que je veux dire, répondit Cassie, qui ouvrit la porte en grand pour le laisser passer. Entre. Tu es seul ? lui demanda-t-elle, en jetant un coup d'œil sur le palier.

Il lui fit la bise délicatement.

– Oui. Il n'y a que moi.

Il inspira profondément.

– Oh, ce café sent bon, fit-il remarquer subtilement.

Cassie rit.

– Tu en veux un ?

– Si tu insistes !

Henry suivit Cassie dans la cuisine.

– Anouk a plus d'espace que Kelly, à ce que je vois.

– Oui, heureusement ! Au moins, ici, je peux prendre un café sans devoir aller le chercher au bout de la rue.

Cassie jeta un coup d'œil à Henry, il s'approchait des fenêtres pour admirer la vue.

– Alors… c'est la semaine prochaine que tu pars ? lui demanda-t-elle.

– Oui.

Il pivota sur lui-même et sourit à Cassie. Il était plus mince que la dernière fois où elle l'avait vu, et il avait des cernes violets sous les yeux.

– Tu as maigri, observa-t-elle.

– Ah bon ? dit-il, en regardant sa chemise bleue et son jean.

– Tu n'es pas censé… je ne sais pas, faire des réserves avant de partir, pour compenser ce que tu vas perdre là-bas ?

– Plus facile à dire qu'à faire, répondit-il, en haussant légèrement les épaules. J'ai beaucoup de choses à gérer.

– Oui, Suzy m'en a parlé.

Henry regarda Cassie, ses yeux bleus plus clairs que dans son souvenir.

– Et tu t'es coupé les cheveux, à ce que je vois, continua-t-elle, en commençant à glousser comme une poule sous le regard de Henry. Au moins, tu as anticipé sur ce point.

– Oui.

Il continuait de la dévisager.

– Henry, tu me fixes.

– Ah bon ? Mince, désolé ! C'est parce que… tu sais…, bafouilla-t-il, en agitant ses mains devant elle. Tu es très différente… encore une fois.

Cassie porta aussitôt ses mains à ses cheveux. Ils avaient repoussé un peu depuis janvier, mais étaient toujours quelques centimètres plus courts que lors de leur dernière rencontre et, bien entendu, ils étaient beaucoup plus foncés.

– Oh, c'est vrai que tu n'avais pas vu, dit-elle timidement. J'ai oublié. Je m'y suis habituée maintenant…

Elle haussa les épaules et laissa tomber ses mains.

– Alors, qu'en penses-tu ?

Henry hocha la tête pendant que ses yeux parcoururent Cassie.

– Euh, oui… Ça te va très bien.

Il continua d'opiner. Cassie devina qu'il cherchait les mots justes.

– C'est simplement très différent, c'est tout. Je ne t'imaginais pas… brune.

– Ça fait bizarre, c'est sûr, dit-elle, en se tournant vers la bouilloire dès qu'elle entendit l'interrupteur se relever. J'ai dû changer mon maquillage ; les couleurs que j'utilisais ne m'allaient plus du tout. Suzy a très envie que je redevienne blonde.

– Elle est déçue que tu ne viennes pas à Londres.

Cassie sentit le poids d'une déception collective peser sur elle. Sa décision avait eu des répercussions bien plus larges qu'elle ne l'avait envisagé : Suzy était contrariée car elle attendait « son tour » depuis des mois, Kelly et Bas car ils prenaient son adoption de Paris pour un rejet de New York… Elle n'avait pas eu envie d'imaginer la réaction que Luke aurait eue.

– En plus, tu transgresses les conditions de nos listes, ajouta Henry d'un ton plus léger. Je suppose que ce sont les graines que je t'ai envoyées, dit-il, en levant le menton vers le petit pot en céramique grise posé sur le plan de travail, dans lequel Cassie avait rempoté les jeunes plants la semaine précédente.

Elle confirma d'un hochement de tête et effleura de sa main les pousses tendres. Des boutons roses, toujours fermement enveloppés, apparaissaient tous les jours, et elle attendait qu'ils s'ouvrent pleinement dans les semaines à venir.

– Je veille à bien les arroser. Qu'est-ce que c'est, d'ailleurs ?

– Ah, ce serait trop en dire.

Cassie haussa un sourcil.

– Tu veux dire que je dois attendre qu'elles fleurissent pour identifier ce que c'est ?

– En quelque sorte.

– Pourquoi ?

– Et pourquoi pas ?

Cassie leva les yeux au ciel.

– Bon, tu m'as envoyé de la camomille à New York…

– Comment as-tu su que c'était de la camomille ?

– Ta sœur a trébuché et est tombée la tête la première dedans, et elle m'a aussitôt demandé de lui en faire une infusion.

Henry s'esclaffa.

– Je l'adore !

– Donc de la camomille à New York, des petites fleurs roses inconnues à Paris… Hmm… Je pense que je les apporterai au marché aux fleurs et demanderai à quelqu'un de me dire ce que c'est.

– Fais donc ça.

– Arf, grommela-t-elle, devant cette mise au défi. Je ne comprends pas pourquoi tu en fais tout un plat. Pourquoi ne peux-tu pas m'épargner cette peine et me le dire maintenant ?

– Je n'en fais pas tout un plat, répliqua Henry, avant de boire une gorgée de café et de quitter la cuisine. Mais rassure-toi, ma folie suit toujours une certaine logique.

Cassie le suivit, s'assit sur l'accoudoir du canapé et l'observa contempler la Seine à travers la porte-fenêtre. Il posa un bras contre le montant de la fenêtre et, distraitement, les yeux de Cassie parcoururent la forme triangulaire de son dos.

– Comme me mettre en contact avec Claude ? Ton intention était qu'il apporte de la logique ou de la folie dans ma vie ?

Henry se tourna vers Cassie.

– Un peu des deux. Je pensais que vous pourriez sans doute vous entraider.

Cassie réfléchit à cette remarque. Tout bien considéré, ils s'étaient sans doute entraidés : Claude lui avait permis de découvrir sa passion dans la vie et elle lui avait redonné la passion de la vie.

– Et où en es-tu pour le reste de la liste ?

– Je m'en sors pas mal. Le point zéro, *Ladurée* et Claude, c'est fait. Et j'organise une fête dans les catacombes, tu imagines ?

Henry secoua la tête d'émerveillement.

– Ouah !

Un moment passa et Cassie se sentit gênée par le regard insistant de Henry.

– Alors, pourquoi es-tu ici ? Suzy t'a-t-elle envoyé en mission pour me convaincre d'aller à Londres quoi qu'il arrive ?

– Non. Je suis venu voir Anouk. C'est la dernière occasion que j'ai avant l'expédition pour récupérer les alliances.

– Oh. Mais Anouk n'est pas là.

– Où est-elle ?

– Elle est partie pour le week-end avec son petit ami.

Il y eut un bref silence.

– Zut.

– Elle n'a pas évoqué le fait que tu devais venir.

– Non, je… Je suis parti à l'improviste. J'imagine que j'aurais dû téléphoner avant…, dit Henry avec un sourire contrit.

Cassie haussa les épaules.

– J'imagine, oui. Ça fait un long trajet pour rien.

Il regarda par la fenêtre, comme s'il réfléchissait à quelque chose, avant de se retourner vers Cassie.

– Eh bien, ce n'est pas forcément pour rien. Que fais-tu cet après-midi ?

– Euh…

Elle se creusa la cervelle pour tenter d'impressionner Henry. Avouer qu'elle n'avait rien à faire après avoir annoncé qu'elle restait à Paris parce qu'elle s'y sentait bien ne risquait pas de faire l'affaire.

– Ben… À vrai dire, j'avais prévu d'aller au musée Rodin. Pour rayer la dernière chose de la liste sur laquelle j'ai la mainmise.

– Super, se ravit Henry, avant de vider sa tasse. J'adore cet endroit. Nous pouvons y aller ensemble.

***

– C'est très délicat de ta part, Henry, déclara Cassie d'un ton malicieux, en admirant l'énorme sculpture en marbre.

– Comment cela ? demanda-t-il, les mains dans le dos, le visage tourné vers le soleil.

– Eh bien, cette sculpture est belle et tout ça. Je comprends parfaitement pourquoi tu voulais que je la voie, mais l'éloge de l'adultère ? Sérieusement ? On ne pouvait pas aller voir *Le Penseur* plutôt ?

– Ah, mais vois-tu, c'est là que tu te trompes. Tout le monde pense que cette sculpture parle d'adultère. Mais c'est faux.

– Ah bon ? Parce que je suis suffisamment près pour voir où cet homme a ses mains, Henry. Il n'y a rien de platonique là-dedans. Regarde !

Cassie essaya de tirer le jeune homme vers elle.

– Tu dois connaître l'histoire.

Cassie croisa les bras, déconcertée.

– Vas-y, raconte-moi.

Henry marqua une pause comme s'il pesait le pour et le contre.

– D'accord. C'est basé sur l'histoire d'une jeune femme confiée aux soins du frère de son mari. Ils tombent amoureux, et cette sculpture immortalise le moment où ils se rendent compte de leurs sentiments l'un pour l'autre et veulent passer à l'action.

– Jusque-là, on est dans l'adultère, commenta Cassie, en levant les yeux au ciel.

– Non. Parce que, vois-tu, le mari les surprend au moment où ils allaient s'embrasser et il les tue tous les deux. Ils n'ont pas eu le temps d'être amants. La plupart des gens ne le savent pas, mais *Le Baiser* est en réalité la représentation suprême de l'amour non consommé.

Non conso… ? Un souvenir lointain de leur baiser adolescent, plus de dix ans auparavant, traversa l'esprit de Cassie et elle regarda Henry, étonnée. Mais il avait les yeux rivés sur les amoureux contrariés. Il recula de quelques pas, comme pour admirer la sculpture sous d'autres angles.

– Tu sais, il te ressemble, déclara Cassie au bout d'un moment.

Les yeux plissés, elle passa son regard du profil de la statue à celui de Henry.

– Tu trouves ?

Elle confirma d'un hochement de tête.

– Non, je pense que mes cheveux sont plus beaux. Mais on a à peu près le même torse, dit Henry, en gonflant le sien pour forcer la ressemblance.

– Je ne suis pas d'accord, s'esclaffa Cassie, en lui donnant une tape malicieuse sur le ventre.

Par réflexe, il lui attrapa le bras, avant de le relâcher comme si sa peau l'avait brûlé. Il reporta son regard sur la sculpture.

Cassie en fit de même, en se tenant le poignet là où Henry l'avait saisie. Ses mains étaient grosses et rêches, mais aussi étonnamment chaudes. Elle se remémora vaguement une conversation qu'elle avait surprise entre Hattie Sallyford, sa mère, et la sienne : « Franchement, quand j'ai démarré, il avait dans les mains un paquet de Maltesers. J'avais à peine passé la quatrième qu'il y avait une fondue au chocolat sur la banquette arrière… »

Ce souvenir fit ricaner doucement Cassie.

– Qu'est-ce qui te fait rire ?

– Je viens de me rappeler une chose que ta mère a racontée à la mienne à propos de tes mains chaudes.

Henry réfléchit un instant.

– Je suis sûr qu'il y a une plaisanterie à faire avec ça.

– Je pense qu'il vaut mieux que tu t'abstiennes !

À cet instant, les pieds de Cassie se prirent dans la lanière de son sac à main et elle trébucha contre Henry. Il la rattrapa et, le temps d'une seconde, l'univers se réduisit au cercle de ses yeux bleu clair. Rien d'autre n'existait à part la lente dilatation de ses iris, le temps qu'il la tienne dans ses bras, ses yeux plongés dans ceux de Cassie.

Puis, soudain, le monde explosa autour d'eux, éblouissant Cassie avec la couleur, le bruit et la lumière lorsqu'il la repoussa – au sens littéral, comme si elle était une ivrogne qui s'était endormie sur son épaule dans le métro. La réaction de Henry lui fit l'effet d'une gifle.

– Désolée, s'excusa-t-elle doucement, les joues enflammées.

– Non, Cassie, c'est moi qui suis désolé. Je ne voulais pas…

Cassie leva une main blafarde pour rejeter ses excuses.

– Il se fait tard de toute façon. Je devrais vraiment y aller…, déclara-t-elle, avant de se diriger rapidement vers la sortie.

– Hé, Cassie, écoute…

Un groupe nombreux d'écoliers allemands se déversait dans le musée et Henry peina à remonter leur cours. Il rattrapa Cassie à l'extérieur, à la station de vélos.

– Je vais prévenir Anouk que tu es venu la voir, dit-elle d'un ton léger, en gardant les yeux baissés pendant qu'elle déverrouillait le vélo.

– Écoute, Cassie… À propos de ce qui vient de se passer. Je suis désolé…

– Ce n'est pas la peine de t'excuser, Henry.

– Mais si ! Écoute, Cassie, je suis un imbécile. J'ai été surpris, c'est tout…

– Il faut que je rentre.

– Non, rien ne t'y oblige, protesta-t-il avec un ton qui fit lever la tête de Cassie. Écoute, oublions ce qui vient de se passer. Je suis une boule de nerfs en ce moment. S'il te plaît ? J'ai réagi comme un vrai abruti.

Cassie soupira et détourna le regard. Elle n'avait pas envie de partir. Elle ne s'était pas rendu compte, jusqu'à ce que Henry sonne à la porte, de la solitude qu'elle éprouvait. C'était une chose de trouver le sens à donner à sa vie ; c'en était une autre de suivre cette voie seule.

– Écoute, tenta-t-il de la persuader, pourquoi ne me montrerais-tu pas quelque chose que tu as découvert par toi-même ici ? Si cette ville t'a donné envie de t'y installer, le moins que tu puisses faire, c'est de révéler ses secrets à un vieil ami. Faisons un écart par rapport à la liste, suggéra-t-il en lui donnant un petit coup de coude. Allez. Qu'en dis-tu ?

Cassie resta résolument muette durant une minute.

– Un écart, hein ?

Elle regarda Henry du coin de l'œil. Encouragé, il s'approcha et passa son bras autour d'elle, si lourd sur les épaules de Cassie qu'elle s'affaissa un peu sous le poids.

– Tu vois ? Je n'ai pas de phobie étrange qui m'empêche de toucher de belles femmes, affirma-t-il avec un grand sourire.

Elle ricana et lui flanqua un coup dans les côtes.

– Très bien, espèce de tordu ! Je connais un endroit.

Elle sauta sur son vélo et se mit à pédaler.

– Suis-moi ! cria-t-elle par-dessus son épaule.

Henry la rattrapa en un éclair et elle le mena savamment dans le dédale de petites rues, à l'est du musée Rodin, derrière le musée d'Orsay, dans le quartier de la Sorbonne, pour finalement s'arrêter quinze minutes plus tard devant une épicerie à l'apparence anodine.

– Que faisons-nous là ? demanda Henry, essoufflé par la course-poursuite dans laquelle l'avait engagé Cassie.

Il n'y avait aucune station Vélib à proximité.

– Tiens les vélos. Je reviens dans une seconde, lui indiqua-t-elle, avant d'entrer dans la boutique.

Elle réapparut un instant plus tard, avec deux cônes glacés dans les mains. Henry prit celui que Cassie lui tendit.

– Une glace ? Sérieusement ? Ce n'est pas surprenant que ma sœur et toi soyez amies !

– Tais-toi et goûte.

Henry croqua dans la glace : ses paupières clignèrent rapidement au goût acide de l'orange, associé au chocolat si gourmand et crémeux qu'il ressemblait à de la ganache.

– Oh punaise ! s'exclama-t-il dès qu'il le put.

– Tu vois ? dit Cassie en souriant, avant de sucer sa glace à son tour. C'est un bon argument pour vivre ici, non ?

– Suzy me tuerait si elle m'entendait dire ça, affirma Henry, qui scruta la glace comme si celle-ci détenait des pouvoirs magiques. Mais oui. Qu'est-ce que c'est ?

– De la glace Berthillon, répondit Cassie, qui reprit son vélo et le poussa. Elle est préparée sur l'île Saint-Louis, c'est une entreprise familiale. Largement considérée comme la meilleure glace de Paris.

– La meilleure de France même. Je n'ai jamais rien goûté de pareil.

Ils marchèrent lentement, leur vélo appuyé contre leur hanche, tout en dégustant leur glace. Henry aperçut le fleuve.

– Je connais un endroit où l'on peut s'asseoir, suggéra-t-il, en prenant un peu d'avance.

Ils s'arrêtèrent au feu et attendirent pour traverser. Quand le feu des piétons passa au vert, ils se dirigèrent vers une passerelle. Contrairement à tous les autres ponts prestigieux et flamboyants de Paris, le pont des Arts n'était pas orné de gargouilles, de statues dorées, ni taillé dans la pierre calcaire. C'était une passerelle modeste, avec un tablier en bois et des balustrades en métal, auxquelles des cadenas en laiton étaient accrochés par des amoureux, en symbole de leur engagement mutuel. La vue était magnifique sur la Seine, jusqu'à la tour Eiffel.

– Tu es déjà venue ici ? s'enquit Henry, alors qu'ils posèrent leur vélo à côté d'un banc.

– Évidemment. C'est le seul pont sur lequel on peut s'asseoir au milieu, sans se faire renverser par un bus !

Ils prirent place sur le banc et dégustèrent leur glace dans un silence béat, tout en observant une péniche passer en contrebas. Une Fiat Punto d'un rouge vif était garée à l'arrière.

Henry jeta un coup d'œil aux cadenas du pont.

– Hé, tu mets toujours mon cadeau de Noël ?

– Bien entendu.

Cassie toucha délicatement le collier. C'était devenu une habitude apaisante, tout comme, à New York, elle passait la main sur la camomille.

– Je l'adore. Je ne le retire jamais. Mais c'était beaucoup trop généreux comme cadeau, Henry. Un collier Tiffany, voyons !

– Ce n'est pas de l'or ou des diamants non plus, répondit-il avec un haussement d'épaules. Je peux le voir ?

– Bien sûr.

Cassie se pencha un peu en avant et tira sur la chaîne.

– Non, je voulais dire, est-ce que je peux le prendre dans mes mains ?

Cassie hésita.

– D'accord.

Elle défit le collier et le confia à Henry. Son poids était tellement réconfortant que le retirer provoqua une sensation étrange à Cassie. Il était chaud à cause du contact contre sa peau.

– Mais je ne comprends pas ce que signifie le message au dos. Pourquoi « *Maiden's Blush* » ?

Cette question fit hausser les sourcils de Henry, qui relut ces mots à l'arrière du pendentif.

– Tu ne sais vraiment pas ?

– Non.

Il fit glisser le pendentif de la chaîne pour qu'il tombe dans sa paume.

– Tu veux bien tenir ça un instant ?

Cassie prit la chaîne et Henry se leva pour s'approcher de la balustrade. Le dos tourné à Cassie, il fouilla dans ses poches, et Cassie rit en comprenant la plaisanterie qu'il s'apprêtait à faire.

– Oh, arrête de copier les autres, Henry ! Même toi, tu n'oserais pas accrocher un pendentif Tiffany à ce pont !

Il se tourna vers Cassie et lui fit un clin d'œil, avant d'attacher le médaillon au grillage.

– Et voilà !

Cassie cessa de rire dès que ses yeux lui confirmèrent sa pire crainte. Elle se précipita à la balustrade, horrifiée.

– Henry ! Il va tomber ! Le cadenas ne se ferme pas ! Je le faisais tenir en…

Cassie se tut et fixa le pendentif. L'arceau était bloqué et ne se rouvrait pas sous le poids du cadenas. Elle le toucha délicatement, terrifiée à l'idée de le faire tomber dans l'eau, mais, à sa grande surprise, il était bel et bien cadenassé. Elle se retourna vers Henry.

– Comment as-tu réussi à le fermer ?

Henry haussa les épaules.

– Avec ma force surnaturelle, bien sûr, plaisanta-t-il, en pliant le bras pour exhiber un biceps très musclé.

– Je suis sérieuse, Henry. Je n'ai jamais réussi à le fermer. Je voulais l'échanger à New York avant mon départ, mais Luke… Enfin, bref, il est cassé.

– Oh. Fais-le réparer ici, alors. Il y a un *Tiffany* dans le deuxième arrondissement.

Henry mordit dans sa glace.

– J'avais bien l'intention de le faire, petit malin, mais ça va être compliqué maintenant qu'il est accroché à un pont !

– Tu ne sais pas te servir d'une clé ? demanda-t-il lentement, comme si Cassie était stupide.

– Mais il n'y a pas de clé ! cria-t-elle, exaspérée.

– Ah ?

– Il n'y a jamais eu de clé. J'avais accroché le pendentif à la chaîne de sûreté et, je ne sais pas comment, tu as réussi à le fixer à un pont !

– Il n'y a pas de clé ?

Henry jeta un coup d'œil au minuscule pendentif. Il planta une main sur sa hanche.

– Ah.

Cassie grommela, à court de mots. Henry était plus qu'exaspérant. Parfois, c'était comme s'il avait encore seize ans.

Elle s'accroupit et regarda de plus près le pendentif, pour tenter de trouver un moyen de le décrocher. Bien qu'il soit minuscule par rapport aux énormes cadenas qui recouvraient le reste du pont, il n'en était pas moins en argent massif et ne bougeait pas d'un iota. Cassie leva les yeux vers Henry.

– Je vais devoir contacter *Tiffany* et leur demander une clé. Il doit y avoir un numéro de série ou quelque chose. Je suis sûre qu'au bureau, quelqu'un doit avoir des contacts chez *Tiffany*.

– Du coup, tu n'as pas de souci à te faire, personne ne va te le voler. Si nous n'arrivons pas à le retirer, personne d'autre ne le pourra. Enfin, pas sans pince coupante.

Henry retourna s'asseoir près des vélos. Cassie le suivit d'un pas agacé.

– Je n'en reviens pas que tu aies fait cela ! rouspéta-t-elle, tout en remettant la chaîne en argent autour de son cou. J'adorais ce collier.

– Comment étais-je censé savoir qu'il n'y avait pas… Hé ! Tu as une sœur dont tu ne m'as jamais parlé ?

Cassie se tourna juste à temps pour apercevoir un bus s'arrêter sur le quai Malaquais.

– Oh, ça. C'est un service que j'ai rendu à Kelly, expliqua-t-elle platement. Disons que je le lui devais bien.

– Tu te prends pour un mannequin maintenant ?

Cassie haussa les sourcils.

– Qu'entends-tu par là ?

Henry blêmit à l'indignation qu'il perçut dans la voix de Cassie.

– Je ne voulais pas dire que tu ne peux pas être mannequin, Cassie. Au contraire. Tu es canon ! Mais… C'est que…

– C'est bon, ne te donne pas tout ce mal, marmonna Cassie, et elle poussa un grand soupir. C'est Luke qui a pris ces photos. Le mannequin était défoncé, ils avaient besoin de quelqu'un, j'étais là et… Luke a insisté.

– Oh, ben, tu m'étonnes, grommela froidement Henry.

Il regarda Cassie du coin de l'œil.

– Il aime vraiment te prendre en photo, hein ?

Cassie se mordit la lèvre, un rouge furieux se diffusa sur ses joues.

– Hmm.

Elle n'avait pas envie d'en parler. C'était déjà assez difficile de vivre un divorce et, dorénavant, elle avait ce contentieux en plus à gérer.

Ils restèrent silencieux une minute.

– Tu as obtenu une injonction, non ? lui demanda Henry.

– Pour ici, oui.

– Comment cela « pour ici » ?

– Il a les droits sur les photos. Techniquement, il peut les utiliser. Mais la législation française sur la protection de la vie privée protège l'individu, donc il n'a pas le droit de les exposer en France.

– Mais il peut ailleurs, c'est ça que tu veux dire ?

– En théorie. Et il fait tourner cette exposition dans le monde entier. Je devrais lui intenter un procès dans chaque pays où il expose et obtenir des injonctions si je veux l'en empêcher.

– L'enfoiré !

– Oui.

Cassie haussa les épaules, l'incident du pendentif désormais oublié alors que le stress lié à cette affaire de photographies pesa de nouveau sur elle. Tout simplement, elle n'avait pas les moyens d'engager dans tous les pays des avocats pour contrecarrer Luke. Elle avait épuisé toutes ses économies.

– Et ce n'est même pas le pire dans l'histoire.

– Il y a pire encore ?

– Le *Vogue* américain veut publier ces photos. La rédactrice en chef tient enfin sa revanche sur moi pour le fiasco du défilé. J'imagine que tu en as entendu parler ?

Henry confirma d'un signe de tête.

– Ils veulent sortir un numéro « Muse » et Luke a l'amabilité de raconter que je suis sa muse.

Henry plissa les yeux.

– Je l'ai détesté au premier regard.

– Oui, je sais. Je ne t'en veux pas. Il s'est comporté comme un abruti avec toi.

– Content que tu l'aies remarqué. Je craignais de développer un gène de la susceptibilité !

Cassie ricana.

– Sais-tu à quoi servait le cadenas d'après lui ?

– Non.

– À une ceinture de chasteté.

Henry n'eut aucune réaction. Puis il leva les mains en l'air.

– Bon, d'accord, je l'avoue. Je suis un espion qui travaille pour le compte de ta mère.

Cassie éclata de rire.

– Tu es vraiment un rigolo, s'esclaffa-t-elle, en lui assénant un coup de coude dans les côtes.

– Ah, tu n'es pas la première à me le dire.

Henry sourit et observa Cassie, avant de froncer un peu les sourcils et de détourner le regard.

– Qu'est-ce qu'il y a ? lui demanda-t-elle, en remarquant qu'il se perdait dans ses pensées.

– Rien.

– Non, dis-moi. Qu'y a-t-il ?

– Ben, c'est ce… Ce look de la Cassie de Paris. Il me fait flipper.

– Je savais que tu détestais ma coupe, marmonna Cassie, qui porta ses mains sur ses cheveux d'un air défensif.

– Non, ce n'est pas la coupe en soi… Bon, si, d'accord…

Contrariée, Cassie fit claquer sa langue.

– C'est plus que tu as fait exactement ce que je t'avais dit de ne pas faire : tu te réinventes alors qu'il n'y a absolument rien à changer chez toi.

Cassie se figea à ces mots.

– Désolée d'avoir été si désobéissante, finit-elle par lâcher avec sarcasme.

– En fait, le seul point positif avec tes cheveux, c'est qu'ils sont parfaits pour Venise.

Henry secoua la tête et observa le fleuve. Cassie se tourna vers lui.

– Venise ? De quoi parles-tu ? Je ne vais pas à Venise.

– Non, mais tu devrais.

Cassie cligna des yeux. Henry avait une moustache de glace sous le nez.

– Tu as de la…, l'informa-t-elle, en indiquant sa lèvre supérieure.

Il posa son doigt sur sa bouche et ôta la tache de glace.

– Miam, un petit bonus !

– Ne me dis pas qu'il y a aussi une liste pour Venise.

– Eh bien, il va y en avoir une. J'emmène Lacey en lune de miel là-bas.

Cassie s'avachit légèrement.

– Venise. Pour votre lune de miel. C'est très romantique.

Ils restèrent silencieux un moment, puis Cassie se tourna vers lui, perplexe.

– Mais quel est le rapport avec mes cheveux ?

– Tu ne te rappelles pas ? Tu m'as dit à New York que tu pourrais être brune à Venise, avec une coupe au carré. Et que tu porterais des ballerines comme Audrey Hepburn, mangerais du prosciutto le midi et lirais le journal sur un balcon au petit déjeuner.

Cassie le fixa d'un air stupéfait.

– Je n'en reviens pas que tu te souviennes de tout cela !

Henry haussa les épaules.

– J'ai une excellente mémoire.

– Je vois ça. Alors, qu'y aura-t-il sur ta liste de Venise ?

– Je ne sais pas encore. C'est pour cette raison que je vais là-bas.

– Tu vas à Venise ? Quand ?

– Ce soir.

– Ce soir ?

– Hmm, hmm.

– Oh.

Cassie remisa aussitôt son idée de lui préparer un bon dîner – le canard que Claude lui avait montré la semaine dernière.

Henry se redressa légèrement, avant de se voûter de nouveau.

– Quoi ?

– Non, rien.

– Vas-y, dis.

– J'étais en train de penser que tu devrais venir avec moi.

– À Venise ? Ne dis pas de bêtises !

– Pourquoi ? Je n'y suis jamais allé non plus, donc je ne suis pas contre un petit coup de main.

– Je ne crois pas que Lacey apprécierait beaucoup cette idée.

– Je ne vois pas pourquoi. En quoi est-ce différent que d'être à Paris avec toi en ce moment même ?

Cassie pencha la tête sur le côté. *Bien vu.*

– Nous sommes de vieux amis, Cassie. À moins, bien entendu, ajouta-t-il avec un sourire dans la voix, que tu n'aies peur de me sauter dessus !

Elle eut le souffle coupé et lui donna un bon coup de coude dans les côtes.

– Dans tes rêves !

– D'accord, dit-il en riant, très amusé par l'indignation de Cassie. C'est réglé dans ce cas. Nous ferions mieux d'aller préparer tes valises.

– Mais attends… Je ne peux pas partir comme ça.

– Pourquoi ? C'est le week-end de Pâques. Il n'y a qu'une heure et demie d'avion et tu ne reprends pas le travail avant mardi. Quelle raison as-tu de ne pas profiter d'une escapade à Venise ?

Cassie secoua la tête. Elle n'en voyait aucune en effet.

– Allez, viens, l'encouragea Henry, en reprenant leurs vélos. Allons-y !

Chapitre 33

Ils atterrirent à Marco Polo peu avant vingt et une heures et prirent un bateau-taxi pour traverser la lagune. Le soleil s'était retiré moins d'une heure plus tôt et le ciel était encore éclairé de nuages flamboyants qui s'étiraient vers l'horizon. La silhouette de la ville, à l'instar de celle de Manhattan, était instantanément reconnaissable aux dômes prestigieux des basiliques, qui brillaient comme des astres dans le coucher du soleil. Les poteaux d'amarrage bicolores projetaient de longues ombres ridées sur l'eau.

Cassie rejeta la tête en arrière et laissa le vent souffler dans ses cheveux, alors qu'ils filaient à toute allure sur l'eau. Elle n'avait aucune idée de l'endroit où ils allaient dormir et elle mourait déjà de faim. Henry avait attendu qu'ils survolent les Alpes pour lui avouer qu'il n'avait pas réservé d'hôtel, imaginant – à juste titre – qu'elle n'aurait pas accepté de le suivre en sachant ce petit détail.

– Je ne réserve jamais d'hôtel, avait-il expliqué, alors que Cassie commençait à s'énerver. Ça fait partie de l'aventure.

– Mais c'est le week-end de Pâques ! Tout va être complet.

Henry s'était contenté de hausser les épaules.

– Tant mieux. Ça nous permettra de trouver un vrai petit bijou caché.

Agacée, Cassie avait levé les yeux au ciel.

– Un conseil : ne fais pas cela le jour de ta lune de miel. Lacey va mettre dans sa valise de jolies chaussures et de jolies robes et elle aura envie de faire un tour de gondole. Arpenter tout Venise pour trouver une chambre d'hôtel, avec ses bagages sur le dos, ne sera pas le début idéal de votre vie maritale. Tu peux me croire !

– C'est l'expérience qui parle ?

– C'est la femme qui parle.

Le bateau s'amarra à côté de la place Saint-Marc et Henry bondit sur le quai, pour offrir sa main à Cassie avant même que le chauffeur n'ait eu le temps de se retourner. Il avait mis un pull par-dessus sa chemise, mais il n'avait ni veste ni sac.

– Sérieusement, Henry ? lui demanda Cassie, en marchant à côté de lui alors qu'il lui portait son sac. Tu as seulement pris ton portefeuille et ton passeport ? Tu n'as rien pris d'autre ?

– Non. Je ne prends pas de bagage quand je peux m'en passer. J'achèterai des affaires de toilette dans la première pharmacie qu'on croisera.

Il parcourut la place du regard, même si c'était difficile de voir quoi que ce soit avec la foule. L'endroit était bondé de touristes. Et de pigeons.

– Et d'autres babioles. Ne t'en fais pas. Je ne puerai pas et je ne te mettrai pas mal à l'aise.

– Tu n'as pas besoin de puer pour me mettre mal à l'aise ! plaisanta Cassie, au moment où un pigeon fit un piqué vers elle et l'obligea à se baisser. On aurait dit une attaque personnelle.

Elle se tourna pour s'assurer que l'oiseau ne faisait pas demi-tour pour revenir vers elle.

Ils étaient au milieu de la place, bordée sur trois côtés par des bâtiments imposants et sur le quatrième par l'eau. Le palais des Doges était sur leur droite, la basilique face à eux. C'étaient là deux des cinq grands monuments vénitiens que Cassie était capable de citer spontanément. À peine avait-elle fait dix pas dans Venise qu'elle avait déjà pratiquement épuisé sa connaissance de cette ville.

– Alors ? Où allons-nous maintenant ?

– Hmm, fit Henry.

Il observa le flot de trafic piétonnier. Le courant principal semblait se diriger vers le fond de la place.

– Viens. Allons par là, suggéra-t-il, en s'élançant sur la gauche.

Ils quittèrent la place pour s'engager dans un dédale de ruelles sinueuses, certaines si étroites que Cassie se disait que, si elle écartait les bras, elle pouvait toucher le mur des deux côtés. À travers les fenêtres ouvertes, elle entendait les rires enregistrés des émissions de télévision, un couple crier avec un violon en toile de fond. Une femme trapue battait un tapis à une fenêtre du dernier étage et des volutes de poussière tombèrent en cascade, ce qui contraignit Henry et Cassie à accélérer le pas.

Ils tournèrent à gauche et à droite au hasard ; aussi, vingt minutes plus tard, Cassie n'avait plus aucune idée d'où ils se trouvaient, mais Henry semblait se repérer. Se perdre dans ce dédale vénitien n'était sans doute rien pour lui, pensa-t-elle. Il était habitué à se frayer un chemin dans des jungles et des forêts tropicales, ou à sauter d'un iceberg, et pas seulement d'un bateau-taxi.

Ils trouvèrent une boutique hors de prix où Henry paya une fortune une chemise, deux paires de chaussettes et des caleçons. Il y avait une petite pharmacie un peu plus loin, de laquelle il ressortit quelques minutes plus tard avec une brosse à dents, du dentifrice, du déodorant, un rasoir, de la mousse à raser, du gel douche et du shampooing.

Ils passèrent devant une *osteria* où deux gondoliers qui avaient terminé leur service buvaient un café. Henry remarqua qu'ils suivirent Cassie du regard, et il s'approcha un peu plus d'elle.

Elle lui jeta un coup d'œil.

– Tu sais, il va falloir que nous trouvions un hôtel rapidement, Henry. Il se fait tard et tu dois être frigorifié sans veste.

– Ça va, dit-il, avec un sourire en coin. Crois-moi, je sais ce que c'est d'être frigorifié !

Après avoir marché quarante minutes, Cassie s'attendait presque à apercevoir les collines de la Provence au prochain coin de rue. Ils arrivèrent à un minuscule carrefour, avec face à eux un tout petit pont décoré. Un canal étroit passait en dessous, et une ruelle le longeait sur un côté. Ils – enfin, Henry – décidèrent de prendre ce chemin, vers la droite.

Cassie jeta un coup d'œil nerveux à l'eau. Elle était sombre et clapotait bruyamment sur les rives, agitée par l'activité plus loin dans le canal. Cassie aperçut des flaques par endroits sur le chemin, où l'eau avait débordé. Elle avait remarqué le long des voies navigables plus larges que d'énormes potées de fleurs et les gondoles amarrées formaient une barrière entre l'eau et les rues, mais, ici, si on trébuchait, c'était le plongeon assuré. Cassie se rapprocha du mur et avait le regard tellement rivé sur l'eau sombre qu'elle ne se rendit pas compte que Henry s'était arrêté. Elle le heurta. Il avait posé le sac de Cassie par terre et essayait de regarder pardessus un mur.

– Qu'est-ce que tu fais ?

– Tu entends ?

Cassie écouta et perçut le babil d'une conversation de l'autre côté du mur, ainsi qu'une musique douce.

– Et alors ?

– Ça a l'air sympa, non ?

– Oui, mais…

Cassie scruta Henry, pour tenter de deviner son intention.

– Non, Henry ! C'est le jardin de gens. Et visiblement, ils donnent une fête.

– Peut-être que oui, peut-être que non. Venise est réputé pour ses jardins clos ; tu devrais au moins en voir un. Viens, je vais te soulever. Jette un œil.

Cassie fit un pas en arrière.

– Hors de question, souffla-t-elle, inquiète que quelqu'un n'entende leurs plans. Je ne vais pas faire ma voyeuse et épier une soirée !

– Mais ce n'est pas du voyeurisme. On regarde seulement si c'est une résidence privée ou non.

En colère, Cassie planta ses mains sur ses hanches et pencha la tête.

Henry tendit les bras.

– Quoi ? Tu n'aurais pas envie de dormir là si c'était un hôtel ?

Des rires résonnèrent de l'autre côté du mur.

– Oui, c'est vrai, admit Cassie.

– Alors ?

– Argh ! Tu sais, tu ne pourras pas faire ça non plus avec Lacey.

Henry se pencha et attrapa Cassie autour des genoux, il la souleva comme s'il allait participer à un lancer de troncs. Il recula vers le mur, pour qu'elle puisse regarder par-dessus. Un petit hoquet de surprise échappa à Cassie. On aurait dit un jardin suspendu, avec des orangers en pot éparpillés tout autour d'une petite cour, une petite treille et des pêchers en espalier contre les murs. Six ou sept petites tables rondes, ornées d'une nappe blanche et de bougies, étaient à intervalles réguliers autour d'un brasero qui flambait au centre et qui diffusait une chaleur douce ainsi qu'une lumière flatteuse.

– Alors, c'est comment ? demanda Henry.

Il relâcha son étreinte pour laisser doucement Cassie glisser jusqu'au sol. Il ne sembla pas se rendre compte qu'il la tenait dans ses bras, leurs corps l'un contre l'autre, leurs visages distants de quelques centimètres seulement.

Elle s'écarta un peu.

– Oui, eh bien…, dit-elle, en tripotant ses cheveux et en s'agitant nerveusement. C'est très joli.

Henry la regarda en clignant des yeux.

– Et ? Est-ce un hôtel ?

– Oui, oui… Je pense que c'est un hôtel.

– Super.

Henry reprit le sac et se mit en marche. Cassie resta quelques mètres derrière lui, inexplicablement contrariée et soucieuse. Il fallait absolument qu'elle mange.

Ils contournèrent le mur et arrivèrent dans une impasse étroite. Il y avait un petit *caffe* au bout à gauche, avec plusieurs tables métalliques poussées contre le mur et des chiens qui dormaient au pied. Sur la droite, une enseigne noire et blanche illuminée, *Hotel Capresa*, était suspendue au-dessus des pavés tel un réverbère.

– C'est parfait, décréta Henry.

Il poussa un portail en fer forgé et pénétra dans un petit jardin, différent de celui que Cassie venait d'apercevoir, avec une fontaine qui gargouillait comme un bébé et des massifs d'hibiscus et de pétunias un peu partout. Le bâtiment était une grande villa ocre, avec des fenêtres cernées de blanc et de petits balcons sur lesquels se trouvaient des chaises en rotin. Trois oliviers encadraient la porte d'entrée, et la lumière à l'intérieur avait la couleur de l'ambre.

– J'ai l'impression d'être Marie qui arrive à Bethléem, soupira Cassie.

– À la différence près, espérons qu'il leur reste des chambres, rétorqua Henry, en croisant les doigts.

Ils entrèrent dans l'hôtel. L'intérieur était immense, avec de hauts plafonds et un parquet sophistiqué, mais meublé de façon minimaliste : un énorme lustre scintillait au-dessus de leur tête, un comptoir d'accueil sur la gauche avec un journal ouvert dessus et, de l'autre côté, une énorme banquette en chêne, de la taille d'un lit à dais, avec un matelas de trente centimètres d'épaisseur.

– S'ils sont complets, je dors là-dessus, affirma Cassie, en indiquant la banquette. Je ne peux pas faire un pas de plus.

– S'ils sont complets, nous dormirons tous les deux là !

À cet instant, un homme arriva d'une autre pièce. Il eut l'air d'un Lilliputien lorsqu'il passa la porte d'au moins quatre mètres et demi de haut. Il portait un pantalon noir délavé, tout plissé autour de sa taille, et un débardeur blanc sous sa chemise. Il déroula ses manches retroussées.

– *Buonasera.*

– *Buonasera, vogliamo due camere, si prega*, dit Henry dans un italien impeccable. *Per due notti.*

L'homme regarda Henry, puis Cassie, visiblement décontenancé par cette demande. Puis il secoua la tête.

– *No.*

– *No ?* répéta Henry. *Lei non ha niente ?*

Il allait peut-être devoir réclamer la banquette en fin de compte.

– *Ho due stanze libere per stasera*, expliqua l'homme, en indiquant le nombre avec ses doigts. *Ma solo una domani.*

– Oh. Il dit qu'il a deux chambres pour ce soir, mais une seule pour demain, expliqua Henry à Cassie.

– Dans ce cas, nous pouvons dormir ici ce soir et peut-être essayer de trouver un autre hôtel demain matin.

Henry approuva cette idée.

– Nous pouvons faire ça. Est-ce possible ? demanda-t-il au réceptionniste.

L'homme haussa les épaules d'incompréhension ; à sa façon de regarder Cassie puis Henry, ce dernier devina qu'à sa place, il n'aurait pas pris la même décision.

– D'accord, fit Henry. *Ci prenderemo okay lì per stasera e decidere cosa fare in mattinata.*

L'homme ouvrit un petit placard sur le mur derrière lui et attrapa les deux clés restantes sur les crochets. Henry et Cassie le suivirent dans un escalier en colimaçon, avec des marches en marbre gris, puis dans un large couloir, où des tables demi-lune surmontées d'une lampe étaient installées entre chaque porte.

Il s'arrêta devant une chambre et tourna la clé dans la serrure. Il alluma toutes les lumières et ouvrit les portes-fenêtres du balcon. Cassie resta sur le seuil, en clignant des yeux. Les murs étaient en plâtre, avec une délicate fresque en trompe-l'œil, et une paire de rideaux en soie vert menthe ondulaient sous la brise de la soirée. Une armoire de style Régence et un secrétaire étaient contre le mur du fond, face au lit, à côté duquel la banquette du hall d'entrée passerait pour un repose-pieds. Le lit était haut, comme celui de la *Princesse au petit pois*, avec une tête et un pied de lit capitonnés somptueux, et recourbés en leur extrémité. Les draps étaient blancs et soigneusement repassés avec un ornement en dentelle cousu à la main. La salle de bains, qui était dans l'angle, était, de ce que Cassie en apercevait, fonctionnelle, néanmoins chic.

Il n'y avait rien d'autre. C'était inutile. C'était parfait – c'était encore mieux que ce que Cassie avait imaginé. Elle s'avança lentement vers le balcon et admira la vue. La chambre surplombait le petit canal et les jardins qu'elle avait aperçus un peu plus tôt. Elle ne voyait pas grand-chose à cause du feuillage des arbres et des vignes, mais la musique résonnait toujours et elle entendait le rire des femmes porter dans la nuit.

– *Signore, la sua stanza è vicina.*

– Ma chambre est à côté, traduisit Henry.

Sa chambre était disposée en miroir par rapport à celle de Cassie, à la différence près que ses rideaux étaient en soie ivoire avec une bande en velours, et que le lit était de style Empire, avec une couronne et un dais en soie.

– Tu veux échanger ? demanda Henry à Cassie, le regard pétillant devant la majesté de son lit.

– Non, répondit-elle élégamment. J'aime les machins ronds sur mon lit.

– Les machins ronds ?

– Oui, les machins ronds, ricana Cassie. Je vais mourir si je ne mange pas dans les vingt minutes. Je vais me rafraîchir et je reviens frapper à ta porte dès que je suis prête.

Elle jeta son sac sur le lit et essaya de donner une logique au tas de vêtements qu'elle avait empaquetés quelques heures plus tôt. Tout s'était fait de façon si précipitée, à la dernière minute. Elle fouilla pour essayer de trouver une tenue, ce qui était plus facile à dire qu'à faire avec un bermuda blanc (un choix accidentel – elle avait cru que c'était une chemise), un gilet jacquard, son jean biker noir, un chemisier en soie moutarde, un pantalon moulant kaki et une paire de mocassins Tod's fauve.

Elle se regarda. Elle portait son jean bleu préféré (pas loin de craquer au niveau du genou droit, mais le tissu était à présent délicieusement doux), un haut en soie à fines rayures noires et écru qui se serrait à la taillc, unc paire de tennis Superga et une veste d'équitation terra-cotta. Il n'y avait rien à en tirer ; même Kelly n'aurait pas été capable de numéroter ces vêtements.

Cassie sauta dans la douche, laissant les options limitées mûrir dans sa tête, et lava en vitesse ses cheveux avec le shampooing de l'hôtel. L'avantage du carré, c'était que ses cheveux séchaient en quelques minutes et, comme le lissage brésilien avait rendu l'âme depuis longtemps, ils adoptaient un style nonchalamment décoiffé qui leur était propre.

Alors qu'elle appliquait une petite touche de maquillage, Cassie entendit Henry faire du bruit dans sa salle de bains, de l'autre côté du mur. On aurait dit qu'il était en train de creuser un tunnel pour s'évader de prison.

Cinq minutes plus tard, elle frappa à sa porte.

– Tu es encore là ? cria-t-elle.

Il ouvrit la porte, il s'essuyait les cheveux, une serviette autour de la taille.

– Où veux-tu que je sois ? demanda-t-il, en laissant entrer Cassie.

– Au vacarme que tu faisais, j'ai cru que la mafia t'avait kidnappé.

Henry l'examina de la tête aux pieds.

– Quoi ?

– Regarde-toi. Tu as l'air d'une Italienne maintenant.

– Ne dis pas de bêtises, protesta Cassie, gênée. C'est le mieux que j'aie pu faire, étant donné le temps limité que j'ai eu pour faire ma valise. Sept minutes, c'est ça ?

– Il faut que tu apprennes à accepter les compliments. Tu es superbe, ajouta Henry, avant de retourner dans la salle de bains.

Vraiment ? se dit-elle, en regardant son reflet dans le miroir. Elle avait associé le pantalon kaki aux mocassins, le chemisier moutarde, laissé savamment débraillé, et la veste orange.

Elle retira une tache de mascara sous ses cils et enroula quelques mèches de cheveux sur le devant autour de son doigt, comme Bas le lui avait appris. Elle entendit un fracas en provenance de la salle de bains et tourna la tête par réflexe, pour demander si tout allait bien. Mais elle ne le fit pas. Henry avait poussé la porte avec son pied, sans complètement la fermer, et son reflet apparut sur le miroir à côté du sien. Elle voyait parfaitement qu'il allait bien. En réalité, elle voyait qu'il allait même plus que bien. De profil par rapport à elle, il se vaporisait du déodorant, tout aussi nu que Cassie l'était sur les photographies de Luke. Elle savait qu'elle devrait détourner le regard, *maintenant, Cassie !*, mais… ce corps, d'un point de vue purement physique, était extraordinaire : la courbe que dessinait son dos depuis ses omoplates jusqu'au creux de ses reins, le sillon de ses muscles entre ses épaules et ses biceps, la couleur miel de sa peau… Henry se tourna pour attraper son caleçon sur une patère à la porte et, ce faisant, il croisa le regard de Cassie.

Le temps d'un instant, avant que la honte et l'humiliation ne s'emparent d'elle, Cassie sentit un courant passer entre leurs reflets, une tension qui menaçait de la plaquer contre le mur, la priver de tout air et lui faire perdre la tête.

Puis, Henry cligna des yeux, et Cassie porta ses mains à ses joues en feu. Henry devina avant elle ce qui allait se passer, mais sa serviette humide – posée négligemment sur le sol – était devant la porte et, le temps qu'il la retire du passage, Cassie s'était enfuie de la chambre.

– Cassie !

Henry se précipita dans le couloir au moment où la porte de Cassie claqua et qu'elle tourna la clé dans la serrure.

– Mince ! cria-t-il.

Cassie l'entendit retourner rapidement à sa chambre, sans doute pour enfiler des vêtements. Une minute plus tard, il était de retour et frappait à sa porte.

– Cassie, laisse-moi entrer.

Elle entendit la porte de l'ascenseur s'ouvrir et Henry dire « Bonsoir » d'une voix extrêmement solennelle, pour compenser sans doute le fait qu'il était à moitié nu et du mauvais côté de la porte.

– Cassie, écoute, il faut que tu me laisses entrer, murmura-t-il. Les gens me prennent pour un cinglé en me voyant comme ça dans le couloir.

Cassie ne répondit rien.

– Nous allons nous faire virer, argumenta-t-il.

Toujours rien.

Il s'approcha un peu plus, et Cassie l'entendit poser la main sur la porte.

– Écoute, ce n'est pas grave, Cassie, la rassura-t-il doucement. Ce n'était rien. Je ne suis pas gêné. Tu n'as pas à l'être.

Elle resta muette.

– C'est différent pour les hommes. Nous ne réagissons pas comme vous les filles sur ce point. J'ai grandi avec une quarantaine d'autres mecs et on était tout le temps à poil – et eux, ils étaient bizarres, je peux te l'assurer. Allez, laisse-moi entrer, supplia-t-il en tapotant doucement sur la porte de sa paume. Tu ne peux pas rester éternellement dans cette chambre. Tu vas mourir de faim, tu te souviens ? Plus tôt tu me regarderas, mieux tu te sentiras. Et on pourra oublier toute cette histoire.

Cassie marqua un temps d'arrêt, elle savait qu'il avait raison. Elle prit une inspiration et tourna la clé. Lentement, elle ouvrit la porte. Elle fixait le sol.

– Je suis vraiment désolée, chuchota-t-elle. C'était un accident. Je ne voulais pas…

Henry poussa doucement la porte, contraignant Cassie à se reculer. Il entra dans la chambre et se tint devant elle, les bras écartés.

– Hé, écoute, tout va bien. Tu vois ? Je suis totalement habillé maintenant. Mon honneur est sauf.

Cassie secoua la tête, un sourire mortifié se dessina sur ses lèvres.

– Je ne veux pas que tu penses que je suis une perverse ou… ou une femme désespérée qui doit…

– Franchement, Cassie, cela m'arrive tout le temps. Tout – le – temps ! Sérieusement. J'ai l'habitude, affirma Henry avec un grand sourire.

Il entoura Cassie de ses bras et lui caressa doucement le dos. Elle ferma les paupières un instant, sentit le cœur de Henry battre contre son oreille, tellement soulagée par son sens de l'humour.

– C'était vrai ce que tu disais sur ton torse, lâcha Cassie au bout d'un moment, en s'écartant de lui.

– Oui. Je ne plaisante jamais sur ce point, répondit-il d'un ton pince-sans-rire, tout en se frottant tendrement le buste. Tu veux toucher ?

Cassie éclata de rire, la glace bel et bien brisée.

– Non merci. J'ai envie de manger.

– Bien, allons manger alors.

Henry fit un pas en arrière pour laisser Cassie ouvrir la marche. Il l'observa et elle sentit ses yeux sur sa nuque. Henry ferma la porte derrière eux, et sur tout cet épisode.

Chapitre 34

Cassie ne dormit pas aussi longtemps qu'elle l'aurait souhaité, non pas parce qu'elle fut réveillée par les bruits grinçants des canalisations qui prenaient vie, ou les cris du marché qui se tenait apparemment sur la *piazza* voisine, mais parce que Henry était à Venise pour une mission.

Elle lui ouvrit la porte à six heures trente, trop assoupie pour lui jeter un regard furieux. Ils avaient ri et discuté dans le jardin, près des parasols chauffants, jusqu'à deux heures du matin, et quatre heures et demie de sommeil ne suffisaient pas à Cassie.

– S'il y a une chose que tu dois savoir à propos de moi, Henry – et je te le dis uniquement pour ta sécurité –, c'est que j'ai besoin de dormir, dit-elle d'une voix pâteuse. Je suis réputée pour être une marmotte. Ce n'est pas négociable. Ce n'est pas un luxe, mais une nécessité. On se voit sur les coups de onze heures.

Elle s'apprêtait à refermer la porte au nez de Henry. Mais il mit son pied en travers.

– Nous sommes ici pour deux jours, nous n'allons certainement pas les passer au lit. Allez !

Henry poussa la porte et s'avança directement vers la porte-fenêtre de Cassie pour l'ouvrir en grand. Le lever de soleil vénitien entra avec toute la puissance d'un Canaletto, et cette lumière abricot fit grimacer Cassie.

– Où allons-nous ? grommela-t-elle, les genoux un peu rentrés alors qu'elle tirait sur son tee-shirt pour cacher sa culotte.

– Tu vas adorer, répliqua Henry d'un ton confiant.

Il s'assit sur l'une des chaises en rotin du balcon, son visage brillant dans le soleil levant, les bras derrière la tête.

– Euh, ça ne répond pas à ma question, marmonna-t-elle, mais elle renonça et se dirigea vers la salle de bains.

Une heure plus tard, Cassie avait sa réponse. Elle avait pensé que peut-être – puisque c'était le dimanche de Pâques – ils iraient à une messe à Saint-Marc, mais non, c'était trop évident pour Henry. Au lieu de cela, ils avaient pris un minivaporetto sur le Bacino di San Marco – les embruns réveillant Cassie une bonne fois pour toutes – et filé vers l'île de San Giorgio Maggiore. Le bateau s'arrima au pied d'une église majestueuse, dont le reflet tremblotait sur l'eau encore calme. Henry et Cassie étaient au sommet du clocher de l'église (enfin, du « campanile », comme Henry lui avait expliqué) et admiraient Venise, ses minuscules ponts et ses canaux, au moment où la ville émergeait du sommeil pour commencer la célébration de l'une de ses plus grandes fêtes religieuses. Partout dans la ville, les cloches des églises sonnaient à toute volée dans les campaniles, toutes décalées et jouant des notes différentes, mais d'une exaltation aussi vive que celle d'une chorale.

Cassie observa l'eau s'agiter à mesure que les bateaux et les vaporettos l'envahissaient autant que les individus prenaient d'assaut la place Saint-Marc.

– C'est extraordinaire, murmura Cassie, de venir jusqu'ici et voir une ville s'éveiller de la sorte. C'est… C'est comme un cœur qui se remettrait à battre.

Elle se reprit et regarda Henry, gênée d'avoir dit cela à voix haute.

– Pardon. C'est un peu exagéré.

Henry secoua la tête.

– Au contraire, j'adore l'image. Je trouve qu'elle correspond tout à fait, approuva-t-il, en contemplant l'eau. Un cœur qui revient à la vie.

Ils restèrent assis là plus d'une heure, mais bientôt les hordes de touristes arrivèrent sur leur île et rompirent leur solitude. Henry et Cassie s'enfuirent et reprirent un bateau en direction du Grand Canal. En dépit de la détermination de Henry d'éviter tout ce qui satisfaisait les touristes, Cassie était tout aussi résolue à cocher plusieurs lieux emblématiques de sa propre liste ; ils finirent par trouver un compromis : visiter d'abord les choix de Henry, puis ceux de Cassie.

Grâce à Cassie, ils achetèrent des œufs de Pâques Grand Cru à la *Cioccolateria VizioVirtù* et les mangèrent pour le petit déjeuner. Grâce à Henry, le déjeuner fut pris debout dans une *osteria* sombre, fréquentée uniquement par des Vénitiens. Ils dégustèrent une soupe à la tomate et au melon, un risotto aux calamars, et burent du spritz, un apéritif local, doux et pétillant, tellement délicieux qu'ils en burent deux bouteilles.

Grâce à Cassie, ils visitèrent le musée Guggenheim et admirèrent avec perplexité le vorticisme ; grâce à Henry, ils trouvèrent une *enoteca* fantastique, où Henry charma le gérant pour qu'il lui vende de son fameux *fragolino bianco*, un vin sucré élaboré à partir de raisins en forme de fraises qu'il cachait derrière le comptoir.

Et ce fut grâce à Cassie qu'ils se retrouvèrent sur le Grand Canal… à bord d'une gondole.

– Tu te rends compte que les enfants du coin appellent cela des « bateaux japonais » ? marmonna Henry, honteux d'être aperçu dans cet engorgement derrière cinq autres gondoles, toutes remplies de touristes japonais qui chantaient à tue-tête.

Cassie soupira, déconcertée, et se laissa légèrement glisser sur le coussin en cuir noir. Celui-ci était en forme de cœur et bordé d'un galon doré qu'on s'attendrait davantage à trouver dans un presbytère anglais que sur un bateau « romantique » italien. Le lever matinal commençait à peser sur Cassie – en outre, ils avaient marché toute la journée. Elle se fichait bien des Japonais ; ce qui lui importait, c'était de s'étendre et faire une pause rien qu'un instant. Faire du tourisme avec Henry était certes euphorisant, mais aussi épuisant. Ils avaient parcouru des kilomètres, à discuter, à entrer dans des églises sombres et calmes pour admirer les fresques dorées, à essayer de trouver des impasses qui donnaient directement sur l'eau, et à s'émerveiller devant les cascades de vêtements et de linge de lit suspendues entre les maisons, s'entrecroisant comme des banderoles. Ils s'étaient assis en tailleur, au pied d'un campanile, pour manger des glaces au *Gelateria Nico* – l'équivalent vénitien de *Berthillon* –, et observer les gondoles passer. Plus tard, ils étaient entrés dans un *caffe* désert sur Campo di San Giacomo dell'Orio – « l'une des plus jolies places de tout Venise », avait fièrement annoncé Henry – pour boire un chocolat chaud si épais et luisant qu'il faisait davantage penser à un dessert qu'à une boisson.

Mais à présent – depuis quarante minutes –, ils n'étaient plus capables de rien. Ils devaient s'asseoir. La sensation fut délicieuse pour Cassie de laisser ses membres devenir lourds et le soleil de fin d'après-midi cogner sur elle, sa chaleur pénétrant son jean noir et réchauffant ses cuisses douloureuses. Henry mitraillait avec son téléphone (celui de Cassie n'avait plus de batterie depuis la veille et, dans la précipitation, elle avait oublié de prendre son chargeur), ignorant totalement le pont du Rialto et préférant prendre en photo des Vénitiens intéressants, des détails sculptés sur les bateaux...

– Je vais devoir faire une sieste avant que nous ne sortions ce soir, déclara Cassie.

– Tu sais, il y a d'autres endroits où prendre un Bellini que le *Harry's Bar*, dit Henry, qui se renfrogna lorsque des touristes les photographièrent depuis le pont, comme s'ils étaient de jeunes mariés.

– Oui, mais on ira au *Harry's*, protesta Cassie, un peu bredouillante. C'est une institution.

– J'ai tendance à mettre un point d'honneur à ne jamais devenir prisonnier d'une institution, quelle qu'elle soit, affirma Henry d'une voix traînante, mais ses paroles tombèrent dans l'oreille d'un sourd.

Cassie avait les yeux fermés, un léger sourire esquissé sur ses lèvres, et elle poussa un soupir. Elle dormait à poings fermés.

***

Ils rentrèrent à pied lentement et retrouvèrent l'hôtel grâce à l'épaisse glycine qui tombait des murs du jardin, telle la chevelure de Raiponce. Ni Henry ni Cassie n'avaient pris la peine de noter l'adresse de l'établissement avant de partir à l'aube. Ils se souvinrent aussi, mais seulement lorsqu'ils demandèrent la clé de leur chambre, qu'ils n'avaient pas pris la peine de les libérer.

Ils échangèrent un regard horrifié. Ils allaient devoir passer des heures à errer avec leurs bagages pour trouver un autre hôtel !

La femme du gérant, qui était de service et parlait anglais, eut un haussement d'épaules contrit – le premier de nombreux à suivre – lorsqu'elle les accompagna à l'étage.

– Nous avons dû préparer la chambre avant l'arrivée des autres clients, expliqua-t-elle, avant d'enfoncer la clé dans la porte de Cassie et de l'ouvrir.

Toutes les affaires de Henry – peu volumineuses, il fallait bien l'admettre, étant donné son aversion pour les bagages – étaient proprement pliées et rangées sur le sol.

– Et c'est trop tard pour libérer la chambre maintenant, les informa-t-elle en indiquant sa montre. Donc vous devez régler cette chambre pour ce soir, même si vous choisissez de ne pas rester.

Nouveau haussement d'épaules désolé.

– Bien entendu, répondit Henry à cette vieille dame rabougrie. Nous allons rester.

Cassie regarda Henry. Que racontait-il ?

La gérante s'éloigna, en secouant la tête et en se marmonnant à elle-même en italien.

– Es-tu fou ? demanda Cassie à Henry qui ferma la porte.

– Elle fait simplement son travail, rétorqua Henry d'un ton apaisant. Ce n'est pas de sa faute si nous avons oublié de confirmer nos projets avant de partir ce matin. Et il est trop tard maintenant. Je n'ai pas envie de payer deux chambres pour ce soir, pas toi ?

Cassie secoua la tête et embrassa la pièce du regard. La chambre lui semblait plus petite que la veille. Henry s'approcha des fenêtres et s'appuya contre le montant, un bras au-dessus de la tête.

– Ne t'en fais pas. Je vais dormir par terre.

Cassie jeta un coup d'œil au sol. Un parquet nu et rigide.

– Tu ne vas pas dormir par terre.

– Tu serais étonnée de ce qu'on peut faire avec une serviette roulée. S'il te plaît, ne les utilise pas toutes quand tu prendras ton bain.

Cassie se mordit la lèvre quelques instants.

– Non. Non, je ne peux pas te laisser faire ça. Tu ne peux pas dormir sur une serviette, alors que moi je dors dans ce machin, dit-elle, en pointant le lit luxueux. En plus, il est gigantesque. Il y a plein de place. C'est bon.

Henry parut sceptique.

– Franchement, Cassie, j'ai l'habitude de dormir dans des trous de neige ou dans un hamac à vingt mètres au-dessus du vide. Ça m'ira très bien sur une serviette. Je ne pense vraiment pas que…

– J'insiste, l'interrompit Cassie. Je ne pourrai pas dormir sur mes deux oreilles en te sachant par terre.

Henry soupira, mais le ton de Cassie ne supportait aucune contestation. Elle s'assit au bord du lit et retira ses tennis avec ses pieds, sans défaire les lacets. Elle se laissa tomber en arrière, les bras écartés. À vrai dire, un bain semblait réellement une bonne idée. La fatigue semblait la poursuivre. Sa sieste sur la gondole avait été aussi brève que sa nuit : Henry l'avait réveillée au bout de quelques minutes, en soutenant que, s'ils avaient payé cent euros le privilège de figurer dans l'album photo de milliers d'inconnus, le moins qu'elle puisse faire était d'avoir les yeux ouverts.

– Je pense que je vais prendre un bain, annonça-t-elle.

– Vas-y.

Henry s'approcha du petit secrétaire. Des brochures touristiques et un plan de la ville étaient posés dessus. Il prit le tout et alla vers le sac qu'il avait laissé tomber en arrivant.

– Ça te dit un verre ? proposa-t-il, en soulevant la bouteille de *fragolino*.

Ils avaient bu du vin presque toute la journée – mais et puis zut !

– Oh oui, répondit Cassie.

Elle entra dans la salle de bains et ouvrit les robinets. Elle sortit de sa trousse de toilette un petit flacon de voyage de l'huile de bain Nina Ricci d'Anouk et la vida entièrement dans le bain, laissant l'odeur parfumer l'air.

Henry frappa doucement à la porte et passa la main, pour lui tendre un verre rempli. Cassie aperçut Henry siroter son verre sur le balcon et s'étendre sur les deux chaises, puis il ouvrit la carte comme un homme qui lirait son journal dans le métro. Trente-cinq minutes plus tard, Cassie le rejoignit, le peignoir blanc fermement noué autour de son corps. Henry retira ses pieds de la chaise et leur servit un autre verre. Cassie s'assit, et ils posèrent tous deux leurs jambes sur la balustrade. Dans le jardin, un *signore* allumait les bougies sur les tables et la chaleur du brasero était perceptible.

– D'après ces guides, les *calamari alla griglia* sont délicieux, et les *spaghetti alle vongole* sont le plat préféré des locaux.

– Je pourrais tout dévorer, s'exclama Cassie.

Dans la teinte mauve du ciel se détachaient les silhouettes des derniers pigeons de la journée, qui rentraient se percher pour la nuit.

– Je jetais un œil à ce plan, annonça Henry avec la même honte dont les hommes font preuve lorsqu'ils doivent demander leur chemin. Je me suis dit que ce serait mieux que j'essaie au moins de mémoriser où est le nord. D'après la carte, Campo San Polo est par là, indiqua-t-il, en pointant les toits sur leur gauche.

– Et qu'est-ce que cette place a de particulier ?

– L'été, on peut voir des films *sotto le stelle*, dit-il d'un air malicieux. « Sous les étoiles. »

– Oh, ouah, c'est formidable. J'imagine que ce doit être incroyable, soupira Cassie, avant de s'exclamer soudain : Oh ! Tu devrais le mettre sur ta liste, tu ne crois pas ?

Elle ramassa les brochures qu'il avait laissées sur le sol et les feuilleta.

– J'ai pensé la même chose. Nous pourrions revenir l'été et aller voir ça.

Nous ? Cassie regarda Henry.

– Lacey et toi, tu veux dire ?

Il y eut un bref silence pendant lequel Henry but une gorgée de son verre.

– Oui. C'est juste.

– Elle adorerait cela, affirma Cassie, en lui montrant une brochure. Et regarde ça : le Lido di Venezia. C'est la plage où vont tous les Vénitiens. Tu pourrais l'emmener là-bas aussi.

– Hmm.

Henry jeta un bref coup d'œil à la brochure, avant de se tourner vers le jardin.

– Tu veux que je commence à noter des choses ?

– Hein ?

– Pour la liste. Ce serait dommage d'oublier. Enfin, que tu retrouves le Campo bidule-chouette ou cette minuscule *enoteca* est une autre histoire, surtout avec ton sens de l'orientation, se moqua Cassie. « Moi, utiliser une carte ? Je ne sais pas… J'ai l'impression d'avoir perdu tous mes repères. »

Henry ricana et Cassie fixa son profil alors qu'il suivait des yeux la trajectoire fatiguée du soleil.

– Combien de temps t'a-t-il fallu pour écrire mes listes ? l'interrogea-t-elle, avant de boire une gorgée de vin.

Henry haussa les épaules.

– Pas très longtemps. Je connais plutôt bien Paris et New York.

– J'ai hâte de voir la liste de Londres !

– Mais tu n'y vas plus, tu te souviens ?

– Ah oui… C'est dommage. Il aurait presque valu la peine que j'y aille rien que pour voir ce que tu m'avais concocté.

– Je suis content de voir que tu as autant apprécié ces listes, dit Henry, qui s'étira sur la chaise. Qu'est-ce que tu as préféré ?

– Bonne question. Laisse-moi réfléchir.

Cassie se mordilla la lèvre inférieure pendant un certain temps.

– Hmm, à New York, je pense que c'était le Noël à *Tiffany*. Je ne crois pas avoir déjà été autant excitée de ma vie que lorsque j'ai aperçu mon nom sur le paquet !

Henry gloussa, clairement ravi.

– Le dîner chez Kelly était spécial aussi, le fait de réunir tous mes amis… Je crois que je m'en souviendrai toute ma vie…, murmura Cassie, un sourire adoucissant son expression alors qu'elle se remémorait cette soirée. Mais pourquoi as-tu mis cela sur la liste ? Ce n'est pas vraiment spécifique à New York.

– C'est vrai. Mais ce dîner t'a obligée à passer au niveau supérieur de la vie là-bas. À dépasser la surface des choses.

Cassie arqua un sourcil.

– Alors comme ça, chaque élément de la liste a un sens ?

Henry eut un petit haussement d'épaules, ses yeux rivés sur l'horizon.

– En quelque sorte.

– Dans ce cas, pourquoi m'as-tu fait faire le tour du parc en courant ?

– Ça apaise l'esprit. Et je me disais qu'à cet instant précis de ta vie, tu devais avoir l'esprit à l'envers.

– Hmm, c'est peu de le dire.

– Enfin, je ne suis pas en train de dire que tu as retrouvé toute ta tête !

Cassie tendit le bras pour donner une tape taquine à Henry, mais elle faillit le manquer et tomber de sa chaise. Le vin et la fatigue commençaient à prendre le dessus, ce qui fit rire Henry de plus belle.

– Et pour Paris ? demanda-t-il, en aidant Cassie à se redresser.

Elle afficha aussitôt un sourire radieux.

– Claude, sans aucune hésitation. Il a changé ma vie. Mais, pour être franche, j'ai cru au début que tu me faisais une farce, que je devais peut-être le raser par charité, ou arriver à lui faire prononcer un mot gentil…

Henry s'esclaffa.

– *Ladurée*… J'adore ! ajouta Cassie, la main sur le cœur.

– Ce n'est vraiment pas pour rien que ma sœur et toi êtes amies !

Henry se leva et traversa la chambre. Il sortit l'autre bouteille de son sac.

– On l'ouvre ?

Cassie hésita un peu. Ils avaient vidé la première bouteille en un rien de temps – sans parler du spritz au déjeuner – et l'alcool lui montait déjà à la tête. Il fallait qu'elle mange.

– Tu ne préfères pas la garder ? Pour la boire avec Lacey ?

– Non. Les bouteilles ne sont pas autorisées en bagage à main.

– Oh, dans ce cas...

Cassie sourit, se leva et tendit leurs deux verres. Ils entendirent un gondolier chantonner depuis le petit canal à proximité.

– C'est vraiment étrange de penser qu'hier, à la même heure, nous étions à Paris. Et là, nous sommes à Venise.

– Et à cette heure, la semaine prochaine, je serai sur un brise-glace dans la mer de Béring ! Ça fait tout drôle.

– Et dans quelques mois à ton retour, tu te marieras. Encore plus bizarre ! Je n'arrive tellement pas à t'imaginer comme le mari de quelqu'un.

Henry parut mal à l'aise.

– Ah bon ? Pourquoi donc ?

– Ben... C'est toi, Henry ! Être adulte et responsable ? Je ne te vois pas du tout en pantoufles et tout le tralala. Tu me parais encore bien trop jeune pour te ranger.

– *Dixit* la fille qui s'est mariée à vingt ans ! répliqua-t-il, la mâchoire serrée.

Cassie sentit l'ambiance se modifier.

– J'ai trente ans, Cassie. J'ai rencontré la femme avec qui j'ai envie de passer le restant de mes jours. Pourquoi devrais-je attendre ?

Henry regarda Cassie, leur discussion joviale quelques instants plus tôt prenant une tournure tranchante.

– Tu crois que je n'ai pas encore vu le monde ?

Elle secoua la tête. Cette suggestion était ridicule.

– Bien sûr que non !

– Crois-tu que je n'ai pas multiplié les conquêtes, profité de la moindre occasion qui se présentait à moi, c'est ça ?

– N… non, bredouilla Cassie.

La façon de s'exprimer de Henry laissa entendre que les occasions ne lui avaient pas manqué.

– Et pourtant, tu me vois toujours comme le petit garçon empoté que tu as connu quand tu étais adolescente ?

Cassie revit le reflet du physique puissant de Henry dans le miroir. L'imaginer comme empoté la fit presque éclater de rire. Presque…

– Bien sûr que non, se défendit-elle en secouant la tête.

– Alors, pourquoi cherches-tu si résolument à me coller cette étiquette ?

– Mais non. Je ne te…

– Si. Tu le fais, la contredit-il, son ton n'admettant aucune contestation. Je ne sais pas pourquoi, continua Henry en s'approchant de Cassie, il faut toujours que tu mettes de la distance : je ne suis que le frère de Suzy, l'ami de Kelly… Ne t'ai-je pas prouvé mon amitié au cours de ces derniers mois ?

– Bien sûr que si, se pressa-t-elle de répondre, en reculant d'un pas sur le balcon. Tu es l'un de mes meilleurs amis. Je ne sais pas ce que j'aurais fait sans toi.

La main libre de Cassie trouva la balustrade derrière elle.

– Et pourtant, il faut toujours que tu me catalogues, se lamenta Henry, qui secoua la tête et haussa les épaules, tout en continuant d'avancer. Pourquoi cela ?

Cassie imita le langage corporel de Henry, en secouant elle-même la tête. Il était proche à présent et elle s'aperçut que sa respiration était rapide, ses yeux ardents face à la condescendance de Cassie, alimentée par le vin. Il se pencha en avant et posa ses mains sur le balcon, de part et d'autre de Cassie. Elle n'eut pas d'autre choix que de se basculer en arrière, contre la balustrade, ce qui n'arrêta pas Henry.

– Je ne suis plus un petit garçon, Cassie, déclara-t-il, d'une voix si grave qu'elle la sentit vibrer dans son propre corps. Et je ne suis pas un ange non plus.

Ses lèvres étaient à quelques centimètres de celles de Cassie, ses yeux rivés sur sa bouche. Elle se rendit compte qu'elle retenait son souffle. Quelque part, une minuscule lumière rouge clignotait dans son cerveau : c'était de la folie, c'était le petit frère de Suzy, elle le considérait comme un membre de sa famille, il était fiancé à la fille de ses rêves… Et pourtant, soudain, à quelques centimètres l'un de l'autre, il n'était plus aucune de ces choses. Le désir qu'il l'embrasse, de sentir ses mains sur son corps, de se fondre contre lui, surgit comme une vague et Cassie sentit l'instinct l'emporter sur la raison. Il la poussa à se cambrer un tant soit peu de sorte que leurs corps se touchèrent.

Henry baissa légèrement la tête à ce contact. Cassie humidifia ses lèvres, suppliant pratiquement Henry de l'embrasser. Elle ferma les yeux, avec la sensation d'être de la poudre qui n'attendait qu'une seule étincelle pour prendre feu.

Mais rien ne se produisit. Cassie sentit la chaleur se refroidir et elle rouvrit les paupières. Le désir dans les yeux de

Henry était aussi fort que celui de Cassie, mais il se recula comme si elle était dangereuse. Son torse se soulevait comme s'il venait de monter des escaliers au pas de course.

Puis il se tourna, traversa la chambre en quatre grandes enjambées et attrapa son pull sur le tas posé par terre.

– Hen… Henry, balbutia Cassie. Où vas-tu ?

– Je sors ! répondit-il sans se retourner, et il ferma promptement la porte derrière lui.

Le vif claquement fit grimacer Cassie. Elle reprenait son souffle, tout en entendant les pas de Henry descendre lourdement les marches trois par trois. Elle pivota et l'aperçut traverser la cour en trombe, puis ouvrir le portail d'un geste furieux.

– Henry ! cria-t-elle.

Mais il ne s'arrêta pas, ni ne fit demi-tour. Il ne leva pas même la tête. Il semblait seulement désirer être loin d'elle le plus vite possible.

***

L'horloge indiquait trois heures quarante-trois quand Cassie sentit le matelas s'enfoncer et la chaleur du corps de Henry se propager progressivement sur les draps blancs vers son côté du lit. Son sommeil avait été intermittent, avec des rêves agités, son esprit fébrile et s'emballant trop vite. Elle s'était levée à minuit pour boire un verre d'eau et s'était aperçue que le côté de Henry était toujours froid et lisse. Où était-il ?

Il se tortilla pour trouver une position confortable, et le cœur de Cassie se mit à tambouriner ses côtes sous l'effet de cette proximité. Elle se demanda si Henry pouvait le percevoir à travers les ressorts du matelas. Elle changea légèrement de position.

– Cassie ?

La voix de Henry était basse et douce – mais, même avec ce seul mot, elle se rendit compte du bredouillement dû à la sambuca. Puis elle entendit ses cheveux sur l'oreiller lorsqu'il tourna la tête.

Elle se figea. Elle savait qu'il allait s'excuser ; c'était son genre. Son comportement n'avait pas été courtois, lui claquer la porte au nez, la laisser seule dans une ville inconnue, s'approcher d'elle comme si elle était son amoureuse alors qu'elle n'était qu'une amie de longue date, lui donner envie de lui puis la laisser en plan…

Ses excuses allaient concerner toutes ces choses, Cassie le savait, même si aucun d'eux n'allait entrer dans les détails. Mais elle n'en avait pas envie en cet instant. Pas ici, allongés dans le noir, alors que l'odeur de Henry se posait sur elle, là où ses mains s'y refusaient.

Il se tourna complètement et elle sentit littéralement le poids de son regard. Pouvait-il voir qu'elle faisait semblant de dormir ? se demanda-t-elle. Elle s'efforça de respirer de façon lente et régulière, mais c'était difficile avec son cœur martelant sa poitrine comme un marteau-piqueur. Dans l'obscurité, un silence assourdissant s'étira entre eux. Elle entendit Henry poser sa main sur le drap derrière elle, et elle la sentit rayonner comme une braise entre eux.

– Il n'y a pas de mariage. C'est annulé, lâcha-t-il doucement.

Cette nouvelle secoua Cassie. Elle se répandit en elle telle une gifle, cinglante et brûlante, mais elle força son corps à ne pas tressaillir, ni sursauter, pour qu'il ne la trahisse pas. Parce que si elle se tournait là maintenant…

– Cassie ? As-tu entendu ce que j'ai dit ?

Il attendit une réaction – quelle qu'elle fût –, mais Cassie continua de faire semblant de dormir, de faire la morte. Au bout d'une minute ou deux, Henry poussa un soupir las et s'écarta. Elle écouta le son de sa respiration changer et, en quelques instants, il succomba à un sommeil profond et enivré.

Elle resta allongée à côté de lui comme un morceau de bois flotté : loin de chez elle, raide, battue par les vagues. Un détail ne cessait d'obséder son esprit, encore et encore. S'il n'y avait pas de mariage et donc pas de lune de miel, que faisaient-ils à Venise ?

Chapitre 35

Quand Henry se réveilla, Cassie était déjà habillée et installée à une table au rez-de-chaussée. Elle buvait un cappuccino et mangeait du bout des dents un Cornetto, pendant que son téléphone portable se rechargeait à la réception. Elle avait pris la résolution de faire comme si rien ne s'était passé entre Henry et elle sur le balcon et, plus important encore, comme si elle n'avait pas entendu un mot de ce qu'il avait dit – après tout, elle avait fait semblant de dormir, aussi ne pouvait-elle pas mettre le sujet sur le tapis.

Toutefois, Cassie n'avait pas vraiment à se préoccuper de continuer à faire semblant. Un seul coup d'œil au visage de Henry à l'entrée de la salle – bouffi et pâle – lui indiqua qu'il avait une gueule de bois assez monumentale. Il ne se souvenait sans doute même pas de lui avoir annoncé l'annulation de son mariage. D'un autre côté, songea Cassie, peut-être… peut-être était-ce une plaisanterie, un mensonge dû à l'ivresse ? Peut-être la résolution de Henry d'être fidèle à Lacey s'était-elle affaiblie avec l'alcool, ou l'idée de dormir auprès d'une autre femme était-elle une tentation trop grande ? Un dernier tour de piste. Après tout, il s'apprêtait à partir pour deux mois dans l'Arctique et n'avait-il pas lui-même affirmé qu'il n'était pas un ange ?

Cassie le fixa alors que, de ses yeux troubles, Henry la chercha dans la salle vide. Elle n'avait aucune idée de ce que pouvait être la vérité. Tout ce que Henry faisait et disait était une énigme.

Elle sourit poliment lorsqu'il s'assit, déterminée à retrouver la dignité qu'elle avait perdue la veille.

– Bien dormi ?

Henry regarda Cassie en haussant un sourcil, pour voir si elle était sarcastique, elle ne laissa toutefois rien paraître.

– Pas vraiment, marmonna-t-il, et l'effort de parler le fit grimacer. Idée stupide.

Cassie ne réagit pas et se contenta de se tourner vers le jardin. Un jardinier était affairé à tailler des bougainvilliers.

– Et toi ?

– Moi ? fit-elle et elle prit sa tasse de café, pour tenter de paraître nonchalante. Oh, je me suis couchée tôt.

Henry opina douloureusement du chef.

– Est-ce que tu as mangé ?

Elle secoua la tête, presque offensée par cette question. Comme si elle avait pu manger après ce qui s'était passé.

– Je n'avais pas très faim.

– Ah.

Une jeune serveuse arriva, ses cheveux sombres noués en une longue queue-de-cheval, sa robe rose un peu serrée sur ses hanches. Elle tendit un menu à Henry, et ses yeux croisèrent légèrement les siens.

Cela irrita Cassie. C'était un exemple manifeste des nombreuses occasions évoquées par Henry.

– Mon téléphone est-il chargé ? demanda-t-elle à la jeune fille, la voix tendue par l'agacement.

La serveuse la regarda, avec une arrogance indolente.

– Je vais vérifier.

Elle sourit, puis jeta un autre coup d'œil à Henry, avant de retourner à la réception, en se déhanchant délibérément.

– Argh, je n'en reviens pas d'avoir fait ça, déclara Henry, en pressant ses poings contre ses tempes. Cassie, je suis vraiment désolé.

Il leva la tête, mais c'était impossible de savoir pour quoi il s'excusait. La soirée de la veille ? Ou la gueule de bois ? De toute évidence, il n'était pas en état de faire du tourisme.

– Peut-être que tu devrais aller te recoucher, suggéra Cassie, en l'observant. Je peux aller visiter la ville toute seule. Je suis sûre que j'arriverai à trouver des choses intéressantes pour ta lune de miel.

Elle observa la réaction de Henry, or, avec les grimaces qu'il faisait, difficile de deviner quoi que ce soit sinon que sa tête allait exploser.

La serveuse revint avec le téléphone de Cassie.

– Chargé à cent pour cent, annonça-t-elle, avant de le poser sur la table.

– Merci, répondit Cassie, sans regarder la jeune fille.

– Pourrais-je avoir du bacon, des saucisses et des œufs s'il vous plaît ? demanda Henry. Je sais que ce n'est pas sur le menu, mais…

Il se força à sourire.

– Bien sûr, affirma la serveuse, en lui rendant son sourire. Tout ce que vous voudrez.

Cassie appuya furieusement sur les boutons de son téléphone. Elle détestait déjà cette journée et ils n'avaient pas encore pris le petit déjeuner. Entre l'humiliation de la soirée précédente, la confusion provoquée par l'aveu de Henry au beau milieu de la nuit et, à présent, sa gueule de bois paralysante, il n'était pas capable d'épeler son propre nom, alors encore moins de lui expliquer la situation.

Cassie alluma son téléphone et l'icône du répondeur se mit à clignoter. Elle écouta ses messages.

« Vous avez dix-huit nouveaux messages... »

Dix-huit ? Qui pouvait bien avoir besoin de la joindre avec autant d'urgence ? s'interrogea-t-elle. Elle n'était partie que depuis une journée et demie. « ... répondeur est plein. Veuillez supprimer des messages... »

Un sentiment d'épouvante l'envahit soudain. *Suzy !*

« Premier message... Message reçu... »

Elle l'écouta, le corps tendu.

« Cassie. C'est moi. »

Elle se détendit en reconnaissant la voix particulière de Claude, qui appelait sans doute pour se plaindre du prix du poisson, ou des nappes qui n'avaient pas été livrées dans la bonne couleur. Elle espéra qu'il ne téléphonait pas pour repousser leur cours du lendemain. Elle avait l'impression de ne pas l'avoir vu depuis une éternité, même si la dernière leçon remontait à jeudi soir. Elle pressa un bouton pour passer au message suivant.

« Cassie ? Où es-tu ? Il faut que je te voie. Rappelle-moi. »

Cassie soupira, appuya sur « supprimer » et colla son téléphone contre son oreille pour écouter le message suivant.

« Cassie, c'est encore moi. Il faut que tu me rappelles. Je ne comprends pas. Où es-tu ? Pourquoi ne me rappelles-tu pas ? Appelle-moi. S'il te plaît. »

Cassie supprima également ce message, quelque peu agacée par ces ordres. Elle n'avait pas de comptes à rendre à Claude si elle avait envie de partir en escapade un week-end avec un ami – leur ami mutuel. Elle recolla le téléphone contre son oreille pour passer au message suivant.

« Pourquoi me fais-tu cela ? Ça t'amuse ? Je croyais que nous avions un accord ? Je croyais que tu me comprenais. »

Cassie regarda son portable, un nœud nauséeux se formait peu à peu dans son ventre. Quelque chose clochait. La voix de Claude était différente – plus aiguë, plus rapide. Elle appuya sur « supprimer » et consulta le message suivant, consciente que sa main se mit à trembler.

– Cassie ? Que se passe-t-il ? demanda Henry, la tête entre ses mains, fixant son amie d'un regard interrogateur.

Elle ne répondit pas. Elle maintint le téléphone contre son oreille, écoutait les messages et les supprimait au fur et à mesure. Henry lui prit le téléphone des mains et écouta par lui-même. Il jeta un regard à Cassie en percevant le désespoir dans la voix de Claude. Au quatorzième message, Claude était hystérique, incohérent et insultait Cassie. Elle entendait sa voix de l'autre côté de la table. Des larmes ruisselaient sur ses joues. Elle posa sa main sur sa bouche et secoua la tête.

Au dix-septième message, la voix de Claude avait de nouveau changé : lente, morne, inerte, décousue. Henry tenait la main de Cassie, ses yeux ourlés de rouge, lorsqu'il appuya pour écouter le dix-huitième message. À part une détonation lointaine, celui-ci fut long et muet.

Chapitre 36

– Tu ne peux rien te reprocher, déclara Anouk, en observant Cassie faire les cent pas.

Elle ne s'était pas assise depuis des jours, une énergie fébrile la maintenait en permanence en mouvement telle une toupie. Elle dormait peu en outre, et elle avait considérablement maigri, comme du jour au lendemain.

– Je ne me reproche rien ! protesta Cassie, qui se tourna pour fixer Anouk – ou plutôt, lui jeter un regard noir.

Son visage était blême de colère, pâleur accentuée par ses vêtements de deuil sombres et sévères.

– Pourquoi m'en voudrais-je ? Je n'ai rien fait de mal. Je suis allée à Venise pour aider un ami. En quoi cela aurait bien pu pousser Claude à se suicider ?

La fureur de Cassie noua la gorge d'Anouk. Depuis son retour de Venise, son choc s'atténuait progressivement, mais, ce jour-là, le jour de l'enterrement, il semblait avoir été remplacé par une colère en fusion, attisée par le chagrin. Cassie n'avait nullement envie de platitudes. Elle désirait des réponses.

– Ce n'était pas de la jalousie, je le sais, ça, marmonna-t-elle alors qu'elle faisait le tour de la pièce. Je vais hurler si une personne me regarde encore comme si j'avais perdu plus qu'un ami. Il serait tellement furieux contre eux, tu le sais bien.

Les mains de Cassie se fermèrent en de petits poings, alors qu'elle fixait Anouk.

– Je sais que tu me crois… que ce n'était pas ce genre de relation entre nous.

Anouk hocha la tête. Elle n'osa pas réagir autrement, bien que des gens lui demandent pourquoi Claude avait laissé ces messages sur le répondeur de Cassie ; pourquoi il avait été si perturbé par son escapade avec un autre homme.

– Ce que nous avions en commun, c'était une passion, une vocation. Il n'y avait aucune attente, aucune histoire. Nous ne faisions que discuter, faire la cuisine, inventer des recettes, mettre au point des projets pour travailler ens… Oh là là !

La voix de Cassie lui fit défaut et elle s'effondra soudain sur le sol, le visage entre ses mains. Anouk laissa tomber sa cigarette dans son café et se précipita vers son amie.

– Pourquoi ? cria Cassie. Nous avions tous ces projets, Anouk ! Le vent tournait en sa faveur. Enfin ! Il a été malheureux si longtemps, et puis tout d'un coup, il y a eu cet énorme changement en lui. Du jour au lendemain, il est devenu heureux.

– C'était peut-être un signal d'alarme.

Cassie se figea. À côté de quoi était-elle passée ? Elle leva la tête vers Anouk, qui remarqua que les mains de Cassie tremblaient.

– Qu'est-ce que tu veux dire ?

– Peut-être que c'était son ultime tentative pour vivre normalement, un élan désespéré vers le bonheur. Tu sais, faire semblant que tout va bien en espérant que ça finisse par devenir vrai ?

Cassie secoua la tête.

– Non, non. Il était sincèrement heureux. Le restaurant… Il était gonflé à bloc… Rien de tout cela n'était feint.

– Peut-être qu'il pensait ne jamais vivre un bonheur durable, suggéra doucement Anouk, en caressant le dos de son amie. Je ne sais pas comment on peut vivre avec ce qu'il a vécu.

– Alors, tu es au courant ? Pour sa femme et son fils ?

– Oui, Henry m'a raconté. À l'église.

– La semaine dernière, c'était l'anniversaire de l'accident.

La voix de Cassie était posée à présent. Henry le lui avait expliqué aussi, mais à l'aéroport de Venise. Pourquoi ne lui en avait-il pas parlé plus tôt ? Si seulement elle avait su…

– Je sais, murmura Anouk. Trois ans. C'est ce à quoi je pense, Cassie, quand je te dis que tu n'as rien à te reprocher. Ce n'est pas arrivé parce que tu étais à Venise avec Henry. Claude n'était pas sensible ; il était brisé. Je pense qu'il cherchait en permanence à fuir cette réalité.

– Mais pourquoi tous ces appels ? Pourquoi m'appeler, moi ?

Un trémolo était perceptible dans la voix de Cassie. Elle était rongée par la peur d'avoir involontairement entraîné son ami instable dans le précipice.

Anouk choisit méticuleusement ses mots.

– Parce que c'est toi qui lui as permis d'espérer que, peut-être, sa vie pouvait être différente. Tu lui as donné de l'espoir, Cassie, pas du désespoir.

Cassie fixa Anouk, les yeux emplis de larmes.

– Mais je l'ai laissé tomber. Je n'étais pas là quand il a eu besoin de moi, quand il a eu besoin d'espoir.

– Tu ne pouvais pas savoir, Cassie. Il t'a menti ; il n'était pas censé être à Paris. Il devait être au Havre.

– Mais… mais si j'avais décroché… si j'avais été à Paris et non à Venise dans cette mascarade, déclara Cassie en crachant ce dernier mot.

– Quelle mascarade ? De quoi parles-tu ?

– Henry m'a dit qu'il avait besoin de mon aide, afin de faire une liste pour Venise – pour sa lune de miel.

– Et alors ?

– Et alors, il n'y aura pas de lune de miel… puisqu'il n'y aura pas de mariage.

Anouk fixa Cassie, stupéfaite.

– Ah bon ?

– Oh oui. Apparemment, ils ont tout annulé.

– Apparemment ?

– Henry était saoul quand il me l'a dit. Je ne sais pas si c'est vrai ou pas… Je ne sais plus rien sur rien, s'énerva Cassie.

Elle serra de nouveau les poings et sentit ses ongles s'enfoncer profondément dans ses paumes.

Anouk repensa aux obsèques de ce matin-là. Henry et Cassie s'étaient à peine adressé la parole, elle avait choisi de s'asseoir à l'écart, et des larmes avaient coulé en silence sur ses joues. Anouk avait été étonnée par cette distance, étant donné qu'ils étaient ensemble au moment des faits. Elle avait surpris Henry jeter des regards inquiets en direction de Cassie durant l'office. Il avait décalé le départ de son expédition de trois jours afin d'assister aux funérailles, mais il avait dû partir aussitôt après, pour prendre l'avion en fin d'après-midi.

– Tu as l'air en colère contre lui, fit doucement remarquer Anouk.

– Contre Claude ?

Anouk haussa les épaules.

– Oui, contre lui aussi. Mais je pensais à Henry.

Il y eut un court silence.

– C'est vrai. J'en ai marre de tous ses jeux. Je suis perdue avec lui. J'ai l'impression que cette sorte de chasse au trésor, cette quête, c'est pour son propre amusement. Mais c'est avec ma vie qu'il joue, Anouk, affirma Cassie en se donnant une tape contre la poitrine.

– Il essaie seulement de t'aider, Cassie. De ce que je vois, il essaie de te donner des objectifs, des centres d'intérêt, une direction à suivre. C'est mignon. Et puis, n'est-ce pas lui qui t'a mise en relation avec Claude au départ ?

– C'est aussi lui qui m'a tenue loin de lui à la fin, rétorqua amèrement Cassie.

Anouk lui tapota la main.

– Tu ne peux pas raisonner comme ça. Claude a fait son choix pour des raisons qui lui sont propres. Je pense que tu n'aurais rien pu y changer, quand bien même tu l'aurais su. Je crois franchement qu'il se serait tout de même donné la mort, que tu sois à Venise avec Henry ou avec lui en cuisine…

– C'est vrai, mais j'ai ma dose. En ce qui me concerne, Henry et ses fichues listes peuvent bien aller se faire voir. Je ne veux plus en entendre parler.

Anouk marqua un temps de silence.

– Eh bien, c'est dommage.

Cassie la regarda. La voix de son amie était étrange.

– Que veux-tu dire ?

Anouk se leva et s'approcha de la console du vestibule. Une petite pile de cartes encore dans leur enveloppe – venant de Bas, Kelly, Suzy et d'autres – était posée dessus. Cassie refusait résolument la compassion et les mots gentils de ses amis. Elle était déterminée à se punir.

Anouk prit une épaisse enveloppe blanche.

– C'est arrivé pour toi l'autre jour.

Cassie l'attrapa. L'enveloppe était déchirée.

– Je l'ai ouverte par accident, je n'ai pas fait attention au nom. Je suis désolée.

Cassie en sortit un carton d'invitation. Il était d'un blanc étincelant, recouvert d'une écriture crème élégante. En haut à gauche, on avait écrit « Cassie ».

Elle leva la tête vers Anouk, abasourdie.

– Quand est-ce arrivé ?

Anouk haussa les épaules.

– Je n'en sais rien. Hier ? Avant-hier ? Pourquoi ?

– Parce que c'est l'écriture de Claude. Et il est mort la semaine dernière. Es-tu certaine qu'on ne l'a pas reçu plus tôt ?

– Non. J'en suis certaine.

– Alors, qui m'a envoyé cela ? Et pourquoi ?

***

Cassie arriva à l'arrêt de bus avec dix minutes d'avance. Elle avait dû prendre de la marge, car la liste de ce qu'elle devait apporter (une nappe, des lumignons, des verres, une bouteille ou deux de vin et un petit panier garni) entravait quelque peu la marche.

Elle posa ses sacs avec fracas, avec la sensation à la fois de se faire remarquer et d'être ridicule dans sa tenue toute blanche parmi les gens qui rentraient de leur travail – en effet, on n'était que fin avril et il était encore bien trop tôt pour se promener en vêtements d'été. Elle avait fixé son choix au final sur un tailleur-pantalon blanc, avec un chemisier en soie rose pâle qui appartenait à Anouk et un chapeau blanc à bords larges et mous. Elle s'appuya contre un mur, la tête baissée, tandis que des bus arrivaient, déversant et engloutissant des passagers, avant de repartir.

Au bout de dix minutes exactement, une enfilade de bus s'arrêta devant elle et, quand elle leva la tête et rapprocha ses sacs de façon protectrice face aux passagers qui descendaient, Cassie remarqua que tout le monde à bord lui ressemblait. En réalité, le bus semblait presque briller de l'intérieur, comme un ver luisant au crépuscule.

– Venez, venez, lui criaient-ils, reconnaissant Cassie comme l'une des leurs.

Elle avait son invitation dans son sac, mais, de toute évidence, il n'était pas nécessaire de la présenter. Le code vestimentaire particulier et se trouver au bon endroit au bon moment suffisaient à prouver qu'on était sur la liste des invités.

Cassie monta à bord et se faufila prudemment entre les paniers, les cageots et les cartons. Immédiatement, elle fut enveloppée par l'atmosphère festive du bus. Les portes se refermèrent derrière elle et ils s'engagèrent dans la rue de Rivoli. Il ne restait aucune place assise, Cassie préférait rester debout de toute façon et observer les différentes interprétations du code vestimentaire. Certaines personnes étaient en Pierrot avec des visages fardés, d'autres en robe de mariée, quelques-uns avaient copié le tailleur-pantalon de Bianca Jagger lors de son mariage avec Mick ; quelqu'un était même emmailloté de bandages telle une momie. Par comparaison, la tenue chic de Cassie paraissait terne et insipide.

Les bus récupérèrent un nombre toujours plus grand de convives en chemin (Cassie avait compté au moins cinq autres bus dans leur convoi), pour s'arrêter enfin devant l'Opéra. Les portes s'ouvrirent et tout le monde sortit du véhicule comme une boîte de boutons qui se renverserait. Apparemment, chacun avait reçu des consignes sur ce qu'il devait faire à l'arrivée : porter et déplier des tables de pique-nique, mettre les nappes et les serviettes, installer des candélabres et des bougies, ou encore ouvrir des bouteilles de sancerre et des paquets de saumon fumé. Avec stupéfaction, Cassie observa chaque bus se vider de son chargement tout en blanc sur le boulevard des Capucines, de sorte qu'en quelques minutes, l'intégralité du trottoir d'un côté de la rue était recouverte de blanc, comme si une tempête de neige exceptionnelle s'était abattue.

Cassie resta clouée sur place, ses sacs pendant mollement au bout de ses bras, ne sachant pas très bien où aller. Tout le monde semblait connaître quelqu'un et, même si c'était une foule amicale, Cassie se sentait particulièrement seule. Elle se demanda pour la centième fois pourquoi elle était venue. C'était de la folie. Déplacé.

– C'est votre première participation ? l'interrogea une femme derrière elle.

Cassie pivota sur elle-même. Une femme mince et très blonde lui adressait un petit sourire. Cassie la reconnut immédiatement ; jamais elle n'aurait imaginé la voir ici, mais c'était bel et bien elle.

– Madame Holland ?

– Appelez-moi Katrina, je vous en prie.

La femme plissa les yeux pour se concentrer.

– Cassie, c'est ça ? De la maison *Dior* ?

– Oui.

Cassie fut étonnée que Katrina se souvienne de son nom. Leur rencontre à l'atelier d'Anouk – brève et sans saveur particulière – remontait à trois mois. Au moins, Cassie avait les magazines people et les commérages de Bas pour lui rafraîchir la mémoire.

– Vous avez l'air surprise.

Cassie secoua la tête et s'efforça de retrouver ses bonnes manières.

– Pour tout vous avouer, je suis surprise d'être ici. Je ne sais pas du tout comment j'ai été invitée.

– Personne ne le sait jamais.

Katrina avait la pâleur d'un albinos, ses cheveux de la teinte camomille signature de Bas n'étaient pas beaucoup plus foncés que sa combinaison-pantalon en crêpe de Chine ivoire. Celle-ci mettait superbement en valeur sa minceur de classe internationale.

– Êtes-vous accompagnée ?

Cassie secoua la tête.

– Non, je… Euh… Je ne savais pas si c'était possible.

– Voudriez-vous vous joindre à moi ? Je suis seule également.

Katrina indiqua une petite table à côté d'elle. Aucun joli promeneur de chien, ni chien miniature à l'horizon, mais un maître d'hôtel tout en blanc avait lissé une nappe en tissu fin sur la table et disposait des couverts en or blanc avec un service en porcelaine.

Cassie hocha la tête, soulagée.

– Avec grand plaisir. Mais je ne veux pas m'imposer…

– Non, pas du tout. Installez-vous et servons-nous un verre de salon. C'est du blanc de blancs, le champagne le plus blanc que je connaisse ! C'est plus rare qu'un merle blanc. Il n'y a eu que deux millésimes depuis l'an 2000.

Katrina sourit et leur servit une coupe à toutes les deux.

Cassie regarda le maître d'hôtel déballer un énorme panier garni Fauchon que deux hommes avaient sorti d'une limousine garée le long du trottoir. Des pétoncles, des moules marinières, des huîtres, du foie gras et des soles meunières étaient disposés sur des assiettes tièdes devant elles. Cassie poussa discrètement d'un coup de pied son panier garni sous la table, trop gênée de le remettre au maître d'hôtel. Les baguettes au fromage étaient tout à fait inadaptées face à ce festin blanc, et Cassie n'avait pas envie d'expliquer pourquoi elle avait perdu toute envie de cuisiner ces derniers temps, ni pourquoi son appétit avait diminué au point qu'elle était à peine capable de terminer une tranche de pain.

Mais lorsque Katrina se mit à ne manger que les huîtres d'un plateau en argent en forme d'huître, Cassie comprit qu'aucune discussion de ce genre ne serait nécessaire – une personnalité mondaine de premier plan était sa compagne de table idéale alors qu'elle était dans les affres du chagrin. Elle parvint à avaler quelques pétoncles et un peu de salade. Katrina lui fit part de sa grande affection pour Bas et de sa conviction qu'il était un « génie » absolu avec un sèche-cheveux.

Le temps s'écoula et le niveau sonore augmenta rapidement, non seulement à cause de la liesse des convives qui se mirent à déguster leur pique-nique, des passants qui s'arrêtaient pour les saluer et prendre des photos, des serveurs des bistrots voisins qui sortaient pour applaudir et sourire, ou des voitures qui klaxonnaient devant ce spectacle, mais aussi parce qu'un camion-plateau avançait très, très lentement avec un groupe de jazz à l'arrière.

Quelques personnes se levèrent pour danser, ce qui déclencha une salve d'applaudissements et de cris qui mirent Cassie de plus en plus mal à l'aise. Depuis l'enterrement quinze jours plus tôt, elle s'était isolée. Elle ne sortait que pour aller travailler ou se promener le long de la Seine si tôt le matin que les seules personnes qu'elle croisait étaient les clochards qui vivaient sous les ponts. Et voilà qu'elle se retrouvait entourée de musique, d'un festin, de champagne, de rires, de danse et d'invités d'un blanc éblouissant.

Elle ferma les yeux un instant. Elle ne devrait pas être ici. C'était trop – trop éclatant, trop vivant. C'était mal d'être ici, à une fête, quand son pauvre ami torturé venait de mourir.

Elle ouvrit la bouche pour s'excuser auprès de Katrina – elle était une hôtesse accomplie et Cassie savait que ce qu'elle s'apprêtait à faire, l'abandonner au milieu d'un dîner, était impardonnable – quand il y eut soudain un bruit plus loin : le son caractéristique d'un micro qu'on allume.

– Mesdames et messieurs, déclara un homme, qui parla le plus fort qu'il put, car la distance à couvrir était assez grande.

Il arborait un costume et un Borsalino blancs ; des lunettes de soleil obscurcissaient son visage, pour protéger son anonymat.

– Merci d'être venus au Dîner en blanc. Pour ceux qui y ont déjà participé, vous savez que cette soirée n'est possible que grâce à votre discrétion, votre joie de vivre et votre goût exceptionnel.

Tout le monde rit hormis Cassie. Elle fixait la nappe, le désarroi et la culpabilité se lisant sur tout son visage.

– Cette soirée, bien entendu, a pour but de célébrer ce qui définit Paris : la bonne chère, le bon vin et la bonne compagnie ! Nous espérons que, lorsque vous partirez, vous aurez bien mangé, bien bu et vous serez fait de nouveaux amis.

Des acclamations s'élevèrent de la foule – et pas uniquement des convives en blanc. Les spectateurs sur les trottoirs étaient nombreux à présent.

– Mais avant de poursuivre notre repas, j'aimerais prendre quelques minutes de votre temps. Comme vous le savez, nous préférons garder le secret sur notre identité, mais nous avons décidé de rompre avec cette tradition à cause d'un événement récent et brutal, afin d'honorer la mémoire de l'un de nos membres fondateurs, Claude Bouchard…

Cassie leva brusquement la tête. *Quoi ?*

Elle regarda Katrina, en s'attendant à ce que celle-ci soit moins surprise, mais elle parut tout aussi bouleversée que Cassie. Elle avait légèrement reculé sa chaise et tapotait son

cou avec une serviette humidifiée. Cassie remarqua que ses mains tremblaient.

– Même si vous n'avez peut-être jamais attaché son nom au Dîner en blanc, beaucoup d'entre vous savent qui c'est. Claude était un précurseur dans l'univers de la restauration, l'un des plus grands chefs de tout Paris. Ses plats pouvaient émouvoir aux larmes et emporter notre palais au paradis. Il était convaincu que la belle cuisine était capable de conquérir les sens comme aucune autre forme d'art. Certains d'entre vous sont peut-être au courant que…

Une sirène résonna soudain dans la rue, accompagnée de gyrophares bleus. L'homme haussa nonchalamment les épaules et fit calmement un geste pour que tout le monde reste à sa place.

– Ce n'est que la visite annuelle de la police pour nous faire comprendre qu'ils sont au courant de notre présence, commenta-t-il, en trinquant en leur direction.

Une onde de rire déferla sur la foule, lorsque les voitures de police passèrent lentement et que tout le monde leva son verre pour les saluer.

– Euh, où en étais-je ? Ah oui… Certains d'entre vous savent peut-être que peu avant sa mort, Claude préparait une nouvelle aventure professionnelle. Et son partenaire est parmi nous aujourd'hui…

Un murmure parcourut la foule à cette suggestion et tout le monde s'agita pour chercher en vain cet anonyme.

–… Et ce partenaire m'a confirmé que *C.A.C.*, ce nouveau restaurant, va tout de même ouvrir ses portes comme prévu le mois prochain. Claude avait conçu les menus, engagé tout le personnel et minutieusement pensé chaque détail de la décoration avec les architectes. Aussi, même si cet établissement va ouvrir à titre posthume, le *C.A.C.* est véritablement son bébé, le porte-drapeau de sa vision, et sera son héritage. Nous n'oublierons jamais Claude.

La foule poussa des vivats, et l'orateur but une gorgée de son verre. Cassie, en revanche, resta de marbre. Était-ce la raison de sa présence à ce dîner ?

– Je n'ai aucun doute que le *C.A.C.* rencontrera un grand succès et s'attirera les mêmes honneurs prestigieux que les aventures précédentes de Claude, mais vous savez que Claude lui-même se moquait de la gloire d'une étoile Michelin. Il voulait simplement produire une cuisine d'excellence et offrir à tous de nouvelles saveurs incroyables. Ces dernières années, il s'était retiré du monde de la restauration pour enseigner à quelques élèves ses secrets de fabrique. C'est pourquoi il a fondé ce groupe secret de pique-nique il y a plusieurs années, pour que les gens de tous les horizons soient rassemblés autour de la nourriture et de ses plus proches corollaires : le vin et la conversation !

De nouveaux vivats retentirent.

– Pour ceux qui l'ont connu ces dernières années, Claude était une âme tourmentée, mais souvenons-nous de lui pour l'entrain et la passion avec lesquels il exerçait son art. Car il était convaincu, même les jours les plus sombres, qu'aimer la gastronomie, c'est aimer la vie. Par conséquent, avant de poursuivre nos célébrations, j'aimerais vous demander à tous de faire une minute de silence en hommage à notre grand ami, Claude Bouchard.

L'homme inclina la tête et un silence extraordinaire s'abattit sur la foule. Même les voitures cessèrent de klaxonner, quand leurs chauffeurs se rendirent compte que tous les convives étaient immobiles et muets comme des statues de sel. Cassie regarda autour d'elle avec stupeur. Elle avait cru être seule ici ce soir, la seule participante à pleurer un ami proche, mais elle n'aurait pas pu se fourvoyer davantage. Parmi tous ces inconnus, certains connaissaient Claude depuis plus longtemps et plus intimement qu'elle et l'appréciaient plus encore ; des gens qui ne l'avaient pas laissé tomber comme elle.

Ce n'était pas une fête ; c'était une commémoration. Cassie balaya un regard reconnaissant sur la foule silencieuse et se demanda qui autour d'elle avait connu Claude. Elle se tourna vers Katrina et fut saisie de panique lorsqu'elle aperçut les perles de sueur sur son front.

– Katrina, vous allez bien ? lui demanda-t-elle doucement, en se penchant vers elle. Vous avez mauvaise mine.

– À vrai dire, je ne... Je ne me... sens pas très b...

Katrina plaqua soudain sa main contre sa bouche, le regard affolé, et son corps fut soulevé par des haut-le-cœur. Cassie regarda autour d'elle avec horreur. Oh là là ! Où était le maître d'hôtel ? Elle chercha la limousine, mais celle-ci était introuvable ; la police avait dû la chasser de son stationnement illégal quand elle était passée quelques instants plus tôt.

Cassie se retourna vers Katrina, qui avait maintenant les deux mains sur la bouche. Il était évident qu'elle allait vomir, là, devant tout le monde. Sans réfléchir, Cassie attrapa son sac – le beau et tant adoré sac Maddy Foxton vert que Kelly lui avait offert lors de son premier jour à New York – et l'ouvrit. Elle le tendit à Katrina, qui, aussi discrètement qu'elle le put, vomit violemment dedans.

Personne ne remarqua. À cet instant précis, la minute de silence se termina par les applaudissements de l'orateur et, en quelques secondes, le bruit alla crescendo, puisque tout le monde se leva et applaudit, les mains au-dessus de la tête.

Cassie aperçut la limousine revenir, à la recherche d'une autre place de stationnement sauvage, et elle agita rapidement le bras pour attirer l'attention du chauffeur. Elle aida Katrina à se mettre debout et, avec un bras autour de son épaule de moineau, elle la guida vers la voiture.

Au passage, elle jeta le sac au contenu nouveau dans une poubelle, en essayant de ne pas penser à sa valeur de trois mille dollars. Le chauffeur ouvrit la portière passager et Katrina se laissa pratiquement tomber sur le siège, reconnaissante de l'intimité procurée par les vitres teintées.

– Ce doit être une huître qui ne passe pas, expliqua Cassie au chauffeur. Ce serait peut-être bien qu'elle voie un médecin.

Le chauffeur acquiesça.

– Merci.

Cassie observa la voiture s'éloigner au moment où le maître d'hôtel sortit d'un café avec un seau à champagne rempli de glaçons frais. Elle le regarda en secouant la tête et en haussant les épaules, ce qui sembla lui faire comprendre tout ce qu'il avait besoin de savoir. Il commença à débarrasser la table, en dépit de la maigre quantité de nourriture touchée.

Cassie se mêla aux passants pour observer les convives reprendre leur repas, elle n'en faisait plus partie. Elle était spectatrice désormais, et non plus une invitée au pique-nique de son ami – et c'était ce qu'elle était depuis sa mort, se rendit-elle compte. En perdant Claude, elle avait perdu une partie d'elle-même – celle qui avait trouvé sa passion et son assurance, celle qui était fière de son talent. Il était parti, et il avait emporté avec lui les rêves de Cassie. Elle avait le sentiment que Paris n'avait plus rien à lui offrir.

Chapitre 37

Cassie fouillait dans les sacs comme un ours les poubelles. Elle était certaine d'avoir aperçu un foulard dans les sacs à ruban bleu, alors qu'elle avait expressément expliqué à Marina qu'ils devaient être uniquement dans les sacs à ruban rose.

– On ne peut pas laisser un capitaine d'industrie rentrer chez lui avec un foulard de femme…

– Comment ça se passe par ici ? demanda une voix derrière elle.

Cassie se retourna. Florence lui souriait, ravissante dans une longue robe rouge et blanche, avec des fleurs en mousseline de soie en appliqué ; elle l'avait empruntée aux archives de la maison de couture. Une assistante avait dû passer en revue les registres pour vérifier qu'aucun des invités présents à la fête ne l'ait commandée. On voulait éviter un nouveau scandale Holland-Sarkozy.

Le visage béat de Florence ne révéla rien des tensions qui avaient précédé cette soirée, contrairement à celui de Cassie, qui affichait de profonds sillons de choc et de chagrin. Sa peau était mince et parcheminée, ses lèvres pâles, ses cheveux ternes et ses yeux presque opacifiés par les larmes. Elle avait fait de son mieux pour la soirée : pendant qu'Anouk était au hammam, Cassie s'était efforcée de se donner bonne mine avec sa palette de maquillage désormais vaste, mais, quand elle s'aperçut dans le miroir, elle eut l'impression de ressembler à un clown. Même la robe à quatre mille euros (la sienne provenait de la collection prêt-à-porter : une mousseline de soie framboise avec des bretelles croisées sur le devant et une frange à plumes sur le bas) lui procurait le sentiment d'être une petite fille dans les vêtements de sa mère.

Florence jeta un coup d'œil dans les sacs. Ils étaient énormes, débordant de cadeaux que l'argent ne pouvait littéralement pas acheter : un exemplaire d'un livre paru à cent exemplaires seulement ; une étole en cachemire avec l'imprimé tête de mort ressorti spécialement pour l'occasion – elle aussi en cent exemplaires ; pour les femmes, un collier confectionné par Anouk avec de minuscules os et pièces d'or fixés au cuir, ainsi qu'un médaillon en or martelé rempli d'un parfum capiteux, une fragrance « privée » que M. Westley avait créée à l'occasion de cette fête d'anniversaire. Pour les hommes, Anouk avait fabriqué des boutons de manchette en forme de tibias, de crânes et de côtes.

Florence hocha la tête devant ce petit trésor exclusif.

– C'est toi qui as trouvé toutes ces idées, Cassie. Tout comme ce lieu.

Florence embrassa d'un geste de main la crypte, éclairée par la lumière vacillante de bougies Diptyque. À cet endroit des souterrains, les os étaient disposés de façon décorative : les fémurs étaient à l'horizontale, de sorte que leurs têtes donnaient un aspect bosselé au mur, et des crânes étaient positionnés entre eux à intervalles réguliers, certains en forme de croix, d'autres de cœur.

Ce n'était pas effrayant. C'était presque beau, un peu comme une grotte de coquillages. D'incroyables profusions de roses en velours rouge sang – pratiquement noires – avaient été placées sur les murs, et la musique résonnait avec une exagération étrange au loin dans la caverne. Certains des techniciens qui avaient installé la sonorisation dans l'après-midi avaient fait les andouilles et s'étaient mis au défi d'aller le plus loin possible dans les zones sans filin des tunnels. Leurs cris avaient rapidement perdu de leur bravade et, quand ils avaient fini par retrouver leur chemin, ils étaient pâles et muets.

Cassie associait cet endroit à Claude. C'est lui qui lui en avait parlé. Si cette soirée avait lieu dans les catacombes, c'était en raison de leur conversation.

Il aurait dû être là, songea-t-elle, et la colère ricocha en elle comme un fouet.

– Tu sais, commença Florence, inquiète par le visage blême de Cassie, si en fin de compte tu n'as plus très envie de partir… (Elle baissa les yeux un instant.) Personne ne pourrait te reprocher de changer d'avis. Nous serions ravis de te garder dans l'équipe. Je sais, dit-elle en levant les mains avant que Cassie n'ait le temps de protester, ce n'est pas ta grande passion…, mais tu es très douée. Peut-être ne te rends-tu pas compte de toute l'aide que tu nous as apportée ces derniers mois.

Florence pencha la tête sur le côté, comme Suzy le faisait dès qu'elle était inquiète.

– Je t'admire, Cassie. Et si ce soir est réellement ta dernière soirée avec nous, alors… demain, tu me manqueras énormément.

Cassie regarda Florence et se rendit compte, pour la première fois, qu'elle avait peut-être raté quelque chose avec cette femme. Elle s'était contentée d'agir machinalement tout le temps de leur collaboration (elle avait considéré son poste uniquement comme un travail alimentaire, rien de plus) et ce n'était que maintenant qu'elle comprenait qu'elle aurait pu y trouver bien plus.

– Merci Florence, répondit-elle, sincèrement touchée. Je vais y réfléchir. Je… J'hésite.

Cassie ne mentionna pas les nuits passées à fixer le plafond, trempée de sueur à l'idée même de faire chauffer une casserole sans Claude. Elle eut un petit haussement d'épaules impuissant.

– Je ne suis pas prête sans lui. Il devait être mon mentor et…

Sa voix fut nouée par les larmes.

– Tu n'es pas obligée de décider ce soir. Prends quelques jours après cette soirée. Repose-toi un peu. Nous serons toujours là si tu choisis de rester.

– Mme Lazartigue ? appela une voix stressée derrière Florence.

C'était l'une des filles du service de presse, qui paraissait troublée et brandissait une écritoire à pince comme une grenade.

– Excuse-moi, Cassie, dit Florence en levant les yeux au ciel, avant d'aller s'occuper du problème.

Cassie l'observa s'éloigner. Elle avait des arguments valables de conserver cet emploi, notamment elle pourrait s'offrir un meilleur appartement avec le salaire de *Dior*. La pensée du studio miteux qu'elle avait trouvé, vide, attendant qu'elle emménage, la fit frissonner.

Elle entendit le volume de la musique augmenter un tantinet, ce qui lui signala l'arrivée des premiers invités. Elle prit une profonde inspiration. Elle serait le premier visage qu'ils verraient. À l'origine, Florence avait voulu qu'elle endosse un rôle plus important pour la soirée en reconnaissance de sa contribution, mais après la mort de Claude, Florence avait accepté que Cassie se tapisse au vestiaire.

L'espace était étroit, ils avaient néanmoins réussi à créer un vestiaire glamour où le tunnel s'élargissait légèrement. Trois grandes cloisons avaient été érigées pour y cacher des portants, et une équipe spécialisée de chez *De Gournay* avait été envoyée pour réaliser une fresque historique du Paris du dix-huitième siècle créée spécialement pour l'occasion. C'était une commande très luxueuse pour un événement d'une soirée, mais, éclairé par la lumière des bougies, ce panorama redonnait vie au Paris tel que l'avaient connu les propriétaires de ces os.

Les invités arrivèrent rapidement par les souterrains. Leur expression un brin pensive se transformait en soulagement, puis en excitation à mesure qu'ils descendaient les marches et apercevaient l'éclairage tamisé, la peinture murale et les fleurs. Ces détails étaient suffisants – et nécessaires – pour qu'ils se sentent en sécurité. L'effet de surprise attisait leur enthousiasme. L'ambiance se réchauffa, pour devenir rapidement plus bruyante et plus chaleureuse.

En l'espace d'une demi-heure, Cassie était débordée alors que des manteaux de fourrure lui étaient sans cesse confiés. Elle avait une fraction de seconde pour trouver le visage de son propriétaire et son nom sur sa liste, puis noter celui-ci sur un cintre (c'était bien trop vulgaire de remettre un ticket numéroté). Cassie avait donc veillé à potasser au préalable le trombinoscope des invités.

Anouk, Pierre, Guillaume et Jacques arrivèrent ensemble peu après vingt et une heures, lorsque la fête battait déjà son plein. La première vague de VIP était passée et Florence s'était arrangée pour que Stéphanie, une jeune employée de bureau, prenne la place de Cassie.

– Tu es superbe, Anouk, la complimenta Cassie.

La jeune Parisienne retira d'un geste d'épaules un trench en taffetas noir, pour révéler une robe en satin noir moulante, avec de longues manches et une spirale en dentelle qui partait de sa clavicule pour descendre tout autour d'elle, évitant de justesse des points anatomiques stratégiques, mais rendant néanmoins évident qu'elle ne portait rien en dessous.

Cette robe n'était pas son style habituel – beaucoup plus provocante et originale – et, à en croire le visage des hommes, ils pensaient tous la même chose et se demandaient si cette spirale allait bouger au gré des mouvements d'Anouk.

L'endroit était bondé et les gens s'appuyaient nonchalamment sur les os empilés comme s'il s'agissait d'un meuble quelconque. Au milieu de la foule, Cassie aperçut Florence présenter ses responsables aux invités de marque. Cassie se prit un verre, assurée de pouvoir se détendre un peu, puis elle alla rejoindre ses amis.

Le champagne pétillait légèrement sur sa langue et elle ferma les yeux pour savourer la première gorgée d'alcool dans son corps depuis des semaines. Depuis la mort de Claude – et surtout après le Dîner en blanc avorté –, elle avait arrêté de boire du vin le soir, préférant rester seule dans le noir dans sa chambre, s'infligeant un ascétisme rigoureux qui semblait satisfaire sa culpabilité de ne pas avoir décroché…

Ce soir cependant, Cassie ressentait une envie irrépressible de lâcher prise – de renoncer à sa sobriété, ses rêves, ses inhibitions. Le lendemain aurait dû être le premier jour du reste de sa vie, la vie qu'elle s'était choisie : habiter à Paris, concrétiser son rêve avec Claude. Cette vie n'allait pas exister désormais, pas comme Cassie en avait rêvé et, le lendemain matin, elle devrait envisager les options qui lui restaient : intégrer le restaurant sans la protection ni les conseils de Claude, continuer chez *Dior* et essayer de mener une carrière durable dans le marketing ?

Aucune option ne la tentait – pour différentes raisons –, mais elle se dit qu'elle prendrait sans doute une aussi bonne décision avec une gueule de bois ou sobre, et elle but une autre gorgée de son verre. Cassie se dandina doucement au rythme de la musique. C'était une musique d'ambiance indistincte, qui résonnait dans les souterrains. Elle se demanda ce que Gil penserait s'il la voyait ainsi, à cette soirée qu'elle avait organisée – vêtue d'une robe Dior pas encore à la vente, son corps souple et luisant grâce aux onguents, ses cheveux coupés, d'un noir brillant à la lumière des bougies. Voudrait-il d'elle ? Plus exactement, voudrait-elle de lui ? En dépit de son assurance et de ses manières distinguées qui l'avaient charmée à vingt et un ans, cet homme avait-il réellement constitué une proposition imbattable ? Cassie avait davantage mûri ces six derniers mois qu'au cours des dix dernières années et, à beaucoup d'égards, elle ne jouait plus dans la même cour que lui.

Elle sentit un bras glisser sur son épaule et, à l'odeur de jasmin dans l'air, elle devina qu'Anouk était venue danser avec elle. Elles se déhanchèrent en rythme, les paupières closes, Anouk fredonnant doucement à son oreille. Cassie fut surprise des regards envieux dirigés vers elles, quand elle rouvrit les yeux quelques minutes plus tard. Jacques observait attentivement, un voile de désir à peine dissimulé sur son visage ; Pierre s'était un peu éloigné et discutait avec une femme plus âgée dans un autre groupe.

Florence les rejoignit. Ses joues étaient rouges – à cause du champagne et de la réussite, car il ne faisait aucun doute que la fête était un succès. Elle était radieuse. Jacques devait le penser également, car il enroula un bras autour de la taille fine de son épouse et l'embrassa tendrement dans le creux de son cou. Elle ricana sous l'effet des chatouilles.

– Félicitations ma chérie, la complimenta-t-il.

– Tu devrais féliciter Cassie, contesta Florence. Tout cela, c'était son idée.

– Alors félicitations à toi aussi, dit Jacques, en faisant un signe de tête à Cassie. On dirait que tu nous as montré une nouvelle façon de s'amuser à Paris.

Guillaume et Anouk approuvèrent et levèrent leur verre en l'honneur de Cassie.

– Un regard nouveau, sourit Florence. C'est un privilège rare.

– Je crois, Florence, que c'est moi qui ai eu l'idée que tu engages Cassie, répliqua Anouk, avec une certaine irascibilité. Je mérite aussi un peu de gratitude.

Elle planta une main indignée sur sa hanche étroite. Le sourire de Florence se figea légèrement devant ce caprice ; quant à Jacques et Guillaume, ils hochèrent obligeamment la tête. Pierre, qui avait entendu la conversation, se hâta d'intervenir et embrassa Anouk dans le cou, exactement comme Jacques venait de le faire avec Florence.

– Bien sûr, chérie, dit-il d'une voix mielleuse, en lui caressant doucement les bras. Toutes les meilleures idées viennent de toi.

Un silence crispé imprégna le tapage environnant, et Cassie remarqua pour la première fois que, ce soir, quelque chose clochait chez Anouk. Il y avait une amertume dans son sourire, une aigreur dans ses remarques, une compétition dans sa tenue dans laquelle elle se sentait rarement obligée de s'engager. Un certain désespoir lui collait à la peau, se rendit compte Cassie. Anouk cherchait à prouver quelque chose. Elle était provocante, elle désirait manifestement susciter une réaction. Mais auprès de qui ? Pierre ? Il semblait aussi indolent et imperturbable que d'habitude. Cassie parcourut la salle du regard et elle remarqua les yeux de Guillaume posés sur Anouk, mais pourquoi voudrait-elle le provoquer ?

– Avez-vous goûté les canapés au thon et au sésame ? demanda Florence d'un ton léger.

Les hommes répondirent non de la tête.

– Les serveurs ne viennent pas jusqu'à nous, affirma Guillaume avec le sourire. Nous sommes trop éloignés des cuisines.

– Vous devriez y goûter. Ils rencontrent un franc succès. En fait, je ne devrais pas le dire, car ça ne fera que confirmer sa décision de partir, mais ces canapés sont également une suggestion de… Cassie, expliqua Florence, d'une voix hésitante, en se rendant compte qu'elle lui faisait de nouveau des compliments.

Tout le monde évita de regarder Anouk, qui leva les yeux au ciel avec un agacement non dissimulé.

– Je vais demander à un serveur de vous en apporter, dit rapidement Florence, avant de s'éloigner.

Anouk poussa un profond soupir.

– Eh bien, c'est vraiment ta soirée, Cassie, déclara-t-elle avec un sourire qui ne se refléta pas tout à fait dans ses yeux, contrairement au champagne.

– Je ne crois pas, Anouk. Je n'aurais pas connu cet endroit sans Henry ou Claude, et cela vaut aussi pour les petits fours. Ce sont eux les cerveaux derrière toute cette soirée. Je me suis contentée de mettre en application leurs idées.

– À la santé de Henry et Claude alors, intervint gaiement Jacques, qui passa un bras chaud sur les épaules de Cassie et leva son verre.

Anouk tripota sa pochette, la passant d'une main à l'autre. Un serveur arriva promptement avec le plateau de canapés promis.

– Alors, c'est ton dernier jour chez *Dior* ? s'enquit Guillaume, changeant totalement de sujet.

– Oui. J'ai été engagée à la base pour mettre en place un projet et maintenant que celui-ci est terminé…

Cassie haussa les épaules.

– Je sais que Florence meurt d'envie de te garder, indiqua Jacques.

Cassie remarqua Anouk se hérisser une nouvelle fois.

– Oui, elle m'a proposé de rester, répondit Cassie, d'un ton volontairement léger.

– Mais tu es tout de même décidée à partir ? l'interrogea Pierre.

– Eh bien…

– Oh oui. Tout est réglé. L'appartement. Le travail. Cassie va rester à Paris, mais en se gérant toute seule maintenant, pas vrai ? dit Anouk avec un sourire nerveux.

À en juger par son ton, elle semblait ravie d'être enfin libérée de Cassie.

Cette dernière marqua une pause.

– Oui.

– Vraiment ? Tu comptes toujours être chef ? lui demanda Guillaume.

– Je n'en suis pas certaine, à vrai dire. Il faut que je me pose et réfléchisse à ce que je veux. Mais quelle que soit ma décision concernant le travail, j'ai trouvé un appartement et j'y emménage ce week-end.

Cassie avait prévu de faire ses cartons le lendemain.

Il était tard à présent et il faisait très chaud dans les catacombes. Florence n'était pas revenue et Anouk s'agitait nerveusement, jouant avec sa robe, qui, au fil des verres d'alcool, semblait devenir moins sophistiquée et plus vulgaire. Les yeux se posaient effrontément sur la spirale en dentelle intrigante et la chair pêche qui apparaissait au travers. Anouk essaya de tirer la robe sur ses hanches, mais c'était difficile avec un verre à la main et une pochette coincée sous le bras.

– Tu sembles empêtrée, fit remarquer Cassie, avec un sourire compatissant. Laisse-moi mettre ton sac au vestiaire.

– Ça va, répondit sèchement Anouk, au moment où le sac s'échappa de son coude.

Guillaume le rattrapa galamment et le lui rendit. Ils avaient tous trop bu, mais, bien que tous les autres soient détendus et aient les langues déliées, Anouk était de plus en plus tendue. Pierre s'excusa poliment et quitta le groupe, mais Anouk ne sembla pas s'en préoccuper. Jacques se mit à les régaler d'une histoire : cette semaine, une vieille dame avait failli faire une crise cardiaque par sa faute, lorsqu'il avait déplacé l'ours blanc géant dans sa vitrine.

–… J'ai dû lui offrir un miroir pour qu'elle ne me fasse pas un procès, plaisanta-t-il, mais cette fois, Cassie ne rit pas.

Cette histoire d'ours lui avait fait penser à Henry dans l'Arctique. Il était parti depuis presque trois semaines. Elle avait appris par un e-mail que Suzy avait transféré qu'ils étaient arrivés à un « camp de base » le mardi précédent, et qu'à part une petite gelure au petit doigt parce qu'il n'avait pas mis ses gants assez rapidement, tout allait bien. L'équipe était composée de quatorze autres scientifiques, et ils avaient un créneau de neuf semaines pour collecter leurs données, avant que les conditions météorologiques ne se dégradent et que la banquise ne se referme.

La pochette d'Anouk glissa de nouveau et, cette fois, Guillaume faillit la manquer.

– J'insiste vraiment, dit Cassie, en la lui prenant. J'en ai pour une minute. Je vais la mettre avec la mienne.

– D'accord, accepta Anouk d'un ton impatient, comme si c'était la seule façon de faire taire Cassie.

Cassie regarda Jacques en haussant les sourcils, pour partager silencieusement un « Oh bon sang ! ».

À cause de la foule, elle avançait lentement. Il y avait très peu d'espace dans la salle principale – et absolument personne ne semblait être parti. Cassie essaya de se frayer un chemin, mais quand une personne se déplaçait, une autre comblait aussitôt l'espace libéré. Puis elle se souvint du tunnel interdit d'accès sur la gauche, qui suivait un arc de cercle et débouchait dans l'entrée principale. Les serveurs l'avaient emprunté toute la soirée.

Elle se faufila sous la cordelette rouge et s'engagea dans le tunnel. Cette partie était plus sombre, éclairée non pas par des bougies tape-à-l'œil Diptyque, mais par de grosses torches en plastique jaune, posées debout, qui diffusaient une lumière blanche peu flatteuse sur les murs. Sous les pieds de Cassie, le chemin crissait légèrement en raison des morceaux d'os non balayés.

Plus loin, dans l'obscurité – les torches étaient espacées de cinquante mètres –, Cassie eut l'impression d'apercevoir un embranchement. Elle s'approcha. Il y eut un mouvement. Bien qu'un seul des chemins soit éclairé, un serveur suivait manifestement l'autre. Cassie hésita. Elle avait entendu des techniciens plaisanter dans l'après-midi sur le fait d'éclairer les mauvais tunnels. Ils savaient qu'aucun des invités ne s'aventurerait par ici, uniquement le personnel, et Cassie avait constaté par elle-même qu'ils étaient capables de faire une farce aux « jeunes play-boys » de service ce soir.

Elle resta plantée un moment, à se demander de quel côté aller. Il semblait plus évident de suivre les lumières, mais c'était le tunnel des serveurs et elle en avait vu un passer par là. Elle écouta les bruits. La musique derrière elle était distante et elle perçut clairement du mouvement dans le tunnel le plus sombre. Ce devait être celui-là.

Elle s'y engagea. Il n'y avait aucun éclairage et, au bout d'une centaine de mètres, elle était quasiment dans le noir. *Mince ! Mauvaise pioche !* Que lui était-il passé par la tête ? C'était comme si elle ne pouvait plus se fier à ses yeux, ni à son instinct.

Peu à peu, ses sens s'habituèrent à l'obscurité et, même s'il n'y avait rien à voir ou à entendre, il y avait quelque chose à sentir. Soudain, elle sut qu'elle n'était pas seule.

– Il y a quelqu'un ? demanda-t-elle doucement.

C'était inutile de crier – le silence était absolu. Il n'y avait rien à entendre – et, en même temps, il n'y avait pas *rien*.

Elle sentait la présence d'une personne, tout comme elle avait senti le regard de Henry dans le noir à Venise. Elle fut aussitôt effrayée, envahie par une véritable terreur. Même sa respiration tremblait.

Elle mit les mains devant elle pour se tourner et déguerpir au plus vite, mais, au lieu de la dureté froide et rassurante des os, ce qu'elle toucha fut bien plus terrifiant, quelque chose de tendre et chaud : de la chair. Elle était sur le point de hurler quand une main se posa sur sa bouche et qu'un bras la colla contre la poitrine chaude qu'elle venait de toucher.

– Chut ! lui murmura-t-on. Tout va bien, Cassie.

Cet homme savait comment elle s'appelait ?

– Tu n'as pas à avoir peur. Tu as seulement pris le mauvais tunnel, c'est tout.

La main était toujours plaquée contre sa bouche. Terrorisée, Cassie tremblait de tout son corps, mais l'homme passa son autre main sur son bras pour la rassurer. Elle parvint à hocher légèrement la tête. Il retira sa main de sa bouche.

– Chut, dit-il dans la pénombre.

– Qui êtes-vous ? demanda-t-elle, en faisant immédiatement un pas en arrière.

– Peu importe. Retourne là-bas. Vas-y.

– Que faites-vous ici ?

À cet instant, elle perçut un bruit, comme si une autre personne tâtonnait derrière eux, à quelques centimètres.

– Qui est-ce ? Qui d'autre est ici ? insista Cassie, en haussant la voix.

– Tout va bien, lui répondit l'homme, qui lui attrapa fermement le bras et la força à faire demi-tour. Retourne là-bas maintenant.

Inutilement, elle hocha la tête dans le noir et pivota. Elle marcha avec précaution sur les débris d'os qui jonchaient le sol. C'était plus facile dans ce sens de suivre la lumière vaguement visible au loin. Cassie retrouva peu à peu son calme. Son cerveau se remit en marche. Cet homme… Il connaissait son nom. Il avait dû l'apercevoir – l'observer – dès l'instant où elle s'était avancée dans le tunnel. Et puis, cette façon de lui caresser le bras… Elle l'avait déjà vu faire ce geste – quelques instants plus tôt, en réalité, quand Anouk était troublée.

Elle n'était plus qu'à quelques pas du tunnel éclairé. Le silence régnait toujours dans l'obscurité derrière elle, même si elle savait que deux personnes s'y trouvaient encore.

Elle se retourna.

– Pierre ?

– Oui, répondit la voix.

Le petit hoquet de surprise qui s'ensuivit fut audible même de l'endroit où se tenait Cassie. Il avait réagi à son prénom par réflexe.

– Merde ! jura une autre voix – masculine elle aussi.

Cassie entendit le froissement de tissus, des chuchotements stressés, tandis que ces amants se disputaient dans le noir.

– Attends ! cria Pierre.

Le fracas d'os tombant au sol résonna jusqu'à Cassie, mais elle s'était déjà enfuie. Elle était de retour dans la lumière et courut dans le passage éclairé par les torches.

Elle arriva au vestiaire, hors d'haleine et en panique. *Pierre avait dû supposer qu'elle était retournée auprès des invités, non ?*

– Salut Stéphanie, dit Cassie, en jetant des coups d'œil distraits vers le couloir. Je prends le relais.

– Tu en es sûre ?

– Parfaitement, lui assura-t-elle, en hochant vivement la tête.

Cassie désirait se débarrasser de la jeune femme et fermer la porte, s'isoler afin de réfléchir un instant. Comment allait-elle pouvoir annoncer à Anouk ce qu'elle venait de découvrir ? Était-ce cela qui contrariait son amie à ce point ?

Cassie fit les cent pas, laissant courir sa main d'un air absent sur les fourrures. Elle se demandait comment aborder ce sujet avec Anouk, car son instinct lui disait qu'elle se devait de lui en parler. Son amie méritait de connaître la vérité.

Cassie essaya de mesurer les faits : elle venait de surprendre Pierre avec un homme. Dans le meilleur des scénarios pour Anouk, il était bisexuel. Dans le pire des scénarios, il était gay. Mais non, non… Cela n'avait aucun sens. Comment pourrait-il cacher sa sexualité à Anouk de façon aussi convaincante ? Elle était très à l'écoute de sa propre sexualité, et Pierre et elle se retrouvaient tous les après-midi. C'était impossible qu'il parvienne à faire gober cette mascarade à Anouk aussi longtemps.

Et donc, s'il était bisexuel, Anouk était-elle au courant ? Ses liaisons avec des hommes étaient-elles un arrangement entre eux, ou était-ce le secret de Pierre ?

Oh là là, la tête de Cassie tournait, et pas seulement à cause de ces hypothèses. Cocktails, secrets et stupeur ne formaient pas un bon mélange. Il fallait que Cassie retrouve sa sobriété avant de dire quoi que ce soit à Anouk.

Elle se jucha sur la petite table et prit plusieurs profondes inspirations. Pierre voudrait absolument qu'elle taise son secret, du moins pour ce soir ; aussi, l'endroit le plus sûr, songea Cassie, était là-bas, en compagnie des autres. Il ne pourrait pas l'atteindre en présence d'Anouk et de la petite bande d'amis.

Cassie ouvrit le petit tiroir de la table pour y cacher la pochette d'Anouk, mais la porte s'ouvrit au même instant. Elle leva la tête, inquiète, et la pochette tomba par terre.

– Ah, Jacques, ce n'est que toi ! s'exclama-t-elle, en posant une main sur sa poitrine lorsqu'il apparut sur le seuil de la porte.

– Je te remercie ! dit-il ironiquement.

Cassie se baissa pour récupérer ce qui était tombé du sac, et Jacques s'appuya contre le mur.

– Nous nous demandions où tu étais passée. Pierre pensait que tu t'étais peut-être perdue dans les souterrains. On m'a envoyé à ta recherche.

Cassie ramassa un rouge à lèvres, un inhalateur et un tube de Touche Éclat qui avaient roulé sous la table.

– Est-elle là ?

Cassie leva la tête en entendant la voix d'Anouk dans le couloir, puis elle aperçut ses jolis orteils près de la porte. Elle se recula pour sortir de sous la table quand elle remarqua une petite brosse sous les manteaux, ainsi qu'un petit carnet. Ses cheveux se dressèrent sur sa tête quand elle le prit dans ses mains. Elle n'eut même pas besoin de l'ouvrir pour savoir ce qu'il contenait. Elle l'aurait reconnu entre mille.

Soudain, tout bascula une fois de plus. Cassie se redressa lentement, tel un tournesol qui s'étire vers la lumière, le carnet posé sur ses paumes de main ouvertes. Elle se rendit compte que Jacques et Anouk l'observaient en silence, un silence protecteur qui tentait de jeter un voile sur ce qui était en train de se dérouler.

Cassie regarda tour à tour Anouk puis Jacques.

– C'était toi au parc, s'adressa-t-elle à Jacques.

Ce n'était pas une question. Mais une affirmation. Un fait.

– Je ne sais pas de quoi…, commença-t-il à protester, mais sa voix s'éteignit lorsque Cassie se tourna vers Anouk, livide.

– Lui ???

Cassie était tellement choquée qu'elle peinait à s'exprimer.

– Non.

Anouk secoua fermement la tête et alla fermer la porte.

– Si ! insista Cassie. Personne d'autre ne t'offrirait un livre pareil.

Elle jeta le carnet en cuir vert émeraude sur la table. Une photo en noir et blanc s'échappa des pages et la femme nue dessus les fixa tous – autant protagoniste que chacun d'eux dans ce drame qui se jouait, alors que ses jambes écartées et ses yeux avides révélaient l'intimité charnelle des deux amants clandestins présents dans la pièce.

Anouk eut la gorge nouée et retomba dans son silence défensif. Le dégoût bouillonnait dans les yeux de Cassie à mesure qu'elle prenait conscience des parallèles.

– Et dire que je t'ai fait confiance…

Les joues de Cassie commencèrent à rougir, sa langue à s'épaissir.

– Et dire que je t'ai confié ma vie, que j'ai cherché tes conseils, accepté ton aide, me suis volontiers reconstruite à ton image… Alors que tout ce temps, continua Cassie en lâchant un petit rire amer, tu faisais à ta meilleure amie exactement ce qu'on m'a fait. Tu es exactement comme Wiz. Et moi… Moi, j'essayais d'être toi.

Cassie secoua la tête, incrédule, abasourdie. Ses yeux étaient baignés de larmes à la pensée d'être de nouveau propulsée dans un tel scénario. Cassie regarda Anouk.

– As-tu la moindre idée de ce qu'il m'a fallu pour surmonter cette épreuve ? À quel point j'ai été torturée par les mensonges et par le fait de ne pas savoir ce qui était réel et de ce qui ne l'était pas dans mon propre mariage ?

Anouk ne fit rien d'autre que ciller des paupières.

– Je vais te dire ce qui m'a permis de remonter la pente : la confiance entière et absolue en notre amitié. Je vous regardais, Suzy, Kelly et toi, et je voyais vos vies chaotiques, remplies et démentes, où l'on se préoccupe d'être glamour, de mettre le jean qu'il faut et d'avoir la bonne coupe de cheveux, et je me suis dit « C'est là que j'ai fait erreur. C'est de ma faute si Gil est allé voir ailleurs. Je suis trop démodée, trop bornée, trop rustre pour garder un homme. Il faut que je sois plus séduisante, plus mystérieuse, plus sexy… Il faut que je vous ressemble davantage ». Alors, ce soir-là, j'ai laissé derrière moi celle que j'étais. Je suis toujours dans ma chambre en Écosse, avec ma robe Laura Ashley et un soutien-gorge grisâtre et détendu. Je ne suis pas vraiment ici, dans une crypte remplie d'os, avec une robe qui coûte plus cher qu'une voiture, et ces cheveux bruns ! Si seulement tu m'avais dit que te ressembler impliquerait de devenir une garce hypocrite et sans scrupule, j'aurais économisé des milliers d'euros en billets d'avion.

Il y eut un silence pesant. Cassie s'aperçut qu'elle tremblait.

– Une garce ? murmura Anouk, sa froideur habituelle laissant place à une colère noire. Après tout ce que j'ai fait pour toi, c'est comme ça que tu me remercies ? J'ai toujours été une amie pour toi. Ma relation avec Jacques n'a rien à voir avec toi. Comment oses-tu me juger ! Tu ne sais rien de la situation.

– Il n'y a rien à savoir. Tu couches avec le mari de ton amie. C'est aussi simple que cela, point final. Tu as fait passer cet homme avant elle. Tu t'es fait passer avant elle.

– Ce n'est pas ce que...

– Oh, je t'en prie, épargne-moi ça ! N'essaie pas de te justifier avec une explication tordue, en me disant combien vous, les Français, êtes coulants à propos de l'infidélité, que ces relations n'ont aucune importance, aucune signification.

– Mais ça n'a aucune signification ! intervint Jacques, d'un ton catégorique.

Ce petit vestiaire de fortune tomba dans un silence frémissant. Cassie eut l'impression que les murs pourraient s'effondrer sur eux à tout moment et ils se retrouveraient enterrés vivants sous l'opulence et l'extravagance.

– C'est simplement un arrangement pratique, Cassie. Pierre a eu la gentillesse de nous aider pour détourner l'attention de nous deux – ce pour quoi je le paie grassement d'ailleurs. Mais personne ne va divorcer à cause de cette histoire. Anouk sait que je ne quitterai jamais Florence et, si jamais Florence apprenait pour Anouk, eh bien... (Jacques haussa ses larges épaules.) Elle sait qu'Anouk n'est pas une menace.

Cassie regarda tour à tour les deux amants. Anouk fixait Jacques, sans cligner des yeux.

– Florence serait aussi dévastée par cette liaison que je l'ai été, déclara enfin Cassie.

– Peut-être, concéda Jacques. Mais seulement si elle l'apprend. Tu sais, reprit-il en inclinant la tête sur le côté d'un air interrogateur, quand Anouk est revenue de son séjour chez toi l'année dernière, elle m'a posé la même question. Elle se demandait si elle devait t'en parler. Mais elle m'a dit que tu semblais assez heureuse dans ton ignorance. À quoi bon te blesser inutilement ?

Cassie sentit les murs vaciller, le sol tanguer alors qu'elle assimilait les paroles de Jacques. *Anouk était au courant ?*

– Et quand tu as découvert l'infidélité de ton mari, même à ce moment-là, elle a affirmé que vous auriez pu rester ensemble et être plutôt heureux. Il n'y avait aucune raison de faire toute une histoire comme tu l'as fait.

– Toute une histoire ? répéta Cassie, en regardant Anouk, qui blêmissait de plus en plus au fil de la conversation. Je ne me souviens pas d'avoir élevé la voix, ni d'avoir jeté des assiettes, ni même d'avoir lancé des injures.

Anouk ne répondit pas. Elle semblait figée.

– Non, dit Jacques, qui livrait la bataille à sa place. D'après elle, tu étais entrée dans une hystérie mutique. Je suppose que, pour toi, c'était digne, de partir comme ça et de mettre un terme à la fête.

– Mettre un terme à la fête ? C'est ça votre préoccupation ? Je découvre que mon mari a une double vie et, vous deux, vous vous souciez davantage de sauver les apparences ?

Cassie eut un rictus d'incrédulité, du désespoir le plus amer de savoir que son amie avait pu penser toutes ces choses durant leur cohabitation. Elle repensa à leurs dîners à l'appartement, aux bouteilles de beaujolais partagées au soleil couchant, aux séances de détente au hammam, à leurs moqueries mutuelles quand elles étaient dans leur combinaison d'endermologie. Tout ce temps, Anouk avait non seulement tu le pire des secrets, mais en avait été elle-même l'actrice.

Cassie prit lentement son manteau et passa devant eux pour se diriger vers la sortie. Elle s'arrêta et se tourna pour regarder Anouk.

– Je n'aurais jamais cru dire cela – à toi moins que quiconque, Anouk –, mais je te plains. Sincèrement. Tu t'es égarée. Je pensais que tu savais tout. Je voulais te ressembler en tout point : sophistiquée, énigmatique, charmante. Mais maintenant que je vois ta vie de près, je me rends compte que tu n'es rien de tout cela. Tu es une coquille vide, tu es froide et méprisable. Et tu n'es certainement pas mon amie.

Cassie tourna les talons et s'engagea dans le tunnel. Des larmes ruisselaient sur ses joues lorsqu'elle monta les marches et sortit pour la dernière fois dans l'éclat nocturne de la Ville lumière.

Londres

Chapitre 38

Malgré les coups à la porte de plus en plus insistants, Cassie s'enfouit davantage sous la couette.

– Allez, Cassie ! Il faut bien que tu lui parles à un moment ou un autre ! cria Suzy d'une voix forte, consciente que Cassie s'enfonçait sous une bonne épaisseur de couvertures.

Rien.

– Pff. Elle ne va pas pouvoir faire ça éternellement. Je vais faire en sorte qu'elle te rappelle, je te le promets ! déclara Suzy dans le combiné, assez fort pour que Cassie l'entende.

Elle ouvrit la porte sans frapper et s'assit sur le lit si lourdement que Cassie sentit un courant d'air entre le matelas et elle. Le « cupcake » était presque entièrement cuit à présent, il ne restait plus que sept semaines et Suzy donnait l'air d'attendre des jumeaux. Ou du moins un énorme cake aux fruits.

– Tu devras lui parler tôt ou tard.

– Non ! Pas après ce qu'elle a fait.

– Mais elle ne t'a rien fait à toi, Cassie.

Outrée, Cassie passa la tête par-dessus la couette et cria :

– Oh, mais si !

Ce qu'elle regretta aussitôt.

– Comment cela ?

Cassie ne répondit rien. Elle n'avait pas tout raconté à Suzy à propos de sa dernière soirée à Paris. Cette histoire était si accablante, si terriblement révélatrice des priorités inversées d'Anouk, que Cassie avait le sentiment que, si elle racontait aux filles tout ce qui avait été dit, les torts causés à leur petit groupe d'amies seraient irréparables. Et elle n'était pas certaine de vouloir en être responsable. Leur passé commun pesait lourd dans la balance. Les amis n'étaient-ils pas la famille que l'on se choisissait ?

– Cassie ! la pressa Suzy. Qu'est-ce qui s'est passé d'autre ? Qu'est-ce que tu ne m'as pas raconté ? Je sais qu'il y a quelque chose. Je ne t'ai encore jamais vue dans cet état.

– Je vais bien.

– C'est faux. Tu entends ton ami se suicider au téléphone, tu te disputes avec ta meilleure amie, tu abandonnes tous tes nouveaux rêves et tu débarques, sans prévenir, au milieu de la nuit, en larmes et toute tremblante, à ma porte et, ensuite, tu ne quittes pas le lit pendant trois jours. Ce n'est pas ce que j'appelle « aller bien ».

Cassie soupira et se redressa dans le lit. C'était peu utile de chercher à laisser Suzy dans l'ignorance. Ce n'était pas comme si un retour en arrière était possible entre Anouk et elle. Trop de choses avaient été dites et faites.

Cassie prit une profonde inspiration et se lança :

– Anouk était au courant pour Wiz et Gil. Elle le savait et elle ne m'en a jamais parlé. Elle a protégé leur secret.

Horrifiée, Suzy écarquilla les yeux.

– Non ! Elle n'a pas pu faire une chose pareille !

– Si.

Suzy fixa Cassie, dans un silence abasourdi.

– Comment était-elle au courant ?

Cassie haussa les épaules.

– Je n'en sais rien. Nous ne sommes pas entrées dans les détails. Elle est venue passer un week-end prolongé chez moi l'année dernière. Elle a dû voir quelque chose à ce moment-là. Elle a sans doute reconnu les signes puisqu'elle est exactement dans la même position et entretient une liaison avec le mari de son amie !

Suzy secoua la tête, atterrée.

– Je n'en crois pas mes oreilles... Qu'elle soit capable de te faire cela et fasse passer Gil avant toi.

Le visage de Suzy se rembrunit soudain.

– Et puis, je pense que ta situation n'était pas du tout la même. C'était bien pire. Il y avait un enfant dans l'histoire.

L'évocation de Rory crispa soudain Cassie, et elle cacha son visage entre ses mains, les larmes jaillissant de nouveau. Celles-ci refusaient de cesser de couler. C'était comme si tout le courage dont Cassie avait fait preuve en public n'avait été rien de plus qu'un mur qui endiguait les larmes, jusqu'à ce qu'une minuscule fissure fasse s'effondrer tout le bâtiment et laisse tous ses sentiments de chagrin, de colère, de trahison se déverser d'un coup, sans qu'il soit possible de les arrêter.

Cassie avait passé les neuf derniers mois à éviter précisément cet instant. Elle avait travaillé, joué, s'était faite coquette avec ses amies, avait trouvé l'amour (en quelque sorte) avec Luke et sa voie avec Claude. Mais dorénavant, ils n'étaient plus là, aucun d'eux, et tout ce qui témoignait des aventures de Cassie était des cheveux coupés et teints, une peau hydratée, et une addiction aux macarons qu'elle satisfaisait en se rendant quotidiennement au salon *Ladurée* du *Harrods*, qui n'égalait nullement la boutique de Paris.

Suzy poussa un petit soupir triste. Elle caressait d'un geste protecteur le bras de Cassie, dont les sanglots se calmèrent un peu.

– Mince alors, les problèmes s'enchaînent… Ce n'est pas étonnant que tu ne veuilles pas lui parler. Je te comprends.

Cassie leva aussitôt le regard. Elle connaissait cette intonation.

– Écoute, Suzy, je n'ai pas envie que tu te sentes obligée de… tu sais, de prendre parti. C'est entre Anouk et moi.

– Je ne crois pas, non ! Après ce qu'elle a fait, on est en droit de se demander quel genre d'amie elle est. En tout cas, pas le genre d'amie que je désire et je crois pouvoir parler au nom de Kelly également.

– Attends, Suzy. Laisse au moins les choses se tasser un peu. Je ne crois pas que nous devrions en parler à Kelly. Tu sais qu'Anouk et elle ont toujours été très proches… Pff, je n'aurais rien dû te dire.

– Ah oui ? Donc tu veux qu'Anouk appelle Kelly et se la mette dans la poche ? Dès qu'elle se rendra compte que toi et moi campons sur nos positions, elle ira trouver directement Kelly, tu le sais très bien.

Cassie laissa tomber sa tête. C'était exactement ce qu'elle avait redouté. Encore plus de déchirures et de récriminations. Quand tout cela cesserait-il ?

– Je parie que Gil serait ravi d'apprendre qu'il a fini par nous diviser. Il a toujours été jaloux de notre amitié.

– Je ne le savais pas, répondit Cassie, qui leva la tête avec surprise.

– Oh si. Kelly, Anouk et moi plaisantions sur le fait qu'il nous regardait comme si nous étions les sorcières d'Eastwick ou quelque chose dans le genre, que notre but était de te pervertir et t'emmener loin de lui. Il était toujours tellement nerveux en notre présence. Ça me donnait l'impression qu'il estimait t'avoir conquise à tort, tu vois ?

– Pas vraiment.

– Ce devait être la culpabilité. Il devait se douter que nous le mettrions nu et lui infligerions des coups de fouet si nous apprenions sa double vie. Il a eu de la chance que ce soit Anouk qui ait découvert son petit secret.

– Hmm.

Cassie fut déconcertée d'apprendre que ses amies avaient détesté son mari à ce point. Dix ans, et elle n'en avait jamais rien su.

– Mince, c'était un vrai fumier. Je n'aurais jamais dû te laisser l'embrasser ce soir-là au bal. Tu aurais été beaucoup mieux avec Henry.

– Henry ? répéta Cassie avec inquiétude, les larmes s'arrêtant brusquement.

Suzy ne pouvait pas faire référence à leur étreinte enivrée derrière les rideaux d'il y a dix ans, si ? Cassie était persuadée que ce baiser était passé inaperçu.

– Tu es au courant de ça ?

– Oh, arrête, Cassie ! Bien sûr que je suis au courant ! À ton avis, à propos de quoi Henry me barbait quand tu es partie en lune de miel ? J'ai cru qu'il allait me rendre folle.

Cassie secoua la tête.

– Je n'avais aucune idée que c'était de notoriété publique. Enfin, c'était juste un truc d'ados qui ont trop bu. Tu sais ce que c'est : tu bois à la bouteille, tu meurs d'envie d'embrasser quelqu'un, histoire de ne pas passer pour un thon total.

– Henry n'est jamais passé pour un thon. Il a de très beaux cheveux, lui.

– Oui, je sais, confirma Cassie, avant de saisir la critique implicite. Hé ! Qu'est-ce que tu insinues ?

– Non, non, tu as raison. Toi aussi, tu as de beaux cheveux.

Cassie ricana légèrement.

– Je dois reconnaître que je n'avais jamais pensé qu'un jour, mon frère aurait la corde au cou. Je ne pensais pas que c'était son genre. Il a toujours eu la bougeotte.

– La corde au cou ?

Suzy leva les yeux au ciel.

– Ben oui, il se marie dans quelques mois.

Cassie resta bouche bée.

– Mais… je croyais que le mariage était annulé ?

Suzy considéra Cassie d'un air perplexe.

– Non. Qu'est-ce qui a bien pu te faire croire cela ?

– C'est lui qui me l'a dit. Henry. Lui-même.

– Oh, ce devait être l'une de ses plaisanteries. Je suis étonnée que tu sois tombée dans le panneau. Franchement, Cassie, depuis le temps que tu le connais !

– Pff, il est incorrigible ! s'exclama Cassie, en se renfonçant sous la couette. Et dire que je me fais toujours avoir…

– Allez, dit Suzy, qui se leva et tapota la silhouette à plat ventre sous la couette. Il y a du café qui t'attend en bas quand tu seras prête.

Cassie grommela, mais ses pensées étaient déjà loin. Elle se remémorait quelque chose qu'elle avait cherché résolument à oublier : allongée dans le lit à Venise, dans ce laps de temps magique après l'aveu enivré de Henry et quelques heures avant la nouvelle de la mort de Claude. Henry dormait à poings fermés, ses lèvres rubis entrouvertes, son bras lourd et bronzé posé sur elle. Elle l'avait observé dormir pendant près d'une heure, trop effrayée de le réveiller en se levant, puis… Et puis quoi ? Elle n'avait pas su quoi penser, qu'oser espérer…

Tout cela n'avait pas d'importance. Les rêvasseries fantaisistes qu'elle avait pu se permettre dans l'aube vénitienne avaient été étouffées dans l'œuf. Elle avait eu trop peur de rester et s'était enfuie au rez-de-chaussée dès que Henry s'était retourné. Et puisque Lacey et lui se mariaient toujours en fin de compte, on dirait bien que lui aussi avait pris la fuite.

***

Contrairement à la cuisine élégante et minimaliste d'Anouk et à celle de Kelly, si minimaliste qu'elle n'existait même pas, celle de Suzy était aussi chaotique que l'armoire d'un adolescent. Tout était empilé en des tas périlleux – des tasses blanches penchées en avant comme de vieilles femmes, des assiettes non coordonnées provenant de vieilles tantes et de boutiques d'occasion –, et le plan de travail en bois gauchi semblait dater de la dynastie des Tudors.

Cassie s'assit dessus, toujours en pyjama. Elle ne l'avait pas quitté depuis son arrivée de Paris. Il la réconfortait, même si Suzy commençait à plisser le nez et à chercher d'un air soupçonneux des souris mortes dès que Cassie entrait dans la pièce.

Suzy était assise à l'énorme table rustique, devant des catalogues *Mothercare* et *JoJo Maman Bébé*, avec des Post-it qui dépassaient de certaines pages. Tout autour, il y avait des classeurs contenant le mariage d'autres gens, le bonheur d'autres gens.

– Alors... La mariée de cette semaine... Est-ce qu'on l'aime bien ou pas ? demanda Cassie.

Elle enveloppa ses mains froides autour de sa tasse. Elle ne mangeait pas assez et avait par conséquent tout le temps froid.

– On la déteste ! répondit Suzy d'un ton véhément, en éclaboussant du thé sur tous ses documents. Dès qu'elle m'aura payée, je t'interdis de ne serait-ce lui sourire.

– D'accord.

Cassie attendit les explications.

– Elle a choisi comme thème l'*outback* australien. Le marié en est originaire. Je lui ai proposé de partir sur l'idée du cricket, comme c'est un point commun majeur entre l'Australie et l'Angleterre. Et je vois très bien les témoins en tenue de cricket, pas toi ?

– Carrément !

– Imagine un peu : les invités de la mariée pourraient être les joueurs de champ ; ceux du marié les batteurs et on pourrait avoir un thème rouge et ivoire. En plus, ils se marient dans le quartier de St John's Wood, bon sang, la patrie du cricket. C'est parfait !

– En effet.

– Est-ce que la mariée trouve cela parfait ? Eh bien, non ! Elle veut du Crocodile Dundee, du jaune et du vert.

Cassie pencha la tête d'un côté puis de l'autre, en essayant de visualiser ces couleurs.

– Ce n'est pas une catastrophe pour un mariage au printemps. Ça devrait fonctionner pour les demoiselles d'honneur et les fleurs, non ?

– Si on excepte le fait que je déteste tout ce qui est jaune à un mariage, en théorie, oui, ça devrait fonctionner. Mais il faut que ce soit le jaune australien, tu vois ? Les tulipes jaunes classiques ne feront pas l'affaire. Je dois assortir la décoration du chapiteau et les fleurs des boutonnières à un vieux polo de rugby cradingue que je me trimballe dans mon sac.

– Très glamour, ton travail, ricana Cassie, tandis que Suzy ouvrit un autre classeur.

Cassie balaya du regard la cuisine-bureau. Des coupures de magazines avec des décolletés de robe et des coiffures étaient punaisées à un panneau ; des échantillons de tissu pour des nappes et des serviettes débordaient des tiroirs d'une commode, et au moins douze sortes différentes de verres à pied étaient posées sur une étagère légèrement de guingois. C'était fou de penser qu'il y aurait une chaise haute près de la table et un stérilisateur à biberons près de l'évier d'ici quelques mois – et bien entendu un petit ange qui gargouillerait dans un transat au milieu de tout cela.

Cassie était tombée amoureuse de cette maison au premier regard, malgré ses larmes. C'était sa vision d'un chez-soi : en bazar, animé et débordant de la vie des gens qui y vivaient. L'inverse de sa vie – en transit, déracinée, indéfinie, égarée. Cassie n'avait même pas été capable d'envisager ce qu'elle allait faire maintenant qu'elle avait quitté Paris et refusé les propositions de *Dior* et du restaurant. Tout ce qu'elle avait su, c'était qu'elle ne pouvait pas rester dans cette ville. Elle avait cru que son avenir s'y trouvait, mais trop de choses s'étaient mal passées, avaient mal tourné. Claude était mort et l'une de ses plus vieilles amies au monde s'était révélée être une parfaite inconnue. Cassie n'avait aucune raison de demeurer à Paris.

– J'imagine que… Henry n'a rien laissé pour moi, pas vrai ? osa-t-elle demander.

Elle se détesta pour avoir posé cette question. Elle avait pris la résolution de se sevrer de l'influence de cet homme.

– Comme quoi ?

Suzy ne leva pas la tête, elle gribouillait des notes dans un carnet.

– Je n'en sais rien. Une liste ? Ou… un sachet de graines ?

Suzy regarda Cassie.

– Tu penses à de la camomille ?

– Oui, par exemple… sauf que non. Il change de variété à chaque fois.

– Une herbe différente pour chaque ville, hein ?

– Je ne crois pas que la dernière plante était une herbe, à vrai dire. Elle avait de minuscules fleurs roses, avec des tiges, tu vois.

Suzy secoua la tête.

– Mince alors, mon frère est très rock'n'roll ! « Vivre vite et mourir jeune », celui-là.

– Tu n'as pas idée de ce que ça pouvait être ?

– Je crains que non.

– Tu n'es tellement pas la fille de ta mère !

Suzy posa son crayon et se caressa le ventre.

– Non. Mais je suis assurément le punching-ball de Cupcake, sourit-elle. Oh, bagarreur aujourd'hui.

Elle fouilla une pile de livres posée au sol, si haute qu'elle aurait pu servir de cinquième pied de table. Elle se saisit d'un livre épais, à la couverture cartonnée, et le poussa vers Cassie.

– Tiens. Jette un œil là-dedans.

Cassie descendit d'un bond du plan de travail et prit le livre. C'était une encyclopédie de botanique. Elle la parcourut lentement et sa confusion grandit au fil des pages. Il semblait y avoir des centaines d'illustrations de plantes roses à tige.

– Le monde a-t-il réellement besoin d'autant de plantes identiques ? marmonna Cassie, avant soudain de frapper la page de son doigt. Oh ! Ça pourrait être ça.

Suzy leva la tête et lut les mots à l'envers.

– Alysson maritime. Hmm…

– Tu connais ? demanda Cassie, pleine d'espoir.

– Non.

Suzy se remit à écrire.

– Hmm. Je suis pratiquement sûre que c'était ça.

– Ah oui ? Et quel est l'intérêt de cette plante ?

– Je n'en sais pas plus que toi, soupira Cassie. Je ne sais vraiment pas pourquoi Henry m'a envoyé ces graines. Ne peux-tu pas lui demander pour moi ? À moi, il ne voudra rien dire. Ses listes sont des guides pour me faire découvrir de nouvelles villes, mais quel est le rapport entre New York et la camomille, ou entre Paris et l'alysson maritime ?

Suzy fit la grimace tout en se concentrant.

– Peut-être qu'il… Qu'il savait que tu ne trouverais pas une bonne tisane chez Kelly… et que… Non, s'interrompit-elle en laissant tomber ses épaules, je ne sais pas. Je ne vois pas le rapport. Désolée.

– Bizarre. Et il ne t'a pas laissé de liste ou de graines ?

– Ben, j'imagine que comme tu avais dit que tu ne viendrais pas…

Cassie plissa les yeux.

– Je savais bien que je vous imposais ma présence. Je gêne, je suis un fardeau…

– Oh, tais-toi ! Tu n'es pas un fardeau, pauvre cloche. Je suis contente que tu sois là. Absolument ravie. C'est ce que je voulais dès le départ. Parce que, continua Suzy avec un sourire malicieux, ça veut dire que c'est à mon tour de jouer avec la poupée Cassie !

Cassie la considéra nerveusement.

– Je te demande pardon ?

– Va t'habiller.

– Non. Je ne vais pas…

– Va t'habiller ! On sort.

Suzy se leva lentement de sa chaise et se déplaça comme un galion imposant toutes voiles dehors.

– Où allons-nous ? Qu'allons-nous faire ?

Suzy tapota le bras de Cassie.

– Oh, je crois que tu le sais parfaitement ! lui répondit-elle avec un clin d'œil.

Chapitre 39

Cassie examina son reflet d'un air soupçonneux dans le fauteuil alors que le coiffeur faisait des acrobaties derrière elle avec le miroir pour lui montrer que – oui – regardez ! – elle était de nouveau blonde. Ce n'était pas un effet de lumière.

– Qu'en penses-tu, Suzy ? demanda-t-elle anxieusement, en faisant tourner le fauteuil et en retirant son peignoir.

Cassie n'avait plus aucune certitude concernant ce à quoi elle devait ressembler.

Suzy leva les yeux et, le temps d'une seconde, Cassie remarqua combien son amie paraissait fatiguée. Elle prenait à la légère sa charge de travail et les névroses de ses clients, mais Cassie savait que Suzy se pliait en quatre pour leur offrir le mariage de leurs rêves. Aucune de leurs demandes n'était trop saugrenue pour elle, peu importe ce qu'elle devait accomplir pour la réaliser, enceinte jusqu'au cou ou pas.

– Oh, Cassie ! Tu es redevenue toi !

Cassie se contempla dans le miroir et ses mains caressèrent sa tête d'un geste hésitant.

– Oui. Je crois que oui.

Elles admirèrent son reflet familier. Il n'y avait pas eu de coups de ciseau cette fois-ci. Le carré stylisé de Paris avait poussé en une coupe mi-longue flatteuse que Cassie appréciait réellement et, plus important encore, à laquelle elle n'avait pas à réfléchir. Étonnamment, Suzy était de son côté sur ce point :

– Il y a suffisamment de choses à penser comme ça, sans que ce soit la peine d'y ajouter nos cheveux, commenta-t-elle avec dédain, tout en envoyant un texto à sa mariée actuelle pour la rassurer sur le fait que les couleurs du dessert à la mangue étaient assorties aux serviettes et donc approuvées. Tu te rends compte, bien sûr, que Kelly va me tuer, déclara Suzy, au moment d'appuyer sur « Envoyer ». Elle a commandé la robe taupe pour les demoiselles d'honneur parce que tu lui as dit que tu serais brune.

– Mais ça, c'était quand j'avais l'intention de rester à Paris.

– Oui, mais qui arrive à te suivre ? Elle va devoir prendre du jaune moutarde à présent. C'est toi qui lui annonces.

– Je vais l'appeler par Skype ce soir. Elle verra par elle-même. Elle sera sans doute contente de toute façon, ajouta Cassie, en faisant rebondir ses cheveux sous ses mains. La Cassie de Manhattan est de retour.

Suzy se leva et admira le reflet de Cassie, les yeux plissés.

– Ce n'est pas la Cassie de Manhattan, contesta-t-elle.

Elle posa sa tête sur l'épaule de son amie, qui plissa les yeux à son tour. Suzy avait raison. Les cheveux de la Cassie de Manhattan étaient d'un blond ensoleillé. C'était un look de princesse Disney qui demandait beaucoup d'entretien que Bas assurait affectueusement vingt-quatre heures sur vingt-quatre et qui avait fait fondre Luke. Cette nouvelle teinture était plus sombre, moins voyante. Elle permettait aussi d'avoir des racines.

– C'est la Cassie de Londres, un peu plus… souillon, dit Suzy, en hochant la tête. Elle me plaît bien. Elle paraît authentique.

– Hmm.

Cassie ne savait pas trop quoi penser d'être qualifiée de « souillon » quand elle venait de dépenser deux cents livres rien que pour le plaisir. Son sac se mit à vibrer sur le sol et elle le fouilla à la recherche de son portable. Elle regarda qui cherchait à la joindre quand elles s'avancèrent vers le comptoir. Anouk. Encore. Elle laissa sonner.

– Et maintenant ? demanda nonchalamment Cassie, pendant qu'elle tendait sa carte bleue.

Mince, il fallait que le divorce soit rapidement prononcé. Elle se jura d'appeler son avocat quand elle rentrerait à la maison, pour qu'il lui dise où en était le dossier. Son découvert était mirobolant.

Suzy haussa les épaules.

– De quoi as-tu envie ?

– Quoi ? s'étonna Cassie, qui plaqua une main sur son cœur, faussement choquée. Tu veux dire que tu ne vas pas insister pour que chaque poil de mon corps soit arraché ? Ou que je sois enduite d'huile jusqu'à avoir l'impression d'être une frite ? Ou que ma graisse soit aspirée ?

Suzy afficha une mine dégoûtée.

– Pourquoi ferais-je ces choses ?

Elle ouvrit la porte et sortit dans le soleil de Pimlico. Cassie avait à peine reconnu le quartier quand le taxi l'avait déposée là en provenance de la gare de Waterloo. La dernière fois qu'elle était venue à Pimlico – près de onze ans plus tôt –, c'était un lieu de pressings et de tailleurs. À présent, des antiquaires, des boutiques de décoration intérieure, des épiceries biologiques haut de gamme et des traiteurs chics bordaient les trottoirs, et le coin pourrait rivaliser avec Saint-Tropez pour ses cafés.

Cassie décida de se mordre la lèvre plutôt que de révéler tout ce que ses amies faisaient au nom de la beauté. Anouk et Kelly avaient partagé avec Cassie ces rituels secrets, et s'en moquer publiquement reviendrait à trahir leur confiance. *Mince, écoute-toi*, conspua une voix dans sa tête. *Tu ne vas trahir la confiance de personne en divulguant un rituel de beauté. Ce n'est pas étonnant que tu sois une proie si facile.*

Cassie ferma les paupières et laissa le soleil faire ce que le thé avait tenté plus tôt : la réchauffer. Le printemps s'épanouissait pleinement à présent. On était début mai et les arbres avaient retrouvé toutes leurs feuilles, des parterres de fleurs magnifiquement entretenus affichaient des couleurs presque criardes par rapport aux teintes douces du nuancier du quartier. Les oiseaux étaient de retour également, tentés par les cieux ensoleillés qui réussissaient l'exploit de teindre la Tamise d'un bleu chatoyant.

Mais ce n'était pas ces vues qui donnaient à Cassie le sentiment d'être à Londres. Les yeux fermés, elle entendait sa bande-son si caractéristique. Celle de New York avait des coups de klaxon dans la section cuivres ; Paris avait la percussion métallique et aiguë des freins, alors que Londres avait un chœur de bois flegmatiques, produit par les moteurs des taxis noirs et les bus rouges emblématiques.

– Tu as faim ? demanda Suzy, en apercevant les creux nouvellement formés dans les joues de son amie.

Cassie ne mettait pas plus qu'une touche de crème hydratante teintée, et le stress de ces derniers mois avait laissé une empreinte évidente sur son visage.

– Non. Mais allons quand même manger, sourit Cassie, qui devina que la question était rhétorique.

Elles se prirent par le bras et marchèrent lentement sur les trottoirs, laissant les autres piétons les contourner. La grossesse offrait cet avantage, et absolument personne ne pouvait associer le ventre de Suzy à une indigestion.

– J'ai reçu un e-mail de Henry ce matin.

– Ah oui ?

– Hmm. Il a l'air un peu déprimé. Ils rencontrent quelques difficultés à dépasser l'archipel de Svalbard : trop de polynies, ou je ne sais quoi. En tout cas, il a l'air d'en avoir plutôt marre. Pour une fois, j'ai l'impression qu'il n'a pas du tout envie d'être là-bas.

– Oh. Quel dommage.

– Hmm. D'habitude, je n'arrive pas à l'empêcher de partir en expédition.

– C'est son travail aussi. Ce n'est pas comme si c'était un scout qui partait grimper aux arbres pour s'amuser.

– Oui, tu as raison. Je pense qu'il a simplement envie de rentrer. Lacey lui manque sans doute.

– Oui, je parie qu'il est vraiment dégoûté de rater le compte à rebours hystérique jusqu'au mariage ! D'ailleurs, comment va Lacey ?

– Je pense qu'elle va bien. Je ne l'ai pas vue depuis un moment. Elle est en mission à Bristol depuis quelques mois.

– Qu'est-ce qu'elle fait comme travail ?

– Elle s'occupe de gestion de patrimoine dans une banque.

– Vraiment ? Ouah.

Ben, voyons : une femme magnifique, doublée d'une belle carrière.

Cassie et Suzy poursuivirent leur route et s'arrêtèrent devant une petite boutique, à la devanture turquoise et à gros pois blancs, dont le nom était inscrit en lettres chocolat au-dessus de la porte : *Kisses from Heaven*, « Aux baisers célestes ».

– Alors, c'est ici que tu viens en pèlerinage ? demanda Cassie, alors que Suzy ouvrit pratiquement la porte avec son ventre.

– Oh oui. Je suis une fervente disciple. Va t'installer à la table près de la vitrine. Il faut que je parle à Julian du mariage de samedi.

Cassie prit place pendant que Suzy discutait avec un homme petit et mince derrière le comptoir. Il avait une tignasse brun foncé et des yeux vraiment très noirs. Il leva la tête et salua Cassie de la main. Suzy appuya son nez contre la vitrine en verre, pour étudier les gourmandises de la journée.

Cassie regarda tout autour d'elle les couples et les petits groupes, des mères et des enfants tous agglutinés à leur table ; ils riaient, se racontaient des commérages et discutaient entre eux, tout en dégustant leurs cupcakes – des petites fantaisies au biscuit moelleux, glacées dans toutes les couleurs de l'arc-en-ciel. C'était à des années-lumière de la démarche naturelle et dépouillée que Claude envisageait pour *C.A.C.*, où les plats devaient être servis sur des ardoises et des planches huilées de sapin, accompagnés de fleurs qui non seulement servaient de décoration, mais pouvaient aussi être mangées. En réalité, un sourire se dessina faiblement sur les lèvres de Cassie en imaginant sa réaction d'ours devant cet antre du kitsch ; Claude était, après tout, l'homme qui l'avait initiée au raffinement de *Ladurée* (enfin, Henry aussi). Et pourtant, l'ambition des deux endroits était identique : rassembler les gens autour de l'amour de la nourriture.

Cassie soupira en songeant à ce qu'elle avait perdu. Pas seulement un ami, mais une vocation – car elle savait qu'elle était trop inexpérimentée pour se lancer seule dans cette aventure. Sous la tutelle de Claude, elle aurait pu improviser, mais seulement grâce à un réel népotisme. La réputation glorieuse de Claude aurait protégé Cassie des accusations inévitables et fondées qu'elle n'était rien de plus qu'une amatrice exaltée ; or, sans lui, elle n'était qu'un animal qu'on mène à l'abattoir.

Suzy arriva quelques minutes plus tard avec un plateau chargé de thé et de deux énormes cupcakes, surmontés d'une dentelle de sucre filé, tel du fil d'or, posée en coupe autour d'une cerise glacée.

– On dirait un oiseau en cage, s'extasia Cassie, consciente des regards envieux de leurs voisins.

– Je sais, répondit Suzy avec un grand sourire. Il s'agit d'une exclusivité. On fait ces gâteaux samedi au lieu d'une seule pièce montée.

– Est-ce que je peux l'écraser ?

Suzy leva les yeux au ciel.

– Crois-moi, tu n'en as pas envie. Je serais vraiment contente quand j'aurais bouclé ce mariage, je te le dis.

Cassie posa ses mains sur la table.

– Je me fais du souci pour toi.

– Et moi pour toi.

– Non ! S'il te plaît, cessons de parler de moi et de mes soucis. J'en ai vraiment marre de vous rebattre les oreilles de mes problèmes. Je suis sérieuse, Suzy. Tu as l'air épuisée. Je pense que tu en fais trop.

Suzy resta silencieuse un instant, Cassie devina qu'elle débattait intérieurement si elle devait ou non s'avouer vaincue.

– J'ai commencé à le remarquer ces deux dernières semaines seulement.

– Alors, laisse-moi t'aider. Je suis ici jusqu'à la naissance du bébé, de toute façon. Mets-moi à contribution.

Cassie n'avait pas la moindre idée de l'endroit où elle irait une fois le bébé né. Suzy aurait besoin de la chambre d'amis et, comme Cassie avait mis toutes ses économies dans le dépôt de garantie pour le studio à Paris et qu'elle n'avait aucun emploi rémunéré ici, elle n'aurait pas les moyens de se loger à Londres, à moins que le divorce ne soit soudainement, par enchantement, prononcé. Peut-être pourrait-elle retourner à New York ? Kelly et Brett seraient mariés d'ici là, elle ne pourrait pas vivre avec eux, mais Bas pourrait peut-être l'héberger…

– J'imaginais que tu aurais envie d'un poste dans la restauration. Je voulais demander à Julian si… C'est pour cette raison que je t'ai emmenée ici.

Cassie secoua vigoureusement la tête.

– Non. Je ne pourrais pas. Pas encore du moins. Je crois que j'ai besoin de prendre un peu de recul par rapport à la cuisine. Le temps de me ressaisir. J'ai visé un peu trop haut pour moi.

– Mais ça te rendait tellement heureuse.

– Oui. Et ensuite, non. Je ne sais pas si… Tout était lié à Claude.

La voix de Cassie se noua.

– Oui. Je vois, répondit Suzy, en lui tapotant la main. Dans ce cas, si tu es sûre de toi… Je ne serais vraiment pas contre une assistante.

– Super ! Explique-moi tout.

Cassie fouilla dans son sac et en sortit un carnet.

– Quoi, maintenant ?

– Il ne faut jamais remettre au lendemain ce qu'on peut faire le jour même !

Suzy soupira et prit son téléphone dans sa poche.

– Bon…, réfléchit-elle, en étudiant ses listes. Si tu pouvais aller sur Elizabeth Street pour récupérer les dragées du mariage australien… Puis en revenant, t'arrêter chez l'imprimeur – (je t'enverrai l'adresse). On doit valider les invitations d'un couple qui veut un mariage « festival de l'amour » à Primrose Hill – franchement, je ne comprends pas pourquoi ils ne se marient pas à Glastonbury… Bref, les invitations doivent ressembler à des billets de concert. Demande à l'imprimeur de te sortir un exemplaire que tu me rapporteras. Oh là là, et je dois auditionner des groupes pour le mariage de Kelly, donc retrouve-moi à seize heures et nous les écouterons ensemble. On devrait bien rigoler. Hmm… Oh, et… Oh, non. Non. C'est tout.

– Non, vas-y, dis-moi.

– Franchement, Cassie, je vais m'en occuper.

– Dis-moi s'il te plaît. Je veux t'aider.

– Crois-moi, tu n'as pas envie de faire ça.

Cassie insista du regard.

– D'accord. J'allais te demander d'aller au New Covent Garden Market demain pour vérifier que Dean a bien reçu la commande pour le bouquet de la mariée australienne. Je vais le voir tous les mercredis.

– Très bien, dit Cassie en haussant les épaules. Quel est le souci ?

– Il faut y aller à cinq heures.

Cassie considéra Suzy d'un air perplexe. Puis elle comprit et avala son thé de travers.

– Cinq heures du matin ?

Suzy confirma d'un hochement de tête.

– Tu comprends pourquoi je t'ai dit que je m'en chargerais ?

Cassie déglutit vaillamment. Elle n'en revenait pas des paroles qu'elle s'apprêtait à prononcer.

– Suzy. Tu es enceinte de presque huit mois et tu es débordée. D'ici quelques semaines, cinq heures du matin et toi ferez de bons amis. Je m'en charge. Je peux le faire. Ça ne doit pas être la fin du monde, pas vrai ?

Chapitre 40

– Mais qu'est-ce qui m'a pris ? fulmina Cassie alors qu'elle essayait pour la cinquième fois de faire reculer la nouvelle Fiat 500 rouge écarlate de Suzy entre les portes géantes du marché de gros.

Elle avait l'impression de pénétrer dans un univers parallèle. Le ciel était encore sombre, avec un petit rayon de lumière juste au-dessus des toits alors que le soleil s'élevait paresseusement. Mais au sein de cet espace clos, des halogènes puissants étaient allumés, atténuant les feux de recul des camions remplis de tulipes en provenance d'Amsterdam, qui bipaient par-dessus les cris joyeux des travailleurs de l'aube.

Cassie avança lentement, étonnée de voir qu'il y avait – qu'il pouvait exister – autant de vie à cette heure si matinale. Elle vérifia, pour la troisième fois, qu'elle n'était plus en robe de chambre et en chaussons. Difficile d'en avoir la certitude quand le regard était encore trouble et que les mains refusaient obstinément de faire le moindre geste précis, comme ouvrir une portière ou mettre le contact.

Elle jeta un coup d'œil au mot que lui avait laissé Suzy :

Dean Marshall, *Marshall et fils*, porte 4, N12.

Cassie entra dans les lumières, avec l'impression de passer la frontière ultime. Ces lumières crues étaient agressives pour son corps ensommeillé, mais pas autant que la baisse de température et le parfum entêtant de millions de fleurs réunies en un seul et même endroit. Cela fit à Cassie l'effet de plusieurs gifles, qui la réveillèrent pleinement.

Comment Suzy parvenait-elle à se repérer ? Cassie n'arrivait pas à voir par-dessus la plupart des étals, et beaucoup d'entre eux étaient si profonds qu'on avait l'impression de traverser une prairie. À certains étals, des tables étaient ornées de bouquets élégants en guise d'inspiration, d'autres avaient des vases ronds gigantesques ou de vieilles vasques en pierre débordant de plantes. Un grand nombre de stands avaient simplement de longues palettes avec des fleurs coupées, ou de profonds seaux en plastique avec des bouquets de fleurs fournis.

Il y avait une certaine bonhomie parmi les vendeurs et les clients, dont la plupart semblaient bien se connaître. Ils étaient tous emmitouflés, avec des doudounes, des bonnets et des mitaines, tenaient dans leurs mains une tasse en polystyrène de thé fumant, tandis qu'ils discutaient, riaient et marchandaient.

Cassie frissonna un peu et regretta d'avoir choisi un jean et un haut à manches longues gaufré. On était en mai, mais néanmoins au milieu de la nuit. Enfin, presque.

Des bannières en plastique de couleurs vives, accrochées entre des poteaux en acier ou des seaux, indiquaient le nom du marchand. Cassie accéléra le pas et trouva *Marshall et fils* grâce à une banderole bleu clair à lettres jaunes, suspendue aux chevrons en métal.

Un homme dodu d'environ trente-cinq ans, avec un bonnet noir et un anorak vert, était assis sur un seau retourné, écrivait des notes sur une planche en bois dont il se servait comme table de fortune. Une bouteille isotherme bleu roi était sur sa droite, et il buvait son thé à travers le couvercle en plastique rouge.

– M. Marshall ?

Il leva la tête et offrit à Cassie un très large sourire.

– Bonjour. Qui le demande ?

Cassie lui tendit la main.

– Bonjour. Je suis Cassie Fraser. Je travaille pour Suzy McLintlock.

– Suzy ! Ses amis sont mes amis.

Il se mit debout et se pencha au-dessus de la planche.

– Dean. Enchanté, dit-il, puis il regarda Cassie plus attentivement. Mince alors, vous avez l'air frigorifiée. Vous voulez un thé ?

Il attrapa un gros mug derrière un seau de pétunias. Celui-ci présentait une belle ébréchure sur le bord et la poignée semblait avoir été recollée.

– Oh. C'est la meilleure proposition qu'on m'ait faite de la journée, se réjouit Cassie avec le sourire.

Dean lui versa du thé et elle laissa la vapeur réchauffer son visage un instant.

– Brrr… J'aurais dû anticiper qu'il ferait un froid de canard ici.

– Oh oui. Toute l'année.

– Et on s'y habitue ?

– Je ne sais pas, je ne connais rien d'autre. J'ai travaillé ici toute ma vie. Le « et fils », c'est moi.

– Oh. Donc j'imagine que vous êtes aussi habitué à embaucher de bonne heure.

Dean sourit.

– Oh oui. Mais ma femme, non, la pauvre.

– À quelle heure êtes-vous arrivé ici ce matin ?

– Comme d'habitude. À trois heures.

Pour la deuxième fois en deux jours, Cassie avala son thé de travers.

– Vous ne vous levez pas au chant du coq, vous, j'imagine, ricana-t-il.

Cassie secoua la tête.

– Non. Je suis même réputée pour le contraire, à vrai dire. Ce pourrait être utile que votre Thermos soit toujours rempli ! Je ne crois pas m'y accoutumer un jour.

– D'accord, dit-il, en trinquant à cet accord avec sa tasse en plastique. Je suppose que Suzy vous a envoyée pour vérifier sa commande de samedi.

– Oui.

– Laissez-moi voir, murmura-t-il, en sortant un carnet à spirales. Oui, cette semaine, elle a le thème jaune et vert, c'est ça ? Alors, les callas vertes, c'est bon. J'en reçois tous les jours de Hollande, *no problemo*. Et pour les orchidées… Elle avait choisi les dendrobes au final ? Et non les cymbidiums ?

– Euh…

Cassie consulta rapidement le dossier du mariage qu'elle avait apporté.

– Oui. C'est ça, les den… Dendri…

– Les dendrobes, l'aida Dean, avec un grand sourire. Parfait. Heureusement, parce qu'ils viennent de Thaïlande et qu'ils ont déjà été expédiés. Ils devraient arriver après-demain. Donc tout est sur les rails. Pas d'inquiétude.

– Super.

– Il vaut mieux, affirma Dean d'un ton sérieux. J'ai déjà vu Suzy s'énerver. Hors de question pour moi de la décevoir ! Comment va-t-elle d'ailleurs ? Le bébé doit bien grandir.

– Il lui reste encore quelques semaines avant l'accouchement, mais elle commence à être pas mal fatiguée. J'ai dû la forcer pour qu'elle me laisse l'aider.

– Je parie qu'elle sera ce genre de mères qui retournent travailler dès le lendemain de l'accouchement, comme si rien ne s'était passé.

– Oh, je n'espère pas. Elle a besoin de se reposer comme il faut. En plus d'attendre un bébé et de son travail habituel, elle organise le mariage de notre meilleure amie deux semaines avant l'accouchement, et celui de son frère un mois après.

Dean fit une drôle de tête.

– Ah bon ? Je croyais qu'il avait été annulé.

– Pardon ?

Dean feuilleta son carnet.

– Tenez, regardez, là.

Il pointa un gros trait rouge qui barrait le nom de Sallyford.

– C'est dommage. Ils avaient demandé des pavots bleus de l'Himalaya. Ils sont extrêmement rares. On ne m'en avait commandé qu'une seule fois jusque-là. Mais bon, ajouta-t-il en haussant les épaules, on ne peut pas leur demander de se marier juste pour de jolies fleurs.

– Non. En effet.

***

Quand Cassie rentra, Suzy était encore en robe de chambre. Celle-ci faisait difficilement le tour de son ventre. Suzy était affairée à moudre du café.

– Comment c'était ? Tu l'as trouvé comment ?

Elle posa une tasse devant Cassie.

– Oh, bien. Une fois que les halogènes avaient brûlé mes rétines, ça allait.

– L'éclairage n'est pas aussi fort là-bas.

– Et je commence seulement à retrouver ma température corporelle normale.

– Ça me paraissait évident qu'il ferait froid. Les fleurs ne sont pas à leur avantage par temps chaud. En parlant de fleurs… C'est arrivé pour toi.

Suzy pointa un petit rosier en pot sur une table ronde bancale près de la fenêtre.

– Oh, de qui est-ce ? demanda Cassie, qui se précipita près de la plante à la recherche d'une carte.

– Il n'y a pas de mot. Ne cherche pas, j'ai bien regardé. Luke, peut-être ?

Sa tartine s'éjecta du grille-pain et elle la posa sur une assiette, avant de s'attabler.

– Ça ne risque pas ! À moins que les épines n'aient été enduites de poison. Le dernier échange que j'ai eu avec son avocat m'informait que le numéro de *Vogue* était en bonne voie.

– Mais non ! Je croyais que tu avais réussi à tout arrêter.

– À Paris, oui. Mais les lois sur la protection de la vie privée sont différentes aux États-Unis, et Luke détient les droits sur les photos.

Cassie haussa les épaules d'un air dépité.

– Et tu ne peux rien faire contre ?

– Je pourrais, si seulement j'avais plus de dix-huit livres sur mon compte en banque.

– Oh non ! Tu ne…

– C'était une façon de parler, Suzy. Mais je n'en suis pas loin. Je vais devoir me faire à l'idée qu'une grande partie de l'Occident va me voir toute nue.

Elle resta silencieuse une minute, puis un rire légèrement hystérique lui échappa.

– Qu'y a-t-il de drôle ? Je me suiciderais à ta place. Déjà que je siffle pour prévenir Archie quand je sors de la salle de bains.

– Ce n'est pas ça, c'est que je me rappelais à quel point je redoutais la réaction de Gil face à cette « robe nuisette ». C'est pour ça que je le cherchais ce soir-là. Si j'avais mis la robe en velours, je ne serais peut-être toujours pas au courant pour Wiz et lui. Et aujourd'hui, la moitié de la planète va me voir à poil ! Ironique, non ?

– Tu as un mauvais karma, ma poulette. Tu as dû très mal agir dans une vie précédente !

– Je commence à le penser, sourit Cassie, tout en caressant le dessus du rosier.

Les fleurs n'étaient pas encore ouvertes, mais Cassie devinait aux boutons que les pétales devaient être d'un rose délicat.

Suzy jeta un coup d'œil à la plante.

– Hé, ça pourrait venir de Henry, non ? Tu m'as bien demandé s'il t'avait laissé des fleurs ?

– Non. Les autres fois, c'étaient des graines. J'ai dû faire pousser ces maudits trucs. Alors pourquoi m'enverrait-il une plante cette fois ?

Suzy haussa les épaules, et Cassie se souvint des paroles de Dean.

– D'ailleurs, Dean m'a dit quelque chose.

– Ah oui ? Il parle beaucoup. Crois-moi. Un vrai moulin à paroles.

– Il m'a dit que le mariage de Henry était annulé.

– Oui, Dean vient de me téléphoner. J'ai vu avec lui, ne t'en fais pas. Il y avait un doute sur la disponibilité de la salle de réception et j'ai oublié d'annuler la première date qu'on avait posée en option, c'est tout. Tout est réglé.

– Oh. D'accord, fit platement Cassie.

– Est-ce de la déception que je devine dans ta voix ? rétorqua Suzy, un petit sourire sur les lèvres.

– Non, pas du tout, répondit Cassie, qui retourna s'asseoir. Je suis juste fatiguée qu'on me dise une chose puis son contraire. Ah, un nouveau chapeau ? Devrais-je m'acheter de nouvelles chaussures ? Et il faut penser à la robe…

Suzy se leva péniblement.

– Eh bien, ne te tracasse plus. Tout est en ordre. D'ailleurs, j'ai parlé à Henry ce matin. Il a l'air beaucoup plus heureux. Ils ont réussi à briser la glace et sont arrivés à la dorsale de Gakkel. Je crois qu'il préférerait nager avec des phoques plutôt que d'étudier les nouvelles pressions anthropiques sur les écosystèmes primaires de l'Arctique, mais…

Cassie regarda Suzy.

– Tu n'as vraiment aucune idée de ce que tu racontes, pas vrai ?

– Pas la moindre ! admit Suzy, à qui un bâillement long et bruyant échappa. Mince, je suis fatiguée.

– Va faire une sieste. Je prends le relais de ce que tu étais en train de faire.

– Oh, tu veux bien ? Je parcourais les brochures pour faire une présélection de robes pour Mlle « Deuxième week-end de septembre à Chiswick ». Elle veut quelque chose de simple et moderne. Pas de crinoline, pas de frou-frou ou quoi que ce soit qui la fasse ressembler à une meringue.

– Bien sûr, répondit Cassie en souriant.

En un clin d'œil, elle était passée d'assistante à femme-à-tout-faire, mais elle ne se départit pas de son sourire tant que Suzy n'avait pas quitté la pièce. Puis elle noua ses doigts autour de sa tasse chaude, poussa un soupir las et regarda les mariées heureuses du catalogue comme si elles étaient ses ennemies.

Chapitre 41

Le rythme des journées commençait à s'accélérer à mesure que les diverses échéances de Suzy approchaient et Cassie s'habituait au discours névrotique de la plupart des futures mariées, un cran en dessous de l'hystérie.

– Mince, dis-moi que je n'étais pas comme ça, marmonna-t-elle à Suzy, lorsqu'elles sortirent d'une réunion avec une cliente qui désirait l'équipe de Riverdance à ses noces.

– Tu parles ! Tu étais tellement sur un nuage que tu aurais même trouvé romantique de te marier dans une décharge.

– À ce point-là ? grimaça Cassie.

– Pire encore. Rien ne t'aurait arrêtée.

Suzy ouvrit la portière de la voiture. C'était Cassie qui conduisait à présent, car Suzy peinait à caser Cupcake derrière le volant. Elle boucla sa ceinture de sécurité.

– Qu'est-ce qui t'a fait craquer chez Gil, d'ailleurs ?

– Tu veux dire à part sa voix ?

– C'est vrai. Je comprends.

Cassie jeta son sac à main sur la banquette arrière. Elle avait acheté un sac Topshop en similicuir pour remplacer le

Maddy Foxton qu'elle avait donné à Katrina Holland. Elle n'y avait pas réellement gagné au change.

Elle mit le contact et démarra.

– Je ne sais pas si c'était une chose en particulier. C'était plutôt le tout, j'imagine. Il était plus âgé, hardi, sûr de lui. Un humour pince-sans-rire comme je l'aime. J'étais loin de chez moi et il… avec lui, je me sentais en sécurité.

Cassie haussa les épaules, alors qu'elles s'engagèrent sur Fulham Road.

– Tu n'as jamais vu son arrogance affectée, prétentieuse et ennuyeuse que nous lui trouvions toutes ? s'enquit Suzy d'un ton innocent.

Cassie émit un rire surpris.

– Il n'est pas aussi terrible que cela !

– Tu prends sa défense ? Mais qu'est-ce qui ne tourne pas rond chez toi ? Tu es censée maudire rien que son nom.

Cassie soupira. Le fait d'avoir été très occupée ces dernières semaines avait eu un effet positif sur son humeur, mais elle avait tout de même le sentiment de somnambuler la majorité du temps. Les démarches pour le divorce traînaient en longueur (son avocat ne semblait pas réussir à contacter celui de Gil) ; elle avait dû suspendre son contentieux avec Luke par manque d'argent, et c'était la pagaille entre les filles. Suzy avait raconté à Kelly tout ce qui s'était passé à Paris, et Kelly s'était immédiatement rangée du côté de Suzy et Cassie ; par conséquent, Anouk se retrouva démise par e-mail de son rôle de demoiselle d'honneur de Kelly et de marraine du bébé de Suzy. Cassie était reconnaissante de ce soutien, mais il la déprimait également car les exhortations des filles jetaient de l'huile sur le feu de cette nouvelle inimitié et lui donnaient corps.

– C'est trop épuisant. Je ne peux pas vivre avec autant de haine en moi, Suzy. Ce n'est pas dans ma nature.

– Ne me dis pas que tu lui pardonnes ? demanda Suzy, avec une grande indignation.

Cassie marqua un temps d'arrêt.

– Lui pardonner, non. Mais je n'ai pas envie de garder tout ça en moi.

Elle passa un feu à l'orange et Suzy s'agrippa à la poignée de la portière.

– J'ai envie d'avancer – physiquement, géographiquement – jusqu'à ce que la blessure soit si loin derrière moi que je ne m'en souviendrai même plus.

– Qu'es-tu en train de dire ? Et Wiz ?

– Quoi Wiz ?

– Ne me dis pas que tu lui pardonnes à elle aussi.

– Je ne pardonne à aucun des deux, répondit sèchement Cassie, et il y eut un bref silence. Mais en fin de compte… elle est maman, poursuivit-elle, avec un haussement d'épaules. Quand elle est tombée enceinte de Rory – même si c'était un accident –, elle a dû avoir très envie que son fils grandisse auprès de son père. On ne peut pas le lui reprocher.

– Mais bien sûr que si ! Elle n'avait aucun droit de te prendre Gil.

– Non… Mais Rory si.

– Ah là là ! s'offusqua Suzy, en croisant les bras de colère sur son ventre. Je ne sais pas quoi faire de toi, vraiment je ne sais pas. Tu es beaucoup trop indulgente. Je me fais du souci pour toi, Cassie. Je crains que tu n'aies rien appris cette année, que tu ne laisses quelqu'un t'exploiter et abuser de toi, comme eux l'ont fait.

Cassie ne pipa mot. Certes, elle avait peut-être le cœur tendre, mais Suzy devait savoir après toutes ces années que, lorsqu'elle croyait en quelque chose, elle s'y tenait.

Elles suivirent un bus, qui avançait lentement sur King's Road.

– Bien entendu, j'imagine qu'il ne t'est jamais venu à l'esprit que les choses pouvaient avoir une autre tournure ? suggéra Suzy d'un ton plus léger et enjoué.

Cassie haussa un sourcil interrogateur.

– C'est-à-dire ?

– Ma foi, séduire Gil une dernière fois, tomber enceinte, porter son « héritier légitime », qui hériterait de tout le domaine, tuer Wiz et adopter Rory comme ton fils ! Tu n'as pas envisagé cette possibilité ?

Cassie éclata de rire.

– Non. Mais maintenant que tu en parles, je vais garder cette idée dans un coin de ma tête. C'est un bon plan de secours. Modeste. Réalisable.

Elles s'arrêtèrent devant la maison. Une Range Rover haut de gamme, avec les vitres teintées et toutes les options, était stationnée de l'autre côté de la rue.

– Hmm, classe, commenta Suzy.

Elle tenta de s'extirper élégamment de sa minuscule voiture. Ce n'était pas facile quand elle était – ainsi qu'elle ne cessait de le répéter – pleine comme un œuf.

Elles venaient de passer la porte d'entrée et retiraient leurs chaussures quand la sonnette retentit.

– J'y vais, cria Cassie à Suzy, qui avait foncé dans la chambre pour passer un pantalon de jogging.

Cassie ouvrit la porte.

– Katrina !

La femme sourit. Elle portait des lunettes de soleil et un foulard Hermès autour de ses cheveux comme si elle était Grace Kelly et avait voyagé en décapotable, et non dans un char blindé. Cassie aperçut le chauffeur près de la Range Rover.

– Vous êtes une femme difficile à suivre, fit remarquer Katrina en souriant. Vous devez fréquenter les halls d'aéroport presque autant que moi.

– Comment m'avez-vous trouvée ?

Katrina baissa le menton.

– Anouk, répondit-elle, avec un regard qui suggérait qu'elle savait tout ou partie de ce qui s'était passé à la soirée Dior. Puis-je entrer ?

– Oh, oui, oui, bien sûr, déclara Cassie, qui ouvrit la porte en plus grand. Suzy ! Nous avons une invitée.

Suzy revint dans le séjour, en caressant Cupcake. Elle avait quitté sa robe de grossesse élégante Diane von Furstenberg pour un survêtement d'Archie, qui laissait entrevoir une partie considérable de son ventre.

– Katrina, je vous présente mon amie, ma patronne et ma logeuse, Suzy McLintlock. Suzy, je te présente Katrina Holland.

Cassie hésita. Qualifier cette femme d'amie ne semblait pas approprié.

– Nous nous sommes rencontrées à Paris. Mme Holland est l'une des clientes d'Anouk.

– Appelez-moi Katrina, je vous en prie, dit-elle, en serrant légèrement la main de Suzy. Je suis aussi l'une des clientes de Bas, ne l'oubliez pas.

– C'est vrai.

– Enchantée, déclara Suzy.

Elle essaya de rentrer son ventre – effort totalement vain – face à cette invitée qu'elle reconnut instantanément des magazines people. Tout le monde savait que Katrina Holland enchaînait les mariages et Cassie devina à la tête de son amie qu'elle devait se dire combien il serait génial de compter cette femme parmi ses clientes.

– Nous allions nous préparer un thé. En voulez-vous ?

– Merci. Ce serait très aimable de votre part.

Suzy hocha la tête et quitta rapidement la pièce, pour repasser aussitôt sa robe Diane von Furstenberg. Cassie se demanda si son amie arriverait à trouver dans son service adorablement dépareillé une tasse et une soucoupe assorties. Elle n'était pas sûre que Katrina Holland ait jamais posé ses lèvres sur autre chose que de la porcelaine de Limoges.

– Asseyez-vous, je vous en prie, l'invita Cassie, en indiquant le canapé bigarré, et elle s'installa pour sa part en face, sur une bergère en toile de calicot.

Katrina tendit un grand sac à Cassie.

– Je voulais vous donner ceci, expliqua-t-elle doucement, en jetant un coup d'œil rapide à la porte de la cuisine pour s'assurer qu'elles étaient seules. Et vous remercier de ce que vous avez fait pour moi à Paris.

Cassie espéra du fond du cœur que Katrina ne lui rendait pas son ancien sac. Même s'il avait été nettoyé, elle n'était pas certaine de le voir toujours de la même façon, sachant qu'il avait servi de réceptacle à autre chose que des chewing-gums et des stylos.

Mais il ne s'agissait pas de son sac. C'était le même modèle, une taille au-dessus et de couleur écarlate. Cassie eut le souffle coupé en le découvrant.

– Malheureusement, Maddy n'avait plus de cuir vert. J'espère qu'il vous plaît ?

Cassie regarda Katrina. Elle cacha d'un petit coup de pied son sac Topshop sous le canapé.

– Je l'adore ! Mais ce n'était pas la peine. Franchement, j'étais très contente de...

– Je sais. C'est ce qui rend votre geste d'autant plus généreux.

Cassie haussa légèrement les épaules d'un air gêné.

– Je n'en reviens pas que vous vous soyez donné tout ce mal pour me retrouver.

– C'était le moins que je puisse faire, Cassie. Vous ne comprenez pas à quel point cet incident aurait pu avoir un effet dévastateur pour moi. Pour ma réputation. La presse s'en serait donné à cœur joie. J'aurais été humiliée, et sans doute calomniée.

– J'imagine, oui.

– Vous êtes très discrète.

– Mes amis disent en général que je suis trop gentille et froussarde, grimaça Cassie.

– Si je suis venue aujourd'hui, c'est parce que je voulais savoir comment je peux vous remercier comme il se doit.

– Oh non, c'est inutile ! Le sac est plus que suffisant. Franchement, ce n'est pas la peine...

Le regard de Katrina était fixe et pressant.

– Oh, mais si. J'insiste. Il doit bien y avoir quelque chose que je puisse faire. Jouer un peu de mon influence par exemple ?

Ah, si seulement. Cassie lui adressa un sourire poli, pour tenter de décliner l'offre, mais l'expression de Katrina était inflexible. Cassie ouvrit ses paumes de main, cherchant vainement une réponse.

– Euh, eh bien… Peut-être…

Une idée lui vint.

– Peut-être pourriez-vous vous acheter l'un des sacs de Maddy pour vous-même ? Elle a du mal à faire parler d'elle depuis que son partenariat avec Oscar de la Renta est… tombé à l'eau, et comme vous vous faites toujours photographier…

– Vendu, répondit Katrina du tac au tac. Quoi d'autre ?

Cassie écarquilla les yeux. N'était-ce pas suffisant ?

– Vraiment, Katrina, je ne suis…

Mais Katrina la fixait toujours avec impatience et insistance. Le service que Cassie lui avait rendu revêtait manifestement plus d'importance qu'elle ne l'avait pensé.

– Je ne vais pas y aller par quatre chemins. Je croyais ne pouvoir vous aider que d'une seule façon.

Katrina posa les yeux sur le sol, avant de reporter son regard sur Cassie.

– C'est en lien avec Paris.

– Avec le Dîner en blanc ?

– C'est moi qui vous ai envoyé l'invitation, à la demande de Claude.

Cassie en fut bouche bée.

– Vous le connaissiez ?

– Très bien. Nous étions devenus très proches.

Cassie ne parvint pas à dissimuler sa surprise – Claude couchait-il avec Katrina ?

– C'est moi le partenaire financier, avoua Katrina, en devinant les pensées de Cassie. Un paquet est arrivé chez moi le lendemain de sa mort. L'une des choses qu'il contenait, c'était votre invitation au dîner. Il me suppliait de m'assurer que vous y participiez.

C'étaient beaucoup d'informations à assimiler d'un coup pour Cassie.

– Mais… pourquoi ? À cause de ma liste ?

La liste ? Ce fut au tour de Katrina de paraître confuse.

– Je pense qu'il voulait qu'on se rencontre. Il savait que je pouvais vous aider.

Cassie bascula en arrière et poussa un soupir.

– Katrina, je suis désolée, mais je suis totalement perdue.

– J'étais là le soir où Luke Laidlaw l'a jeté sur le trottoir.

– À l'exposition ?

Katrina acquiesça.

– Il m'a tout raconté à propos de ce que Luke menaçait de vous faire… De donner les photos à *Vogue*.

Cassie détourna le regard et hocha doucement la tête.

– Je vois.

– Il vous aimait, Cassie. Vous étiez une amie proche à ses yeux. Il voulait vous protéger. Donc j'ai fait ce qu'à mon avis, il aurait voulu.

Cassie considéra Katrina avec inquiétude.

– C'est-à-dire ?

– J'ai déjeuné avec Alexa Bourton. Elle a accepté de retirer les photos. Ce ne sera plus un problème pour vous désormais.

Cassie se renfonça dans le fauteuil comme si on l'avait poussée. Mais cet énorme soulagement se mêlait à un sentiment de méfiance.

– Comment l'avez-vous convaincue ?

– D'une part parce que son chef est un… un de mes amis et, d'autre part, parce que j'ai fait remarquer que vous n'étiez sans doute pas la seule ex que Luke ait photographiée nue, répondit-elle en adressant à Cassie un regard éloquent.

– Il a aussi des photos d'elle ?

– Très certainement. C'est dans l'intérêt d'Alexa de ne pas accorder trop de pouvoir à Luke Laidlaw.

– Ce n'est pas faux.

– Mais, du coup, le magazine a perdu du contenu pour son numéro, d'où ma présence ici. Il part en impression la semaine prochaine et les photos de l'exposition de Luke en constituaient la pièce centrale. Ils ont besoin d'une muse.

Cassie se demanda pourquoi Katrina la regardait aussi intensément.

– J'ai peur de ne pas en connaître.

– Je leur ai proposé celle de Claude.

– Claude avait une muse ?

La jalousie jaillit en Cassie.

– Vous, Cassie.

Elle s'esclaffa brusquement, avant de secouer la tête.

– Non ! Non ! C'est faux. Pendant un court instant, je devais être sa chef pâtissière, mais il ne m'a jamais fait passer d'entretien pour le poste de muse. Non.

Katrina resta silencieuse une seconde, puis attrapa son sac pour y chercher quelque chose.

– Le restaurant a déjà une liste d'attente de dix-huit mois. Et nous avons repoussé l'ouverture de trois semaines pour concorder avec la sortie en kiosques de *Vogue*.

Katrina sortit un échantillon de la carte des vins et la tendit à Cassie.

– Maintenant, me croyez-vous ?

Cassie regarda la carte, les poils sur sa nuque se hérissèrent lorsqu'elle lut le nom du restaurant pour la première fois.

– Je croyais que c'était un acronyme.

Les sourcils froncés, elle fixa le nom écrit dans une police vert pistache et prit conscience de sa méprise.

– J'avais entendu le nom en français, mais je l'avais traduit en anglais.

– « *C & C* » ? Oui. C'est pour Claude et…

– Cassie.

Chapitre 42

– Et voilà, déclara Dean, en chargeant les dernières fleurs dans le coffre.

– Je ne comprends pas pourquoi Suzy n'a pas de camionnette, ou du moins un break.

Cassie tripota les manettes pour baisser les sièges arrière. Elle était devenue experte en ce geste, étant donné qu'elle n'avait pratiquement fait que cela au cours du mois passé.

– Je me fais les muscles à force de baisser et remonter ces sièges !

Dean tapa dans ses mains.

– Bon, un week-end de plus et un mariage de plus. Encore combien de livraisons avant l'éclosion ?

Cassie le regarda d'un air perplexe avant de saisir ce qu'il voulait dire. Il avait des tournures de phrases bien à lui qui la décontenançaient.

– Oh, vous parlez de… Euh, c'est le mariage de Kelly le week-end prochain. Et le bébé doit naître quinze jours après. Tout est réglé comme du papier à musique.

Dean ferma le coffre d'un geste franc.

– Ah oui ? J'espère que tout se passera comme prévu. Jamais je ne travaillerais avec des animaux et des enfants. Je m'en tiens aux fleurs. Dacodac, on se voit mercredi alors. On pourra vérifier la commande. Des renoncules, c'est ça ?

– Oui, mais de cette couleur particulière…

– Celle que seuls deux producteurs au monde font ? Oui, oui, j'ai compris, dit-il, en secouant la tête, alors qu'il s'éloignait.

En ouvrant la portière, Cassie aperçut le Post-it qu'elle avait collé sur la boîte à gants, pour se rappeler ce qu'elle voulait montrer à Dean depuis des semaines.

– Hé, Dean ! l'interpella-t-elle. Avant que vous ne partiez, pourriez-vous jeter un œil à quelque chose pour moi ?

Il se tourna, amusé.

– De quoi ?

Elle lui présenta une photographie sur son téléphone.

– Vous avez une idée de ce que ça peut être ?

Dean haussa un sourcil d'un air présomptueux.

– C'est une rose, non ? J'aurais cru que même vous seriez capable de le deviner.

– Ha, ha, fit Cassie, en levant les yeux au ciel. Je veux dire, de quel genre de rose s'agit-il ?

Les boutons avaient éclos deux semaines plus tôt pour offrir de multiples pétales d'un vieux rose poudré. Même pour son œil non averti, Cassie se doutait qu'il s'agissait d'un spécimen particulier.

– Hmm, pour moi, on dirait un rosier blanc, murmura Dean, qui inclina le téléphone vers la lumière afin de mieux voir. Ah, oui, oui, c'est ça, sans aucun doute. C'est ce qu'on appelle une « rose ancienne ». Le genre de rosiers qu'on trouvait avant qu'on n'importe les rosiers de Chine et ne fasse des croisements. La différence se remarque aux pétales et au parfum. Je parie qu'elle sent merveilleusement bon, non ?

– Vous n'imaginez pas.

– Où l'avez-vous trouvée ? C'est une merveille.

– C'est un cadeau. Vous connaissez son nom ?

– Est-ce que je... Pour qui me prenez-vous ? Il s'agit de Cuisse de nymphe, répondit Dean en bombant le torse.

Il prononça ce nom français avec un petit zozotement et une légère affectation ; Cassie s'efforça de ne pas sourire. Cet homme était gentil, mais il faisait toujours l'intéressant devant elle.

– Cuisse de nymphe ? répéta Cassie.

– Oui, c'est ça.

– C'est super, Dean. Merci beaucoup. Il y a tant de sortes de roses différentes...

– Plus de deux mille, précisa-t-il, fier comme un paon.

– Ah, oui. Deux mille... Pas étonnant que je ne savais pas par où commencer pour l'identifier. J'aurais dû venir vous voir dès le début.

– Il faut toujours commencer par venir me voir, fanfaronna Dean, en se donnant une tape sur la poitrine, avant de s'éloigner d'une démarche altière. Je suis l'homme de la situation.

***

Cassie rangeait ses dernières affaires dans un sac en plastique bleu Ikea qu'elle cacherait derrière le canapé quand elle entendit le retour triomphal de Henry : le bruit lourd des bagages et de l'équipement sur le sol, un cri de joie qui était un croisement entre un cor de chasse et un hymne de rugby, et le martèlement des pieds dans le couloir, alors que Suzy courait comme un éléphanteau vers son frère, son ventre faisant office de pare-chocs.

Cassie jeta un coup d'œil nerveux vers la porte. Archie jeta les clés de la voiture sur la console du vestibule et Henry se pencha de façon comique pour serrer tant bien que mal sa sœur dans ses bras.

– Il y a quelqu'un entre nous, rit Henry, en caressant tendrement le ventre de Suzy. Je n'en reviens pas à quel point Cupcake a grandi !

Suzy fit ressortir encore davantage son ventre.

Henry écarta ses cheveux de ses yeux – ils étaient si longs à présent – et leva la tête. Il aperçut Cassie, appuyée d'un air gêné contre le montant de la porte et, le temps d'une fraction de seconde, elle vit sa propre hésitation se refléter sur le visage de Henry. Un instant seulement.

– Salut ! lança-t-il avec un sourire décontracté.

À l'exception des énormes taches blanches laissées par ses lunettes de protection, le visage de Henry était hâlé, ce qui donnait à ses dents une blancheur éclatante. Mais ce n'était pas le principal changement. En plus de ses cheveux longs, Henry devait avoir perdu près de six kilos et s'était laissé pousser la barbe. Il paraissait plus âgé qu'à son départ.

– Salut Henry, dit Cassie d'une voix timide, et elle s'avança dans l'entrée pour lui donner une brève accolade. Tu nous reviens en un seul morceau.

– Oui.

– Archie, viens ! lui ordonna Suzy, en se dirigeant vers la cuisine.

Archie obéit, le regard rieur.

– Alors… comment c'était ? demanda froidement Cassie, qui aurait préféré que Suzy ne la laisse pas seule avec son frère.

Henry se débarrassa de sa grosse doudoune rouge pour révéler d'autres épaisseurs supplémentaires : un col roulé bleu marine, un pantalon chaud et imperméable, de grosses bottes. Cassie était mal à l'aise et ne savait que dire. La dernière fois que Henry et elle s'étaient retrouvés ensemble, ils écoutaient les messages de Claude, ses mains sur les siennes, quelques heures après une tentative de séduction ratée de peu, puis il était parti pour deux mois et… Qu'est-ce qui était normal à présent ? Devaient-ils discuter d'événements qui s'étaient produits – ou ne s'étaient pas produits ? Ou continuer d'agir comme s'ils n'étaient jamais allés à Venise ?

D'après son langage corporel décontracté, Henry optait pour la dernière option.

– Glacial. Mais bien, répondit-il, en défaisant les lacets de ses bottes. Nous avons récolté de très bonnes données. Les Russes plantaient des drapeaux partout où nous nous arrêtions, bien entendu, afin d'étendre leurs revendications territoriales.

Henry retira ses bottes et se redressa. Il fixa Cassie, ses yeux paraissaient d'autant plus perçants avec sa barbe d'ermite. Il y eut une courte pause, le temps que chacun assimile les changements dans l'apparence de l'autre.

– Alors, comme ça, tu es venue à Londres, finit par déclarer Henry.

– Oui. Paris était… trop…

La voix de Cassie se noua. Elle se rendit compte qu'il n'était pas au courant de tout ce qui s'était passé avec Anouk.

Mais il n'avait pas besoin de le savoir ; ce qui était arrivé avec Claude aurait suffi à faire fuir la plupart des gens.

– Et tu es redevenue toi.

– Enfin, dit Cassie en se touchant timidement les cheveux.

– Et vas-tu rester comme ça ? Ou d'autres versions de toi vont faire leur apparition cette année ?

Les yeux plissés, Cassie observa l'amusement dans ceux de Henry.

– Non. Je crois que j'ai terminé.

– Je suis ravi de l'apprendre.

Il retira son col roulé. Il avait en dessous un tee-shirt chaud à manches longues, bleu marine, qui soulignait joliment ses muscles. Cassie se força à ne pas regarder.

– Est-ce que c'est une réussite ? s'enquit Henry.

– De quoi ?

– Ta quête de la vraie Cassie. Es-tu censée être une brune qui vit à Paris et exerce le métier de chef ? Ou une spécialiste de la mode croqueuse d'hommes à Manhattan ? Ou es-tu plutôt une organisatrice de mariage blonde à Londres ?

– Je suis un peu toutes ces filles, j'imagine. Brune, non. Paris, plus maintenant. Chef, idéalement. Croqueuse d'hommes ? Je ne crois pas. Spécialiste de la mode, jamais de la vie ! Blonde, assurément. Et Londres ou New York, je ne sais pas.

Henry hocha la tête.

– Tu fonctionnes par élimination ?

– On dirait bien. Mais j'avance.

– Alors, que penses-tu de Londres ?

– Sans liste, tu veux dire ? Ça va, répondit Cassie en haussant les épaules. Je fais le tour de la ville, à la recherche d'églises, de salles de réception, de groupes de musique, de traiteurs... C'est un baptême du feu, vraiment. J'essaie de soulager Suzy autant que possible. Elle commence réellement à fatiguer.

Henry sourit d'un air nonchalant.

– Veux-tu que je, euh... te fasse couler un bain ? lui proposa Cassie, en indiquant la salle de bains d'un geste du pouce et elle commença à se diriger vers cette pièce. J'imagine que tu ne rêves pas mieux que d'un bon bain chaud, pas vrai ?

– Eh bien, si tu veux une réponse franche..., dit-il avec un clin d'œil.

Le ventre de Cassie fit un soubresaut à cette insinuation. Elle se remémora Venise – la salle de bains, le balcon, le lit. Pourquoi ce souvenir refusait-il de disparaître ? De la laisser tranquille ? Allait-elle se revoir là-bas chaque fois qu'elle verrait Henry ? Il était fiancé, bon sang !

Un bouchon sauta dans la cuisine.

– Mais nous devrions sans doute boire un verre, déclara-t-il. Suzy va insister.

Ils s'engagèrent tous deux dans le couloir.

– Je t'ai libéré la chambre, annonça Cassie.

– Ce n'était pas la peine.

– Il n'y a pas de souci. Je vais dormir sur le convertible. Ça me va très bien.

– Mais... Euh, je vais chez Lacey cette semaine.

Il y eut un court silence. Bien sûr qu'il allait dormir chez elle.

– Ah d'accord. Oui, évidemment. C'est normal.

– Désolé. J'espère que tu n'avais pas changé les draps et tout ça.

– Il fallait le faire de toute façon.

Ils arrivèrent dans le séjour. Archie leur tendit un verre à chacun. Ils formèrent un petit cercle et brandirent leur coupe, prêts à trinquer.

– Ça fait plaisir que tu sois de retour, mon petit Henry, déclara Archie avec un large sourire. Tu n'as rien perdu à cause des engelures, j'espère ? demanda-t-il d'un air entendu.

– Non ! s'esclaffa Henry, en secouant la tête. Tout est là.

– Splendide ! s'exclama Archie, franchement rassuré. Dans ce cas, j'aimerais trinquer au retour sain et sauf de notre explorateur intrépide.

– À ton retour ! lancèrent Suzy et Cassie.

Ils se laissèrent tous les quatre tomber sur les canapés.

– Qu'est-ce qui t'a le plus manqué, Henry ? l'interrogea Suzy, en hissant ses pieds sur la table basse.

– Tu veux dire à part le s...

– Ne réponds pas ça ! s'écria Suzy.

– J'allais dire ton soufflé au fromage ! Voyons voir... En haut de la liste, je dirais une tasse de thé qui ne soit pas préparée avec de la neige fondue. Ma caresse quotidienne à Cupcake, bien entendu. Les caleçons d'Archie qui sèchent au-dessus de la baignoire. Étrangement réconfortant, Archie..., railla Henry en regardant son beau-frère.

– Eh oui, fit Archie en hochant la tête d'un air sérieux.

– Et bien sûr, le manège toujours changeant des Cassie m'a manqué. Combien d'autres Cassie y a-t-il eues depuis mon départ ?

Ils éclatèrent de rire, sauf Cassie qui leva les yeux au ciel.

– Vas-y, raconte-nous tout, demanda Archie. Je veux au moins un combat avec un ours blanc.

– Et moi, renchérit Suzy, je veux que tu me dises que tu as coulé tous les baleiniers japonais que tu as croisés.

– Je vois, dit Henry avec un sourire amusé. Bon, vu que je prends les commandes pour mes mémoires, et toi, Cassie, que veux-tu savoir ?

Elle haussa les épaules d'un air impuissant, l'esprit vide. Ce qu'elle voulait réellement savoir, c'était si Venise hantait aussi ses rêves. Cependant, son sourire nonchalant n'était pas celui d'un homme en fuite.

– Mets un marsouin quelque part dans ton histoire pour moi.

Chapitre 43

Le portable de Cassie sonna sous l'oreiller. Elle se retourna, en fronçant les sourcils dans son sommeil. Son horloge biologique, très sophistiquée en matière de repos le plus long possible, lui indiquait qu'il était loin d'être l'heure de se lever. Derrière ses paupières soudées, elle décelait la lumière du soleil. L'aube était donc passée, il devait être plus de cinq heures. Mais… elle commença à se rendormir.

Bip bip. Nouveau message. Cassie soupira. Si c'était une fichue mariée qui piquait une crise matinale, elle allait voir ce que c'était quand Cassie se mettait en colère. Elle glissa sa main sous l'oreiller, trouva le portable et, avec un effort herculéen, ouvrit les yeux pour regarder l'écran.

« Habille-toi. J'arrive dans dix minutes. »

Quoi ?

Elle consulta le message suivant :

« Je suis sérieux. Debout. »

– Argh, grommela-t-elle.

Elle connaissait ce ton depuis leur escapade à Venise. Henry était en route.

Huit minutes plus tard, il frappa discrètement à la porte. Cassie était déjà là, appuyée contre le montant, les yeux fermés, essayant de somnoler debout, elle n'avait aucune envie que Henry réveille Suzy et Archie. Ils avaient besoin d'engranger tout le sommeil possible tant qu'ils le pouvaient.

– Tu ne devrais pas être déphasé à cause du décalage horaire ? chuchota Cassie, en le regardant avec de petits yeux.

Henry la considéra, les mains dans les poches et le regard amusé. De toute évidence, il trouvait la *matinite* de Cassie comique.

– Tu as un peu de dentifrice…, dit-il, en lui indiquant la commissure de ses lèvres.

– Oh.

Elle l'essuya facilement, car il était encore un peu humide.

– Ça me tracasse que tu n'aies pas eu une liste pour Londres.

– Là maintenant ?

– Oui. Donc je t'en ai fait une version abrégée. Une incursion dans Londres sur une seule journée.

Henry examina Cassie de la tête aux pieds. Elle avait mis un short en jean, un tee-shirt jaune et des tennis.

– C'est bon, tu as la tenue adéquate. Allons-y.

Ils fermèrent doucement la porte d'entrée.

– Votre carrosse, milady, sourit Henry, en ouvrant la portière passager d'une Mini rouge tomate – l'ancienne version minuscule.

– Mais comment tu fais pour rentrer là-dedans ? gloussa Cassie, en se glissant sur le siège.

Henry fit le tour de la voiture et ouvrit sa portière.

– Je suis un pantin désarticulé, plaisanta-t-il, en se pliant en deux.

– De quand date-t-elle ? demanda Cassie, tout en passant la main sur les passepoils et les stries de la garniture en cuir.

– 1966, répondit fièrement Henry. Elle était à ma mère quand elle vivait en ville. Elle a encore le toit ouvrant Webasto d'origine et les sièges inclinables, l'informa-t-il en jetant à Cassie un regard coquin, qui la fit rougir légèrement.

Elle remarqua, avec inquiétude, que le volant en bakélite était maintenu en un seul morceau par du ruban adhésif.

– Ça aussi, c'est d'origine ? demanda-t-elle, en levant le menton en direction du volant.

– Oui, admit Henry mélancoliquement. Il n'a pas résisté à la dernière vague de gel. Je cherche depuis des mois un autre volant d'origine pour le remplacer.

Henry mit le contact et ils rebondirent comiquement sur les pavés. Les rues étaient encore désertes, comme Cassie le savait. Elle était debout à cette heure, ou plus tôt encore, tous les mercredis matin, pour ses rendez-vous avec Dean.

Elle posa sa tête contre l'appuie-tête et ferma les paupières.

– Tu n'es vraiment pas du matin, hein ?

– Non. Et l'envie de te taper en ce moment même est très forte, marmonna Cassie.

Elle entendit Henry ricaner à côté d'elle, et elle aima ce son – espiègle, joyeux, plein de vie. Ils filèrent sur les berges dans un silence agréable (à cause de son état semi-conscient, Cassie se moquait de combler éperdument le silence) et elle se réveilla lentement au fil des lieux emblématiques qu'ils doublaient : le palais de Westminster et Big Ben, la grande roue de l'autre côté de la Tamise, l'étrange bâtiment du MI5, le magnifique dôme de Saint-Paul qui se détachait sur le ciel matinal.

Elle connaissait ces monuments, bien entendu, mais toujours en tant que touriste. Ce n'était pas la zone de Londres qui correspondait actuellement à son « chez-elle ». Son quartier, c'était Battersea Park, le long de la Tamise, où elle s'était remise au footing, *Kisses from Heaven* pour les tasses de thé et les discussions revigorantes avec Julian, pendant qu'elle gérait les exigences croissantes des mariées de Suzy, le marché de Tachbrook où elle achetait le poisson et la viande, le marché fermier du samedi à Orange Square, où elle avait trouvé un vendeur fabuleux de carottes multicolores et de betteraves rayées (Claude aurait fait des merveilles avec de tels légumes !), et le traiteur italien et la fromagerie dans Upper Tachbrook Street dont elle avait sympathisé avec les gérants. Elle avait récemment interdit à Suzy de faire ses courses au nouveau et controversé supermarché *Sainsbury's* et avait tenu à lui présenter tous ses amis marchands.

Cassie se tourna vers Henry. Il s'était rasé et s'était coupé les cheveux depuis qu'elle l'avait vu quatre jours plus tôt ; il ressemblait exactement au souvenir qu'elle avait de lui, mais en plus mince.

– Où allons-nous ?

Il haussa légèrement les sourcils et elle soupira d'un air las.

– Ne me dis rien. C'est une surprise. Je dois le découvrir par moi-même.

Henry lui adressa un sourire dévastateur et Cassie détourna aussitôt le regard. Il était trop tôt pour qu'elle soit capable d'affronter cela.

– Qu'est-ce que Lacey pense de tout cela ? Tu es à peine de retour et tu repars déjà à l'aventure.

– Ça lui est égal.

Cassie hocha la tête (*je l'admire*, se dit-elle intérieurement) et se retourna vers la vitre. Elle n'avait pas envie de s'appesantir sur les retrouvailles de Henry et Lacey, ni sur le fait qu'il sortait tout juste du lit de cette femme.

Il tourna vers la City, filant dans les petites rues médiévales si sinueuses que l'unique direction dont Cassie pouvait être certaine était du siège vers la boîte à gants.

Henry finit par s'arrêter et se garer. Il chercha des pièces dans ses poches profondes et nombreuses de son bermuda pour alimenter un parcmètre. Cassie attendit sur le trottoir, en luttant pour ne pas fixer le dos de Henry sous son tee-shirt bleu marine. La rue était si étroite qu'elle lui rappelait les ruelles de Venise, mais, ici, les bâtiments étaient en pierre grise, et non de couleur terra-cotta ou rose, et ce n'était pas du linge qui séchait qui flottait au-dessus de leur tête, mais des câbles téléphoniques avec des pigeons perchés dessus.

– Viens, enjoignit-il Cassie, après avoir attrapé un sac sur la banquette arrière.

Il la prit par la main et la mena vers l'angle de la rue. Tel un agresseur, la cathédrale Saint-Paul surgit soudain face à eux.

– Mince alors ! s'exclama Cassie, qui s'arrêta net pour observer la façade spectaculaire.

Elle était habituée à repérer la cathédrale à son dôme géant, mais d'ici, au pied des marches, on ne voyait que son fronton, ses colonnades et ses tours carrées qui la flanquaient de chaque côté.

– Comment ai-je fait pour ne pas la voir avant ?

Ils s'avancèrent vers les gigantesques portes du portique, et Henry frappa discrètement. Ils attendirent un instant. Cassie remarqua un panneau avec les horaires d'ouverture.

– Oh. Henry, regarde, il est trop tôt. Ça n'ouvre pas avant huit heures trente.

Elle jeta un coup d'œil à sa montre et grommela. Elle s'était retenue jusque-là de regarder l'heure. Elle craignait que connaître l'heure la fasse se sentir plus mal.

– Il n'est que sept heures et demie.

Henry se tourna vers Cassie au moment précis où la porte s'entrebâilla.

– Oui, mais ils ouvrent pour les matines à cette heure. Et Richard que voici – un homme souriant en soutane serra la main de Cassie – m'a dit que nous pouvions venir. Je lui ai promis que nous serions discrets. Merci, mon pote.

Henry serra la main de Richard avec reconnaissance. Celui-ci sourit et hocha la tête.

– Si tu es sûr de savoir où aller, je vous laisse, déclara-t-il d'une voix posée. Le devoir m'appelle.

– D'accord.

Richard s'éloigna promptement.

– Des bibliothèques, des cathédrales, des restaurants au *Michelin*... Y a-t-il un endroit où tu n'as pas de contacts ? murmura Cassie, en regardant tout autour d'elle.

Elle aperçut quelques fidèles assis sur les bancs et le chœur dans leur soutane blanche, des lampes allumées pour éclairer leurs partitions. Les paroles du doyen – profondes, rythmées, lentes et pieuses – parvenaient jusqu'à eux par fragments.

Henry haussa les épaules.

– Ce n'est pas une connaissance professionnelle. Richard et moi étions enfants de chœur dans le Gloucestershire. Je le connais depuis que j'ai quatre ans. Hé, nous ferions mieux de ne pas nous faire remarquer. Richard me fait...

– Une faveur. Je l'avais deviné.

Henry mena Cassie derrière des piliers, vers une porte qui était barrée par une cordelette rouge. Henry l'enjamba et essaya d'ouvrir la porte. Elle céda et il sourit.

– Viens.

Ils se mirent à monter les marches, monter encore et encore.

Et encore monter.

– Oh, Henry, attends, finit par haleter Cassie.

Elle s'assit sur une marche et pensa à Kelly qui adorerait faire l'ascension de cette tour en courant.

– Ce n'est pas possible de s'arrêter, dit Henry en se retournant vers Cassie. On a un créneau très mince.

– Comment cela ?

Henry continua son ascension sans répondre. Avec un soupir, Cassie se releva et le suivit. Elle résista à l'envie de pleurer lorsqu'ils passèrent devant des portes qui menaient à des galeries inférieures.

Enfin, au moment où Cassie pensait qu'on devrait la hisser jusqu'au sommet avec un treuil, les marches disparurent et elle comprit pourquoi Henry l'avait emmenée ici. Londres s'étendait devant eux, offrant un aperçu de sa beauté basse et grise, si différente de Manhattan, de Paris ou même de Venise.

– Beaucoup de gens montent à la grande roue pour avoir une vue sur Londres, mais je persiste à penser que ce panorama est le plus beau qui soit, expliqua Henry.

Il posa son menton sur ses mains enroulées autour de la balustrade – l'unique signe de l'effort qu'il venait de produire pour grimper ces cinq cent vingt-huit marches.

– C'est sensationnel, pantela Cassie, qui admira le panorama sous tous les angles. Au-dessus d'elle se trouvaient la lanterne, la boule dorée et la croix, si caractéristiques de l'horizon londonien.

– Ouah, murmura-t-elle.

Henry suivit son regard.

– Oui. Sais-tu qu'on peut mettre dix personnes à l'intérieur de la boule ?

– Vraiment ?

– Quand j'étais plus jeune, je me disais qu'elle ferait une excellente cachette pour James Bond.

Cassie ricana et donna une tape à Henry sur le bras.

– Je ne crois pas que ce soit ce que l'architecte avait en tête !

Henry posa le sac sur le sol et l'ouvrit. Il en sortit un Thermos d'eau chaude, additionnée au préalable d'un peu de lait. Après en avoir versé dans une tasse de camping en plastique, il prit un sachet de thé dans un compartiment caché du couvercle et l'immergea.

– Dis-moi quand c'est bon pour toi.

Cassie sourit et attendit que le thé se colore de la teinte parfaite.

– C'est bon.

Il lui tendit son thé et répéta le geste pour lui. Puis il sortit deux grands paquets emballés de papier aluminium.

– Un pour toi, un pour moi.

Cassie déballa le sien. Elle découvrit un petit pain fumant, garni de deux tranches de bacon, un œuf sur le plat et une goutte de ketchup.

– Ah ! Tu lis dans mes pensées ! s'exclama Cassie.

Elle avait une faim de loup, maintenant que la surprise du réveil matinal et de l'ascension de centaines de marches s'atténuait.

– Alors, c'est là que tu prends ton petit déjeuner tous les matins ? le taquina-t-elle quelques instants plus tard, en rattrapant un peu de sauce qui avait coulé sur son poignet.

– Bien entendu. C'est important d'avoir une belle vue quand on mange.

Cassie ricana et secoua la tête. Il plaisantait, mais elle savait qu'il le pensait tout de même – pour lui, il était question de « savourer » l'expérience, et pas seulement de faire les choses machinalement, qu'il s'agisse de manger une tartine tout en lisant le journal ou d'explorer une ville à bord d'un bus touristique. Il semblait toujours aller au cœur d'une situation, pour la voir d'un angle différent, de l'intérieur. Ou, en l'occurrence, du sommet.

– Eh bien, c'était très courageux de ta part de risquer ta vie en m'amenant ici ce matin. Réveille-moi encore une fois comme ça et ce ne seront pas des ours blancs dont tu devras te méfier.

Henry gloussa.

– Mais je reconnais que cette vue en vaut la peine, concéda Cassie.

– Oui. Mais ce n'est pas pour cette raison que je t'ai amenée ici.

Henry consulta sa montre et commença à remballer leur petit déjeuner.

– Ah bon ?

– Non. Mais je me suis dit que ce petit déjeuner te ferait plaisir.

– Que faisons-nous ici si ce n'est pas pour admirer la vue ? le questionna Cassie, bien qu'elle sache que Henry ne ferait rien d'aussi direct que de lui répondre simplement.

– Nous ferions mieux de nous dépêcher. Il ne reste que quelques minutes avant que ça ne commence.

– Avant que quoi ne commence ?

– L'eucharistie, l'informa Henry par-dessus son épaule.

Il ouvrit la porte et reconduit Cassie dans les escaliers. Les muscles de Cassie étaient faibles et sensibles, comme s'ils étaient comprimés, mais Henry ne montra aucune compassion.

À mi-chemin, il s'arrêta à l'une des portes et la poussa avec précaution.

– Où est-ce que tu vas ? chuchota Cassie.

– Là.

Elle le suivit et la vue lui coupa le souffle. Si elle avait trouvé la vue extérieure impressionnante, ce qu'il y avait à l'intérieur du dôme était encore plus extraordinaire. En contrebas, le sol en mosaïque noir et blanc formait une magnifique étoile ; au-dessus de sa tête, Cassie pouvait admirer les fresques en grisaille de saint Paul et les mosaïques des prophètes et des saints. Elle s'arrêta et s'appuya contre la balustrade dorée.

– Je n'ai jamais vu une chose pa…, commença-t-elle, mais Henry se précipita pour plaquer sa main sur sa bouche et il la colla contre le mur.

Il lui fit signe de se taire en posant un doigt sur ses lèvres, puis il retira sa main. Cassie le dévisagea, bouche bée d'indignation.

– Mais pourquoi t… ?

– C'est la galerie des murmures, chuchota Henry. Nous ne sommes pas censés être ici. La messe débute dans quelques minutes et je n'ai pas envie qu'ils nous voient avant que nous n'ayons fait ce pour quoi nous sommes venus.

– À savoir ?

– Tu dois murmurer un secret.

– Qu'est-ce qui te fait croire que j'ai des secrets ? demanda-t-elle, avec un sourcil arqué.

– Tout le monde a des secrets, Cassie. Je vais aller de l'autre côté de la galerie et tu vas me murmurer ton secret, d'accord ? Attends que je sois là-bas, sinon je ne vais pas l'entendre.

Elle jeta un coup d'œil à l'autre côté de la galerie.

– Mais il doit bien y avoir trente mètres de distance. Tu ne vas jamais m'entendre.

– Si, si.

Henry commença à s'éloigner, puis il se retourna.

– Et j'en veux un bon, hein ? Je n'ai pas fait tout cela pour t'entendre avouer que *Pretty Woman* est toujours ton film préféré.

Cassie fut stupéfaite. Comment pouvait-il bien savoir cela ? Elle affirmait toujours que c'était *Le Patient anglais* quand le sujet se présentait. Henry lui fit un grand sourire, avant de repartir d'un pas rapide.

Cassie s'avança vers la balustrade et regarda en contrebas d'un air hésitant, inquiète que quelqu'un ne l'aperçoive et ne les jette dehors. Elle observa Henry faire le tour sans peine, ses bras se balançant légèrement comme s'il ne venait pas de parcourir plus d'un kilomètre à la verticale, ou quelle que soit la distance équivalente.

Tout chez cet homme était extraordinaire. Pas seulement sa forme physique, son apparence, son carnet d'adresses, mais aussi sa façon de vivre – elle était si dynamique, fraîche et énergique. La vie avec lui était tellement palpitante. Jamais banale, jamais ennuyeuse. Cassie ne pouvait qu'imaginer à quoi devait ressembler le sexe avec lui.

Elle se reprit et plaqua une main sur sa bouche comme si elle venait de prononcer cette pensée à voix haute. Elle vit Henry s'approcher du point exactement à l'opposé de Cassie et, avant qu'elle ne se rende compte de ce qu'elle faisait…

– Ne l'épouse pas, susurra-t-elle.

Son secret flotta à travers cet air sacré, transporté par les anges, porté sur les ailes du Destin, jusqu'à Henry.

À la seconde même où elle le souffla, elle le regretta. Elle voulut le ramener à elle, comme du linge qu'on tire sur une corde à poulie. Son cœur vacilla. Oh mon Dieu, qu'avait-elle fait ? Elle fixa Henry, étonnée et horrifiée par sa propre imprudence. Jusqu'à cet instant, cela avait été un secret même pour elle. Pourquoi avait-elle dit une telle chose ? D'où cela sortait-il ?

Henry leva les yeux et lui sourit. Avec un hochement de tête, il lui fit signe de parler.

Quoi ?

Il hocha de nouveau la tête.

– Vas-y, articula-t-il en silence.

Cassie n'en revenait pas. Il n'était qu'à quelques centimètres d'écart au moment de son aveu. Il devait l'avoir manqué de quelques millimètres, et sa confidence avait glissé comme le souffle d'un ange pour se faire absorber par ces murs épais, qui détenaient les secrets de tant d'autres saints et pécheurs.

Ses yeux brillèrent de larmes contenues – le soulagement et le regret mêlés. Elle avait raison depuis le début. Le destin n'existait pas. Tout était une question de moment.

Elle ouvrit la bouche pour s'exprimer. Mais que pouvait-elle bien confesser ?

– J'ai peur des chats.

Henry se figea, attendant que les mots lui parviennent. Il fronça les sourcils quand ils l'atteignirent.

– Sérieusement ? chuchota-t-il en retour.

– Oui, leurs griffes rétractables, brrr...

Henry se pinça les lèvres et réfléchit. Il parut déçu que ce soit le meilleur secret auquel Cassie puisse penser. Il haussa les épaules.

– À toi maintenant, lui glissa-t-elle.

Mais il secoua la tête.

– C'est ta liste.

Il revint vers elle, totalement inconscient qu'il avait été tout près de découvrir le plus intime et le plus sombre des secrets de Cassie.

En silence, ils redescendirent au rez-de-chaussée et retrouvèrent le soleil éclatant. Henry sourit à Cassie, mais ne dit rien alors qu'ils retournaient à sa voiture. Cassie eut envie de se taper d'avoir été aussi peu inspirée.

Il jeta son sac sur la banquette arrière pendant qu'elle attachait sa ceinture de sécurité.

– Je ne vais même pas te demander où nous allons maintenant, plaisanta Cassie, en posant sa tête contre l'appuie-tête.

– Eh bien, il va y avoir un peu de route, annonça Henry, avant d'allumer la radio.

La circulation avait considérablement augmenté le temps de leur petit déjeuner clandestin à la cathédrale, et il s'écoula plus d'une heure avant qu'ils ne se garent au pied de collines verdoyantes.

Henry ouvrit le petit coffre et en sortit un sac bien plus grand et un panier de pique-nique.

– Allons-nous pique-niquer sur ces collines ?

– Voici Hampstead Heath, Cassie.

– Ah bon ? Vraiment ? J'ai toujours voulu venir à cet endroit.

Elle leva la tête. Des sentiers et des allées s'entrecroisaient un peu partout. Des cyclistes, des poussettes et des chiens se disputaient l'espace, et il y avait déjà de nombreuses couvertures de pique-nique sur les pelouses et des gens qui jouaient au frisbee. Quelques courageux essayaient de lancer des cerfs-volants, mais le vent était faible ce jour-là, et ils avaient beau courir vite, les cerfs-volants ne s'envolaient pas plus de quelques secondes.

Henry la mena sur la colline.

– Où nous asseyons-nous ? demanda Cassie, étonnée que cette scène bucolique puisse se situer dans le centre de Londres.

Central Park était un « espace naturel entretenu » impressionnant au cœur de Manhattan, avec ses grands talus et ses bosquets d'arbres ; quant aux parcs de Paris, bien entendu, ils constituaient de beaux exemples de symétrie, avec leurs longues avenues droites, où les gens pouvaient s'asseoir, observer, ou se balader tranquillement. Mais là, Cassie avait devant elle une lande totalement sauvage et intacte.

– Je connais l'endroit idéal, répondit Henry, sans ralentir la cadence.

– Je n'en doute pas, marmonna Cassie, légèrement essoufflée. Tu ne veux pas me laisser au moins porter quelque chose ?

– Non.

Henry semblait se repérer parfaitement sur ces sentiers. Cassie avait quelques pas de retard. En peu de temps, ils atteignirent un petit portail avec diverses affiches noires collées dessus. « Bassin de natation mixte de Hampstead Heath. »

Cassie regarda Henry, un petit sentiment d'angoisse commença à tourbillonner dans son ventre.

– Dis-moi que nous n'allons pas faire ça, dit-elle, alors qu'il acheta des billets à l'entrée.

– J'ai bien peur que si.

Henry mena Cassie sur un chemin poussiéreux étroit, flanqué de chaque côté de barrières en bois branlantes. Celui-ci débouchait sur un petit lac entouré de bosquets denses et de grands arbres, avec des plates-formes uniformément droites sur l'eau verte et des échelles placées à intervalles réguliers.

Il y avait déjà pas mal de monde et, pourtant, il n'était que dix heures.

– Nous allons simplement pique-niquer ici, pas vrai ? s'inquiéta Cassie, qui vérifia autour d'elle qu'il n'y avait pas de nudistes.

Henry jeta un grand plaid sur le sol.

– Non.

Cassie planta ses mains sur ses hanches.

– Eh bien, dit-elle, en soupirant patiemment. Autant j'adorerais me baigner, mais je ne peux pas, vois-tu ? Je n'ai pas de maillot de bain avec moi. Et avant que tu ne le dises, non, je ne vais pas nager en sous-vêtements.

– En vérité, ce n'est pas ce que j'allais dire.

Henry se pencha pour prendre le sac duquel il avait sorti le plaid et il le secoua pour le vider de son contenu. Deux serviettes de plage, un bermuda avec des feuilles de palmier et… Cassie se baissa avec horreur.

– Tu n'es pas sérieux ? s'exclama-t-elle, un minuscule maillot de bain doré au bout des doigts.

Henry se contenta de hocher la tête.

Cassie tint le maillot sous différents angles pour l'examiner sous chaque couture. Il semblait ouvert sur les côtés de sorte qu'une mince bande sur le devant reliait le bas au haut.

– Je vais ressembler à Paris Hilton là-dedans ! protesta Cassie. Où avais-tu la tête quand tu as acheté ce truc ? Quel est le souci avec un une-pièce basique ?

– Tu vas être superbe dedans.

Une pensée vint à Cassie. Elle grimaça.

– Est-ce que c'est à Lacey ?

Elle était certaine que ce maillot n'appartenait pas à Suzy.

– Non ! Je l'ai acheté exprès pour toi. J'étais pressé et il était devant moi et…

– Et tu t'es dit que ce serait drôle de me faire porter ce machin !

– Tu peux te changer là-bas, l'informa Henry, en indiquant des sanitaires.

Cassie ne bougea pas.

– Ou tu peux te mettre en sous-vêtements si tu préfères, dit-il en haussant les épaules, puis il se baissa pour prendre son maillot. J'essayais simplement de rendre service. Sache que nous ne partirons pas tant que tu ne te seras pas baignée.

Cassie tenta de se souvenir quels sous-vêtements elle avait mis dans les ténèbres de l'aube. Un soutien-gorge en tulle blanc et un string assorti. Encore moins une bonne idée que cette chose dorée.

Elle attrapa une serviette sur le sol et se dirigea vers les toilettes, en marmonnant dans sa barbe. Autant elle adorait les listes de Henry, autant celles-ci semblaient toujours impliquer un sacrifice.

Quand elle sortit cinq minutes plus tard avec sa serviette fermement enroulée autour d'elle, Cassie n'était pas plus heureuse. Henry marchait juste devant elle, il avait quitté son short pour son maillot de bain, et passait son tee-shirt par-dessus sa tête. Elle s'arrêta de marcher, hypnotisée par le mouvement de ses muscles sur son dos, jusqu'à ce qu'elle remarque deux adolescentes qui se moquaient d'elle.

Les joues rouges, Cassie retrouva Henry au niveau de leur plaid. Il étalait de la crème sur ses épaules.

– Tout va bien ?

– Oh, comme sur des roulettes, répondit Cassie, en serrant davantage la serviette autour de son corps. Je suis ravie d'être habillée comme une strip-teaseuse de Las Vegas au milieu des étangs de Hampstead.

Henry ricana.

– Tiens, laisse-moi te mettre de la crème.

Cassie fit un pas en arrière.

– Je ne crois pas, non.

– Pourquoi ? Il fait déjà une chaleur épouvantable. Tu vas brûler sinon.

Cassie hésita un moment, puis lui présenta son dos.

– D'accord.

Il fit sortir de la lotion du tube.

– Euh, pourrais-tu… soulever un peu tes cheveux pour que je t'en mette dans le cou ?

Elle passa son bras derrière la tête, mais ne réussit pas à saisir tous ses cheveux.

– Il y a encore une mèche.

Cassie essaya de l'attraper, mais les cheveux n'étaient pas assez longs. En hâte, elle enroula le haut de sa serviette pour la coincer et souleva ses cheveux de ses deux mains, mais ce geste défit son nœud de fortune et la serviette tomba inélégamment sur le sol.

– Oh, flûte.

Cassie commença à se baisser pour la ramasser, mais Henry l'attrapa par le coude et la retint.

– C'est bon, Cassie.

Il passa la crème sur ses épaules de son autre main.

– Nous serons dans l'eau dans une minute de toute façon. Personne ne te regarde.

– Personne ne regarderait si j'avais un vrai maillot de bain, maugréa-t-elle, moins consciente à présent des yeux de Henry sur elle que de ses mains.

Il glissa ses doigts sous les lanières du maillot et Cassie retint son souffle. Puis, ils passèrent sur sa clavicule et sous sa chaîne en argent – tout ce qui lui restait désormais de son cadeau de Noël de chez *Tiffany*.

– Hé, as-tu réussi à décrocher le cadenas ? l'interrogea Henry.

Il se pencha par-dessus l'épaule de Cassie pour voir si elle portait le pendentif. Elle se rendit compte que les lèvres de Henry n'étaient qu'à quelques centimètres de son cou.

Elle ferma les paupières et secoua la tête. Elle tripotait toujours distraitement le collier quand elle lisait ou se concentrait sur quelque chose, mais ses doigts ne s'habituaient pas à l'absence du cadenas.

– Non. J'ai oublié. Avec Claude…

– Oui. Bien sûr, concéda Henry, qui recula et fit glisser ses mains sur les bras de Cassie. Dans ce cas, j'imagine qu'il est toujours là-bas.

– Je sais qu'il y est. C'est impossible de le retirer.

– Tu pourrais toujours contacter *Tiffany* et voir s'ils peuvent te faire une nouvelle clé. As-tu trouvé le numéro de série ?

Cassie secoua la tête.

– Anouk peut toujours y aller pour toi, suggéra Henry en souriant.

Cassie se rappela qu'il n'était toujours pas au courant de ce qui s'était passé entre les deux amies.

– Allez, viens.

Cassie se pencha pour ramasser la serviette.

– Laisse-la !

– Mais Henry, je n'ai pas du tout envie de passer devant tout le monde dans cette tenue.

– Nous allons nous baigner dans un espace naturel. Tu ne peux pas prendre ta serviette avec toi.

Cassie plissa les yeux, mais Henry lui attrapa la main et la tira comme un remorqueur. Elle pouvait sentir absolument tous les regards sur elle.

– Essaie de ne pas boire la tasse, d'accord ? lui conseilla Henry, lorsqu'ils arrivèrent sur la plate-forme flottante.

– Tu veux dire que l'eau n'est pas propre ? s'inquiéta Cassie en jetant un coup d'œil à l'eau sombre.

– Assez propre, mais il n'y a pas de chlore ou de choses dans le genre.

– Je préfère quand l'eau est chlorée, marmonna nerveusement Cassie. De préférence avec de l'eau turquoise et des statues romaines tout autour du bassin. Tu sais, un truc totalement artificiel.

Henry gloussa.

– Est-ce que l'eau est froide ?

Obnubilée par le maillot de bain et la couleur de l'eau, Cassie en avait oublié la température.

Henry se tourna et plongea. D'un coup. Sans préambule. Sans préparation psychologique. Juste comme ça.

Il réapparut à la surface avec un sourire sur le visage, ses cheveux plaqués en arrière et les yeux fermés. *Alors, c'est à cela qu'il ressemble sous la douche*, songea Cassie.

– C'est pas trop mal, répondit Henry. Viens juger par toi-même.

Cassie se mordit la lèvre et resta sur le côté, tout en contemplant l'eau. Elle ne voyait pas le fond. Elle secoua la tête.

– Euh… Non, je ne crois pas.

Elle releva les yeux et se rendit compte que Henry la fixait. Ses yeux parcouraient son corps avec un intérêt masculin manifeste. Cassie fut tellement paniquée qu'elle sauta à son tour dans l'eau. D'un coup. Sans préambule. Sans préparation psychologique. Il fallait qu'elle se cache et elle n'avait pas de serviette à portée de main. Quand elle remonta à la surface, cependant, elle eut le souffle coupé, saisie à la fois par le froid et par les pensées qui l'avaient poussée à sauter. L'eau était glaciale !

– Mince alors ! s'exclama-t-elle en claquant des dents.

Elle fit du surplace tandis que Henry nageait autour d'elle.

– La seule façon de se réchauffer est de bouger. Viens.

Il s'éloigna, ses bras puissants tels des rotors qui transperçaient l'eau. Cassie nagea dans son sillage et se rendit compte soudain qu'elle parvenait facilement à suivre le rythme pour une fois. Cela faisait des années qu'elle n'avait pas nagé, mais elle avait fait partie du club de natation à l'école et avait un style naturel qui faisait oublier les années sans pratique. Elle trouva rapidement son rythme, synchronisa sa respiration à ses bras, et elle nagea avec plaisir et sans peine.

En quelques minutes, elle oublia la température, ou le fait qu'elle ne voyait pas le fond – une euphorie croissante montait en elle à mesure qu'elle s'approchait du rivage, sous les saules, dont les jeunes branches tombaient dans l'eau, près des roseaux. Puis elle se tourna et repartit dans l'autre direction, sans suivre le sillage de Henry, totalement absorbée dans l'instant et le rythme de son corps. Elle aimait la sérénité qui naissait du contrôle de sa respiration, la chaleur générée par la propulsion de soi, et elle se demanda pourquoi elle n'était pas retournée nager plus tôt. *Sans doute parce que Gil ne savait pas nager*, se dit-elle.

Au bout d'un moment, sans prêter attention à l'endroit où elle se trouvait dans le bassin, elle se mit sur le dos et fit l'étoile, oubliant tout – Henry compris. Elle laissa les mouvements des autres baigneurs la balancer doucement, et elle se prélassa au soleil, inconsciente de la façon dont il se reflétait sur son maillot de bain.

– Tu ne m'as jamais dit que tu étais une sirène, fit remarquer doucement Henry.

Cassie ouvrit les yeux et elle le découvrit à côté d'elle.

– Tu ne sais pas tout de moi, lui répondit-elle d'un ton énigmatique.

– Il faut croire que non.

Henry la fixa, et elle se souvint de ses yeux qui l'avaient scrutée sur la plate-forme. Elle regarda le ciel, observa les nuages dériver, consciente d'un changement dans la pression atmosphérique entre eux. Il y avait des sous-entendus dans leurs mots, des interrogations dans leurs regards. Cassie commençait à se demander si Henry n'avait pas oublié Venise en fin de compte, si ce qui ne s'était pas produit le hantait tout autant qu'elle. Et pourtant, aucun d'eux ne dit quoi que ce soit. Il était fiancé, et seul un murmure manqué attestait de l'ambiguïté de leur relation.

– Tu as ça dans le sang. Certaines personnes n'aiment pas trop nager en milieu naturel, déclara Henry au bout d'un moment.

Cassie devina au son de sa voix qu'il fixait lui aussi les nuages.

– Je ne pensais pas aimer. Je n'oublierai jamais cette fois où je nageais dans une rivière, j'avais à peu près neuf ans et un serpent est passé à côté de moi.

– Je comprends que ça ait pu te refroidir, concéda-t-il.

– Mais ça me plaît beaucoup là. Je crois que je pourrais carrément renouveler l'expérience.

– Je connais des étangs sympas en amont de la Tamise, dans le Berkshire, qui te plairaient.

– Je suis partante. Nous pourrions prévoir un pique-nique et proposer à Suzy et Archie de nous accompagner. Et Lacey aussi, bien sûr, s'empressa d'ajouter Cassie.

– Oui.

Une femme plus âgée, dans un maillot de bain turquoise et un bonnet de bain rose avec des fleurs en caoutchouc, passa à côté d'eux dans une brasse majestueuse et jeta à Cassie un regard dédaigneux. Cette dernière se rendit alors compte qu'en raison de sa position sur le dos, ses seins dorés pointaient hors de l'eau tels des trésors royaux. Elle repasserait pour ce qui était de se cacher dans l'eau.

Elle enfonça ses jambes sous la surface et se remit à faire du surplace. Henry lui jeta un coup d'œil.

– Qu'est-ce que tu fais ? demanda-t-il, d'une voix grave et détendue.

– On fait la course jusqu'à la rive, répondit-elle et elle se mit à nager dans un crawl élégant.

– Hé !

Henry se lança à sa poursuite, mais la technique de Cassie l'empêcha de combler l'écart entre eux et elle conserva son avance. Elle avait envie de rire, mais elle garda son calme et fendit l'eau. Elle s'apprêtait à poser une main sur l'échelle quand elle sentit les doigts de Henry ceindre ses pieds et la tirer en arrière, de sorte qu'elle vint heurter son torse. Le cœur de Henry tambourinait contre son dos.

– Ce n'est pas juste, pantela-t-il dans son oreille. Tu es partie avant moi.

Son souffle fut chaud sur le cou de Cassie.

– Peut-être, rétorqua-t-elle essoufflée, mais tu es plus grand que moi, c'est un avantage.

Henry était derrière Cassie, une main sur l'échelle et un bras enroulé autour de sa taille, qui était pratiquement nue. Elle prit soudain conscience du mouvement de son corps contre lui. Les doigts de Henry glissèrent légèrement sur sa peau, et les muscles de Cassie se tendirent à leur contact. Elle se demandait comment c'était possible d'avoir si chaud sous l'eau, lorsqu'un cri les avertit qu'un adolescent courait sur la plate-forme, suivi de près par quatre autres garçons. Il fit son entrée dans l'eau avec une énorme bombe.

– C'est le moment de sortir, marmonna Henry, en libérant Cassie de son étreinte.

Elle grimpa à l'échelle aussi vite que possible, affreusement consciente qu'il contemplait sans doute ses fesses et que les adolescents avaient stoppé leur course et remarqué son maillot de bain à peine couvrant.

– Tu as des admirateurs pas très secrets, commenta Henry, en indiquant les jeunes d'un hochement de tête.

Cassie plaqua ses bras contre sa poitrine, autant pour se cacher que pour se tenir chaud. Elle retourna à leur plaid le plus vite possible et se réfugia sous la serviette en se jetant pratiquement dessous. Henry s'allongea et se laissa sécher au soleil. Il ferma les yeux et s'endormit en quelques instants, tout comme il l'avait fait à Venise.

Cassie l'observa un moment, nerveusement, inquiète qu'il ouvre soudain les yeux et la surprenne, mais il était bel et bien assoupi. Elle regarda son torse se soulever et se rappela comment elle l'avait senti contre son dos dans l'eau. Il dormait les paumes vers le ciel, son langage corporel entièrement ouvert.

La vie paraissait d'une certaine manière si simple, bénie des dieux et dorée avec lui. Au diable ! Elle repoussa sa serviette et s'étendit à côté de lui dans ce maillot de bain ridicule. Elle ferma les paupières alors que le soleil dardait sur elle comme l'une de ses muses dorées, et elle se sentit enfin succomber à l'autre tentation à laquelle elle avait résisté toute la journée : le sommeil.

Chapitre 44

C'était le milieu de l'après-midi quand ils se réveillèrent. Cassie fut immédiatement reconnaissante que Henry ait insisté pour l'enduire de crème solaire. Les lieux étaient absolument bondés à présent, avec à peine un carré d'herbe et un mètre cube d'eau de libres.

– Nous partirons après avoir déjeuné, annonça Henry.

Il ouvrit le panier et remit à Cassie une des assiettes en porcelaine vintage que Suzy chinait depuis des années et des couverts en argent non coordonnés. Il lui tendit un petit verre ballon et lui servit du vin rouge d'une demi-bouteille.

– Tu n'en prends pas ?

– Je ne peux pas. Je conduis, répondit Henry.

Puis il ouvrit un paquet entouré de papier sulfurisé et de ficelle et en sortit un filet de bœuf saignant, prétranché, un petit carton de salade de pommes de terre (enveloppé dans ce qui semblait être du papier peint rétro) et un pot de confiture recouvert d'un linge et contenant du raifort à la betterave d'un joli rose.

– Sérieusement ? s'extasia Cassie, devant ce petit pique-nique chic. Où sont passés les sandwichs tout mous et les Twix ?

– Je crains de ne pas pouvoir me vanter d'avoir préparé tout cela.

– Ne me dis rien, tu connais quelqu'un…

– Oui, Zara. Nous étions à l'université ensemble.

– Dans laquelle de tes « logies » ? plaisanta Cassie.

Henry afficha un large sourire.

– Elle vient de monter une entreprise de traiteur rétro, donc je lui ai demandé de préparer ce panier pour nous. Elle l'a déposé dans ma voiture à cinq heures ce matin, sur sa route pour Wimbledon.

– C'est joli, murmura Cassie, qui aperçut la sauce magnifiquement préparée. Je suis toujours étonnée de ce que les gens arrivent à faire avec de la nourriture. Ce que je veux dire, c'est…, s'interrompit Cassie et elle souleva le pot de raifort. Ce petit truc me procure tellement de bonheur. C'est dingue, non ? Qu'une sauce me rende heureuse.

– Pas du tout. Zara serait ravie de voir ta réaction. Elle aurait pu mettre tout cela dans des Tupperware, avec des assiettes en carton et des couverts en plastique, mais elle a du style et aime donner un petit côté cérémonieux aux choses. Je pense qu'elle te plairait.

– C'est une certitude.

Cassie découpa le bœuf. Il était cuit à la perfection.

Ils mangèrent joyeusement, en ignorant les regards envieux de leurs voisins qui devaient se contenter de paquets de chips. Puis ils rangèrent leurs affaires afin de se préparer pour le « dernier volet de la liste », comme Henry disait.

La « Tomate volante » – le surnom qu'il donnait à sa voiture – les fit passer devant de hautes maisons de ville en stuc, à travers Regent's Park et au-dessus de Hyde Park, avant de trouver une minuscule place de stationnement qui ne pouvait qu'accueillir une Mini, une moto ou un chat.

Ils étaient désormais à Notting Hill. Cassie y était déjà venue plusieurs fois, pour rencontrer des futures mariées avec Suzy, mais elle n'y avait fait que passer. Ils flânèrent sur Portobello Road, cette rue où s'installaient des brocanteurs le samedi. Le vin, le sommeil et le soleil (sans parler du fait d'avoir grimpé toutes ces marches et d'avoir nagé en plein air) avaient profondément détendu Cassie. Elle était dans son élément, elle s'adressa à un marchand, puis à un autre. Henry la suivit, totalement ébahi.

– Tu n'es pas du genre à faire tes courses dans les grands magasins, pas vrai ? observa-t-il, alors que Cassie examinait un chinois rétro, bien qu'elle n'ait pas de cuisine à elle.

– Non. Je n'ai pas remis les pieds dans un supermarché depuis ma rencontre avec Claude. Je pense que c'est vraiment important dc soutenir les entreprises indépendantes. Je vais le prendre, merci, indiqua-t-elle au marchand, en lui tendant la monnaie.

– Hmm, marmonna pensivement Henry, tandis qu'ils se remirent en route.

– Quoi ? fit Cassie, sa curiosité piquée par son ton.

– Eh bien, je me demandais si ce ne serait pas intéressant que tu fasses la connaissance de Zara.

– Ton amie traiteur ? Bien sûr, j'adorerais.

– Non, je ne parle pas d'un point de vue purement amical.

Henry s'arrêta de marcher et se tourna vers Cassie.

– Elle aimerait que quelqu'un la rejoigne dans son entreprise. C'est trop pour elle toute seule, et tu serais parfaite.

Cassie écarquilla les yeux. Ce serait une occasion rêvée ! Et bien plus réaliste que la proposition de Claude. Confectionner des pique-niques raffinés était beaucoup plus dans ses cordes. Du moins dans un premier temps.

– Oh, mais je ne… Je n'ai pas les moyens d'investir. Enfin, pas encore. Et c'est d'un partenaire financier qu'elle aurait besoin, non ?

Henry haussa les épaules.

– Je n'en sais rien. Je ne suis pas sûr. Elle m'en a seulement parlé avant-hier quand j'ai passé ma commande.

Il plissa légèrement les yeux.

– Tu en es où dans la procédure de divorce ?

Cassie détourna le regard.

– Oh… Ce n'est pas encore finalisé.

– Quoi ? Au bout de dix mois ? Je croyais que tu ne contestais rien ?

– Non, pas en ce qui concerne le domaine. J'avais signé un contrat de mariage, et je suis très contente de recevoir ce qui me revient. Ce sera plus que suffisant pour moi pour redémarrer une nouvelle vie quelque part.

– Alors, quel est le souci ?

– Gil refuse de céder sur le motif du divorce. Il ne veut pas entendre parler de son « comportement déraisonnable ». Il veut que le motif soit des « différends insolubles ».

– Quoi ?! Tu plaisantes ? Il ose te faire ce qu'il a fait et, après, il refuse de l'admettre ?

Les joues de Henry avaient viré au rouge et sa mâchoire se contractait sous l'effet de la colère.

– C'est bon – vraiment, Henry. Je vais régler cette histoire. Mon avocat s'en occupe.

– Oh, je n'en doute pas ! Et pendant ce temps, ça te coûte trois fois plus que nécessaire, tout cela parce que ce type ne veut pas que ses actes soient écrits noir sur blanc et que tout le monde soit au courant.

Cassie soupira et regarda le chinois dans le sachet en papier kraft. Elle comprenait pourquoi ce sujet irritait ses amies. Kelly, Suzy et Anouk avaient toutes eu la même réaction. Mais elles ne semblaient pas conscientes que celle-ci perturbait davantage Cassie.

– À moins que…

Cassie se tourna vers Henry.

– À moins que quoi ?

– À moins que ce ne soit une excuse.

– Qu'entends-tu par là ?

– Peut-être que c'est la tactique idéale pour faire traîner les choses. Il sait que tu n'es pas intéressée par l'argent, mais la justice te tient à cœur. Peut-être qu'il s'en sert pour empêcher le divorce d'avancer.

– Il ne ferait pas une chose pareille.

– Pourquoi pas ? Est-ce que tu lui as parlé ? L'as-tu revu depuis cette fameuse soirée ?

– Non. Je… Il n'y a rien à dire.

– Toi peut-être pas. Et si tu avais mal interprété la situation ? S'il n'avait jamais voulu te quitter ?

Cassie en resta muette. Une logique étrange sous-tendait les paroles de Henry. Cassie avait imaginé que l'entêtement de Gil concernant le motif du divorce découlait de sa fierté, de la volonté de ne pas ternir la réputation de sa famille.

Henry avait-il raison ? Cassie était-elle partie avant que Gil ne puisse se justifier ? Une autre explication était-elle possible ?

Cassie eut la gorge nouée, elle était déterminée à ne pas céder, pas après tout ce chemin parcouru pour tourner la page de son mariage. Et puis, de toute façon, cela semblait peu probable. Wiz et lui avaient un enfant ensemble. Il n'y avait rien d'ambigu là-dedans.

– Je vais dire à mon avocat de lui mettre la pression, lâcha enfin Cassie.

Henry ne parut pas convaincu.

– C'est là que nous allons ? demanda Cassie.

Ils s'étaient arrêtés devant un bâtiment avec une enseigne verticale bleue, sur laquelle des points formaient le mot « Electric ».

– Oui.

– C'est un cinéma ?

– Le plus vieux de Londres. Et il ne ressemble à aucun autre.

Henry récupéra les billets qu'il avait réservés et, après avoir acheté une autre bouteille de vin (« Je peux boire deux verres, maintenant », avait-il affirmé), ils entrèrent dans la salle. Cassie comprit aussitôt ce que Henry avait voulu dire. Les murs blancs avec des panneaux en plâtre rouge sang et les rideaux en velours étaient assez habituels, mais elle ne s'attendait pas aux larges fauteuils en cuir, avec des repose-pieds et des tables en lieu et place des strapontins en velours qui vous démangeaient la tête.

– Où nous installons-nous ?

– Là-bas.

Henry mena Cassie vers le fond de la salle, derrière la dernière rangée, vers un recoin avec deux petits canapés.

– Cosy ! approuva Cassie.

Ils prirent place. Les lumières étaient toujours allumées, le film ne devait pas commencer avant quelques minutes. Henry leur servit du vin.

– Si je me mets à ronfler, réveille-moi d'un coup de coude, sourit Cassie, qui contempla son grand verre avant d'en boire une gorgée.

– Alors, as-tu apprécié ta liste londonienne ? l'interrogea Henry.

Il s'étira, et Cassie sentit les muscles de ses cuisses se détendre et s'appuyer contre sa jambe.

– Encore une fois, tu as réussi à donner une tournure inattendue aux choses. Je ne sais pas comment tu fais cela. Merci, dit-elle en posant la main sur son bras. Ça signifie beaucoup pour moi.

– Ravi de t'avoir aidée.

– Mais tu voudrais bien me la noter par écrit ? Parce que j'ai gardé les autres listes. Je pense les faire encadrer, pour le jour où j'aurai des toilettes à moi !

– Bien sûr. Je vais le faire maintenant. Est-ce que tu as une feuille ?

– Euh…

Cassie regarda tout autour d'elle.

– Oh, prends ça.

Elle attrapa une serviette en papier blanche sur la table. Henry haussa un sourcil.

– Tu vas vraiment encadrer cela un jour ?

– Ce n'est pas comme si les autres listes étaient particulièrement illustres. Celle de New York est sur une page déchirée d'un carnet et celle de Paris sur une carte postale.

– C'est vrai, concéda Henry en se redressant. Excusez-moi, auriez-vous un crayon ? demanda-t-il à un ouvreur qui plaçait des spectateurs sur le rang devant eux. Très bien… Donc en premier : « Murmurer un secret à la cathédrale Saint-Paul. » Ça coûte moins cher que le psy, et tu peux te libérer de tous les secrets qui te rendent malheureuse. Comme ta phobie paralysante des chats, ironisa-t-il.

Cassie haussa les épaules d'un air embarrassé.

– Deuxièmement : « Aller nager à Hampstead Heath. »

– Dans un maillot de bain doré. Je veux que tu l'ajoutes, lui ordonna Cassie. C'était le pire dans l'histoire.

– Tu avais l'air d'une déesse, s'esclaffa Henry. Ils vont parler de toi là-bas pendant des années – la sirène dorée dans les clairières sylvestres de Hampstead. Mais tu l'as fait !

Cassie lui donna une tape sur le bras et il rit de plus belle.

– Troisièmement : « Acheter un objet vintage au marché de Portobello. »

– J'adore mon chinois ! J'en cherchais un comme ça depuis des années.

– Quatrièmement : « Regarder un classique à l'*Electric* », et cinquièmement…

Henry se tut, mais continua.

– Qu'est-ce que tu marques ? Qu'est-ce que je dois encore faire ? Je croyais que c'était terminé.

Cassie se pencha pour voir ce qu'il écrivait, mais les lumières s'éteignirent et la musique tonna dans les haut-parleurs. Cassie leva la tête et aperçut le rideau rouge s'écarter et l'écran prendre vie avec le visa d'exploitation.

Henry lui tendit la serviette et elle plissa les yeux pour déchiffrer :

« Rester à Londres, quoi qu'il arrive. »

***

Il était près de minuit quand Henry déposa Cassie à la porte. La combinaison d'une journée de dix-neuf heures, d'un excès de soleil et encore plus de vin avait eu un effet soporifique sur elle. Elle bâilla lorsque Henry inséra sa clé dans la porte.

– Henry, tu es vraiment un homme épuisant – mais aussi le plus amusant que je connaisse, sourit-elle, en posant sa tête contre le mur.

– Amusant ? J'ai l'impression d'être un GO du Club Med.

L'image de Henry dansant sur scène dans un déguisement fit ricaner Cassie avec paresse, comme si son corps était trop fatigué pour trouver l'énergie de rire.

Il regarda Cassie, avec son expression habituelle intense et impénétrable.

– D'accord, d'accord. Alors tu es l'homme le plus… excitant que je connaisse.

Cassie gloussa et se pencha vers Henry d'un air provocant. Mais à cet instant, elle aperçut quelque chose dans son regard : de la détermination, du désir, de l'insouciance. C'était un regard qu'elle avait déjà vu, à Venise. Un courant passa entre eux, les attirant inexorablement l'un vers l'autre et, soudain, elle se retrouva dans ses bras, leur bouche entrouverte, leur corps mourant d'envie. Henry la plaqua contre le mur, l'immobilisant avec ses bras, une jambe entre les siennes alors qu'ils cherchaient à ce que leurs corps ne fassent plus qu'un.

Cela ne ressemblait en rien à leur premier baiser dix ans plus tôt. C'était le genre de baiser qui chassait toute inhibition et peur, le genre de baiser qu'ils avaient essayé d'éviter toute la journée, le genre de baiser qui avait bouillonné pendant dix ans et passait soudain le point d'ébullition, le genre de baiser qui laissait Cassie pantelante, moite, désireuse de davantage.

Mais elle n'en obtiendrait pas plus. Henry la relâcha soudain, au moment où Suzy ouvrit la porte en grand.

– Oh, c'est vous ! s'exclama-t-elle, sans sembler remarquer que Cassie se tenait au mur, que sa respiration était rapide et ses lèvres d'un rose humide. Je me disais bien que j'avais entendu la clé dans la serrure. Qu'est-ce que vous faites là dehors ?

Il y eut un silence, pendant lequel Cassie tenta de reprendre son souffle, ses joues la brûlant non pas de gêne, mais de désir. Henry la fixait comme s'il était Samson face à Dalila : choqué, affaibli…

Suzy leva les yeux au ciel d'impatience devant leur silence.

– Je vous dérange ?

– Non ! répondit vivement Cassie.

– D'accord. Est-ce que tu veux entrer, Henry ? Parce qu'Archie veut te lire le texte qu'il a préparé pour le mariage. Il n'a aucune idée de ce qu'il raconte.

– Euh, non, murmura Henry, sans jamais quitter Cassie des yeux. Je devrais y aller. Je voulais seulement… redéposer Cassie. La journée a été longue.

– Je ne te le fais pas dire. À quelle heure êtes-vous partis ? Je me suis levée à six heures et demie, à cause de Cupcake qui se servait de ma vessie comme punching-ball, et, Cassie, tu n'étais déjà plus là.

– Euh, bon… On se voit demain, dit Henry, qui descendit les marches et s'échappa une fois de plus.

Cassie l'observa se plier dans la Tomate volante comme un contorsionniste.

– Tu vas rester plantée là toute la nuit ou tu rentres ? s'impatienta Suzy, en ouvrant davantage la porte.

– Oui, oui, euh…, murmura-t-elle, en se glissant dans le vestibule.

Elle pouvait à peine croire ce qui venait de se produire. Elle venait de recevoir le baiser de sa vie. Henry lui avait littéralement coupé le souffle, puis il était parti. En cet instant précis, il rentrait retrouver sa fiancée. Comment pouvait-il embrasser Cassie de cette façon et retourner auprès de Lacey ? Qu'est-ce qui ne tournait pas rond chez lui ? Qu'est-ce qui ne tournait pas rond chez elle ? Pourquoi finissait-il toujours par la rejeter ?

– De quoi discutiez-vous d'ailleurs ? demanda Suzy, en observant Cassie secouer la tête en silence.

– De tout et de rien. Rien de particulier, tu vois le genre.

Suzy hésita.

– Est-ce que tu vas bien ?

– Je suis fatiguée.

– Bien sûr. Tu veux une tasse de thé ?

– Non, je crois que je vais aller directement me coucher, répondit Cassie, qui prit son courrier sur la console et se dirigea vers sa chambre. À demain matin.

– Oui, à demain, dit Suzy, en regardant son amie s'éloigner.

Chapitre 45

Suzy était préoccupée lorsque Henry frappa à la porte peu après dix heures le lendemain.

– Bonjour ! lança-t-il avec un grand sourire.

Il embrassa sa sœur sur la joue et se dirigea d'un pas bondissant vers la cuisine. Il remarqua que la porte de la chambre d'amis – sa chambre, celle de Cassie – était toujours close.

– Est-ce qu'Archie est déjà parti ? Nous pouvons regarder son texte maintenant, s'il veut.

Henry prit la théière qui infusait et servit deux tasses de thé. Il en tendit une à Suzy et se rendit compte seulement alors de la pâleur de sa sœur.

– Qu'est-ce qu'il y a ? Hé, ça va ? s'inquiéta-t-il soudain. C'est Cupcake ? Tu es en train d'accoucher ?

– Non. Ce n'est pas moi. C'est Cassie.

– Cassie ! Qu'est-ce qu'elle a ?

– Elle est partie.

– Partie ? Comment ça partie ? Partie où ? répéta Henry, avant de reposer sa tasse et de se précipiter vers la chambre.

Le lit était fait, les rideaux tirés de sorte que la lumière du soleil formait des flaques sur le sol. Des vêtements de Cassie étaient toujours posés sur le dossier d'une chaise. Puis Henry aperçut un mot sur l'oreiller.

Je dois voir Gil.
Bisous,
Cassie

– Non ! enragea-t-il.

– Je sais, répondit Suzy, qui faisait anxieusement les cent pas. Et elle n'a pas pris son portable. Je ne comprends pas. Elle a passé la majeure partie de l'année à éviter tout contact avec lui. Pourquoi irait-elle le voir subitement, sans prévenir ?

Henry ne réagit pas. Suzy le regarda en plissant les yeux. Elle connaissait trop bien son frère.

– Henry ?

Il se laissa tomber sur le bord du lit et se rappela la conversation qu'il avait eue au marché avec Cassie.

– Je lui ai dit qu'il cherchait sans doute à gagner du temps parce qu'il n'avait pas envie de divorcer.

– Tu as dit quoi ?! Henry ! Pourquoi as-tu fait cela ?

– Je ne voulais pas... Je n'avais pas du tout envie qu'elle coure le retrouver. J'essayais d'aider.

– Comment ? En lui donnant de faux espoirs ? Cela va la renvoyer directement à la case départ, protesta Suzy, furieuse. C'est bien la dernière chose dont j'ai besoin, dit-elle en se frottant le ventre. Que Cassie s'effondre de nouveau, pile au moment où elle reprenait sa vie en main.

– Je ne... Merde ! jura Henry, en laissant tomber sa tête entre ses mains. Nous ne faisions que discuter, je ne comprenais pas pourquoi Gil repoussait les choses. C'est lui qui fait traîner en longueur. Alors que la logique voudrait qu'il soit content de simplifier sa vie.

Henry poussa un cri d'exaspération.

– Quel bordel sans nom !

Suzy s'assit sur le lit à côté de son frère.

– Je ne te le fais pas dire. Tu l'as renvoyée directement dans les bras de Gil.

***

Cassie se trouvait dans la pièce même où s'était achevé son mariage et attendait que son mari fasse son apparition. La gouvernante, Mrs Conway – ravie puis paniquée par cette arrivée-surprise –, avait fait courir le mot dans tout le domaine que Cassie était de retour et que Gil devait venir.

Elle attendait près du bureau, une étrangère désormais dans sa propre maison. Elle n'avait pas envie de s'asseoir dans les fauteuils pour patienter, ou de lire un magazine. Elle se contenta de suivre des yeux le papier peint au motif écossais et répéta les différents discours qu'elle avait imaginés dans sa tête pendant le trajet en train.

Mais la voix – quand elle arriva – ne fut pas celle que Cassie attendait.

– Cassie.

Elle pivota sur elle-même. Wiz était sur le seuil de la porte, avec un vase de fleurs fraîches dans les mains. Elle portait un jean moulant bleu et un caraco en soie rouge – le caraco en soie rouge que Cassie arborait dans la publicité pour Bebe Washington. La couleur jurait un peu avec les cheveux de Wiz, et Cassie aperçut la bretelle élastique blanche d'un soutien-gorge très basique. Cassie savait que ce top lui seyait bien, et que l'effet rendrait considérablement mieux avec une bretelle en satin noir ou rose.

– Joli haut, commenta doucement Cassie.

– Merci. Gil me l'a offert quand nous sommes allés à New York, l'informa jovialement Wiz.

Si Wiz était étonnée par l'arrivée-surprise de Cassie, elle n'en laissa rien paraître.

– Vous êtes allés à New York ensemble ? demanda Cassie, résolue à garder son calme, sa voix posée et ses yeux secs.

Wiz n'était pas celle qu'elle souhaitait voir ; en vérité, c'était la dernière personne qu'elle désirait voir. *Où était Gil, bon sang ?*

Wiz s'avança dans la pièce et posa les fleurs sur le bureau.

– Oui. Pour la Saint-Valentin. Ce n'était qu'un week-end, ajouta-t-elle avec désinvolture, en sachant pertinemment que Gil n'avait jamais emmené Cassie plus loin que Dundee.

Elle arrangea le bouquet de façon nonchalante, avant de se redresser et de considérer Cassie plus attentivement.

– Et toi, tu as l'air… d'aller bien, affirma-t-elle d'un ton monocorde qui se voulait poli, mais tout juste.

Cassie s'examina et haussa les épaules. Elle portait les mêmes short en jean et tee-shirt jaune que la veille et avait davantage l'air d'une jeune fille au pair que l'épouse qui flânait autrefois dans cette maison dans des pulls et pantalons en velours défraîchis. Mais elle savait aussi qu'elle avait rajeuni de cinq ans et s'était allégée de cinq kilos – telle une personne entièrement différente.

– Merci, répondit Cassie.

Elle enfonça sa main dans sa poche et aperçut une pointe de jalousie dans les yeux de son ancienne amie.

Elle balaya lentement la pièce du regard. Toutes les mêmes photographies étaient dans les mêmes cadres, au même endroit. Le dessous-de-verre pour la tasse de thé de Gil était toujours placé à côté du téléphone, et l'agenda annuel en cuir bordeaux était toujours ouvert à gauche de l'ordinateur. Les volumes de ses revues juridiques étaient fraîchement époussetés dans la bibliothèque, et l'exemplaire de la semaine de *Field* était ouvert avec *Country Life* sur la desserte.

– Je vois que rien n'a changé ici.

– Pas tout à fait, répondit Wiz, dont les yeux se portèrent vers un coffre de jouets dans un coin, pour faire clairement comprendre que cette maison était désormais celle d'une famille.

Cassie suivit son regard et afficha un large sourire, déterminée à ne pas laisser transparaître sa douleur.

– Comment va Rory ?

– Il adore la maternelle. Il lit déjà, et ils vont lui faire commencer le mandarin. D'après tous les experts, plus les enfants apprennent tôt une autre langue, mieux c'est.

– Oui. J'ai déjà entendu ça.

Pauvre enfant.

Wiz affichait un sourire presque imperceptible, sa tête légèrement inclinée comme si la présence de Cassie la rendait perplexe. Elles tombèrent dans le silence une seconde, tous les sujets banals épuisés. La tension entre elles était aussi épaisse que de la boue.

Comme toujours, le silence rendait Cassie nerveuse et elle se balança d'un pied sur l'autre. Il était évident que ni une tasse de thé, ni une excuse n'allaient lui être proposées.

– C'était Gil que j'étais venue voir, déclara enfin Cassie. Mrs Conway est partie le chercher.

– Elle ne le trouvera pas. Il est à Édimbourg aujourd'hui.

– Ah bon ? s'étonna Cassie. Mais c'est la pleine saison des jeunes saumons. C'est à cette période qu'ils remontent la rivière pour la première fois, non ?

La pêche au saumon était l'activité préférée de Gil ; aussi, au cours des dix dernières années, Cassie avait appris à ne jamais aller contre son envie instinctive de s'enfoncer jusqu'à la taille dans l'eau tumultueuse et glaciale.

– Sûrement, répondit Wiz d'un ton sec. Mais j'ai dit à Gil qu'il n'avait pas le temps pour ce genre de loisirs en ce moment. Il doit faire plus d'heures si nous voulons que l'extension soit terminée d'ici Noël.

– Vous allez faire des travaux ?

Gil avait toujours soutenu à Cassie que la maison avait plus de pièces qu'un château.

– Oui. Elle va nous permettre de doubler pratiquement la superficie. Rory aura besoin de plus d'espace en grandissant. Et bien entendu, ajouta Wiz en plissant légèrement les yeux, si nous choisissons d'avoir d'autres enfants…

Cassie en fut bouche bée. C'était un coup qu'elle ne pouvait pas encaisser. Elle détourna rapidement le regard et se mordit vivement l'intérieur de la joue. Elle cligna plusieurs fois des paupières, déterminée à empêcher les larmes de couler, mais elle savait que Wiz l'observait et pouvait tout voir. Cet argument serait toujours la carte maîtresse de cette femme. Elle savait à quel point Cassie avait désiré des enfants ; Wiz avait été sa confidente, après tout.

Il n'y avait aucun intérêt pour Cassie de rester plus longtemps si c'était pour servir de souffre-douleur à Wiz. Il était absolument évident que leur amitié avait été une illusion, un alibi des plus commodes pour Wiz afin de garder Gil aussi près d'elle que possible.

Cassie fouilla dans son sac et en sortit la grande enveloppe brune qu'elle avait ouverte la veille au soir.

– Si Gil ne va pas venir, alors, voudrais-tu bien lui remettre ceci ? On dirait qu'il a « oublié » de signer le jugement définitif du divorce.

Cassie fixa Wiz droit dans les yeux et elle se rendit compte que celle-ci n'était pas au courant.

– Un oubli étrange pour un avocat, renchérit Cassie, qui eut soudain une idée. En fait, pour être honnête, Gil se montre bizarrement réticent à signer n'importe quel papier pour ce divorce. Mes amis plaisantent en me disant qu'il n'a peut-être pas envie de divorcer.

Cassie n'en revint pas le temps d'un instant de ce qu'elle faisait, mais c'était un angle d'attaque tout aussi cinglant que celui de son adversaire – et elle savourait la minuscule vague de triomphe qui montait en elle. Cette femme lui avait peut-être volé son mari ; elle pouvait réagencer sa maison à sa façon ; elle pouvait même donner naissance à la famille nombreuse dont Cassie avait rêvé ; mais elle n'aurait pas tout, et la revanche avait une saveur délicieuse.

– Peut-être que toi, tu pourras le convaincre, affirma Cassie avec le sourire, avant de pousser les documents vers Wiz, qui était blême de colère. Comme ça, nous pourrons tous aller de l'avant.

Chapitre 46

Le taxi quitta à vive allure l'autoroute pour s'engager sur une route de campagne, et Kelly agrippa la poignée lorsque le chauffeur prit un virage en épingle à cheveux en quatrième.

– Mince alors, marmonna-t-elle. Venir en missile aurait été moins risqué.

Elle tapota les épaisses housses à vêtements sur le siège à côté d'elle et jeta un coup d'œil à sa montre. Elle avait atterri à Heathrow trois heures plus tôt. Avec un peu de chance, elle arriverait pour le goûter – Kelly gardait un souvenir impérissable depuis son enfance des scones de Hattie. Elle envoya un autre message « Tu me manques » à Brett, et sa réponse bipa au moment où ils entrèrent dans le tout petit village des Cotswolds, où Suzy et Henry avaient grandi. Kelly n'y avait pas remis les pieds depuis des années. En réalité, pas depuis les dix-huit ans de Suzy, si ses souvenirs étaient exacts – une grande fête en tenue de soirée avec un chapiteau dans le jardin. Qu'est-ce qu'ils s'étaient amusés ! Tout le monde avait trop bu de cidre et de bière et avait dansé sur du Prince. Elle se rappela vaguement que Henry avait essayé d'hypnotiser Cassie pour la faire se déshabiller.

Ils roulèrent avec fracas sur le passage canadien, cette grille au sol qui empêchait le bétail de passer (Kelly y avait un jour cassé un talon en rentrant d'une expédition secrète au pub), et franchirent les piliers sur lesquels était gravé « West Meadows ». Le portail n'avait pas été fermé depuis au moins trente ans, mais le passage canadien suffisait à garder le cheptel des Sallyford à l'intérieur de la propriété et les chiens du voisinage en dehors.

Hattie était dans le jardin quand le taxi s'arrêta. Elle était agenouillée devant un parterre, près d'un panier en bois rempli de fleurs coupées, un énorme chapeau en tissu sur la tête. Derrière elle se dressait West Meadows, un petit manoir couleur sable avec une vieille glycine blanche qui battait des cils aux fenêtres. L'édifice était trapu au centre du terrain, telle une poule sur son nid – protectrice, bien installée, n'allant nulle part.

Kelly poussa un soupir d'aise. Elle avait l'impression d'arriver chez elle. Quand elle était en pension, c'était là qu'elle passait tous ses week-ends. Suzy, Cassie et elle s'entassaient dans le grand Land Rover de Hattie, qui s'arrêtait en général pour récupérer Henry et un ami à leur école vingt kilomètres plus loin, avant de rentrer à toute berzingue vers West Meadows pour un week-end rimant avec gâteaux maison et grasses matinées.

– Oh, Kelly ! Notre splendide mariée ! Tu es arrivée ! s'écria Hattie, qui posa son sécateur dès que Kelly sortit de la voiture, grande et élancée, telle une orchidée noire parmi les larges fleurs bohèmes qui oscillaient sous la brise de fin juin. Quel plaisir que tu sois là !

– Tata Hattie, je suis vraiment contente de te voir.

Kelly jeta ses bras autour du cou de la vieille femme et la serra fermement. Elle se recula pour la regarder.

– Et un grand merci de nous accueillir. Je te suis redevable à jamais. Je n'ai pas de mots pour dire à quel point tout est joli – c'est même encore plus beau que dans mon souvenir. Brett ne va pas en croire ses yeux !

Hattie planta ses mains sur ses hanches et regarda autour d'elle d'un air satisfait.

– Suzy me tanne pour que tout soit prêt pour toi. Mais je dois avouer que c'est fantastique de redonner vie à cet endroit. Je ne m'étais pas rendu compte à quel point je l'avais négligé. C'est agréable qu'un tel événement festif ait lieu ici. Je me sens profondément honorée que tu aies choisi West Meadows pour ton mariage.

Kelly haussa les épaules.

– Tous mes souvenirs ici sont des souvenirs heureux. Je ne pouvais pas imaginer un cadre plus parfait.

– Est-ce que c'est ta robe ? lui demanda Hattie, en indiquant les housses volumineuses.

Kelly appuya sur le petit carré en plastique transparent de la plus grande housse afin que Hattie puisse y jeter un coup d'œil.

– Du satin duchesse blanc cassé. Je pense qu'elle va te plaire.

Hattie serra ses mains l'une contre l'autre.

– Je suis impatiente de te voir dedans !

– Alors, attends de voir les demoiselles d'honneur. Elles seront dans une symphonie de caramel et jaune moutarde.

Le taupe avait été remisé suite à la brouille avec Anouk.

– Dis donc, on dirait un catalogue de décoration, gloussa Hattie, avant de se taire un instant. As-tu bien vérifié la taille pour Suzy ? Parce que je ne sais pas quand tu l'as vue pour la dernière fois, mais…

Elle gonfla ses joues avec espièglerie et Kelly éclata de rire. Hattie se moquait du politiquement correct, et même ses enfants n'étaient pas épargnés par sa vivacité d'esprit et son humour malicieux.

– Elle est si grosse que cela ?

– Oh, elle éclipse le soleil. C'est absolument hilarant ! On dirait un ballon prêt à éclater, franchement. Elle est partie se reposer pour le moment.

– Qu'elle en profite.

Hattie et Kelly entrèrent dans le vestibule. La pièce était fraîche et sombre, une profusion de roses trônaient sur une table au centre, et des tapis élimés se chevauchaient sur le dallage. Le silence régnait.

– Qui d'autre est arrivé ? s'enquit Kelly. Ne me dis pas que je suis la première ?

– Non, non. Suzy et Archie sont arrivés ce matin, et Cassie ne devrait pas tarder.

Hattie baissa la voix d'un air conspirateur.

– Elle revient d'Écosse, tu es au courant ?

– Non, je ne savais pas, répondit Kelly, inquiète. Ne me dis pas qu'elle est allée voir Gil.

– C'est ce qu'elle avait écrit sur son mot, expliqua Hattie, tout en se tordant les mains. Mais personne ne sait pourquoi elle est allée là-bas.

– Tu ne crois tout de même pas qu'ils pourraient s'être remis ensemble ?

– Qui sait ? Nous ne savions pas si elle allait revenir ou pas jusqu'à ce qu'elle contacte Suzy tout à l'heure. Tout le monde se fait du mouron.

– Pourquoi personne ne m'en a parlé ? C'est mon mariage !

Kelly ne voyait pas cette nouvelle d'un bon œil. Elle avait déjà viré une demoiselle d'honneur, une autre était enceinte jusqu'aux yeux et, à présent, la dernière manquait à l'appel. C'était une conspiration !

– Tout s'est passé si vite. Elle est partie à l'aube hier ; j'imagine que tu devais déjà être en chemin. C'était inutile de t'inquiéter tant que nous ne savions pas exactement de quoi il retournait, expliqua Hattie, tout en montant les marches d'un pas vif.

Elle approchait des soixante-dix ans, mais elle était toujours aussi souple et énergique qu'un lièvre.

– Bref, dis-moi, quand est-ce que je vais rencontrer ton adorable fiancé ?

Kelly quitta brusquement ses pensées.

– Brett ? Pas avant demain. Mon ami Bas et lui ont pris le vol après le mien, et ils iront directement à l'hôtel ce soir. Brett est très superstitieux. Il refuse catégoriquement de me voir sur le sol anglais jusqu'à ce que j'entre dans l'église.

– Je l'aime déjà, s'exclama Hattie, en ouvrant une porte. Je t'ai mis dans cette chambre, ma puce. Je me souviens que tu adorais la vue de ce côté de la maison.

– Je l'adore de tous les côtés, répondit Kelly, qui entra et laissa tomber ses bagages. Mais merci. C'est ma chambre préférée.

– Défais tes valises et repose-toi. Descends dès que tu seras prête pour goûter.

La porte se ferma doucement et Kelly s'approcha de la fenêtre. Tout le monde restait près des fenêtres dans cette maison. En réalité, Hattie racontait toujours que le manoir de West Meadows avait été construit pour servir de cadre aux vues sur les jardins. Et elle avait raison. Les extérieurs étaient tout simplement à tomber par terre. Depuis la terrasse, un jardin à la française composé de buis taillés en forme d'oiseaux donnait sur un étang argenté de près d'un hectare et, au loin, sur la vallée de Slad. À gauche de la maison, une allée de tilleuls aux branches entremêlées menait à la grande serre et, en contrebas, au célèbre jardin de roses, où Hattie cultivait des espèces anciennes et rares. Sur la droite se trouvait un court de tennis au gazon impeccable. Et tout autour de la propriété, au-delà des pelouses bien taillées et des plates-bandes chamarrées, grouillantes de vie, se déployaient les prairies, où ils avaient adoré jouer durant leur enfance et où un chemin sinueux avait été tracé à la tondeuse. Depuis la fenêtre, Kelly devinait le sommet du chapiteau.

Elle déballa rapidement ses affaires – elle était experte dans l'art d'empaqueter une garde-robe de base et les valises pour sa lune de miel avaient déjà été expédiées à l'hôtel. Elle prit une douche, puis s'assit sur le lit pour sécher ses cheveux avec une serviette. Elle sentit le matelas s'enfoncer sous son poids et elle s'allongea – rien qu'un instant – pour relâcher son corps. Elle ne s'était pas du tout reposée pendant le vol. Grâce à Katrina Holland qui avait acheté toute la collection Maddy Foxton et l'exhibait en ville comme ses shihtzus de collection, l'étoile de *Hartford Communications* brillait de nouveau. Tory Burch lui avait passé une commande pour son retour de lune de miel et, par conséquent, Kelly avait travaillé du décollage jusqu'à l'atterrissage. Elle était épuisée, et la situation des demoiselles d'honneur n'aidait pas à la détendre. Si elle pouvait simplement se poser un instant…

Un cri perçant troubla soudain son calme, et Kelly se redressa, ce qui fit chavirer la serviette nouée en turban sur sa tête. Qu'est-ce que c'était ?

Elle attendit, crispée. Puis elle entendit de nouveau ce cri. Il provenait du bout du couloir.

Kelly se leva, courut dans le corridor et s'arrêta net devant l'ancienne chambre de Suzy. Elle colla son oreille contre la porte. Elle perçut des bruits de mouvement à l'intérieur de la pièce.

– Suzy ! C'est moi, Kelly. Tu es réveillée ? Tout va bien ?

Il n'y eut aucune réponse. Elle ouvrit la porte.

– Suzy…, bredouilla Kelly lorsqu'elle aperçut son amie étendue sur le lit, avec Archie assis à côté d'elle.

Il y avait une grosse tache d'eau sur la moquette ; Kelly chercha dans la pièce un pichet renversé ou autre. Mais elle ne vit rien. Puis Suzy se mit à haleter et Archie à compter les minutes sur sa montre capricieuse qu'il tenait de son père.

– Oh, bon sang ! s'écria Kelly dès qu'elle comprit la situation.

Cela ne pouvait pas arriver, pas maintenant, c'était impossible. Suzy ne devait pas accoucher avant une semaine. Et le mariage était dans dix-huit heures.

Archie se tourna vers Kelly et cessa de chronométrer.

– Kelly, va vite chercher Hattie ! Suzy a perdu les eaux.

Kelly courut récupérer des serviettes dans un placard, puis descendit les escaliers deux à deux. Son cœur battait à cent mille à l'heure. Elle se précipita dans la cuisine, mais elle était vide. Il n'y avait qu'un grand plateau garni de scones à la confiture, recouvert de film alimentaire, et une gigantesque théière. Où était Hattie ?

Peut-être Kelly devrait-elle trouver un médecin d'abord et Hattie ensuite ? Elle chercha un téléphone, mais Hattie n'avait qu'un vieux modèle fixé au mur, avec un câble en spirale. Or, Kelly ne savait pas du tout s'en servir.

Elle se rendit dans le salon, mais lui aussi était désert et silencieux, à part le battement régulier de la pendule sur le manteau de la cheminée. Le portable de Kelly sonna et elle décrocha par réflexe.

– Oui ? cria-t-elle, paniquée par son sentiment d'impuissance.

Connaissant Hattie, elle devait être dans le jardin, or il y avait neuf hectares à parcourir. Kelly sortit dans l'allée devant la maison, où Hattie se trouvait à son arrivée, mais elle n'y était plus.

– Kelly ? Dieu soit loué, tu as décroché ! Je veux simplement discuter. Je t'en prie ! Personne ne m'adresse plus la parole.

– Anouk ?!

Kelly s'arrêta net et regarda son téléphone d'un air horrifié. Suzy et elle avaient fait la promesse de ne plus jamais entendre le son de sa voix. Pas après ce qu'elle avait fait à Cassie.

Kelly ferma les yeux, pour rassembler son courage.

– Je ne peux pas te parler, Anouk. Tu sais ce que tu as fait.

– Mais si je pouvais simplement m'expli…

– Non ! Aucune explication n'excuse ton comportement ! Et je n'ai pas le temps pour ces histoires, là tout de suite ! Suzy accouche et il faut que je trouve un médecin. Salut !

Kelly raccrocha au moment où elle entendit une voiture franchir le passage canadien. Elle aperçut le sourire de Cassie derrière la vitre arrière.

– Oh, Dieu merci, tu es là ! s'écria avec emphase Kelly.

Elle la prit fermement dans ses bras avant même que Cassie n'ait fermé la portière.

– Il y a un souci ? Qu'est-ce qu'il y a ? lui demanda Cassie, surprise par cet accueil.

– Tu es la dernière demoiselle d'honneur qui reste. Suzy est en train d'accoucher ! Et je n'arrive pas à trouver Hattie. Tout est une catastrophe !

Le bruit du passage canadien les prévint de l'arrivée d'une autre voiture et elles tournèrent la tête. Kelly replaça son turban et resserra sa robe de chambre autour d'elle. Une Mini rouge tomate remontait l'allée, faisant gicler des graviers derrière elle, à la manière des embruns d'un hors-bord.

Kelly et Cassie observèrent Henry se déplier et s'étirer le cou. Il portait un jean et un polo à rayures roses. En revoyant cet homme, Cassie sentit son ventre se nouer. Elle n'avait pas réussi à ne plus penser à lui, ses doigts caressant constamment ses lèvres au souvenir de son baiser. Certes, il avait coupé court et avait aussitôt disparu, laissant Cassie seule encore une fois, mais cette étreinte était la preuve tangible que ce qui se passait entre eux n'était pas le fruit de son imagination.

Il attrapa un baise-en-ville sur le siège passager. La gorge serrée, Cassie attendit que le regard de Henry lui confirme qu'il y avait bel et bien quelque chose. Ni l'un ni l'autre ne pouvait plus le nier.

Mais Henry s'approcha d'elles dans un silence inquiétant, une expression orageuse sur son visage. Cassie sentit son sang se figer.

– Salut Henry, dit Kelly, lorsqu'il passa à côté d'elle, les yeux rivés sur la porte d'entrée.

– Hé. Salut Kelly, marmonna-t-il, sans prendre la peine de s'arrêter. Félicitations pour demain.

Il y eut un blanc un instant.

– C'était quoi ça ? murmura Kelly à Cassie, alors que Henry disparut dans la maison. Je ne l'ai jamais vu comme ça.

Cassie fut incapable de prononcer un seul mot.

Chapitre 47

Ils firent les cent pas dans la salle d'attente, tels des rats de laboratoire – stressés, à tourner en rond.

– Ça fait cinq heures maintenant, s'écria Kelly, exaspérée. Qu'est-ce qui prend autant de temps ?

Cassie lui jeta un regard.

– Hé, tu as vu la taille de son ventre ? Moi aussi, à sa place, j'hésiterais à expulser un bébé aussi gros.

– Archic n'avait pas l'air bien, vous avez vu ?

– Comme tous les hommes, répondit tout net Cassie.

Elle se laissa tomber d'un coup sur une chaise en plastique froid.

Henry, qui lisait un vieux numéro de *National Geographic* et écornait les pages de tous les endroits cités où il s'était rendu, la considéra froidement, insensible à sa remarque. Son regard fit frissonner Cassie, puis il détourna les yeux et reprit sa lecture.

Cassie jeta un coup d'œil à Kelly pour s'assurer qu'elle n'avait pas aperçu ce reproche silencieux, mais celle-ci tapait du poing contre un distributeur pour tenter de libérer une cannette de coca coincée entre les anneaux. Cassie se retourna vers Henry, il avait les joues d'un rouge carmin alors qu'il se concentrait pour lire le magazine, ses yeux tels des lasers sur les mots. Elle ne comprenait pas ce qui se passait, pouvait à peine croire qu'il ne s'était écoulé que deux jours depuis leur baignade à Hampstead Heath, son corps contre le sien, son souffle contre son oreille. Et leur baiser, ce baiser… Sans doute le baiser de sa vie. C'est lui qui en était l'instigateur. Pas elle. Et c'est lui qui était fiancé. Pas elle. Alors pourquoi était-il si en colère après elle ?

Elle entendit Kelly renoncer à la cannette et revenir vers eux.

– Tu as l'air fatiguée, dit-elle à Cassie comme si elle le remarquait pour la première fois.

– Ah bon ?

– Oui.

Kelly s'assit à côté d'elle sur le siège en plastique dur et poussa un soupir las. Ce n'était pas ainsi qu'elle avait imaginé sa dernière soirée de célibataire.

Ils restèrent assis en silence, et Cassie lutta pour ne pas regarder Henry. Elle vit que le vernis à ongles sur ses orteils était abîmé et glissa aussitôt son pied sous la chaise, de peur que Kelly ne s'en aperçoive. Elle n'avait pas eu de vraie pédicure depuis son départ de Paris ; les rituels de beauté minutieux de Kelly et Anouk commençaient à passer à la trappe. Avant qu'elle ne s'en rende compte, elle aurait de nouveau des ongles pareils à des cornes de rhinocéros.

– Évidemment, je ne suis pas la seule dont les plans vont être perturbés par l'arrivée prématurée de Cupcake, déclara Kelly au bout d'un moment.

– C'est-à-dire ?

– Ben, où vas-tu vivre ? Ils n'ont que deux chambres chez eux, non ?

Cassie haussa les épaules.

– Oui. Mais je devais déjà dormir sur le canapé à partir de lundi de toute façon. Les peintres viennent ce week-end pour transformer la pièce en chambre d'enfant.

– Quelle synchronisation !

– Oui.

– Et donc, que prévois-tu de faire sur le long terme ? Tu ne peux pas dormir sur le canapé tous les soirs, surtout s'ils sont réveillés par le bébé – ce qui arrivera à coup sûr !

– Je sais bien.

Cassie balaya la salle d'attente du regard, aperçut les affiches de la Sécurité sociale collées au mur et le brancard près des portes battantes, prêt pour l'instant où Suzy sortirait de la salle d'accouchement.

– J'ai un peu d'épargne que je pourrais utiliser. J'imagine que c'est le moment de voler de mes propres ailes et de me trouver un appartement.

– Mais où ça ? À New York ? À Paris ? Ou à Londres ? Tu as vécu dans toutes ces villes maintenant. Tu dois décider où tu vas t'installer.

– Eh bien, pas à Paris. Trop de mauvais souvenirs. Et puis, ce n'est pas comme si Anouk et moi allions nous retrouver pour déjeuner ensemble, pas vrai ?

Kelly haussa les épaules et tapota le bras de Cassie.

– Et New York alors ? C'est là où tu as été la plus heureuse, tu le sais.

Cassie fronça les sourcils d'un air interrogateur. Dans son souvenir, elle avait été la majeure partie du temps déboussolée et en larmes, à essayer d'accepter la fin de son mariage.

Elle comprenait toutefois ce que Kelly voulait dire. Elles avaient connu des moments heureux là-bas.

– Je ne sais pas, soupira Cassie. Brett et toi vous mariez demain. Je ne veux pas vous déranger…

– Hé ! Tu ne vas pas vivre dans la même chambre que nous, si c'est ce qui te tracasse ! En plus, j'emménage chez Brett. Je pourrais te louer mon appartement. Je te ferais payer un loyer symbolique. Et il y a Bas là-bas. Il serait aux anges si tu revenais à New York !

Cassie eut un sourire pensif. Elle avait espéré retrouver Bas dans la soirée autour d'un verre au pub, près de l'hôtel où la famille du marié et lui séjournaient ; elle aurait apprécié ses conseils à propos de Henry. Mais ce n'était plus possible désormais. Pas ce soir. Elle devrait essayer de trouver un moment seul avec lui au mariage.

– Donc, ça se joue entre New York et Londres. Ce sont les finalistes ?

Cassie jeta un coup d'œil à Henry. Sa bouche s'était fixée en une ligne encore plus maussade.

– Londres ? Non. Non, je ne crois pas, dit-elle doucement.

Autant avait-elle envie de rester près de Suzy et Archie, autant elle n'avait pas envie d'assister au bonheur conjugal de Henry et Lacey. Le comportement de Henry envers Cassie – silencieux et méprisant – était un rejet catégorique de leur baiser qui, pour elle, n'avait rien d'anodin. Il la détestait à cause de ce baiser.

– Alors, c'est New York dans ce cas ? s'exclama Kelly, en écartant les mains d'un air ravi. Tu as choisi New York par élimination.

– Ah bon ?

– Oh, il faut que je l'annonce à Bas ! se réjouit Kelly, avant de se lever d'un bond et d'attraper son téléphone dans son sac. Retour à la garde-robe noire, ma belle ! Hé ! Tu as entendu ça, Henry ? Cassie vient vivre à New York ! J'ai gagné !

Henry leva la tête et jeta le magazine avec dédain sur le siège à côté de lui. Cassie posa rapidement une main sur le bras de Kelly, alors qu'elle commençait à chercher le nom de Bas dans son téléphone.

– Kelly, tu n'as pas le droit d'utiliser ton téléphone ici. Et puis je n'ai pas encore vraiment pris de décision. On en reparlera plus tard.

– Eh bien, je pense que c'est une excellente nouvelle, déclara posément Henry, en croisant les bras sur la poitrine. Je suis ravi.

Cassie le fixa. Les paroles de Henry flottèrent dans l'air et vinrent lui asséner un coup de poing dans le ventre. Il était « ravi » ? Ravi qu'elle parte ? Évidemment ! Il n'avait pas envie de la regarder et de se souvenir qu'il avait trompé sa fiancée. Il ne voulait pas que cet instant de faiblesse lui soit renvoyé à la figure chaque fois qu'il rendrait visite à sa sœur et à son meilleur ami, pas vrai ?

Cassie sentit sa colère bouillonner et surgir soudain, et elle craignit de trahir leur petit secret honteux. Parce que, de toute évidence, c'en était un pour Henry. Il ne supportait pas de la regarder, de se rappeler ce qu'il avait fait.

– Tu vas bien, Cassie ? s'inquiéta Kelly, en passant tour à tour le regard de son amie à Henry.

– Je vais me chercher un café. Crie si la sage-femme sort.

Cassie s'éloigna dans le couloir et suivit les lignes jaunes et vertes sur le mur qui balisaient le chemin pour se rendre respectivement au service radiologie et hématologie. Elle tourna à gauche vers la machine à café et s'appuya contre elle un moment, pour tenter de retrouver son calme. Son cœur martelait sa poitrine et elle savait que si elle posait la main sur ses joues, elles seraient brûlantes. Des larmes salées lui piquaient les yeux, mais elle refusait de les laisser couler. Elle en avait assez de servir de bouc émissaire. Si Henry avait des soucis avec Lacey, il pouvait très bien en prendre la responsabilité et cesser de rejeter ses problèmes sur Cassie.

Elle chercha de la monnaie dans la poche de son jean et appuya sur les boutons pour commander un café. Dans son dos, elle entendit des bruits de pas approcher et s'arrêter à un mètre d'elle. Elle pivota sur elle-même, prête pour la confrontation.

– Ce n'était qu'un baiser, mince ! Ce n'est pas la fin du monde !

– Salut.

Cassie se figea.

– Je t'en prie. Je n'en ai que pour une minute… J'ai besoin de te dire certaines choses.

– Mais qu'est-ce que tu fais ici ?

Anouk haussa les épaules.

– J'ai appelé Kelly. Elle a décroché par erreur, je pense. Elle m'a dit que Suzy était en train d'accoucher, puis elle a raccroché. Je savais que vous étiez toutes dans le coin pour le mariage demain, donc… Je n'ai pas eu de mal à trouver l'hôpital le plus proche.

– Depuis combien de temps es-tu ici ?

– Je viens seulement d'arriver. J'ai sauté dans le premier Eurostar.

Anouk avait l'air épuisée. Ses cheveux étaient mous et ternes, et aucune trace de maquillage n'était visible sur son joli minois. Elle était pâle et crispée : elle avait également perdu du poids depuis la dernière fois où elles s'étaient vues – depuis leur brouille deux mois plus tôt. Ses lèvres étaient gercées et elle portait… une polaire informe ! C'était le détail le plus choquant d'entre tous.

– Je suis désolée, mais je ne pense pas que ce soit le moment, Anouk, répondit sèchement Cassie, qui se retourna vers la machine à café.

Mais Anouk l'attrapa par le bras.

– Au contraire, je pense que c'est le seul moment possible. Si on ne se parle pas maintenant…

Sa voix s'étrangla et Anouk secoua la tête.

– Suzy va avoir son bébé ; Kelly se marie demain. Nous avons attendu toute notre vie que ces jours arrivent et de les vivre ensemble…

– C'est dommage que tu aies oublié cela quand tu as choisi de garder le secret de mon mari.

– Je sais, je sais, admit Anouk en fixant le sol. C'était inexcusable. Tout ce que tu as dit ce soir-là était vrai. Tout. Je refusais simplement de voir les choses en face.

Elle leva les yeux pour regarder Cassie, son visage était pâle comme une lune triste, ses yeux sombres comme les abysses.

– L'idée de vivre sans Jacques, même le peu de lui que j'avais la chance d'avoir… Je crois que je n'étais pas assez forte pour le supporter. Je ne me souviens pas d'un moment où il ne faisait pas partie de ma vie. Comme les filles et toi.

Anouk releva la tête et Cassie aperçut ses yeux ourlés de rouge. On aurait dit qu'Anouk pleurait depuis des années. C'était sans doute le cas, songea soudain Cassie.

– C’était l’amour de ma vie, Cassie. J’ai eu ma chance avec lui, mais je l’ai gâchée. Je n’ai pas fait attention à lui. Je pensais rendre notre relation passionnée et excitante. Mais il s’est lassé de mes jeux. Alors, il a épousé Florence. Mon amie Florence. Il savait le mal que ça me ferait – que ça m’a fait –, mais j’ai toujours cru qu’il finirait par la quitter pour moi. C’est moi qu’il a aimée d’abord, qu’il a aimée le plus longtemps. Je croyais que c’était moi qu’il aimait le plus. Mais quand je l’ai entendu te parler de moi de cette façon… J’ai pris conscience pour la première fois que je n’étais rien pour lui.

Cassie fixa Anouk, et se rendit compte que ce qu’elle avait pris pour la froideur parisienne de son amie avait été en réalité l’épreuve de vivre un mensonge – la mascarade avec un faux petit ami, son amour-propre fragile que Claude avait ébranlé si facilement, sa quasi-obsession pour les apparences et la séduction. Pour la première fois, Cassie se rendit compte que la douleur de son amie était aussi visible sur elle que si elle était tatouée sur sa peau.

– Florence est-elle au courant ? demanda-t-elle.

Anouk acquiesça d’un signe de tête.

– Je n’ai pas revu Jacques, ni eu de nouvelles de lui depuis cette soirée, donc je ne peux pas en avoir la certitude.

Elle eut un petit haussement d’épaules, qui eut davantage l’air d’un spasme.

– Je pense qu’elle l’a sans doute toujours su. Nous continuerons à être polies lorsque nous nous croiserons. Elle lui a sûrement pardonné.

Cassie haussa un sourcil.

– Sûrement oui, répéta-t-elle, incapable de masquer le sarcasme dans sa voix.

Anouk leva la tête.

– Je ne voulais pas… Je ne voulais pas insinuer que, toi aussi, tu aurais dû pardonner à Gil. Je pense, en réalité, que tu as eu raison de ne pas le faire.

– Vraiment ?

Cassie se rappelait très bien les réactions consternées au dîner à Paris, le mépris de Jacques.

– Oui. Cet homme n'a jamais été fait pour toi.

Cassie dévisagea son amie. Était-ce ce qu'elle pensait ? Qu'elle était partie pour trouver quelqu'un de mieux ?

– Je n'ai pas quitté Gil pour mon bien, Anouk, s'écria-t-elle soudain, la main plaquée contre son cœur. Cela aurait été beaucoup plus facile de rester – de refuser de partir, de ravaler ma fierté et d'évincer Wiz – comme j'étais en droit de le faire !

Anouk parut confuse.

– Alors dans ce cas… pourquoi es-tu partie ?

– Parce qu'il n'y avait qu'une seule issue possible – c'était la seule chance pour un petit garçon, aussi innocent que moi dans cette fichue histoire, de connaître une vie de famille stable ! Rory est mon filleul, Anouk. Je l'aimais. J'étais présente à sa naissance ! Mais mon mariage a cessé d'exister à la seconde où il est né. Même si Gil et moi avions réussi à recoller les morceaux, comment pouvais-je sciemment éloigner cet enfant de son père ?

Sa voix se noua. Anouk la fixa, horrifiée.

– Je ne…

Cassie détourna le regard vers le mur du fond, en clignant vivement des yeux.

– Donc je me suis trompée encore une fois, admit Anouk d'une petite voix. Je… Je suis vraiment navrée.

Elle haussa les épaules d'un air abattu.

– Je voulais à tout prix t'expliquer mes actes. Quand je me suis rendu compte que Wiz te faisait ce que je faisais à Florence… Je refusais de le voir. Je ne supportais pas de l'admettre. J'avais tellement peur de perdre Jacques. Et puis, tu as tout découvert et tu as quitté Gil… ce qui m'a donné de l'espoir en réalité. Je me disais que peut-être Florence quitterait Jacques. Peut-être que c'était ainsi que les choses fonctionnaient en fin de compte. Il ne la quitterait pas, mais elle le quitterait. Je pourrais l'avoir de nouveau pour moi si je me montrais patiente. J'avais perdu toute raison, tout sens de l'amitié.

Anouk leva la main pour toucher le bras de Cassie, mais cette dernière tressaillit, et le bras d'Anouk resta en suspens. Elle le laissa tomber et hocha la tête d'un air dépité, en comprenant que les mots n'étaient pas suffisants.

– Je suis terriblement désolée, dit-elle, avant de se tourner.

Elle se dirigea vers la porte, une silhouette minuscule dans les lumières nocturnes de l'hôpital.

Cassie regarda son café toujours dans la machine et entendit soudain son nom résonner dans le couloir. Elle jeta un coup d'œil vers Anouk, qui l'avait entendu également. C'était à n'en pas douter la voix de Kelly. Anouk marqua une pause une fraction de seconde, puis continua de marcher vers la porte.

Oh, zut… Sois forte, ne craque pas, se somma Cassie.

Les portes s'ouvrirent en grinçant.

– Anouk, attends ! cria Cassie, en courant vers son amie.

La jeune femme pivota sur elle-même.

– Je viens d'entendre Kelly. Je pense que le bébé est arrivé, haleta Cassie.

Les larmes dans les yeux d'Anouk débordèrent et elle posa une petite main sur sa bouche, en hochant la tête.

– Veux-tu bien l'embrasser pour moi ?

– Non, répondit Cassie avec une incroyable fermeté.

Anouk lui jeta un regard anxieux.

– Cassie, je t'en supplie !

Cassie prit la main d'Anouk et commença à la tirer dans l'autre sens.

– Tu l'embrasseras par toi-même.

– Mais...

Anouk traîna des talons sur le lino.

– Tu avais raison, Anouk. Nous ne pouvons pas être séparées à un moment pareil. Suzy vient de devenir maman, bon sang ! déclara Cassie, dont la voix faiblit sous le coup de l'émotion.

– Mais tout ce que j'ai fait...

Cassie soupira. Suzy la tuerait littéralement qu'elle fasse autant preuve d'indulgence.

– Ce qui est fait est fait. Tu as agi par peur. Je sais ce que c'est d'aimer un homme qui ne nous aime pas assez en retour, tu ne crois pas ? Toutes les deux, nous sommes les deux faces de la même pièce. Le moins qu'on puisse faire, c'est de veiller l'une sur l'autre, tu n'es pas d'accord ?

Anouk approuva d'un signe de tête et se remit à pleurer, mais, cette fois, son regard était empreint de gratitude et de soulagement.

– Alors, viens ! s'exclama Cassie, qui attrapa la main d'Anouk et la tira dans le couloir, au moment où Kelly la héla de nouveau.

Kelly et Henry furent bouche bée lorsqu'ils aperçurent Cassie passer l'angle en dérapant, avec Anouk dans son sillage.

– Je sais, je sais ce que vous vous dites. Vous n'auriez jamais cru voir un jour Anouk… – Cassie leva théâtralement les mains au moment où elle arriva à leur niveau – porter du polyester !

Il y eut un silence stupéfait un instant, puis Henry et Kelly éclatèrent de rire, imités par Anouk. Les minuscules pleurs d'un nouveau-né retentirent de l'autre côté des portes battantes.

– Une petite fille ! pleurnicha Archie, qui en sortit. J'ai une petite fille !

Henry le serra dans ses bras d'un air ravi, les larmes aux yeux.

– Félicitations, mon vieux ! lui lança-t-il, en lui donnant une tape dans le dos.

Kelly, Cassie et Anouk s'enlacèrent, entre rires et larmes pour célébrer leur réconciliation tout autant que la naissance de Cupcake. Archie s'approcha des filles en pleurant à chaudes larmes ; Kelly et Anouk lui donnèrent des tapes réconfortantes et gloussèrent autour de lui telles des mères poules.

Cassie tourna sur elle-même, en pleurs et joyeuse.

– Henry ! Tu es tonton ! rit-elle, sa colère oubliée.

Elle se précipita vers lui, les bras grands ouverts, pour le féliciter. Mais Henry se détourna, toute sa joie disparaissant instantanément. Cassie fixa son dos. Il se dressait comme un mur. Défensif, hargneux, protecteur. Elle ne pouvait pas s'approcher de lui. La colère de Cassie revint en elle à la vitesse d'une boule de canon. Comment pouvait-il la snober de la sorte dans un moment pareil ?

– Mais pourquoi es-tu autant en colère ? murmura-t-elle, en s'avançant pour lui faire face. Qu'est-ce que *je* t'ai fait ?

Elle appuya sur le « je », pour lui rappeler implicitement que c'était lui qui l'avait embrassée, que c'était lui qui était fiancé.

Mais Henry n'eut pas le temps de répondre. Au loin, ils entendirent Suzy appeler son mari.

– Archie ! hurla-t-elle. Reviens ici ! J'ai besoin d'aide avec mon lolo !

***

– Tu as sacrément bien choisi ton moment, murmura Cassie, sans oser élever la voix, de peur de réveiller le bébé qui dormait dans ses bras.

– C'est un don qu'on a à la naissance ou pas…

Cassie sourit.

– Est-ce qu'ils vont vous laisser sortir pour la cérémonie de demain ?

– Tout dépend de comment elle mange, j'imagine, et de comment se passe la nuit, mais ils m'ont dit qu'ils feraient leur maximum.

– C'est super.

– Hmm. Il se peut que je doive traverser l'église en fauteuil roulant.

– Pourquoi ?

– Hé ho ? Je viens d'accoucher d'une boule de bowling !

– Pff. Comment peux-tu parler d'elle comme ça ? s'offusqua Cassie, tout en admirant tendrement le petit visage rose plissé.

– Elle pèse quatre kilos six cents. C'est un fait, répondit Suzy, en regardant ses ongles.

Elles fixèrent le bébé endormi.

– Je n'en reviens pas qu'elle soit enfin parmi nous, susurra Cassie.

Henry et Archie étaient partis au pub pour trinquer à la venue du bébé en compagnie de Brett, de Bas et du reste des invités du mariage. Kelly et Anouk étaient à la cafeteria, où elles buvaient de l'eau pétillante et rattrapaient le temps perdu.

– Mlle Clemency Velvet McLintlock. Très joli nom.

– Oui, mais combien tu paries qu'on va continuer à l'appeler Cupcake ?

– Elle est tellement belle.

– Hmm, je trouve qu'elle ressemble un peu au derrière d'un babouin, si tu veux la vérité. Regarde son nez, il est tout de travers.

– Suzy ! Tu es bien la fille de ta mère.

– Je sais, ricana Suzy avant que son visage ne soit adouci par une adoration béate. Mais elle sera belle. La plus belle qui soit.

– Oui. Et la plus classe. Tu as réintégré Anouk comme marraine, j'imagine ?

Suzy haussa les sourcils.

– Pas officiellement. Pas encore. Je veux en discuter avec toi d'abord, avant de toutes nous embarquer dans un engagement à vie. J'étais assez surprise de vous voir arriver avec elle, je t'assure.

– Oui, peut-être que je me suis un peu laissée emporter sur le moment. J'ai entendu Kelly crier et je savais que ça voulait dire que le bébé était né. Je ne supportais pas l'idée qu'on se fasse la guerre dans un moment pareil. Si nous ne sommes pas unies dans les bons moments, comment pouvons-nous l'être dans les mauvais ?

– Pff, je te l'ai dit, tu es trop gentille.

– Elle a assez morflé comme ça, Suzy. Je crois que cette relation la fait souffrir depuis des années. Franchement, tout le temps où j'ai habité avec elle, elle était très triste.

– Je n'en reviens toujours pas qu'elle portait une polaire.

– Moi non plus.

Cupcake s'était endormie à poings fermés dans les bras de Cassie.

– Hé, tu as ça dans le sang, fit remarquer Suzy, qui se renfonça dans les oreillers. Je vais te dire, j'ai déjà bien assez avec le mariage. Tu peux être ma nounou.

Cassie sourit, mais ne répondit rien. Suzy l'observa et reconnut le désir dans le regard de son amie.

– Pourquoi Gil et toi n'avez jamais eu d'enfants ? demanda-t-elle au bout d'un moment. Vous êtes restés mariés longtemps.

Cette question prit Cassie au dépourvu.

– Oh... Euh...

Puis ses épaules s'affaissèrent, les piques de Wiz résonnant de nouveau dans ses oreilles. Pour quelle raison protégeait-elle Gil ?

– Parce que Gil me répétait sans cesse qu'il ne voulait pas me partager. Que ce que nous avions était très précieux. D'après lui, un bébé aurait tout gâché.

Suzy regarda Cassie, choquée par la manipulation de cet homme.

– Je sais. C'est n'importe quoi, hein ? Il m'avait dit que nous pourrions commencer à essayer après nos dix ans de mariage, confessa Cassie avec un haussement d'épaules.

– Oh, trop gentil de sa part !

– Oui… Pour être franche, les trois dernières années ont été atroces. Je comptais pratiquement les jours. C'était la chose que je désirais le plus au monde. J'étais seule tout le temps, mais Gil refusait de l'entendre. Il ne voulait même pas en entendre parler. Il fallait arriver aux dix ans.

– Cassie, pourquoi ne m'as-tu rien dit ? J'imaginais que Gil et toi n'aviez pas envie de fonder une famille. Tu ne parlais jamais d'enfants.

– Il m'a fait promettre de ne jamais en discuter avec vous. D'après lui, le moment et les raisons de fonder une famille ne regardaient que nous.

– Quelle petite merde. Il savait que nous te ferions entendre raison si tu nous racontais ces foutaises.

– Oh, il n'était pas aussi mauvais, Suzy ! J'imagine que Rory était déjà né à l'époque et… et puis, je pense qu'en fin de compte, il s'est retrouvé dans une situation dont il ne pouvait s'échapper, quand bien même il en aurait eu envie. Foncièrement, c'est un homme moral.

– Mais tu t'entends ? Qu'y a-t-il de moral à sauter la meilleure amie de sa femme ?

– Je parlais du fait qu'il reste près de Rory.

– Je sais bien ce que tu voulais dire. Mais j'ai plutôt l'impression qu'il a eu le beurre et l'argent du beurre. Et toi, tu te montres toute compréhensive et clémente.

Une expression horrifiée apparut sur le visage de Suzy.

– Oh non, ne me dis pas que tu as trouvé la foi !

Cassie ricana.

– Non.

– Tant mieux. Parce que je n'ai pas envie que les marraines de Cupcake soient des bigotes.

Cassie regarda Suzy en haussant les sourcils et celle-ci lui sourit de façon espiègle, avant de se recaler contre les oreillers.

– Bon. Est-ce que tout est prêt pour demain ? demanda Cassie, pour changer de sujet.

– Oui. J'ai récupéré le gâteau aujourd'hui. Et ce matin, j'ai reçu la commande de verres à pied et de vaisselle pour les traiteurs, tout ça sera à mettre sous le chapiteau.

– Et les fleurs… Dean a-t-il réussi à avoir la bonne couleur ?

– Il ne les avait pas reçues aujourd'hui. Elles n'ont pas été livrées.

– Tu plaisantes ! s'écria Cassie.

– Tout est sous contrôle, ne t'en fais pas ! Il m'a dit qu'elles arriveraient demain matin sans faute et qu'il les enverrait par le train de dix heures vingt-six. Il ne me décevra pas. À vrai dire, je pense qu'il l'a fait exprès pour que les fleurs soient extra-fraîches. Je crois qu'il essaie d'impressionner ma mère.

– C'est la mariée qu'il faut impressionner plutôt, maugréa Cassie, avant d'apercevoir l'inquiétude sur le visage de Suzy.

Elles savaient toutes les deux que son stress inhabituel n'était pas dû aux fleurs. Cassie tenta de changer de sujet.

– Je n'en reviens pas que le mariage soit arrivé si vite. Au même moment l'année dernière, ils ne se connaissaient même pas. Et maintenant…

– Maintenant, ils ne peuvent plus se passer l'un de l'autre.

– J'imagine que le coup de foudre existe bel et bien, soupira Cassie.

Elle se rappela la soirée en boîte de nuit où Kelly et elle avaient rencontré Brett. C'était quelques instants avant que Henry et Lacey ne les rejoignent. Cassie fixa ses mains.

– Quand on est sûr d'avoir trouvé l'amour de sa vie, pourquoi attendre ?

– Oh, je vois plein de raisons d'attendre, rétorqua Suzy.

– Que veux-tu dire ?

– Parfois, les étoiles doivent d'abord s'aligner.

Cassie lui lança un regard inquiet.

– D'après toi, ils vont trop vite ? Parce que si tu penses que c'est trop tôt, nous devrions le dire franchement à Kelly.

– Non. Ils se sont bien trouvés. Je ne pensais pas à eux.

– À qui alors ? demanda Cassie, déconcertée.

Suzy la fixa un moment, pensive.

– Eh bien, c'est drôle, mais j'ai toujours pensé dans un coin de ma tête que Henry et toi, tu sais… vous finiriez ensemble.

– Henry et moi ! Mais qu'est-ce qui te fait croire cela ?

Cassie sentit son rougissement habituel éclairer la pièce. Henry avait-il raconté quelque chose à sa sœur ? Suzy les avait-elle vus s'embrasser après tout ?

– Je n'en sais rien. Il y a quelque chose entre vous deux quand vous êtes ensemble.

– Tu hallucines, répondit Cassie, pour mettre un terme à la conversation. Le sucre doit te faire délirer. Il est fiancé, au cas où tu l'aurais oublié, et moi, je ne recherche absolument pas l'amour.

– Parfois, c'est l'amour qui vient nous chercher.

– Est-ce que tu t'entends ?

– Réfléchis-y ! C'est une coïncidence tellement énorme que tu l'aies agressé dans le parc ce jour-là.

– Mais je ne l'ai pas agressé ! protesta Cassie.

– Et puis Maman m'a dit – et je pense qu'elle a raison sur ce point –, déclara Suzy en prenant un ton théâtral, les yeux grand ouverts, « Était-ce réellement une coïncidence ? ».

– Quoi ?

– Était-ce une coïncidence ? Ou, comme je l'ai dit, était-ce un alignement des étoiles ?

Cassie leva les yeux au ciel.

– Tu devrais te reconvertir dans l'astrologie...

Suzy sourit, sans se laisser démonter.

– J'ai toujours pensé que, des deux hommes que tu avais embrassés le soir où tu as rencontré Gil – tu es une vraie dévergondée, d'ailleurs ! –, tu n'avais pas épousé le bon.

Elle se renfonça dans les oreillers, en se préparant à la réaction de Cassie, qui sans surprise était bouche bée, avait les joues écarlates et bafouillait.

– Qu... ? M... M... Mais tu ne le penses pas !

– Que tu es une dévergondée ? Non.

Cassie jeta à son amie un regard sarcastique.

– Oh, tu veux dire... Eh bien si, je le pense. Depuis des années. Mais je ne pouvais pas t'en parler puisque tu étais mariée...

Cassie soupira et détourna le regard. Pourquoi Suzy lui racontait-elle tout cela ? Henry était fiancé à une autre femme. Une femme élégante, svelte, énigmatique et très belle. Qu'est-ce que Suzy attendait de Cassie ? Détruire leurs fiançailles, tout cela parce qu'ils avaient éprouvé le même désir quelques instants, avant que Henry ne prenne la fuite à chaque fois ? En outre, Suzy n'avait pas vu comment son frère se comportait actuellement avec Cassie, après ce petit baiser dérisoire, extraordinairement incroyable. C'était comme si Henry la prenait pour une diablesse qui lui aurait volé son âme.

– Ce n'était qu'un baiser, Suzy. Un seul baiser, il y a très longtemps, protesta doucement Cassie. Ce n'était rien.

– Hmm. Tu vois, tu as beau dire cela, mais quand je vous vois tous les deux ensemble, je ne peux m'empêcher de me demander : « Et si ce n'était pas rien ? »

Suzy prit Cupcake des bras de Cassie et la posa dans le berceau. Elle regarda son amie d'un air préoccupé.

– Et si, au contraire, c'était tout ?

Chapitre 48

Quand Cassie entra le lendemain matin dans la cuisine, Henry faisait revenir des champignons dans une poêle, et Kelly terminait sa tartine – des sépare-orteils aux pieds, des gants de coton aux mains et un masque hydratant sur le visage. Après avoir traversé pendant trois jours le pays dans un sens puis dans l'autre dans les mêmes habits, Cassie avait enfin pris une douche et avait passé un bermuda blanc et un débardeur kaki, sans mettre de soutien-gorge.

– Hé, la marmotte ! C'est moi qui suis censée être déphasée avec le décalage horaire, railla Kelly, en lui faisant un clin d'œil, le regard pétillant. Es-tu prête pour un rock'n'roll ?

Après avoir jeté un coup d'œil à Henry, dont le dos faisait toujours office de mur, Cassie parvint à hausser un sourcil pour exprimer un « Hein ? » sarcastique. Elle s'assit lourdement et prit la théière, afin de se servir une tasse de thé. Elle fit un geste vague à Kelly pour lui proposer de la resservir.

– Les matins sont toujours aussi difficiles ? lui demanda Kelly.

Elle examina Cassie de la tête aux pieds. Elle se pencha vers elle et lui dit à voix basse :

– Qu'est-ce qui se passe ? Tu as une mine affreuse ! Tu ne peux pas être à côté de moi dans l'église avec cette tête. Tu vas gâcher les photos.

Elle agita légèrement la tête pour montrer qu'elle plaisantait – enfin, plus ou moins.

– Je n'ai pas très bien dormi. Tu sais, avec toute l'excitation d'hier soir…, murmura Cassie, en gardant la tête baissée. Ne t'en fais pas. J'irai mieux dès que j'aurais avalé ça.

Elle porta son thé à ses lèvres, quand Henry ouvrit les placards avec fracas à la recherche d'une assiette propre.

– Bien sûr, murmura Kelly, en jetant un coup d'œil à Cassie par-dessus sa tasse de thé. Tu aurais dû nous rejoindre pour un dernier verre hier soir.

Cassie secoua la tête.

– Je crois que j'aurais préféré un oreiller imprégné de chloroforme.

– À ce point-là ?

– Hmm.

– Retourne te coucher une petite heure. Tout est pratiquement prêt.

– Je ne peux pas. Je suis une boule de nerfs, répondit Cassie, sans en donner toutefois l'air.

Henry posa son petit déjeuner sur la table à côté d'elles et, après l'avoir recouvert de sauce brune, il se mit à manger avec un bruit détestable.

Cassie lui jeta un regard agacé. Elle n'en revenait pas qu'il ait toujours cette attitude. Où était passé son ami expérimenté, intéressant, imaginatif et drôle ? Celui qui avait orchestré sa remise sur pied, en agrémentant d'énigmes et de piquant ses explorations citadines, quand elle s'était timidement lancée à la découverte du monde par elle-même ? Avait-il réellement disparu à cause de l'égarement d'un instant ?

Elle l'observa mâcher, les joues pleines, les yeux résolument rivés sur son assiette. Elle devait essayer de se retrouver seule avec lui et de lui parler avant le mariage. Sinon, les gens allaient commencer à se poser des questions.

Elle se tourna vers Kelly.

– Où sont les autres ? C'est étrangement calme.

– Hattie et Archie sont partis à l'hôpital pour voir Cupcake et savoir si Suzy et elle peuvent sortir, répondit Kelly, qui retira un gant et caressa la peau très hydratée de sa main. Ils seront de retour d'ici une heure. Le traiteur arrive à onze heures, et Bas est là-haut, en train de s'installer. Il meurt d'envie de te voir. J'ai fait tout ce que j'ai pu pour l'empêcher d'interrompre ton sommeil réparateur – et à en juger par ta tête, je suis contente d'avoir réussi. Tu avais besoin de la moindre minute.

Cassie sourit avec indulgence à la pique affectueuse de Kelly. Elle aussi était impatiente de voir Bas. Ils avaient beaucoup de choses à se raconter.

– Comment se fait-il que tu sois aussi calme ? Je m'attendais à ce que tu sois hystérique. Suzy m'a donné des calmants à mettre dans ton thé.

Kelly remua les épaules, ferma les paupières, repoussa sa tête en arrière et forma avec ses doigts un « om » bouddhiste.

– Pourquoi ne serais-je pas calme ? Brett est de l'autre côté du village, il fait beau, Cupcake est née, Anouk est pardonnée, tu es revenue de ton excursion…

Elle ouvrit les yeux et regarda Cassie.

– D'ailleurs, il faut qu'on en discute.

Henry s'arrêta, la fourchette en suspens, à la mention de la disparition de Cassie, avant de se reprendre et de se remettre à manger avec encore plus de bruit.

– Plus tard, murmura Cassie, en posant ses mains sur celles de Kelly. Aujourd'hui, c'est ta journée.

– Oui, c'est vrai.

Kelly sourit et montra à Cassie qu'elle avait déjà passé sa bague de fiançailles à sa main droite, prête pour recevoir l'alliance à l'annulaire gauche.

– Est-ce que Brett va porter une alliance ? s'enquit Cassie.

Kelly hocha la tête.

– Oh que oui. Je veux que le monde entier sache qu'il est pris. Et toi, Henry, mettras-tu une alliance ?

– Quoi ?

Manifestement, il n'entendait rien avec le bruit de sa mastication.

– Je disais : est-ce que tu vas mettre une alliance ?

– Non, sûrement pas.

Il laissa tomber ses couverts et se leva si brusquement que les pieds de sa chaise crissèrent sur le sol de la cuisine, ce qui fit grimacer les filles. Elles l'observèrent quitter la pièce en trombe et entendirent au loin les portes claquer derrière lui.

– Quelle mouche l'a piqué ? demanda Kelly, les paumes ouvertes. C'était une question parfaitement innocente. Il m'a pratiquement envoyée promener !

Cassie lui répondit par un haussement d'épaules qui signifiait « Va savoir ? ».

– Ça doit avoir un rapport avec Lacey, en déduisit Kelly. Il n'y a que pour une femme que les hommes se mettent dans un état pareil.

Henry paraissait au bord de l'explosion.

– Hmm, sans doute, convint nerveusement Cassie. Ne t'en préoccupe pas aujourd'hui. Ça ira pour lui. Ils se sont sans doute disputés. Ils se rabibocheront.

– J'imagine. Au fait, as-tu croisé Anouk à l'étage ?

– Non. Elle n'est pas descendue pour le petit déjeuner ?

– Pas pendant que j'étais là.

Cassie réfléchit un instant. Les cœurs ne guérissent pas en une journée – elle le savait mieux que quiconque.

– Je crois savoir où elle pourrait être, déclara Cassie, avant de se lever et d'enfiler une paire de bottes qui se trouvaient près de la porte. Demande à Bas de commencer ta coiffure et je t'envoie Anouk.

– Tu ferais ça ? Elle n'a pas encore essayé sa robe, alors s'il faut la reprendre…

– Ça va aller. Hattie coud elle-même ses vêtements, elle pourra nous aider s'il faut faire des modifications de dernière minute. Enfin, si elle revient à temps de l'hôpital. De mon côté, je vais chercher Anouk, indiqua Cassie, en chassant Kelly de la cuisine.

Elle attendit un moment avant de décrocher son téléphone, afin de réserver un taxi qui livrerait les fleurs depuis la gare. Elle ne voulait pas que Kelly l'entende. Dans l'univers perfectionniste de Kelly, l'absence de fleurs était aussi grave que l'absence de marié.

Cinq minutes plus tard, Cassie passa devant la serre et le jardin de roses, en direction de la petite butte qui se dressait comme un tapis plissé aux confins de la propriété. Un vieux chêne s'élevait en son sommet, avec une énorme balancelle accrochée à l'une des grosses branches ; c'était « leur endroit » quand elles venaient se réfugier ici pour le week-end durant leur adolescence. À la limite du terrain des Sallyford, elle se balançait au-dessus d'une pente abrupte, ce qui donnait l'impression d'être catapulté de l'autre côté de la vallée.

Cassie écouta le cri des hirondelles qui plongeaient au-dessus d'elle, pour tenter d'alléger son humeur. La froideur de Henry, les remarques acérées de Wiz… l'animosité dirigée envers elle au cours des dernières vingt-quatre heures l'avaient minée, quand tout ce dont elle avait réellement envie était de profiter de cette journée avec ses amies.

Tout le reste allait bien. C'était une journée d'été idyllique, le ciel bleu clair parsemé de petits moutons et rien qu'un soupçon de brise pour faire onduler les jupes des femmes et faire frémir les plumes de leur chapeau.

En s'approchant, Cassie aperçut la frêle silhouette d'Anouk sur la balancelle. Elle était penchée en avant, la tête entre les mains, et semblait ressentir exactement la même chose que Cassie.

– Ça t'ennuie si je me joins à toi ?

Anouk leva la tête et Cassie remarqua instantanément que son amie pleurait.

– Oh, salut, dit Anouk, qui s'empressa d'essuyer son visage avec sa manche. Désolée, j'étais dans la lune.

– Oui, je vois ça, répondit Cassie, en s'asseyant sur le banc. Kelly m'a envoyée te chercher. Elle veut vérifier que ta robe te va toujours.

– Ah… Je vais y aller dans une minute. Il faut juste que je…

La voix d'Anouk lui fit défaut.

Cassie hocha la tête, elle comprenait parfaitement. Les larmes n'étaient pas encore taries.

– Comment va-t-elle ce matin, d'ailleurs ? s'enquit Anouk, tout en tapotant légèrement son nez avec un mouchoir.

– Étrangement calme.

– Flippant.

– Oui.

Elles accordèrent le mouvement de leurs jambes, et la balancelle se mit à aller un peu plus haut.

– Tu vas finir par l'oublier, tu sais, lâcha doucement Cassie au bout d'un moment.

Anouk la fixa, pleine d'espoir.

– Tu crois ?

– Je le sais.

– As-tu déjà oublié Gil ?

Cassie hésita.

– Pas complètement. C'est difficile de ne pas avoir de réponses à mes questions : quand est-ce que tout a commencé ? M'aimait-il vraiment ? Je sais seulement ce que j'ai reconstitué par moi-même, et ce ne sont que des suppositions. Ça laisse de la place au doute. Ce qui est dangereux.

– Comment cela ?

– Le doute permet d'espérer.

– Et la seule façon de vraiment oublier quelqu'un est de perdre tout espoir ?

– Je crois, oui.

– Eh bien, dit Anouk d'une voix monotone, j'ai assurément perdu cela.

Elles restèrent assises en silence quelques instants à observer un troupeau de vaches jersiaises paître dans un champ de l'autre côté de la vallée. Des meuglements graves et intermittents étaient portés par le vent.

Le téléphone d'Anouk sonna dans sa poche. Elle regarda qui l'appelait, avant de remettre son portable dans sa poche.

– Qui était-ce ?

– Guillaume. Il n'arrête pas de m'appeler. Il veut sans doute m'inviter à dîner, mais je n'ai pas envie de voir du monde en ce moment.

Cassie lui jeta un regard signifiant clairement qu'elle n'était pas d'accord.

– Quoi ?

– Rien.

– Non, dis.

– Peut-être que Guillaume t'appelle parce qu'il a une raison d'espérer.

Anouk considéra Cassie d'un air perplexe.

– N'as-tu jamais remarqué comment il te regarde ? Chaque fois que je le voyais, il avait toujours les yeux sur toi.

– Mais non !

– Oh si.

– Mais nous sommes simplement amis.

– Uniquement parce que tu ne lui as sans doute jamais laissé la chance d'être autre chose. Tu étais tellement obsédée par Jacques tout ce temps que tu n'as pas remarqué que Guillaume t'adore.

Anouk regarda Cassie avec stupéfaction.

– Mais…

– Et puis, il te fait rire. Et puis, il est beau comme un dieu.

Anouk resta interdite. Cassie se rendit compte que cette idée n'avait jamais traversé l'esprit de son amie. Anouk fouilla dans la poche de sa robe-chemisier en soie pour en sortir un paquet fin de cigarettes. Après en avoir allumé une, elle souffla une volute de fumée, ses yeux rivés sur un merle dans les branches au-dessus de leur tête.

– Guillaume, hein ? murmura-t-elle au bout d'un moment, et le plus petit des sourires se dessina sur ses lèvres, une teinte rose réchauffant ses joues pâles, une légère lueur apparaissant dans ses yeux.

Elle tourna son corps vers Cassie avec une expression espiègle.

– Eh bien, si c'est le moment des confidences…

L'expression d'Anouk changea subitement.

– Merde ! chuchota-t-elle, en regardant par-delà l'épaule de Cassie.

– Qu'est-ce qu'il y a ?

– Là-bas.

Cassie suivit le regard d'Anouk. Henry venait en leur direction, ses bras se balançant comme ceux d'un soldat. Il semblait plus furieux que jamais – et à la silhouette qui cherchait à emboîter son pas rapide, Cassie comprit pourquoi.

Chapitre 49

– Elle est là, maugréa Henry, en montrant à Gil l'endroit où Cassie et Anouk étaient assises.

Henry ne portait que son pantalon de costume – pas de chemise, pas de chaussures –, mais, de l'humeur que Cassie lui connaissait depuis ces dernières dix-huit heures, son agacement ne provenait certainement pas du fait d'avoir été interrompu pendant qu'il se préparait.

Cassie se leva brusquement.

– Gil…

– Cassie.

Sa voix était posée et douce, ses yeux glissèrent sur Cassie comme de l'eau. Il portait son costume gris anthracite préféré et avait dans les mains une mallette en cuir noir. Contrairement à Henry, qui n'était pas rasé, pas coiffé et pas habillé, Gil était impeccable, mais plutôt ridicule avec ce costume et ces bottines par un soleil estival, comme s'il était paré pour le tribunal.

Tous les quatre restèrent dans un silence gêné, la nature se chargeant de faire le bruit autour d'eux. Tous les regards étaient rivés sur Cassie.

– Bon… Je ferais mieux d'aller voir Kelly et d'essayer ma robe, rompit soudain le silence Anouk, qui comprit que rien ne se passerait tant que les anciens époux n'étaient pas seuls. Cela ne t'ennuie pas si on te laisse, Cassie ? s'assura-t-elle, en touchant le bras de son amie.

Cassie ne réagit pas pendant un instant. Elle essaya de se concentrer.

– Oh. Non… Non, bien sûr.

Anouk fusilla Gil du regard et s'approcha de Henry, qui était toujours raide et rubicond.

– Viens, Henry.

Elle le prit par le bras, mais il ne sembla pas remarquer. Ses muscles étaient gonflés par la tension – rigides et durs comme la pierre.

– Viens, lui enjoignit-elle, en le poussant doucement.

Henry regarda Anouk, puis Cassie et Gil.

– D'accord, grommela-t-il sombrement.

Cassie avait la gorge nouée. Elle serra ses bras autour d'elle et les observa s'éloigner, pour se retrouver seule avec son mari. C'était une chose de se donner du courage pour affronter Gil pendant un trajet en train de huit heures et d'avoir l'effet de surprise de son côté. C'en était une tout autre de se voir rendre la pareille douze heures plus tard.

– Je ne m'attendais pas à te voir, déclara doucement Cassie.

– Wiz m'a dit que tu étais passée.

« Passée » ? Un aller-retour de vingt-quatre heures n'était pas ce qu'elle appelait « passer ».

– Ce n'était pas une visite de courtoisie.

Gil détourna le regard comme s'il n'avait pas entendu.

– La vue est impressionnante.

– Oui.

Il se retourna vers Cassie.

– Pourrions-nous nous asseoir un instant et… discuter ?

– D'accord.

Ils s'assirent et admirèrent le spectacle du paysage champêtre. Les hirondelles plongeaient toujours dans le ciel, les vaches se déplaçaient laborieusement dans l'herbe verte, les coquelicots et les myosotis ondulaient sous le vent tels des danseurs de hula.

– Comment as-tu su que j'étais ici ?

– Mrs Conway.

Cassie sourit. *Évidemment !* Elle s'était servie du mariage en guise d'excuse lorsque la gouvernante lui avait demandé si elle restait pour la nuit.

– J'ai apporté les papiers.

– Je m'en doutais. Mais ce n'était pas la peine de te déplacer. Tu aurais pu les poster à mon avocat.

Gil se tourna vers Cassie, son regard froid habituel remplacé par un fond de panique.

– Il fallait que je te voie en personne. J'avais besoin d'être certain que, pour toi, c'est… la bonne chose à faire.

Cassie haussa un sourcil, d'un air interrogateur.

– Es-tu en train de dire que, pour toi, ça ne l'est pas ?

– Je ne pense pas que ce soit simple, non.

Cassie inspira lentement. Henry avait vu juste.

– Alors, c'est pour cette raison que tu joues sur les mots avec mon avocat.

– Il le fallait. Personne ne voulait me dire où tu étais. Kelly, Anouk et Suzy me raccrochaient tout le temps au nez. Et comme tu n'as pas contesté le contrat de mariage…, se lamenta Gil avec un haussement d'épaules. Plus rien ne pouvait stopper la procédure. Tu ne m'as jamais laissé une chance de m'expliquer.

– Quelle explication pouvait-il bien y avoir ? rétorqua Cassie d'une voix tranchante.

Gil resta silencieux une minute, comme il le faisait au tribunal avant de prononcer sa plaidoirie face au jury. Mais, en l'occurrence, il n'y avait pas d'échappatoire ingénieuse.

– Je sais que je ne peux pas justifier ce que j'ai fait. Aucune justification n'est possible. Mais je n'ai jamais cherché à te faire de mal. Je n'ai jamais voulu cela. Ni moi, ni Wiz. Et certainement pas Rory.

Gil porta son poing fermé à sa bouche et se racla la gorge.

– C'est un magnifique petit garçon, fit doucement remarquer Cassie. Tu as beaucoup de chance.

Gil hocha la tête.

– C'est vrai.

– Dis-moi, quand tout a commencé ? Entre Wiz et toi.

Nerveux, Gil eut la gorge nouée et regarda au loin.

– Quand tu es partie à Hong Kong pour rester avec ta mère.

– Après l'enterrement de Papa ? demanda Cassie, d'une voix pénétrée d'indignation.

– Oui.

Elle grimaça, affligée que cette liaison ait commencé pendant qu'elle pleurait son père.

– C'est Wiz qui m'a poussée à passer du temps là-bas, rétorqua-t-elle sèchement, en regardant Gil. Elle devait se douter qu'il se passerait quelque chose entre vous deux.

Gil secoua la tête.

– Je n'ai jamais rien planifié. Je te le jure. C'est arrivé, c'est tout.

– N'est-ce pas ce que disent tous les maris infidèles ? répliqua Cassie avec sarcasme.

Elle était presque déçue par ce cliché.

– J'ai considéré que tu faisais partie des meubles, Cassie. Je le comprends maintenant. J'ai sous-estimé ce que nous avions, et je t'ai négligée.

Il lui jeta un regard éloquent et ajouta :

– Et j'ai eu terriblement tort de te refuser l'enfant que tu désirais tant.

Cassie se focalisa sur un veau qui suivait sa mère dans le pré, mais sa lèvre tremblait devant cet aveu. La naissance de Cupcake avait ravivé tous ses vieux désirs de maternité.

– Tu me manques, Cassie.

Elle sentit la pulpe des doigts de Gil caresser doucement son avant-bras, si légèrement qu'il aurait pu s'agir d'aigrettes de pissenlit portées par le vent. Cassie eut la chair de poule en prenant conscience des sentiments de Gil. Il ne lui était jamais venu à l'esprit que son mari ait considéré son départ comme autre chose qu'un soulagement, et son amour-propre s'en était trouvé anéanti. Et maintenant, elle se rendait compte qu'il voulait toujours d'elle…

Henry l'avait pressenti, mais pas Cassie. Elle était tellement persuadée que Gil avait retardé le divorce parce qu'il ne voulait pas que son « comportement déraisonnable » apparaisse dans le dossier, il fallait que la réputation des Fraser soit préservée avant tout. Avec la remarque sarcastique qu'elle avait adressée à Wiz, elle avait opportunément tapé dans le mille. Pas une minute Cassie n'avait pensé qu'il y avait là une once de vérité.

Elle observa Gil. Son bras était étendu derrière l'assise, un sourire doux éclairait son visage. Il n'était pas un monstre qui menait une double vie, qui avait brisé Cassie à cause de son appétit insouciant, comme elle avait préféré le croire pendant les moments les plus sombres. Il était l'homme qu'elle avait toujours pensé – mais faillible.

– Tu me parais plus jeune, déclara Gil à voix basse, en apercevant l'enflement des seins nus de Cassie sous son débardeur.

– Ah bon ?

Elle repensa à Londres et à Henry : trois jours plus tôt seulement, ils prenaient leur petit déjeuner au sommet de la cathédrale Saint-Paul, au moment où Londres s'extirpait de son sommeil, ils avaient nagé dans un étang, ils s'étaient embrassés dans la rue… C'était assurément un comportement qu'on pouvait qualifier de « plus jeune ». Ou de plus vivant.

– Tu es superbe. Si différente.

– Encore, ce n'est rien. Si tu m'avais vue à Paris, fit-elle remarquer, en levant les yeux au ciel.

– Tu es allée à Paris ?

La façon de Gil de dire « Paris » fit sourire Cassie. Même si elle avait tourné la page de sa relation avec lui, elle savait qu'elle n'oublierait jamais sa voix.

– As-tu quelqu'un ?

Cette question surprit Cassie. Elle passa sa main sur le collier autour de son cou et se demanda si Gil pouvait percevoir son éveil sexuel. Sa relation avec Luke et son baiser avec Henry lui avaient fait prendre conscience de son pouvoir de séduction – endormi jusqu'alors.

– J'ai eu quelqu'un.

Gil se tut.

– Alors peut-être t'ai-je rendu service après tout, dit-il, la jalousie perceptible dans sa voix. Paris, les petits amis… On dirait que tu as passé une bonne année.

Cassie le fixa.

– La meilleure et la pire année de ma vie, répondit-elle, pour à la fois confirmer et renforcer les craintes de Gil. J'ai connu beaucoup de bas très bas depuis que je t'ai quitté. Et des hauts plus hauts que ce que j'avais connu avec toi. Rien de tout cela n'a été facile.

Cassie s'assit de biais pour faire face à Gil. Il les balançait tous les deux doucement avec ses pieds, et elle sentit la brise soulever ses cheveux dans son cou. Au loin, elle aperçut les serveurs apporter des plateaux de verre sous le chapiteau et Anouk fumer une cigarette sur la terrasse. Henry était sur le court de tennis gazonné, toujours à moitié habillé, et tapait de toutes ses forces dans des balles crachées par le lance-balle.

Cassie reporta son regard sur Gil – bien habillé, impeccable et correct.

– C'est tellement étrange, murmura-t-elle. Ma vie a été totalement chamboulée. Mais quand je te regarde, tu es exactement le même. Même costume, mêmes chaussures, même chemise... Je parie que tu as les chaussettes à rayures rouges, pas vrai ?

Tous deux jetèrent un coup d'œil et aperçurent du rouge sous son pantalon. Cassie releva la tête et remarqua une nouvelle zone discrètement dégarnie dans les cheveux de Gil. Elle ne put réprimer un sourire plein de tendresse – absolument tout chez lui était discret. Même la calvitie.

– Tu es exactement le même que dans mes souvenirs.

– Je suis toujours l'homme dont tu es tombée amoureuse.

Les yeux de Gil se plantèrent dans ceux de Cassie ; sa voix était imprégnée de regrets – et de promesses.

– Quelle heure est-il ? demanda-t-elle, en changeant rapidement de sujet.

Elle n'était pas très sûre d'elle, elle se sentait pencher vers le pardon, vers le confort et la sécurité de son ancienne vie.

– Bientôt onze heures. Pourquoi ?

Elle poussa un petit cri et se leva d'un bond.

– Il faut que je me prépare ! Kelly va piquer une crise sinon.

– Mais nous n'avons pas… Il y a tant de choses dont nous devons encore discuter. Nous avons besoin de davantage de temps, Cassie, argua Gil, en prenant sa main dans la sienne.

Elle regarda la main de Gil, qui recouvrait complètement la sienne.

– Je refuse de signer ces papiers, Cassie, tant que je n'ai pas l'absolue certitude que ce divorce est réellement ce que tu désires. Et en cet instant précis, je ne l'ai pas, osa-t-il affirmer, encouragé par l'hésitation de Cassie. Nous avons été mariés dix ans. Nous le devons à nous-mêmes de poursuivre cette conversation.

Le devaient-ils réellement ? Cassie lui devait-elle encore quoi que ce soit ? Ils avaient été longtemps mariés, mais ce qu'il avait fait ne pourrait jamais être effacé. Pourrait-elle apprendre à vivre avec tout cela : être une belle-mère, et non une marraine, pour Rory, reprendre son ancienne vie et sa routine rassurante ? Ce n'était pas comme si quoi que ce soit dans sa nouvelle vie l'en empêchait. Pas de travail, pas de maison… Pas de petit ami non plus.

Cassie regarda Gil d'un air pensif. Elle n'avait pas le temps de discuter, elle devait retourner dans la maison. Elle pourrait réfléchir à son divorce pendant le mariage.

– Bon, tu es plutôt bien habillé pour l'occasion, finit-elle par déclarer. Je suis sûre que Kelly ne verra pas d'un mauvais œil que tu sois mon cavalier.

Gil serra la main de Cassie encore plus fort.

– Merci.

– Ne me remercie pas encore, dit doucement Cassie, mais même elle ne trouva pas le ton de sa voix convaincant.

***

– Mais où étais-tu ? s'écria Kelly, lorsque Cassie passa la tête par la porte. Nous partons pour l'église dans vingt minutes !

– Je n'arrête pas de lui dire que l'église est à dix mètres au bout de l'allée. Elle va arriver bien trop en avance, marmonna Bas, qui reposa ses brosses et s'approcha de Cassie.

– Hé ho ? Les photos ?

Kelly leva les yeux au ciel avec les mains plantées sur ses minuscules hanches. De toute évidence, elle avait besoin des calmants désormais. Elle portait un minuscule soutien-gorge La Perla et une culotte fine. Cassie pria intérieurement pour que Suzy n'entre pas. C'était la dernière chose qu'elle avait besoin de voir le lendemain de son accouchement.

Bas se rendit compte de l'expression tendue de Cassie et l'enlaça fermement.

– Comment vas-tu, Miss Lipton ?

Cassie hocha la tête contre l'épaule de Bas ; ils savaient tous les deux que ce n'était pas bon signe.

– Viens, dit-il, avant de la pousser vers une chaise devant le miroir et de vaporiser ses cheveux. Commençons par le commencement.

– Que s'est-il passé avec Gil ? demanda Anouk, alors que Bas se mit à boucler les pointes de Cassie.

Anouk portait déjà sa robe en soie taupe. Celle-ci avait une taille basse, n'était pas trop moulante et présentait des plis dans le style des années 1930. Elle avait une certaine élégance à la Chanel, tout en offrant une coupe adaptée à Suzy, qui était toujours censée avoir un gros ventre. La robe de Suzy était couleur caramel, et celle de Cassie jaune moutarde.

Bas cessa de peigner ses cheveux et fit tourner le fauteuil pour regarder Cassie dans les yeux.

– Je n'en reviens pas qu'il soit là ! Quel culot de s'incruster au mariage de ta meilleure amie.

– Tu ne nous as toujours pas expliqué pourquoi tu es allée le voir, intervint Kelly, en faisant le tour du mannequin sur lequel était sa robe et en exhibant ses fesses parfaitement rebondies grâce à ses footings quotidiens.

– Tu es allée en Écosse ? s'exclama Bas. Pourquoi suis-je toujours le dernier à être au courant de tout ?

Cassie soupira d'un air las.

– Ce n'était rien du tout. Je suis allée là-bas pour lui faire signer les papiers du divorce.

– Tu n'aurais pas pu les lui envoyer par la poste ? rétorqua Kelly. Ça fait neuf mois que tu attends. Alors quelques jours de plus…

– Gil avait retourné les documents à mon avocat sans les avoir signés. D'après Henry, il devait chercher à vouloir gagner du temps, donc j'ai décidé d'aller le confronter en personne.

– Courageux de ta part, concéda Bas d'un ton admiratif.

– Je le croyais aussi, jusqu'à ce que j'arrive là-bas et me retrouve nez à nez avec Wiz.

– Oh, non ! Dis-moi qu'elle a imploré ta pitié, commenta Kelly, avec des poignards dans les yeux.

– Pas vraiment. Elle m'a annoncé qu'ils allaient sans doute avoir d'autres enfants.

– La garce ! s'écrièrent à l'unisson Kelly et Bas.

Anouk secoua la tête dans un silence compatissant.

– Cela n'aurait pas dû me surprendre, en fait. C'est logique qu'ils veuillent que Rory ait des frères et sœurs.

– Mais tu t'entends ? cria Kelly, pratiquement sur le point de taper du pied de colère. Arrête d'être aussi raisonnable, mince !

Il y eut un léger blanc.

– Tu veux un calmant ? lui proposa Cassie.

– Non. Ça va, répondit Kelly, avant de prendre une profonde inspiration et de se calmer. Redemande-moi dans dix minutes.

– Je déteste qu'elle s'en tire comme ça, affirma posément Anouk, pour leur montrer à tous qu'elle n'était plus ce genre de femme.

– Je n'en suis pas aussi certaine.

Cassie se mordit la lèvre nerveusement. La partie difficile arrivait.

– Miss Lipton… ? s'inquiéta Bas.

Cassie prit une profonde inspiration.

– Gil n'a pas envie de divorcer.

Elle s'éclaircit la voix et ajouta :

– Il veut me récupérer.

– Non !!! s'écrièrent-ils en chœur.

Leur véhémence fit grimacer Cassie.

– Ne fais pas ça, protesta Kelly, qui courut vers Cassie et s'agenouilla à ses pieds. Il va te briser le cœur encore une fois.

– Je te renie si tu retournes avec cet homme ! s'insurgea Bas. Je n'ai pas appris à aimer le boudin noir pour rien !

Même Anouk se redressa pour donner de l'emphase à son propos.

– Déjà, tu mérites mieux que lui. Ensuite, la raison pour laquelle tu es partie est toujours là, murmura-t-elle, en faisant allusion à Rory. Et elle le sera toujours.

Cassie approuva d'un hochement de tête.

– Je sais. Tu as raison. Vous avez tous raison. C'est que… C'est Gil. La dernière fois que j'ai vécu sans lui, j'étais une enfant. Et cette année a été vraiment difficile. Enfin, il y a eu de super moments avec vous, les amis, c'est une évidence, affirma Cassie en caressant la main de Bas, lourdement posée sur son épaule. Mais ça a été très rude également. Je ne suis pas certaine, en fin de compte, d'être plus heureuse sans lui qu'avec lui.

Il n'y eut aucune réponse, mais Cassie s'aperçut que chaque personne présente dans la pièce se sentait en quelque sorte coupable de ne pas avoir fait de sa nouvelle vie un conte de fées. En silence, Bas se mit à planter de tout petits boutons de rose crème dans ses cheveux. Anouk s'alluma une cigarette. Kelly fixa Cassie, déçue, avant de se relever.

– Je crois que je vais prendre un de tes calmants en fin de compte, s'il te plaît.

Chapitre 50

Lorsque Cassie descendit rapidement les escaliers quinze minutes plus tard, Hattie épinglait son chapeau dans le vestibule, en ignorant ostensiblement Gil, assis à quelques mètres d'elle. Suzy avait fait une apparition de dernière minute, après s'être lavé les cheveux à l'hôpital ; Bas essayait de les coiffer pendant qu'elle fourrait des coussinets d'allaitement dans son soutien-gorge monstrueux.

– Tu es magnifique, ma chérie, s'extasia Gil, quand il leva les yeux du *Times* qu'il emportait toujours avec lui dans sa mallette.

Cassie le vit jeter un coup d'œil à la bretelle champagne de son soutien-gorge, mais il ne fit pas de remarque.

– Merci, répondit timidement Cassie.

Le reproche général de ses amis à l'étage trottait encore dans son esprit.

– Tu es splendide, Hattie, la complimenta Cassie, avec un sourire radieux.

Elle reconnut la veste en jacquard bleu roi et la longue robe assortie que Hattie ressortait chaque été pour le festival d'opéra de Glyndebourne.

– Je suis descendue chercher les fleurs. Le photographe veut prendre des photos de Kelly près de la fenêtre.

– Oh, les fleurs ne sont pas arrivées, murmura Hattie, tout en tripotant une épingle.

– Quoi ?

Cassie sentit son cœur battre trois fois plus vite.

– Le chauffeur de taxi a téléphoné pour prévenir qu'elles n'étaient pas dans le train. Je ne sais pas si le contrôleur était à moitié endormi ou quoi et a oublié de les laisser au chef de gare…

Cassie leva la tête vers le palier pour s'assurer que personne n'avait entendu cet échange, puis traversa le vestibule avec une mine horrifiée.

– Mais Hattie, chuchota-t-elle, qu'est-ce que je vais dire à Kelly ? Elle ne peut pas entrer dans l'église sans fleurs !

– C'est bon, ma puce. J'ai déjà tout arrangé. J'ai coupé des roses et composé un petit bouquet pour elle. Il est dans un seau dans l'atelier.

Cassie poussa un énorme soupir de soulagement et posa sa main sur son ventre face à cette crise évitée de justesse.

– Oh, ouf ! On aurait été bien embêté si tu avais été décoratrice d'intérieur ! J'aurais dû lui donner des bougies parfumées à la place du bouquet.

Cassie courut jusqu'à la pièce derrière la cuisine où Hattie s'occupait de ses fleurs et abritait ses jeunes pousses pour l'hiver. Un seau rouge était dans l'évier. Elle prit le bouquet. Les fleurs avaient de nombreux pétales, les épines avaient été retirées et les tiges étaient attachées par un ruban blanc.

– Moi aussi, j'ai ces roses, Hattie, annonça Cassie en retournant dans l'entrée, et elle les porta à son nez pour les sentir. Cuisse de nymphe, c'est bien ça ?

– Juste ciel, je n'avais pas entendu ce nom depuis des années ! Ce n'est pas le nom qu'on leur donne en général.

– Pardon ?

– On les appelait ainsi sous la Régence, ma puce. Je pensais que cette appellation n'était plus usitée. Ce nom français, expliqua Hattie en baissant d'un ton, est considéré comme quelque peu affecté de nos jours. Tout le monde utilise le nom victorien.

– Oh.

Ce maudit Dean, toujours à frimer.

– Quel est leur nom courant alors ?

Hattie finit d'ajuster son chapeau et s'écarta du miroir, jetant au passage un regard glacial à Gil.

– Le nom parfait pour une fleur de mariage : *Maiden's Blush*, la vierge rougissante.

***

Les photographies prirent une éternité. Gil avait été coincé dans un coin par deux des oncles de Kelly quand Cassie était enfin revenue sur la terrasse, un verre à la main. Kelly et Brett couraient sur la pelouse pour un cliché prétendument « naturel », mais Cassie n'avait encore jamais assisté à un mariage où le couple heureux courait spontanément vers l'horizon.

Suzy et Archie s'étaient éclipsés à la balancelle, prétendument pour donner le sein à Cupcake, mais en réalité pour s'extasier à cœur joie devant leur bébé. Près du perron, Henry discutait avec une brune pulpeuse. Cassie observa la facilité avec laquelle il faisait rire cette femme, une main dans la poche ; il la régalait sans doute de l'un de ses combats avec un ours blanc. Il s'était passé trois jours depuis qu'il avait plaqué Cassie contre le mur, son corps contre le sien. Si on avait alors dit à Cassie qu'ils se comporteraient comme des étrangers au mariage de Kelly, elle aurait trouvé cette remarque ridicule.

– À quoi tu penses ? murmura Anouk, qui s'approcha doucement d'elle.

– Hein ? Oh, coucou.

Anouk suivit le regard de son amie.

– Pourquoi n'irais-tu pas en parler avec lui ? demanda-t-elle au bout d'un moment.

– Non. Je ne crois pas…

Cassie se tourna soudain pour faire face à Anouk.

– Mais lui parler de quoi ?

– De votre baiser.

Cassie eut le souffle coupé, puis vérifia autour d'elles que personne ne les ait entendues.

– Comment es-tu au courant ? chuchota-t-elle.

– Tu l'as dit, à l'hôpital, avant que tu ne te rendes compte que c'était moi.

Oh, bon sang. À la machine à café…

– Ce n'était qu'un baiser, s'empressa de préciser Cassie.

– C'est ce que tu as dit à ce moment-là, oui. Mais, d'après moi, il ne s'en est toujours pas remis.

Cassie eut un rictus railleur.

– Ah, vraiment ? Il me semble aller très bien, pourtant.

Anouk secoua la tête et but une gorgée de son verre.

– Cette femme est une arme, c'est tout.

– Je ne crois pas que Lacey apprécierait son comportement.

– Ce n'est pas dirigé contre Lacey. Mais contre toi.

– Ce que je pense importe peu. Je ne suis pas sa fiancée. Lacey, oui.

– Non, plus maintenant.

Le verre de Cassie lui glissa entre les mains et, au son du cristal se brisant sur le pavé, tout le monde – dont Henry et sa poupée – se retourna. Un serveur apparut de nulle part et ramassa immédiatement les débris.

Un autre serveur offrit à Cassie un nouveau verre et elle en but une gorgée d'une main tremblante.

– Il m'a téléphoné après Noël et a annulé la commande des alliances, expliqua Anouk.

– Mais pourquoi ?

Anouk haussa les épaules.

– Je ne suis pas sa confidente.

Cette révélation changeait tout. Si Henry avait annulé ses fiançailles après Noël, alors il n'était pas venu à Paris pour voir Anouk au sujet des alliances... Et le but du voyage à Venise n'était pas d'organiser sa lune de miel. Il avait dit la vérité ce soir-là en fin de compte.

– Est-ce que Suzy est au courant ? finit par demander Cassie.

– Il le lui a annoncé pendant son expédition. Une histoire de double commande des fleurs, je crois. Tu devrais aller lui parler, Cassie.

Mais celle-ci se sentit encore plus confuse. Si le comportement de Henry ne s'expliquait pas par un sentiment de culpabilité à l'égard de Lacey, pourquoi était-il aussi en colère ?

– D'autant plus que tu sais très bien que Gil va chercher à te coincer pour que tu lui donnes une réponse.

– Je sais.

Cassie détourna les yeux. Durant toute la messe, au cours de laquelle le prêtre au regard pétillant avait uni son amie extatique à son âme sœur, elle avait essayé de dresser mentalement la liste des pour et des contre de se remettre avec Gil. Elle savait qu'il chercherait à la convaincre dès qu'ils arriveraient à la réception, mais elle désirait être certaine de ses sentiments avant qu'il ne lui parle, lui qui maniait si bien le verbe chaque jour au tribunal. Toutefois, en dépit de ses efforts, tout ce à quoi Cassie pensait était les fleurs dans la main de Kelly et elle cherchait à comprendre leur rapport avec son pendentif, toujours accroché à un pont de Paris.

– Je sais qu'il va le faire. Et je sais ce que tu penses, inutile de me le dire. Si je fais ça, j'irais contre tout ce que je t'ai soutenu.

Anouk réfléchit un instant.

– Eh bien, je pense que ça confirme ton argument selon lequel un peu d'espoir est une chose dangereuse, affirma-t-elle, avec un sourire contrit. Oh non, ne regarde pas. Il vient vers nous.

– Bonjour mesdames, lança Gil, qui se pencha pour faire la bise à Anouk et enroula nonchalamment son bras autour de la taille de Cassie. Je suis vraiment désolé, Anouk, de ne pas avoir pu te saluer plus tôt. J'étais quelque peu… préoccupé.

Il adressa à Cassie un sourire affectueux.

– Gil, répondit Anouk entre les dents.

– Je suis impatient de discuter avec toi. J'espère que tu pourras me raconter tout ce que Cassie a fait avec toi à Paris.

Il serra Cassie de façon espiègle. Ce comportement lui parut étrange, elle était habituée à une froideur distante en public de la part de Gil.

– Merci d'avoir veillé sur elle pour moi. C'est bien de savoir qu'elle a des amies qui ont pris soin d'elle.

– Elles au moins ont toujours veillé sur elle, Gil, répondit Anouk, sans dissimuler aucunement le ton intransigeant de sa voix.

Perplexe, Gil jeta un coup d'œil aux invités qui flânaient dans les magnifiques jardins.

– Il y a quelques têtes connues à ce que je vois. On dirait que Henry va passer une bonne soirée.

Cassie et Anouk se tournèrent vers le perron. Henry était descendu de deux marches pour compenser la différence de taille – même avec ses talons, la jeune femme atteignait à peine le mètre soixante-cinq ; celle-ci profitait de la moindre occasion pour jeter ses seins au visage de Henry.

– Il y a quelques nouvelles têtes aussi, Gil, intervint rapidement Anouk, consciente que Cassie était incapable de quitter Henry et la jeune femme des yeux. Bas par exemple, là-bas, avec la chemise violette, dit-elle, en le pointant du doigt.

Il était près d'un buis taillé en forme de colombe, qu'il essayait de serrer dans ses bras, ce qui faisait hurler de rire une femme dans la cinquantaine, parée de couleurs criardes – sans doute l'une des tantes de Kelly.

Gil suivit le doigt d'Anouk.

– Ce type ? Qui est-ce ?

– C'était le meilleur ami de Cassie quand elle vivait à New York.

Anouk observa l'horreur apparaître sur le visage de Gil à l'idée que sa femme soit amie avec un coiffeur efféminé.

– Tu as vécu à New York ? demanda Gil à Cassie, incrédule. Il y a d'autres endroits encore où tu es allée ?

– Londres, Venise, répondit Anouk pour Cassie.

Cassie fixait toujours Henry. Elle ne le connaissait pas du tout, se fit-elle la réflexion – pas de cette façon-là en tout cas. Il s'était avéré être un bon ami pour elle, mais, comme amoureux, il était dangereux, peu fiable. N'avait-il pas lui-même dit qu'il n'était pas un ange ? Il avait des fiançailles rompues à son actif, il avait joué avec Cassie à Venise, puis il avait pris la poudre d'escampette après l'avoir embrassée. Et un homme qui embrassait de la sorte… était forcément un prédateur.

Cassie se rapprocha d'un pas de Gil qui, surpris par ce mouvement, lui sourit et écarta ses doigts sur sa taille, de sorte qu'ils touchèrent le bas de son soutien-gorge. Parfois, mieux vaut un danger que l'on connaît.

***

– On dirait que tu as le cafard, ma puce, déclara Hattie, qui vint rejoindre Cassie.

Cette dernière était avachie à une table vide et observait un ami de Brett imiter de son mieux Mick Jagger. Les discours et le dîner lui avaient paru longs. Gil avait fait preuve d'une rare bonhomie grandiloquente, qui avait agacé même Archie. À présent, tout le monde s'était éparpillé. Kelly et Brett avaient ouvert le bal ; Gil était au bar pour se commander un whisky ; Anouk dansait avec Archie sur du Abba ; quant à Suzy, elle était partie changer de soutien-gorge après une fuite de lait durant le café. Henry était toujours avec le sosie de Jessica Rabbit à deux tables de là. Comme Cassie leur tournait le dos, elle ne pouvait pas voir où ils en étaient, mais, aux regards nerveux que lui avait jetés Anouk, elle était surprise qu'ils n'aient pas encore trouvé de chambre.

Cassie se redressa et afficha un sourire courageux.

– Pas du tout, Hattie. J'attends seulement un regain d'énergie.

– Ce qu'il te faut, c'est une infusion de camomille.

– De la camomille ? À un mariage ? grimaça Cassie. Ce n'est pas habituel. Dans mon contrat de demoiselle d'honneur, c'était écrit que je suis censée me saouler et embrasser un serveur.

– Ma foi, ce ne serait sans doute pas une mauvaise chose ! Si tu veux mon avis, tu pourrais choisir n'importe quel homme au hasard ce soir, ça resterait toujours un meilleur choix que ton infidèle de mari.

Cassie hocha la tête stoïquement. Le verdict était donc unanime.

– Mais comme tu ne m'as pas demandé mon avis, je le garde pour moi, reprit Hattie. Enfin, la camomille est le remède qu'il te faut. De l'énergie dans l'adversité. C'est exactement ce dont tu as besoin !

Hattie sourit d'un air compatissant et tapota la main de Cassie. Elle s'apprêtait à se lever quand Cassie la retint.

– Qu'as-tu dit, Hattie ? De l'énergie dans l'adversité ?

– Oui, ma puce. C'est le remontant parfait pour toi.

– Mais pourquoi ces mots précis ? Tu aurais pu dire simplement que cette infusion allait me rebooster.

– Hmm, oui, j'imagine que j'aurais pu. Mais je suis à cheval sur ce genre de choses. Le langage des fleurs est suffisamment ouvert à l'interprétation comme ça.

– Le langage des fleurs ?

– Oui. À l'époque victorienne, on attribuait des propriétés spécifiques aux fleurs et la camomille représentait « l'énergie dans l'adversité ».

Cassie lâcha la main de Hattie. Elle connaissait ces mots, bien sûr. Ils étaient inscrits sur l'étiquette qui accompagnait les graines. « L'énergie dans l'adversité » avait été la devise que Henry lui avait fixée pour New York. Elle repensa à la liste qu'il lui avait remise : organiser un dîner, faire le tour de Central Park en courant… C'est-à-dire la remettre en mouvement, lui redonner vie en quelque sorte.

Mais il n'y avait pas eu de maxime pour Paris. Et Henry avait insisté pour que Cassie découvre par elle-même quelle fleur il lui avait envoyée. Avait-il voulu qu'elle trouve non seulement son nom, mais aussi sa signification ?

Cassie sentit son pouls accélérer. Elle sut d'instinct qu'elle tenait là quelque chose d'important.

Hattie était partie sur la piste de danse, et le prêtre, plutôt bon danseur, la faisait virevolter. Cassie se leva et se faufila au milieu de la masse enjouée et chaloupante.

– Hattie… Hattie, cria-t-elle, en essayant de donner une tape sur son épaule. Quelle est la signification de l'alysson maritime ?

– De quoi ? demanda Hattie, qui posa sa main autour de son oreille pour essayer d'entendre Cassie par-dessus Lady Gaga.

– L'alysson maritime, s'égosilla Cassie, qui courait en cercle pour tenter de suivre Hattie, emportée par le prêtre. Quelle est sa signification ?

– Euh… Ooooh ! s'écria Hattie, que le prêtre parvint à soulever, ce qui la fit éclater de rire de façon niaise.

– Hattie ! S'il te plaît ! s'écria Cassie, qui aperçut Gil régler sa consommation au bar.

– Je n'en suis pas certaine. Ça fait très longtemps… « La vertu avant la beauté », je crois !

Cassie cessa de courir. *La vertu avant la beauté ?* C'était là sa devise pour Paris, quand elle avait perdu de vue qui elle était et ne reconnaissait même plus son reflet ? Elle se remémora ce moment où elle était assise sur le pont avec Henry, juste après qu'il accrocha bêtement son cadenas à la balustrade. « Tu te réinventes alors qu'il n'y a absolument rien à changer chez toi… » L'esprit de Cassie ralentit. Il lui avait donné de l'énergie à New York, la volonté de se battre après le coup de grâce porté à son mariage ; et, à Paris, il avait essayé de lui montrer que son mérite était plus grand que sa beauté. Mais alors, pour Londres ?…

Cassie se remit à la poursuite de Hattie en dessinant des cercles.

– Et pour la cuisse de nymphe ? C'est le dernier, promis.

– Je suis désolée, ma puce. Ça fait des années que je n'ai pas ouvert ce livre, répondit Hattie, avec un haussement d'épaules contrit.

Le visage de Cassie se décomposa.

– Tu ne t'en souviens vraiment pas ?

– Va voir dans la bibliothèque. Le livre doit y être.

La bibliothèque ? Gil revenait vers la table ; Cassie remarqua qu'il la cherchait déjà sous le chapiteau. Elle se baissa et traversa la piste de danse, fila derrière le DJ, suivit les câbles électriques, jusqu'à s'enfuir par la sortie de service, à côté des poubelles de bouteilles.

Elle traversa la terrasse en courant, où elle effraya Suzy, qui berçait Cupcake dans ses bras, puis passa les baies vitrées du salon, avant d'arriver dans la bibliothèque.

Il y faisait sombre. Seule une lampe de bureau était allumée. Cassie sentait sous ses pieds les basses de la musique vibrer sur le vieux plancher en chêne. Promptement, elle commença à parcourir les rayonnages. Des décennies de numéros du *Gardens Illustrated* étaient alignées près d'ouvrages d'horticulture et de beaux livres qui rendaient hommage aux grands jardiniers – Bunny Guinness, William Kent et Charles Bridgeman.

Mais le livre que Cassie cherchait – et finit par trouver – n'avait rien d'aussi prestigieux. Il était petit et plutôt en mauvais état, avec des pages jaunies et de charmants dessins. *Le Langage des fleurs*, illustré par Kate Greenaway.

Cassie ouvrit la couverture. C'était une édition originale de 1884 et les pages dégageaient cette merveilleuse odeur qu'elle adorait tant. Elle lut un message qui avait été écrit au crayon par une main jeune :

Bon anniversaire pour tes 40 ans, Maman.
Je t'aime.
Henry

Cassie feuilleta le livre, présenté sous forme de liste alphabétique. Des traces de doigts étaient visibles au coin des pages. Quelques unes avaient été signalées, certaines au feutre (manié manifestement par un très jeune enfant), et d'autres par un coup de crayon ferme et assuré dans la marge. Ses réponses se trouvaient là, Cassie le savait.

D'une main tremblante, elle alla à la lettre C.

Camélia, capucine, chèvrefeuille, coquelicot...

Pas de cuisse de nymphe ! Elle prit une profonde inspiration et tenta de se concentrer. Puis elle se souvint de *Maiden's Blush*. Elle consulta la lettre M.

Mais elle ne fut pas plus chanceuse.

– Oh, allez, murmura Cassie…

R ! C'était une variété de rose. Il devait y avoir des sous-rubriques à « Rose ».

Cassie tourna les pages aussi vite qu'elle le put, mais c'était compliqué : le livre, bien que petit, avait une couverture cartonnée et le papier était épais. Mais Cassie sut qu'elle était à la bonne page avant même de voir les lettres. Une minuscule clé en argent était collée près de la reliure, ornée d'une petite étiquette sur laquelle était écrit :

À toi si tu le désires.

C'était la clé de son cadenas. Elle n'était pas perdue en fin de compte. Ne l'avait jamais été, mais simplement cachée. Cassie pouvait la récupérer à présent – le pendentif aussi – « si elle le désirait ».

Elle décolla délicatement le scotch et glissa la clé dans son soutien-gorge. Pourquoi ne le désirerait-elle pas ? Quelle personne sensée laisserait volontairement un pendentif en argent massif de *Tiffany* accroché à un pont de Paris ?

Ses yeux parcoururent la page opposée.

Rosier à cent feuilles, rosier Amber Queen, rosier de Chine, rosier Cui…

Son cœur tressaillit à la vue de ce nom et Cassie fit lentement courir son doigt sur la page, la texture légèrement pelucheuse picotant sa peau.

« Rosier Cuisse de nymphe… Si vous m'aimez, vous le découvrirez. »

Ces mots se bousculèrent dans sa tête. *Si vous m'aimez, vous le découvrirez… Si vous m'aimez… « Et si ce n'était pas rien ?* »… « *Et si c'était tout ?* »… « *L'amour non consommé* »… Le découvrir… Le découvrir.

Le livre tomba des mains de Cassie. Elle se revit à Venise, ce premier soir, lorsqu'elle vérifiait son maquillage dans le miroir. *Il croisa le regard de Cassie. Le temps d'un instant, avant que la honte et l'humiliation ne s'emparent d'elle, Cassie sentit un courant passer entre leurs reflets, une tension qui menaçait de la plaquer contre le mur, la priver de tout air et lui faire perdre la tête.*

En un éclair, elle comprit soudain que ce n'était pas la gêne qui lui avait fait prendre ses jambes à son cou ce jour-là. Mais le regard qu'ils s'étaient échangé, en cet instant de vérité.

– Ah, te voilà ! déclara Gil depuis la porte. J'étais prêt à compter les témoins et à commencer à fouiller les buissons.

Malgré sa surprise, Cassie perçut la possessivité dans la voix de son mari. Elle entendit Gil poser son verre sur la table et s'approcher d'elle, la dévorant des yeux avant de placer ses mains douces et froides sur elle. Lentement, il la fit pivoter.

– Qu'est-ce qu'il y a, ma chérie ? s'inquiéta-t-il. Tu es blanche comme un linge.

Cassie resta silencieuse un long moment et, quand elle ouvrit la bouche, elle se sentit abasourdie, lointaine.

– Tu es exactement le même.

– Oui, la rassura Gil, en lui frottant les mains comme pour la réchauffer.

– C'est bien le souci. Tu es figé. Coincé. Pendant que tu t'affairais à rester le même, j'ai changé tous les aspects de ma vie. C'est absolument terrifiant – mais exaltant aussi.

Cassie fixa Gil, qui regimba face à la pitié dans son regard.

– Wiz et toi m'avez rendu ma liberté et, grâce à mes amis, je l'ai saisie à bras-le-corps. C'est toi qui te retrouves à ne pas avoir le choix dans cette histoire.

– Je ne comprends pas…

– Tu es toujours le mari que j'ai connu, Gil. Mais je ne suis plus ta femme.

– Tu l'es au regard de la loi, rétorqua-t-il obstinément, trop sidéré par la tournure de la conversation pour prendre des pincettes.

– Au diable la loi.

Gil s'approcha de Cassie et posa sa main à l'arrière de sa tête. Il la regarda dans les yeux avec passion…, mais il se rendit compte que ces yeux ne lui appartenaient plus. Ils lui avaient appartenu très longtemps, affichant tous ces doutes et cette incertitude que Gil avait fait naître en Cassie – ce détail que Luke avait remarqué en premier chez elle et qui l'avait charmé. Mais tout ce que Gil voyait à présent était de la détermination et de l'assurance ; une femme qui se connaissait. Il se recula, comprenant que d'une certaine façon, le temps qu'il se commande un verre de whisky, il l'avait perdue.

– Je ne veux pas vivre sans toi, Cassie. Je veux que tu reviennes.

C'était sa dernière carte – la supplier, sans fierté.

Cassie regarda Gil posément.

– Mais, moi, je ne veux pas que tu me veuilles, Gil. La seule chose que je veux de toi est le divorce.

Chapitre 51

Henry était toujours à la même table, sa joue dans sa paume de main, lorsque Cassie revint sous le chapiteau. La jeune femme brune lui parlait de quelque chose avec passion, mais Cassie remarqua, en y regardant de plus près, que Henry semblait davantage ennuyé que captivé.

Elle les observa un moment, en se demandant comment les interrompre, comment aborder le sujet…

Puis elle se faufila entre les tables, sur le sol mou, en direction de Henry. Il s'aperçut de son arrivée à trois tables de distance, elle avait les yeux rivés sur lui. Il leva automatiquement la tête – juste à temps pour le verre d'eau qu'elle lui lança à la figure, qui mouilla ses cheveux et sa chemise et fit pousser à la jeune femme brune des cris pathétiques. Archie et Anouk, tout proches sur la piste de danse, éclatèrent de rire, absolument ravis, mais Cassie ne s'attarda pas. Elle pivota aussitôt sur ses talons et s'enfuit du chapiteau. Elle retira ses chaussures d'un coup de pied afin de pouvoir courir plus vite, pieds nus, sur l'herbe en direction de l'étang.

L'espace de dix secondes, Henry resta cloué sur place, puis il se leva et se mit à la poursuite de Cassie. Elle entendit sa respiration scandalisée s'approcher d'elle à chaque enjambée. Consciente de ne jamais pouvoir le distancer, elle s'arrêta brutalement et se tourna pour lui faire face. Henry dut s'écarter pour éviter de la heurter et la faire tomber.

– Qu'est-ce que… Pourquoi as-tu fait ça ? hurla-t-il, après avoir retrouvé son équilibre, de l'eau gouttant encore de ses cheveux.

– Tu l'as mérité, pantela Cassie, son cœur martelant ses côtes.

– Pour quelle raison ?

– Pour t'être comporté comme un crétin avec moi depuis ton arrivée.

Henry la fixa, interloqué.

– Quoi ?!

– N'essaie pas de le nier. Depuis que tu m'as embrassée, tu agis comme si tu me détestais.

– Mais je ne te déteste pas ! s'exclama-t-il, visiblement inconscient que ses mains se fermaient sans cesse en des poings furieux.

– Oh, je le sais ça maintenant !

– Maintenant que tu m'as jeté ton verre à la figure ?

Henry n'en revenait pas du geste de Cassie.

– Maintenant que j'ai découvert ton secret.

Il y eut un blanc.

– Quel secret ?

À en croire l'expression de Henry, c'était comme si Cassie l'avait giflé.

Elle prit une profonde inspiration, avant de lui répondre :

– Que tu es amoureux de moi.

C'était étrange d'affirmer cela à voix haute.

Henry resta coi un long moment. Son torse se souleva sous l'effet de l'adrénaline, ses yeux plongés de façon interrogatrice dans ceux de Cassie.

– Et qu'est-ce qui te fait croire que je suis amoureux de toi ? demanda-t-il plus calmement.

– J'ai découvert la signification de la cuisse de nymphe.

Henry s'éloigna de quelques pas. Il passa sa main dans ses cheveux.

– Oui, mais c'était avant.

Ce fut au tour de Cassie de marquer un temps d'hésitation. Avait-elle mal compris ?

– Avant quoi ?

– Qu'est-ce que tu crois ? Avant que tu ne décides de retourner auprès de ton mari infidèle, manipulateur et mou.

– Est-ce que tu peux me le reprocher ? Depuis que tu m'as sauté dessus, tu n'as même pas été capable de me regarder dans les yeux ! C'est comme si tu n'arrivais jamais à déguerpir assez vite ! Je pensais que tu te dépêchais de retourner auprès de ta fiancée, ce qui était assez pénible en soi ! Et puis, j'ai appris que tu avais rompu vos fiançailles il y a des mois. Alors pourquoi m'as-tu menti à propos de Lacey ? Qu'est-elle pour toi ? Un prétexte pour prendre la poudre d'escampette ?

– Tu ne… tu ne sais rien de cette histoire ! riposta Henry d'un air exaspéré.

Il s'avançait et se reculait nerveusement.

– Alors, explique-moi ! Explique-moi ce qui se passe. Parce que je n'arrive pas à te suivre !

– Tu veux vraiment savoir ?

– Oui !

– Très bien ! Je suis amoureux de toi depuis toujours, d'accord ? Toute ma vie ! Même pendant les dix ans où tu as été mariée à ce type et que je pensais t'avoir perdue pour toujours. J'étais convaincu de ne jamais pouvoir trouver le bonheur après t…

La voix de Henry se brisa et il eut la gorge nouée. Les mains sur les hanches, il fixait le sol.

– Et un jour, j'ai rencontré Lacey et je me suis dit que peut-être…

Il releva la tête pour regarder Cassie.

– Et puis, tu es réapparue dans ma vie. Je n'en revenais pas, expliqua-t-il avec un petit rire jaune. Je venais de me fiancer et, toi, tu étais en train de divorcer ! Comme si le sort se moquait de moi.

Cassie observa Henry, sa peau argentée sous le clair de lune. Elle commença à ressentir la peine qu'il avait si bien dissimulée.

– J'ai essayé de poursuivre ma vie avec Lacey, mais j'ai su pratiquement tout de suite qu'entre elle et moi, ça ne fonctionnerait jamais. Pas tant qu'il y aurait une possibilité que tu…

Henry détourna de nouveau le regard.

– Pourquoi, dans ce cas, ne m'as-tu pas dit que tu avais rompu vos fiançailles ?

– Parce que je savais que tant que tu me croyais avec elle, tu ne laisserais rien arriver entre nous. Je savais que, moi, je serais incapable de contenir mes sentiments, et je ne pouvais pas te les avouer. Pas à ce moment-là. C'était la dernière chose que tu avais besoin d'entendre. Tu ne pouvais pas passer directement d'un mariage de dix ans à une fin heureuse avec moi.

Henry inspira profondément, et Cassie put sentir l'amertume monter en lui de plus belle.

– Alors je me suis tu. Je me suis tenu à l'écart. Je t'ai regardée sortir avec cet abruti de Luke Laidlaw. Et quand je t'ai enfin montré mes sentiments – quand je ne pouvais plus les garder pour moi et que j'ai cru que tu étais prête –, tu as aussitôt filé retrouver Gil. Une allusion à son désir de te récupérer et, hop, tu étais déjà à sa porte.

– Mais je ne suis pas allée en Écosse pour me remettre avec Gil !

– Ah non ? Alors qu'est-ce qu'il fait ici dans ce cas, avec ses mains sur toi comme si vous étiez de jeunes mariés ?

Cassie frotta son visage entre ses mains. Comment pouvait-elle le lui expliquer ?

– Après que tu m'as embrassée, j'ai su que c'était impossible de retourner auprès de lui. Je suis allée en Écosse pour lui faire signer les papiers du divorce, mais il n'était même pas chez lui. Je suis rentrée, avec l'espoir que tu termines ce que tu avais commencé, mais tu refusais de me regarder en face. Du coup, quand Gil est arrivé, pour me supplier de lui accorder une deuxième chance… je pensais que tu t'en fichais.

Ils se fixèrent, les yeux brûlants, le cœur palpitant.

– Et donc… qu'est-ce que tu es en train de dire ?

Henry avait ses mains fourrées dans ses poches, toute sa nonchalance habituelle disparue.

Cassie s'approcha de lui et prit son visage entre ses mains.

– Je suis en train de dire que je t'aime, murmura-t-elle, en plongeant dans ses yeux bleus, aussi vifs et clairs que les eaux de l'Arctique qu'il avait explorées. Je t'aime depuis que je t'ai… « agressé » dans Central Park.

Il émit un petit rire, et Cassie l'imita, mais leurs rires disparurent aussitôt que Henry l'attrapa par les épaules et l'embrassa. Elle sentit le poids des paroles de Henry sur ses lèvres. Dix années de désir étaient libérées. Il enroula ses mains dans les cheveux de Cassie, effleura son cou de sa bouche et caressa son corps avec une légèreté délicieuse. Cassie eut l'impression que sa peau étincelait à son toucher.

La peau de Henry lui parut froide et humide à travers sa robe. Cassie déboutonna sa chemise trempée et la lui retira doucement, tandis que Henry dénoua le ruban de sa robe. Celle-ci s'ouvrit, et la soie glissa des épaules de Cassie. Elle se retrouva pratiquement nue devant lui, vêtue uniquement de dentelle jaune pâle. Les rayons de la lune donnaient à leur peau une blancheur de marbre, tels les amants de Rodin.

Un éclat soudain se refléta dans l'œil de Henry. Il prit avec sa main la clé Tiffany du soutien-gorge de Cassie. Il haussa un sourcil interrogateur, et Cassie lui reprit la clé. Elle fixa un instant ce symbole de la séduction secrète de Henry à travers trois villes différentes, puis elle déposa un baiser dessus et la jeta aussi loin qu'elle put dans l'eau paisible. La clé en argent vola dans le ciel nocturne, comme une minuscule flèche de Cupidon.

Épilogue

New York, six mois plus tard

– Mais tu as dit que tu avais tout acheté, grommela Archie, lorsque Cassie s'arrêta devant la porte gigantesque de *Tiffany*. Il faut que je rentre à l'appartement pour vérifier que j'aie toujours mes dix orteils. Je crois que Suzy vient de m'en trancher quelques-uns avec ses patins à glace.

Suzy lui donna une tape dans le ventre.

– Tu es incapable de te passer de moi, ne t'avise pas de l'oublier.

– Nous devrions rentrer, Cassie, si je veux fourrer cette dinde avant minuit, maugréa Kelly.

– Rien qu'une minute, je vous le promets. Je sais exactement ce que je veux, argumenta Cassie, qui entra dans le magasin avant que quiconque n'ait le temps de protester.

Henry, Archie, Brett et Guillaume suivirent les jeunes femmes, tout en grommelant. Ils acceptèrent le verre de champagne offert avec une grande méfiance. Ils se mirent à cligner des yeux à cause des millions de dollars de diamants avec lesquels ils se retrouvaient confinés.

– C'est de ma faute. Je lui ai dit que nous devrions venir ici à chaque Noël, s'excusa Henry, en menant la petite troupe vers le gigantesque sapin de Noël dans le fond du magasin. Histoire d'avoir nos propres coutumes et tout le tralala.

Ils observèrent les filles se pencher au-dessus d'un petit plateau de bibelots en émail de couleurs vives, une flûte de champagne à la main. Cassie choisit les pièces avec précision et détermination.

– Regarde ce que j'ai eu, Guillaume, ronronna Anouk quelques minutes plus tard, en exhibant un petit pendentif en forme de chaussure rose monté sur une chaîne.

Kelly revint avec un minuscule pendentif représentant une pomme rouge, suivie de Suzy avec un cupcake jaune.

– Que symbolisent-ils ? demanda Archie d'un air interrogateur.

– C'est ma façon de remercier mes meilleures amies de m'avoir aidée à passer l'année dernière, expliqua Cassie, en leur souriant à tous. L'énergie pour New York ; l'élégance pour Paris, et les cupcakes pour Londres. Ce fut une année importante pour moi.

– Oui, et qu'est-ce que tu en as fait, hein ? railla Suzy. Tu as été le mannequin d'une campagne publicitaire de mode, la muse de Luke pour une exposition, la muse d'un numéro spécial de *Vogue*, et Claude s'est inspiré de ton prénom pour son restaurant parisien. Enfin, Cassie, pour l'amour de Dieu, pourquoi n'as-tu rien fait de ta vie ?

Tout le monde éclata de rire.

– Franchement, j'adore le pendentif, Cassie. Je vais le garder précieusement, et je ne risque pas de l'échanger ! affirma

Kelly, en serrant fermement son collier dans sa main. Mais je crois que nous savons tous qui t'a réellement aidée à surmonter cette année.

Elle souleva sa flûte de champagne en direction de Henry.

– À Henry ! trinqua la petite troupe à l'unisson.

Cassie s'approcha pour lui montrer – une nouvelle fois – sa gratitude.

– Pff, vous êtes toujours en train de vous bécoter ! se plaignit Suzy, alors qu'ils s'embrassèrent un peu plus longtemps qu'il n'était strictement nécessaire.

– Personnellement, je trouve qu'il a un peu trop coupé les cheveux en quatre. Les listes, les fleurs…, marmonna Archie. Moi, je me suis contenté de faire boire Suzy.

– Tu ne prends pas un collier pour toi, Cassie ? demanda Kelly. Je pense que nous devrions toutes avoir un souvenir de cette année.

– Ah, mais j'en ai déjà un, répondit-elle, en caressant la chaîne nue autour de son cou. Seulement, le pendentif est accroché à un pont de Paris.

– Je te préviens, lança Suzy, je vais prendre le coupe-ongles d'Archie pour le récupérer si tu ne le fais pas toi-même.

– Nous n'avons pas la clé, expliqua Cassie, dont les yeux pétillèrent au souvenir de sa première nuit avec Henry, au bord de l'étang. En plus, Anouk et Guillaume gardent un œil dessus pour nous, pas vrai ?

– Tous les dimanches matin, confirma Guillaume. Il est solidement fixé.

– Je n'oublierai jamais ce cadeau, affirma Cassie, en regardant Henry avec le sourire. En fait, j'étais à cet endroit, raconta-t-elle, en s'approchant du sapin, puis elle pointa du doigt le tas de paquets bleus amassés autour du pied.

Franchement, vous auriez dû voir ma tête quand j'ai aperçu mon nom…

Elle se tut brusquement.

– Qu'y a-t-il ? l'interrogea Anouk au bout d'un moment.

Cassie fixait les paquets-cadeaux, apparemment perdue dans ses souvenirs. Puis elle se baissa et en prit un. Il était minuscule, et lourd. Sur l'étiquette était inscrit son nom. Elle considéra Henry avec étonnement.

– Encore ?!

– Mieux.

La question se devinait dans le regard de Henry.

La réponse se trouvait dans les mains de Cassie.

– Oui, s'exclama-t-elle avec un grand sourire. Mille fois oui !

Remerciements

Mes plus grands remerciements vont à mes deux garçons, Ollie et William, que j'ai emmenés à Paris pour leur montrer la tour Eiffel et *Mona Lisa*, mais qui ont fini par me faire découvrir le Paris décrit dans ce livre. Nous avons nous-mêmes fait l'expérience d'un grand nombre de choses figurant dans la partie sur Paris : les macarons chez *Ladurée*, l'observation des gargouilles, même l'allusion à l'ours blanc en vitrine est authentique ! Mais surtout, ce fut avec eux que j'ai découvert le pont des Arts et ses cadenas d'amour. Ce roman aurait été très différent sans leurs regards affûtés et leurs pieds fatigués. Merci mes amours.

J'aimerais aussi remercier Anders, mon ours à moi qui me protège et me rend heureuse – et qui tient le compte de mes mots. Si ce livre a réussi à paraître pour Noël, c'est grâce à toi.

Les remerciements à mes parents bien-aimés sont toujours de mise – et jamais assez répétés. Vous êtes mes plus grands soutiens, à tous les égards. Il se pourrait que vous ayez le droit de lire ce livre !

Un grand merci à Jenny Geras qui a su instantanément quelle forme donner à cet ouvrage : depuis l'idée de départ jusqu'au premier brouillon (aïe, la fin d'origine !), depuis le titre jusqu'à la mise en pages, ton enthousiasme et ton ambition pour ce projet ont été contagieux et stimulants.

Merci également à Thalia (que ferais-je sans toi ?), Ali, Eli et Juliet Van Oss (merci pour votre incroyable message !), Katie et le reste de l'équipe de Pan Macmillan, qui ont durement œuvré pour façonner et faire la promotion de ce livre. Je suis très fière de ce roman et je vous en suis tous profondément reconnaissante.

Merci beaucoup, Amanda Preston, d'être toujours aussi calme quand je ne le suis pas et de toujours savoir dire le mot qu'il faut. Tu es la seule personne que je connaisse qui soit capable, comme mon mari, de sortir des statistiques et des pourcentages de nulle part. Vous devriez faire équipe pour un quiz !

LE NOUVEAU ROMAN
DE JENNY COLGAN
UNE RENCONTRE AU BORD DE L'EAU,
la suite du dernier best-seller de l'auteure.
Jenny Colgan
UNE RENCONTRE AU BORD DE L'EAU
Seaside Kitchen
PRISMA
Jenny Colgan
UNE SAISON AU BORD DE L'EAU
Seaside Kitchen
ÉDITIONS PRISMA
Les aventures de Flora se poursuivent sur l'île écossaise de Mure !
DISPONIBLES EN LIBRAIRIES ET EN VERSION E-BOOK
www.editions-prisma.com

Le nouveau roman de JENNY COLGAN
Et si cette petite librairie dans les Highlands écossais était le secret du bonheur et le chemin d'une nouvelle vie ?
Jenny COLGAN
La charmante librairie des jours heureux
ÉDITIONS PRISMA
ENFIN DISPONIBLE EN LIBRAIRIES ET EN E-BOOK !
www.editions-prisma.com

NOUVEAUX AUTEURS présentent
COUP DE CŒUR DES LECTRICES
GRAND PRIX FEMME ACTUELLE 2020
Président Gilles Legardinier
ET L'AMOUR CONTINUE
JOFFREY GABRIEL
ROMAN
GRAND PRIX Femme Actuelle 2020
COUP DE CŒUR DES LECTRICES
Président: Gilles Legardinier
«Une histoire profondément humaine» Femme Actuelle
Une ode émouvante
à l'amour éternel.
DISPONIBLE EN LIBRAIRIE ET EN VERSION EBOOK

LUCY DANIELS
Un été
pour tout changer à
Vert-Cottage
EDITIONS PRISMA

UNE SAGA FAMILIALE
TOUT DROIT SORTIE DES VIGNES
DE CALIFORNIE
C. J. ROBERTSON
UNE PREUVE D'AMOUR
ROMAN
EDITIONS PRISMA
DISPONIBLES EN LIBRAIRIES ET EN E-BOOK
www.editions-prisma.com

UNE AVENTURE ROMANESQUE ET HISTORIQUE

La vie
tourbillonnante
de la Belle
Époque !
La
Rose Blanche
Caroline von Krockow
EDITIONS PRISMA
Disponible en librairies
et en version e-book
www.editions-prisma.com

FLORENCE KIOUS
Clair de bulle
Roman
EDITIONS PRISMA

Cultivez
vos moments
de bonheur !
Felicity Hayes-McCoy
La petite bibliothèque du bonheur
ÉDITIONS PRISMA
Felicity Hayes-McCoy
Le petit café du bonheur
ÉDITIONS PRISMA
Felicity Hayes-McCoy
Le petit jardin du bonheur
ÉDITIONS PRISMA
La prose délicate de Felicity Hayes McCoy nous embarque pour une virée enjouée au coeur de la campagne irlandaise. Au fil de ces trois romans, découvrez le village de Lissbeg et le quotidien de ses habitants hauts en couleurs pour des aventures pleines d'amour et d'amitié !
Disponibles en librairies et en e-book
www.editions-prisma.com

miaou thérapie
Et si votre chat était votre meilleur allié bien-être ?
Des livres recommandés par la revue miaou*
Isabelle Collin
Experte féline
miaou thérapie
Le fabuleux pouvoir de nos chats
Isabelle Collin
Experte féline
miaou thérapie
Dans la peau d'un chat
*La revue des amoureux des chats est disponible chez votre marchand de journaux, en librairies et sur www.prismashop.fr
www.editions-prisma.com
Clé Prismashop MIAOUT1

NOUVEAUX AUTEURS présentent
Gagnant du 1er PRIX du ROMAN miaou
Sabine Vendrely
Félins pour l'autre
ROMAN
GRAND GAGNANT DU PRIX du ROMAN miaou
Président : Bernard Werber
Président :
Bernard Werber
On dit toujours que les chats ont neuf vies... et si c'était vrai ?
« Un premier roman irrésistible et attachant. À lire avec son chat ! »
miaou
DISPONIBLE EN LIBRAIRIE ET EN VERSION EBOOK
miaou, la revue des amoureux des chats est disponible chez votre marchand de journaux, en librairies et sur www.prismashop.fr
Rejoignez-nous : #miaoularevue

EDITIONS PRISMA

LUCY DANIELS
Un hiver inoubliable à Vert-Cottage
EDITIONS PRISMA

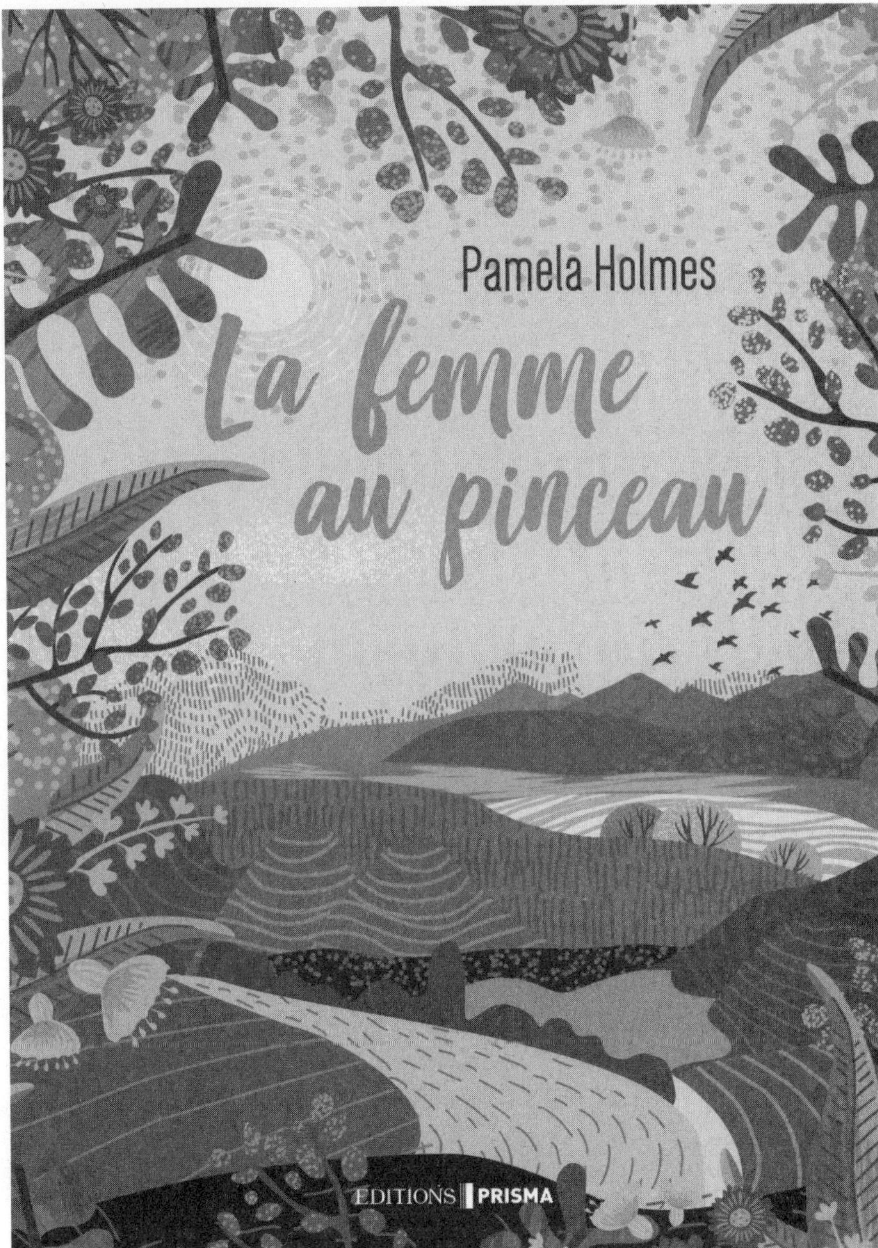
Pamela Holmes
La femme au pinceau
EDITIONS PRISMA

Camille Mancy
Les Traversées
de Dorothy Parker
EDITIONS PRISMA

STÉPHANIE GARDÈS
LE SOLEIL SE LÈVERA ENCORE
NOUVEAUX AUTEURS 2

Responsable éditoriale : Ambre Rouvière
Correction : Nord Compo Multimédia
Composition : Nord Compo Multimédia
Conception graphique de la couverture : Nord Compo Multimédia
Illustration de couverture : © Getty Images

PEFC
10-31-1601
Certifié PEFC
pefc-france.org

Depuis 2009, Prisma Media met en place une politique d'achat éco-responsable. Ainsi, près de 100 % du papier de nos magazines est certifié PEFC (gestion durable des forêts). La fabrication des livres des Éditions Prisma s'inscrit également dans cette démarche.

Dépôt légal : novembre 2020 – n° d'impression 2008.0033
Achevé d'imprimer en France par : Aubin Imprimeur